MARGENS E TRAVESSIAS

VOZES DA ÁFRICA

Boaventura Cardoso

MARGENS E TRAVESSIAS

kapulana

São Paulo
2023

A Editora optou por adaptar o texto para a grafia da língua portuguesa de expressão brasileira. Em casos de citações ou transcrições, manteve-se a grafia original.

Direção editorial: Rosana Morais Weg
Projeto gráfico: Daniela Miwa Taira
Capa: Mariana Fujisawa

Dados Internacionais de Catalogação na Publicação (CIP)
(Câmara Brasileira do Livro, SP, Brasil)

Cardoso, Boaventura
Margens e travessias / Boaventura Cardoso. --
São Paulo, SP: Kapulana Publicações, 2023. --
(Vozes da África)

ISBN 978-65-87231-25-9

1. Ficção angolana I. Título. II. Série.

23-146617 CDD-A869

Índices para catálogo sistemático:

1. Ficção: Literatura angolana em português A869.3

Tábata Alves da Silva - Bibliotecária - CRB-8/9253-0

2023

Av. Francisco Matarazzo, 1752, cj. 1604, CEP 05001-200, São Paulo, SP, Brasil
editora@kapulana.com.br — www.kapulana.com.br

ESTA EDIÇÃO CONTOU COM O APOIO DE:

SONANGOL

Sociedade Nacional de Combustíveis de Angola

E

REPÚBLICA PORTUGUESA

CULTURA

DIREÇÃO-GERAL DO LIVRO, DOS ARQUIVOS E DAS BIBLIOTECAS

DGLAB

Direção-Geral do Livro, dos Arquivos e das Bibliotecas / Cultura – Portugal.

Aos meus netos

Luiana Patrícia

Michelle Luena

Nhia Ngozy

Kenzo Sembene

Nickol Hellen

e a Martina Gabriel

os rios correntes águas

verdes terras rosas

os rios em pérolas

I

Passava farto-caudaloso, indo em tumultuosos rodopios, águas bravas aquelas, parecia um revoltoso mar. Na nascente era um fiozinho-fiapo de água, um quenzinho sem ainda as pompas com que lhe nomearam nos antepassados — o Ngola era o guardião da história de todo este mar de povos —, o esplendor que ele ganhava, a grandeza que os dezoito rios lhe davam navegando no seu leito, seu caminho andante de vales e montanhas, pradarias, savanas e florestas. Cada um dos rios que lhe corriam nas veias trazia seus encantos e lamentos de outras terras, outras gentes e povos. Por isso ele se possuía de tudo e refletia o modo de ser e de estar de todas aquelas gentes com seus sonhos e poesias em tons de lira. Assim, o Ngola não era, então, um manancial de estórias e histórias, de hábitos, costumes e tradições, de lendas e mitos, de lutas, de vitórias e derrotas? O Ngola era também a memória de um tempo vivido e ido; as memórias revividas querendo se presentificar, quais borboletas teimando seguir o odor das flores que o vento ventava. O Ngola era um repositório de grandes e profundas memórias. Lhe esculpir na estátua ou lhe escrever na sua totalidade e grandeza não passava de uma simples utopia. Ninguém não tinha como que lhe pegar na sua liquidez e imaterialidade. Te falo. O que se podia era lhe nomear nas suas particularidades algumas, dizer das suas expressões, modos e seres alguns. Ninguém não tinha vida humana para lhe beber tanta quanta água memorável.

Meu filho... eu quero o meu filho...

Lhe via assim pela manhã — os peixes saltitando de um lado para o outro, alegres e festivos —, e ele se deleitava mais ainda nos voos rasantes e rapinantes que os pássaros faziam para picar peixe no liso-fio das águas. Tinha uns que conseguiam, outros se esfalfavam sem nada de resultados. Um mergulhão-de-crista brincava seu nadar, semelhando um pato, deixava ver só seu longo pescoço e cabeça — as águas se rioarrulhando, se encaracolando só. Peixe na água não era a vida correndo suas belezas e caprichos? Lhe mirando só — a terra e o céu se maneirando de cúmplices amizades — assim que eu pressentia como o dia ia me correr, de feição ou de má azarada sorte. E então se preparava para o deleite ou para arrotear a terra ou, sendo caso, para arrostar os contra-ventosos-ventos.

Estava eu assim sentado à margem do Ngola, no desabrochar de um novo dia, quando reparei que a água vinha vermelha, primeiro em vagas, depois todo rio se vermelhando. Estranho acontecimento aquele que me deixou preocupado. Eh! Mandei dar ainda o alerta geral no meu povo: tocar de batuques, soprar em cornos, fumos nos pontos altos e envio de pássaros-emissários para paragens de difícil acesso, sobretudo nos baixos-vales. O povo veio clamoroso e alguns já plenos de informações que diziam de chacinas havidas em determinados pontos e que tarde ou cedo apareceriam corpos a boiar. Analisados os dados disponíveis na ocasião, ordenei que deixassem de consumir água do rio, que recorressem às cacimbas, que mesmo as banhadas no Ngola ficavam suspensas.

O Inimigo tinha voltado a assassinar povos indefesos que marginavam ao longo do rio. Tinham recusado ir com eles para as matas onde — diziam — reinava a paz total; destruíram e queimaram nas cubatas, mataram como quiseram, violaram mulheres, roubaram na criação toda e quem se atreveu a lhes afrontar lhe mataram de tiros na metralhada ou enterraram vivo só-só. Dor e luto era o que era; dordejava a dor nas entranhas; campeava a morte naqueles campos, como em Sessenta e Um, no tempo do colonial tempo. Os mais-velhos não imaginavam que um dia, depois de sermos independentes, o Sessenta e Um um dia pudesse voltar novamente; no fundo, se interrogavam sobre se era possível aquele tempo das matanças voltar a acontecer neste tempo. As águas passadas a voltarem novamente no revesso-travesso? Eh! Eh! Eh! As vidas vividas vivendo no agora existencial? Haka!

Meu filho... eu quero o meu filho...

O povo, reunido em Assembleia Popular de Povoação, decidiu que era preciso clamar por proteção junto das autoridades, pois o Inimigo podia regressar novamente. Ficou também claro que o povo devia permanecer unido contra o Inimigo, que montassem armadilhas nas matas, que alertassem nas despertas sentinelas, que denunciassem qualquer estranho movimento nas sanzalas. Que, sendo eu deputado da Assembleia do Povo, embora nunca tivesse participado de nenhuma sessão daquele órgão devido ao isolamento em que me encontro com o meu povo nesta situação de guerra, levasse a voz do povo junto da autoridade competente. O que fez, se dirigindo ao Comissário Provincial.

"Camarada Comissário Provincial, Comandante Sete Vigas, mui destacado e imortal comandante 'Capiango', herói da Luta de Libertação Nacional, medalha de Veterano da Pátria, medalha 4 de Fevereiro, medalha 11 de Novembro, antes de mais desejo-lhe óptima saúde e endereço-lhe as minhas saudações muito revolucionárias. Camarada Comissário Provincial, quem vos fala sou eu, o Soba camarada Kitekulu, filho de Nga Petelo dyá Banza e de Mariquita João Sabonete. Mais informo o camarada, para o caso de não se lembrar de mim — sei que o Chefe anda sempre muito assoberbado, enfrenta inúmeros problemas do nosso Povo e lida com muita gente —, que eu sou o Soba Kitekulu, o mais afamado dos sobas que o Chefe controla, o mais velho, o que está sempre pronto a arrostar os problemas do Povo da sua Zona de Acção, o mais competente, o mais hábil no combate contra o Inimigo, o mais destro no manejo de armas, o antigo combatente mais antigo, intrépido e destemido, valente e brioso, o mais letrado, filósofo no pensar e no agir, sábio-sabido-sabichão, o que mais sofreu no tempo do colono, contratos, rusgas, surra com ele, quê que vou dizer mais de mim?, é muita falta de modéstia?, de compostura?, mas se eu não falar de mim quem vai me enaltecer?, tenho que falar para a história me registar, dos anónimos não se diz nada, ninada, se desdiz, se nadiz só ou se desalinha, e é o que já se vê de tantos e tantos que derramaram seu sangue pelo solo pátrio. O que se diz deles?, é só o olvido total, a desmemória, o oblívio, o vazio, a amnésia, por isso eu tenho que falar de mim mesmo para que alguém me oiça e um dia escreva, não acha o camarada?, eu sei que um bom camarada deve ser, para além de revolucionário e consequente, também humilde (ah! ah! ah! as lérias conversas), mas, meu chefe, a verdade é que neste mundo em que vivemos há muito fingimento, a pessoa parece mas não é, o que é não é bem o que parece, quem às vezes parece que é não é, confiar é bom mas desconfiar é melhor, e é tudo isso que a vida me ensinou, mas se o Chefe acha que eu estou a exagerar eu posso apagar tudo que disse, mas e agora?, já falei e já escrevi e o Chefe já me leu e me ouviu, né? Como sabe, Chefe, a palavra quando está dentro de nós e ainda não é palavra é só pensamento, quando sai de nós, pronto, já significa, já nomeia, já fere como uma lâmina e não dá para dar o dito pelo nadito. Quem pode desdizer o que a palavra disse? Quem pode apanhar com os dedos a água que corre? Quem que pode só endireitar o tronco da árvore que o tempo curtiu? Para além de que, às vezes, a palavra é como uma casca que só o astuto pode descascar, não acha o Chefe? Quer dizer, às vezes a palavra diz uma coisa mas quer dizer outra. Então a palavra que falei fica assim mesmo falada, dita e escrita. Estou a empregar algumas expressões cujo significado o Chefe desconhece? Estou a filosofar? Mas o Chefe afinal entende de filosofia? Ó meu chefe, não me leve a mal, não é nada falta de consideração... está bem, Chefe, já entendi... vou ser mais terra-a-terra, mais objectivo e ir directamente ao assunto que me levou a escrever-lhe; estava só a exordiar, perdão, a começar na começada para depois entrar no assunto que me levou a lhe escrever. De qualquer modo, Chefe, fique ciente de que quem tem a palavra nunca é pobre. E mais não digo para não enfadar ou enfastiar o Chefe, digo, lhe chatear só. Espero, então, que me releve, me desculpa só, Chefe.

Camarada Comissário Provincial, aqui na minha Zona de Acção fomos atacados, mortos e matados pelo Inimigo, morreu muito povo e os corpos lhes atiraram só com eles no rio Ngola, e assim então as águas ficaram só vermelhas de tanto sangue, eh! ninguém podia só acarretar, perdão, queria dizer cartar aquela água nem para se banhar só nem para beber. Nada. Para além disso, o Inimigo queimou as casas, destruiu nas lavras e tudo ficou em fumo e fogo — as fumaças só. Assim, venho humildemente pedir no camarada Comissário faz favor de nos mandar só socorros, chapas de zinco, alimentos, roupas, enxadas e catanas só. Camarada Comissário, agradeço também nos mandar só armas e instrutores para aqui formarmos na ODP. O povo desta minha Zona de Acção está todo com o nosso Partido e por isso é que estamos a sofrer muito nas mãos do Inimigo. Querem nos forçar a mudar de margem, me explico só, a mudar de partido?! Isso nunca, não queremos nada com esses bandidos. Já agora, camarada Comissário, queria reclamar que o Comércio Interno está nos mandar só coisas que aqui não precisamos e não temos como utilizar, por exemplo, geleiras, fogões, motorizadas sem combustível, rádios sem pilhas. Assim, então, estão a nos mandar só produtos de beleza como vernizes, batons, cremes para pele e desfrisantes! Até perucas também nos mandam — estão insultar nas nossas mulheres que só gostam das suas negras carapinhas. Nos mandam também papel higiénico se nem casas de banho temos; aqui o se-banhar é só no Ngola, e o se-aliviar nas necessidades é só mesmo nos matos, nesses fofinhos-capins. Nos mandam também pensos higiénicos que as senhoras, no desconhecimento, estão usar embora nos bebés, é tipo fraldas; água-de-colónia, perfumes, depiladores, secadores de cabelo, gel de banho, shampoo, cremes para a pele; utensílios como serras eléctricas, chaves de fenda, abre-latas, saca-rolhas, corta-unhas, máquinas de barbear e tesouras para cortar a relva. Assim, então, estão a brincar connosco ou quê, camarada Comissário? Nos mandaram também camisas-de-vénus, para quê? Eu sei para quê, mas quem que lhes disse que queremos evitar ter muitos filhos, fazer planeamento familiar? O povo então, na sua ignorância, está pensar são embora balões para as crianças lhes soprar! Ih! Não sabem que aqui na nossa cultura quanto mais filhos, melhor? Que os filhos são a riqueza do pobre? Estão a nos brincar, Chefe? A nos rir? Estão a nos chamar de boçais? Isso assim não pode ser! Parece, meu chefe, que os camaradas que estão a mandar no Comércio Interno são todos da pequena-burguesia, que não querem nada com o Povo, muito menos com o proletariado e o campesinato. Assim, não entendem nada da realidade do meio rural, da nossa cultura tradicional, dos hábitos e costumes do nosso Povo. Assim, então, qual é a solução? É mesmo quê? É mesmo lhes dar no focinho, lhes partir só nos dentes deles. Saiba, quero que fique a saber, camarada Comissário, que eu estou a ficar muito fodido no nosso Povo, dizem que o Soba Kitekulu não está a fazer nada para acabar com o sofrimento. Eu faço tudo o que estiver no meu alcance, tudo mesmo. O resto só mesmo o camarada Chefe é que pode de resolver. Estou a ficar mesmo muito f..., peço só desculpa, Chefe, mas não encontro outra palavra para lhe dizer como estou a ficar. Assim, peço só, por isso, a sua melhor compreensão e intervenção, camarada Comissário. Outra coisa que eu queria pedir só, camarada Comissário, nosso chefe máximo na chefia, era só para nos mandar também uns garrafões de vinho tinto (do bom vinho da Tuga que é bom e não esses tintóis que fazem lá nas soviéticas, bulgárias ou o raio que o parta!; os mais-velhos daqui têm só-só saudades do bom, gostoso e saudoso palhetinho), chouriço e sardinha em lata da Tuga —"tricanas" e "minhotas" —, umas grades de cerveja, pode ser uísque também, conhaque se tiver do bom também pode mandar, barras de sabão, sal, fósforos, petróleo iluminante, a roupa pode ser mesmo usada desde que limpa, o

Chefe que me desculpe de eu estar a dar só muitos trocos nas miudezas, não leve a mal meu chefe. Se preciso de mais alguma coisa?, até fico só com a vergonha na cara de pedir mais no Chefe, nosso Bom Pai, mas já agora — quem que não chora não mama —, bicicletas que nos fazem muita falta; gaitas-de-beiços para disfarçar o sofrimento (e o Lito e o Totoxe em dueto interpretavam *rio abajo voy* no nosso olympia, e o público, de pé, em palmas e salvas); e mais coisas que o nosso chefe no seu bom coração de santo cristão, de pai, de nosso chefe maior na chefia, tenho a certeza não vai se esquecer só de nos mandar. Como encaminhar tudo para esta Zona de Acção? Se nos pudesse enviar um avião soviético com tudo, seria muito bom, mas se não, só mesmo pelas colunas militares das nossas gloriosas forças armadas. Falei só no quê, no antonov soviético porque ele é muito comunista-do-povo, leva de tudo um pouco, até porcos, cabritos e galinhas leva. Por isso, com o peso a mais que levam, os antonoves vão caindo... Pois é, não temos aeroporto... Paciência, pois, então, só mesmo através de uma coluna militar se podia resolver o problema. Peço só no camarada Comissário de falar só no quê do Comandante da Frente para vigiar bem nas colunas militares; é que às vezes aparecem por aí alguns oportunistas que se aproveitam da situação de guerra para fazerem negócios. Como? Se é uma acusação às nossas gloriosas? Não, não, é apenas um alerta, meu chefe. O que é que eu tenho contra o Comandante da Frente, seu grande amigo e compadre? Nada, meu chefe. Não tenho nada mesmo. Estou só a informar no Chefe. Finalmente, cumprimento mais uma vez o camarada Comissário Provincial e sua família. Quem que quer mamar tem mesmo que chorar, assim então estou só a chorar na gostosa chuchinha do nosso pai. Soba Kitekulu, 'Kutolola', eu próprio."

Na sua já longa vida, não era a primeira vez que via o Ngola vermelho nas suas águas. Em Sessenta e Um tinha sido pior: eram largas centenas de compatriotas que eram atirados nos afluentes do Ngola. Que ele viu mesmo muitos corpos passando naquelas correntes águas, corpos inteiros e mutilados, cabeças, pernas e braços; viu também algumas pessoas vivas em alvoroço gritando por socorro. E para aumentar a tragédia apareciam jacarés em grande número para o banquete com tanta carne humana. O rio, que normalmente tinha seu caudal abundante, nunca constituía perigo para os pescadores; as populações ribeirinhas estavam habituadas a se fazerem nele, se mergulhar, em qualquer época do ano. Mas, naquela tragédia até suas águas se revoltavam e se enfureciam; parecia que o próprio Ngola reagia assim à tanta mortandade naquele tempo colonial. Assim, não tinha como lançar mão de socorro a ninguém.

Bertine... ele desapareceu, estão à procura dele... o meu filho...
Meu filho... eu quero o meu filho...
Não haverá perdão... a sentença...
Vamos orar juntas, Bertine

Responsável máximo da sua Zona de Acção, aquela ocorrência não lhe deixava dormir sono profundo. Pensava no seu povo, em como fazer para encontrar soluções para todos os problemas enquanto se aguardava pela ajuda do Comissário Provincial. Pensava também em como agir para purificar aquelas águas, lhes tornar boas para a vida das comunidades da Zona. Sabia que seria indispensável a realização de certos rituais; que era, sobretudo, indispensável rezarem e homenagearem na Kianda. Mas como colocar o problema ao Comissário Provincial e também Primeiro Secretário do Partido, que tinha, oficialmente, uma visão materialista do mundo? Receava, por isso, que nele não encontrasse a indispensável compreensão. É que os rituais demandavam algumas despesas e sem a ajuda das autoridades não seria possível fazer nada. Entretanto, a pressão sobre ele aumentava; os populares aguardavam não só pelas ajudas solicitadas pelo Soba, como também pela observância estrita do que mandava a tradição. As águas do Ngola tinham de ser purificadas, de outro modo a vida das populações da Zona passaria a ser um calvário.

Chegara a coluna militar com todos os meios que o Soba solicitara. Todos os meios não sei; não podia afirmar com certeza porque o comandante da coluna nunca me apresentava os papéis todos; contava estórias; que, na sua condição de chefe e de pai, teve de alimentar muitas bocas famintas que encontrara pelo caminho; que, como bom e santo cristão, não podia não sentir tanta profunda dor pelo sofrimento das massas populares que encontrara; que, apesar de homem e militar, chorara de ver tanta miséria. Acreditando ou não nas suas boas santas palavras, o que que eu podia fazer? O comandante da Frente e o comandante da coluna militar eram amigos e compadres do Comissário Provincial. Estranhamente, o comandante da coluna era sempre o mesmo; os anos passavam, os ataques do Inimigo não cessavam e o tal comandante vinha sempre a comandar nas colunas militares; passava por zonas de muito fogo cruzado e nada lhe acontecia! Ih?! Diz-se por cá que o comandante da Frente e o comandante militar estão ricos; têm muito dinheiro lá fora, em bancos suíços; as mulheres e os filhos deles vivem na Tuga. O comandante da coluna já tinha sido louvado pelas chefias militares, pela sua bravura e patriotismo. Podia fazer o quê? Mas o problema agora era como proceder à distribuição dos meios. Se organizaram então os grupos, cada um com a sua tarefa. E, como já previra, surgiram os desvios das ajudas para outros fins. Tive de atuar com mão de ferro, mandei surrar os prevaricadores para além de lhes submeter a julgamentos tradicionais. Confusão era agravada devido à presença de gente estranha vinda de outras zonas. Assim, de um dia para o outro aumentara o número de velhos, mulheres e crianças, o que dificultava a distribuição correta dos mantimentos. Quem sabe se não era gente vinda de zonas sob o controle do Inimigo? As informações que recebia admitiam essa possibilidade. Mas como agir perante tanta pobreza e miséria? Como diferenciar a fome e a nudez de pessoas da Zona da das zonas afeitas ao Inimigo? Não estávamos todos irmanados na igualdade perante Deus? Se te batem na cabeça, os dentes vão se rir? Na hora da distribuição tinha mesmo que deixar a política de lado e apoiar quem que precisava de ajuda. O berro da criança desnutrida, a mulher com a fome no seio ressequido, o mais-velho esfarrapado... Não podia ser, tinha mesmo que ajudar sem perguntar de onde vinha aquela gente toda. Mas alguns populares não entendiam, queriam justiça, quem era do Inimigo não tinha direito a nada, que se fosse embora com os seus nadas. Tive que recorrer aos pastores e catequistas para pregarem na palavra do Senhor, aquilo que eram os Seus ensinamentos de irmandade, de fraternidade, de bondade para com o próximo. De qualquer modo, mandei apertar na vigilância.

Os afluentes do Ngola eram as veias-vasos por onde vazavam suas todas águas vindas das mais distantes paragens, gentes e povos. Eram vasos-comunicantes, por isso solidários entre eles. Um problema ou situação que ocorresse em cada um deles vinha desaguar no Ngola. Assim, aquela mortandade nas águas de Sessenta e Um afetou todos os afluentes. Sangue das vítimas corria em todos eles e quando as águas vermelhas chegavam no Ngola eram as abundantes. O Ngola sofria de muita dor e luto e refletia o pranto dos povos e gentes por onde passava. Quem lhe olhasse bem via logo que ele tinha perdido muito da sua vivacidade.

Era hora de encerrar a Igreja. Catita continuava a rezar fervorosamente. Lagrimava. Senhora Nossa, eu quero o meu filho... Aquela sexta-feira

Não haverá perdão... a sentença...

Vindas de várias e distantes partes, suas águas eram muito ricas em variedades de peixes, grandes e pequenos, algas e moluscos. Soba Kitekulu e mais alguns mais-velhos da Zona eram peritos em ver nas águas correntes do Ngola a sua proveniência. Era um dom que eles tinham recebido dos antepassados e que não revelavam a ninguém. Assim, naquelas águas à vista desarmada iguais, mas diferentes nos seus fundos, eles viam e reconheciam o Chiloango, o M'bridge, o Kwilu, o Kambo, o Lukala, o Kwangu, o Lwacimo, o Dange, o Kwanza, o Keve, o Kunhinga, o Zambeze, o Lwiana, o Kunene, o Kubango, o Balombo, o Kuroka e o Mukope, que vinham rumorosos, sussurrando estórias muitas. Eh! Cada um no seu modo de andar, correr e gorgolhar. Estórias de animais que, distraídos, em correrias loucas, mergulharam e se foram; de pesados elefantes que, brincando, lhes levaram; de leões e onças que, habituados a capitanear, vieram ainda com suas valentias, e lhes engoliram; de manadas de bois, acossadas pelos tiros, vieram, ousaram ainda lhes atravessar e foram se morrendo, morrendo. De guerrilheiros que lhes atravessaram para alcançar outras margens e frentes; de guerrilheiros cujos corpos, nas tentativas de travessia, ficaram ali sepultados alguns, outros deambularam por aquelas tantas águas bravas, chegando às margens já desfigurados; de nacionalistas que, no tempo colonial, tinham sido atirados nas águas do Ngola para que se calassem para sempre; da passagem triunfal de exércitos invasores; de soldados estrangeiros em vergonhosa debandada de regresso às terras que os tinham parido; de combates travados em suas margens com tanques e blindados. Os rios, afinal, guardavam memórias de acontecimentos, de fatos, de tragédias e vitórias; os rios falavam do tempo da escravatura em que muitas embarcações sulcaram suas águas levando milhares de negros além-atlântico-mar. As lágrimas dos escravos engrossaram as águas dos afluentes do Ngola. Os rios.

A Zona de Acção do Soba Kitekulu estava agora calma. Mantimentos e vários artigos tinham sido todos distribuídos. Sem que alguém tivesse previsto, veio a mão benemérita e voluntariosa do PAM com muita variedade de produtos, até que o povo lhe cantou alegremente assim: "Quem é que manda? É o PAM! E o PAM quem é? É o povo!" Soba Kitekulu ainda perguntou quem que lhes tinha ensinado a cantar só assim; que estavam só a trocar nas palavras, que em vez de Eme estavam a falar só no PAM; que isso podia dar problemas. Mas o povo não lhe ligou; seguiu em longa fila indiana, serpenteando pelo largo onde que costumava receber nas ajudas, entre assobios, chocalhos e batucadas, a bandeira do PAM frenteando. Tudo chegou para todos; até chegou para que se organizassem os rituais necessários para a purificação do Ngola. E assim o povo voltou outra vez a consumir as águas do rio, a pescar e a se banhar em nele. Terras férteis voltavam de novo a ser cultivadas, o que afastava a fome daquelas paragens. O povo, assim, estava satisfeito com o seu Soba. Mas o Soba sabia que aquela paz era relativa; de um momento para outro o Inimigo podia voltar a atacar. Aliás, com o rolar dos tempos o povo foi se habituando à paz e à guerra. Dormir era só no meio-sono atento a quaisquer sinais estranhos — o passarinho, piu-piu-piu, bateu asas... O que mais lhe preocupava era que a tropa não permanecia na Zona, estava em constante movimento.

O sacristão aproximou-se de mim e disse: "Mãe Rita, vamos fechar a Igreja." Me virei para ele... meu filho... eu quero o meu filho... Aquela sexta-feira (a tua imagem Fátima em peregrinação iluminando esses caminhos)

"Camarada Comissário Provincial, assim então, embora muito agradecido com as ajudas todas que me enviou — até os do PAM, verdadeiros camaradas revolucionários, também vieram nos socorrer —, venho novamente solicitar só o envio de instrutores e de armas ligeiras para aqui formarmos na ODP. Posso lhe assegurar, lhe dar na certeza quero falar, camarada Chefe, que com a ODP aqui formada a reacção não passará. Assim, o Inimigo quando chegar aqui na Zona vai levar só no focinho só, que é o que o diabo lhe merece. Para completar a nossa defesa, seria bom também o Chefe nos ajudar só na formação de uma Brigada Popular de Vigilância. É pedir muito, Chefe? O Chefe sabe que com uma BPV formada o Inimigo nem tempo terá de se esfregar num olho só. Lá estaremos sempre a lhe vigiar nos todos os movimentos matreiros, quer dizer, os truques fintosos, que ele fizer. Já agora, camarada

Comissário, queria lhe pedir só que quando houver uma sessão da Assembleia do Povo me viessem buscar mesmo de helicóptero; desde que fui eleito representante do Povo, há mais de quatro anos, nunca lá fui, nem sei do que lá andam a tratar, tenho muitas preocupações que eu gostaria de pôr de viva voz, na presença do nosso querido camarada Presidente. Agradeço outra vez no camarada Chefe que não se esqueça só deste meu pedido. É muito importante para este Povo heróico e generoso desta minha Zona de Acção. Camarada Comissário, não se esqueça que, por causa deste isolamento todo que estamos a sofrer com ele por causa da guerra, estamos na margem, quer dizer, meu chefe, estamos só do outro lado do rio, e para chegar onde que estão os nossos mais altos dirigentes e a boa vida socialista (a via certa e segura para se alcançar o paraíso celestial?! eh!eh!eh! — as lérias do demo), é preciso atravessar essa distância toda, temos de fazer só uma longa viagem, uma travessia. Assim estou outra vez a filosofar? Quais margens, quais travessias? É quê então? Não, sim, Chefe, é a minha maneira de falar o que sinto na alma, mas... pronto, quando falo só de sair de uma margem para outra, quero dizer sair deste isolamento em que a minha Zona de Acção está e ir embora para uma zona em que haja paz e o povo possa só fazer a sua vida tranquilamente. Entendeu, meu chefe? Pois... se o camarada Chefe não poderia, então, quê, falar só em nosso nome na Assembleia do Povo, nos representar? Se o Povo desta Zona não lhe podia quê confiar só nas suas preocupações e assim o Chefe falar em nome deste povo heróico e generoso? Se não confiamos no camarada Comissário? Se, afinal, de quem depende a Zona de Acção? Não me leve a mal Chefe, é que como eu estou aqui na Zona, com o meu Povo, a sofrer com ele todos os dias, conheço bem os problemas, as dificuldades, quê, é só por essa razão, espero que o Chefe não interprete mal só nas minhas palavras. Não é questão de confiança. Todo o mundo sabe que o Chefe é o nosso chefe máximo na chefia; quem foi o camarada Chefe durante a guerra de libertação nacional, um valoroso e destemido combatente, quê, meu General, ainda não é general?, porra!, desculpa por esse palavrão, peço só perdão Chefe, pensei que já fosse, quê, mas eu sei que um dia será, um dia vão lhe reconhecer só no seu valor, respeito e consideração em que todo o Povo de Kabinda ao Kunene tem no camarada Comissário, quê, Comandante Sete Vigas, como lhe chamávamos no tempo da guerrilha. (Até nem sei — digo eu só para mim, a falar com os meus botões — quem foi que te pôs aí! Que foste um grande comandante durante a guerra de libertação nacional, ninguém duvida. Foste e és um grande comandante! Mas, meu caro, és um quase analfabeto. Nem sei como é que despachas os papéis lá no Comissariado. Por cá diz-se que és um grande negociante, que traficas de tudo, até diamantes, que quando sais em visita pelas aldeias passas o tempo todo em farras, a comeres as mulheres dos outros e outras coisas mais feias ainda, meu grande patife!). De qualquer modo, Chefe, se algum dia precisar do meu apoio, quê, para ser patenteado general, conta só comigo, seu humilde criado, meu grande chefe. Sei que, como soba, posso muito pouco ou quase nada; mas posso mobilizar todo o povo desta minha Zona de Acção e, se quiser, Chefe, podemos até chamar a agir forças ocultas a seu favor, apesar de saber que o Chefe não acredita nada em magia negra (ora, ora... patranhices... consta que um dos teus funcionários é especialista em artes mágicas; que é ele quem amarra e desamarra tudo). Mas, Chefe, quem não tem cão caça com gato! Assim diremos, então, da sua envergadura, da sua bravura nos combates, quê, da sua determinação nas horas difíceis, das suas sete vigas, digo, sete vidas, nosso querido Comandante Sete Vigas. Conte comigo e com todo o povo da minha Zona, Chefe. Desta vez, fico-me por aqui, fico só aqui, meu General, carago!, desdigo!, meu estimado camarada Comandante. Mando cumprimentos para todos, um beijo só muito grande para as camaradas da OMA neste dois de Março, dia da Mulher Angolana. Sete vigas e sete almas para si, meu valoroso e destemido comandante, filho de uma... de uma pátria, desta pátria que te pariu. Ah! Meu comandante, grande filho da pátria! Saudações sempre revolucionárias. Seu criado, Soba Kitekulu, 'Kutolola'."

Os rituais, porque foram provocados por uma ocorrência extraordinária, se realizaram fora de época, não em Setembro como se procedia todos os anos. Com efeito, todos os anos, naquele mês, as populações ribeirinhas vinham com suas oferendas — bebidas tradicionais e espirituosas, doces, pratos que as mulheres laboriosamente confeccionavam — que deitavam nas águas do Ngola ao som de batuques e de canções. Tudo começava à passagem de uma canoa que transportava um velho pescador proveniente do ponto mais distante, nome dele o mais falado de Manimaza. Às crianças se dizia que esse mais-velho quem era um quem que detinha os poderes especiais para falar com a Kianda, lhe transmitir as preocupações das populações, lhe amansar quando as águas do rio estivessem muito bravas. Ele também que imprecava na Kianda salvasse os pescadores que, feitos ao rio, não davam sinais de vida aos seus familiares passados muitos dias. Esse mais-velho era então o guardião daquela tradição. Por isso, foram ainda lhe chamar.

Nossa Senhora de Fátima, eu vos suplico, mãe. Eu quero o meu filho... o meu filho... Senhora Nossa Aquela sexta-feira... o jipe...

Não haverá perdão... Não haverá perdão...

Com o tempo, as igrejas foram também se associando à festa da Kianda. Não podiam permanecer indiferentes a um acontecimento tão importante para as vidas daquelas populações. Assim, as canoas canoavam levando cruzes, santos em andores, enquanto os grupos corais entoavam litanias que evocavam a Kianda, Nossa Senhora das Canoas, das Águas Correntes, das Boas-Águas e dos Kwanzas, Nosso Senhor Pescador, tudo em perfeita harmonia. Os ministros da fé trajavam batinas de várias cores, traziam hinários, crucifixos, turíbulos incensando fumos, e os acólitos sinos, chocalhos e batuques. No final da festa o rio se coloria de muitas flores e regurgitava de comidas e bebidas que o povo lhe tinha ofertado. Alguém garantiu ter ouvido a Kianda arrotar de tanta comestível satisfação. Haka!

Havia também uma forte razão para a realização periódica da festa da Kianda. Eram os naufrágios e as mortes por afogo nas águas. Após a morte certificada de alguém por afogamento tinha de se deixar passar pelo menos um mês antes de se voltar ao ponto onde a tragédia tinha ocorrido. Tinha de se fazer algo para que as almas dos desaparecidos não ficassem por aí a errar. Isso, a acontecer, não seria bom para as populações ribeirinhas. E não eram poucas as ocasiões em que tragédias ocorriam, agravadas com a presença constante de jacarés e crocodilos em certos pontos do rio. Com certeza, só mesmo Manimaza é quem podia lhes afastar. Por isso, quando da festa, as canoas podiam deslizar livremente pelas águas do Ngola, nenhum daqueles répteis aparecia.

Certo dia vieram lhe alertar: de muito longe vinha vindo uma embarcação com estrangeiros, cinco turistas no total, as águas estavam revoltosas, dificilmente eles se safariam, para além de ser a primeira vez que navegavam naqueles caminhos. Era preciso fazer qualquer coisa para evitar o pior. Mais-velho Manimaza se preparou então para enfrentar a situação e quando a embarcação estava a escassos metros dele, ele se-mergulhou no fundo das águas e lá permaneceu até à passagem da barca deslizando em águas-calmas! Quem lhe viu ficou sem saber como que o velho tinha conseguido permanecer tanto tempo no fundo do rio, se entreaguando, as águas na superfície em constante fluxo e refluxo. Eh!

Quem com ele convivia diariamente já se habituara lhe ver desaparecer nas águas aqui e aparecer acolá, minutos depois. Até mesmo para pescar, Manimaza dispensava a rede, se-mergulhava fundo e depois ressurgia com peixes na mão. Às vezes, entreaguado, ficava por lá a ver o fundo das águas, as algas e os moluscos, para depois reaparecer sempre sorridente. Não havia dúvidas de que ele era um homem-anfíbio.

Diariamente saía de casa a pé, da Vila Alice até a Igreja de Nossa Senhora de Fátima. Meu filho...

Manimaza era um filho das águas. Tinha noventa anos de idade; era alto e encorpado; a cabeça toda branca; barba igualmente branca mas entremeada de fios de cabelo preto; elegante e de boa catadura, era estimado por todos na comunidade; fazia amizades com facilidade. Manimaza andava sempre com a bíblia debaixo do braço; de olhar penetrante, a falar, nunca tinha pressa; parecia um sábio sempre à procura da palavra certa para falar acertadamente; às vezes demorava-se a reagir sempre que o interpelassem; as pessoas que o procuravam para se aconselhar diziam que ele era ou estava para ser um santo.

Manimaza ensinava as crianças da sanzala em que morava no nadar, mas nenhuma delas se atrevia a competir com ele. Ele, a nadar, não era então o sempre campeão todo-só? Nas horas de lazer instruía os pescadores no como reparar as canoas, remendar nas redes e fazer instrumentos e armadilhas para apanhar peixe; como enfrentar perigos que estavam sempre à espreita. Aos jovens ensinava a arte de como fazer pirogas a partir de troncos de certas árvores; como perseverar na realização de seus sonhos. Todos lhe seguiam nos seus gestos, expectantes, curiosos em descobrir o segredo de como se-mergulhar e ficar muito tempo lá no fundo. Isso Manimaza não revelava nunca. Era um segredo que um dia morreria só com ele. De qualquer modo, todos percebiam que o velho tinha uma relação muito estreita com o rio, que podia prever os seus estados de ânimo. Assim, Manimaza pressentia quando as águas do rio estariam boas para a navegação, ou quando era totalmente desaconselhável se aventurar a em nelas navegar. Parecia que ele tinha estudado muito, porque entendia de ventos e de sopros, do movimento lunar e até do marulho-ondular do mar, apesar da distância, esse Manimaza. Dizia-se que sabia, através do miar dos gatos, do latir dos cães à noite, do mugir dos bois, do cacarejar dos galos e do falar de outros animais, mesmo selvagens, o que é que estaria para acontecer. Quando aquela matança tinha acontecido na Zona, Manimaza tinha pressentido.

No dia a dia na Zona de Acção os homens pescavam, outros iam para as lavras acompanhados das suas mulheres, enquanto as crianças frequentavam as escolas onde aprendiam não só o saber dos livros, como da vida. Tinha mulheres que passavam muitas horas a lavar roupa naquelas águas que eram as de todos-os-rios. Aos sábados, crianças iam nos cultos e assimilavam muitos ensinamentos que lhes eram ministrados pelos catequistas e pastores de igrejas evangélicas. A vida na Zona de Acção se harmonizava com a natureza, com as maravilhas que o Criador pusera à disposição de todos. Habitantes da Zona comiam tudo natural, frutos da terra e peixes do rio, pelo que eram saudáveis. Quando viesse a Lua iluminar as noites, tocavam batuques, cantavam e dançavam e contavam-se estórias em volta de fogueiras. E as crianças, sobretudo aos sábados, permaneciam acordadas até tarde, sob um céu estrelado, a ouvir os mais-velhos contar estórias fabulosas que elas adoravam.

Quando acontecia Soba Kitekulu se encontrar com o mais-velho Manimaza, vindo de lá, eram então os relembramentos de outros tempos do antigamente. O Soba, de estatura média, um pouco mais baixo que Manimaza, tinha cinco anos menos que Manimaza, embora parecesse mais velho; como guerrilheiro, tinha tido uma vida muito agreste por esses matos; tinha o rosto marcado por rugas profundas. E partiam os dois numa canoa, certos de que no rio e com os rios dentro deles não havia ninguém que pudesse escutar suas conversas. E falavam das memórias dos rios, dos rios que guardavam muitas estórias, dos rios que falavam de naufrágios e de outras tristes tragédias. Quem que quisesse era só lhes conhecer no seu andar tortuoso por veios, córregos, cavas, barrancos e várzeas. Que eles sabiam que um rio grande trazia consigo fios de água no engatinhar da correnteza.

Havia um lugar que era o fatídico fatal tal. No tempo colonial muitos grandes senhores vinham aqui terminar suas vidas. Problemas sentimentais, dificuldades financeiras, sentenças judiciais severas, faziam tresloucos os brancos e a solução era, à socapa, virem até aqui se matarem sozinhos, eheheh; de cartucheira ou por enforcamento numa sempre mesma frondosa árvore que beirava o rio. De manhã vinha muita gente testemunhar a tragédia. As autoridades mandaram estudar bem naquela árvore; porque é que os brancos vinham se matar nela; como e por que ela atraía nos colonos que queriam se aliviar desta vida pesada vida. Estudos e mais estudos, quem que podia lhes contar a toda a verdade? Desesperadas, mandaram chamar renomados kimbandas para lhes desvendarem no segredo daquela árvore. Como cada um dizia o que bem entendesse sobre a misteriosa árvore e mais colonos iam lá se finar, kimbandas acabavam todos presos e maltratados. Assim, então, não estavam a irritar nos deuses, a ensarilhar nas vidas de cada um?

Se lembraram, então, de sô Tavares, homem bondoso, católico nos modos e estares, tão amigável quem. Aquela notícia deixou todo mundo tristonho. Das razões, se dizia que sô Tavares estava financeiramente arruinado, que perdera as lojas, o gado e as terras, tudo por causa de um empregado, branco como ele, que lhe trocara os passos e as contas, até passara a navegar na sagrada alcofa dele, eheheh! Assim que o demo lhe aconselhou se matar sozinho, na calada da noite com apenas um tiro só, naquela árvore. Quando as autoridades chegaram ao local da ocorrência encontraram o cadáver não estava lá. Alguém tinha feito desaparecer o corpo do sô Tavares. Eh! Eh! Eh! Só podia ter sido alguém do território que hoje é a Zona, um preto, portanto. Assim que as autoridades interrogaram, vasculharam, esquadrinharam toda a Zona. Alguns foram surrados e levados presos, acusados de serem os autores daquele estranho acontecido.

Depois de muito tempo é que veio a vera-verdade: o corpo do finado tinha sido levado por gaviões que pululavam no território, hoje Zona de Acção. Haka!

e fui logo falar com ele, devia ser um assunto importante, venho já minha mulher, sim, agora mesmo, sô Tavares me mandou chamar, esta é, certamente, a última vez que falamos, oh meu senhor!, não diga isso, ah digo digo, pois os tipos descobriram que eu tenho ligações com os pretos, com os terroristas, mas como senhor?, eu já andava desconfiado, pressentia que eu estava sendo vigiado, desde há muito que eu era considerado suspeito, sobretudo desde que em 1958 votei Humberto Delgado e recusei filiar-me na União Nacional, mas como é que eles souberam?, o que é que os gajos não sabem?, o certo é que desde então eu vinha sendo espiado, toda a minha correspondência que eu mandava para a Metrópole era lida por eles, eram cartas simples para uns familiares que tinha lá, nada de política, recebia por via clandestina e muito segura o jornal *Avante*, a revista *Seara Nova*, o jornal do Fundão, ouvia às escondidas a Rádio Portugal Livre (tinha conseguido adquirir um potente rádio de ondas curtas) e o programa radiofônico *Angola Combatente*, de modo que sempre que fosse a Luanda me sentia perseguido, mas o sô Tavares se reunia então para tratar de política?, ó soba, que pergunta!, mas a atuação deles era em função das informações que iam recebendo sobre a minha pessoa, mas eu até tenho passado o tempo todo na loja e nas fazendas onde faço agricultura e crio gado, aos domingos de manhã vou à missa e à tarde jogo às cartas ou pelota com alguns patrícios meus, como tu sabes já estive para ser preso várias vezes, tive sorte, sei que o sô Bispo sempre me defendeu, em Sessenta e Um foi por um triz, se bem que eu não tivesse nada, nada mesmo com os terroristas, nem sequer era necessário porque o meu nome já constava da lista negra deles, sim, à loja vem parar muita gente vinda de Luanda, até brancos, não creio... é tudo gente que vinha em negócios e depois passava por aqui para beber e para conversar, eu penso, sô Tavares, que quem lhe deve ter tramado deve ser o Zé do Ó, seu empregado, não creio, o Zé tem sido o meu braço direito, mas por que que dizes isso ó soba? (Euééé! Agora é que me lixaste, como que eu vou lhe responder?, afinal o gajo não sabe de nada, nem que o Zé lhe anda a comer a mulher?!), não é por nada sô Tavares mas não vou muito com a cara desse tipo, no princípio era um gajo porreiro, humilde, agora vejo-o rufião, armado em patrão também, não meu caro, o Zé é o meu braço direito (granda corno!), bom, queria que tu soubesses no caso de me acontecer algo de mal, que estou a ser perseguido, os tipos querem acabar comigo, de qualquer modo, se eu morrer diz aos camaradas de luta que eu, Alberto Manuel Tavares, nascido em Cuba, freguesia do Alentejo, crescido em Angola desde os meus oito anos, antes de morrer declarei total fidelidade e lealdade à luta pela independência de Angola. Não sabia o que dizer ante a confissão que ouvira, senti uma lágrima deslizar, abraçamo-nos, e antes de partir ofereceu-me um pouco de fuba, arroz, óleo de palma, quatro barras de sabão, duas garrafas de vinho tinto, e mais não trouxe para não pesar muito na bicicleta, despedimo-nos mais uma vez e parti quase madrugada. Antes, sô Tavares me falou outra vez que aquela era a última vez que nos víamos. Por que só, então, sô Tavares? Não é só Deus que tem a ciência de saber quando devemos partir? Sô Tavares não me respondeu, ficou a olhar só assim... Assim parti.

Trouxeram-me O Jornal... meu filho... Bater no ferro quente

— Catita, olha... o mano... no jornal. É preciso agarrar já estes assassinos...

O Jornal... meu filho... assassino... criminoso ("wanted Roy Rogers" olhou para o cartaz "dead or alive", cuspiu no chão, saltou alto para o cavalo e partiu veloz)

Não haverá perdão... a sentença

"Camarada Comissário Provincial, comandante 'Kapitangu', sou eu outra vez, o Soba Kitekulu. Desculpa só, Chefe, por estar sempre a lhe escrever. É o único meio que tenho para me comunicar só com o Chefe. Esta Zona continua isolada do resto do mundo com a agravante de às vezes nem sequer termos pilhas para pôr nos rádios e assim então ficarmos informados sobre a vida no país e no estrangeiro. Espero que o camarada Chefe esteja a gozar de boa saúde.

Assim queria solicitar só no camarada Chefe o favor de nos enviar só alguns alfabetizadores. A maioria dos camponeses aqui não sabe ler, nem só escrever se sabe. E como o nosso Partido diz, para fazer a Revolução precisamos de acabar com o analfabetismo. Há aqui camponeses que desconseguem de assinar só no seu nome (como tu, meu patife); as mulheres também nada; as crianças querem muito aprender no ler e escrever. Eu, como o Chefe sabe, tenho a minha quarta classe feita, estudei no tempo do colono, por isso, ler, para mim, não tem nenhum segredo. Quanto ao escrever também não, escrevo mais ou menos (melhor que tu que és um quase analfabeto — penso só comigo, mas não escrevo). E penso, penso muito. Assim sou um pensador. Para além disso, sem que os camponeses todos saibam ler e escrever não podemos criar um círculo de estudos para análise dos documentos do Partido, sobretudo dos discursos do camarada Presidente, muito menos de toda a literatura marxista-leninista que às vezes chega aqui em grandes quantidades, sem falar dos livros e revistas da Coreia do Norte que só falam do seu Grande Líder, o camarada Kim Il Sung. Assim querem nos tirar da fome e da pobreza com toda essa literatura, Chefe? Se estou a falar mal do regime? Nem pensar, meu chefe, estou só a lhe perguntar. Quem responde é o Chefe que tem toda a sabedoria. Eu pergunto só. Abro aqui um parêntesis para dizer que nós estamos a usar toda essa propaganda da Coreia Norte, sobretudo a revista *Corea de Hoy* que nos mandam sempre em grandes quantidades (mas para quê?, quem vai ler isso?) para embrulhar quitutes da terra e servir de papel higiénico; lhe enfiamos mesmo lá, no coiso, Chefe. As crianças, então, com essas revistas formam bolas amarradas com velhos trapos e assim jogam nas suas sonhadas brincadeiras. Como, Chefe? Assim devemos guardar nessa revista? Vão continuar a nos mandar, Chefe? Mas para quê, Chefe? É uma orientação superior? Tá bem, Chefe; vamos receber boamente na *Corea de Hoy*! Como, Chefe? Se temos realizado sábados vermelhos? Chefe, os sábados aqui são sempre verdes; o povo é muito asseado; não se vê lixo nenhum, é tudo limpinho e verdinho. Vamos limpar mais o quê? Mas, se o Chefe diz que é uma orientação superior, vamos então a começar a limpar nesses verdinhos-capins que enfeitam a Zona. Já agora, era bom que o Partido nos enviasse também monitores-políticos para nos explicarem só naqueles termos complicados que vêm nessa literatura cuja utilidade, sinceramente, até que ainda não consegui de entender. O que o Povo precisa é de boas condições de vida e não de teorias que vêm nesses livros complicados. Isso vai mesmo melhorar a nossa vida, Chefe? Bom, é apenas uma pergunta que deixo para o camarada Comandante me explicar. Se eu não concordo com a linha política e ideológica do nosso Partido? Não é concordar ou não concordar, Chefe. Assim falo apenas da dificuldade em trocar isso nas miudezas quando temos de falar só para as massas-populares-revolucionárias. Entenda-me bem, Chefe. Eu pergunto só, quem responde é o Chefe que estudou toda a certeza do mundo.

Entretanto, aproveito esta oportunidade para pedir no Chefe faz favor de nos enviar só material didáctico, quer dizer, livros e cadernos para as escolas. Já agora, aproveito também para informar que os camponeses desta Zona, conforme orientação superior, criaram uma associação. Viva a aliança operário-camponesa (não é isso que vocês querem?)! Pois... mudando de assunto, gostaria também que o Chefe enviasse só para esta Zona um destacamento da CPPA. Assim, com a Polícia e a ODP ficaríamos bem servidos em termos de segurança e de ordem pública. Se é mesmo necessário a CPPA aqui? É sim senhor, Chefe. Embora a vida aqui seja tranquila, amanhã, quem sabe, pode surgir uma situação que só mesmo a Polícia pode de resolver.

É verdade, Chefe, uma outra preocupação: sei que os camaradas do DIP andam por aí com carros que projectam filmes em qualquer lugar. Era tão bom que um dia qualquer um desses carros passasse por aqui para distrair neste meu povo que não sabe o que fazer nas longas noites; as noites são mesmo muito monótonas, quer dizer, chatas, muito chatas mesmo. Acredita, Chefe, que seria uma festa para todos, até o meu cão, Sofrimento, iria gostar. Finalmente, queria só recordar no camarada Comissário que aqui estão representados todos os povos de Angola, cada um com seus hábitos e costumes, suas línguas faladas, não havendo conflitos entre eles. Todos se entendem muito bem. Ponto final."

Como era já hábito, todos os dias de manhã, em frente às escolas, os alunos cantavam o hino nacional perfilados diante da bandeira nacional enfiada num pau torto. Acontecia algumas vezes o Soba Kitekulu estar presente, no meio da criançada, a cantar o hino. E então, durante aqueles momentos, aconteciam-lhe os relembramentos do passado; sofrimento no tempo do colono, o contrato, as rusgas, mil novecentos e Sessenta e Um quente, os guerrilheiros de armas na mão, a luta armada de libertação nacional, as invasões dos mercenários, a proclamação da independência, a luta contra os bandidos, lacaios do Imperialismo. Quase sempre me emocionava apesar dos anos já passados sobre aqueles acontecimentos. Reconhecia, pesaroso, que alguns valores por que se tinha lutado estavam em decadência, que era preciso trabalhar muito para que o pior não acontecesse. Mas reconhecia que a luta pela independência tinha mesmo valido a pena, de outro modo hoje estaríamos ainda sob dominação colonial.

O Jornal... meu filho... meu filho assassino?

Não consigo pregar olho. As noites são longas e brancas. As noites... o inferno... o tempo... o eterno tempo

Não haverá perdão... Não haverá perdão...

Bater no ferro quente o infernal inferno

era perto da madrugada quando os bandidos atacaram a nossa aldeia despertei muito assustado ouvi tiros de metralhadora e bazuca muita gente a gritar sobretudo mulheres e crianças pensei que fosse o fim do mundo só podia ser mesmo uma confusão daquelas na nossa aldeia nunca tinha acontecido saí do quarto a correr e fugi para o dos meus pais eles estavam debaixo da cama o meu irmão mais novo era ainda um nenê de colo berrava a mãe desesperada tentava em vão abafar o choro do maninho os tiros aproximavam-se cada vez mais da nossa casita eles vão nos atacar que eu pensei perante a iminência do ataque o meu pai que era um soldado do Exército do Povo saiu determinado de debaixo da cama pegou na sua arma que estava sempre por perto uma aká e de pé determinado com a arma em punho pronto a disparar se os bandidos nos atacassem olhei por uns instantes e senti-me orgulhoso por lhe ver assim numa atitude de coragem e bravura oh meu pai pensei não sei por que que talvez fosse a última vez que o via o momento era de perigo tudo podia acontecer entretanto a mãe rezava baixinho o Pai Nosso que estais no céu e a Ave Maria estava angustiada e desesperada sem poder fazer nada para a nossa salvação num de repente a nossa casa foi atingida com um tiro de metralhadora naquele instante só vi muito pó a louça a estilhaçar-se por momentos deixei de ver o pai a mãe e o maninho aconcheguei-me melhor onde estava voltei a ouvir gritos lá fora e depois dentro de casa tinham morto os meus progenitores e o nenê estavam estendidos no chão a mãe com o bebê por cima dela todos a sangrarem retive a respiração podia ser que os tipos quisessem entrar e se me encontrassem vivo talvez me matassem também ou me levassem com eles para as matas como se ouvia dizer que faziam quando passadas mais de três horas constatei que os tiros tinham mesmo cessado saí de debaixo da cama e enfrentei aquele cenário dramático os meus pais e maninho ali mortos sem vida o sangue deles a manchar o quarto e escorrer para a sala chorei chorei chorei depois com todos os cuidados entreabri a porta que dava para fora vi uma galinha ciscando no chão cheio de balas disparadas um cão ladrava distante vi cubatas incendiadas o fumo ainda a evolar-se o que é que eu podia fazer sozinho na aldeia foi então quando me veio assim a ideia de mesmo sendo adolescente com quinze anos apenas a partir daquele dia eu ia me alistar no Exército do Povo se não me aceitassem insistiria diria que apesar de ser menor de idade com o que tinha visto tinha ganho maioridade consciência de adulto que se fosse necessário eu assinaria um documento a assumir as minhas plenas responsabilidades que me sentia já adulto maduro para a vida que como pioneiro tinha aprendido muito sobre as razões da guerra quem era o Inimigo o que era o Imperialismo e mais coisas do antigamente pois apesar de menor idade eu já tinha visto muitas guerras a dureza da guerra aliás por causa da guerra andávamos sempre a mudar de lugar era a população de uma aldeia toda que se movimentava toda a fugir dos tiros lembro-me que uma vez a aldeia se instalou num lugar mal a criação tinha se habituado àqueles ares os verdes-campos tivemos que às pressas desmontar tudo e arrumar o que foi possível e correr a bom correr para um outro lugar bom tudo isso para dizer que eu sei e sinto o que sou no meu íntimo só eu mesmo e mais ninguém pode avaliar o que é a minha consciência sou uma criança madura porque já vi o inferno na terra o demo em carne e osso ele mesmo eu lhe vi portanto eu assumo as minhas responsabilidades sinto-me crescido e maduro não serei uma criança-soldado assim vou combater o Inimigo como soldado do Exército do Povo. Portanto, camaradas, estou aqui pronto para combater como um soldado.

De repente vi um homem caminhar à toa e me alegrei; afinal tinha sobrado alguém assim podiam me ajudar a enterrar a família mesmo no quintal; e foi o que aconteceu com a solidariedade de mais algumas pessoas que se tinham refugiado nas matas e que agora começavam a regressar à aldeia; naquele momento em que os corpos baixavam à terra-mãe tinha os olhos banhados em lágrimas.

Como as crianças andavam curiosas por conhecer a história do rio Ngola, Manimaza garantiu-lhes que um dia desses se predisporia a vir para satisfazer o seu pedido. E esse dia chegou. Reunidos num sábado, debaixo de uma árvore frondosa, o velho falou o que sabia.

"Há muitos anos atrás, no tempo dos nossos ancestrais, havia um gigante que andava a passear pelos matos da nossa terra. Era tão alto, tão alto, tão alto assim que ao andar quase tocava nas nuvens — os petizes acompanhavam o movimento das mãos de Manimaza e imaginavam o gigante roçando as nuvens com a sua cabeça —; ehehehe!; tinha um pé descomunal, assim, que quando pisasse a terra deixava marcas profundas que resistiam aos ventos e às chuvas; tinha uma cabeça enorme, tão grande assim — Manimaza, abrindo os braços expressava a grandeza cabeçuda do gigante; os olhos dele eram igualmente enormes e de noite iluminavam o caminho por onde ele passava, eheheh; o gigante tinha cem braços o que lhe permitia fazer muitas coisas ao mesmo tempo, xê!; assim, enquanto arrancava frutos de árvores para a sua alimentação, capturava animais selvagens mesmo os mais ferozes e de grande porte como leões e elefantes, ehehehe!, apanhava tudo o que voasse ou esvoaçasse — pássaros e galináceos, eh!; lançava mãos aos peixes que deambulavam no fundo dos rios; arrancava árvores, eheheh!; afagava o cimo das colinas e montanhas. — As crianças, muito atentas, não perdiam um único pormenor do que ouviam Manimaza contar. O mais-velho, de pé, imitava o gigante em tudo o que fazia —. O gigante quando estivesse cansado de tantas andanças na nossa terra, sentava-se ou deitava-se no chão onde estivesse, e ali podia permanecer o tempo que quisesse, sem receio algum de puder ser incomodado por quem quer que fosse, nem molestado por ventos e chuvas. Eh! Eh! Eh! Então o gigante uma vez parou para descansar em Mumbwé, para assim repousar. Como tivesse sede, bebeu um pouco de água da cabaça que trazia sempre consigo. Quando despertou, retomou o seu caminho, mas deixou ficar a cabaça de água no lugar. A água da cabaça verteu para a terra e daí surgiu a nascente de um riozinho: o Kwanza! As águas desse rio se foram engrossando, assim, ganhando volume, sendo caudalosas e transbordando do seu leito, correndo, correndo em outros veios, cavas, regos, dando então origem aos afluentes todos que, unidos num só rio, passaram a kwanzar no Ngola."

O quarto cheio. As mãos... os olhos... as lágrimas. Catita coragem... aquela sexta-feira... o jipe...

— Mãe, mãe... — os filhos...

— Mâ Catita, mâ Catita... — o Lindo...

— Lindo... Papá Luís, Mândio, Bicha, Malembe, vê a minha desgraça Malembe...

Não haverá perdão... No ferro quente bater

"Pois é, camarada 'Kapitangu', ilustre Comissário Provincial, novamente eu a lhe escrever. Se não tenho mais que fazer?, se é só escrever o que sei fazer?, não, Chefe, trabalho muito, quase não tenho tempo para a família, mas arranjo também tempo para lhe escrever porque não tenho outra forma de me comunicar com o Chefe. (Este gajo o que é que pensa de mim? Eu sou soba sim senhor mas sou um soba-intelectual que estudou um pouco no tempo do colono; a história e a geografia de Portugal; conheço os rios todos da Metrópole; li e leio livros de Eça de Queiroz, de Júlio Dinis, Camilo Castelo Branco, de Aquilino Ribeiro e outros grandes escritores portugueses, só ainda não li 'O Capital' de Marx porque não tenho formação para tal, reconheço, para além de que não creio que a leitura desse livro seja importante para a minha vida e para a do meu Povo). Aliás, faz tempo que não recebo respostas às minhas cartas; eu sei que o Chefe tem estado muito ocupado mas, mesmo assim, me sinto na obrigação de manter o camarada Comandante sempre informado sobre a situação nesta Zona de Acção. (Continuo a ouvir dizer que as deslocações do camarada Comissário Provincial às aldeias e povoações são antecedidas por uma equipa especializada em banquetes e um conjunto musical; que depois das reuniões há sempre festas até altas horas da madrugada; que as reuniões marcadas para as nove horas só começam perto do meio-dia; que o Chefe dança como quer com as raparigas que vai encontrando; que na delegação tem um seu assistente sempre muito atento aos apetites sexuais do Chefe; que ele já sabe o que é que o Chefe quer quando aponta para uma moça e diz 'tira o sapato'; que, por isso, os seus funcionários quando, entre eles, ao Chefe se querem referir na gozação tratam-no por 'Tira-Sapato'; que algumas dessas raparigas com quem ele dormia foram nomeadas verbalmente comissárias comunais devido aos bons e prestimosos servicinhos que lhe tinham prestado; que os funcionários que ousassem andar com raparigas que ele tinha gostado eram logo exonerados verbalmente, muitas vezes em actos públicos como comícios.) Bom, queria levar ao vosso conhecimento que consta que o Inimigo está a preparar mais um ataque a esta Zona. Graças ao seu apoio, já estamos a formar na ODP; até velhos e velhas foram mobilizados; portanto, desta vez o Inimigo se nos atacar vai encontrar aqui alguma resistência, digo alguma porque a presença da tropa é indispensável no caso de eles virem com armas pesadas, disso temos consciência, por isso peço só no Chefe que interceda, quer dizer, que veja no sentido do envio só do quê, de um destacamento das nossas gloriosas a esta Zona de Acção, para se basear aqui mesmo. Outro assunto, Chefe, é a lentidão das colunas militares que acompanham os camiões; tudo isso porque as estradas estão em péssimas condições, particularmente agora que já estamos no quê, em plena época de chuvas. Há sempre carros e camiões que ficam assim imobilizados dias e dias na estrada devido aos enormes buracões na via e às pontes partidas que inviabilizam, quer dizer, dificultam só, nas travessias. Assim então é urgente que uma brigada de reparação de estradas seja enviada para os pontos mais críticos. Eu sei que o Chefe está informado de tudo e que está a ver como solucionar o quê, o problema, mas é apenas uma lembrança só, meu grande chefe, como seu subordinado sinto que devo lhe ajudar aí onde for necessário e possível, sou um simples soba, é verdade, mas, sempre que for necessário, o Chefe pode contar comigo. Aproveito, já agora, esta ocasião, para saber se tem recebido os cabritos, leitões e galinhas que lhe tenho enviado. Me diga alguma coisa, Chefe, não esteja alguém a comer aquilo que não lhe é dado, muito menos oferecido. De qualquer modo, esse gesto é só uma forma de reconhecimento deste Povo para com o seu chefe, não é, nem de perto nem de longe, uma tentativa sequer de subornar o nosso Comissário Provincial que, como toda a gente sabe, é um homem que é do Povo e trabalha só-só para o Povo, uma pessoa recta que sempre actuou e há-de actuar de acordo com os princípios e as orientações certas do nosso Partido. No fundo, o camarada Chefe é a encarnação viva do Homem Novo. (Ah! Ah! Ah! o tipo vai se sentir vaidoso e orgulhoso quando ler esta parte.) Encarnação como?! (Eué!, não ficou?!) O que quer isso dizer, então? Estás a me chamar de Encarnação, ó soba?! Não meu chefe, não lhe estou a chamar de Encarnação. Assim estou apenas a querer dizer que o Chefe é a representação, vivinha da silva, do Homem Novo; que o Chefe é um exemplo vivo do Homem Novo que será formado com o tempo, graças ao socialismo científico (uma gaita que eu não sei bem o que é, mas pouco importa). Aqui me despeço, na certeza de que o meu grande chefe tenha encarnado bem o que disse. Sete vigas, digo, sete vidas e sete almas, para si, Chefe. Soba Kitekulu, 'Kutolola', assim assinado."

O cheiro dele... a voz... as fotos, ele e a Bertine, ele a representar o Cristo crucificado na Paixão. O auto-retrato a lápis. Meu filho... Aquela sexta-feira... Será para sempre ou será por pouco tempo? Da outra vez... a fuga para Brazaville... era Agosto de setenta e quatro...

Soba Kitekulu e mais-velho Manimaza continuavam canoando águas, rios, e com os rios dentro deles revisitavam, memórias, tempos idos de um tempo do antigamente que cada um trazia no seu ser. Naquele então era o tempo das caravanas que partiam do litoral para o que é hoje o Bié e o Huambo, do Bié para Kasanji, comerciando marfim, borracha, sal, mel, tecidos etc. etc... As caravanas eram alvos constantes de ataques por salteadores cujo objetivo não era senão pilharem tudo quanto pudessem. O mais falado, entre 1890 e 1904, era o soba Samakaka, do Bailundo, bastante procurado no Bié. Para além de salteador, lhe acusavam também de ser feiticeiro e de aprisionar e acorrentar os carregadores de mercadorias. Isso é o que dizem os papéis. Mas é preciso não esquecer que Samakaka, aliando-se a outros sobas, de Civula, Huambo, Ciyaca, Palanka Kapanzo e Ngalangi, atacou várias posições portuguesas que pretendiam ter o domínio total de certas rotas comerciais. Quer dizer, às devastações praticadas por alguns capitães-mores portugueses os sobas se opunham com outras ações do mesmo gênero. Samakaka terá sido morto em combate, em Março de 1904, no Bimbe, no Bailundo. Os dois concluíam que, de qualquer modo, Samakaka tinha sido um heroico resistente à ocupação portuguesa nos reinos do Bailundo, Huambo e Bié.

"Entrincheirado numa montanha perto do Bimbe, no Bailundo, esperei com os meus homens a coluna comandada pelo capitão-mor Romeiras de Macedo. Do cimo da elevação consegui ver que a coluna era numerosa, mais de trezentos soldados à mistura com carregadores e alguns sobas lacaios dos portugueses. Os tais sobas, que já tinham estado do meu lado, estavam contra mim. Fosse como fosse, era preciso defender a embala grande do soba Moma que, naquelas circunstâncias, corria perigo. O inimigo levava vantagem pois vinha com uma artilharia bem organizada, enquanto que nós, para além da força da razão da nossa luta, só tínhamos armas tradicionais. Em consequência, os ocupantes levaram de vencida, encontraram e mataram o soba Moma. Ao lado do seu corpo inerte havia livros religiosos em umbundo, prova de que o soba sabia ler e escrever. As embalas do Bimbe foram todas abandonadas e queimadas pelos ocupantes. Quem visse ao longe aquele cenário talvez pensasse que aquela fumarada fosse uma grande queimada feita para caçar selváticos animais. Reza a história que eu morri nessa batalha. Eu contesto e peço revisão do escrito. Àqueles que têm de escrever sobre a veracidade dos factos ocorridos naquele combate de 1904, digo não ser verdade. Consegui fugir mais uma vez ao controlo de quem contra quem sempre me opus.

Assinado: Samakaka"

Cantavam... eu cantava e chorava... Nossa Senhora de Fátima... o meu filho... Aquela sexta-feira... Bater no ferro quente

II

Naquela madrugada o Inimigo atacou-nos de surpresa. Ninguém imaginava que um ataque pudesse ocorrer ali. Tínhamos inspecionado minuciosamente a área onde iríamos pernoitar. E dormimos. E então, de madrugada, ouvimos primeiro um assobio; um longo e estranho assobio aquele. Imediatamente atacaram; largamos a correr à toa, cada um para a sua direção. Só depois é que dei conta que tinha deixado ficar a mochila de que nunca me separava.

O esquadrão Orion vinha caminhando há já vários dias, mas apesar do cansaço e do calor que se fazia sentir naquela época, estava determinado a cumprir com a missão que superiormente lhe fora determinada. Para tal, impunha-se, desde o início, ultrapassar um grande obstáculo: atravessar o rio M'bridge. Mas antes os guerrilheiros do esquadrão tiveram de enfrentar pelo caminho muitas dificuldades, uma das quais a falta de alimentação. Os mantimentos tinham-se esgotado e era imperativo continuar a marcha até ao objetivo final. Os guerrilheiros comiam o que encontravam nas lavras e recorriam às raízes e aos frutos silvestres graças ao conhecimento que tinham alguns integrantes do esquadrão — nativos da região —, daqueles verdes-virgens-matos. Para saciar a sede era preciso saber se os cursos de água que encontravam não tinham sido antes contaminados pelo Inimigo. E uma vez aconteceu que, contrariando os conselhos dos mais avisados, três guerrilheiros beberam água de um riacho e, uma hora mais tarde todos começaram a convulsionar para depois falecerem. Os corpos tiveram de ser enterrados no lugar, não havia como lhes transportar até ao destino. Para aliviar a dor e fintar a fome, os guerrilheiros cantavam e marchavam pisando o chão com toda a energia que tinham. Assim:

Guerrilheiro é do Povo
Guerrilheiro é do chão
O chão pode ser cama
O chão é rio de passagem

Guerrilheiro é do Povo
Guerrilheiro está cozido neste chão
Não recua nunca
Guerrilheiro está sempre em marcha

Guerrilheiro está no rio e na montanha
Guerrilheiro é do chão
O tuga que aparecer
Vamos lhe comer com arroz e feijão

Guerrilheiro é do chão
Não recua nunca
Vem cão sarnento vem com o teu canhão
Vamos te torrar bem
Neste chão que será o teu caixão

E assim, cantando e marchando com fortes batidas no chão, entre assobios e hurras, se sentiam empolgados e determinados a lutar até à vitória final.

E cantavam Ave Maria Ave Maria... E eu cantava... Lagrimava... meu filho.

A fuga... Brazaville... Agosto de setenta e quatro... partiste assim sem avisar... a dor, dor de mãe

Só passados três dias é que alguns de nós regressaram ao local a ver se os tugas tinham lá deixado ficar os nossos pertences. No meio de cápsulas de balas, de panelas e cestos, de capim, recuperei a minha mochila; era de cor verde-oliva já muito gasta. Estava feliz. Lá guardava sempre alguns comprimidos, um terço, um livrinho de orações, um talismã, umas fotos enevoadas pelo tempo e o caderno de guerrilheiro onde apontava tudo. Antes de sairmos do local do ataque enterramos os corpos de um companheiro de armas, duas mulheres e uma criança. Um bando de pássaros voou de uma árvore para outra. O sol, naquela hora, aquecia; as nuvens se adensavam e vogavam empurradas pelo vento.

No CIR, o comandante do esquadrão e mais alguns guerrilheiros, tinham recebido instruções precisas sobre como fazer a travessia. O comandante do CIR, debaixo de uma frondosa árvore, com um lápis vermelho, sublinhava num mapa já muito riscado e assente numa mesa feita de troncos de árvores o percurso que se devia percorrer (a barba cerrada, barbudo e guedelhudo. Quem ele queria parecer? Karl Marx, Che Guevara ou os Beatles? talvez os três), os guerrilheiros todos muito atentos. Recomendava que levassem mantimentos suficientes; que se precavessem de ataques de animais, sobretudo de leões e onças; que, por isso mesmo, escolhessem bem os locais em que deviam pernoitar; que havia no esquadrão guerrilheiros que conheciam bem a região, o que era motivo de alguma segurança.

À medida que com as mãos recolhíamos terra para sepultar os corpos, uns choravam outros murmuravam. Eu tinha os lábios secos, os olhos marejados de lágrimas; doía-me muito ver o corpito daquela criança cravejado de balas; a guerra, apesar de justa, era atroz, que eu pensei. Concluído o montículo da sepultura mais pequena, coloquei no cimo dela uma flor e uma lágrima; depois veio um passarinho, pousou na sepultura e ficou ali a poetar.

O meu bebé... lindo... Lhe ninava ainda no continente; afagava a minha redonda barriga; lhe cantava foi na loja do mestre André ciranda cirandinha vamos todos cirandar todos os patinhos sabem bem nadar ai olé ai olé foi na loja do mestre André As perguntas e os gestos que ele fazia junto ao presépio; Lhe mimava carneirnho carneirão; o falar dele de menino mimado não pénteia, não faz cosseguiá... me ria... não faz cosseguiá dizia a quem lhe fizesse cócegas... O meu filhinho... olhai para o céu olhai para o chão; dei-lhe o nome do meu pai

O esquadrão teve de pernoitar num sítio. Era uma mata cerrada, perto de uma baixa onde um riacho deslizava, irrequieto. Um guerrilheiro que conhecia bem o sítio, aconselhou o comandante a que ninguém ali passasse a noite; era uma zona infestada de muitos animais ferozes; que ele sabia de muitas investidas de selváticos animais que tinham terminado em mortes. O comandante do esquadrão ripostou que tinham mesmo que pernoitar ali; que o caminho ainda era muito longo, por isso tinham que repousar; que, com as armas de que dispunham, qualquer animal que se atrevesse a lhes atacar seria logo abatido. O guerrilheiro falou outra vez meu comandante não vale a pena só arriscar, esta zona é muito perigosa. Comandante decidiu, estava decidido.

Nessa noite o guerrilheiro não conseguiu dormir; ele pressentia no ar que o perigo estava à espreita. Escutava atentamente todos os ruídos que o vento trazia. Estava temeroso, por isso permanecera de atalaia, embora não tivesse sido designado para vigiar a escuridão e dar o alerta caso fosse necessário. Enquanto os outros dormiam sono profundo, ele viu sete leões se aproximarem do acampamento; eheheh!; os olhos dele atentos ao menor sinal de ataque; queria gritar a plenos pulmões, mas se conteve, era mais prudente; apesar do frufru que se soltava do andar dos leões, os guerrilheiros, exaustos, repousavam completamente relaxados depois de muito caminhar. Saltou ágil para cima de uma árvore e lá se deixou estar muito quietinho. Todos despertaram com os urros já próximos deles; he! he! he! Alguns guerrilheiros incluindo o comandante saltaram também para cima de árvores, sem as respectivas metralhadoras pois não tiveram sequer tempo de as apanhar; de cima das árvores davam instruções para os que estavam lá embaixo disparassem as metralhadoras; um dos leões rondava uma das árvores à espera que três guerrilheiros empoleirados, caíssem. As poucas mulheres que acompanhavam os guerrilheiros, com suas crianças, tinham conseguido fugir desnorteadas e a gritarem desesperadas; estavam num abrigo-reduto, afastado do ponto por onde os leões tinham entrado, que os guerrilheiros ainda tinham conseguido construir. Os leões atacavam os guerrilheiros com toda a brutalidade que lhes caracteriza; viam-se corpos retalhados, eh! eh! eh!; gente a gritar e a gemer de dor; uma cabeça separada do corpo transformada em bola de sangue, a tatééé!; um guerrilheiro, já sem vida, a ser arrastado para longe do sítio, hehehe!. Um dos guerrilheiros que estava empoleirado, de tão nervoso que estava, desequilibrou-se e caiu; três leões saltaram imediatamente para cima do desgraçado e lhe abocanharam. Mam'ééé! Comandante chorava de emoção ao ver o guerrilheiro morrer ali; onde estava agarrava-se com todas as forças que ainda tinha para não tombar; nem sequer tinha jeito de se movimentar para apertar no gatilho da pistola e disparar; se tentasse, podia cair; sentia-se culpado por não ter seguido o conselho que lhe fora dado. Alguns guerrilheiros conseguiram finalmente disparar suas metralhadoras o que provocou a fuga precipitada dos leões. O balanço foi trágico: metade do esquadrão tinha ficado ali, entre mortos e gravemente feridos; as tendas e outros abrigos tinham sido todos destruídos; ninguém sabia para onde as mulheres e seus rebentos tinham fugido. Eh! Eh! Eh! O comandante descera da árvore e chorava sem saber o que fazer ante tanta desgraça; olhava para os estragos que a investida dos leões tinha causado; deteve-se ante uma grande mancha de sangue; esteve a observar os corpos dos soldados que tinham sido mortos; ele que conhecia bem cada um dos seus bravos homens, chorava e sentia seu corpo ser duramente vergastado, o coração a ser-lhe arrancado; tirou o boné, ajoelhou-se e ali ficou recolhido, aparentemente a rezar.

"Agora estou metido em sarilhos! Por que é que não acatei os conselhos do guerrilheiro? Vou ser acusado por todos. Estou tramado! Ando na guerrilha há uns bons anos; tenho a minha folha de serviço limpa. Por que é que não escutei o conselho do guerrilheiro? Agora tenho de estar muito atento; esse guerrilheiro e os conterrâneos dele vão me matar; eu pressinto que é o que me vai acontecer. Interrompi os meus estudos universitários em Praga, deixei lá a minha namorada, grávida, e vim para a guerrilha — esta negralhada. Acho que desta vez não me safo; nunca mais voltarei a ver a minha família nem o filho que está para nascer. Deus meu! De qualquer modo, estarei muito atento a estranhos movimentos; não hesitarei em disparar se alguém tentar limpar-me."

Depois enterraram os mortos a toda a pressa, cuidaram dos feridos como puderam; varreram olhares furtivos nas redondezas e não viram nem as mulheres nem as crianças; e partiram com urgência. Antes, o guerrilheiro que aconselhara o chefe a não permitir o acantonamento naquele lugar e mais alguns sobreviventes da tragédia fustigaram severamente o comandante — único culpado daquela situação dramática; que, de acordo com a tradição das regiões de que eram originários, o comandante tinham que lhe apresentar nas respectivas autoridades tradicionais para ser punido; que ele pagaria toda a vida por aquelas mortes. Outros — esses alguns poucos —, queriam lhe matar ali mesmo, com artes de faca que eles sabiam bem na hora que os animais atacavam nas caçadas. Comandante caminhava cabisbaixo, resignado, não reagindo às ofensas que a maioria dos guerrilheiros lhe dirigia; tinha perdido o aprumo habitual — empertigado, arrogante, sobranceiro-sobreolhos; deixara de cuidar da sua farda como procedia antes, apesar dos movimentos constantes em que o esquadrão em luta estava; fumava incessantemente. Pensava em como se justificar perante os seus superiores.

É PRECISO AGARRAR JÁ ESTES ASSASSINOS... O Jornal... meu filho... Há já três semanas que não conseguia comer nada... a Filó, a Irina e a Daya a insistirem comigo para que comesse

Bater no ferro quente. Não haverá perdão...

A noite toda a pensar no ferro quente que se abateria sobre todos aqueles os que Perdão não haverá

Entretanto, chegaram às margens do rio M'bridge. Os pequenos grupos em que, conforme instruções, se havia fracionado o esquadrão foram chegando em dias subsequentes o que obrigou a um adiamento da travessia. Esta tinha de ser feita de uma só vez e de preferência de noite, que era mais seguro e prudente.

Como o lugar era calmo e seguro, sentei-me debaixo de uma frondosa árvore e apontei no caderno o que tinha sido a caminhada até ali e o sentimento de coragem e de determinação que os guerrilheiros tinham evidenciado nas suas atitudes. Não sentíamos medo de nada; entre nós era até muito grande o desejo de se morrer em combate pela Pátria; estávamos preparados para tudo; a morte em combate e por Angola era o que mais importava. A tristeza pela morte de companheiros era passageira; depois enxugávamos as lágrimas, nos inspirávamos nos exemplos de bravura dos que tinham partido e nos temperávamos para a refrega; que a morte, em tendo que vir, que viesse. Mas o que a todos preocupava era saber do paradeiro das mulheres e seus filhos. Os guerrilheiros-companheiros das senhoras choravam amargamente; os restantes tentavam disfarçar sua angústia. Eu pressentia que as mortes e os desaparecidos seriam tarde ou cedo vingados. Ah, o comandante está tramado; eu conheço bem os meus camaradas de armas; o comandante, vão lhe dar...

As manhãs eram enevoadas o que impossibilitava a marcha para onde quer que fosse. Os guerrilheiros tinham que aguardar até perto das dez horas, quando os raios de sol começavam a desvanecer o cerrado nevoeiro e os pássaros chilreavam suas alegres cantorias. Abundavam os jaçanãs, os borrelhos e gaivinas, em voos altos e baixos, adejando em cirandejos sobre flores e sonhos e galhos de frondosas árvores.

O Jornal... o meu filho, mãe. Senhora Nossa, intercedei por ele... o meu filho, mãe

Bater no ferro quente

Estava como sentinela, no cimo de uma colina. O que via era o nada em branco. Imaginava um inimigo vindo contra mim, alguém que tinha os olhos habituados naquela brancura total. Um quem que queria me atacar, para depois nos assaltar na alvura daqueles ares. Quem sabe esse quem que não estava sozinho; vinha assim de mansinho, devagarinho, vagarosamente, depois lhe atacava só e ia logo chamar os seus companheiros que se encobriam naquele imenso lençol branco. Pensei, pensei, talvez não; fossem almas danadas de outro mundo que andavam por ali em vagabundagem; umas que pareciam dançar aos pares, a se valsarem; mas, me perguntei só, o que é que elas me queriam fazer. Ouviu um ruído e pensou logo é um alguém a se aproximar; pôs bala na câmara pronto a disparar; os minutos passavam lento, o tempo se espreguiçava astutamente; olhou para o relógio e nada viu que lhe desse uma ideia das horas que eram; a minha respiração parecia era fumo que eu expelia das minhas entranhas; senti que o tempo tinha parado naquele momento; que estava tudo naquele estar-só parado; que aquele cerrado nevoeiro era eterno. Ouvi um assobio; me assustei só. Deve ser um dos meus camaradas a me procurar, que eu pensei; ordens do comandante. Esperou então um bocado que alguém aparecesse; não viu nada, só a brancura toda. Novamente um assobio ouvi; agora me apercebi que o assobio estava cada vez mais próximo de mim. Vi então um gigante em branco-neve, vindo; movimentava-se pesadamente; eheheh; parecia que empunhava uma arma; vinha me atacar, pensei. He! He! He! Podia ser um quem só assim? Um nada-personagem-ser? Oh meu santo Deus!

Imediatamente apertei no gatilho e disparei. Mas, o gigante continuava sua marcha contra mim; a bala tinha lhe atravessado o corpo, mas ele continuava ali em movimento, eheheh. Era melhor lhe esperar, que eu pensei; não adiantava disparar contra um quem cujo corpo era feito de nevoeiro. Para meu espanto, o gigante passou por mim e nem sequer me viu; foi-se... Senti gotinhas de água a caírem para cima de mim, levemente. Eu estava muito nervoso e sem saber o que fazer. Passados uns três minutos, vi um tufo de capim a se rodopiar, a crescer, a se envolver de onde vira sair o gigante. O movimento circular aumentava de intensidade; o tufo a se engrossar. Fazia um remoinho que soprava forte; tive que me agarrar bem à terra para não ser levado pelo vento em círculo. Vi, então, o tufo se deslocar de onde estava; a vir de encontro a mim. Eh! Eh! Eh! Queria fugir, mas caí desmaiado. Quando despertei duas horas mais tarde, estava rodeado de camaradas. Todos queriam saber o que é que me tinha acontecido; mas a lembrança que tinha era só da brancura-total. Não me recordava de nada. Soube-se depois que o tufo se entufara todo e por onde passara, roaz, arrastara todo o capim; os animais que circulavam pelos matos rodopiaram pelos ares, em pedaços; as aldeias e as sanzalas foram todas destruídas. O tufo era um tufão que campeava livremente, precedido pelo gigante em branco-neve. Comandante ainda mandou na tropa lhes apanharem. Mas nada. O tufão e o gigante de branco vestido foram-se velozes e nunca mais ninguém lhes viu.

O Jornal... rasguem o jornal. Não quero vê-lo aí... um assassino...

Bater no ferro quente

A fuga para Brazaville em setenta e quatro... Agosto... a dor... passados meses soube de ti... na frente leste. E agora?... agora é o desespero total, o tempo eterno tempo

Nos ares passou um PV-2 da Força Aérea Portuguesa que ia apoiar um Batalhão de Caçadores. Os guerrilheiros se camuflaram na natureza, não fossem descobertos. Era sempre assim:

qualquer avião ou avioneta que lhes sobrevoasse, eles se abrigavam logo. Soube-se mais tarde que o avião tinha ido se espatifar de encontro a uma montanha. Ora tomas! Afinal Deus sabe dar o certo fim a quem nos faz tanto mal! A mão de Deus é que nos guia. Ou, quem sabe?, alguém tinha atraído forças ocultas para desviarem o avião para a montanha onde que viviam as almas dos nossos heroicos antepassados? Quem que lhes mandou nos perseguir? Cada um não tem a sorte dele predestinada? Ora então, tomas!

O rio estava cheio, caudaloso, como era normal naquela época do ano. Perante a dimensão e intensidade da correnteza das águas, os guerrilheiros estavam temerosos. Para a maioria deles era a primeira vez que viam um rio assim tão agitado em suas águas. O que lhes impressionou bastante foi o fato de terem visto aquelas águas de noite, na véspera da travessia. Medo da travessia noturna criaram neles muita ansiedade e expectativa exagerada. Alguns desejariam que a travessia se fizesse já, naquela ocasião, para não terem que passar mais uma noite em branco a pensar no que lhes pudesse acontecer. De qualquer modo, no dia seguinte, à noite, à hora marcada, todos os guerrilheiros estavam ali, com suas mochilas, prontos e decididos a atravessar o M'bridge. A chefia do esquadrão tinha tomado todas as providências para que tudo corresse sem perdas materiais nem vítimas humanas. E os guerrilheiros se fizeram ao rio, aos grupos. Visto de cima, parecia uma manada de bois atravessando o rio em águas que refletiam luarentas o brilho do luar. Apesar de os guerrilheiros terem sido instruídos para fazerem o mínimo de barulho, era audível e inevitável o rumor que se ouvia com as braçadas de mais de meia centena de nadadores. De repente a correnteza das águas aumentou o que criou embaraços mesmo ao guerrilheiro que era o mais experimentado nadador. Com a velocidade das águas surgiram remoinhos — as águas se rodopiando e se levantando em espiral! Ouviam-se em todos os lados gritos de desespero e de angústia. Eh! Eh! Eh! Os guerrilheiros não duvidavam que com aquelas tumultuosas águas muitos deles dali não sairiam vivos. Mas mesmo assim continuavam a nadar mas a perderem fôlego pois tinham de enfrentar a cada braçada uma torre de água em caracol.

Pressentia que aquela travessia era, para mim, a última de tantas que já tinha feito por rios e extensas lagoas. Sabia que naquela vida de guerrilheiro que levava já muitos anos as travessias eram constantes; que de andar de margem em margem é que era o certo caminho; que o caminho era feito de travessias; que a única forma de renovar a esperança da vitória era deixar a vida correr suas correntezas e seguir nelas. Em indo.

E vieram... a casa cercada vistoriaram tudo... livros, jornais e revistas... roupa... fotos... Os livros E perguntaram se sabíamos onde ele estava que era melhor colaborarmos com eles... caso contrário... se o apanhassem vivo... — e se riam... o riso amarelo-lagarto as armas (No riso dele vi Lúcifer a jorrar sangue pela boca) E foram dizendo que poderiam voltar

Alcei a minha aká tanto quanto pude, fazendo força com os braços para não soçobrar. Juntava a minha voz aos hurras dos companheiros de travessia e gritava a plenos pulmões "Vitória ou Morte!". Aquele grito engrossado por tantas vozes lhes dava muita força e coragem; estavam dispostos a lutar até ao fim contra a força das águas.

Com muita dificuldade, tínhamos de enfrentar a correnteza das águas naquele sem-chão; muitos de nós tínhamos os pés flutuando; era sorte encontrar um arbusto em que se agarrar ou uma pedra em que apoiar os pés. Para além disso, as águas em remoinho era um furacão que nos arrastava só; nem que bracejar só conseguíamos; a pressão das águas sobre nós era muito grande.

"Vitória ou Morte!" Senti minhas entranhas se eletrizarem. Aquela palavra de ordem ecoou em todo o lado. Era uma força mágica que me dava muita energia; era parecia uma droga que ingeria e que me tornava corajoso e destemido, muito capaz de enfrentar o que quer que fosse. Não sei se era o mesmo que os meus companheiros sentiam, mas eu me sentia poderoso e, por isso, com a certeza de que sairia são e salvo.

Quando vi o homem armado gritei... meu filho... matem-me já matem-já.

Durante a vistoria só rezava, o terço sempre comigo; os homens armados; receava que encontrassem algo que pudesse agravar a situação. Os livros... queriam ver os livros, jornais e revistas AsTrezeteses

O cerco as armas os vizinhos receosos a espiarem só

Com a mão esquerda levantada a segurar a arma, com a direita alcancei o talismã que trazia ao peito. Era um saquinho que continha um pó feito de ossos triturados de animais que um mais-velho me tinha dado para o usar em momentos difíceis. Já o tinha usado uma vez com sucesso quando nesses matos tive de enfrentar um leão. Bastou lhe mordiscar para o animal se sentir hipnotizado! Agora era o momento certo para lhe usar novamente. E assim aconteceu que de um momento para o outro cada guerrilheiro tinha diante de si um pedaço de tronco de árvore em que se apoiar, eheheh!, e assim aquela travessia que estava sendo desastrosa se foi fazendo sem sobressaltos! Eh! E as águas se aquietaram e se coloriram de um perfumado azul. He! He! He! Percebi, então, que a Kianda tinha estado conosco naquela penosa travessia. Destarte, o esquadrão Orion chegou são e salvo a outra margem do rio M'bridge.

Os livros... onde estão? AsTrezeteses...

À beira do rio, sentado numa cadeira de grande e alto espaldar, perna traçada, ar descontraído e sorridente; trajava uma túnica azul-marinho que lhe cobria os pés; tinha na cabeça um diadema que resplandecia de muita luz; Alfeu lhes saudava meneando sua cabeça descomunal, enquanto que os guerrilheiros, em fila indiana, ao passarem por ele se curvavam respeitosamente e iam pelos caminhos que eles tinham desenhado antes. Eh! Esse Alfeu era um quem? Perguntou saber Manimaza. Soba Kitekulu respondeu:

— Por certo, era um quem que não duvidava do bem fundado da ação dos guerrilheiros: atravessar o rio para prosseguir a luta.

Depois falou, resumido, o que pensava do ser e do andar do guerrilheiro: "um ser que nunca se cose à terra para repousar ou um pássaro que vagueia de flor em flor".

Soba Kitekulu fechou seu velho caderno de guerrilheiro onde tudo anotava e ficou longamente a pensar nos anos que já se tinham passado desde que, quando jovem, se fizera guerrilheiro e andarilho de caminhos por esses matos. E escrevi que o comandante do esquadrão nem lhe deram mais tempo de vida: na travessia tumultuosa do M'bridge, lhe afundaram.

Numa manhã nevoenta, preparei-me, apanhei alguma, roupa, o cantil, fui à lavra que ficava por trás da minha cubata e recolhi mandioca, milho, batata-doce e ginguba. Conforme combinado, quando ouvi o assobio enfiei-me no milheiral e fui. Era Abril de Sessenta e Um.

Éramos cinco. Caminhamos durante três dias; felizmente o Inimigo não nos viu; o guia que viera do outro lado da margem conhecia bem os carreiros. Estávamos cansados. E nos apresentamos no CIR.

Três guerrilheiros oriundos de uma mesma região já lhe tinham sentenciado: o comandante, quando estivermos no rio, vamos lhe aguar. E se aproximaram dele no meio daquelas águas turbas, com todos a nadar; um que lhe empurrou, o comandante fez força para se manter de pé, outro que lhe golpeou na barriga e o terceiro que, lhe agarrando no pescoço, lhe afundou. Foi tudo tão rápido que o comandante não teve tempo de dizer mais nada. Com os gritos eufóricos que se ouviam para recobrar forças para a travessia, "Vitória ou Morte!", "Vitória ou Morte!", ninguém se apercebeu de nada. Um dos guerrilheiros ainda ofendeu na mãe do comandante; que o diabo lhe acolhesse no seu infernal fogo. Assim sendo, o comandante do esquadrão lhe afogaram no fundo do M'bridge.

Os livros todos desarrumados... o quarto dele todo remexido... não encontraram AsTrezeteses...

Bater no ferro ferreiro os fogos todos a arder o fogo

III

Soba Kitekulu e Manimaza iam canoando, em animada cavaqueira, quando repararam que o curso do rio foi baixando gradualmente de volume até a canoa ficar completamente atolada no leito arenoso do Kwangu. Eh! Entraram em pânico tendo em conta que o dia entardecia e daí a instantes a noite estenderia o seu manto negro sobre tudo e todos. Em vez de se porem a andar de um lado para outro, acharam que a melhor solução era deixarem-se estar por ali, dormirem mesmo na canoa estacionada no leito do Kwangu. E assim adormitaram entre a vigília e o quase-sono, assombrados que estavam com tantos pios de aves agourentas e de sons estranhos que lhes pareceu serem de animais selvagens que andavam por ali. A noite era carregada de uma cerrada e impenetrável escuridão; onde estavam, viam cirandar pirilampos, passar insetos esvoaçantes; ouviam sons e ruídos de várias tonalidades; de longe, escutavam, assustados latidos e prolongados uivos (... passávamos as noites em volta de fogueiras e víamos sombras em dança; temíamos que os pirilampos fossem os olhos de grandes seres; víamos passar fadas, duendes e bruxas; as estrelas acompanhando os anjos e arcanjos que ao passarem deixavam um lastro luminoso cujo esplendor perdurava nos céus por minutos). O Soba, cheio de medo, quase não falava; mas o que mais o atemorizou e o fez agarrar-se ao companheiro de infortúnio com todas as forças que tinha foi ouvir as assobiadelas tchi... uuu... do alcaravão-do-Cabo. He! He! He! Ele pressentia que algo de muito grave estaria para lhes acontecer. À pergunta sobre se caso as águas ressurgissem assim de repente, pela madrugada, o que seria deles naquela tormenta, Manimaza lhe tranquilizou dizendo ter a certeza de que tal não aconteceria nunca. E assim dormitaram na leveza de um pássaro em voos e revoos.

Os livros todos desarrumados o quarto dele todo remexido, não encontraram as Teses; (os pides Pimentel-Fragateira entraram de rompante; os livros queremos os livros, a vasculharem tudo; alguém tinha denunciado que o meu Tião tinha, lá na Katepa, um baú cheio de livros as mãos armadas procuravam "A Cabana do Pai Tomás", "Seara Vermelha", "Chora Terra Bem Amada", "Capitães da Areia", "Os Subterrâneos da Liberdade", "O Crime do Padre Amaro", o "Jornal do Fundão", a "Seara Nova"); não encontraram as Trezeteses, os livros todos desarrumados, as mãos armadas dos pi-di-des-sas, mãos sangrentas punhais chora terra bem amada

Mais velhos no tempo de vida que já levavam, Soba Kitekulu e Manimaza tinham em comum uma particularidade: quando estivessem isolados, cada um no seu lugar ou os dois juntos, faziam travessias no tempo e no espaço. E viviam esses momentos no agora existencial da vida, peregrinando no íntimo deles. É que cada um transportava dentro de si o presente e o passado — o passado que o antigamente passado transformara em nuvens diáfanas — e o presente que era o agora onteando — o antigamente ontem — e o agora em se vesperando. Estavam os dois juntos canoando pelo Ngola quando passaram a navegar nas águas do Kwangu, em cuja margem esquerda, no século XVIII, predominavam os Lunda e os Cokwe. Mas eram os Imbangala que controlavam os acessos às margens do Kwangu o que dificultava a chegada dos comerciantes portugueses, bem como o comércio que se fazia ao longo do Kwangu e que era constituído por várias mercadorias europeias vindas da costa. Assim, nenhum comércio podia ser realizado sem o consentimento dos Imbangala. Por outras palavras, registra-se que o rio Kwangu estava também sujeito a influências de cariz político. Os dois recordaram que naquela época o Kwangu tinha um movimento muito intenso e que nas suas margens havia também tráfico negreiro. Deste modo, muitos escravos tinham sido aqui vendidos aos Portugueses, que depois tratavam de os levar para Luanda de onde partiriam para as américas. De qualquer modo, Soba Kitekulu e Manimaza tinham consciência de que grande parte da história de Angola passava pelas rotas comerciais não só entre o litoral e o interior como também pelos itinerários interafricanos.

O coração a palpitar muito aquela sexta-feira... os tiros... o jipe... a ir até sempre adeus

Despertaram cedo com o cantar de muitos pássaros e o sol ardente que já se fazia sentir; sentiam que a cada minuto a temperatura aumentava. Os dois queixavam-se do desconforto da canoa para um sono-profundo-repouso. Olharam em redor e constataram que não havia nada que lhes pudesse dar uma ideia do sítio em que tinham passado a noite — o escuro-breu era só. O Kwangu estava totalmente seco em toda a extensão que eles podiam enxergar! No meio do leito viam-se arbustos recurvados, muitos tufos de capim ainda verde e peixes grandes e pequenos que ali jaziam para sempre. As margens do rio estavam na mesma, intocáveis, com o seu verde exuberante que as caracterizava. Nelas ainda não se notava nenhuma mudança apesar do rio ter desaparecido. Manimaza jurava que nos seus muitos anos de vida nunca tinha visto um tal fenômeno, que apesar de ele ser um senhor das águas não sabia o que dizer.

Os dois foram falando das possíveis causas de tão insólito caso, admitindo que, de qualquer modo, era preciso consultar os deuses antes de se tomar qualquer medida. Falando de deuses e de divindades eles sabiam que um lugar de destaque ocupava a Kianda; de certo que, desde há muito, não lhe eram feitas as devidas oferendas; em qualquer parte, a Kianda quando não é reverenciada, revolta-se sob as mais diversas formas. Entretanto, Soba Kitekulu perguntou-lhe se, tendo em conta os seus reconhecidos poderes tradicionais, o mais-velho Manimaza não seria capaz de transformar a canoa em objeto voador a fim de que pudessem sair daquele lugar e rapidamente percorrerem os quase trezentos quilômetros que os separava da Zona de Acção. Manimaza foi peremptório quando lhe disse que ali, fora do seu cosmo, do seu centro, estava desprovido de qualquer poder sobrenatural, que ele sentia que não tinha a via de comunicação aberta para o diálogo com os esses deuses a quem recorria sempre que fosse necessário; nem com Kapalandanda, o herói mítico, com quem conversava frequentemente, ele não tinha como lhe interpelar. Desesperado, Soba Kitekulu insistiu para que o seu companheiro de viagem tentasse de algum modo uma solução rápida, tendo mesmo sugerido que Manimaza pensasse bem no caso, que há muitos seres voadores que passam por aqui, pássaros sobretudo, gafanhotos, borboletas, escaravelhos, grilos, cigarras, vespas e abelhas, além dos vaga-lumes que pontilham no manto escuro da noite. Manimaza lhe respondeu dizendo que, "meu amigo, não vejo nenhuma solução senão percorrermos a pé os cerca de trezentos quilômetros que nos separam da nossa Zona." Euééé!

Eu estava terrificado ante ao que acabara de ouvir. Como andar tanto e com o reumatismo de que sofria? Não era tanto a idade que contava mas o meu estado físico. Ultimamente andava debilitado por causa dos sucessivos paludismos de que padecera. Não era o caso de Manimaza que, apesar da idade também avançada — um possante e resistente nonagenário —, o tipo devia de ter umas artes só dele que lhe davam para andar muito a pé, quilômetros e quilômetros, apenas com um cantil de água. Quando a sede lhe apertasse Manimaza mastigava umas raízes que lhe saciavam a sede — ele que me contou era uma vez. Seria o meu fim, pela certa.

Oh! O que é isto? Esta mão... trémula...

E foram então caminhando lentamente. Eu impus-lhe um ritmo no passo que me permitia andar. A partir do terceiro dia começaram a patentear-se os efeitos da seca nas margens do Kwangu. As árvores tinham perdido as folhas; o capim estava seco; os riachos que bordejavam o Kwangu tinham desaparecido também; passavam e repassavam por eles bandos de pássaros em busca de os verdes campos; no chão se viam mortos, gafanhotos, escaravelhos, minhocas, cobras e serpentes, lagartos e centopeias, formigas grandes e pequenas. O chão, sem água, estava cada vez mais quente. Assim, sempre que possível, eles se aliviavam da quentura pisando em tufos de capim seco que abundavam nos carreiros por onde passavam. Quando, ao longe, vislumbraram o que lhes semelhava um aglomerado populacional, se alegraram na expectativa de na sanzala poderem descansar, passar a noite e, no dia seguinte, já recobrados, retomarem a caminhada. Quando estavam próximos da sanzala, o que viram: vivalma-ninguém. Nenhum vestígio de que ali, havia poucas horas, habitava uma população. Todos tinham migrado para outras paragens levando consigo os poucos teres que tinham: alguns mantimentos, roupa, instrumentos agrícolas, quindas, cestos, *muzuas*, bicicletas etc. Estavam manifestamente desolados com aquele cenário, sobretudo Soba Kitekulu, com poucas esperanças de chegar ao fim da caminhada. O Soba, aliás, viera todo o caminho a queixar-se de dores chegando ao ponto de chorar.

De repente viram passar em alta velocidade caminhões cheios de contratados que cantavam alegres seus cantos de alforria, Kapalandanda lhes seguindo. No caminhão que vinha na frente, uma grande bandeira branca se desfraldando, ondulando ao vento. Acenaram, gritaram, berraram, mas a caravana passou sem se deter. Viram passar garbosos os dignitários Joana Kamaka, Jinga Mbandi-a-Ngola Kilwanji, Álvaro Mulemba-a-Kenge, Wambu-Kalunga e tantos outros, que gritavam “Angola avante até à vitória final!” E viram depois passar em marcha cadenciada um grupo de guerrilheiros com a bandeira nacional. Ninguém lhes olhou sequer. E viram uma fila enorme de escravos-carregadores vindo do Bié transportando urzela, cera, marfim, goma-copal e borracha. E viram mais: viram pioneiros na sua marcha kazucuteira, meia volta, íris, samuel abrigada, os cem mil contos, apresenta agora, é do Povo, e então a voz de comando era assim, um, dois, três, bate o pé, marca o passo, arrastó comandó polokotó arraaastóóó comandó polokotóóó, esquerdo, direito, bate o pé, marca o passo, arrastóóó comandó polokotóóó, com o passo bem passado puxava-se depois uma travagem, meia-volta, um, dois, três, bate o pé, marco o passo, esquerdo, direito, arrastó comandó polokotó, camuflado dos kotas talhado no corpito tábua-de-lixo virava aká a situação de guerra que vivemos lhe engravidaram na cabeça as ideias da luta pelo Poder Popular pioneiro sentiu a porrada dos morteiros viu os crimes que o Inimigo cometeu o sentido da resistência popular e generalizada ele sentiu nas veias e participou na luta com o exemplo do heroico pioneiro Ngangula no pensamento. E viram mais. Não é que viram Ali Babá e os Quarenta Ladrões com mulas carregadas de diamantes? E viram mais, ou parece terem visto centenas de mascarados *akixi* a dançarem e a gargalharem! Hehehe!

A mão... trémula mão... "Yo no tengo padre yo non tengo madre"

Passariam ali mesmo aquela noite, com a vantagem de poderem ao menos dispor de um abrigo. Antes do cair da noite Manimaza inspecionara o que até há pouco tempo tinha sido uma sanzala com mais de mil almas. Enquanto Soba Kitekulu descansava à porta de uma cubata, Manimaza andou às voltas à procura de um ponto de água, pois tinha a certeza de que a existência ali daquela sanzala só tinha sido possível porque havia água por perto. Numa pequena depressão encontrou um fiozinho de água — borboletas cirandejando traços e no chão joaninhas e lebelinhas aconchegadas numa concha de ouro — e, pertinho, os restos do que tinha sido um pequeno pomar — os verdes-floridos-luminosos e rorejados o que lhe deixou bastante satisfeito.

Manimaza observou silencioso dois borrelhos-de-três-golas, provavelmente macho e fêmea, ciscando vermes ali pertinho. Depois levantaram voo, tui-tui-tui, levando algo nos seus bicos.

E então dormiram ou dormitaram pois o Soba estava com febres altas e alucinava; dizia que ouvia vozes estranhas, que alguém chamava por ele, que escutara o rugir de leões beirando a sanzala abandonada; que ouvira outra vez os assobios agourentos do alcaravão-do-Cabo. Manimaza, sem perder a calma, tratou de tranquilizar o Soba com apenas uns passes mágicos. Noite alta, o Soba acordou outra vez Manimaza para lhe dizer que estava a escutar passos de alguém a correr debaixo da terra! Ih?! Podia ser?! Manimaza, mal-humorado, lhe pediu favor dormisse só descansado na paz santa do Senhor.

Era uma cubata coberta a capim, de um quarto e sala, com uma mesa, quatro cadeiras de plástico e um armário na sala e, no quarto, encostado à parede, uma pilha de luandos; a porta era feita de pedaços de caixote; na janela não havia vidro mas sim um pedaço de tecido estampado, que tremulava ao vento; na parede do quarto estava, inclinado, um quadro com a figura de uma santa. No chão de terra batida havia uma fila de formiguinhas agitadas e uma centopeia em movimento (em menino, deleitava-me a ver as formigas formigando de um lado para o outro e me perguntava se elas tinham noção do que faziam; e descobria que o carreiro vinha de longe; que andavam quilômetros sempre organizadas, em fila indiana; uma vez tentei saber de onde vinham e para onde iam e, depois de muitos dias, passando por castelos de chocolate, atravessando guloseimas de todos os tamanhos e feitios, viajando em carroças e caleças conduzidas por duendes, desisti de lhes acompanhar). Não havia outros sinais que pudessem dizer um pouco do modo de vida dos seus ocupantes. De qualquer modo, o que era mais certo era que a população da sanzala fosse toda ela composta por camponeses.

— Mas, ó Catita, esta mão não fica quieta porquê? — a Irina.

— Catita, estás a brincar? — a Daya.

— Qualelá? A brincar... Parkinson...

— Parquê? — a Irina e a Daya.

— Parkinson... Parkinson...Parkinson...

Pela manhã despertaram, foram até ao ponto de água, numa baixa, onde se lavaram como puderam, comeram tomate e cenoura crus e encheram os cantis de água. E o que viram naquele sétimo dia de caminhada foi os muitos animais mortos ou em morrendo: eram leões, onças, zebras, gazelas, palancas vermelhas, veados e muitas galinhas do mato; ali jaziam para sempre sob um sol cada vez mais abrasador e um cheiro intenso de carne apodrecida. Os animais não tinham resistido à tanta falta de água e, consequentemente, de pasto verde. De qualquer modo, ainda puderam ver alguns animais famintos escarafunchando cadáveres de animais que ali jaziam. Passado algum tempo, um pouco distante, ouviram o bramido prolongado e angustiante de um elefante; e ali ficaram expectantes na esperança de o ver. E lhe viram imponente, mas a andar à toa, sem rumo certo, vacilante; daí a pouco o elefante tombaria seu montão de carne naquele chão cada vez mais seco. Catrapum! O Soba, desolado com o que acabara de ver, disse que só por um milagre é que os dois chegariam vivos à Zona; que, agora mais do nunca, ele sentia que aquilo era o Juízo Final, o fim do mundo; que gostaria muito de morrer na sua Zona de Acção, junto aos seus; que desejaria que o seu caixão, antes de baixar à terra, fosse coberto com a bandeira nacional e a do seu partido; que, naquele funesto momento, lhe elogiassem pelos seus feitos em prol da Pátria. Enquanto falava, o Soba chorava amargamente, agachado junto ao carreiro, limpando as lágrimas que lhe escorriam pelo rosto com um trapo já todo encardido de tanto ser usado para remover o pó da caminhada. Manimaza, quase indiferente, não lhe dava muita importância pois tinha a certeza de que os dois chegariam sãos e salvos à Zona.

E foram andando e andando. No leito do que fora antes um riacho, encontraram dois barqueiros parados nas suas barcas; conversavam sobre aquela estranha ocorrência. Estavam há dias à espera que as águas ressurgissem de um momento para o outro, como outrora já tivera acontecido; pensavam que fosse um breve interregno nas chuvas — uma *kyangala* — e que depois partiriam para os seus destinos; estavam por isso descontraídos, sem perderem a esperança em dias melhores com muita água e muito peixe. Foi Manimaza quem lhes contou o que se estava a passar, o que deixou os barqueiros muito alarmados, eles que não sabiam fazer mais nada senão navegar, pescar e vez em quando transportar algumas pessoas de uma margem para outra. Assim os barqueiros recolheram suas redes, saíram de suas barcas e meteram-se pelos caminhos que lhes apareceram em busca de destinos incertos.

E enquanto andavam repararam que num dado lugar havia muitos e dispersos excrementos de animais domésticos. Eram de manadas de bois, cabras, porcos, patos e galinhas de um criador que, certamente, teria passado por ali havia dias em busca de bons pastos para os seus animais de estimação. Se viam também trilhos de umas quantas carroças em que o tal criador deveria ter levado alguns dos haveres, na expectativa de um dia plantar esperanças num outro lugar. Soba Kitekulu se lembrou de em Sessenta e Um ter visto muita gente de sanzalas a fugir dos tiros, mas com a diferença de que naquele terrível ano nem havia sequer tempo para levar animais de criação, era lhes deixar abandonados para o que desse e viesse; era só correr e correr até onde as forças permitissem.

E andando, andando foram. *O meu filho... Nossa Senhora de Fátima... o meu filho... Bater no ferro quente.* De longe divisaram, à beira de um carreiro, uma árvore entroncada com algo estranho dependurado de um dos seus ramos. Soba Kitekulu aconselhou Manimaza a mudar de rumo; que era conveniente não passarem por aquela árvore; que o que viam dependurado na árvore podia ser um espantalho figurando uma pessoa, que os bandidos ali tinham colocado à espera de alguém curioso que se aventurasse a passar por lá e depois lhe assaltavam. Uma grande discussão se travou entre os dois, o que raramente acontecia, tal era a paciência de Manimaza em aturar o temperamento do Soba. Mas este, mal visse Manimaza a caminhar sozinho punha-se logo a andar atrás do companheiro. Assim acontecendo, um atrás do outro, lá foram andando até próximo da árvore. E o que viram: enforcados, um homem e um burro; hehehe! O homem tinha o pescoço inchado; morrera com um sorriso nos lábios e exalava um perfume que se derramava por entre a vegetação, enquanto que o burro, com a língua de fora, ainda cheirava a excremento e mijo. O homem trajava camisa de seda vermelha com listras azuis, calça de ganga azul, um cinto de marca e sapatos envernizados-luzidios. No chão estava um chapéu de aba larga e um par de óculos persol que sempre usara o defunto, um tubo de charuto de aço inoxidável e uma garrafinha de uísque velho. Estranho caso aquele, concluíram. Mas depois tudo se esclareceu quando viram um papel cravado no tronco da árvore, com os seguintes dizeres, a modo de versos:

Em tantos anos de vida e de andanças
entre trafulhices e trapaças
que me levaram aos cárceres
procurado e rebuscado em todos os lugares
despeço-me desta vida andante e carente
primeiro matando o meu burrito
depois a mim com um tiro nos cornos.
A quem me ler peço que digam aos tribunais
que venham prender-me
ou enterrar os mandados de captura
aqui onde fico com a minha alma
e que ninguém se atreva a tirar-ma
sob pena de eu depois lhe furar as vísceras
e assim saldar as dívidas que tenho para com o mundo e a vida.
Descanso em paz.

Algures em terra queimada, 24 de Junho de 1987.

Assinado: Dom Alvarinho de Santa Vila (também conhecido na gozação por Dom Alvarinho Baptista de Santa Vila, Boa e Tanta Andança, Folgança e Trapaça).

Os dois se entreolharam só, pasmados. Hehehe! Estava ali enforcado Dom Alvarinho de Santa Vila de que tanto um quanto o outro tinham ouvido falar. E recordaram-se desse famoso contrabandista que era bastante procurado pela Polícia Judiciária, desde há muitos anos. Dom Alvarinho era acusado de muitas burlas, como falsificação de documentos oficiais, de documentos usados em transações bancárias, de faturas, letras e livranças, de assaltos a agências bancárias, de envolvimento com proxenetas e passadores de drogas. Na época colonial, quando começara a dar nas vistas, era o único negro que andava em carros caros como um ferrari, um bugatti, um lamborghini ou um rolls-royce, o que punha os brancos com inveja e ódio do negro atrevido, e atiçava particularmente a atenção dos agentes da PJ, onde Dom Alvarinho era bastante conhecido de tantas vezes ter ido lá parar; a PIDE lhe vigiava no que falava e não falava e nas amizades dele. Era também o único negro que naquele tempo participava em ralis como o famoso Seis Horas de Nova Lisboa, bem como frequentava com assiduidade as grandes boates de Luanda, como a Támar, à Ilha de Luanda. Era sempre visto na companhia de loiras e nunca de negras ou mulatas. Dom Alvarinho de Santa Vila era também homem de bons gostos pois, para além de se vestir elegantemente, usava relógios caros, anéis, vários fios e douradas pulseiras. Era o único negro que morava no bairro Miramar, fato inédito naquele tempo. Devido à tanta ostentação, Dom Alvarinho era suspeito de ser um agente da PIDE, um bufo tal qual. Verdade ou mentira, o certo é que, quando da entrada oficial dos movimentos de libertação, o homem mostrou que tinha alguma coisa na cabeça pois passara a ser visto em comícios do Eme; deu dinheiro nos camaradas guerrilheiros; ofereceu viaturas no Eme e chegou mesmo a envergar a farda dos combatentes quando foi da surra dada, em Julho de 75, a soldadesca a mando dos lacaios do imperialismo. Depois, correspondendo aos prementes apelos do bichinho que tinha entranhado no sangue, voltou à *kamanga* tendo sido apanhado em 1983 pelo famoso Processo 105. Com os seus mais de sessenta anos de idade, Dom Alvarinho tinha passado mais de metade da sua vida nas cadeias ou a monte, tentando sempre driblar as autoridades judiciárias e a vida. Como é que ele, homem ilustrado e inteligente apesar de tudo, fora terminar sua vida naqueles descaminhos — terras ermas e sofridas de tanta carestia? De que é que ele andava à procura naquelas bandas? Haveria diamante por ali? Os dois se entreolhavam só, ainda pasmados.

Depois Manimaza subiu para as costas do Soba a fim de poder examinar atentamente uma mochila que permanecia no dorso do defunto. O Soba, pelos seus esgares, bufava por todos os lados e esforçava-se para não deixar cair o companheiro de viagem; mal se sustinha direito, vacilava pois. Antes, Manimaza persignou-se — que Deus o perdoasse por ter que ir tocar no morto. Depois olhou bem para a cara do defunto, observou que tinha a barba crescida e que cheirava a perfume o seu corpo. As moscas, a cujo zumbido irritante os dois caminhantes não podiam escapar, cirandavam incessantemente em volta dos dois corpos. Confirmou que ele era igualzinho às muitas fotos com a cara dele que a *Judite* espalhara por toda a província ultramarina. Disse para si que lamentava que Dom Alvarinho tivesse posto termo à sua vida antes que o Senhor a tirasse, mas, eh pá, mataste-te sozinho, agora já deves estar a penar no Inferno com os teus mil pecados. E na mochila Manimaza encontrou algo que pudesse lhes dar algumas pistas sobre tão insólito e trágico acontecimento: vinte mil dólares norte-americanos em notas de cem, à mistura com cacos de vidro, foi o que encontraram! Para eles estava claro, Dom Alvarinho deambulava por aquelas terreolas em busca de *kamanga*. A mochila continha mais alguns papéis velhos, um mapa geológico de Angola muito riscado e sujo de tanto uso, um binóculo, uma lupa, uma Bíblia, fósforos e velas e um frasco de medicamentos. Em volta da cintura trazia uma pistola e duas grandes navalhas. Os dois voltaram a confirmar então que apesar de Dom Alvarinho de Santa Vila ter escrito que iria suicidar-se com um tiro na cabeça, não o fez; no último momento deve ter mudado de ideias e preferido primeiro encordoar no pescoço o burro e depois a si próprio. Uma mosca lhe cirandava; teimava em entrar-lhe pela boca; o Soba, muito irritado, tentou lhe afastar com uma das mãos; se desequilibrou só. Cansado de tanto peso nos seus ombros, e fragilizado como estava, o Soba caiu para o chão levando Manimaza a cair também estrepitosamente. Catrapus! Deitados ali mesmo os dois velhos se deixaram estar por uns cerca de cinco minutos, até se sentirem com forças para retomar caminho; queixavam-se de muitas dores em todo o corpo. Antes, os dois, de tão atordoados que estavam, ouviram Dom Alvarinho assobiar um trecho musical de Frank Sinatra e viram também as orelhas do burro a aumentar de tamanho e a abanar ao ritmo da música! Xêié! Foi o bastante para se afastarem daquele local a toda a pressa, apesar de sentirem os ossos fraquejar.

— Catita, fica quieta... assim, com a mão a tremer, como é que vais tomar a sopa? — a Daya e a Irina

— Qualelá!

— ... já entornaste a sopa, Catita. Fica quieta, Catita

Mas porque é que Dom Alvarinho, se era kamanguista, se fazia transportar num burro de carga ao invés de andar de jipe todo-o-terreno como faziam todos os que se dedicavam àquele negócio? Ora, era para não dar nas vistas, ele que era tão procurado pela PJ e por muitos credores.

— Bom, e agora o que é que fazemos com esta massa?

— Ainda perguntas? Vamos dividir, tu ficas com metade e eu com a outra.

— Eu, vendo bem as coisas, vou fazer chegar o dinheiro ao camarada Comissário Provincial para, por seu turno, ele enviar ao Partido — falou sem grande convicção o Soba Kitekulu, como se estivesse a consultar o seu interlocutor.

Manimaza riu-se a bom rir e disse, categórico: "Não sejas parvo! Está claro que o Comissário vai te agradecer, mas ele próprio vai ficar com a massa. Tens dúvidas?".

Soba Kitekulu disse que não duvidava nada, que sim senhor o camarada Comissário era muito espertalhão. Dez mil dólares para cada um era um bom espólio, reconheceu no seu íntimo. Depois confessou que aquele dinheirinho lhe daria um grande jeito, apesar de ter pensado naquela oportunidade de o Partido, caso entregasse a massa, lhe louvasse publicamente, como, aliás, já o fizera em circunstâncias idênticas com outros santíssimos impolutos camaradas. Recordava-se de um camarada que, enviado para a Europa para comprar roupas, calçado, fotocopiadoras, pastas para congressos, canetas, equipamento sonoro e desportivo, para um grande evento a decorrer no país, devolvera ao Partido o que lhe haviam dado de comissão. Lhe louvaram por escrito no boletim de informação interna do Comitê Central. Achou o ato muito positivo, mas lamentou o fato de o tal camarada ter morrido mais tarde pobre e miserável franciscano e hoje já ninguém se lembrar dele.

E retomaram o caminho um pouco mais animados. Antes, lamentaram não terem podido tirar do defunto um grosso e brilhantíssimo anel — os dedos já lhe estavam muito inchados — que lhes pareceu conter uma grande pedra de diamante. De qualquer modo, tiveram o cuidado de não retirar o papel escrito e cravado no tronco da árvore, bem como não mexer nos sacos que o burro transportava e que ficaram abandonados no chão. Tiveram a preocupação de não deixar no local muitas impressões digitais, apesar de não acreditarem que um dia a Polícia pudesse chegar até ali.

E se interrogaram sobre se de fato tinham mesmo ouvido Dom Alvarinho assobiar. Podia ser? Manimaza admitiu a hipótese de talvez ter sido um passarinho a mostrar suas habilidades musicais. Eh! Entretanto, pouco depois e quando já estavam a uns bons trezentos metros do local em que haviam encontrado mortos Dom Alvarinho e o seu burro, ouviriam, estupefatos, um bando de pássaros multicores cantarem em inglês perceptível a canção “New York New York”! Eh! Eh! Eh! Mais espantados ficariam por escutarem uma orquestra invisível a acompanhar os pássaros, eheheh! Pensaram, conformados com tanta evidência, que talvez a tal canção fosse a preferida do defunto Dom Alvarinho de Santa Vila, que se matara sozinho.

É PRECISO AGARRAR ESTES ASSASSINOS JÁ
Não haverá perdão... a sentença
Bater no ferro quente
“Yo no tengo a nadie
Que me quiera a mi

Levava a caminhada mais de dez dias e os dois caminhantes estavam manifestamente esgotados. Soba Kitekulu, com os pés inchados, estava agora febril o que os obrigou a uma paragem forçada e longa. Como não havia por perto alguma sanzala onde pudessem repousar, tiveram que se abrigar debaixo de uma frondosa árvore. Antes Manimaza examinou atentamente o local e constatou que ali era frequente os pastores ficarem a descansar pois no chão havia muitos excrementos de bois e de cabras. Enquanto o Soba descansava estirado no chão, Manimaza cuidou de construir um pequeno abrigo onde os dois pudessem passar aquela noite e o tempo que viesse a ser necessário. Para tal, serviu-se de arbustos e de folhas largas; antes limpara o chão emporcalhado. E com os conhecimentos que tinha de medicina tradicional cuidou do companheiro de viagem. Adormitando, Soba Kitekulu acordou assustado. Despertou o companheiro de viagem e disse-lhe que estava a ouvir novamente passos de alguém a correr debaixo do solo. Manimaza fingiu lhe prestar toda a atenção mas depois caiu num sono de pedra. Pela manhã, como o Soba dava sinais de recuperação retomaram a caminhada mas a passo ainda mais lento. Entretanto, três horas mais tarde constataram que, afinal, não estavam muito distantes da Zona de Acção.

E chegaram finalmente. O Ngola já não era um rio caudaloso, mas sim um simples riacho. O nível das águas tinha baixado consideravelmente, mas a vida na Zona continuava apesar de agora ser mais difícil devido à ausência de peixe grande. As canoas estavam imobilizadas nas margens; não tinham fundo para navegar. Para acarretar água para as suas cubatas, as mulheres se entregavam à tarefa com mil cuidados para não deixar a areia do leito se infiltrar no líquido precioso. De qualquer modo, os dois concluíram ser uma bênção de Deus o rio estar naquele estado, pois de onde vinham não tinham visto nem um fio de água corrente.

Inteirado das ocorrências na Zona de Acção na sua ausência e sentindo-se melhor, o Soba assumiu totalmente as suas responsabilidades. Sobre aquela estranha ocorrência, a informação estava na boca do povo: os bandidos tinham desviado o curso do Kwangu para áreas sob o seu controle a fim de explorarem em seu único proveito todo o diamante que fluía nas águas daquele grande rio. Também se admitia mesmo a hipótese de o rio ter deixado de correr do lado de Angola *mona ami mona ami*.

Tendo começado a constar que, apesar de o Kwangu nos ter sido roubado, Deus castigara os predadores da economia nacional intervindo para que os diamantes ficassem no leito em solo angolano — os bandidos ficavam só com as águas correntes e nós com as brilhantes-brilhas-pedras — as populações ribeirinhas precipitaram-se logo para o leito seco do Kwangu, munidas de pás e picaretas para garimparem nas pedras preciosas. Como a notícia se propagou rapidamente, o leito do rio foi tomado de assalto não só por aquelas populações como também por povos outros que atravessavam a nossa fronteira. A ocasião foi logo aproveitada por pastores de igrejas evangélicas e messiânicas para proclamarem que aquela era uma bênção divina; um exemplo de como Deus era infinitamente bondoso; uma prova evidente de que Deus era angolano; talvez até um camarada do nosso Partido ou com algumas simpatias por ele; que o Senhor Santo Deus tinha assim punido os bandidos. Aleluia! Aleluia! Aleluia! — gritavam em todos os cantos os supostos pregadores da Boa Nova, enquanto procuravam também por diamantes! Em pouco tempo o leito do Kwangu estava cheio de enormes crateras. No afã do garimpo e com a movimentação desordenada de enormes quantidades de terras, muitas pessoas foram ficando soterradas naqueles buracões o que aumentava a dor e o luto entre os populares. Dizia-se que entre aquela gentalha tinha quem estava a mando de grandes senhores. Havia gente que em troca de dezenas de supostas pedras recebia grades de cerveja e garrafões de vinho.

É preciso agarrar estes assassinos já... Bater no ferro quente... a caminho da Igreja lia numa parede

Ajoelhei-me, levantei a mão direita trémula... o terço o cartaz... meu filho...

As lágrimas

Solo llevo tristeza y martírio en el Alma

"Camarada Comissário Provincial, Comandante Sete Vigas, herói da Luta de Libertação Nacional, medalha de Veterano da Pátria, medalha 4 de Fevereiro, medalha 11 de Novembro (acho que citei todas as medalhas... todas sim), meu bom chefe 'Kapitangu', votos de boa saúde com as minhas saudações sempre revolucionárias. Como deve ser do conhecimento do Chefe, estive alguns dias ausente da Zona, me tendo deslocado até nas margens do Kwangu; não, não fui à procura de diamantes, não senhor, fui ver só no quê, nos parentes e amigos naquelas bandas, não contava demorar tanto tempo. E o que aconteceu, conto só, assim: o rio Kwangu deixou de correr do nosso lado, dizem que os bandidos lhe desviaram propositadamente, aliás, como o Chefe sabe, quê, lá eles é que estão a mandar só, nós não controlamos nada, eles controlam tudo e quando encontram gente que não está com eles, matam logo logo; bom, então, Chefe, todas aquelas populações que vivem só nas margens do Kwangu e de seus riachos estão a passar muito mal; bebem só na água turva retirada das raras cacimbas para o que têm de percorrer quê muitos quilómetros; há gente e animais a morrer; vi só muita secura-rachadura por todo o lado onde que passei; vi muita total carestia, quer dizer, quê, falta de tudo, nada- de-nada. Espero que o nosso governo tome medidas imediatas e enérgicas para quê, que o Kwangu volte só a banhar nas nossas terras como sempre foi desde os tempos dos nossos antepassados; aliás, nunca nos meus muitos anos de vida tinha pensado que um dia alguém pudesse desviar, quê, no curso de um rio, exceptuando, claro, quando, por razões técnicas, se impõe mudar um curso de água num determinado ponto para quê, para permitir a construção de uma barragem hidroeléctrica, por exemplo; agora, desviarem só no rio que também é nosso para roubarem quê nos diamantes que abundam no rio, isso é um absurdo, é inadmissível. Ah! o camarada chefe já está informado, né? Ainda bem! Sim senhor, estou plenamente de acordo que o nosso Governo tenha já tomado quê, nas medidas para solucionar o caso; se por via negocial não se encontrar uma saída, então que se use só a força. Se a Zona também foi afectada? Sim, embora não de forma tão drástica, tão dura. Por aqui a vida vai andando embora com pouquíssima água — é só-peixinhos-só. Assim, de qualquer modo, camarada chefe, este povo heróico e generoso da minha Zona de Acção está pronto a combater quê, só de armas na mão se for necessário para que o rio Kwangu retome o seu curso normal de acordo com a vontade de Deus. É só o Comandante-em-chefe ordenar! Volto a jurar, Chefe, que eu não fui lá à procura de diamantes; caso fosse esse o propósito da minha deslocação no Kwangu não me esqueceria quê nunca de oferecer no meu chefe umas pedrinhas, daquelas que eu sei têm passado pelas suas prodigiosas mãos, boas e santas mãos. (Estás desconfiado, vê-se logo; pensas que ninguém sabe que és também um grande kamanguista; estás enganado, pois todo o mundo disso tem conhecimento ou ouve falar com frequência; Manimaza tinha razão quando me aconselhou a ficar com a massa, espertalhão como tu és, ficarias logo com o dinheiro todo, meu grande safado!) Assim termino, não, não ainda não. É que me esqueci de contar só no Chefe quê no regresso para a Zona vimos contratados em camiões com Kapalandanda lhes seguindo, guerrilheiros em marcha cadenciada empunhando a bandeira nacional, vimos um batalhão das nossas gloriosas FAPLA desfilando e cantando 'Eu vou morrer em Angola com arma de guerra na mão/ Granada será meu caixão enterro será na patrulha', carregadores a caminhar em fila indiana, Silva Porto a lhes comandar, e um grupo de quê, pioneiros na marcha kazacuteira deles, arrastóo-comandóo, como no antigamente nos primeiros anos da independência. O Chefe está admirado né?!, eu também meu chefe. Como que os guerrilheiros levavam a bandeira nacional, Chefe? Foi o que vimos, Chefe. Que talvez fosse alguma maluquice nas nossas cabeças derivada da quê, da fome?, talvez Chefe, mas era só para sua informação, já que o Chefe tem de saber tudo que se passa na sua área de acção e comando. Vimos também, Chefe, dignitários, quer dizer, antepassados históricos como Maniankwhe, Kitexi ka Ndambi, Ngola Kilwanji Kindambi, Sungwandumbo, e tantos outros a gritarem 'Angola avante até à vitória final!', O que ééé?!!! Mais. Não é que vimos também, Chefe, Ali Babá e os Quarenta Ladrões com mulas carregadas com os nossos preciosos diamantes?! O que ééé!!! É isso mesmo meu chefe! Ah, me esqueci de dizer que se-encontrámos com centenas de *akixi* a dançar e a nos caretar? O quê?!!! É isso mesmo, Chefe, centenas de *akixi* nas caretices. O Chefe se demirou né? Nós também, Chefe! Mais uma informação importante: encontrámos Dom Alvarinho de Santa Vila enforcado numa árvore! É isso mesmo, Chefe, Dom Alvarinho se matou sozinho, sem ninguém lhe ajudar nem nada! Dom Alvarinho morrera com um anel com uma grande pedra de diamante nos dedos, onde está o anel?, lhe deixámos ficar quê com ele porque tinha os dedos inchados, como?, devíamos lhe arrancar no anel mesmo assim, ainda que tivéssemos de lhe cortar no dedo?, confesso, Chefe, que ainda pensámos nisso mas quê achamos que seria um grande pecado perante Deus. Pois, está bem... assim o Chefe quer a exacta localização do sítio para depois as autoridades competentes cumprirem com certas formalidades? Certo, prometo lhe enviar o desenho aproximado do local da árvore onde quê Dom Alvarinho se-morreu só com o seu burrito. Mais um pormenor, Chefe: Dom Alvarinho tinha uma pistola na cintura! Onde está a pistola? Lhe deixámos com ele, quê, Chefe! Devíamos lhe tirar na pistola? Assim somos uns burros? Patetas? Filhos de quê?... Acho que o Chefe também já nos está a ofender. Assim já é demais, quê. Ofender nas nossas mães que nem sequer lhes conheceu? Enh? Isso assim não dá, Chefe, O Chefe vai nos queixar na Segurança por causa da pistola? Não faça isso, Chefe. Por amor de Deus, não faça isso, meu bom chefe. Como lhe disse, não queríamos deixar no local muitas impressões digitais. Foi só por isso que deixámos na pistola com o morto. Assim alguém pode chegar lá, quê, roubar na pistola e andar por aí a fazer tiros? Não acredito, Chefe, que isso possa vir a acontecer. O sítio fica mesmo muito longe dos caminhos frequentados por pessoas, Chefe. Não nos queixa só na DISA, Chefe, por amor de Deus, meu bom chefe! Assim outra vez a disparatar nas nossas mães, Chefe? Agora também lhe disparato na tua mãe!!! A tua mãe também é também! (Este gajo pensa lá porque é chefe é superior aos outros, pode xingar nas mães dos outros. Sacana! Agora levas também para saberes quanto é bom ofender nos outros!) Ah! O Chefe retira o quê que disse, não queria nos ofender? Pois. Pois assim, eu também retiro. Termino agora... Como, Chefe? Se Dom Alvarinho não tinha um dente dourado? Pulseira e fio dourados? Não, Chefe. Mas quanto ao dente dourado, não sei. Não lhe abrimos só na boca que estava embora fechada. Devíamos lhe abrir e lhe arrancar só no dente dourado? Sacana do defunto, disse quê o Chefe? Isso é um grande pecado, meu chefe! Assim, então, o Chefe, bom cristão como é, como que chama de sacana no defunto? Tinha negócios com ele? Assim lhe fez algum mal? Sei que não é da minha conta, mas pela maneira como o Chefe se referiu ao sacana, perdão, ao santíssimo finado, acho que não gostava muito dele. Para além disso, um defunto deve merecer todo o nosso respeito. Como, Chefe? Estou armado em moralista? Bom, Chefe, então assim o Chefe era capaz de lhe arrancar só no dente? Sinceramente, Chefe, nós não teríamos coragem. Está bem... De qualquer modo, prestei quê toda a informação no Chefe. Agora termino, não, mais um pormenor só, Chefe: quando nos afastamos da árvore onde deixámos Dom Alvarinho com a alma dele só a penar, não é que ouvimos um bando de pássaros a cantar quê assim em inglês para o finado defunto, Chefe?! A cantarem ou a chorarem? A cantarem em inglês puro para Dom Alvarinho?! Não estamos bons da cabeça, Chefe? Estamos chanfrados? O Chefe acha mesmo? Assim estamos só lhe gozar ou quê? Por amor de Deus, meu chefe, porque é que havíamos de lhe gozar? E vimos o burro as orelhas dele estavam lhe crescer, a se-abanar só no ritmo da música! O quê?! É isso mesmo, meu chefe, o burro com as orelhas dele a lhe crescer só! Assim o Chefe vai nos mandar um psicata para nos ver bem nas cabeças quê? Está bem, o Chefe é chefe, o Chefe manda. Nos manda, então, o psiquiatra. Agora termino mesmo manifestando-lhe todo quê, o apoio do povo desta Zona de Acção ao nosso Presidente, Partido e Governo. Neste momento dramático em que a soberania nacional da nossa jovem República Popular de Angola está ameaçada, cerremos fileiras para combater o Inimigo a quem não cederemos nunca nem um palmo do solo pátrio, muito menos diamantes. Abaixo os lacaios do imperialismo! A luta continua e a vitória é certa! Sete vigas e sete vidas para si e para nós todos. Tenho escrito só. Soba Kitekulu, 'Kutolola', o pensador. 'Ano do X Aniversário do Partido e da Consolidação do Poder Popular'."

Foi necessário esperar quase um ano para que a situação do Kwangu fosse resolvida. O Governo encetou todos os contatos diplomáticos necessários para o caso, por um lado, enquanto que, por outro, aumentou a pressão militar sobre os bandidos tendo-os desalojados das zonas mais críticas. O povo se regozijou de muito alegria quando viu o rio Kwangu correr águas no seu berço materno. *É PRECISO AGARRAR JÁ... JÁ... JÁ... Bater no ferro quente*

IV

Sob minha orientação, Minguito cuidava quinzenalmente do Jornal de Parede. Nessa tarefa militante ele se esmerava: fazia recortes de jornais e de revistas; copiava artigos com a sua linda caligrafia; sublinhava as partes mais importantes dos discursos dos dirigentes do Partido e do Governo.

Para além de política e de economia política, o Jornal falava em particular das diferenças entre o capitalismo e o socialismo; das conquistas que os países socialistas alcançavam nos domínios da indústria, da agricultura, da educação e da saúde. O Jornal tinha também um espaço recreativo em que apareciam anedotas, curiosidades e, em banda desenhada, contava pequenas histórias infantis, usando sempre uma linguagem muito simples e cores garridas.

O Jornal, feito em quatro folhas de cartolina, era pregado no tronco de uma árvore debaixo da qual era hábito as pessoas da Zona virem para descansar, entrelaçar ideias, sonhos e projetos apesar da vida limitada que levavam. Se bem que a Zona contasse com um número reduzido de alfabetizados, o Jornal era lido e comentado; as crianças alfabetizadas apreciavam o que o Jornal para elas continha. Constituía mesmo algo que distraía os habitantes da zona sitiada.

De quinze em quinze dias o Jornal era mudado. E Minguito, apesar da falta de notícias frescas, tinha uma imaginação fértil que lhe permitia tornar o Jornal sempre atraente. Não divulgava falsas notícias, mas com a sua veia artística conseguia sempre inserir temas que despertavam interesse e muita atenção no seio da comunidade. Era o caso do que divulgava sobre como plantar batatas, como cultivar o agrião, como secar o milho, como afugentar mosquitos e matar ratos. Para tal, Minguito consultava velhos almanaques e revistas.

Com a quarta classe feita, Minguito frequentara na sede da Província pequenos cursos de agitação e propaganda que o DIP tinha organizado. Estava, por isso, habilitado a tratar do Jornal de Parede o que deixava Soba Kitekulu confiante quanto ao desempenho do jovem, seu auxiliar nas tarefas partidárias. De fato, o jovem estava preparado para exercer as funções de monitor político. Minguito era também alfabetizador; para isso andava de lar em lar com a sua luz que desbravava a noite dos que não tinham luz nenhuma.

Lhe conhecia bem desde pequeno. Era filho de um casal amigo; o pai, caçador, tinha sido morto por um leão que ousara enfrentar. Quando da tragédia, sentiu-se logo na obrigação de lhe proteger, o que fez como se fosse seu filho. Era um rapaz inteligente e estudioso; passava largas horas a ler todos os livros e revistas que chegavam da capital da Província. Graças a ele, Soba Kitekulu ia percebendo as diferenças entre o capitalismo, o socialismo e o comunismo; porque é que a China Popular era um regime revisionista; porque é que havia a esquerda e a direita, os países do bloco socialista e os do bloco capitalista; o que é que a URSS e Cuba significavam para Angola. Às vezes ficavam os dois a conversar longamente sobre se valia mesmo a pena Angola lutar pelo socialismo científico. Como que um miúdo desses com apenas a quarta classe já era capaz de ler e reler o Capital, de Karl Marx? Que eu me interrogava só.

Tudo corria bem até quando comecei a reparar que o Jornal aparecia com alguns erros de ortografia. Mas o pior era que às vezes fotos do Presidente apareciam riscadas, lhe punham bigodes; o Lenin com uma barba e cabeleira longas, grosseiras palavras. Pensei muito no que estaria a passar-se com o jovem que até aqui tinha sido um trabalhador exemplar, um militante honesto, diligente em tudo e sempre fiel à causa do Partido. Chamei-o a atenção e fiquei a saber que ele também estava surpreso com o que aparecia no Jornal; jurou que não sabia quem estava a fazer aquilo; que só podia ser alguém que lhe queria tramar.

O tempo foi passando e as surpresas desagradáveis não cessavam. Agora o autor dessas injúrias estava mais descarado e atrevido. Riscava o Jornal a vermelho; escrevia em letras garrafais "Abaixo o Poder Popular", "Abaixo o Socialismo", "Viva o Capitalismo". Eu e Minguito estávamos desesperados, tínhamos de tomar medidas enérgicas para acabar com essa afronta direta ao regime e à suprema ordem estabelecida, sob pena de sermos acusados de contrarrevolucionários e de lacaios do imperialismo norte-americano. O que fazer então?

Soba Kitekulu ordenou que o Jornal fosse permanentemente vigiado, de dia e de noite; que todo o povo da Zona de Acção estivesse atento. E para tal tomou medidas. Em cada noite tinha sempre um quem que ficava três horas em estado de vigília; depois um outro lhe revezava. Furavam a escuridão com seus olhos e permaneciam atentos ao mínimo estranho movimento. Mas diziam que viam coisas estranhas. E contavam que certa vez tinham visto um quem envolvido num lençol branco, em andanças, eheheh; um grupo de patos a passar e a repassar, gingando, haka!; um macaco a saltar de galho em galho e a se rir deles, hehehe!; um porco preto a fumar charuto; eheheh!; um gato preto a correr atrás de um cão da mesma cor! Haka! Os vigias relatavam o que tinham visto, mas ninguém lhes dava crédito; lhes pediam provas concretas. Em vez de um de cada vez, passaram a ser três vigias de três em três horas; de dia não havia nada de especial. Mas, apesar da apertada vigilância, o Inimigo continuava com suas safadezas. Como que o quem do safado conseguia de ludibriar na atenta espia? O malvado agora passara a assinar com as iniciais "H. M." Ih! Quem seria então esse quem? Conhecia todos os habitantes da Zona; ninguém se chamava Hélder, Horácio, Hildebrando, Honório, Heitor, Hélio, Humberto, Hilário, Honorato, Herculano, Hermínio, Higino, Hortênsio, Hildefonso; muito menos Hermógenes, Hipócrates, Heráclito,

Hipólito, Hermeto, Hersílio; Halcioneu, Hípaso. Quem seria então? Ah! Lembrei-me da Helena Matari e do Henrique Matondo — os únicos só. Podia ser a Helena, uma camponesa analfabeta, em tudo muito santa-cristã? Não, não podia ser. E o Henrique Matondo? Também não; era um pobre homem que padecia de epilepsia. Para além disso, eram poucas as pessoas que sabiam escrever corretamente. De qualquer modo, excluindo a Helena, mandei lhe chamar. O Henrique Matondo disse que não sabia de nada e que nem sequer seria capaz de escrever aquelas frases.

E escreveu, então, ao Comissário Provincial a participar das estranhas ocorrências; disse que ninguém podia questionar a indefectível consideração e simpatia que o povo da Zona tinha pelo Partido, pelo camarada Presidente, a Jota, a OMA, a OPA; as gloriosas FAPLA; a UNTA; que em todas as casas havia fotos do camarada Presidente; que a bandeira da República e do Eme estavam sempre arvoradas. O chefe da Província disse que mandaria logo uma equipe da DISA para tratar do caso. O que fez com a maior brevidade.

Tânia sentia-se vigiada; pressentia que, mesmo quando na universidade, estava a ser insistentemente espiada por suspeitos colegas. Alguém que sabia que ela militava no Comitê Amílcar Cabral, preveniu-a; que tivesse cuidado; os CAC's estavam na mira da segurança.

A equipe da Segurança integrada por cinco elementos começou logo por conversar longamente com o Soba Kitekulu, no seu pequeno compartimento de trabalho. Este, solícito, foi respondendo a todas as perguntas; mostrava documentos; disse que não desconfiava de ninguém, que na Zona não havia gente com discernimento para fazer aquilo; que, reiterou várias vezes, na Zona não havia ninguém contrarrevolucionário. Depois quiseram saber se não havia na Zona testemunhas de Jeová. Senti um travo amargo na boca, as pernas a tremer; hesitei em responder à pergunta; receava denunciar dois senhores e respectivas companheiras que eu sabia serem crentes dessa seita. Mas então, onde ficam os direitos e deveres fundamentais dos cidadãos? Não diz a Lei Constitucional que garante a todos os cidadãos o direito de livre expressão, de reunião, de associação? Que a liberdade de consciência e de crença é inviolável? Vou argumentar com base na Lei? Estas interrogações ocorreram-me em breves segundos; agora tenho de responder se não estes homens vão me bater. Pois, então respondi que sim. Logo me intimaram em alta voz a ir buscar os dois testemunhas.

Entretanto, para minha grande surpresa, o chefe da Segurança mandou construir em poucos dias uma casa que passaria a ser o lugar onde acomodariam todos quantos estivessem implicados no caso. "Mas, chefe, aqui na minha Zona somos todos do Eme e não há ninguém do contra", que eu falei. O segurança mandou-me calar a boca e me perguntou se queria levar no focinho. Me encolhi só.

Pediram a comparência imediata da Helena e do Henrique. Foi um breve interrogatório, pois perceberam logo que quer a senhora quer o senhor eram pessoas incapazes de escrever o que quer que fosse. Depois foi a vez de Minguito que, em breves minutos, apareceu esbaforido, com os olhos avermelhados. Percebi que o miúdo estava muito assustado e receoso, que mal tinha dormido. Antes de lhe interrogarem, lhe deram logo uma bofetada; Minguito se desequilibrou e desatou a chorar. Lhe ordenaram que deixasse de choramingar, que o caso era muito sério, que ou ele dizia toda a verdade ou lhe matariam logo logo. Minguito, desesperado, berrava e pedia clemência, que ele não sabia de nada, que não tinha sido ele o autor das safadezas aquelas, que era um militante sério do Eme. Sem que tivesse terminado o severo interrogatório, Minguito já sangrava de tantos socos e pontapés que lhe tinham dado.

As testemunhas de Jeová foram os primeiros a estrearem o cárcere; apenas por uma noite. No dia seguinte, pela manhã, foram acomodados na carroceria de um caminhão militar e levados para um distante centro de reeducação. Foram com suas mulheres e filhos (dois rapazes em idade de irem para a tropa e seis pequenotes). Doeu-me muito ver as senhoras agarradas às crianças a chorar e a partir. Um dos senhores, já na carroceria, de pé, levantou a mão, fez-me adeus e, esboçando um sorriso, com os dedos fez o v de vitória e gritou "Confiem em Jeová de todo o coração!". Ainda vi dois militares a esbofetearem-no (… O casal Zé e Brígida e filhos a serem presos, amarrados e torturados, a testemunharem a brutalidade da Segurança, por simplesmente acreditarem em Jeová; os filhos, apesar de menores, a serem levados cada um para o seu gulag… Kinjango… Kinguengue… Kihuhu… Kitamba… até lá em Massango). Nesse dia pensei demoradamente nas consequências da presença da DISA na minha pacata Zona de Acção; arrependi-me logo de ter solicitado ao Comissário Provincial o envio de uma equipe da Segurança. E agora?

Tânia estava magra; em poucos dias de cárcere envelhecera. Lhe mandaram chamar; era de madrugada. Ela sabia que nada de bom estava para acontecer; os guardas lhe apalparam nas nádegas e nos seios a seu belo prazer; Tânia não protestou; sabia que ali não adiantava nada oferecer resistência a qualquer atitude de afronta dos carcereiros. Chegou à sala do interrogatório e lhe mandaram desnudar-se; os olhos dos senhores se avivaram, chisparam chamas; gracejaram grosseiramente. Um dos senhores pespegou-lhe uma violenta lamparina; Tânia prostou-se no chão. "Levanta-te!" — um dos homens presentes gritou. Tânia levantou-se imediatamente; lagrimava abundantemente. O chefe acendeu um cigarro, expeliu o fumo e aproximou-se de Tânia. Lhe foi queimando nos mamilos; muito lentamente, vagarosamente. Tânia gritava, pedia perdão, por Cristo Nosso Senhor…

A mãe de Minguito, preocupada com a demora do filho, veio ter comigo; queria saber o que se passava com o seu filho. Depois lhe acompanhei ao escritório onde a Segurança passara a trabalhar. Tinham trazido num caminhão militar todo o material pré-fabricado para o seu estabelecimento e cumprimento escrupuloso da sua missão; eram várias placas pintadas de branco, dois painéis fotovoltaicos, rádios-escuta, cabos grandes e pequenos e mobiliário de campanha. Em pouco tempo estava montado um pequeno escritório, um quarto com dois beliches e um quarto de banho. Pediram ajuda no povo que veio curioso mas boamente; eu mesmo ainda que lhes ajudei. Tirando eu e Manimaza, mais ninguém sabia com que propósito aquela estrutura estava a ser montada; o povo pensava que fosse para instalar a administração da Zona. Foram três horas de trabalho, mas de bom convívio; os seguranças irradiavam simpatia; conversavam com todos quantos tinham sido chamados a dar uma ajuda — só homens. No final nos deram latas de conservas, bolachas e gasosas.

Quando chegamos, Minguito estava deitado no chão, à porta do escritório, ao sol, a camisa rasgada e a calça suja; e sangrava. Ao ver a mãe, desatou a berrar com todas as forças que tinha; a mãe não se conteve e pôs-se a gritar também. O Soba tentou acalmá-la mas em vão. A mãe do rapaz, ajoelhada, debruçou-se sobre o filho e foi ofendendo os homens da Segurança. Um dos seguranças pegou num pau e intimou-os a desandar dali imediatamente. O Soba e a mãe de Minguito saíram dali a correr.

"Oh meu Deus! Estes homens afinal são assim? Chegaram tão simpáticos... Se eu soubesse não teria pedido ao Comissário que os mandasse para aqui. Em que grande alhada me meti. Pressinto que vamos ter muitos problemas. Deus queira que não..."

Caiu a noite. Exaustos, os homens da Segurança adormeceram. Antes, amarraram Minguito a uma árvore, no lugar onde o povo se reunia, a cerca de meio quilômetro do escritório; com certeza que tinham escolhido aquele local para que todos testemunhassem como eles tinham mimado o jovem. Pela calada da noite, levei-lhe comida e água. Estava muito triste com o que tinham feito no meu ajudante; a Segurança não tinha provas concretas, porque é que tinham maltratado Minguito, que eu me perguntei. O jovem tinha a camisa molhada de muitas lágrimas vertidas; as calças jeans amarrotadas e rasgadas nos joelhos; um dos olhos inchado e avermelhado; queixava-se de muito frio. Perguntei a um dos seguranças que vigiava o rapazito se podia lhe dar um cobertor ao menos; o segurança não disse nada, nem que sim nem que não, mas pelo olhar dele percebi logo que a resposta era não.

Sentia-se muito arrependido por ter levado o assunto à consideração do Comissário. Mas o que deveria ter feito? O que é que ele, sozinho, poderia fazer? Nunca pensou que a Segurança fosse tão brutal a atuar, embora já tivesse ouvido falar das barbaridades perpetradas pelos seus agentes. E agora, o que fazer para tirar Minguito desta situação? Falar com o chefe deles? Talvez não seja a melhor solução. E então? Vamos ver... é melhor aguardar.

No dia seguinte, de manhã, o Jornal estampava "Abaixo a Segurança"! Eh! Eh! Eh! Quem que tinha feito aquilo, que todo o povo se interrogava. O chefe da equipe da DISA reuniu imediatamente com os seus homens. Como tinha sido possível aquilo acontecer durante a sua estadia na Zona? Chamaram o Soba para se explicar. Queriam saber toda a verdade; que quem quisesse brincar com eles seria fuzilado ali mesmo; que o Soba falasse ou então iam mesmo lhe bater apesar da sua idade. Reiterei o que já lhes tinha dito; que não sabia como explicar tanto mistério; que ninguém na Zona estaria em condições de dizer quem seria o autor de tanta afronta no Jornal de Parede.

Joy não imaginava por que tinha sido preso. Era um jovem de poucas andanças; frequentava com regularidade o curso de catequista da Igreja de São Domingos; acolitava as missas aos domingos; era escoteiro. Ao ir para a Igreja tinha de passar pela cadeia de São Paulo; não havia outro caminho. E então olhou, temeroso, para a sentinela; andou uns metros e foi logo interpelado por dois homens à civil. Mostrou os documentos; tinha-os em ordem; mostrou o livro de orações e o terço para provar que era um rapaz da Igreja, que não andava metido em política.

Lhe levaram logo preso; protestou mas ali mesmo lhe enfiaram duas galhetas. Na cadeia lhe surraram como os demais. Joy lhe acusaram de muitos atos. Certo dia, um ano depois de ter sido encarcerado, lhe mandaram chamar; lhe obrigaram a assinar um documento; lhe vendaram os olhos e subiu num caminhão e viajou para muito longe.

Nessa noite dois dos seguranças dormiriam junto à árvore, onde Minguito continuava amarrado e era alimentado sob os olhares atentos da equipe da secreta. Pela madrugada foram esbofeteados por mãos invisíveis. Haka! Receando pelas suas vidas, pediram ao chefe que não lhes mandasse mais dormir na árvore. O chefe não aceitou; apelou ao bom senso dos seus colaboradores; ao estrito cumprimento das ordens superiores e ao patriotismo. Estavam assim os dois de atalaia quando ouviram estranhos sons; eram galos a cacarejar, gatos a miar, lobos a uivar. Hehehe! Depois decidiram fugir! Enquanto corriam a valer levavam fortes palmadas nas nádegas, socos e pontapés! Eh! Eh! Eh! O chefe não quis acreditar no que acabara de ouvir dos seus agentes; por isso decidiu ir ao local, acompanhado de todos os membros da Segurança ali destacados. Lá chegados, não viram Minguito; as cordas que lhe amarravam a árvore tinham sido cortadas! Eh! Eh! Eh! Cobrindo todo o Jornal, se podia ler "Abaixo os Alicates!". O chefe da equipe estava desesperado; nunca em tantos anos de serviço a instituição tinha sido ultrajada daquela maneira; que o povo da Zona pagaria caro aquele atrevimento; que, pois, era mesmo com alicates que eles apertariam nas bilhas dos homens todos. A solução seria todos tomarem conta da árvore na noite daquele dia; que o chefe da equipe, ele próprio, também viria; ficariam não perto da árvore mas distantes e escondidos; quando o Inimigo aparecesse eles passariam a atuar com toda a brutalidade que tinham aprendido. E, à noite, foram expectantes e convictos de que dessa vez o Inimigo seria irremediavelmente apanhado e logo levado para Luanda. O chefe sugeriu que, para se sentirem calmos e serenos, todos bebessem um pouco de aguardente; incentivou os seus homens a portarem-se bem, a mostrarem que os tinham no lugar.

"Essa gente não imagina de que é que nós somos capazes. Querem brincar conosco? Nós somos o baluarte da República Popular de Angola. Nós somos a trincheira firme da Revolução em África. Não viemos para aqui para brincar. Pois agora vão ver. Se eu não tivesse que consultar Luanda, fuzilaria essa gente malvada imediatamente; eu próprio me encarregaria disso. Já estou habituado; na hora de decidir decido; e é logo, tau-tau-tau. Esta noite sem falta vamos apanhar o bandido; depois lhe apertaremos com alicate para saber como é que nós tratamos quem tenta nos afrontar."

Era uma noite muito escura e tranquila; nada podia prever que de um momento para o outro algo de estranho pudesse acontecer. De repente surgiu um vulto enorme; o chefe da equipe, ágil como sempre, sacou da pistola e disparou em direção ao que parecia ser a cabeça de um fantasma. Eh! O que aconteceu de seguida é que a cabeça se setuplicou! — eram sete bolas de fogo em movimento! Tat'ééé! Estavam ali sete cabeças em estonteantes rodopios! Eh! Eh! Eh! Mãos invisíveis esbofeteavam violentamente os seguranças que desataram a correr desordenadamente; o chefe, também a correr (agora toma; é a tua vez; estavas armado, pois), apelava aos seus subordinados a que permanecessem no local, que mostrassem que eram valentes, briosos e corajosos; eheheh! Os "alicates" abandonaram o local com todas as forças que ainda tinham e a gritarem "É um *dikixi*! É um *dikixi!* É um *dikixi*!"

De manhã o Jornal tinha sido vandalizado; estava em fanicos! Irritados, os seguranças praguejavam a torto e a direito contra o povo da Zona; que era malvado, para além de estar a pactuar com o Inimigo; que a única solução era propor às instâncias competentes a exterminação pura e simples daquele povoado; que nem sequer perderiam tempo em levar os bandidos para Luanda; ali mesmo lhes matavam.

E mandaram-me chamar; que viesse urgentemente; eu fui. Mal chegado à presença do chefe da equipe fui brutalmente massacrado; sangrava pela boca e pelos ouvidos; gemia e contorcia-me de muita dor. Um dos seguranças ouviu-me dizer em voz baixa "assassinos" e foi o bastante para redobrarem socos e pontapés para cima de mim. Nem no tempo do colono tinha sido batido daquela maneira.

No dia seguinte, de manhã, havia três faixas grandes instaladas no largo onde se podia ler claramente: "Abaixo os Alicates!", "Tirem esses bandidos da nossa Zona de Acção!", "Viva o Povo Revolucionário da Zona!". O autor desses dizeres tinha novamente se identificado pois no canto inferior esquerdo da faixa se podia ler em letras pequenas: "H. M."! Mas, quem é, então, esse quem?

O Alex lhe procuraram com homens armados e cães. Quando lhe encontraram quase lhe mataram de tanta brutalidade. Ele era considerado o chefe da quadrilha; tinham que lhe matar já. Antes, sob virulento interrogatório, lhe obrigaram a confessar tudo; o plano; quem era os outros; qual o objetivo daquela ação bandidesca. Que ele falou tudo o que sabia convencido que, assim, lhe iriam poupar a vida ou o que ainda restava dela. Sangrava na boca, nos ouvidos e no nariz; estava irreconhecível. Lhe arrastaram até ao torno! O torno... que ele ouviu e se mijou. Sentia ecoar dentro de si... o torno... o torno... Estava num quarto mal iluminado de cujo teto pendia uma lâmpada; a luz focava diretamente aquele instrumento letal. Lhe puseram a cabeça no torno; foram apertando gradualmente, ao mesmo tempo que lhe xingavam na mãe dele; Alex gritava qual tal um animal ferido. O sangue esguichou, esparrinhou e sujou todos quantos presenciavam o ato. E gargalharam eufóricos...

Contra todas as expectativas, eu, chefe máximo desta Zona de Acção, fui, depois das testemunhas de Jeová, também parar ao cárcere que eles tinham preparado. Era um quarto pequeno, escuro, com o chão em terra desnivelado; não tinha casa de banho. Uma janelinha tinha sido plantada quase rente ao teto de capim por onde entrava uma réstia de luz; dentro, o ar estava abafado; quase morria asfixiado.

Nesse dia descarregaram toda a fúria sobre mim. Me ofenderam nos meus pais que já morreram há muitos anos; eu só gemia, não adiantava falar nada. Mandaram-me tirar as calças; um deles tinha um alicate nas mãos. Percebi logo que me queriam apertar nos tarecos. Meu Deus! Senti-me revoltado e humilhado; recusei sem saber o que me poderiam fazer. Bateram-me com mais brutalidade; o sangue escorria-me da cabeça. Hoje eles vão me matar, que eu pensei.

Recordei-me de uma longa conversa que tivera com Minguito. Notara que sempre que fosse à sede da Província ou até mesmo a Luanda para frequentar cursos de superação, Minguito voltava mais espevitado e perspicaz. Estávamos os dois relaxados, sentados à sombra de uma árvore frondosa; ele falou-me, então, dos avanços dos países comunistas nos domínios da educação, da saúde, da agricultura; da indústria ligeira e pesada; do fabrico de equipamento de guerra, de viaturas de todo o tipo; do abnegado trabalho de grandes cientistas. Mas Minguito falou-me também da repressão nesses países de regime comunista; da Internacional Comunista, fundada em Moscou em 1919, que levou o terror para lá das fronteiras da URSS; que a Alemanha, a Estônia, a Bulgária, a Checoslováquia, a Hungria, a Polônia, a Romênia, a China e outros países não tinham sido poupados; que Stalin fora o grande chefe dessa grande máquina repressiva. Que, afinal, a nossa Segurança, era tão tenebrosa quanto os kgb's dos países comunistas.

Quando despertei, já escurecia. Estava deitado no chão e sem as calças. Não sei se me fizeram algum mal. Tentei levantar-me mas não consegui; caí exausto e adormeci outra vez.

Ninguém sabia dizer quantos seguranças estavam atuando na Zona. De fato, o número de agentes tinha crescido vertiginosamente; para além dos cinco primeiros que todos já conheciam, agora viam-se caras novas. De Luanda tinham vindo, pelo menos, duas dezenas de "alicates", reforçados com meia dúzia de elementos recrutados localmente. Chegaram arrogantes; pelos modos via-se logo que não estavam na Zona para distribuir rebuçados. Alguns pacatos habitantes da Zona que tinham sido recrutados como auxiliares também não escondiam o poder que passaram a ter; olhavam os outros com sobranceria — as sobreolhadas —, ameaçavam por tudo e por nada; falavam mal do Soba; diziam que ele colaborava com o Inimigo; que, por isso, um dia pagaria pela traição à Pátria.

De manhã, quando acordei, no meu exíguo cárcere, estavam comigo dez pessoas, que até me assustei só! O que é que aquela gente toda fazia ali?! O que é que se tinha passado? Lá fora os seguranças estavam agitados; berravam dizendo que na Zona havia bandidos que tinham de ser fuzilados imediatamente; que, era necessário e urgente, viessem reforços de Luanda para reeducar aquele povo. Pelo que diziam os recém-chegados, tinha havido pancadaria nas aldeias. Queria me rir, mas me contive. Quase todos os detidos estavam gravemente feridos e por isso gemiam de dores; um dos detidos sangrava no peito, outro tinha as costas vergastadas, outro ainda choramingava e gritava por socorro.

Depois do trabalho, era hábito os seguranças andarem pelas aldeias; emborcavam bebidas tradicionais, dançavam e assediavam as moças educadas a portarem-se bem; eram requestadas mesmo na presença dos pais que não podiam fazer nem dizer nada.

Certa noite, um dos seguranças fizera anos e os colegas decidiram lhe homenagear com uma festa. Lá foram buscar as raparigas mais esbeltas e começou, então, a farra. Noite alta — os convivas todos animados —, alguém roubou o pequeno gerador que iluminava o espaço; ato contínuo começaram a chover pedras sobre o local da festa, ao mesmo tempo que se diziam palavrões contra a presença na Zona da secreta. Alguns seguranças conseguiram fugir, enquanto que, devido aos ferimentos e ao estado de embriaguez, a maioria não pôde sequer se levantar do chão pelo que ficou no local.

O calor apertava dentro do cárcere; cheirava a suor e a catinga; o cheiro a urina era intenso pois era ali mesmo que vertiam suas mijadas-águas; para se aliviarem das necessidades maiores serviam-se de papéis que depois jogavam para fora, através da janelinha; eheheh. Todos me pediam que intercedesse por eles; que eu, sendo o chefe da Zona, tinha de fazer alguma coisa para acabar com aquele sofrimento.

"Camarada 'Kapitangu', excelência, camarada Comissário Provincial, cumpre-me informá-lo que me encontro detido há cerca de quinze dias, depois de ter sido brutalmente agredido pela equipa da DISA que o Chefe enviou. Sinceramente, nunca pensei que os camaradas da secreta fossem assim tão violentos.

Para eles, eu sou cúmplice do autor das injúrias no Jornal de Parede! É o cúmulo, Chefe! Se isso fosse verdade, não tomaria a iniciativa de pedir ao Chefe que enviasse a Segurança para averiguar o caso. Para além disso, não quiseram saber que eu aqui na Zona sou a autoridade máxima; que represento o Partido e o Estado! Até parece, Chefe, que a Segurança está acima do Partido e do Estado! Que tivessem ao menos alguma consideração por eu ser um idoso, Chefe. Foi tanta a surra que me deram que até hoje sinto muitas dores no peito, nas pernas e na cabeça. Quase me matavam, Chefe. Me tiraram as calças... Como estava atordoado, não sei se me fizeram algum mal... tudo é possível.

A equipa anda por aí a investigar não sei o quê; passam a noite em bebedeiras, a assediarem as moças, a ameaçarem por tudo e por nada. Ninguém se atreve a enfrentá-los; agora são muitos; acho que o número deles ultrapassa de longe o dos pacatos habitantes desta Zona; todos temem pelas suas vidas.

Há dias houve uma grande confusão numa das noitadas deles; alguém surripiou o gerador que iluminava o local da festa; começaram a arremessar pedradas neles e pronto, a raiva deles se abateu outra vez sobre nós. É demais, Chefe. Somos dez pessoas fechadas num quartito; aqui, os feridos não recebem nenhum tratamento; dia-sim-dia-não nos dão banana com água turva, sem falar das porradas que nos dão também; todos os dias xingam nossos pais e mães.

Agradeço, Chefe, que tome medidas para nos libertar e para pôr essa escumalha fora daqui."

"P. S. Depois de escrever é que reparei que esta carta contém algumas palavras cujo significado o Chefe talvez desconheça. Mas, como estou a escrever às escondidas, às pressas e numa posição incómoda, já não tenho tempo de alterar nada. Espero que me releve, me desculpa só, Chefe Aqui me despeço, Chefe, Comandante Sete Vigas, 'Kapitangu'."

Manimaza tinha, a muito rogo, sido autorizado a visitar Soba Kitekulu de três em três dias. Levava-lhe roupa limpa e comida que Kitekulu repartia com os companheiros de infortúnio; depois lia-lhe salmos, sob o olhar atento dos detidos; alguns que conheciam bem nas sagradas escrituras, lhe acompanhavam, salmodiziam pois. Reparou que ele tinha emagrecido muito e tinha a barba crescida, mas o olhar continuava penetrante como antes; sentiu-se condoído com a degradação das condições do cárcere resultante do número elevado de pessoas que lá estavam; cheirava muito a urina e a catinga. Manimaza explorava a mínima desatenção do guarda, à porta, (a porta entreaberta... bom momento para desafogar o ambiente no cárcere... uma pequena aragem...), para lhe transmitir alguma notícia; assim, Soba Kitekulu ficou a saber que Minguito estava em lugar seguro; que ele próprio lhe tinha livrado do cativeiro; que a equipe da Segurança continuava na má vida nos bairros mas bem armada.

Com muita diligência meteu a carta no bolso e despediu-se do detido. Pela sua expressão, Manimaza garantiu-lhe que faria chegar a carta ao Comissário Provincial. O que fez passados dias.

Tânia dormira exausta e cheia de dores; teve por isso um sono intermitente. De qualquer modo, pela manhã sentiu o sangue escorrer-lhe; logo percebeu que aquela hemorragia demorada e abundante só podia ter uma única causa; perdera o tão ansiado continente! Apenas soluçou baixinho. Sendo assim, assim fosse.

Comandante Sete Vigas espantou-se quando soube que tinham detido Soba Kitekulu. Imediatamente agiu fazendo telefonemas para Luanda no que foi bem sucedido, não fosse ele próprio um disa. Para isso defendeu o Soba com toda a energia; foi categórico ao afirmar que Kitekulu era um fiel servidor do Partido e do Governo; que não acreditava que na Zona houvesse bandidos. E mais pediu que tirassem de lá a equipe da Segurança que estava a perturbar a ordem e a paz na heroica Zona de Acção.

Foi um dia de festa na Zona. O povo exultou de muita satisfação. E para redobrar a explosão de alegria, Minguito apareceu assim só de repente; lhe levantaram nos ares; batucaram e cantaram de muita tanta alegria.

V

E canoando, canoando foram desaguar no rio Kunene, lá. Soba Kitekulu e Manimaza continuavam desbraguando rios e revisitando memórias, o que faziam viajando no tempo que eles traziam dentro de si. Eram relembramentos de vivências vividas ou transmitidas, contadas ou intuídas dos seus antepassados. Chegados ao Pembe, um dos braços do rio Kunene, navegaram até um certo ponto e depois, quando as águas foram se apoucando nas suas abundâncias, caminharam na margem até ao Vau do Pembe. Com os pés descalços, foram se prazerando com a maciez da areia molhada, pequenas vagas em vindo e indo. Sentindo gente a aproximar-se, um colhereiro-de-crista-alta, a escassos metros, levantou voo a grasnar como as cegonhas, seguido de um bando de garças. Ali e nas imediações era quase uma planície, as árvores eram de porte médio, os arbustos de ramos rasteiros predominavam e as chanas que polvilhavam em vários pontos lembravam que naquele chão terra firme não tinha a extensão do mar. *é preciso já já já... estes assassinos...*

E o que eles recordaram foi que no Vau do Pembe, perto da localidade de Umpungo, em 25 de Setembro de 1904, os Angolanos, sob o comando do régulo Cetekelu, tinham travado uma grande batalha contra os Portugueses que pretendiam ali fixar-se no âmbito das suas ditas campanhas de pacificação. Nessa importante batalha, os ocupantes perderam mais de trezentos homens.

Do morro do Imbondeiro, alguns nativos, ao abrigo da vegetação, apreciavam a longa travessia da coluna invasora. Eram soldados que passavam da margem direita para a esquerda do rio Kunene, alçando suas espingardas; vinham jipes; vinham atrelados com peças de artilharia; os rodados sulcavam penosamente no leito arenoso e lodoso do rio. Os soldados estavam extenuados, por isso eram exortados a não vacilarem, a prosseguirem a travessia. Passadas três horas, iniciaram a montagem do acampamento. *Mona ami mona ami Yo non tengo ni padre ni madre*

A área fora limpa e ficava acerca de trezentos metros do arvoredo cerrado. Tinha a forma de um quadrado. Em lugar recuado e para assinalar bem a sua inferioridade face aos soldados da Companhia Europeia, ficaram os auxiliares nativos que integravam as 6ª e 16ª Companhias Indígenas. Entretanto, enquanto decorrem os trabalhos de instalação ouve-se no meio do arvoredo um tiro de espingarda, o que alvoroçou os invasores. De qualquer modo, aqueles reagem com artilharia pesada enquanto os nativos vão ripostando com tiros de espingarda saídos de vários pontos. Se os invasores vinham a contar que em pouco tempo a situação estaria sob seu total controle, enganaram-se. Os nativos estavam determinados, para além de serem numerosos; traziam espingardas e pistolas, para além das suas armas tradicionais, sobretudo zagaias. Sempre que os nativos abrandassem o fogo, os invasores pensavam que fosse o fim do tiroteio. Pura ilusão. Pela madrugada do primeiro dia de chegada naquele lugar, e como a travessia de homens e armas prosseguisse, os nativos descarregavam sobre a coluna invasora. Os Portugueses perderam algumas montadas que traziam, sobretudo cavalos, alvejados pelos tiros dos Kwamato. Entre as fileiras dos soldados invasores o desespero vencia a todos, com a agravante da disenteria que abalava até os que davam ares de muita heroicidade.

— Fica quieta, Catita. Quieeetaaaa... — a Irina e a Daya.

— Põe a mão assim... Fica assim... Parquê?

— Parkinson... Parkinson... Parkinson...

Nos quatro cantos do acampamento estavam sentinelas de vigia durante as noites frias de Setembro. Perscrutavam atentamente o manto negro que cobria o arvoredo de onde, a qualquer momento, podiam partir tiros isolados mas mortíferos. Uma das sentinelas era um soldado que durante o dia acusara febres; por mero lapso ou inépcia do responsável pela programação de atividades no bivaque fora escalado uma noite para o posto de vigia. Era um soldado muito comunicativo, falador e contador de estórias nas horas mais difíceis; e nas horas vagarosas esse soldado era um fado-fadista o que puxava a muita saudade da santa terrinha entre os seus camaradas de armas. Mas naquela noite não estava em condições de ser indicado para tarefa nenhuma. Essa sentinela, tendo visto algo a se mexer no meio da escuridão, no arvoredo, disparou todas as balas que trazia o cartucho da sua espingarda; eufórico e vitorioso, soltou um palavrão. Imediatamente ouviu-se ecoar o som do clarim o que despertou alvoroços em todo o acampamento. Todos os soldados puseram-se a disparar para o arvoredo sem terem a certeza do que se estava a passar, enquanto blasfemavam os nativos, gentios, que eles não estavam ali para distribuir guloseimas. De manhã fez-se o balanço: não havia nenhum sinal que pudesse assinalar a presença ali do inimigo. Esse lamentável episódio provou apenas que os soldados e oficiais da força expedicionária estavam todos com os nervos à flor da pele.

A noite cheia de silêncio tiros tiros sangue a gritaria é ele é ele tiros tiros a noite conselheira noite mataram-no sangue rio sangrento a correr ruas noite e despertei muito assustada e a transpirar

Entre os nativos, liderados pelo régulo Cetekelu, predominava o sentimento de que a batalha do Vau do Pembe estava iminente. Na Ovambolândia os Herero se opunham tenazmente à ocupação dos Alemães. Em Abril e Junho de 1904 travaram--se combates violentos entre aqueles nativos além fronteiras e forças germânicas, o que foi a antecâmara da grande batalha de Waterbeg, sob o comando de Von Trotha, do lado alemão. Reza a história que Samuel Mahererero, um chefe herero, em Janeiro daquele ano mandou assassinar cerca de cento e cinquenta colonos e comerciantes alemães. Os Portugueses receavam que o mesmo pudesse acontecer com os Ovambo no território de Angola, o que pôs o régulo Cetekelu de atalaia. *no sangue a correr ruas noite*

Kitekulu e Manimaza estavam ali a olhar as águas do rio Kunene e se recordavam que a ocupação do Sul de Angola pelos Portugueses tinha estado na origem de violentos combates que os nativos tinham oposto aos invasores *mona ami mona ami*

— As novas gerações não têm ideia nenhuma do quanto os nossos antepassados resistiram à ocupação portuguesa das nossas terras — disse Soba Kitekulu com ar pensativo.

— Todos nós, jovens e adultos, devíamos ser obrigados a estudar a História de Angola. Não há futuro sem passado. Lamentavelmente, os nossos jovens pensam que o passado só aos mais-velhos interessa. — Manimaza respirou fundo para depois prosseguir. — É, de fato, importante que a nossa História seja mais divulgada na nossa sociedade.

— Com uma particularidade: a história dos povos do Sul é muito pouco conhecida. Mais estudos e obras deveriam ser consagrados aos povos do Sul de Angola.

O régulo Cetekelu estava rodeado por cerca de três mil homens armados com espingardas, pistolas e zagaias. Como os demais, tinha uma tanga abaixo da cintura, em pele de animal, e o tronco nu a exibir seu encorpado espadaúdo; em pé, sobre um estrado, empunhava com firmeza um bastão encastoado no punho com a cabeça de um leão; tinha a cabeça coberta com uma coroa em latão engastada de pedras brilhantes, provavelmente preciosas. Tinha chamado seus valentes homens para lhes dizer que, finalmente, a batalha contra os Portugueses estava para daí a dias; que todos tinham de combater até ao limite das suas forças; que a batalha do Vau do Pembe era indispensável para se travar a penetração dos homens brancos naquela sagrada terra; que os brancos não vinham por bem; vinham para ocupar as nossas terras e roubar o nosso gado; vinham para mandar em nós e dominar-nos. As palavras do régulo eram entremeadas com urros fortes e prolongados que ecoavam naquela quase planície.

— Tens notícias, Filó?...

— Notícias como, mãe?

— Hoje sonhei com ele! Hoje sonhei com ele! Ele está vivo... vivo... Obrigado Nossa Senhora de Fátima! O Senhor seja louvado!

Oh! A mãe está a enlouquecer!

Entrementes, ouviu-se um barulho estranho nos ares. Nunca antes se tinha ouvido ali um barulho tão ensurdecedor rasgar os céus. Era parecia o princípio do fim do mundo; talvez a partir daquele momento o dilúvio tomaria tudo e todos. Era um Hércules C-130 transportando tropas sul-africanas para um ponto qualquer do solo pátrio; o avião rasgava os céus enquanto se ouvia o ribombar de trovões.

Depois, em reunião restrita, Cetekelu deu instruções táticas aos subchefes das operações; precisou como e onde os invasores deveriam ser atacados; como recuar em caso de perigo; como os seus soldados se deveriam comportar no caso de serem feitos prisioneiros, tendo ficado claro que qualquer traição seria severamente punida; que os prisioneiros brancos deveriam ser levados à sua presença. Na noite daquele dia os soldados do régulo comeram e beberam à farta.

E conversaram longamente sobre aqueles tempos idos, sobre os antecedentes à célebre batalha do Vau do Pembe. Entre 1885 e 1915 o Sul de Angola fora palco de grandes batalhas. Estavam em jogo interesses dos Portugueses e dos Alemães que dominavam o então Sudoeste Africano. Os nativos opuseram-se não só aos ocupantes portugueses como também aos comerciantes de várias nacionalidades que, mesmo após a abolição oficial da escravatura em 1878, teimavam em recrutar à força escravos para serem levados para o continente americano. Nesse contexto, é mister assinalar a pretensamente discreta presença dos Bôers a quem os Portugueses designavam por Holandeses do Cabo.

Os Bôers instalaram-se no Kunene, em Moçâmedes e na Huíla, e a eles se deveu a introdução do cavalo e do carro de bois, o que veio trazer um grande desenvolvimento à produção agropecuária. Essencialmente agricultores, os Bôers acabaram por auxiliar os Portugueses em algumas ditas campanhas de pacificação. Recordaram que os Bôers também haviam integrado as forças que tinham por objetivo punir, em 1885, o soba Xaungo, do Humbe, que em várias ocasiões se havia já rebelado contra os Portugueses. O soba Xaungo tinha o apoio dos Kwanhama e dos Kwamato. De qualquer modo, em homenagem a essa prestimosa colaboração, o governo de Lisboa, em Novembro de 1881, viria a decretar a nacionalização dos Bôers. *"Mona ami mona ami" ouvia o Burity cantar e as lágrimas "Yo non tengo padre"*

— Mas... voltemos à batalha do Vau do Pembe — disse Manimaza. — Há um aspecto que é bom ter-se em conta. Aquele ano de 1904 foi muito mau não só para os Portugueses, como também para os Alemães. Estes enfrentavam também uma grande resistência à ocupação do Sudoeste Africano, não obstante na altura possuírem quatro companhias de campanha integradas por cerca de quinhentos homens, mais de duzentos polícias e perto de setecentos militares na reserva que enfrentavam cem mil nativos, entre Herero e Hotentote.

— E parece que os Portugueses contavam apenas cerca de quatrocentos soldados no Sul de Angola — falou Soba Kitekulu que também entendia da matéria.

— Era grande a desproporção entre as forças portuguesas e as nativas que, quer em Angola quer no Sudoeste Africano, estavam muito agitadas e em prontidão combativa. De qualquer modo, não se sabe bem como é que os nativos tinham conseguido armar-se de espingardas em número suficiente para enfrentar os Portugueses.

— O que eu sei é que, muito antes de 1904, os Kwanhama eram abastecidos de armas e munições por caçadores vindos da África do Sul. Acho que por essa mesma via os Kwamato ter-se-ão munido de muitas espingardas, para além das que haviam comprado aos Ondonga. De qualquer modo, com poucos efetivos, os Portugueses olhavam com receio o poderio militar dos Alemães, sobretudo do comando firme e tenaz do general Von Trotha que, sob o pretexto de perseguição aos Herero ou Ovambo do outro lado da fronteira, poderia muito bem invadir o Norte do Kwanhama.

A câmara de gás... os passos meu filho... Caryl na noite a Fortaleza acolhia ecoavam os passos o barulho das chaves meu filho a câmara a arder Chesmann uns breves minutos meu filho e despertei agoniada Caryl ainda corri desesperada Não! Nãooooo! na Fortaleza gritei Não! Chesmann...

— Para além disso havia a desconfiança... Os Portugueses desconfiavam também que os Alemães tivessem disparado contra eles atrás das árvores ou até mesmo do lado dos Kwamato, a comandá-los. Pessoalmente não acredito, pois os Alemães, empenhados que estavam em exterminar os Herero, ditos germânicos, não teriam nenhum interesse em enviar homens para auxiliar os Ovambo. Aliás, em 1904, os Herero do Sudoeste Africano já constituíam uma grande ameaça pois dispunham de cerca de oito mil homens, dos quais dois mil e quinhentos armados de espingardas. O que os Portugueses andavam era à procura de bodes expiatórios para explicar a derrota que haviam sofrido em Vau do Pembe. Essa é que era a verdade — afirmou categórico Manimaza.

— Eu também não acredito. Aliás, na altura, em 1904, dizia-se, nas hostes portuguesas, que era mais agradável morrer-se abatido por um alemão que por um negro, tal era o ódio racial que os brancos alimentavam em relação aos nativos.

— A derrota militar dos Portugueses no Vau do Pembe faz-me recordar, de certo modo, a derrota dos Italianos em Adowa, na Eritreia, em 1896.

Vergonhosamente derrotados em Vau do Pembe, os poucos oficiais portugueses sobreviventes, com o receio de verem cortadas as comunicações com o Kunene, decidiram transpor o rio em sentido inverso, naquele mesmo fatídico dia — o 25 de Setembro de 1904 —, ao entardecer. Foi um ato de pura covardia pois no terreno deixaram os corpos de pelo menos cento e onze oficiais e soldados, para além de inúmeros doentes e moribundos nas suas vascas finais. Os doentes imploravam que fossem levados daquele inferno, mas os oficiais sobreviventes não deram nenhuma importância a tais apelos vindos de quem estava na iminência de partir para um outro além. Mais triste ainda foi ver alguns oficiais espoliarem os haveres dos defuntos ou daqueles que nem sequer já podiam pôr-se de pé. Um doente ainda tentou resistir mas foi logo imobilizado com um pontapé. Tinha um oficial que tardava na retirada; queria socorrer um conterrâneo de freguesia, mas foi puxado por um dos camaradas que integrava o grupo dos que estavam a fugir do Vau do Pembe; pois, então, o conterra que se aviasse na conta dele! Para além dos mortos e doentes, havia por se saber do paradeiro de alguns oficiais e vários soldados desaparecidos no meio de tanto cruzado fogo. *Sexta-feira vinte e sete... o meu filho desapareceu ou partiu... Para onde? Para onde Senhora Nossa?*

Tendo abandonado no terreno dois canhões, dois carros de munições e centenas de espingardas, os oficiais sobreviventes faziam a travessia do rio Kunene às pressas, enquanto não fosse noite cerrada, com o receio de que os Kwamato pudessem irromper de qualquer lado a atirarem sobre eles. Era caminhar a vau, da margem esquerda para a direita, contra a corrente, todos molhados da cintura para baixo. Os cavalos com que tinham feito a travessia, a dezenove de Setembro, tinham ficado do lado dos Kwamato, uns, outros mortos, e alguns a errarem por lá, no Vau. Esses alguns poucos se encabritaram, relincharam e, com asas que lhes nasceram ali, começaram a alar, voando, para depois, desatinados, caírem estatelados naquele chão. Heheheh! Os nativos, vendo aquele inusitado acontecimento, puseram-se a correr desnorteados, certos de que tal só podia ser obra de um quem feiticeiro (Almas! Almas!

Almas de outro mundo! É o branco a se revoltar contra nós! Fujam só! *Fadukeipo! Fadukeipo! Tondokeni! Tondokeni!* Larguem tudo!); eheheh! Reza a história que, numa operação de reconhecimento, quando tinham acabado de chegar ao Vau, guiados por um ovimbundo que fora deportado para o Humbe e que supostamente conhecia bem a região, o destacamento português, sob o comando do capitão de artilharia Luís Pinto de Almeida, fora surpreendido numa clareira por uma saraivada de tiros dos Kwamato que estavam escondidos nas árvores. Nesse episódio o referido destacamento perdera as dezenas de montadas que trazia.

Ele está vivo... está vivo... Nossa Senhora me falou esta noite. Obrigado, Senhora Nossa.

A mãe está a enlouquecer!

O governador da Huíla, João Maria de Aguiar, que detinha o comando geral das tropas aquarteladas ali no Vau do Pembe, em vez de chefiar aquela operação de reconhecimento, optou por ficar no acampamento a descansar. Quando se apercebeu que os seus homens estavam a recuar sob a pressão militar dos Kwamato, mandou a artilharia abrir fogo. Só que, os canhões mal apontados, dispararam sobre os soldados que saíam do mato a fugir do fogo intenso dos nativos, em muito precipitada e descoordenada debandada. E assim que os que caíram nas mãos dos Kwamato foram passados pelas armas.

— Bom, deve-se dizer que os Portugueses, depois da derrota no Vau do Pembe, em 1904, foram-se preparando para a vingança — disse Manimaza.

— É verdade. E foi uma longa preparação... — falou o Soba.

— Era lá que eu queria chegar. Só passados três anos, portanto em 1907, é que os Portugueses conseguiram lavar a sua honra, sob o comando de Alves Roçadas.

— Era a sua terceira campanha no Sul de Angola...

— Exato. Mas apesar de bem equipados, os Portugueses tiveram que enfrentar uma forte coligação designada “liga ovambo”.

Os Kwamato, associados aos Kwanhama, estavam também preparados para fazer frente aos Portugueses.

— Como sempre acontece, há sempre uns traidores que acabam por colaborar com o Inimigo. Foi o caso de Karipalula, um kwamato, que conduziu o exército inimigo à embala do Kwamato Pequeno, tendo-lhe passado antes todas as informações sobre a posição dos Kwamato. Em Mufilo foi, de qualquer modo, destroçado o mito da invencibilidade do Kwamato.

— O Kwamato Grande desfez-se, quando, Alves Roçadas, então Governador da Huíla, saiu, no dia 4 de Outubro de 1907, a ocupar a embala real do Chaúla, em Nalueque.

A vingança fora feita em menos de dois meses. No Vau do Pembe, no palco da guerra de 1904, Alves Roçadas mandara rezar uma missa campal; antes ordenara a recolha em oitenta sacos das ossadas dos soldados que ali tinham tombado. Aconselhado por um respeitável e influente nativo, e sem o conhecimento do capelão, foram chamar um kimbanda que fez um ritual para as ossadas se comportarem bem na viagem no Putu. Em 12 de Dezembro de 1907, chegava a Lisboa, no cais do Tejo, Alves Roçadas, à frente do corpo expedicionário, recebido com honras e glórias; era esperado ali mesmo pelo rei D. Carlos, que acabara por lhe oferecer o seu colar de Grande Oficial da Torre e Espada. *Meu filho meu filho cantava o Burity e as lágrimas corriam-me corriam*

Estavam os dois ali no Vau do Pembe a conversar, quando, inesperadamente, viram caminhar para eles um padre; trajava uma batina acastanhada de tanto uso. Era um velho homem, franzino, de meia estatura, com andar vacilante, calçando sandálias, o cabelo grisalho-desgrenhado, carregando às costas um saco. Chegado a eles e sem esperar que lhe dirigissem a palavra, antecipou-se e disse ao que ia:

— O Senhor esteja convosco! — falou o prelado, tirando o saco das costas.

— Ele está no meio de nós! — responderam os dois a uma só voz e com toda a reverência.

— Sou o padre Ernesto Lecomte — olhou-os demoradamente através dos seus óculos de lentes arredondadas —, espiritano francês. Ando por aqui remexendo mapas e memórias nestas terras sulanas onde andei durante anos. Estou a conferir dados e informações e, de certo modo, a tentar melhor perceber algumas passagens da história de Angola. Talvez também a corrigir algumas coisas que não foram bem relatadas...

— Curiosamente, nós também... Nós também andamos por aqui a rever a história da ocupação do sul de Angola — falou com entusiasmo Manimaza. — Já agora, o senhor padre podia-nos falar um pouco sobre a batalha do Vau do Pembe?

— Com certeza. Não direi muito, porque vejo que vocês estão bem documentados...

O padre Lecomte tirou o saco das costas; sentou-se ao lado de Kitekulu e de Manimaza; debruçou-se sobre o saco e de lá sacou um velho caderno de apontamentos de onde se podiam ver, fora das páginas, pedaços de papel de várias cores, que eram marcadores. Depois, sob o olhar muito atento dos dois viajantes, prosseguiu assim:

— Hoje, passados muitos anos sobre essa célebre batalha, reconheço que os Portugueses foram aqui humilhados. Eles perderam aqui dezesseis oficiais, doze sargentos, cento e nove soldados brancos e cento e sessenta e oito soldados indígenas; houve muitos mortos e desaparecidos. Com a sua derrota ficou aqui enterrado o mito da invencibilidade do exército português. Essa batalha só me faz lembrar a derrota dos Ingleses em Janeiro de 1879, no Isandhlwana, contra mais de treze mil Zulu, por um lado, e, por outro, a dos Italianos, em Adowa, na Etiópia, onde perderam quatro mil brancos e dois mil etíopes. Falo-vos com toda a sinceridade e no meu estado de plena graça, eu que colaborei muito com os Portugueses. Fui, praticamente, *espion* de Manuel de Oliveira Gomes, então chefe do conselho do *Humbé*; evangelizei o Kwanhama em 1900; resgatei aos Kwanhama os Ganguela cristãos. Continuando... depois veio a vingança em

1907 que foi meticulosamente preparada. E foi aí que se destacou Alves Roçadas, que depois da batalha do Vau do *Pembé* já dispunha de dois canhões, vinte e nove oficiais e oitocentos e dois soldados, um esquadrão de dragões, uma infantaria integrada por duzentos e dez soldados brancos e duas companhias de indígenas moçambicanos. *Aquela sexta-feira... Maio... no teu mês Senhora Nossa.*

— Moçambicanos?! — perguntaram ambos espantados.

— Sim, Moçambicanos. Os soldados angolanos, depois da mortífera batalha do Vau do *Pembé* estavam cheios de medo e não queriam participar em mais combates. Para além disso, Alves Roçadas contava também com os Bôers e alguns *Humbé* e Ximba, apesar de tudo. É preciso dizer que, naquele tempo, entre os Ovambo, havia uns que colaboravam com os Portugueses, para além de divergências entre si. Lembro-me, por exemplo, do soba Kavangela, da tribo vale; no Outono de 1905, eu fui em missão de pacificação visitar o Nande, que era acusado de ter morto o seu irmão, rei Weyulu. De qualquer modo, posso assegurar-vos que os Kwamato, depois de 1904, passaram a ser não só muito admirados como também temidos — respondeu, assim, o padre Lecomte com um indisfarçável acento francês.

— Os Bôers sempre colaboraram com os Portugueses? — perguntou Manimaza, sempre arguto e perspicaz.

— *Eh bien!...* quase sempre. As circunstâncias é que determinavam tudo. Lembro-me que em 1901, fui ao Ngiva, em missão de Portugal, por causa da presença no terreno de vinte e seis Alemães. Parecia claro que eles, que dominavam no depois chamado Sudoeste Africano, queriam estender para norte a fronteira de 1886. Aliás, em 1904, os Alemães quase perdiam aquele território. Para defender o Sudoeste Africano ante um verdadeiro exército de cerca de cem mil *Hereró* e *Hotente*, os Alemães dispunham em 1903 de apenas quatro companhias de campanha, mais de duzentos polícias e quase setecentos reservistas. Havia muitas rebeliões também do lado do território sob dominação alemã. Os papéis que trago comigo falam de Samuel *Mahereró*, um chefe herero que mandara matar cerca de cento e cinquenta colonos e comerciantes em Janeiro de 1904. A região estava em polvorosa. Basta dizer que a grande batalha de Waterberg, entre os Alemães, comandados por Von Trota, e os *Hereró* do Sudoeste Africano, em Agosto daquele ano, ocorreu apenas seis semanas antes da nossa batalha do Vau do Pembe.

Camarada Presidente, faz qualquer coisa pelo meu filho. Eu sei que tu podes fazer alguma coisa.

Conhecido pelo seu dinamismo e espírito de evangelização do indígena, falante das línguas nativas do sul de Angola, sobretudo do kwanhama, o jovem missionário foi indicado em Dezembro de 1886 para abrir uma missão na região do Katoko, no Kubango.

Viajando pelo sertão num carro bôer, após cinco dias de privação do mínimo conforto, chegou ao Katoko. Ernesto Lecomte fez então os primeiros contatos exploratórios com a ajuda de alguns nativos.

Com a construção do forte Princesa Amélia, por instruções de Artur de Paiva, a que se agregaria a da missão católica, a obra missionária passou a beneficiar de grande prestígio na região. O soba Xinwako sentiu o seu poderio ameaçado. Como o jovem padre Ernesto Lecomte pressentia que o ambiente era de grande tensão pediu auxílio no posto militar Maria Pia, no Dongo.

Alertado pelos seus espiões, o soba fora informado que o padre Lecomte, acompanhado de soldados nativos, estava a transportar pela calada da noite uma peça de artilharia bem 7, cm m 882. Por isso mandou incendiar o forte Princesa Amélia e atacou a missão.

Após troca de tiros e devido ao fato de a peça de artilharia se ter encravado, o padre foi ter com o soba com o propósito de o apaziguar. Quando o viram, os nativos gritaram de muito ódio, lhe despiram e lhe amarraram a uma árvore. Graças ao soba Lhambeze, conseguiu libertar-se e fugir do cativeiro.

A bordo do vapor *Lincolnshire*, após trinta dias de viagem, o padre Ernesto Lecomte desembarcara em Moçâmedes em finais de 1884. Logo depois, ansioso por se lançar ao trabalho missionário, partiu para o interior na companhia do padre Paloc, seu companheiro de viagem, para alcançar a missão da Huíla e a do Humbe, na Cimbebásia.

Como a viagem se fazia num carro bôer, puxado a bois, e, por isso, muito lenta, quando chegaram às montanhas da Chela decidiram ir a pé, pois para atingir a Huíla ainda faltariam três dias de viagem. Foi uma verdadeira odisseia pois foram fustigados por fortes chuvas que os obrigaram a dormir em plena floresta.

O padre Lecomte era intrépido e ousado o que às vezes punha em risco a sua própria vida e a dos que o acompanhavam. Certa vez, tendo partido de Kasinga para Kiteve em busca de víveres foi perseguido por um leão. O padre correu a bom correr, chegando a admitir que Deus o impelia a fugir do leão. Só depois de muito correr e de se ter afastado muito do local é que se apercebeu que, tendo abandonado o boi que puxava o carro, o leão se lambuzava com a sua deleitosa presa. Assim o padre conseguiu escapar-se.

Outra vez, sendo noite, ao atravessar a floresta foi perseguido por três leões. Para se salvar teve que passar toda a noite debaixo de uma árvore. Noite cerrada, os olhos do leão viam-se à distância; o padre aguentou-se toda a noite de pé, de fuzil na mão, enquanto o seu companheiro de viagem cuidava de manter o fogo em brasas.

— Meu caro Paloc, estamos metidos em *sales draps* — disse o padre Lecomte com ar de enfado.

— *Tout pour une cause* tão nobre como a da evangelização dos pretos — disse o padre Paloc agachado junto do fogo que procurava manter sempre aceso.

— Somente um Espiritano como nós é capaz de passar por tantas *des épreuves*, padre.

— Não exageres, padre Lecomte. Os Jesuítas e os Capuchinos também andaram por esses *matóss*.

— Lá isso é verdade... *Mais* os Espiritanos em África foram longe demais, para além de terem tido muitos *revers*. No Kwnahama, em Junho de 1885, a nossa missão foi pilhada e os *missionnaires* massacrados. Temos uma vontade férrea não só de cristianizar os indígenas, mas também de cuidar da sua *education*. Por isso construímos, para além de dezenas de missões, escolas *primáriás*, escolas-capelas, *dispensáriós*, asilos, hospitais.

— Sem contar com *des études ethnographiques* dos povos indígenas que fomos catequizando. A Obra da Congregação do Espírito Santo mobilizou missionários de várias nacionalidades, com destaque para os Portugueses, os Holandeses e os Franceses, *bien sûr*.

Houve momentos em que o padre quase caía de sono. Para evitarem o pior, cantavam cânticos religiosos com que se sentiam encorajados a resistir. Com a mudança de direção do vento, o fumo passou a dar-lhes em cheio o que os fazia tossir incessantemente. Só por volta das quatro horas e meia da madrugada é que, com os raios da aurora resplandecente, começaram a sentir-se mais calmos e com a certeza de que o leão se tinha realmente afastado do lugar.

O padre Ernesto Lecomte viria a falecer aos 46 anos de idade, no Muengo, aos 9 de Setembro de 1908, festa de S. Pedro Cláver, tendo passado 25 anos em prol da evangelização dos sertões de Benguela e Moçâmedes e criado as missões do Bailundo, Bié, Kakonda, Katoko, Masaka e Kwanhama. Paiva Couceiro tendo mandado celebrar uma missa escrevia então a propósito que *o Padre Lecomte, pelas suas qualidades, pela sua dedicação à nação portuguesa que ele adoptou, pelo seu infatigável trabalho a bem da civilização e da reabilitação da raça indígena... o Padre Lecomte conquistou o direito ao respeito e à alta consideração que são devidos àqueles que bem merecem da nação.*

Entardecia. Os dois estavam tão entusiasmados com os relatos do padre Ernesto Lecomte que não deram pelo tempo que tinha passado. Tinham registrado nas suas memórias tudo quanto o missionário lhes dissera. Mas estavam confusos por o ouvirem dizer a "nossa" batalha do Vau do Pembe. Nossa de quem? Deles, os Portugueses, ou nossa, dos Angolanos? Gostariam de lhe ter pedido que esclarecesse melhor qual a sua posição ante aquele fato histórico. Surpreendentemente, o padre Lecomte lhes deixaria atônitos com o que diria depois. Assim:

— Passados estes anos todos, eu agora compreendo a *raison* da vossa luta. O Vau do *Pembé* foi um sinal das lutas que, anos mais tarde, vocês empreenderiam contra a dominação colonial até à proclamação da Independência Nacional. Como padre, na boa graça de Nosso Senhor Jesus Cristo, não posso estar senão do lado da razão; e a razão sempre esteve do vosso, aliás, nosso lado — calou-se por momentos o padre. Notava-se-lhe algum cansaço. Mas depois acrescentou: — *Mais* o Vau do *Pembé*, é apenas um marco da resistência que opusemos à ocupação portuguesa. Posso dar-vos mais dados. Em relatório de Junho de 1885, o Secretário Geral do Governo, G. Gomes Coelho, discorre sobre o ataque nos dias 9 e 10 de Maio daquele ano aos sobas *Malanká* de Fendi, Kakoko e *Palanká*, e suas populações, na margem esquerda do rio Kunene. O pretexto para justificar a ação punitiva, era que aquelas autoridades tradicionais impediam a passagem por suas terras da expedição portuguesa que pretendia alcançar a outra margem do rio. No ataque, as sanzalas daqueles sobas foram todas incendiadas, após combates que duraram mais de sete horas. Com exceção do soba *Palanká* que conseguira fugir, os outros dois foram mortos. No relatório, Gomes Coelho sublinha que os soldados portugueses não estavam preparados para combates de tão grande intensidade; eram covardes; disparavam tiros para as árvores, não empunhando sequer as armas; diziam-se doentes e com dores de barriga. O relator diz a dada altura que "nem um só preto foi morto pelos soldados, foram mortos sim por eles bois, cabras e porcos". Todavia, a *expédition* conseguiu atravessar o rio Kunene graças à imprescindível *collaboration* dos Bôers e dos Damaras. O relatório termina assim: "a *expédition* há passado hoje para a margem esquerda do Cunene aonde já se hasteia a nossa bandeira occupando as terras dos sobbas derrotados n'uma área de cinco legoas quadradas aproximadamente."

Dizem-me para ter coragem; que o que aconteceu com as comadres Cristina e Neneca foi pior... que só o compadre Lourenço perdeu quatro filhos... o João, o Galiano, o Luís e a Nanda... os nossos filhos, compadre...

Soba Kitekulu e Manimaza ficaram ainda a saber do padre Lecomte que, em memorando datado de 17-11-1884, acerca dos limites da província de Angola, quando a colonização portuguesa ainda não tinha chegado ao Kunene, o capitão de fragata António Joaquim de Matos recomendava: o envio de emissários com dinheiro para compra de terrenos, e com poderes para subjugar os nativos da região de entre os rios Kunene e Kubango; a construção de um forte na margem do Kubango, para assinalar bem a presença portuguesa em toda aquela região; fundar junto à margem do Kunene uma grande colônia; que se ocupasse com urgência toda a região desde o Kunene até às margens do Kubango; a criação de numerosas colônias com famílias vindas da Metrópole e ilhas adjacentes. E observava mais que a colonização para além do Kunene não poderia fazer-se sem o recurso à força, com emprego de cavalos.

O padre fechou o caderno de apontamentos com a mão direita, trêmula, e meteu-o no saco; tirou os óculos, limpou as lentes e voltou a pô-los. Do saco tirou um breviário e esteve cerca de cinco minutos a lê-lo em voz baixa e pausada enquanto os dois viajantes permaneciam em silêncio e a olhar com reverência para o sacerdote. Depois o padre pronunciou "Amém", e abençoou Kitekulu e Manimaza; esboçou um breve sorriso e partiu no seu lento e vacilante caminhar.

Nos ares, roncava novamente o Hércules C-130 que agora regressava de uma missão de reposição da ordem ali onde os Sul-Africanos achavam que nem tudo estava na ordem natural das coisas. Entretanto, do avião foram caindo paraquedas que cobriram todo o céu.

Coragem Catita...

Soba Kitekulu e Manimaza ficaram assim se entreolhando, pasmados com o muito que ainda tinham de aprender da História de Angola, enquanto o Kunene, indiferente às suas reflexões, continuava no seu irrequieto andar de águas. Surpresos, viram as águas se rodopiarem num ponto; parecia que um tubarão ali cabriolava suas artes, mas o que viram depois foi a Kianda sair do rio e a se estirar nas margens. Eh! Eh! Eh!

O infernal fogo vinha Jan ao encontro dele caminhava meu filho corajoso caminhava meu filho a se imolar não não meu filho não Palach se queimando se indo Palach meu filho não, não

VI

"Meu estimado chefe, Comissário Provincial, camarada 'Kapitangu', venho, em primeiro lugar, novamente lhe agradecer por me ter posto em liberdade, a mim e aos meus companheiros (não vale a pena aqui dizer do modo brutal como a segurança nos tratou; acho que a nossa segurança ultrapassou a PIDE na violência dos métodos de fazer os presos falar. (Esta parte não escrevo, fica só comigo). O senhor é mesmo um pai que cuida bem dos seus filhos. Em segundo lugar, venho, em nome do Povo desta Zona de Acção, lhe agradecer só por ter escutado e satisfeito os meus apelos. Finalmente chegou o destacamento das nossas gloriosas. O Povo está muito satisfeito e trata os militares com todo o carinho. Com a ajuda das FAPLA estamos a preparar bem na ODP, e temos já a funcionar uma BVP. Agora, se os bandidos vierem outra vez só nos atacar, vão levar só no focinho. 'Cada cidadão é e deve sentir-se necessariamente um soldado', como dizia e muito bem o nosso saudoso Presidente Agostinho Neto. Não, não há nenhum problema entre os soldados e o Povo. Claro, o Chefe já sabe como é... é difícil impedir isso. Sei que há militares que já vivem só no amasiadamente bem-bem com algumas moças. Mas é a vida... o Chefe sabe como é mesmo impossível isso não acontecer. Assim até é melhor, fica tudo em família e na paz amiga dos céus. Lhe agradeço também, meu chefe, por nos ter enviado o carro do DIP com o cinema ambulante. Foi uma festa para todos, uma grande alegria; nunca ninguém aqui na Zona, tirando eu, é claro, tinha visto cinema. Assim, no princípio, os mais-velhos queriam embora permanecer nas suas cubatas, mas depois foram se acostumando e gostando. De qualquer modo, passámos largas semanas a ver só sempre os mesmos filmes. E nunca nos fartávamos de ver 'Quando voam as cegonhas', a 'Balada do Soldado' e 'Lénine em Outubro', apesar de estarem todos em russo. Isso pouco nos importava; o que queríamos mesmo era ver só nas imagens em movimento. Cada um contava a história do seu modo; e até, de tanto ouvir, passaram a falar algumas palavras em russo como *spasiba*, *da*, *niet*, *prastite*, *dobriy dyen*, *harasho*. Às vezes as fitas se rompiam e os camaradas, na colagem, se baralhavam só; um pedaço do 'Lénine em Outubro' lhe colavam na 'Balada do Soldado'; um da Balada lhe enfiavam e lhe davam só na Cegonha; mas o povo estava sempre animado embora tivesse a vaga consciência que estava a ser batotado. Quando punham no cinema animado com o lobo pateta e o coelho espertalhão, aquilo então era o delírio, quer dizer, a excitação só nas cabeças, Chefe; até Sofrimento, o meu cão, se divertia, se largava só em correrias, queria se imitar nas brincadeiras do lobo e do coelho; os velhos, quase todos desdentados, se babavam e se molhavam só nas calças de tanto rir. Mas, ó Chefe, foram três meses a ver sempre só os mesmos filmes! Porquê? Assim descobrimos mais tarde que os três camaradas que tinham nos trazido tanta alegria neste povo da Zona, os três camaradas, meu chefe, não queriam mais sair daqui: tinham-se alegrado só também; se amigaram nas moças! Foi uma tristeza muito grande lhes ver um dia partir algemados como se fossem só criminosos. Até hoje não sei qual foi o crime que eles cometeram, Chefe. Se amigar nas raparigas é um mal assim tão mau-mau, Chefe? Me fala só, Chefe? É um mal assim tão mau-maria para prenderem nos rapazes que estavam só se gozar na carne, Chefe? É um crime tão mal tal? Um crime algum para lhes mandarem só assim no Tribunal Popular Revolucionário que só resolve tudo com fuzilamentos, Chefe? São contra-revolucionários só porque se prazeraram com as moças, Chefe? Qual homem valente, com tudo no lugar, que nunca se brincou só na cama? Que nunca se dormiu com elas? Desculpa Chefe... Peço só no camarada Comissário, nosso bom pai, para não lhes fuzilarem só. Lhes dão só um castigo assim leve, mais nada. O Chefe, como homem, sabe como é... a carne é fraca. Às vezes uma pessoa tenta se desviar só da carne, mas ela te puxa; é o diabo mesmo a te convidar para lhe provar só na carne. E depois, como o Chefe sabe, na hora do bem-bom, fica difícil um gajo recuar só na trás. Nesses muitos anos de vida que levo, já vivi muitas situações parecidas com este caso. Além disso, Chefe, os rapazes, assim, tiveram mesmo que parar só muitas vezes nos filmes por falta de combustível para porem o carro a funcionar; que eu apurei. Peço, mais uma vez, em nome deste povo heróico e generoso favor só lhes perdoarem; afinal eles vieram fazer muito bem neste povo mártir.

Queria assinalar só que, antes da chegada do destacamento das gloriosas FAPLA, umas duas ou três semanas antes, houve aqui na Zona um grande acontecimento: chegou um grande helicóptero! O Povo nunca tinha visto um pássaro de ferro a descer só assim dos altos-céus, das alturas. Eh! É o fim do mundo que gritaram os pastores e profetas. Assim o Povo todo alvoroçado, muito assustado, fugiu só para as matas próximas; houve mães que nem sequer tempo tiveram só de apanhar nos seus filhos pequenos — lhes abandonaram; os animais bazaram então à-toamente; os bois tropeçaram só nos porcos; os galináceos rodopiavam atarantados, se entrechocavam; os pavões se depenavam e se despenavam de empáfias (quer dizer, as pavonices dos pavões, Chefe, as bangas deles) que nada valiam naquela hora das corridas; alguns soldados das gloriosas, de tão nervosos que estavam, se prepararam para disparar. Eu e Manimaza nos afastámos só do local em que nos pareceu que o helicóptero ia aterrar, apenas com o receio de que fosse o Inimigo que tinha vindo só para nos atacar. Assim que o helicóptero se aproximava da terra, o capim alto se abanava todo, se despenteava; uma poeira espessa se levantava só em espiral, quer dizer, parecia era então o remoinho a se enrolar; o capim que cobria as cubatas esvoaçava em tufos, em montinhos; quem chegasse ali ficaria pasmado com tanta fantasmagoria, quer dizer, falo em termos miúdos-trocados, pareciam fantasmas, almas de outro mundo a se esvoaçarem só, Chefe! Eh! Quando o aparelho se imobilizou, parou, naquele chão revolto, quer dizer desalinhado, não havia por perto ninguém. Os pilotos brancos saíram do helicóptero, curiosos. Veio a se saber depois que afinal eram camaradas soviéticos que estavam só em missão de reconhecimento por orientações superiores. E trouxeram alguns mantimentos. Entretanto o Povo foi vindo, chegando só. Todos olhavam só curiosos para aquele helicóptero gigante que afinal vinha em missão de paz. Assim o Povo muito se alegrou; foram buscar seus batuques e dançaram com os pilotos; mataram galinhas e patos para uma grande churrascada. E deram largas vivas à Soviética como eles falavam da União Soviética. (Os mais-velhos entendiam mais ou menos que a União Soviética, trajada para os tempos de agora, no actualmente da vida, tinha substituído a Metrópole do antigamente colonial.) De qualquer modo, os soviéticos ficaram satisfeitos com aquela tão calorosa recepção. Antes de partirem distribuíram a todo o povo fotos dos camaradas Marx, Engels e Lénine; este, quando o povo lhe viu na cara disse logo 'É ele mesmo que lhe vimos no cinema; é o artista! é o artista!' Os mais-velhos lhe chamaram de apóstolo por causa da careca dele luzidia. Os pilotos trouxeram vodka com que faziam brindes repetidos aos presidentes de Angola e da URSS, ao PCUS e ao MPLA, ao camarada Lénine e ao camarada Neto, ao Povo heróico da Zona, aos mais-velhos, às mulheres e mães, às crianças. Com tantos brindes a chover uns atrás dos outros, sem parar, os homens e as mulheres estavam visivelmente bêbados; alguns não se aguentavam em pé por isso deitaram-se no chão ali mesmo; os batuqueiros abandonaram seus batuques em qualquer parte; notei que os pilotos estavam todos muito tagarelas, a falarem muito, os rostos vermelhos, e não sabia como conseguiriam pôr o helicóptero no ar. Como já conhecia esse hábito que os soviéticos tinham de brindarem por tudo e por nada, precavi-me; Manimaza tinha brindado também, estava por isso meio-zonzo. Depois ofereceram nas crianças bonecas matrioscas, ursos e guloseimas, doçarias, de criar água na boca.

Em nome de toda aquela população pedi então nos camaradas soviéticos que transmitissem só as nossas saudações revolucionárias no camarada Leonid Brezhnev, ao que os soviéticos observaram que Brezhenev já havia falecido há muito tempo, o que me deixou muito envergonhado; quase chorava de emoção. Porque é que o camarada Comissário Provincial não nos avisou? Se tivéssemos sido informados, ter-lhe-íamos preparado... desculpa Chefe, lhe fazíamos um grande *komba*! Assim então, não sabia que nós conhecíamos o *tovarish* Brezhnev? De qualquer modo, foi pretexto, motivo, para mostrar aos pilotos como andávamos tão arredados, tão afastados do mundo, Chefe. Assim sendo, pedi só que transmitissem então no novo *nikita* as nossas saudações marxistas-leninistas, que eu lhes falei, assim só, pois não sabia quem que tinham posto no lugar daquele grande e supremo *khruschov*.

Gostaria também de lhe dizer que os camaradas do PAM têm sido impecáveis; pelo menos uma vez por mês vêm-nos nos socorrer só como podem; açúcar, sal, arroz e farinha de trigo, não nos falta. Os camaradas do PAM já provaram que, quando podem, estão sempre a ajudar no Povo; às vezes, quando chegam, chegam primeiro que o Comércio Interno; acho mesmo que todos os camaradas deveriam ser como eles, sempre prontos a apoiarem nas massas populares e revolucionárias. O problema é sempre como evitar que os produtos que eles trazem sejam desviados só para os mercados informais e cantinas. Sempre que posso mando prender os infractores, os que se portam mal, mas, meu chefe, não temos condições para manter tanta gente detida e por muito tempo. Para além disso, tenho plena consciência de que eu, enquanto Autoridade Tradicional, não tenho competência para mandar prender seja quem for, muito menos ter cárceres privados. Mas o Chefe sabe que aqui não há nenhum órgão da Justiça. Eu até que gostaria de frequentar um desses cursos de assessor popular que andam a realizar só em toda a parte para um dia termos aqui um tribunal popular revolucionário. Mas, voltando ao assunto... Assim, eu aqui tenho que fazer um pouco de tudo; sou polícia, sou juiz, até pastor tenho que ser quando me pedem. Me explico só: pastores não faltam, mas às vezes o Povo quer que seja eu a pregar por causa da minha reconhecida autoridade tradicional. Para além disso gostam do modo como falo em público.

Camarada Comissário Provincial, desculpa só insistir, mas o problema das comunicações continua. Se me pudesse enviar só um aparelho telegráfico tipo morse até dava; no tempo do colono aprendi um pouco daquele alfabeto. Assim o Chefe nunca ouviu falar desse aparelho, mas diz que o tal aparelho está ultrapassado, que já não se usa? Ora bolas! Quem não tem cão, caça com gato. Desculpa, Chefe, não estou a lhe faltar ao respeito, não senhor. Mas, então, me arranja só um serviço de rádio tipo vhf para me comunicar com o camarada Comissário. O que nós sabemos é só de ouvir falar; gente que passa por aqui. Não sei se falam a verdade ou não. Estamos sempre a leste do paraíso. Qualquer dia pode acontecer que o Chefe seja exonerado e eu não saberei sequer como confirmar a notícia. Não, Chefe, não estou a desejar que seja exonerado. Assim quem sou eu para influenciar quem de direito a lhe exonerar? (Se eu pudesse já teria movido influências nesse sentido, e mais, mandava-te prender pelas muitas irregularidades cometidas, meu patife.). Eu sou só um simples e modesto soba, não tenho quaisquer poderes fora da minha Zona de Acção. Foi apenas um exemplo, Chefe? O Chefe está chateado comigo? Peço, então, só desculpas no meu chefe por esse mau exemplo que dei. Pode crer, camarada Comissário Provincial, comandante 'Kapitangu', que eu sou e sempre serei um simples servidor servil do Chefe (ora essa... era só o que faltava... Eu um soba-intelectual servidor dum boçal?), meu General, digo, meu Coronel, Comandante Sete Vigas, antigo combatente e herói da luta de libertação nacional (seu velhaco! Tás com receio que o camarada Presidente te exonere, né? Pensas que serás Comissário Provincial para toda a vida? Hás-de ver, o teu dia chegará).

Mas, como estava a dizer, o problema das comunicações precisa de ser resolvido, Comandante. Não podemos viver só de mujimbos. Veja só, camarada Chefe: há tempos passou por aqui alguém que disse que os bandidos estavam a progredir para Catete; que estavam a poucos quilómetros dessa vila, a pouca distância da capital. Quando recebi só o *mujimbu*, confesso que quase desmaiei. Onde e como confirmar a informação? Tive que me conter e guardar só a notícia durante semanas até que veio alguém que me garantiu que tudo era pura mentira; mas antes, nem conseguia dormir, passava as noites acordado, a pensar na possibilidade de o Inimigo chegar até Luanda. Assim, só cerca de um ano mais tarde é que soubemos aqui que os racistas sul-africanos tinham ocupado e destruído Ondjiva, a capital da Província do Kunene. Outra vez correu a notícia de que na baía de Luanda tinha aparecido uma baleia gigante que, se aproximando da Ilha, tinha engolido de uma só vez mais de trinta banhistas, ih!; que as dezenas de barcos que tinham sido imediatamente mobilizados para dar caça ao provável cachalote (aqui apago e escrevo baleia), tinham todos desaparecido no alto mar, uaué! Resultado: era só tudo mentira. Outra vez, conto: que três dezenas de aviões sul-africanos tinham violado o nosso território; que tinham largado muitas bombas em Pedras Negras; que agora Pungo-a-Ndongo era só lisa terra plana sem aquelas monumentais pedras que eram o orgulho de toda a Nação. Eh!Eh!Eh! Quando isso ouvi, como o Chefe deve imaginar, me senti atingido nas minhas origens, apunhalado nas minhas entranhas; eu sangrava por dentro; raivava de muita raiva, Chefe. Violarem na terra dos meus antepassados?! Ai, ai, ai, Chefe, que me viessem buscar, eu com a minha idade ainda era capaz de muito fogo contra esses bandidos, filhos mal paridos, para não dizer filhos de uma grandessíssima pátria que os pariu! Se estou a disparatar nas mães deles que lhes pariram? Se estou a ofender na pátria dos carcamanos? Não, sim, Chefe, estou apenas a enfeitar as palavras, a suavizar a expressão, quer dizer, a pôr a fala levezinha de um passarinho, para não dizer expressamente o que deveria dizer, ou seja, que os Sul-Africanos que destruíram Pungo-a-Ndongo são maus filhos da pátria que os pariu. Assim, é só isto Chefe.

Como já tinha informado no Chefe, temos formada uma associação de camponeses. Mas não há, praticamente, trocas comerciais; ou melhor, só há trocas directas entre os camponeses. Há pouco dinheiro líquido; o kwanza entre nós nem sempre aparece e quem o tem prefere guardá-lo, quer dizer, lhe guardar. E tudo isso porque esta Zona está isolada das redes retalhistas. É a economia de subsistência que aqui predomina, que aqui é tudo. Talvez agora com a chegada dos militares a situação melhore, já que são poucos os civis que se aventuram só a chegar até aqui. Os caminhos são péssimos, para além do perigo das minas que andam por aí espalhadas. Portanto, o Chefe está a imaginar a confusão que é quando alguém chega com a nossa moeda nacional; todos querem vender só e a preços da chuva. De qualquer modo, camarada Comissário Provincial, a nossa associação de camponeses permanece constituída e à espera de melhores dias que só chegarão quando houver trocas entre a cidade e o campo e o campesinato for integrado na economia mercantil. Sei que o futuro nos reserva melhores dias, sobretudo quando começarmos a sentir só pelo menos os efeitos da tão anunciada aliança operário-camponesa. Mas, camarada chefe, lhe digo, só aqui entre nós, camaradas, que estou mesmo muito céptico, quer dizer com as dúvidas todas, em relação à orientação do nosso Partido no sentido do aumento da produção agro-pecuária e à melhoria dos mecanismos da comercialização no campo. A orientação é muito boa, mas, enquanto esta maldita guerra não terminar, será muito difícil os que estão na cidade virem para o campo trabalhar ou investir. Assim, por ora, o que nós percebemos é que não passa de uma miragem (uma visão visionária, Chefe) a orientação segundo a qual a agricultura é a base do desenvolvimento económico e social e a indústria o seu factor decisivo. Se eu não acredito nessa orientação do Partido? Acredito sim senhor, camarada Chefe, nem sequer duvido, mas por enquanto é uma miragem. O que é que eu quero dizer realmente? Simplesmente que aguardamos só ansiosamente pela materialização dessa orientação estratégica e clarividente, isto é, clara, do nosso Partido.

Aqui me despeço, Chefe, Comandante Sete Vigas. E assino: Soba Kitekulu, 'Kutolola'."

VII

As autoridades coloniais tinham razões de sobra para desconfiarem das águas do Dange. Não propriamente das águas em si, mas do que através delas se pudesse estar a passar. Eram águas normais aquelas; de dia não havia nada de anormal naquelas correntes águas; o quotidiano não tinha nada que pudesse despertar alguma curiosidade. As mulheres lavavam a roupa nas suas margens, cantando alegremente; os miúdos fimbavam seus sonhos e fantasias naquele riomar; os pescadores pescavam para o sustento de suas famílias. Era assim o rio Dange.

Sinto-me envelhecer... esta mão sempre trémula... a neve a cair no meu cabelo...

Uma sexta-feira... tiros... o jipe... mona ami meu filho

As populações ao longo do Dange estavam, entretanto, sob forte vigilância. Constava que aquelas aparentemente pacatas povoações ribeirinhas faziam, às escondidas, coisas más, isto é, tinham atividades subversivas. Aliás, as autoridades não duvidavam nada pois não se esqueciam que aquelas populações, quando das matanças em Sessenta e Um, tinham desaparecido das margens do rio num amplo e concertado movimento considerado até hoje inexplicável. De fato, as populações ribeirinhas, reagindo a tanta mortandade, tinham fugido todas em poucos dias; constou mesmo que aquele povo tinha migrado para o Congo Léopoldville; que, por isso, as autoridades concluíram logo que aquela fuga maciça tinha sido organizada pelo Inimigo.

Entretanto, a partir de Sessenta e Três, as margens do Dange estavam outra vez povoadas. Aparentemente era o mesmo povo que, dois anos mais tarde, decidira regressar às suas terras de origem. O povo regressou com novos membros nascidos lá no Congo; vieram com alguns novos hábitos e costumes que eram estranhos aos modos originais de ser e estar do povo do Dange; não faltaram também alguns mesmo de lá que vieram já casados com as nossas irmãs. No plano espiritual, vieram com novos cultos e místicas práticas.

Camarada Presidente, nosso Pai Grande, interceda pelo meu filho.

No Dange tudo tinha mudado e não havia rastros do modo de vida daquele povo antes de Sessenta e Um. Os poucos populares que não puderam fugir foram mortos e atirados no rio; não havia ninguém que pudesse contar como tudo aquilo tinha acontecido; as sanzalas tinham sido todas destruídas e incendiadas; os animais domésticos que erravam por lá tinham sido todos mortos à paulada — as furiosas-satânicas-raivas. As autoridades estavam irritadas com o comportamento do povo do Dange e por isso prometiam vingar-se. Não perdoariam sobretudo àqueles que eles sabiam terem sido os principais responsáveis da agitação e mobilização do povo contra a soberania portuguesa: alguns sobas, cipaios, regedores e pastores evangélicos. Esses, tais, se fossem apanhados, seriam queimados vivos. Lhes matavam todos.

O infernal fogo mãe qualquer dia quando estiver na iminência de ser apanhado Jan Palach no fogo atiro-me não não meu filho Palach se queimando se indo em fumo e cinzas

Mas as autoridades tinham tudo sob controle. Todos os regressados estavam bem identificados. Para isso contavam com uma rede de bufos que englobavam autoridades tradicionais e administrativas, uns poucos pastores evangélicos que se tinham revelado fiéis servidores do regime, missionários católicos e todos os comerciantes e fazendeiros brancos. As sanzalas, embora tivessem retomado os seus nomes antigos, eram todas tratadas como sanzalas da paz. Eram, a partir de então, aldeamentos populares inteiramente controlados pelo regime. O povo veio vindo, correspondendo aos apelos que vinham nos panfletos lançados pela Força Aérea Portuguesa. Pediam que deixassem de viver nas matas como bichos, que regressassem e se apresentassem nas sanzalas da paz que era o símbolo de uma vida em paz e harmonia; pediam que deixassem de viver com os terroristas, que eram então os guerrilheiros da nossa luta de libertação nacional. E assim o povo veio vindo; receoso, primeiro, depois com mais determinação. Na verdade, informado, esclarecido, mas não convencido daqueles dizeres panfletados.

Sinto-me envelhecer... os meus cabelos todos brancos... esta mão sempre assim... a tremular. Meu filho... mona ami

Apesar de todo o cerrado controle sobre os populares de Dange, havia gente que mantinha ligações secretas com os guerrilheiros da primeira região político-militar do MPLA. Eram contatos muito discretos, havidos sobretudo de noite quando a vigilância dos tugas parecia abrandar. Tais contatos só foram possíveis graças ao trabalho meticuloso das células clandestinas do MPLA que funcionavam exemplarmente. Havia gente que durante o dia parecia estar a trabalhar para os tugas; de noite militavam nas células clandestinas, prestando toda a colaboração que lhes fosse solicitada; sobretudo muitas informações sobre as autoridades. Porém, o que dificultava grandemente o trabalho clandestino eram os bufos do regime, particularmente os militares negros que integravam as TEs e os Flechas. Esses nossos patrícios, para agradarem aos seus chefes, eram brutais quando apanhassem alguém em flagrante; às vezes bastava a simples desconfiança para que eles atuassem com toda a violência de que eram capazes.

Os que vinham do lado da guerrilha, nem que aparentavam nada. Pareciam simples camponeses mal vestidos, completamente inseridos no seu meio. O camaleão no meio do mato a se verdear no verde-natural, quem que podia lhe descobrir? Era difícil serem identificados, a menos que fossem denunciados por um ou outro membro de uma das células clandestinas. Os guerrilheiros visitantes recebiam todas as informações de que necessitavam e regressavam com muita coisa doada pelo povo: mantimentos, roupas e medicamentos. Uma vez ou outra eram armas que eles levavam com todos os cuidados. Essa ocorrência não se registrava sempre pois demandava a participação discreta de alguns militares angolanos integrados no Exército Português. Quando fosse o caso, a vigilância entre os participantes na operação era extremamente rigorosa. Certa vez, das armas desviadas para a guerrilha, deu-se pela falta das mesmas no RI 20 uma semana depois; na sequência das investigações feitas foram detidos meia dúzia de militares angolanos. Felizmente os suspeitos não denunciaram nada que servisse para descobrir a rede que envolvia direta ou indiretamente cerca de trinta militantes, entre civis e militares.

... comadre Cristina... compadre Lourenço... é verdade? O João?... Ximinha... o Passinhos também, mana? Ai os nossos filhos, Ngana Nzambi

As armas que chegavam ao Dange eram transportadas em canoas, na calada da noite. Por precaução, os pescadores não faziam parte da travessia das armas; suas canoas eram usadas sem o seu conhecimento. Tinha-se a crença arraigada de que tal era normal acontecer; que as almas dos seus antepassados é que usavam as embarcações o que era sinal de lua cheia e de boa pescaria nos próximos dias; outros quem que supunham que era a Kianda que, noite adentrando, fazia as canoas andarem nas águas; quem disso duvidasse poria em risco o seu futuro. Seja como for, só durante o tempo seco, no cacimbo, é que se podia prever a travessia do Dange; o caudal baixava significativamente, o que permitia a travessia em total segurança.

Soba Kitekulu e Manimaza reviam suas memórias do passado. Com facilidade recordaram-se da luta na I Região, pois eram fatos que ainda estavam bem frescos nas suas memórias. Sabiam que o apoio discreto àquela região vinha de Luanda e que envolvia diretamente alguns militantes, incluindo estudantes universitários. Mensageiros da I Região, quando chegados a Luanda, tinham de se identificar através de senhas que variavam segundo as circunstâncias. Para além disso, tinham limitados os seus movimentos. Não obstante tantas precauções e cuidados, a rede de apoio à I Região sofreu um rude golpe quando se descobriu que, afinal, havia um português, funcionário público em Catete, que fazia jogo duplo; lidava com membros de algumas células clandestinas do MPLA ao mesmo tempo que colaborava com a PIDE/DGS. Detectou-se, então, que alguns apoios que eram supostamente encaminhados para a I Região, nomeadamente roupas, sabão, medicamentos e sal, foram parar às mãos das autoridades coloniais. Na sequência dessa descoberta, muitos militantes foram presos o que veio a enfraquecer sobremaneira a rede de apoio à I Região.

Para tornar mais eficaz a comunicação contigo, camarada Presidente, colei a tua foto no meu quarto, do outro lado da cabeceira. Acendi-lhe uma vela e pedi-lhe que trouxesse de volta o meu filho.

Viram passar aviões C-47 da Força Aérea Portuguesa; rasgavam aqueles ares em direção aos Dembos onde que iam lançar desfolhantes químicos. Era a "Operação Kissonde" cujo objetivo era a destruição não só das florestas como também das lavras de onde as populações se alimentavam. Assim, os campos antes verdes de esperança passavam a ser zonas onde o povo só podia derramar suas chorosas lágrimas. As mães aninhavam seus filhos nos peitos, todos agarrados à terra única que tinham. Depois, com as mãos levantadas para os céus, bradavam ardentes clamores — que Deus nos proteja.

Espalhem as fotos dele pela casa toda... ele está vivo... sinto que um dia ele estará entre nós... meu filho... mona ami os nossos filhos...

Oh! A mãe está a enlouquecer!

Estando lá, fizeram questão de ir reverenciar a memória do pastor Francisco João Francisco, que foi muito falado como Ti Xico-Xico. Fora enterrado vivo com a cruz de Cristo e a Bíblia Sagrada por ser um grande terrorista. Lhe tinham enterrado na mata; depois o povo é que lhe foi tirar lá e lhe trouxe aqui próximo das sanzalas, no aconchego daqueles que lhe tinham na boa-santa recordação.

— Esse pastor foi um verdadeiro mártir da revolução — falou Manimaza.

— Foi mesmo um herói — disse o Soba.

— De fato, um herói e mártir que continua quase no anonimato, como, aliás, tantos...

— É a vida... — balbuciou o Soba. — Mas o importante é que pelo menos o povo aqui do Dange, a juventude em particular, não se esqueça dele, mesmo sabendo que o seu corpo repouse hoje em algures-nenhures, esses.

— O povo e a sua Igreja Evangélica também.

Francisco João Francisco era filho dos Dembos. Em pequeno, ainda a mamar, acompanhava os pais na apanha do café onde trabalhavam de manhã à noite. Ainda a dormir, nas costas da mãe, era levado para a formatura ao toque do sino, por volta das cinco da madrugada friorenta. Várias vezes viu o pai a ser vergastado sempre que quisesse descansar um pouco, enquanto a mãe se esforçava por não mostrar as lágrimas que lhes escorriam abundantemente. Juntamente com o seu progenitor trabalhavam centenas de homens — muitos *bailundos* — sujeitos à mesma situação, numa fazenda a vinte quilômetros de Kibaxi; cada contratado tinha de encher por dia 25 sacos com café. O pequeno Francisco passava o dia numa grande tristeza sem nada poder fazer; era pequeno demais. À medida em que foi crescendo, foi ganhando consciência de que algo de muito mau estava ali a passar-se; interrogava-se sobre o que é o papá tinha feito para ser tão maltratado, porque é que Deus não protegia os negros que ali estavam a trabalhar como escravos.

Quando tinha dez anos de idade passou a conversar com alguns miúdos da mesma idade, filhos de contratados como ele, sobre o que fazer para acabar com aquela situação em que viviam os seus pais. Aliás, elas mesmas, apesar de crianças, já trabalhavam na roça; separavam os bagos de café bons dos que tinham bichos. Nessa condição, também elas eram maltratadas pelos capatazes. Decidiram então montar pequenas armadilhas nos cafezais. Eram buracos que foram fazendo quando a vigilância dos capatazes abrandava. Disfarçavam as armadilhas com bastante capim à mistura com folhas dos cafeeiros. No fundo de cada buraco enterravam navalhas, facalhões e catanas com as afiadas pontas voltadas para cima.

Numa certa manhã coberta de espesso nevoeiro dois capatazes brancos caíram nas armadilhas. Houve um grande alvoroço na área. Os contratados foram primeiro submetidos a um cerrado interrogatório e depois surrados, enquanto os capatazes recebiam tratamento no posto de saúde pois tinham as nádegas e os pés a sangrar abundantemente. Francisco e os companheiros estavam amedrontados, sentiam-se culpados por verem os pais sofrer por sua culpa e receavam que fossem igualmente surrados se descobertos.

Os rapazes tinham como líder Francisco, o mais velho do grupo. Era um rapazito espevitado e irrequieto que, pela sua compostura física, aparentava ter quinze anos. Por isso, fora selecionado também para a apanha do café. Apesar de ainda criança, já sentia a dor na carne; estava revoltado e, por isso, incentivou os companheiros a continuar com a montagem de armadilhas; disse-lhes que um dia Angola seria independente; que os brancos seriam corridos de Angola; que ele sabia que havia nos Dembos pessoas a distribuir panfletos.

Quando descobertos por cipaios que eram fervorosos lacaios dos fazendeiros, os rapazes foram presos. Foram todos encarcerados no grande armazém que havia na fazenda. Eram chicoteados todos os dias e não tinham direito a visitas de seus pais. Como sentia que as autoridades desconfiavam que ele fosse o líder do grupo, cuidou de fugir.

(A mocidade portuguesa *angola é nossa* tinha determinado: tínhamos de estar todos de fronte à estação do caminho-de-ferro, perfilados, briosos e ufanos; e o comandante de bandeira vibrava *angola é nossa* malanje receberia ao cair da tarde o anjo-capitão teles grilo que lançaria pombas brancas sobre a baixa de kassanji; *angola é nossa* e os comerciantes-polícias-milícias *angola é nossa* brandiam suas vontades assassinas; o comandante de bandeira espiava nossos pensamentos podia ser eles? *angola é nossa* e, assanhados, gritavam *angola é nossa*! morte aos terroristas! viva o ultramar português! viva salazar! viva o capitão teles grilo! *angola é nossa* e quando o delírio estoirou ouviram-se gemidos e choros nas sanzalas plantadas nesses imensos negros-matos *angola é nossa*; viva o nosso anjo-exterminador de pretos capitão teles grilo!)

Noite cerrada, após ter-se ouvido um assobio, Francisco fugiu do cárcere para nunca mais ser visto. Soube-se mais tarde que se juntara aos guerrilheiros que já circulavam nos Dembos em número considerável em Sessenta e Um. Os guerrilheiros viam-se preparando para a festa de casamento da filha do fazendeiro Nogueira marcada para o dia 15 de Março.

Os guerrilheiros, em número de quinze, estavam a aproximar-se de Kibaxi, madrugada nevoenta ainda. E viram dois milícias brancos com as suas armas, encapuzados e com longas capas de lona para se protegerem do frio e da umidade; fumavam enquanto conversavam em voz baixa. De repente os guerrilheiros apareceram a gritar "UPA! UPA! Mata! Mata!"; os dois brancos foram logo desarmados e mortos. E prosseguiram por entre os cafezais que bordejavam a vila de Kibaxi, distribuídos agora em três grupos de cinco cada.

Francisco João Francisco bateu à porta da loja, entrou, enquanto os restantes membros do grupo ficaram lá fora de atalaia.

Pediu um copo de aguardente; o comerciante branco atendeu-o como se fosse um ato de rotina; apesar disso, tinha à mão, sobre o balcão, uma walter 7,65. É que já pairavam no ar rumores segundo os quais, com a fuga dos belgas do Congo Léopoldville, um dia os pretos em Angola se iriam revoltar; para além disso, os comerciantes andavam receosos pois nos últimos três dias os pretos tinham comprado nas cantinas grandes quantidades de sal e de fósforos. Enquanto, de costas, o comerciante buscava na prateleira a garrafa de aguardente, o guerrilheiro, num ápice, saltou para cima do balcão e, com um facalhão que tinha escondido debaixo do sobretudo, desferiu-lhe um golpe no pescoço. O branco caiu logo sem vida tendo arrastado na queda algumas garrafas de bebidas várias e latas de conserva. Com o estardalhaço que se ouviu, um cão grande que estava a poucos metros numa dispensa irrompeu na loja a ladrar e quando se aprestava a cair para cima do guerrilheiro este, usando a arma do comerciante acabado de morrer, lhe matou com um tiro só na cabeça.

Depois os guerrilheiros, comandados por Francisco João Francisco, foram à fazenda onde ele e seus camaradas haviam crescido acompanhados de seus pais contratados. Estes já tinham sido mortos por fazendeiros brancos e as suas cabeças deixadas enfiadas em estacas. Com o sangue ainda fresco a escorrer pelas estacas e os corpos decepados que jaziam no chão, os guerrilheiros perceberam logo que os contratados tinham sido mortos havia poucas horas. Os guerrilheiros enterraram às pressas os restos mortais dos antigos contratados enquanto gritavam palavras-de-ordem e diziam eufóricos que era chegada a hora de matar todos os brancos e saíram dali ao encontro dos comerciantes, fazendeiros, polícias e milícias brancos.

E então foi a chacina total no Norte de Angola. No seu íntimo, Francisco João Francisco sentia que assim lavara a honra de todos os contratados que, como o seu pai, trabalhavam não só em todas as fazendas de café, mas também no cultivo e recolta de algodão, na construção dos caminhos de ferro, de pontes, de barragens hidráulicas, estradas, grandes fazendas agropecuárias e engenhos de açúcar.

Cerca de cinco anos depois de Sessenta e Um reaparecera no Dange nas vestes de um devoto e santo reverendo. Mas a PIDE, alertada por nativos da região, tinha todos os dados do terrorista Francisco João Francisco, por isso lhe tinha sob vigilância cerrada. Os cultos da Igreja eram sempre assistidos por agentes seus.

Ti Xico-Xico, depois, muito depois recordado como sendo o Xico-Corvo, o crime que ele cometeu: informava os guerrilheiros sobre o que sabia dos planos de contraguerrilha; recebia e entregava papéis importantes; encobertava gente suspeita de ser terrorista. Assim, um domingo quando ele estava no culto, a PIDE, que já andava no encalço dele, veio e entrou com toda a brutalidade a bater à toa; destruíram o altar e obrigaram o pastor a sair da igreja carregando a cruz e sob uma chuva de chibatadas. O pastor era só profundos gemidos; tinha o corpo ensanguentado de tantas vergastadas; o casaco que sempre vestia feito em retalhos. Os fiéis choraram e viram no pastor a figura resplandecente de Jesus Cristo. E viram depois uma luz dourada rodear o mártir-pastor, o céu a se violetar, sete anjos a acompanhar o cortejo, e intuíram logo que ele, ali, era mesmo a figura de Deus feito Jesus-Homem. E depois se desenhou em toda a extensão do céu que os olhos podiam abarcar um gigantesco luminoso arco-íris! Eh! Eh! Eh! Os agentes da PIDE como não tivessem visto nada de especial em redor do terrorista, nem no céu só violetado, continuaram lhe vergalhar; e depois meteram-no num jipe e lhe levaram para longe. Só muito tempo depois é que o povo descobriu onde que lhe tinham enterrado vivo.

Um lavrador que andava por lá verificou que os corvos pousavam sempre num mesmo lugar. Iam e revinham. Intrigado, começou a perguntar-se a si próprio o que é que haveria naquele ermo lugar. Como ali perto havia uma lagoa, pensou que os corvos vinham ali pescar. Quando a dormir na sua cubata, despertava alvoradas com o crocitar dos corvos. Aquele som estridente lhe desconcertava; mais nervoso ficava porque sabia que o corvo era uma ave má agourenta. Estava habituado a ver corvos cirandar na lavra dele; um, no máximo três corvos juntos; o estranho é que naquele sítio os corvos apareciam em bandos numerosos, o que não era normal — o corvo é de sua natureza uma solitária ave. Pressentia que algo de muito estranho se estava a passar naquele sítio. Talvez ali estivesse enterrado um feiticeiro; um quem que tinha sido muito malvado ser; ou uma alma de um outro mundo-além.

Dizem que foi apanhado... Quem foi que disse? Não quero acreditar... Senhora Nossa diz-me que não, não não... não é verdade. É preciso agarrar já estes assassinos... bater no ferro quente

Associados e decididos foram então vários lavradores ao local, armados de paus, pedras, correntes e um enxame de abelhas presas numa rede. Lá chegados, nem tiveram tempo sequer de inspecionar bem o local, apenas viram uma cruz enterrada; saíram do lugar em debandada pois surgiu de repente um bando de corvos a crocitar; foi uma fuga tão desordenada que houve lavradores que desmaiaram após embaterem violentamente em troncos de árvores. Abandonada a rede que continha as abelhas, os camponeses, desorientados, corriam à toa para evitarem as ferroadas; os que estavam desmaiados se levantaram de repente de tanto serem picados; os lavradores se entrechocavam e caíam; três deles resolveram se esconder nas águas de um riacho que ali passava, mas logo foram acossados pelas abelhas e de lá saíram a toda a brida. Lhes ferroaram bem. Alguns lavradores se perderam mesmo durante dias pois se tinham afastado muito da vila do Dange. Deixaram passar uns dias e, apesar de temerosos, foram lá outra vez, mas sem a rede que continha abelhas. Novamente apanharam berrida dos corvos. Um dos lavradores ainda teve tempo de olhar para a cruz e reparou que era mesmo a da sua Igreja que há uns anos tinha sido transportada pelo pastor Francisco João Francisco quando fora levado pela PIDE, sob fortes vergoadas. E alvitrou que ali poderia estar enterrado o saudoso pastor. Era mais uma razão para não desistirem da ousada empreitada. E foram, desta feita acompanhados de um quem que sabia como enfrentar os corvos e não só. Chegaram em paz e observaram tudo nas cercanias: estava tudo na ordem natural conforme que a mão divina tinha plantado. Assim, desenterraram a cruz que, apesar dos anos, estava em boas condições; a Bíblia Sagrada estava também intacta o que lhes admirou bastante! E cavaram e cavaram e em pouco tempo viram o que restava do corpo do malogrado nacionalista e homem de Deus. Levaram os restos mortais, a cruz e a Bíblia para a sanzala, em rezas e choros; lhe depositaram num cemitério, nas lavras próximas, que era onde repousavam os demais que tinham partido para sempre; no cimo da sepultura colocaram a cruz, mas a Bíblia Sagrada lhe puseram no altar da Igreja.

Um dakota, isolado, planava alto naqueles ares; depois baixou de altura, rodopiou e foi largando roupas, mantimentos e muitos panfletos que foram caindo e esvoaçando, cobrindo, por isso, uma grande área.

Camarada Presidente, eu imploro-te de joelhos. Acendi-te esta vela para iluminar o teu coração de pai.

O Dange corria prazenteiro suas águas que traziam bons motivos para uma grande pescaria. Assim, os pescadores pescavam suas alegrias e distribuíam-nas por entre as populações ribeirinhas. Regularmente faziam oferendas à Kianda, na expectativa de que nunca deixasse de lhes proteger; lhe pediam também que levasse para longe os jacarés que às vezes vitimavam naquele povo cristão.

Estavam três miúdos assim nas lavras próximas a caçar pássaros e bicharocos quando viram um corvo a crocitar, em voo rasante e a se dirigir para a campa do finado Francisco João Francisco. Eles que por ali andavam todos os dias, sabiam que era a primeira vez que viam ali um corvo desde que naquela sepultura repousavam os restos mortais de Xico-Xico. Se entreolharam só e se foram embora. Nos dias seguintes constataram que à mesma hora — onze da manhã — o mesmo corvo se abeirava e pousava na campa do nacionalista, eheheh! Sem mesmo terem consultado os anciãos do Dange, decidiram lhe matar. Se armaram de uma zagaia e ao mais certeiro deles lhe confiaram a missão — tomas! O corvo crocitou em agonia e tombou. Corajosos foram lá, lhe apanharam e lhe levaram, eufóricos, para a sanzala à presença dos anciãos do Dange para que tomassem nota da ocorrência.

Ave Maria cheia de graça o Senhor é convosco... Ele está vivo, não está Senhora Nossa? Diz que sim, que sim... o meu filho está vivo mona ami mona ami Ngana Nzambi

A mãe enloqueceu, Deus meu!

Os três garotos foram severamente repreendidos. Os anciãos disseram que logo que os miúdos viram o corvo sobre a campa deviam ter avisado os mais-velhos; que aquele era um sinal estranho, com a agravante de o corvo ter três patas. Os garotos que nem sequer antes tinham notado nessa particularidade, acreditaram piamente que estavam, de fato, perante um caso muito estranho.

Passados dias, os miúdos presenciaram a chegada de três corvos em agudos crocitos. He! He! He! Temerosos, correram para a sanzala informar os anciãos. Estes preocuparam-se mais ainda com o caso; interrogaram os garotos sobre pormenores dos três corvídeos. Mais intrigados e assustados ficaram quando os miúdos confirmaram que cada corvo tinha três patas! He! He! He! Para prevenir casos piores os anciãos decidiram, então, levar para a campa uma rede contendo um enxame de abelhas; assim, se os corvos voltassem, seriam atacados e fugiriam dali para nunca mais irem ali azarar a alma do muito estimado finado Xico-Xico.

Volvidos dias seguidos sem nada de anormal para registrar, os anciãos do Dange convenceram-se que o caso estaria encerrado. Todavia, num certo dia cinzento a ameaçar chuva torrencial, com as nuvens carregadas de negrura, ecoaram estridentes crocitos. Era um bando de corvos que vinha rodopiando e em cada vez mais rasantes voos que a população desatou em grande e desordenada debandada para parte incerta. Eh! Eh!! Eh!! Os corvos ficaram ali todo o dia e só saíram às primeiras horas do dia seguinte.

Regressados às suas sanzalas, os anciãos reuniram-se e decidiram, então, por unanimidade, que o corpo de Francisco João Francisco tinham que lhe levar de onde saíra. Era lá só que sua alma descansaria em paz. O povo protestou, mas os anciãos convenceram todo o mundo que aquela era a única possível solução para aquele caso de Ti Xico-Corvo; e assim sendo, sendo.

O povo correu a apanhar o que caía dos céus; todos correram desordenadamente para terem algo com que se vestir e comer. O soba leu demoradamente o panfleto e escondeu-o no bolso do seu sobretudo; "ara mazé... vão lá pentear macacos..." — e fez um manguito. Ali só ele sabia ler e escrever, por isso o seu povo não saberia nunca o que os panfletos diziam.

Soba Kitekulu e Manimaza recordaram que todo o povo do Dange acompanhou o reverendo à sua outra vez última morada em cantos e choros. E Xico-Corvo repousou sua eternidade naquele ermo lugar onde os corvos costumavam crocitar seus ares e soturnas tristezas. *Sonhei contigo, meu filho... estavas sentado a conversar com Nossa Senhora de Fátima*

VIII

"Camarada Comissário Provincial, comandante 'Kapitangu', hoje lhe escrevo para, pela primeira vez, falar só um pouco do funcionamento na Zona dos órgãos de poder popular. Uma vez por mês reúne a Assembleia Popular de Povoação para tratar de vários assuntos. Os problemas a tratar são tantos que eu já nem sei só o que fazer, pois tenho de intervir sempre para evitar cenas de pancadaria entre os membros da Assembleia. E porque tenho algumas dúvidas sobre as competências da Assembleia, venho solicitar só no camarada Chefe alguns esclarecimentos.

Noutro dia a Assembleia teve que analisar um caso de adultério. A mulher de um camponês, uma senhora crente, membro de uma das igrejas, andava só com o próprio pastor da Igreja. O marido andava desconfiado porque o pastor chamava a mulher por tudo e por nada e a qualquer hora, até mesmo para lhe ler nas Sagradas Escrituras, eheheh. Assim a mulher se justificava dizendo que tinha muitas tarefas na Igreja, que era responsável pela coordenação de vários grupos de mulheres, que fazia tudo o que o pastor lhe pedia para o bem da comunidade de crentes e da salvação da sua alma. A senhora era tão ladina, quer dizer, tão xica-espertona, que dizia responder pressurosa, digo, tão depressamente, aos chamamentos do Senhor Santo Deus. Haka! A mulher prestava mais atenção às tarefas da Igreja do que às domésticas. Farto da situação, assim, o camponês passou a vigiar mais de perto a esposa, até que um dia lhe apanhou em flagrante delito, com a boca na botija mesmo; estavam se dar na botija, Chefe! Munido de uma catana que afiara com muita raiva, entre assobios e palavrões, no momento de desferir, digo, lançar o golpe mortal para cima do pastor, de tão desatinado, descontrolado, que estava desconseguiu de acertar no alvo certo. Os dois malandros conseguiram se escapar; a mulher se refugiou no seio dos seus familiares. Assim o assunto foi só parar depois na Assembleia. Uns apoiavam a senhora, outros o marido traído; uns defendiam que a senhora tinha sido tentada pelo diabo, outros que o pastor tinha sido aliciado pela senhora que se vestia de modo indecente. No meio de tanta discussão e algazarra os apoiantes de um e de outro lado se envolveram em pancadaria; curioso que as senhoras só lutavam entre elas — se arrancavam nos cabelos postiços e nos brincos e mostravam os mambos delas, Chefe! — os homens então, muito atentos, só olhadas curiosas, dessas! Foram necessárias quase duas horas para repor a ordem. Tive de actuar com o meu bastão arriando, digo digo, arreando, lhe dando só com ele para cima dos contendores — os que estavam só a lutar —, só nos homens — nas mulheres não se bate; enquanto bastonava, bradava, gritava com todas as minhas forças *vade retro, Satana, vade retro, Satana*, o que punha os lutadores intrigados pois ali ninguém se chamava Santana. Como?... É uma expressão latina que eu aprendi e que se usa quando é preciso enxotar no Satanás. Como deve calcular, camarada chefe, no fim da turbulenta reunião estava só todo o mundo desfalecido, digo, sem as forças, para além de alguns estarem feridos; eu mesmo nem me aguentava nas pernas. Apesar de tudo, o casal desavindo, zangado, resolveu se reconciliar, se amistar, tendo a Assembleia decidido que o pastor fosse pastorear só suas mal-criadas malandrices em outras mal paradas partes. Filho de um quem desalmado quem.

Outro caso, conto, então, assim: dois vizinhos se vinham acusando mutuamente de roubos constantes nas suas criações. Eram cabritos, porcos, patos e galinhas que desapareciam só misteriosamente. No princípio um e outro desconfiavam que houvesse alguém que, pela calada da noite, vinha subtrair a um dos cercados. Apurados os ouvidos e os olhares durante meses, não conseguiram apurar só nada. Foram depois no mesmo kimbanda, em momentos separados, e aquele acusou os dois vizinhos de estarem a roubar só um ao outro. Este assunto foi também levado na Assembleia. Intervieram, falaram só as partes e o kimbanda. Este ficou furioso quando alguns participantes a Assembleia puseram em dúvida os seus créditos, os seus conhecimentos, ao que o kimbanda apelou a que se identificassem claramente quem o contestava, tendo ameaçado punir só severamente quem questionasse, quer dizer, quem que não acreditasse na sua reconhecida competência; a quem se atrevesse a lhe denunciar não daria mais de três dias de vida. Assim, quem que podia só se falar? Ninguém. Lá tive de intervir só novamente para solucionar o caso: a partir de então cada um era obrigado a pôr um ferrete, digo, uma marca, em cada cabrito e porco, lhes marcar só, e usar guizos nos patos e galinhas, dlim-dom!, a toda hora.

Conto mais. Assim, então, vou contando: um dia um lavrador estava só com a mulher dele e os filhos no amanho, no cultivo da sua terra para a próxima época agrícola. Ao remexer a terra deu com uma mandioca de tamanho descomunal, digo, muito grande. Xê! Curioso, continuou a esgravatar a terra que encobria o tubérculo, com a ajuda de um dos filhos: e descobriram que a mandioca tinha corpo, com cabeça, tronco e membros! Semelhava uma pessoa! Eh! Eh! Eh! Enquanto a mulher, muito espantanda e a tremer, sussurrava uma reza, concluíram só a empreitada pondo de pé a mandioca. Não é que então essa tal mandioca começou primeiro por tossir e depois se pôs só a andar, Chefe? Haka! A andar como se fosse uma pessoa? Xê! E assim a andar, os torrões, quer dizer, os pedaços de terra, que se lhe grudavam, que lhe colavam no corpo, começaram só a cair. He! He! He! Assim, lavrador e família fugiram a sete pés, bazaram embora, cada um para o seu lado com toda a velocidade de que eram capazes, enquanto gritavam 'Socorro! Socorro! É o diabo! O diabo veio nos buscar!'. O Chefe está se rir? Assunto sério... só três horas mais tarde é que foram chegando a casa. O povo se alarmou quando soube da estranha ocorrência; muita gente tinha vindo saber do que se tinha passado; o lavrador, já exausto, digo, cansado de tanto correr e andar no meio de capim alto, estava farto de responder a tantas perguntas; a mulher, deitada na esteira, no quarto, tinha à sua volta muitas senhoras lhe consolando só e um grupo de oração que pedia a Deus abençoasse não só aquela família mas todos os membros da comunidade e que levasse o demónio para outras bandas; os rapazotes, filhos do casal, não pareciam estar com medo do que tinham visto pois contavam a cena com risos e gargalhadas. Quando o povo foi confirmar o sucedido não viu nada; assim, viram só a estranha mandioca não estavam lhe ver (ih?! pode ser? como assim?!). Bateram, então, todo o capinzal nas redondezas, armados de catanas, paus e varapaus, e nada; e então começaram a dizer que o lavrador e sua família estavam possuídos pelo demónio, quer dizer, o diabo lhes tinha entrado só no corpo. Entretanto, passadas duas semanas, lavradores de outras áreas contaram que viram um homem estranho a saltitar de *mubanga* em *mubanga*, a recolher tudo quanto encontrasse só nas lavras. Quem lhe viu bem, viu, afinal, o estranho homem era parecia mesmo uma mandioca. Eh! Eh! Eh! Assim, passaram, então, lhe chamar o Homem-Mandioca. O Chefe não acredita? Pois, acredite meu chefe, não é história, é verdade mesmo. Espalhada então a notícia, organizámos uma grande batida por todos os matos esses com a colaboração de alguns soldados das nossas gloriosas. Quando, depois de muitas horas, vimos o Homem-Mandioca numa mata, a descansar, se assustou-se, saltou do seu repouso e pôs-se a fugir; corremos todos atrás dele; era correr e correr. Xêie! Os velhos e as mulheres estavam cansados, desistiram da corrida; os jovens e os soldados perseguiram o estranho homem que corria a bom correr, quase a voar parecia; a voar?, pois, os pés dele lhes viram assim acima do chão! Eh! Eh! Eh! Era muita a gente a correr só atrás da foragida criatura, fugitiva de nós, entre gritaria e hurras — alguns ainda a gritarem palavras-de-ordem como 'a luta continua e a vitória é certa!' e 'ao inimigo não cederemos nunca nem um palmo da nossa terra!' —, o Chefe está-se rir?, é sério, Chefe, depois então passámos num terreno muito irregular, com altos e baixos, alguns a caírem e logo a se levantarem. Não se ria, Chefe, é verdade. Numa baixa — o terreno em declive, assim, a se-inclinar —, o Homem-Mandioca se enfiou só a grande velocidade num buraco! Haka! Toda gente que ali estava, estava só se admirar sem nada de perceber. Haka! Como que, Chefe? He! He! He! Os soldados dispararam todas as balas dos seus carregadores na entrada do buraco enquanto gritavam 'fogo! fogo! fogo!'. Foi muito fogo que lhe fogaram no lombo desse mal-falado Homem-Mandioca; com tanto tiro nele, assim, ti-ri-ti-ti-ti-ri-ti-ti, lhe mataram, que pensámos só. Momentos depois, os soldados, rastejando, penetraram no buraco até onde foi possível para apanhar o quem-morto e não viram nada. Haka! Saíram só do esconderijo da estranha criatura todos cheios de terra, a cheirarem a pólvora e a tossirem; alguns dos presentes ainda se riram só discretamente. O Chefe acha graça né? Parece aconteceu no filme né? Mas como que era possível, Chefe? O Chefe acha que podia ser um *dikixi*? Mas como assim, Chefe? Em pleno dia, um *dikixi*, Chefe? Mas os *dikixi* não costumam só aparecer na escuridão total, nas breadas-escuras-noites, Chefe? Homem algum podia assim resistir a tantos tiros de metralhadora que lhe deram dado, Chefe? Haka! Pois, só podia ser mesmo um *dikixi*? Talvez, Chefe; confesso que nunca tinha pensado nessa possibilidade. Um *dikixi?, ih!...* ora essa... De qualquer modo, concluímos todos, assim, que o Homem-Mandioca tinha se enterrado sozinho na terra donde viera! Haka!

Outro caso ainda mais complicado, que eu conto só assim: uma senhora grávida de doze meses! As mulheres cochichavam sobre o que se estava a passar com a estranha gravidez; se dizia que era uma praga de alguém; que o culpado deveria de ser só um amante do marido dela, que assim se queria vingar; que, quase certo, a mulher estava a gerar um monstro; que a criança nasceria já a falar. Assim, quando a gestante entrou em serviço de parto não houve nenhuma parteira que quisesse lhe prestar a devida assistência; só uma velha já perto dos cem anos de idade é que aceitou fazer o trabalho que se impunha. Como a tal velha era considerada feiticeira, começou a constar que ela talvez soubesse já o que é que a mulher gerava no seu ventre. Contra todas as expectativas, o parto foi normal; só que três dias depois, a criança já comia de tudo, corria, pulava e dançava como se já tivesse cinco anos de idade; eheheh! Para todos na Zona isto foi mesmo um milagre que só Deus saberá um dia explicar.

Camarada Comissário Provincial, o problema é que quase não discutimos mais nada; só falamos desses assuntos da comunidade, deste e do outro mundo, sobrenaturais e verdadeiros, dos roubos, dos adultérios, de coisas pequenas como a distribuição dos géneros alimentícios quando chega algum carregamento. Neste caso, meu chefe, é uma balbúrdia total; da última vez que chegou aqui um camião cheio de comida eu próprio tive de subir só para cima da carga para fazer a distribuição (eu sei que tu também fazes isso porque tens interesses — parte da carga dos camiões vai para as tuas lojas); todos queriam açambarcar o camião com receio que a comida acabasse de um momento para o outro. Por aí o Chefe pode imaginar o estado de miséria a que chegamos; até por uma simples lata de sardinha se pode generalizar só uma luta entre membros da comunidade. O que eu lhe posso dizer, meu chefe, é que não se faz nenhuma revolução com estômagos vazios; que não adianta nada estarmos aqui a pregar o socialismo científico enquanto tivermos fome. Assim espero só que o Chefe me entenda bem; estou a lhe falar com toda a sinceridade, aliás, esta é a minha obrigação enquanto chefe desta Zona revolucionária. Seria bom que o Chefe, quando pudesse, viesse até aqui só constatar o que lhe estou a dizer. (Vais ver, então, a diferença entre viver no Palácio do Povo e viver aqui. Gostaria que viesses para aqui pregar o tal socialismo e de mãos a abanar, sem trazeres nada; sairias daqui à paulada, que este povo, até nisso, é muito revolucionário.)

Mas não queria terminar esta carta sem falar só de um outro caso que foi levado na Assembleia. O caso envolvia dois feiticeiros que se acusavam mutuamente de perseguição. Um deles dizia que sempre que estivesse a trabalhar o outro lhe aparecia em espírito a lhe perturbar na sua acção; o outro também se queixava só do mesmo; que, ou a Assembleia resolvia o caso ou cada um ameaçava matar o outro. Ora, Chefe, como resolver um caso destes sem o risco de o feiticeiro que se achava lesado enfeitiçar só todos quantos tivessem estado contra ele? Como, estou certo, o Chefe deverá imaginar, aqui toda a gente acredita em feitiço. Um passarinho que apareça assim só a se-coxear, caramba!; uma cobra a se-deslizar no chão, eh!; um espelho que se estilhace assim só sem mais nem menos, xê, é quê então?!; um boi que se esfregue insistentemente no tronco de uma árvore, poça!, é quê mais então?!; um gato preto que passe e repasse no meio de pessoas a conversar, assim, então, é quê?; um relâmpago em plena época seca, xê!; uma faísca que percorra quilómetros atrás de pessoas suspeitas!, eh! eh! eh!; tomates e abóboras que cresçam em tamanhos grandes-grandes, hehehe!; uma mandioca com o formato de um falo, digo, o pau-do-homem, e as coisas no lugar, é quê então?; um cão e uma cadela colados na cola prazerosa, abrenúncio!; tudo é feitiço ou sinal de que algo de estranho está para acontecer. Mesmo essa história do Homem-Mandioca, Chefe, bem vistas as coisas é quê então? Um tal estranho quem, não será uma alma de outro mundo? Um *dikixi* como o Chefe falou? Talvez até resultado das manigâncias, das truquices de um mau-fadado-malvado antepassado? Quem sabe? Se acredito em feitiço? Eu nem tanto, mas não arrisco publicamente a dizer que não acredito em feitiços nem em feiticeiros. Para quê? Não ganharia nada com isso, para além de poder pôr a minha vida em risco. O Chefe acha graça? Olha, nos muitos anos de vida que já levo, já vi muita coisa estranha que até hoje ninguém sabe só explicar. Eu já vi um morto ressuscitar das trevas! Já vi um aleijado se levantar só assim e se pôr a andar como uma pessoa normal, Chefe! O Chefe acha graça?! E que dizer então de um feiticeiro que agia sobre pessoas que estivessem a muitos quilómetros de distância? O Chefe está-me rir? Que dizer desse *dikixi* do Homem-Mandioca? Bom, Chefe, eu duvido e não duvido. Ou melhor, prefiro só não duvidar. Como, Chefe? Como tenho combatido a feitiçaria e a religião? Seguindo as orientações do nosso Partido... promovendo a propaganda científico-materialista com a ajuda do jovem Minguito, Chefe. (Uma ova! Vai lá pentear macacos! Que venhas cá tu tratar disso, mazé. Vem cá tu com esses marxismos. Vem só! Vais levar no focinho! Se duvidas, vem só então! Não me meto em sarilhos, pá). Bom... como havia o receio de os feiticeiros puderem se vingar em qualquer dos membros da Assembleia, esta aconselhou os dois feiticeiros a resolverem o problema pelos meios que só eles dominavam.

Mas, antes de terminar, pergunto outra vez no Chefe se é para isto que existe a Assembleia Popular de Povoação. Eu, sem querer me antecipar no pensamento do Chefe, acho que não é só isto. A lei do Poder Popular é clara. Mas o que me incomoda é passar todo o tempo a tentar resolver esses problemas do quotidiano da comunidade. Fico sempre numa posição delicada pois, mesmo apelando ao bom senso, há gente que me vê só mal quando a decisão tomada pela Assembleia e não por mim não agrade a uma das partes; já expliquei várias vezes o que é o centralismo democrático, a visão científica do mundo, mas acho que ninguém percebeu o que disse. De modo que, contra a minha vontade, assim há gente estão falar mal de mim; sou acusado de favorecer uns e prejudicar outros; de não ser imparcial na tomada de decisões; de ser autoritário. Qualquer dia me farto disto e ponho o meu lugar à disposição de quem quer que seja. Eu sei, Chefe, que preciso de ter calma e agir sempre com a cabeça fria, que um bom revolucionário tem de saber lidar com as massas, que estamos todos aqui para trabalhar por e para o Povo, o Chefe tem razão, mas eu tinha de lhe dizer isso tudo para seu conhecimento superior, de qualquer modo, Chefe, acredite que estou aberto à crítica e à autocrítica; vou seguir o seu conselho, vou procurar me controlar mais, vou seguir os seus ensinamentos, farei tudo para levar a revolução a bom porto pelo menos naquilo que me diz respeito enquanto chefe desta Zona de Acção. À Marx, Engels e Lénine, cujas fotos tenho no meu gabinete ou quarto de trabalho, tenho orado muito, mas os tipos não me ajudam nada, só me olham silenciosamente, dessas; nem sequer sei se os gajos gostam das orações que lhes mando. Não é por mal que digo isto, meu chefe, era só para saber que quando o desespero aperta a gente aproveita o deus que estiver mais próximo, e como eles estão sempre aqui comigo, então lhes peço favor só de me ajudarem. Aliás, meu chefe, não são eles os nossos ídolos? Não é para eles que os nossos dirigentes olham discretamente antes de iniciarem os seus discursos? Não é a eles que lhes mandam só às urtigas, quer dizer, à fava, para quem os pariu, na hora de se portarem contra o que manda a ideologia? Pois então, Chefe, os três da vida airada, são os nossos três bem-aventurados que nunca ninguém se atreverá a lhos tirar, digo, a lhes tirar só.

Reconheço, Chefe, que o nosso objectivo é reconstruir o país e criar o Homem Novo; que isso implica uma longa travessia de uma margem para outra; que atravessando os fluxos das águas e a morfologia dos territórios estamos a caminhar, a fazer progredir a revolução. Me explico, Chefe: como já lhe tinha dito uma vez, nós aqui na Zona estamos sitiados, cercados, na margem; queremos evoluir, mas não conseguimos por causa da guerra que nos cria muitas dificuldades; estamos, assim, marginalizados na margem; e para sairmos desta situação, precisamos de sair desta margem e caminhar atè à outra margem onde está a paz e a vida boa. Se estou a falar mal do Partido e do Governo? Assim não me entenda mal, Chefe. Assim estou apenas a falar da realidade que se vive aqui na Zona. É a verdade revolucionária da palavra. Por isso é que insisto que o Chefe devia vir nos visitar; ver nas condições em que vivemos; como este povo sofre. O Chefe será calorosamente recebido, mesmo sem as condições devidas. Mas eu sei que o meu chefe, revolucionário consequente como é, não se importaria de dormir numa cama de tábuas, com mosquitos a lhe acompanhar; de tomar banho de caneca; de fazer as necessidades no capim; de comer funji todos os dias; de ter de ler à luz de candeeiros improvisados e se sentar em assentos feitos de troncos de árvores. Ou não é o camarada Comissário Provincial um antigo combatente, guerrilheiro, um destemido homem pronto a enfrentar todas as adversidades da natureza? Quem que duvida? Assim então, venha, excelência, meu general, digo, coronel, Comandante Sete Vigas (Vem, meu filho da pátria, desta grande pátria que te pariu.), venha ver então como é bom viver na margem. E mais não digo para não parecer torto o que penso fazer direito. Soba Kitekulu, 'Kutolola', eu próprio só."

IX

Soba Kitekulu e Manimaza continuavam canoando por esses rios que engrossam as águas do Ngola. E aportaram ao rio Keve, fartamente caudaloso e frenético nalguns pontos. O Soba queria logo molhar os pés em aquelas águas, mas Manimaza lhe desaconselhou por causa dos crocodilos que ali pululavam. Se maravilharam com as cachoeiras do Binga — as brumosas águas eternamente rumorosas. Depois foram até à grande ponte sobre o rio Keve, perto do Porto-Amboim, para reviverem os acontecimentos históricos naquele Novembro de 1975.

— Bertine, diz-me que não é verdade, que ele não foi apanhado...

— São boatos, mãe. Oremos...

Depois de terem tomado Benguela e Lobito nos dias 5 e 7 de Novembro de 75, respectivamente, as forças invasoras da África do Sul decidiram prosseguir sua marcha triunfal rumo a Luanda, passando por Novo-Redondo, a que se seguiria então Porto-Amboim e finalmente a capital do país.

A estrada Benguela-Novo-Redondo-Luanda estava muito movimentada, sobretudo a partir da queda de Benguela e Lobito. Mas em Outubro já se tinha notado uma intensa circulação de viaturas. Em pouco tempo o Sul foi caindo nas mãos dos invasores sul-africanos: Kwando-Kubango, Kunene, Moçâmedes e Huíla. Todo o mundo que se identificava com o MPLA estava em debandada, queria atingir Luanda a todo o custo. Eram caminhões e turismos cheios de gente e dos teres-haveres que puderam ser apanhados à última hora; todos imaginavam o que lhes pudesse acontecer se permanecessem nas províncias já sob ocupação sul-africana. Os tejadilhos dos turismos estavam abarrotados com coisas diversas; viam-se colchões, trouxas de roupa, panelas, bacias de plástico; os volumes eram grandes demais para a dimensão das viaturas. Nos caminhões vinha gente à mistura com animais — galinhas, patos, cães, gatos e macacos — e pássaros engaiolados. Em todas as viaturas havia pelo menos três bidões de vinte litros com combustível.

Tinha um conhecido criador de gado — senhor José de Oliveira Martins — que em dez caminhões conseguira acomodar uma ínfima parte do que possuía na Huíla. Dizia, entre soluços, que aquilo era o que pudera salvar para os dias difíceis que, pressentia, passaria em Luanda e a cuja vida tumultuosa nunca se habituara; pedia que Deus o ajudasse no seu regresso rápido a Sá da Bandeira, sua terra natal. Apesar de branco, não conhecia nem a Metrópole nem a Madeira de onde os seus avós eram originários e nem sequer sabia se lá tinha ou não antepassados. Nascera em Kakonda, como os seus pais; em pequeno brincava com os miúdos negros, comia todas as comidas da terra, pastoreava todas as terras e falava fluentemente nhaneca-humbe e vários dialetos. Quando acontecia alguém lhe chamar de tuga ele se enfurecia; considerava um insulto não lhe reconhecerem na nacionalidade angolana. No ser dele íntimo, não sabia o que era não ser angolano; ele só sabia que era da terra onde tinha nascido, Portugal era o além-desconhecido-mar, a terra dos outros pulas que não ele. Por isso, se sentia muito irritado quando lhe chamassem branco de Kakonda.

— Por quê? — perguntou saber o Soba.

— Eu compreendo... Kakonda era um conselho que tinha sido criado em 1769 e que foi muito povoado de brancos e, consequentemente, de grande mestiçagem. Foi alvo de vários ataques no século XIX, por parte de sobas do Huambo e de Ngalangi que dominavam as rotas comerciais para o Bié. Mas, muito antes, na primeira e segunda décadas do século XVIII, Kakonda foi palco de muitas revoltas dos indígenas devido às repressões a que foram sujeitos por parte de altas patentes militares do exército português. (Ralph Delgado diz, na sua romanceada *História de*

Angola, que o capitão-mor de Kakonda, José da Nóbrega de Vasconcelos, acusado e julgado por estar na origem das sublevações indígenas de Kakonda, fora mandado para Lisboa, pela Baía, e encarcerado no Limoeiro.). Kakonda, para além de lá existir um presídio, era também, para os Portugueses, um ponto estratégico para as colunas militares que tinham por missão atacar e ocupar os reinos ovimbundo. Fora um estado ovimbundo que, cerca de 1850, já contava com 100.000 habitantes.

Presidente, nosso Pai Grande, para que sejas abençoado por Deus, abençoa-me também. Sinto que estás a entender a minha dor, por isso mantenho-te acesa a vela; todos os dias. Pai Grande, eu te suplico de joelhos.Traz o meu filho de volta!

— Mas por que é que Kakonda foi tão disputada e povoada pelos Portugueses?

— Para além de rota estratégica, havia também um outro motivo: as minas de ouro. Tenho aqui cópia de um ofício, datado de 13 de Abril de 1885, de G. Gomes Coelho, Secretário Geral interino, da Secretaria do Governo Geral em Loanda, dirigida ao capitão João Ernesto Henriques de Castro, comandante da coluna de operações em Kakonda, a quem se recomenda que ocupe "um ponto no sertão do Sambo, onde se presume existir umas minas d'ouro", devendo antes capturar o soba Kaluoi do Kabongo, estabelecer-se definitivamente, construindo uma fortificação como a de Kakonda. Ao capitão foram dadas instruções sobre como devia agir com os sobas e *sekulu*, a quem daria presentes e asseguraria que o Governo de Sua Magestade El Rei de Portugal estava para os defender a eles e suas terras; que, com o assentimento dos sobas, lavrasse autos de vassalagem e de ocupação; que, para dar solenidade ao ato, fosse hasteada a bandeira nacional e se mandasse dar alguns tiros de artilharia.

— Pois... agora entendo.

— E tem mais: os Portugueses apressaram-se em chegar aos jazigos auríferos com receio que os Alemães ali aportassem primeiro. É, pelo menos, o que se pode ler de um ofício de 14 de Outubro de 1884, de Francisco Joaquim Ferreira do Amaral, Governador Geral de Angola, endereçado ao Ministro e Secretário de Estado dos Negócios da Marinha e Ultramar, a coberto do qual envia cópia do ofício recebido do chefe da Humpata relativamente à exploração dos Bôers ao sertão de Kakonda. Segundo documentos que estão comigo, um dos Bôers de Kakonda diz ter achado ouro em pó e que, devido à forte vigilância dos indígenas, não pôde levar amostras. Portanto, urgia marchar para Kakonda, arvorar a bandeira portuguesa, antes que os Alemães o fizessem primeiro.

— Bom, mas voltando ao assunto... Esse branco era angolano ou não? — perguntou o Soba.

— Era mesmo angolano, sem dúvida alguma, embora descendente de uma família de portugueses que chegara a Kakonda naquela época. Aliás, pelas razões históricas que indiquei, havia muitos brancos e mestiços nascidos em Kakonda — falou Manimaza.

Em 1857 o patacho *Propheta* aportava ao porto de Moçâmedes, por volta do meio-dia. Sob um sol radioso, desembarcaram muitas famílias da Metrópole que eram saudadas por colonos que já cá se encontravam há escassos meses. Vinham homens e mulheres e algumas crianças; quem olhasse para eles via logo que esses colonos vinham do frio pois tinham a pele muito clara, o que contrastava com a pele tisnada dos que haviam chegado primeiro.

Trocadas as primeiras saudações e afetos, vieram as lembranças e as recordações dos lugares de onde eram originários. Partilharam o que haviam trazido: queijo, fiambre, presunto, chouriço, sardinhas em lata e bom vinho. Os madeirenses se agruparam logo, pois partiriam no dia seguinte, de caminhonete, para o sertão de Kakonda. Seja como for, todos vinham com uma única missão: civilizar as populações nativas e ensiná-las a cultivar a inóspita terra.

De entre os que provinham da Madeira, estava o jovem Aníbal de Oliveira Martins. Filho de agricultor como os demais, vinha disposto a trabalhar duro para, passados os cinco anos de permanência obrigatória em África, regressar com a esposa e os rebentos que Deus lhe daria. Ele não sabia senão cultivar a terra; na escola aprendera apenas a tabuada e a escrever o seu nome. Os pais acharam que era o suficiente para ser homem e enfrentar a vida.

Instalado em Kakonda, Aníbal de Oliveira Maritns adaptou-se à terra e ao clima; criou gado bovino e caprino, produziu manteiga e queijo; abriu uma pequena fábrica de enchidos; comprou largos hectares de terras para lavoura e pasto. Em pouco tempo, sentia-se um homem realizado. À medida que o tempo foi passando foi adiando a ideia de regressar à sua Madeira.

A partir de 1877, com a aprovação de uma lei que promove a emigração para as províncias portuguesas de África, a pacata vila de Kakonda vai acolher centenas de emigrantes provenientes do reino ou das ilhas adjacentes. Incentivados pelas ótimas condições que o governo lhes assegurava pela conhecida lei de 28 de Maio daquele ano, chegavam muitos madeirenses.

E vieram com os seus hábitos de bons agricultores. E vieram também com suas culturas. Todos os anos Kakonda ornamentava-se para acolher as festas da Senhora do Monte, da Senhora do Loreto, do Senhor dos Milagres e do Senhor do Bom Jesus; as quermesses e os arraiais juntavam foliões vindos de outras longínquas paragens.

Antes de completar os cinco anos de permanência na Colônia, nascera-lhe o primeiro filho que se chamaria João de Oliveira Martins. Este, cresceu na Kakonda, fez os estudos primários em Sá da Bandeira, voltou à sua terra natal, casou-se com uma rapariga filha igualmente de madeirenses. João de Oliveira Martins, seguindo a tradição da família, cultivou a terra e criou gado. Dessa feliz relação nasceria então José de Oliveira, o empresário agora a caminho de Luanda.

O avô Aníbal era muito conservador e arraigado a valores da moral cristã. Quando aportara a Kakonda mandara construir uma enorme casa onde passara a viver com filhos, netos e bisnetos. A casa tinha dez espaçosas assoalhadas e uma ampla cozinha onde todos os membros da família comiam e nas vésperas das festas dos santos populares se afadigavam nos preparos de vários petiscos. Ao fundo do extenso quintal ficava a capela dedicada ao Senhor do Bom Jesus e em que aos domingos vinha um padre espiritano rezar a missa para os Oliveira Martins e seus serviçais. Todos os filhos, netos e bisnetos tinham sido batizados na capela da família.

Quando morreu, aos noventa anos de idade, foi venerado por todos os fazendeiros de Kakonda e centenas de nativos das cercanias que o consideravam um verdadeiro pai; e vieram até nativos da Katata, do Gungue, de Kalukembe e de Xipindo chorar a morte de *tata* Aníbal, um bom branco (os pretos estimavam-no pelo modo humano como os tratava o que contrastava com o modo brutal como a maioria dos fazendeiros racistas da região lidava com os seus serviçais). O seu corpo foi enterrado ao lado da capela em cerimônia testemunhada por fazendeiros brancos da região, clérigos vindos de Sá da Bandeira e por aqueles indígenas que foram autorizados a realizar seus rituais à mistura com cânticos e desmaios como mandava a tradição deles.

Estava receoso quanto ao futuro de Angola. Todos os brancos fugiam ou para Portugal ou para o Sudoeste Africano. Alguns deles lhe aconselharam bastas vezes a que fugisse também; que todos os brancos que ficassem seriam mortos; que largasse a sua grande criação ou confiasse as largas centenas de cabeças de gado a um dos seus ajudantes negros; que se Angola tivesse tomado o rumo da Rodésia do Sul, nada disso estaria a acontecer. Alguns brancos tentaram lhe aliciar para um projeto de independência de Angola tipo Rodésia do Ian Smith, mas ele não se interessou; foi até diversas vezes contatado por elementos da F. U. A., sem sucesso, porque no fundo não se identificava com as ideias que defendiam uma independência só para os brancos.

Sentia-se mais angolano do que branco ou português de segunda, como se dizia na altura. Sentia-se genuinamente angolano, apesar de ser branco e não ter simpatias por nenhum dos movimentos de libertação; ele era só um homem que sabia trabalhar a terra, lhe adubar com sonhos, e lidar com o gado bovino de que era proprietário.

Fátima, não quero morrer sem ver o meu filho. Dá-me coragem, Fátima, Senhora Nossa.

Andava exasperado com a situação, sobretudo a partir de Julho de mil novecentos e setenta e cinco. Ouvira pela rádio um alto dirigente da FNLA dizer que o seu Presidente, designado Chefe Supremo da Revolução Angolana, já se encontrava em Angola; que marchava sobre Luanda para fazer cumprir os acordos firmados em Alvor e Nakuru. O que o deixou mais aflito foi a seguinte passagem do pronunciamento do tal senhor: *o MPLA diz que a guerra será longa e generalizada. Nós respondemos: a guerra será dura, mas curta. O inimigo será esmagado em todos os pontos do País pois, nós, FNLA, já não acreditamos nos acordos, nas cimeiras, nos discursos. Se é guerra, somos pela guerra e não recuaremos ante qualquer sacrifício que a reacção nos quiser impor. Portanto, meus senhores, Angola está, neste momento, ante duas alternativas: a destruição total ou a instauração dos princípios democráticos.* A partir de então não conseguia dormir; passava as noites a observar as estrelas do céu; rezava, rezava muito; pensava muito seriamente na possibilidade de fugir para o Sudoeste Africano. Mas fora novamente desaconselhado por um grande amigo.

Não entendia nada de política, por isso tinha as ideias muito baralhadas. De qualquer modo, desde a queda do regime fascista em Portugal que passara a interessar-se mais pelos assuntos políticos. Lia os jornais que lhe chegavam às mãos e ouvia os noticiários. Sabia que em Lisboa milhares de trabalhadores se haviam manifestado em protesto contra os insultos do Governo português ao Povo de Angola; que na Metrópole se tinha realizado uma grande manifestação popular de apoio ao MPLA e de repúdio pelo caráter reacionário que o Governo português pretendia transmitir ao considerar em pé de igualdade a vanguarda revolucionária do Povo angolano e as ditas organizações terroristas ao serviço do imperialismo internacional e do subimperialismo zairense e sul-africano; que, lá em Portugal, *o VI Governo Provisório e o novo Conselho da Revolução, depurado dos seus elementos mais progressistas, nada mais tem feito do que agudizar ainda mais a profunda crise político-militar em que o País tem estado mergulhado nos últimos meses.* O que lia na Imprensa e lhe deixava mais confuso.

Quando acontecessem algumas avarias nos carros da coluna, desencadeava-se logo um movimento de solidariedade. Todos a quererem ajudar a superar quaisquer transtornos. Aconteceu um dia um caso. Conto: um carro tinha-se avariado a escassos quilômetros de Porto-Amboim; quando meia dúzia de pessoas estavam a prestar a ajuda necessária e indispensável para reparar a avaria ouviu-se uma rajada de metralhadora. Foi o suficiente para que todos corressem para debaixo das viaturas, abandonando o carro avariado. Depois, os que transportavam armas ripostaram com intensidade, mesmo tratando-se de uma rajada isolada como se verificou. Como passado meia hora permanecia um silêncio total, a coluna retomou sua caminhada, tendo a família que vinha na viatura avariada sido acomodada em duas viaturas.

No trajeto Benguela-Luanda pelo menos três partos tinham acontecido. Era fazer tudo às pressas; as parturientes estendidas no chão sobre um pano, aliviam-se do continente ali mesmo, enquanto os homens se afastavam educadamente e vigiavam nas proximidades; os outros primeiros cuidados maternais eram feitos já em andamento, nas viaturas. E os recém-nascidos levavam os nomes de guerra que se usavam naqueles tempos, assim: um "gue ", um-um "Sangue-Quente", outro "Sangue-Frio", outro "Bala-na-Câmara" e outros ainda "Manguxi", "Che", Fidel, Patrice

Lumumba, Lénine, Yuri Gagarine, e outras — as únicas sós — Natacha, Nadejda Krúspskaia e Valentina Tereshkova.

Uma senhora que vinha doente acabara por falecer. Na berma da estrada tiveram que lhe sepultar, corpo dela envolvido num simples pano. Nem tempo houve sequer para lhe chorarem como devia de ser — o viúvo ainda lhe choramingou só. Um grupo de cinco religiosas que conheciam bem a defunta começaram a cantar um réquiem em latim mas não acabaram; faltava ali o recolhimento necessário à cerimônia que se queria fúnebre. De qualquer modo, um dia família dela viria lhe desenterrar para lhe enterrar em Sá da Bandeira, sua terra natal, com cânticos e salmos. Por enquanto, que Deus a protegesse ali onde ficaria na rudeza daquele chão só.

Todos me querem consolar. Não chora, Catita. Não chora Catita... Coragem

Essa senhora que acabara por falecer era devota de Nossa Senhora do Monte. Confiante de que Ela lhes iria proteger até Luanda, tinha ordenado que pusessem a imagem da Santa no tejadilho da viatura em que viajava. Curiosamente, nas três breuadas noites em que a coluna fez aquela longa e penosa travessia, desde Sá da Bandeira, a imagem da Santa resplandecia; era uma luz tão intensa azul-celestial que podia ser vista a quilômetros de distância. Por isso, os militares protestavam dizendo que, com a Santa luzente, a coluna podia ser facilmente identificada pelos Sul-Africanos; assim, defendiam que Ela devia ser retirada do tejadilho e guardada no interior da viatura, mas a doente e as cinco religiosas tinham discordado. Quando a senhora faleceu verificaram todos, até os ateus, que a Santa lagrimava, ih?; lhe limpavam, mas as lágrimas continuavam a escorrer-lhe nas faces. Eh! Eh! Eh! Os militares se arrependeram logo de não terem deixado a Santa seguir iluminando o percurso até Luanda; alguns deles até sentiam remorso pelo falecimento da devota senhora.

Na grande coluna de viaturas tinha gente da Huíla e de Moçâmedes que tinha presenciado a invasão dos Sul-Africanos; contavam alguns episódios sobre como tinham conseguido escapar-se; que entre os Sul-Africanos tinha brancos e pretos a falar português fluentemente; que no meio deles tinha quem conhecia os nomes e as moradas dos principais responsáveis do Partido; que tinham visto muitos camaradas serem mortos à paulada, à coronhada ou a tiro; que quem praticava ajuste de contas não eram os Sul-Africanos mas os tais que falavam português. *Mona ami mona ami o Burity a cantar e as lágrimas abundantes lágrimas*

Vinham também meia dúzia de indivíduos que se sabia serem militantes de outros movimentos; como traziam suas famílias, vinham discretos e quase sem dizerem nada. Havia, ali, o sentimento de que naquelas circunstâncias não adiantava lhes importunar; que lá em Luanda é que eles sentiriam o peso revolucionário do Poder Popular; alguém se encarregaria de lhes dar o devido tratamento, pois alguns tinham sido responsáveis pelas prisões e maus-tratos infligidos a militantes do MPLA.

Desde então, três alouette III lhes vinham acompanhando. Os helicópteros subiam e desciam de altura alternadamente; guinavam à direita e à esquerda; parecia que estavam se divertindo apesar de o momento não ser nada para diversão. Entre os da coluna se discutia sobre a missão dos alouettes; uns pensavam ingenuamente que os helicópteros andavam em missão de paz, estavam a lhes seguir para lhes acompanhar até Luanda; outros, mais avisados, sabiam que eram os Sul-Africanos que estavam a apreciar a progressão da coluna para depois dizimar todos os seus integrantes; os poucos militares que, à civil, estavam na coluna, confirmaram que aquela era uma operação de reconhecimento ofensivo, pois os aparelhos transportavam metralhadoras de 7, g2 m m. Nas proximidades do rio Keve os helicópteros desapareceram; depois se soube que tinham sido atingidos pelas nossas antiaéreas.

A coluna passava a toda a velocidade sobre a ponte do rio Keve; era andar sem parar. Se houvesse mais alguma viatura avariada, não haveria tempo para reparações. Dizia-se que os carcamanos vinham também nos seus ardentes fogos. Todos falavam que, para impedir a marcha dos Sul-Africanos, a ponte tinha quer ser destruída pelas nossas tropas; pressentiam que o embate ali entre nós e eles seria violento. O número das nossas tropas à berma da estrada aumentava na medida em que se aproximavam da ponte. A guerra já se sentia no ar. E o que foi, foi: com a destruição das pontes entre Gabela e Konda, a "ponte das Cachoeiras" que liga Novo-Redondo a Gabela e a "ponte da Gonga" entre Novo-Redondo e Porto-Amboim, os Sul-Africanos tiveram que recuar.

Catita, mesmo doente, entrou na Igreja, ajoelhou-se e foi assim de joelhos até ao altar. E rezava e chorava... meu filho... e implorava Senhoras devotas lhe olhavam, lagrimavam; conheciam a desdita da irmã Rita

A coluna chegara a Luanda sã e salva. Não havia guerra na capital, mas o ambiente era de muita agitação. Luanda ainda vivia sob a euforia da independência nacional proclamada no dia 11 de Novembro de 1975. Os sul-africanos, na sua marcha rumo a Luanda, tinham sido travados na Batalha do Keve.

Dias depois, os membros da coluna, crentes e ateus, tiveram de se reunir em casa da família da defunta que guardava a Santa. O que a todos preocupava é que a imagem de Nossa Senhora do Monte continuava a derramar lágrimas! Mamééé! Vários padres já lá tinham estado; tinham rezado, cantado em português e em latim, aspergido água benta em todos os cantos da casa; depois, como a situação continuava na mesma, queriam levar a Santa para a Igreja. A família que tinha a custódia da Santa lagrimosa e todos os huilanos que viviam em Luanda se opuseram; que não, a Santa tinha que ficar mesmo onde estava; que, com o dinheiro das muitas esmolas que as pessoas foram deixando lá ficar, se construísse um pequeno retábulo no quintal da casa, onde a Santa ficaria disponível para quem a quisesse ver e venerar. Falsos profetas aproveitaram logo a situação para anunciar que estavam para acontecer iminentes mudanças na sociedade. Que mudanças? — tinha agentes da secreta a lhes acompanhar para saber bem do que se tratava. Kimbandas vários quiseram intervir fazendo também rezas e fumaças; e executaram passos de dança ritual, mas desconseguiram. Lhes deram corrida, lhes berridaram com pauladas nas costas; os huilanos estavam determinados a não dar espaço a oportunistas. Quando a guerra terminasse um dia, organizariam uma grande caravana para levarem a Santa de volta na sua terra sagrada.

— Estávamos em plena Segunda Guerra de Libertação Nacional... — falou o Soba. — Uma guerra generalizada contra os invasores. Uma luta feita de margens e travessias... — disse Manimaza.

— Margens e travessias... Pois, é isso mesmo. Margens e travessias.

— É isso mesmo, como acontece na vida de cada um e na da Nação. Tivemos que sair das margens em que estávamos há séculos para chegarmos ao Onze de Novembro; depois foi necessário andar pelas margens, acossados pelos invasores; para mantermos a integridade do solo pátrio, foi necessário fazer outra vez esse movimento de margem a margem — a travessagem.

— Pois... foi isso o que realmente se passou. Em Outubro de mil novecentos e setenta e cinco as províncias do Kunene e da Huíla tinham sido invadidas por forças sul-africanas, enquanto a Noroeste a província da Lunda era investida por forças zairenses e mercenários de várias nacionalidades.

— Forças zairenses e mercenários investiam também contra os arredores de Luanda.

— No Norte, no Leste e no Sul havia fortes confrontos militares. Era de fato uma guerra generalizada a todo o país.

— Como exemplos de resistência de povos contra o domínio estrangeiro, evocava-se o Vietnã, o Laos, o Cambodja e Cuba.

— O Povo Angolano também reagia heroicamente. Por isso mesmo se realizou com muito fervor patriótico a Semana de Mobilização da Juventude para a Guerra.

Entretanto, a Santa continuava lagrimosa maria-madalena, meu Deus! Mas agora lagrimava lágrimas de sangue. He! He! He! Foram novamente chamar os padres da freguesia; vieram e confirmaram. Rezaram, antifonaram, salmodisseram e benzeram todos os cantos; cantaram novamente em português e em latim. Vieram *makota* da Ilha com seus rituais, vestidos de vermelho; batucaram, dançaram e xinguilaram. Nada. Como a situação se mantivesse inalterável, os padres reconheceram que era melhor se associarem aos kimbandas mais renomados; a união faz a força! Uma outra razão de peso para essa inesperada colaboração entre sacerdotes e kimbandas foi o fato de se aproximar o 15 de Agosto; seria a primeira vez que a Santa passaria a data que lhe é consagrada, em Luanda; tinham mesmo que lhe homenagear e venerar naquele dia santo. Uns e outros se irmanaram, então, em busca da solução para o caso extraordinário; executaram passos de dança; chocalharam e batucaram; se empoaram nas máscaras; xinguilaram; enfumaçaram os ares e cantaram e urraram em línguas nativas. À meia-noite, levaram a Santa num andor; em procissão, com muita gente a Lhe seguir, foram andando pelas ruas do bairro até quase madrugada. O que aconteceu foi que a Santa, recolocada no retábulo, se consolou, deixando de lagrimar. Haka! A partir de então e durante os três anos que a Santa permaneceu em Luanda, como deslocada de guerra, a capital do país entapetava flores nas principais avenidas para a procissão a Nossa Senhora do Monte. *Santa Maria, Mama ia Nzambi, rogai por nós, pecadores, kindala ni mu dikumbi dia kufua kwetu. Amen.*

Soba Kitekulu e Manimaza, agora sobre a ponte do Keve ou da Gonga, olhavam aquelas fartas águas e recordavam os episódios das grandes batalhas ao tempo das invasões. Recordavam o recuo precipitado de Benguela e o mistério que ainda pairava sobre a morte do Comandante Kasanji. E consideraram que muitos dos heróis da nossa luta tinham morrido em condições ainda não esclarecidas. De resto, concluíram que ainda que esclarecidas tais mortes talvez nada contribuíssem para a verdade da História de Angola que já estava a ser contada. De qualquer modo, acreditavam que a Kianda um dia podia abrir a boca e surpreender muita gente com verdades irrefutáveis. *Sinto-me morrer... Não sei se o meu coração vai aguentar Esta mão trémula... os meus cabelos brancos... Quem foi que lhe deu tanto desgosto Não quero morrer sem ver o meu filho Quem pôs rugas no seu rosto que tanto lhe maltratou Dá-me coragem, Fátima. Mona ami*

X

Naquela época do ano, como sempre acontecia, o Lwiana transbordava suas correntes águas; as margens alargavam seus limites, o que era um perigo para os incautos; os arbustos que o bordejavam estavam submersos. Os pássaros que normalmente ali debicavam vermes tinham ido para outras paragens; alguns bois, quando da enchente, deixaram-se ficar por ali e ficaram para sempre. Pescadores, já habituados às mudanças de estado do rio Lwiana, mostravam suas perícias; no liso fio das águas, sabiam se equilibrar nas canoas. Os cardumes (assim, no plural, tal era a muita abundância de peixes) surgiam em todos os pontos da correnteza. Pescadores não tinham mãos a medir — era lançar redes e relançar ao calha; folgavam naquela faina que lhes vinha mesmo a calhar em tempo de penúria; assim, bendiziam aquelas abundantes águas.

Soba Kitekulu e Manimaza refletiam sobre se a frequência na natureza de ocorrências do gênero era sempre bem-vinda; se os pescadores estavam satisfeitos com aquela abundância na pescaria; como consolar os camponeses naquela situação de carestia. Na vida é assim; é preciso estar preparado para conviver com a chuva farta e abundante e a seca aniquiladora; a tempestade e a bonança; viver a vida e aceitar a morte — os contrários contrassensos.

Pessoas amigas que aqui vinham sempre, desapareceram, deixaram de me visitar. Talvez receem por suas vidas... A Bertine também nunca mais cá veio... Ela é nova e bonita... pode refazer a sua vida... Hoje alguém pôs a rodar um disco de Gardel. A Bertine, um amor de menina e moça

Vinham em fila indiana e foram apanhados de surpresa quando notaram que as águas do Lwiana subiam de nível. Do ponto em que estavam não adiantava regressar à margem da partida; agora, era nadar até chegar no outro lado. Os homens levavam na cabeça o que podiam: algo para comer, espingardas de caça, documentos importantes; as mulheres, os filhos às costas, alguma roupa, relicários, santos, pagelas e talismãs. Guerrilheiros que lhes acompanhavam alçavam suas armas; os doentes — velhos, mulheres e crianças — vinham às costas dos combatentes libertários, numa travessia mais que penosa.

Tinham recebido ordens para deixar a base em que viviam há cerca de seis meses, juntamente com os guerrilheiros. Aquela era mais uma das mudanças a que já estavam habituados. A permanência nos acampamentos que tinham que constituir às vezes durava apenas semanas. Quando começavam a habituar-se ao lugar escolhido pela chefia, chegava uma ordem de retirada: o Inimigo estava a aproximar-se, era preciso desandar. E então era fazer tudo às pressas — arrumar o que podiam; colher o que haviam semeado nas lavras; apagar os fogos; destruir as cubatas que haviam construído; destroçar sonhos. Galinhas e patos, ainda dava para lhes apanhar; já os cabritos e os porcos nem sempre a mão de boneca lhes podia alcançar, pois se afastavam muito do acampamento, em deambulações; quanto aos bois, era só lhes abandonar.

Presidente de todos nós, ajude esta mãe que já não sabe como chorar.

Dormíamos ao relento; a chuva apanhou-nos de surpresa; ali, não havia nada em que nos pudéssemos abrigar; o vento soprava forte e arrastava consigo areia e paus secos; onde estava sentia a água correr com muita força. Ouviu-se um trovão seguido de um relampejo; confesso que me assustei; teimava em tapar-me todo com uma velha capa em lona. Tossi e fleti os joelhos para melhor me acomodar. Ouviu-se novamente um estrondoso trovão. De repente o Inimigo surgiu a matar! Aquilo foi um Deus nos acuda! Saltei com a aká e pus-me a correr como um louco sob uma saraivada de tiros. Ainda a correr, senti o sangue escorrer-me na perna esquerda; fora atingido. Continuei a correr com muita dificuldade; quando me senti um pouco seguro, parei; a chuva continuava a cair — as águas sulcando regos. Na pala do boné cintilava uma gota de água que refletia o mundo em movimento: viaturas a circularem por uma constelação de viadutos, arranha-céus; pássaros sobrevoando a floresta, enquanto camponeses faziam fogueiras e os animais corriam livres sonhos pela mata fora. Já não se ouviam tiros; permaneci onde estava até de madrugada, a aká na mão pronta para disparar; se fosse necessário, tinha comigo uma granada de mão. Só com o raiar de um novo dia me apercebi de onde estava; árvores de grande porte, alto capim dobrado sobre o peso de chovidas águas, um rio em forte correnteza. Entretanto, foram chegando dois camaradas; estavam exaustos de tanto caminhar sob a chuva; mais tarde, apoiado neles, fui. Nesse dia não tive forças para registrar no caderno aquela trágica ocorrência para os bravos combatentes do esquadrão Orion.

Às vezes a retirada chegava na hora do choro amargo; alguém tinha partido para a eternidade. E então o morto era abandonado como estava no leito familiar, nem sequer havia tempo para lhe envolverem numa mortalha e lhe devolverem ao pó de onde viera; nem lhe rezavam bem, lhe choravam só sem as demoras costumeiras. Assim, pelos vários lugares onde demoraram tinham ficado abandonados corpos de seus queridos entes. Estes ficariam para sempre expostos ao sol e à chuva, à mercê das intempéries da natureza. Ninguém sabia quando um dia um quem podia vir prantear sua dor junto de indistintas ossadas ou plantar rosas em cada tumba. Era quando então se preocupavam com o paradeiro das almas dos que tinham partido para um outro além; lhes abandonar assim só não era bom; tinham que saber onde estava esse tal Manimenha, como também era conhecido Manimaza, que era o único quem capaz de fazer a travessia das almas. Por onde ele andava? Quem que sabia? Naquele tempo, o futuro era nebuloso e soturno.

Quando chegassem a um lugar que a chefia considerava seguro, nascia a esperança de uma estada prolongada. E então, para além das cubatas nelas habitar, construíam espaços para os cultos pois não professavam todos a mesma religião; erguiam uma escola e um posto médico; e ainda tinham tempo para demarcar um campo de futebol mesmo com o terreno em declive. As crianças davam largas à sua garridice; brincavam à roda, jogavam à bola, caçavam pássaros, montavam armadilhas para pequenos animais do mato e se fimbavam nas águas de um riacho qualquer.

Não quero ouvir a rádio, nem ver a televisão... não me tragam O Jornal... Já sei que falam dele... bater no ferro quente. meu filho... assassino... aquela sexta-feira... bater no ferro quente. O mote estava dado

Soba Kitekulu e Manimaza falavam de como era difícil viver assim: um viver em constante sobressalto; de margem em margem — as travemargens. Não havia tempo para educar as crianças devidamente, nem consolidar a administração dos acampamentos. Contudo, a situação em que todos se encontravam ajudava a criar laços de irmandade e de solidariedade.

Entretanto, a vida, no acampamento, parecia seguir seu rumo normal. A ameaça da guerra chegar ali era muito remota. Por isso, todos estavam descansados e conformados com a paisagem que lhes rodeava: um riacho sempre corrente, muitas árvores de fruto e boa terra para lavrar. Mas inesperadamente, chegou a ordem de retirada.

Pela primeira vez encontraram naqueles longes matos um lugar onde outras almas já tinham antes vivido. Eram ruínas de uma antiga fazenda no tempo colonial. Das casas feitas de adobe restavam algumas paredes bem desgastadas pela chuva; a casa dos donos da fazenda era em alvenaria e se percebia, pela estrutura, que era coberta a telha; havia por ali pedaços do que tinham sido carroças; o forno, feito de barro, estava quase intacto. Um velho de altura média, franzino, barbudo, voz roufenha, de longa cabeleira branca e de olhar encovado, disse que aquele lugar pertencera a um colono e onde muitos negros tinham prestado serviço sob contrato.

Esse mais-velho falou que, às vezes, quando da lua cheia, os dias eram longos, as noites quase não tinham espaço pois a lua iluminava todo aquele lugar como o sol luzia sol; que o povo continuava a trabalhar a terra horas intermináveis, mourejava duras vidas; as crianças não paravam nunca de brincar, desfiavam monstros e feras, se agigantavam em ousadias; as mães remendavam seus panos, costuravam memórias, lavavam e engomavam a roupa e cantavam com os pássaros muitos que se abeiravam serenos-livres das pessoas. Que, nesses dias luarentos de luz, os doentes se erguiam, saíam de seus leitos; que ninguém se queixava de nada. Que tudo semelhava azul-prata; as pessoas e a natureza toda prateada de azul. *De negro vestida nga mutudi percorria as ruas da cidade e fui até a Ilha ao encontro de meus antepassados; fui colhendo rosas negras e atirei-as ao mar para os axiluanda*

Esse mais-velho falou mais que na capela em ruínas, no que restava das antigas paredes, havia ex-votos colados e dependurados que, apesar das intempéries da natureza, permaneciam intactos; que isso só podia ser mesmo um milagre; que em noites-breuadas-noites, se via o santo padroeiro do lugar emergir da capela, todo azulado-resplandecente, a alar por aí, nesses ares; que depois se ouvia o sino tocar à mistura com litanias em coros a vozes *Santa Maria Mãe de Deus/ São João Baptista/ Santa Inês/ São Gregório/ Santa Isabel de Portugal/ Santa Catarina de Sena* e estribilhavam *rogai por nós*; no ar o fumo do incenso se alongava seguindo atrás do Santo. Tudo voltava à normalidade quando despertavam os primeiros raios de sol.

Esse mais-velho era então o guardião daquele lugar sem nenhum valor. E aí ficou sozinho apesar dos apelos dos familiares para que fosse com eles. Ele ficaria por ali a guardar as ruínas da capela e o Santo, na esperança de que um dia alguém se lembrasse dele. Ele ficaria ali indiferente ao transbordo cíclico do Lwiana e muito seguro de que as águas diluvianas do rio, a escassos cinco quilômetros, nunca chegariam ao lugar. Ficaria certo de que a guerra ali nunca chegaria. Seria então o guardião da memória do lugar; ficaria à disposição de historiadores que quisessem saber da história do lugar.

João Evangelista foi o nome santo predestinado que lhe deram quando nascera. Viera para aqui em pequeno, com os seus pais que trabalhavam na fazenda. O pai era oleiro e, com as suas prodigiosas mãos, fazia santinhos que os padres da freguesia vendiam aos fiéis (Luqué, Luqué, Luca *kina kiambote* Luca — sô Lucas, santeiro, pula, chamava então as raparigas indígenas que passavam para verem o São Lucas milagreiro... Luqué, Luqué, Luca *kina kiambote* Luca e, no ritmo da canção que cantava, fazia emergir das vestes santas um falo empertigado-vermelho o que punha em fuga as nativas de Kamatende, da Katombe, do Kamitobo, do Kamisombo e de Nvula Ngombe — o oleiro, eufórico, corria um pouco atrás delas — rosto rubicundo, testa perlada, mão na inflamada braguilha — gargalhando sua desdentada boca); a mãe, embora sem saber ler nem escrever, aprendera com a esposa do patrão a bordar à mão lençóis, colchas e toalhas de mesa em ponto cruz, vagonite com linha e com fita e a fazer marafonas, gorjeiras em pano e camândulas; e com isso sustentava a família. A mãe de João Evangelista tinha, realmente, mãos de fada; era também muito boa a cozinhar e a fazer bolos; para além disso, era muito solicitada por conta das mezinhas com que curava enxaquecas, paludismo, bucho-virado, giba, diarreias, sarampo e até mesmo mau-olhado.

Com muito esmero e zelo, João Evangelista e a esposa cuidavam da capela; limpavam-na diariamente e mudavam as flores do altar. Para além disso, ele era o sacristão; auxiliava o pároco no ofício santo; lhe ajudava na liturgia da missa.

A atenção e o carinho com que cuidavam da capela devia-se ao fato de ele ter participado na sua construção. Lembrava-se do esforço que fora necessário dispender; a distância que teve de percorrer para acarretar pedra, areia e burgau; o peditório que foi necessário fazer para que se conseguisse a verba indispensável para a construção do pequeno templo. Por tudo isso, João Evangelista sentia a capela como fazendo parte da sua vida.

Quando em setenta e quatro os patrões e empregados brancos decidiram partir para a Metrópole, devido à instabilidade que já se fazia sentir em todo o lado, João Evangelista sentiu uma grande angústia. O que seria dele? Para onde iria? Como abandonar a capela e o Santo? Depois de muito refletir decidiu então ficar ali mesmo até à morte.

Depois da independência em setenta e cinco a situação agravou-se. Veio a guerra e a destruição que a acompanha; o povo das cercanias fugiu para longe e ele ficou ali com a mulher, isolado de tudo e de todos. Com o tempo e sem nada poder fazer, foi vendo a capela cair aos bocados; os ventos fortes arrancaram o teto; a chuva constante foi corroendo os alicerces; as paredes foram cedendo e o capim tomando de assalto o que era antes o espaço de culto. Preocupado, mudava de lugar o Santo para, dentro da capela, melhor o abrigar, pois, sem teto, a chuva e o sol batiam no Santo.

Foi então com muito espanto que constatou que o Santo permanecia intacto onde estava; nem o sol nem a chuva o afetava! Mesmo com fortes chuvadas a imagem do Santo estava sempre enxuta! Ficou a refletir muito sobre esse extraordinário acontecimento. Depois verificou que a imagem se ausentava para longe e só regressava pela madrugada! Oh, meu Deus! João Evangelista sentia-se maravilhado com tanto mistério. Entendia que o Santo estava a dar sinais claros de que estava inquieto com a situação em que o país mergulhara. Pensou em escrever aos antigos patrões mas não sabia exatamente onde viviam. Resolveu então escrever ao senhor Bispo mas não obteve nenhuma resposta; reconhecia que, de fato, sem estradas e com tanto bandido à solta, nunca seria visitado por ninguém. Mas aos poucos a notícia da ocorrência inusitada foi-se espalhando e as pessoas foram aparecendo para ver e testemunhar que um milagre ali estava a ocorrer.

Os peregrinos foram chegando; rezavam em novenas e trezenas, cantavam e deixavam ex-votos nas paredes mesmo em ruínas; cuidavam da capela com esmero; cortavam o capim que crescia no interior da capela; limpavam os excrementos dos morcegos e pássaros que frequentavam a capela. E os peregrinos passaram a trazer seus doentes com a firme convicção de que sairiam dali curados. E de fato, acontecia que os doentes se curavam milagrosamente. Uma vez tinha chegado um homem moribundo, deitado numa tipoia em que os familiares o trouxeram; pelo estado físico dele, o moribundo estava à beira da morte — todos pensavam. Passaram-se apenas três dias de rezas intensas e fervorosas com a participação de todos os peregrinos e o que se viu foi que o moribundo saiu de seu leito e se pôs a caminhar normalmente! Desde então, a capela passou a ser procurada por doentes de várias partes do país. E o povo passou a chamar ao pequeno templo de Igreja de São João Evangelista.

João Evangelista e a mulher estavam satisfeitos pois passaram a ter uma vida mais ativa; enquanto ele recebia os peregrinos, a mulher recebia deles quindas com batata-doce, milho, ginguba e feijão; lhe encomendavam gorjeiras, passamanes de algodão, marafonas para as meninas, na bordadura de lenços de cabeça com a imagem do Santo e camândulas. Assim, tinham deixado de viver como eremitas e ganhavam algum dinheiro.

Todos os anos, em Dezembro, dois dias depois do Natal, o Santo saía em procissão. Os devotos em geral, as mulheres em particular, esmeravam-se na ornamentação do andor em que o

Santo seria transportado. E à noite acendiam-se centenas de velas em honra de São João Evangelista.

Assim, com o Santo a sair e a entrar na capela, como que ele podia abandonar aquele santo lugar? Ficaria ali mesmo, ele a esposa, até aos últimos dias de suas vidas. Teriam sempre a companhia de peregrinos que buscavam com fé bênçãos e graças em suas vidas do Santo padroeiro.

Soba Kitekulu e Manimaza consideravam que devia de haver no território nacional muitos lugares assim abandonados. Eram lugares de memória aqueles; diziam um pouco das atividades econômicas que ali eram desenvolvidas e das condições em que os angolanos explorados trabalhavam. Nesses sítios o tempo passava lentamente, corroendo tudo menos a memória do que ali os homens haviam feito. Lugares ermos, esses, para onde só o acaso podia encaminhar.

Entretanto, tinham terminado a travessia do Lwiana. Fizeram uma prolongada pausa nas margens. Estavam todos molhados e extenuados. Havia mortos por enterrar e doentes para tratar. E o que viram pouco depois foi que as águas do rio entraram em rebuliço. Ih! Como que as águas podiam se agitar sem uma certa razão? Não estaria a Kianda a se manifestar naquele se mexer-se? Vindo da outra margem se via uma mancha negra no meio de ondas em vagas; um estranho rumor acompanhava aquela enorme mancha em indo em direção à outra margem. O medo tomou conta de todos; parecia que o Inimigo, tendo tomado conhecimento da deslocação das populações para a outra margem, decidira vir no seu encalço; muitos populares já a darem *às de Vila Diogo*. Porém, os militares, com os seus binóculos já tinham visto o que era: eram manadas de bois em vindo nas águas! He! He! He! Tinha bois que saltavam e caíam sobre os demais; alguns saltavam quase a roçarem nas nuvens e quando vinham cá para baixo o barulho era parecia canhões a disparar; catrapus!; muitos a soltarem mugidos e urros de agonia; bois a morrerem afogados naquelas águas em constante turbilhão. Eh! Eh! Eh! Aquilo era parecia o fim do mundo apocalíptico.

Dizem novamente que ele foi apanhado com outros... meu Deus, não seja verdade... não acredito... Nossa Senhora disse-me que não era verdade... meu filho... Fátima, cubra-lhe sob o teu manto... Eles são brutais. Se o apanham matam-no sem dó nem piedade... mona ami meu filho...

Entretanto, alguém mais atento reparou que acima daquela mancha negra no meio das ondas havia um ponto muito luminoso que se movimentava também em direção à margem. Os populares crentes disseram logo que aquilo era um sinal dos céus; talvez fosse uma divindade em vindo; a confirmação do que os profetas tinham dito — Deus um dia viria assim, sobre as águas; era, pois, Nossa Senhora das Boas-Águas, sentenciaram alguns. Para a maioria, era a Kianda que vinha transformada em santa. Foram vendo depois, cada vez com mais nitidez, que havia no centro do ponto-luz-coruscante, algo de branco. Mais uma razão para se crer que se tratava mesmo de um santo ou santa — a Kianda mesmo se apresentando — se aproximando deles. Todos os olhos estavam voltados para aquele acontecimento nunca antes visto. Estavam todos siderados; crentes gritavam hossanas, elevavam as mãos aos céus. Entretanto, de repente o céu se encheu de grandes nuvens negras — a chuva anunciando águas que iam chover. Depois se confirmou que, acima das manadas de bois, vinha uma vaca branca, alada, voando! Eh! Eh! Eh! Muitos dos populares começaram a fugir quando a vaca estava prestes a chegar na margem. Não havia como impedir que as pessoas fugissem, cheias de medo; receavam que a vaca vindo com aquela velocidade toda quando chegasse na margem cairia por cima de muita gente. Tinha gente a gritar que aquilo era mesmo o fim do mundo; que, por isso, todos fugissem para qualquer lugar. Uns poucos — quase todos militares —, depois de terem corrido uns metros, recuaram primeiro para depois se aproximarem. E viram a vaca aterrar na margem sempre rodeada de uma auréola incandescente; hehehe! Ouviu-se um grande estrondo parecendo um rebentamento de carga explosiva; catrapus!; e viu-se muita água a se espraiar e a salpicar os militares que não se tinham afastado muito. Eh! Instintivamente, os militares pegaram nas suas armas, prontos para o que fosse necessário. Entretanto, a vaca se imobilizou na margem; parecia extenuada; espumava pela boca. Em poucos minutos desaparecera o círculo luminoso que a rodeava; as asas se recolheram no corpo dela; agora era uma vaca normal! Mam'ééé! As pessoas que não se tinham afastado para muito longe, embora temerosas e curiosas, foram se aproximando lentamente do animal e lhe reconheceram. Afinal, era uma vaca branca que elas muitas vezes tinham visto pastar no meio de tantos bois, mas sem asas, eheheh! Mas, como que essa vaca agora se tinha transformado na Kianda sagrada? O branco-luz se transformar na auréola-diáfana-santa-luz? Passados breves minutos, começou a chuviscar. Entretanto, os bois foram chegando em cascata à margem; foram se alinhando dentro do rio — as patas meio cobertas — guardando uma distância em relação ao local em que estava a vaca branca; mexendo as cabeças em movimento sincronizado e mugindo ao mesmo tempo; parecia que os restantes bois vinham instruído a venerarem assim na vaca branca!

Quando os que tinham fugido para longe do local souberam do sucedido com a vaca branca, arrepiaram caminho; foram regressando ao ponto de onde haviam partido. Todos queriam ver a vaca branca que, para muitos, só podia ser um mensageiro divino; que aquele era um sinal claro de que Deus estava com as populações do Lwiana; que a vaca talvez pudesse fazer alguns milagres; que a vaca branca era o fingimento da Kianda; que, de qualquer modo, a vaca era símbolo de felicidade e prosperidade para aquelas terras quão sofridas.

Chegados ao local, todos rodearam a vaca branca na expectativa de que ela fizesse algo de estranho que confirmasse ou não a sua sacralidade. E então, de repente, aconteceu que a vaca, que até ali estava deitada na praia a repousar, se levantou num ápice, que até algumas pessoas se assustaram só, eh!; e todos se admiraram com a altura dela — quase três metros, eh!; e a vaca fez sinal com a cabeça a um dos batuqueiros que estava próximo que tocasse o batuque, pois queria mostrar sua habilidade na dança. Hehehe! — ouviu-se um mugido forte dos bois que ali estavam a presenciar o ato. — O batuqueiro que era um exímio tocador, começou a transpirar de tanto medo pois era a primeira vez na sua vida de muitos anos que ia tocar para um animal; ainda fez um gesto a perguntar a vaca se estava mesmo a lhe falar ou a se dirigir a ele, ao que a vaca meneou sua cabeça afirmativamente! Mam'ééé! Os presentes tinham-se afastado, criando um espaço suficiente para a vaca branca evoluir à vontade. As crianças, temerosas, agarravam-se aos panos e saias das mães deles; algumas choravam. Quando começaram a ecoar os primeiros rufos, a vaca levantou as duas patas dianteiras, se pôs em posição vertical — todos se maravilharam e bateram com as palmas das mãos na boca e assobiaram — , e com as patas traseiras começou a executar passos de dança, guinando à direita e à esquerda com o tronco e as patas dianteiras. Eh! Eh! Eh! Os presentes ovacionaram bem forte e assobiaram expressando alegria extasiante. Quando a dança acabou, a vaca caiu para não mais se levantar!; catrapus!; suspirou seu fim e com isso expeliu de suas entranhas um sopro soprado que subiu em espiral para as nuvens, lá!; seu pesado corpo ao cair fez um grande barulho, catrapum!, como quando aportara àquela margem. — Ouviu-se novamente um mugido forte. — De repente o céu se cobriu de muitas coloridas borboletas de vários tamanhos que esvoaçavam naquele lugar; as crianças, em particular, estavam extasiadas com aquele inusitado acontecimento, por isso saltavam e pulavam na tentativa de tocarem nas borboletas; a luz do sol estava agora ensombrada, parecia que anoitecia. Morrera a vaca branca! Decepcionados e angustiados, os presentes desataram a chorar com muita emoção. Com a morte prematura da vaca branca morreram muitos sonhos e esperanças que aquele estranho acontecimento havia suscitado. E os bois foram deixando o leito do rio em ordem e sem a algazarra com que haviam chegado; e foram se adentrando pelos matos cercanos; e em poucos minutos tinham desaparecido. No rio ficaram apenas os bois mortos e alguns impossibilitados de se moverem.

Camarada Presidente, eu te suplico; são rios de lágrimas que escorrem do meu rosto; não faço mais nada se não chorar, chorar, chorar

Organizou-se depois o funeral da vaca. Antes, porém, houve uma grande discussão pois, entre os presentes, havia uma corrente de opinião que defendia que, tendo em conta que a vaca era bem constituída e a sua carne de boa qualidade, seria uma pena se não se aproveitasse a oportunidade para uma grande churrascada. A maioria, todavia, era de opinião que a vaca, sendo uma mensageira dos céus — a Kianda em carne e osso —, não podia ser comida; que seria um sacrilégio comer na sua carne; que, tratando-se de uma vaca sagrada, seria muito perigoso lhe churrascarem. A discussão foi tão acalorada que desencadeou algumas cenas de pancadaria. Assim, por momentos, a vaca deixara de ser o centro das atenções. Havia pessoas que apelavam para que se respeitasse a vaca ainda que morta. Entretanto, as mulheres e as crianças, temerosas, tinham-se afastado bastante para não serem agredidas; alguns velhos também, mas não para muito longe.

Serenados os ânimos por exaustão dos contendores, um respeitável mais-velho conseguiu se impor naquele ambiente conturbado e disse em voz alta:

— Meus irmãos! Quem vos vai falar sou eu, Manimaza, ou Manimenha como sou conhecido em certas regiões, o Senhor das Águas! É inútil estarmos aqui a discutir sobre se podemos comer ou não a carne desta vaca que Deus nos enviou. Nós, enquanto cristãos, não devemos cometer esse pecado. Para além de ser um sacrilégio, eu posso garantir-vos que quem ousar comer da carne desta vaca, vai ter muitas desgraças na sua vida.

— Que tipo de desgraça? — alguém perguntou.

— Quem comer a carne desta vaca vai ficar doente para toda a vida e os seus filhos nascerão ou cegos ou aleijados; homens e mulheres perderão o dom da procriação. É isso que nós queremos? — perguntou Manimaza com ar muito sério, com seus olhos ameaçadores. — É isso que vocês querem?

Ninguém ousou responder à pergunta. Fez-se então um grande silêncio. As pessoas estavam ainda maravilhadas com o eco das palavras que Manimaza tinha acabado de proferir; os mais-velhos ansiavam que, a qualquer momento, um sinal divino viesse do céu; as mulheres murmuravam rezas de salvação; as crianças abriam bem os olhos para verem se Manimaza era uma pessoa normal ou não. De entre os presentes havia gente com escoriações no rosto e no corpo e a roupa rasgada. O prolongado silêncio era sinal de que ninguém queria arriscar; que era mais sensato enterrarem a vaca.

Entretanto, quando o velho se identificou como sendo Manimaza, o Senhor das Águas, um grupo de pessoas decidiu logo lhe pedir sua intercessão para que as almas que tinham ficado abandonadas do outro lado da margem fossem apanhadas e trazidas para onde estavam. Manimaza acedeu, prometendo tratar do caso logo após terminasse o funeral da vaca sagrada.

Seis anos são passados desde aquela sexta-feira fatídica... muitos anos... sempre à espera do meu filho... mas tenho a certeza de que um dia ele aparecerá...

Fez-se então a cova a poucos metros de distância dali. Sob cânticos religiosos e litanias adaptadas na hora àquela circunstância, a vaca lhe enterraram e ainda lhe abençoaram em nome do Pai do Filho e do Espírito Santo. Meus Deus! Pode? Antes, Manimaza fez o elogio fúnebre enaltecendo as virtudes e as faculdades divinas da vaca. Disse ainda que conhecia a vaca desde pequena; que era uma vaca simpática e sempre bem relacionada no seu seio; que ninguém ali podia sequer imaginar que a vaca branca pudesse um dia voar como um pássaro; que, de fato, o que acontecera era mesmo um sinal de que a vaca era uma vaca sagrada; e, talvez, a vaca fosse a manifestação da Kianda. Para além disso, meus irmãos, fica bem claro que a partir de hoje o povo de Lwiana será um povo abençoado por Deus.

— Este foi, realmente, um caso muito estranho. De qualquer modo, a partir de então o episódio começou a ser muito falado em todo o país. Houve gente de outras partes que começou a visitar Lwiana, atravessando margens e fazendo travessias. Vinha, sobretudo, gente à procura de remédios para os seus males ou aflições da vida quotidiana — falou Manimaza.

— Eu nunca tinha ouvido falar deste caso. De qualquer modo, tendo em conta o sucedido, não tenho dúvidas em reconhecer que a tal vaca branca era mesmo uma vaca sagrada — disse o Soba.

— É por isso, também, que desde então o nome de Lwiana passou a ser dado a muitas meninas. As mães faziam-no na convicção de que, por isso, as suas filhas seriam muito felizes.

Entretanto, o Lwiana se acalmara; as águas corriam agora seu caminho liso de planas-águas; o chuvisco tinha cessado. Um pica-peixe-grande levantou voo de um tronco de árvore que emergia da água, enquanto que um pica-peixe-gigante, de cauda preta e plumagem cor-de-canela, voou e foi gritando "kek... kek... kek...". Os populares, agora cheios de fome, aproveitaram a carne dos bois que ali estavam mortos; acenderam fogos e se afadigaram em manjares; era tanta carne de boi que resolveram secar o que ali não puderam comer.

XI

Era uma vez um barqueiro que era só barqueiro. Atravessar diariamente o Chiloango era o que ele fazia desde há muitos anos, ainda na flor-moça da vida. Na sua canoa levava sempre alguma carga — peixe-fumado, carne de macaco, mandioca, batata e ginguba — e pessoas que tinham necessidade de ir à outra margem do rio. Durante a travessia olhava aquelas águas muitas, sempre atento aos jacarés que podiam surgir de um momento para o outro. Caso lhe aparecessem no seu caminho navegável, sabia como lhes neutralizar ou lhes fintar. Tinha uma velha zagaia para o caso de ataque isolado de um daqueles répteis; para casos extremos, tinha uma pistola mauser bem escondida sob a carga. Ninguém sequer desconfiava que Manimaza tivesse uma arma escondida. Naquele tempo era impensável um negro ser portador de arma; seria o bastante para ser acusado de terrorista, preso e deportado para São Nicolau.

Certo dia vieram de Luanda três jovens a quem dei guarida por uma semana, após terem dito a senha em vigor. Eram estudantes universitários; queriam chegar a Brazaville; estavam desprovidos de dinheiro. Fomos conversando sobre a situação política e militar do país; fomos ganhando confiança entre nós; um deles tinha uma pistola de que se queria desembaraçar; como estava nas lonas, dei por ela apenas cem escudos.

Pensei muito no perigo que representava ter comigo uma arma. Mas para que eu precisava de ter uma pistola? Não era eu um homem de total-paz? Um simples barqueiro? Pois que era. Mas quem pode adivinhar o futuro? Talvez um dia eu tenha que me defender; os inimigos andam por todo o lado. Assim, com todos os cuidados, noite cerrada, enterrei a pistola num lugar distante; primeiro, untei-a com bastante óleo, depois lhe enfiei num velho saco de serapilheira igualmente oleado. Só passados cerca de três anos, seguro de que ninguém sabia daquela compra, é que eu a desenterrei.

Manimaza trocava habitualmente algumas palavras com seus passageiros. Assim sabia mais ou menos o motivo da travessia: pequenos negócios, visita a familiares, óbitos e simples passeio. Ouvia atentamente o que lhe contavam, nunca dando a impressão de enfado, pois algumas estórias eram sempre as mesmas. Às vezes cantarolava; eram cânticos religiosos muito conhecidos; por isso, os passageiros lhe acompanhavam só naquele navegar musical. Algumas vezes era a tristeza que lhe ensombrava todo; quando transportava defuntos, era só choramingar com os familiares que acompanhavam o morto.

Uma vez transportava uma criança que ardia em febres; os pais buscavam aflitos os cuidados de um kimbanda do outro lado da margem, lá em Mboma Nhyade. Manimaza remou com todas suas forças para que a criança chegasse ainda com vida. Em vão: a criança não se aguentara. O barqueiro sentiu remorsos; culpava-se por não ter conseguido ajudar aquela criança a salvar-se. Desde então passou a pensar seriamente em um dia adquirir, mesmo em segunda mão, um motor para o adaptar à piroga. Um dia realizaria esse sonho.

Camarada Presidente, esta vela sempre acesa; de joelhos, os olhos vermelhos de só lagrimar, peço-te clemência pelo meu filho, Camarada Presidente.

Todos os dias, invariavelmente, partindo de Panga-Mongo onde morava ou de Tando-Makuku, atirava no rio um pouco dos mantimentos que trazia e se deleitava a ver os peixes se banquetearem. Fazia esse gesto como veneração à Kianda, a Senhora das Águas. A ela devia sua segurança, pedia proteção para si e para os passageiros; a ela e à Nossa Senhora de Chiloango pedia derramasse muitas bênçãos. Tinha a certeza absoluta que a Kianda e a Santa se entendiam bem, estavam em constante diálogo para o bem de todos, sobretudo dos pescadores e barqueiros. No seu íntimo ser tinha também a convicção arraigada de que a Kianda e Nossa Senhora do Chiloango eram a mesma entidade; que as manifestações da Kianda eram sinais da presença de Nossa Senhora do Chiloango. Assim também consideravam os pescadores (estes, embora usassem pequenas canoas, nunca se aventuravam a atravessar o Chiloango) e as populações ribeirinhas.

Em cada dia atravessava o rio Chiloango sete vezes, de manhã e de tarde; às vezes tinha de ir primeiro a Beira Nova para depois então rumar para Mboma Nhayde. Recusava-se a fazer a travessia durante a noite; era muito arriscado. Ao fim de cada jornada estava extenuado; comia ao jantar e atirava-se para a cama. Pela manhã, se preparava, tomava uma caneca de chá com ginguba e mandioca e pouco depois se fazia ao Chiloango, ainda brumosa manhã com muitos passarinhos chilreando. E, a uma certa distância, via mergulhões na superfície das águas em mergulhos rápidos que depois repartiam com suas presas nos bicos.

Era uma vez um barqueiro que era só barqueiro. Quando o barco-patrulha passava, se saudavam amistosamente. Já lhe conheciam fazia tempo; não havia como desconfiar do barqueiro que era só um preto-barqueiro. Fuzileiros da Marinha lhe viam regularmente nas travessias do Chiloango, era um simples homem do povo, pobre, provavelmente analfabeto. Não lhes passava sequer pela cabeça que aquele barqueiro preto era mais que um simples barqueiro.

Sinto-me envelhecer... a neve a cair nos meus cabelos... esta mão sempre trémula... o coração a fraquejar... aquela sexta-feira... vinte e sete... vinte e sete...

Mãe, mãe... mâ Catita, mâ Catita...

O barqueiro transportava nuvens e sonhos, atravessava o rio da vida e remava até na margem. Aqui deixava recados e mensagens do outro lado, confortava pessoas e garantia que um dia o sol brilharia mais intensamente para todos; que as sombras seriam iluminadas; que as crianças nasceriam sorridentes e felizes; que os trabalhadores, com a sua força, transformariam as terras em campos férteis. Todos os dias fazia os mesmos gestos sem se fartar; sabia que procedendo assim plantava madrugadas na negrura da vida. Navegando, o barqueiro também amaciava o tempo para não se enrugar, lhe entretinha, pois sabia que ele era longo, ora bem-avindo e benquisto, ora bem-cheiroso-benjasmim, ora travesso e pacóvio.

O barqueiro carregava palavras e frases virgens, que só depois de ditas e feita a travessia com ele é que ganhariam sentido. Eram como ovos frescos que ele, a quem lhe perguntasse, diria que não sabia o que continham dentro. Para além disso não sentia o peso do que transportava de margem a margem. Só sabia da leveza do que levava todos os dias; nem o peso dos anos ele sentia.

Quando remava, remexia memórias, pensamentos, e via os peixes se abeirando dele; queriam saber da sua vida, porque é que estava sempre naquelas travessias; e o barqueiro lhes dizia que só assim, indo e vindo para e das margens, é que ele conseguia viver; e lhes perguntava, então, se eles, mesmo sendo peixes, podiam viver sem o movimento de uma margem para outra; que ele, um dia, quando deixasse de atravessar o rio, se lagoaria e iria se secando, secando, e se transformaria em terra árida.

Quando remava, remexia memórias e pensamentos, e vinham os passarinhos lhe rodopiando na cabeça; queriam saber das travessias; do ir e vir na vida; que eles também andavam de margem em margem mas era só da sua simples natureza; só andando nos ares é que eles se sentiam em vida. Que o andar dele era só nas a-travessias, margem-a-margem.

Quando remava, remexendo memórias e pensamentos, via cair do céu querubins, serafins, tronos, anjos e arcanjos, vestidos de branco, que com suas trombetas e clarins tocavam para ele uma música suave que lhe fazia bem ao coração. E, tocando e voando, enchiam de branco resplandecente todo o céu que cobria o Chiloango.

Quando remava, remexendo nuvens e sonhos, memórias e pensamentos, guardando dentro de si mensagens e recados para a outra margem, viu passar perto dele um barqueiro que lhe interpelou assim:

— Quem és tu? O que é que andas aqui a fazer todos os dias?!

Desconfiado, Manimaza não respondeu logo. Pensou no perigo que seria revelar o que andava ali a fazer. O outro barqueiro parecia ser muito mais velho que ele; alto e esguio, tinha a cara cheia de rugas, cabelo branco e longa barba também branca; três dentes de ferro; os dedos das mãos cheios de anéis; trajava uma túnica em caqui com as mangas muito largas e compridas que as trazia dobradas nas pontas; quando movimentasse os braços soltava-se-lhe um tilintar de sinetas que ecoavam por longos três minutos. Depois de uns segundos, respondeu:

— Sou Manimaza, o Senhor das Águas! Ando de margem em margem em busca da vida...

— O que é que tu levas que eu não consigo ver? — perguntou o barqueiro desconhecido.

— Eu já te vou responder. Mas antes quero que me digas quem tu és e o que levas também que eu não consigo vislumbrar?

— Sou Caronte... levo almas! — falou o estranho barqueiro numa voz rouca e cavernosa.

— Almas?! — perguntou Manimaza muito assustado.

— Sim, almas. Almas de mortos! E tu, o que levas que eu não consigo ver? — Entretanto, sete garças se abeiraram da barcaça de Caronte, esvoaçaram e pousaram numa das pontas. Manimaza lhes olhou só com muito espanto.

— Mensagens e recados! — respondeu Manimaza, ainda assustado.

— E o que é que ganhas com isso? É assim que ganhas a vida?

Manimaza interrogou-se sobre o motivo daquela conversa com um estranho. Como é que ele diz que me vê sempre passar por aqui se eu nunca o vi? Não seria o tal Caronte, às vezes, um invisível ser ou um disfarçado agente da PIDE? Não estaria ali a perder o seu tempo? Fez menção de não responder à pergunta que lhe fora feita e predispôs-se a seguir a travessia do rio. Mas o estranho barqueiro impediu-o; me travou com sua barcaça, as águas se enrodilhando em ondas; as sinetas do barqueiro chocalharam; as duas embarcações se adernaram. As sete garças levantaram levemente suas patas e voltaram a pousar. Caronte queria mesmo conversar com Manimaza. Este, então, a contragosto, respondeu:

— É assim mesmo que ganho a vida. Em troca, recebo sonhos e esperanças.

Caronte se riu. De repente, sua cara profundamente enrugada se iluminou; o rosto da cor do fogo, os olhos cintilantes eram duas bolas ardentes. Manimaza se assustou ao ver a cara medonha do barqueiro; se pudesse, desandava dali imediatamente. E Caronte disse:

— Eu ganho a minha vida transportando almas. Os mortos pagam-me antecipadamente para atravessar o rio.

Manimaza reparou ainda que, quando falasse, a boca de Caronte chispava fagulhas. Me perguntei se estava mesmo a ver bem.

— E para onde levas essas almas? — perguntou muito curioso Manimaza.

— Para o Inferno! Quem não pagar, a alma dele fica por aí a penar nas florestas. O Mayombe está cheio delas... — disse Caronte com ar misterioso e ameaçador, se preparando para ir-se embora dali.

— Para o Inferno?! Almas no Mayombe...?!

— Pois é, meu velho. Agora vou andando, que tempo é dinheiro. Ainda tenho muitas almas para transportar hoje. Até breve, meu amigo. — Quando se aprestava a retomar o seu caminho, deteve-se e disse ainda: — lá no Inferno para onde vou há também muitas mensagens e recados. Mensagens e recados a arderem! Ouviste bem?! — os olhos esbugalhados-vermelhos.

Manimaza abriu a boca de espanto com o que acabara de ouvir. Eu que conhecia bem aquelas terras, nunca tinha ouvido falar que a floresta do Mayombe era refúgio de almas. Ele já lá tinha estado mas nunca vira ou pressentira a presença de nenhuma alma. De qualquer modo, começou a recear qualquer dia se encontrar com tais almas. Institivamente, certificou-se que tinha consigo a pistola. Se um dia me avistasse com uma alma dessas, eu saberia como agir em defesa própria. E confirmou agora que quando Caronte falava sua boca deitava fogo. He! He! He!

— Mas... — queria perguntar-lhe algo, mas o estranho barqueiro não estava disposto a mais conversas; assim, resoluto, foi.

Enquanto via Caronte remando, se indo embora, o repicar das sinetas a ecoar por todos os lados, reparei que a imagem dele de repente se transformara numa grossa chama ardente, e a paisagem verdejante que antes lhe rodeava ardia toda de vermelho-fogo! As sete garças voaram para longe. Manimaza concluiu que, afinal, o Inferno ficava ali pertinho. *É preciso agarrar já estes assassinos... Deus meu...*

Fiquei dias e dias a pensar naquela estranha conversa. No Inferno havia muitas mensagens e recados a arder! Eh! Eh! Eh! Esta passagem ressoava dentro de mim. Qual era, afinal, a utilidade do meu trabalho se tudo ia para o Inferno? Tantas travessias em levando mensagens e recados para quê? Afinal quem as recebia e lia depois lhes botava no fogo a arder? Esse quem não era mesmo Caronte, o sabedor de tudo? Nessa noite observou bem todas as estrelas do céu e viu o Inferno nos seus infernais fogos. *De quem eu gosto nem às paredes confesso se o senhor não tá lembrado dá licença de contar quatro paredes caiadas um cheiro à alecrim dois braços à minha espera uma casa portuguesa com certeza ó malhão malhão que vida é a tua comer e beber ai tirim-tim-tim saudosa maloca maloca querida donde nóis passemos os dias feliz de nossa vida óóóóó taleno ngo óóóó se uma gaivota viesse trazer-me o céu de Lisboa ó mona ami mona ami*

Manimaza tinha contatos secretos com os guerrilheiros da Segunda Região Político-Militar. Ele que lhes levava informações sobre o Inimigo; trazia cartas de guerrilheiros para seus familiares; levava para outra margem jovens que chegavam de Luanda e de outras partes e que tinham como destinatários únicos os camaradas da Segunda Região. Manimaza tinha prestado esse serviço a dezenas de jovens. Estes, quando chegavam a Kabinda já sabiam quem contatar, que caminhos percorrer a pé e de noite até chegar ao contato com Manimaza. E eles para serem bem recebidos pelo barqueiro tinham de se identificar por uma senha, um código.

Certa vez lhe apareceu um grupo de cinco jovens que queriam os seus serviços, mas como se enganaram na senha em uso na ocasião, não foram atendidos. Manimaza lhes disse que não entendia por que motivos tinham ido ter com ele, que ele era um simples barqueiro, que não estava ali para fazer política, que era pela ordem pública instituída, que não queria nada com os terroristas. Foi a sorte dele. Soube mais tarde que aqueles jovens estavam, afinal, ao serviço da PIDE, que alguns cipaios tinham dito às autoridades que desconfiavam do barqueiro, que já tinham tentado, sem sucesso, se aproximar dele; que Manimaza era um homem de poucas falas, muito discreto, uma silenciosa pedra, por isso difícil de se saber o que ele pensava.

Dos jovens que transportava para o Zaire, sabia que nem todos tinham a sorte de alcançar o território do Congo-Brazaville para se juntarem à guerrilha dirigida pelo MPLA. Postos no Zaire, tinham de enfrentar as autoridades locais que já sabiam qual era o destino que a maioria dos jovens buscava. Uns eram presos e torturados, outros se safavam a troco de dinheiro. Por isso, passei a dar alguns conselhos aos jovens antes da travessia; lhes ensinava algumas expressões em lingala; lhes indicava os caminhos que deviam evitar, bem como os nomes das sanzalas mais temidas. Lhes pedia que quando chegassem ao destino me dessem alguma informação através do programa radiofônico

Angola Combatente. E eu lhes dizia as palavras ou as expressões que deviam de ser ditas. Assim: "Mãe e bebé estão bem de saúde"; "Tem banana madura no cacho"; "Zacarias-Zeferino-Zebedeu" ou "Xico-Zé malhou no ferro". Mudava sempre o código das mensagens, não fossem lhe descobrir.

A operação mais difícil e perigosa que, pelo menos três vezes, lhe fora confiada: o transporte de armas! Tinha de ser uma a uma. As armas foram sendo passadas embrulhadas em sacos de serapilheira. Aceitara essa difícil missão na condição de interagir com apenas duas pessoas, uma do lado de cá e outra do lado de lá. E tudo tinha de ser feito com muita agilidade; não queria por nada deste mundo permanecer com as armas por muito tempo; era chegar e entregar imediatamente ao certo destinatário. Quando ouvia através do *Angola Combatente* (sabíamos da heroica proeza e quando, colados ao rádio, ouvimos que eles tinham conseguido desviar o avião da DTA, em sessenta e nove, festejamos nossas alegrias em casa de Pêpêjota, a ousadia e a bravura de nossos heróis Diogo, Nelito e Loló) que os guerrilheiros tinham feito este ou aquele ataque, ele se sentia reconfortado; assim, sem deixar de ser um simples barqueiro, dava a sua modesta contribuição à luta de libertação nacional. Foi o que senti quando os guerrilheiros, em 1969, atacaram o aquartelamento das forças armadas portuguesas em Sango Mongo e em 1971, emboscaram a tropa tuga na estrada Caio Guembo — ponte do rio Lombe.

Oito anos são passados... o tempo a corroer o tempo e a memória do tempo... Estará ele a resistir a todo esse tempo...? O sol, a chuva, os animais selvagens, os tiros... Se soubesse ao menos onde ele está, enviava-lhe roupa, agasalhos, medicamentos, alimentos... Mas como saber? Como fazer com tanta vigilância — os olhos e os ouvidos da DISA em todo o lado? Oito longos anos... aquela sexta-feira...

O barqueiro ainda anda por aí, viajando por rios, memórias, brumas, cavernas, ardentes fogos, revisitando o passado para compreender o presente.

XII

“Camarada Comissário Provincial, comandante ‘Kapitangu’, há já algum tempo que não lhe escrevo; são as muitas ocupações que me deixam às vezes sem tempo sequer para o meu grande chefe. Assim, Chefe, começo por lhe agradecer só pelo envio do rádio vhf. Agora já lhe posso enviar mensagens rápidas e, pela mesma via, receber da vossa parte as melhores e certas orientações. É um grande alívio, Chefe. Mas, como o Chefe sabe, nem tudo poderei tratar só através daquele meio. Há assuntos que, pela sua delicadeza, prefiro lhes colocar só por escrito e enviar a correspondência por um portador seguro. Além disso, não acho que seja conveniente dizer só tudo através do rádio; o Inimigo está em todo o lado.

De qualquer modo, continuo preocupado porque o Chefe raramente responde às minhas cartas. Queria saber só o que se passa? Assim, as minhas cartas têm chegado mesmo no Chefe? O Chefe tem lido o que lhe escrevo? Tem recebido as requisições que lhe mando? Se estou só a lhe brincar? Porquê é que ia brincar com o meu chefe, Chefe? Assim estou a perguntar só. Confesso que às vezes chego a pensar que alguém anda a ficar só com as cartas que lhe dirijo e a se aproveitar das requisições de géneros alimentícios e de bens industriais que lhe envio. É só pura desconfiança mesmo. Por favor, meu chefe, me diga algo para eu ficar só mais descansado. (É bem provável que o gajo não se queira dar ao trabalho de ler as cartas, tão ocupado que está com os seus negócios. Se as recebe realmente, talvez fiquem todas engavetadas, para além de se aproveitar das requisições que lhe mando mensalmente para abastecer as suas lojas e cantinas). O que não entendo, camarada Comissário, é que se também tem um rádio vhf porquê que não lhe usa? Não sabe manejá-lo? Lhe pôr só a funcionar? Assim então pede só no operador de comunicações, que para isso é que ele é remunerado. Ou o tal operador não merece a sua confiança? Se este for o caso, assim então está tudo lixado, desculpe só o termo, camarada Chefe. Mas talvez não seja o caso, admito eu na minha inocência, pois normalmente esses operadores são pessoal seleccionado e instruído pela Segurança. Ou o camarada Chefe também não confia na secreta? Não, Chefe, não estou a afirmar nada, estou apenas a pensar só alto com os meus botões, Chefe. Assim o Chefe vai me queixar na Segurança? Não faça isso Comandante, não acho que seja caso para tanto.

Bom, mudando de assunto. Camarada Comissário Provincial, ouvi dizer que vamos negociar com o Inimigo; que o camarada Presidente vai a Gbadolite, no Zaïre, para lá se encontrar com o líder dos bandidos. Será mesmo verdade? Negociar com aqueles que nos fizeram tanto mal? Mas de quem foi só a ideia, Chefe? Do Mobutu? É assim que vamos honrar só na memória de tantos milhares de angolanos que tombaram e continuam a tombar nas matas e nos campos minados por eles? É assim que vamos honrar Nginga Mbandi, Mutu ya Kevela, Ndunduma, Mandume? Neves Bendinha, Agostinho Neto, Valódia, Hojy ya Henda? Não pode ser! Eu não acredito, Chefe! Assim então que dirão Marx, Engels e Lénine, nossos guias imortais? E Agostinho Neto, o Guia Imortal da Revolução Angolana? O que pensam os camaradas de Moscovo e de Havana? Eu não acredito! Não pode ser, Chefe! Assim então talvez seja uma boca só que alguém mandou só! Camarada General, porra, digo, Coronel, Comandante Sete Vigas, lutámos por um objectivo único que é o de manter todo o povo unido de Kabinda ao Kunene, rumo ao Socialismo Científico (sei lá que gaita é essa)! Como é que agora vamos só recuar, deixar de defender naquilo por que nos batemos durante anos? Negociar com aqueles que nos fizeram tanto mal, Chefe?! Porra! Desculpa só outra vez, meu chefe. Está ver, Chefe, a língua, assim, já nem sequer me obedece... veja só! É só para o Chefe ver como é que eu estou tão desorientado, fodido mesmo. Assim me desculpa mais ainda, Chefe. Acredite, meu chefe, que tenho passado noites em branco a pensar só nesse assunto.

Preciso urgentemente de ir falar só com o camarada Presidente na minha modesta qualidade de deputado à Assembleia do Povo. Como deputado ele tem de me ouvir. Lá mesmo, em Luanda, tenciono dizer só aquilo que penso sobre este assunto tão importante para a Pátria e para a Nação. Não, não, não quero ultrapassar seja quem for. Assim como deputado, eleito pelo Povo, tenho ou não tenho direito de me expressar livremente? Não estamos em democracia, Chefe? Ditadura de quê? Ditadura democrática revolucionária, Chefe? Mas então não é a mesma coisa? É e não é como? Pois então se é a democracia do povo para o povo, e como eu sou do povo, eu tenho o direito de me expressar livremente. Ah, tenho tenho. O Chefe acha que é ousadia e atrevimento a mais da minha parte? Como assim? O Chefe está me ameaçar? Não, eu não estou a lhe desafiar, muito menos a lhe faltar ao respeito. Não é nada disso. Estou simplesmente a querer defender os meus direitos enquanto deputado. Ou acha o camarada Chefe que lá na Assembleia do Povo não se pode nem se deve dizer só aquilo que cada um pensa? Então? Assim o camarada Presidente poderá ficar chateado comigo? Posso ser incomodado pela Segurança? Eu acho que o camarada Chefe está a fazer tudo para eu não ir só a Luanda. Assim o camarada Chefe está a querer me intimidar. Só pode ser. Não é nada disso, como? Então, porquê que o Chefe está me ameaçar com a secreta? Se não tenho medo da Segurança? Tenho sim senhor, meu chefe, meu Comandante, meu General, oh!, me enganei outra vez, desculpa Chefe, meu Coronel, camarada Comissário Provincial, comandante 'Kapitangu', nosso pai, pai-nosso-que-estás-nas-alturas. Tenho muito medo da DISA... depois da surra que me deram, Chefe, como não ter medo? Tenho sim; quem não tem? Não me quero zangar com o meu querido chefe por nada deste mundo, só quero ter a oportunidade de em Luanda dizer só claramente que não concordo que se negoceei com o Inimigo. Para além disso, meu chefe, aqui o Manimaza viu na visão dele que o Inimigo pode aproveitar a presença do camarada Presidente para lhe fazer mal, talvez lhe envenenarem, tudo é possível neste mundo. Para além disso, Manimaza acha que o tal acordo com o Inimigo vai dar em nada; que o Inimigo e o Mobutu são todos farinha do mesmo saco. Assim o Chefe acha graça? Não acredita em visões? Assim está se-rir? Pois então, se acontecer alguma coisa no camarada Presidente, não diga que não lhe avisei. Confesso, meu chefe, que ando muito preocupado com aquilo que Manimaza me disse. Normalmente ele nunca falha nos seus vaticínios — as vistas longas dele. Para além disso, meu chefe, quero que tenha em conta que o Manimaza viveu durante muitos anos no Zaïre; que conhece bem a capacidade dos kimbandas de lá, os mais renomados do continente, como Kébé, Amadou Mohamed Cissé e Sy Cheikh Tidiane; que lá não há nenhum alto dirigente que não tenha o seu assessor espiritual; que a esta altura em que já se fala do tal encontro, os *nganga kisi* do Zaïre já entraram em acção. Seja como for, só quero que me mande buscar imediatamente para ir só a Luanda e, na Assembleia do Povo, dizer de viva-voz tudo o que penso sobre tais negociações com o Inimigo. Imediatamente porquê? Se lhe estou a dar uma ordem? Não, meu chefe. Assim, então, em vez de imediatamente digo o mais depressa possível, meu chefe. Não fica só zangado comigo.

A situação político-militar aqui na Zona está sob controlo. O destacamento das nossas gloriosas tem estado à altura da situação e respondido prontamente sempre que atacado pelo Inimigo. Com a presença das FAPLA aqui na Zona nos sentimos só seguros e orgulhosos, quer dizer, orgulhosamente sós. Assim os militares vão-se comportando mais ou menos bem, tirando aqueles casos de envolvimento com as raparigas, como já tinha dito no Chefe. Estamos, por isso, muito satisfeitos.

Uma outra preocupação: o Homem-Mandioca continua por aí a fazer estragos nas lavras. Assim rouba de tudo. Se os militares já tentaran lhe apanhar, lhe acaçar nesse fantasma, filho de uma grande vaca? Já sim senhor; assim já lhe atiraram nas balas de pistola e de metralhadora; nada. O Homem-Mandioca continua vivo, bem vivinho da selva; parece um gato com sete vigas, perdão, sete vidas fantasmas, Chefe. Mas é mesmo, Chefe, sete vidas fantasmas! Alguém jurou já lhe ter visto multiplicado em sete; quer dizer, o Homem-Mandioca transformado em sete distintas pessoas ou então numa só criatura com sete cabeças? É isso mesmo Chefe! Um monstro... talvez, Chefe. Um *dikixi*? Se sei bem o que estou a dizer, Chefe? Se estou bom da cabeça? Se estou a brincar com o nosso querido comandante Sete Vigas? De modo algum, meu chefe! Quem que me contou essa história devia ter fumado diamba? É possível... De qualquer modo, Chefe, estou apenas a lhe contar tudo o que se passa aqui na minha Zona de Acção! Assim o Chefe vai mandar reforços para lhe acaçarem vivo ou morto? Acho muito bem, meu chefe. O Chefe é quem mais que manda.

Termino, meu caro chefe, reiterando, confirmando, o meu pedido: mande-me um helicóptero vir me apanhar para eu, na minha qualidade de deputado, me deslocar a Luanda. Agradeço que me dê só uma resposta no prazo máximo de quinze dias. Porque é que lhe estou impor um prazo, como se fosse meu subordinado? Estou outra vez a lhe ameaçar? Meu chefe, não me leve a mal, Chefe. Assim era só para o Chefe ter em consideração que o assunto é urgente, muito urgente. Eu sei que o Chefe tem muitos papéis urgentes para despachar e que podia se esquecer. É só para lhe lembrar. Então, está bem, tiro o prazo de quinze dias que escrevi: assim desescrevo. De outro modo, meu chefe, me vou desenrascar. Como? Não posso dizer mais nada, Chefe. Mas eu sei que o Chefe não vai deixar de atender no meu pedido. Assinado: Soba Kitekulu, 'Kutolola'.

P. S. Lembrei-me agora, meu chefe, de lhe pedir mais uma vez favor de não castigarem só nos camaradas do DIP que aqui estiveram animando este povo mártir. O povo aqui que se tinha habituado a tanta animação durante três meses, está outra vez na escuridão e na margem. As noites são muito tristes; é só olhar na escuridão; quem, na cama, tem companhia, se prazenteia, se brinca só. Assim o Chefe me entendeu, né? Assim então, Chefe, desde que deixámos de ter cinema na Zona, as mulheres estão sempre na prenhez, com as barrigas. É demais... Poças! Se for necessário, podem mesmo nos mandar uma outra equipa do nosso DIP. E já agora, Chefe, que nos mandassem também umas coboiadas americanas com Zorro, Jone Uaine e o Bucho-e-Estica para animar a criançada. E por falar em criançada, assim me manda também, Chefe, nos filmes do Cantinflas, do Charló, do Tom-e-Jerri. Quem é e onde conheci esse Jone Uaine? (Ora, está visto que o gajo nunca foi mesmo ao cinema.) É um artista do cinema. Um camone dos duros. É tudo meu chefe. Muito obrigado, nosso pai. Assinado: Soba Kitekulu, mais conhecido no nome de 'Kutolola'.

P. S. Outra vez. Antes de terminar, me lembrei de mais um assunto, Chefe. É ainda um pensamento que tenho só comigo. Assim é só um pensamento meu para o pensamento do Chefe o que lhe vou dizer; não é ainda para escrever, muito menos para tomar já nas medidas de segurança. Estive a pensar, a pensar com os meus botões, Chefe, a pensar, a pensar, assim, sobre aquele nome "H. M" que assinava no Jornal de Parede e que nos trouxe toda aquela desgraça, Chefe. Assim, quem é esse quem? Depois de muito pensar e reflectir só encontrei uma única resposta: o "H. M", Chefe, só pode ser o sacana do Homem-Mandioca, que eu vislumbrei, vi e vi, nome dele me apareceu no sono. Assim, o safado a nos gozar na cara, Chefe? Pode ser? Pensa só nisso, Chefe, e depois me diz só qualquer coisa.

Assim, assino outra vez: Soba Kitekulu, 'Kutolola'."

XIII

Os dois olhavam demoradamente o Kuroka nas suas andanças tortuosas. Tinha um ser estranho nele; às vezes era e não era; às vezes era ele mesmo nas suas abundantes e traiçoeiras águas. Sua correnteza dependia das chovidas águas do céu. No tempo chuvoso ele se oferecia pródigo, faustoso, se cobria de exuberância. No seu leito transportava arbustos, ramos de árvores, grinaldas; estórias, memórias e recordações. E vinham os pescadores em suas pirogas mostrando perícias em águas, dizendo que o Kuroka só era traiçoeiro para quem não o conhecesse, que eles lhe conheciam nos seus intermitentes modos de ser e de não ser. E vinham pássaros que se demoravam nas margens em busca de vermes, depois se levantavam em voos incertos rasgando a planície, ganhavam em altura e transpunham aquelas distâncias graníticas. E as chuvas continuavam a cair e o Kuroka se enchia de risos, expressava alegria no seu estar, bordejava as verdes margens. Nestas, a vida que também se fora antes, rebrilhava no seu esplendor; as crianças das aldeias próximas vinham brincar: fimbavam na correnteza, com artes de mergulhar aqui e surgir ali; exploravam o fundo do leito onde dialogavam com os peixes. E vinham também os pastores, se abeirando das margens, em busca de bom pasto; e vinham com garças-boieiras e garças-brancas, no dorso dos bois, que lhes acompanhavam naquelas errâncias em busca de terra verde e de água; e vinham insetos esvoaçantes que estavam sempre próximos do gado e daquelas carraceiras.

Quando as chuvas desapareciam o Kuroka mudava de pele; era o não ser, se desdizia dele. E então era a carestia total: o leito era caminho de passagem, de travessia de gado de trôpego caminhar. O rio perdia suas fronteiras, era, ali, na terra infinita, espaço aberto a muitas passadas; o caminho do Kuroka não se identificava, antes se misturava com outros caminhos ou caminhos de ninguém.

Que idade terá ele agora? Partiu com vinte e dois, acho, muito jovem... meu bebé... meu filho... não consigo imaginar-te morto... Nossa Senhora já me disse que estás vivo... meu filho...

O que ninguém sabia esclarecer era para onde se refugiava a Kianda quando o Kuroka se minguava nas suas águas. Os que se tinham aventurado em lhe procurar em peregrinação, nunca a tinham visto. Chegaram até todas as grutas onde, mesmo nos tempos de muita secura, tinha sempre um charco de água que era sempre procurado por alguns bicharocos; e assim mitigavam a sede em Pediva, em Tchicololongo e em Onkokwa. Em peregrinações que levavam dias e dias os pescadores do Kuroka esfalfavam-se em procurar pela Kianda, convictos de que se a encontrassem lhes pediriam que acabasse com aquela tanta secura; nessas deambulações pelas margens agora secas do Kuroka, vinham também pastores de igrejas messiânicas e um padre empunhando a imagem de Nossa Senhora das Boas-Águas. Todos os anos o ritual se repetia, mas sem sucesso.

Soba Kitekulu e Manimaza refletiam juntos sobre os caprichos da natureza. Recordaram que os primeiros colonos que aqui aportaram chegaram a pensar que o Kuroka talvez fosse o resultado do transbordo de lagoas próximas ou que as suas águas provinham do rio Kunene. Aquela intermitência cíclica lhes semelhava a vida de alguns que eles conheceram nas suas vidas. E se recordaram da vida dos guerrilheiros: estavam aqui hoje, para amanhã estarem num outro lugar. Guerrilheiros apareciam e atuavam; depois desapareciam para refletir sobre perdas e ganhos; hoje despertavam madrugadas na hora que o Inimigo descansava; amanhã se distanciavam para limparem e contarem as armas; agora um só disparava aqui e pouco depois mudava de posição e atirava alvoroçando o Inimigo que ficava com a impressão de se tratar, de fato, de um grupo numeroso de atacantes. Na vida, concluíam eles, às vezes era preciso ser e não ser; mostrar um lado e ocultar outro; ora dizer sim ora dizer não só mas também; parecer uma coisa e ser outra; uma cara para uns outra cara para outros; piscar à direita mas tomar a esquerda; bater no ferro quente mas amansar a besta; vergar-se todo à passagem da corte real e depois lhe mandar bugiar.

E, nessa vida de luzes e sombras, se recordaram também dum que foi famoso naqueles coloniais tempos: Bartolomeu Jamba, o nome dele. Era preto assimilado no falar e nos modos, escriturário das administrações. Os chefes brancos se simpatizavam logo com ele porque era um bom funcionário, diligente em tudo, bem-falante-e-bem-escrevente, prestável, nunca dizia não aos pedidos dos seus superiores. Quando das confusões de Sessenta e Um e anos subsequentes, colaborou com a Polícia, integrou-se logo nas milícias e alistou-se na OPVDCA; era membro da União Nacional cujo cartão exibia a todo o momento; brioso e empertigado estava sempre presente nas comemorações do Dia da Raça — 10 de Junho —, em Luanda, ao lado de altas individualidades. Dizia que se sentia português, que serviria a bandeira portuguesa até ao fim da sua vida, que estava pronto a combater os terroristas que diziam lutar pela independência de Angola, que aquilo eram lengalengas, que os turras não passavam de uma corja de bandidos. Bartolomeu Jamba era tão ladino que quando viessem da Metrópole os ranchos folclóricos trajava tão qual eles e punha-se a dançar os viras, os verde-gaios, os malhões, as vareiras etc., para além de tocar também alguns instrumentos como harmônicas, gaitas de foles, flautas, acordeões e concertinas, bandolins, cavaquinhos e até castanholas. Não é que ele até quando viessem os ranchos folclóricos dos Açores e da Madeira também dançava tão quanto bem nas boas maneiras de lá? Esse Bartolomeu Jamba tinha uma voz linda e suave quando lhe desse para cantar fados, sabendo bem as variantes do fado de Lisboa e do fado de Coimbra. Enquanto os nguetas se riam à custa dele, os patrícios diziam à boca pequena que o Jamba era uma vergonha para qualquer preto. Quando lhe perguntassem de onde era natural, dizia que era de Benguela, mas de fato não era nada; ele era um Kwisi puro.

Oito anos são já passados, camarada Presidente. O tempo vai passando e eu continuo convicta de que um dia irás interceder por ele.

Uma vez, nos anos sessenta, foi suspeito de desenvolver atividades subversivas. Alguém com quem tinha tido uma desavença lhe denunciara. Foi chamado pelas autoridades competentes para uma conversa amena — foi o que ele depois contou — mas não se apurou nada para além de ninguém também ter acreditado no que tinha ouvido dizer. Os agentes que depois foram a casa dele vistoriar, reportaram que não tinham encontrado nada de anormal, antes pelo contrário, pelo que tinham visto e ouvido — Jamba, sempre astuto, tinha gravado o hino "Angola é nossa" para se escutar durante toda a visita, enquanto o trauteava — saíram de lá com a clara impressão de que Bartolomeu Jamba só não era um português de gema por ser negro: a bandeira de Portugal ao lado da da União Nacional; fotos de Salazar, do Américo Tomaz e do Marcello Caetano; vários fotos em que o Jamba aparece ao lado ou a cumprimentar distintas individualidades como Governadores-Gerais, o Ministro do Ultramar, o Ministro da Defesa e altas patentes do Exército português; o Jamba, na sua primeira deslocação a Metrópole, com grandes jogadores do Benfica como José Águas, Coluna, Eusébio, José Augusto e Torres; o Jamba e a Amália Rodrigues; o Jamba em peregrinação a Fátima; no quarto dele, acima da cabeceira, tinha um nicho com a imagem de Nossa Senhora de Fátima, Rainha de Portugal, e uma lamparina acesa. Os agentes encontraram uma rica galeria com artesanato onde se destacavam o galo de Barcelos em vários tamanhos, o Zé povinho, canecas, jarras, vasos, garrafas, bordados e rendas variadas; bordados da Madeira e bonecos de pano dos Açores. Viram também vários pratos decorativos com ditos populares; como "Quem canta seus males espanta", "Quem vê caras não vê corações", "Homem prevenido vale por dois" e "Mais vale uma palavra antes que duas depois", ao que dois dos cinco agentes se entreolharam só, desconfiados sobre se por detrás desses ditos não haveria segundas intenções; o chefe da equipe pidesca, intuindo o receio dos seus subordinados, se riu só e comentou que tais ditos eram mesmo muito populares entre os portugueses do Minho a Timor, o que dissipou logo quaisquer dúvidas. Realmente, Bartolomeu Jamba era ou parecia ser um português de gema, apesar da sua escura cor da pele, que eles concluíram. Foi, então, o bastante para que os agentes suspendessem a vistoria, se mais dúvidas houvesse.

Esta mão... coisa estranha... não pára... O médico disse que era Parkinson... Parkinson... que fazer agora?

O tempo... uma eternidade...

Uma nova suspeita recaíra sobre Bartolomeu Jamba: as autoridades tinham sido informadas de que ele tinha em sua casa um santuário com artigos e objetos para práticas mágico-religiosas; não acreditavam que um preto assimilado se dedicasse à magia negra como procediam com regularidade os indígenas. Que, de qualquer modo, era imperativo que os mesmos agentes que lá tinham estado voltassem para averiguar; se confirmassem a suspeita, as autoridades não hesitariam em retirar a Jamba o estatuto de assimilado, para além de outras medidas. No seio da equipe pidesca se travou uma discussão sobre quem deveria ir; o chefe dos agentes ordenou a três dos seus homens que fossem, ele estava com dores de estômago (o chefe já deveria ter algumas informações sobre casos que tinham a ver com magia negra).

E foram, embora contrariados e temerosos. — Tinham ouvido contar estórias muito esquisitas. Falava-se muito de um chefe de posto que tinha ficado cego depois de ter esbofeteado um soba, considerado kimbanda, e de um comerciante branco que se envolvera na sanzala com uma rapariga com quem passara a viver e que num certo dia acordara sem uma perna por se ter recusado a pagar o alembamento!; tinham ouvido dizer que tivessem muito cuidado com estatuetas que encontrassem pelo caminho; que nunca pegassem em estatuetas com pregos espetados. — Lá chegados, nem sequer tiveram tempo de cumprir com a tarefa que lhes fora superiormente indicada: saíram de lá a correr sem terem mais visto o cidadão Jamba.

Bartolomeu Jamba, solícito, indicara-lhes o quarto escuro onde, numa mesa, coberta com um pano preto, repousavam caveiras humanas e de animais; ossos de pantera preta; máscaras e estatuetas; miçangas; sinetas e apitos; terços e crucifixos; acesas três velas pretas. Quando mergulharam na escuridão, os três agentes, com a respiração suspensa, aperceberam-se de que, misteriosamente, Bartolomeu Jamba já não estava no quarto! Um deles aconselhava, temeroso, a que recuassem imediatamente; queriam saber o que é que se tinha passado com Jamba. Mas acabaram por permanecer ali. Fez-se silêncio absoluto; apenas se ouvia a respiração de cada um. De repente começaram a escutar passos de alguém a entrar e a tossir. Os agentes estavam expectantes; esperavam ver alguém aparecer e a dirigir-se-lhes. Os segundos duravam muito tempo, longos minutos; ouviram os passos cada vez mais próximos. Depois uma voz roufenha que vinha não sabiam donde identificou-se assim: "eu sou um *dikixi*, meus senhores"! Os agentes assustaram-se; não conseguiam ver quem lhes falava; como não havia nenhuma ventilação no quarto, transpiravam; a voz continuava a ecoar! Um dos agentes, completamente siderado, disse baixinho a quem os chefiava, que deviam desandar dali imediatamente. Surpreendentemente, o *dikixi* leu-lhe o pensamento e respondeu em tom autoritário: "daqui ninguém sai! Aliás, vocês só poderão sair daqui se me garantirem que irão escrever no vosso relatório que não viram nada nenhum santuário aqui. Ouviram?!" — berrou o *dikixi* e gargalhou. Apesar de o quarto ser de pequenas dimensões, as palavras do *dikixi* ecoaram por longos minutos; sua gargalhada ressoava como que vinda de longe. Os agentes deram-se as mãos. Entretanto, uma das velas apagou-se. — O agente, sem esperar pela autorização do seu chefe, declarou numa voz trêmula que escreveriam sim no relatório que não tinham encontrado nenhum santuário em casa do assimilado Bartolomeu Jamba, muito civilizado e bom português. O *dikixi* em resposta ordenou-lhes que saíssem dali imediatamente, que não olhassem para trás sob nenhum pretexto e que não voltassem nunca a importunar o pacato cidadão Bartolomeu Jamba sob pena de verem as suas vidas infernizadas. Os agentes sentiram-se impelidos a sair à força, ao mesmo tempo que levaram socos e pontapés por mãos invisíveis! Eh! Eh! Eh!

Habituado à transumância do gado, percorria quilômetros e se afastava muito do sambo onde que vivia. Conhecia toda aquela região onde acontecia às vezes se tardar em deambulações e a pernoitar em qualquer lugar; sentia-se sempre seguro onde quer que estivesse com o gado que tinha sob sua responsabilidade; ali não era comum os nativos da terra serem assaltados por estranhos. Certo dia, longe de casa, decidira abandonar o gado e caminhar até na capital. Queria mudar de vida; deixar aquele modo de andar de um lado para o outro; queria ser alguém na sociedade. Depois de muitas voltas pela cidade de Moçâmedes, deslumbrado com as casas bonitas e o movimento dos carros, bateu à porta de um grande criador de gado; ia em busca de emprego. Aceite o pedido com algumas reservas — o patrão suspeitou que pudesse ser um terrorista disfarçado —, serviu de criado primeiro para depois ser adotado como membro da família, o que era muito raro naquela urbe onde o racismo imperava.

Apesar de já ter treze anos, o patrão, senhor Frazão — um madeirense —, lhe meteu numa escola primária. Antes lhe ensinaram a cuidar da sua higiene pessoal: deixara de pintar o corpo com pó extraído de óxido de ferro e a untá-lo com manteiga de leite de vaca, e lhe cortaram a trança tradicional que usava. Lhe ensinaram a vestir-se e a falar corretamente o português, tendo assimilado mesmo um pouco do sotaque da Madeira; Jamba, na cozinha, chegou mesmo a eximir-se no preparo de pratos típicos madeirenses como espetadas, cozidos, lapas e picadinho.

Em pouco tempo, Bartolomeu Jamba era o melhor da sala; fez o ensino primário com boas notas. Depois, mais crescido, o padrinho, como ele tratava o patrão, lhe mandou para Sá da Bandeira como interno do Liceu Diogo Cão. Aqui o rapaz enamorou-se de uma colega branca. Jamba, tinha olhos castanhos, era alto e esbelto e por isso o seu porte começou a suscitar ciúmes no seio da rapaziada que se sentia preterida por um negro em relação às moças. Quando o namoro chegou ao conhecimento dos pais da menina, Bartolomeu Jamba não teve outra solução senão regressar precipitadamente a Moçâmedes; chegaram a lhe procurar de arma em punho em toda a cidade de Moçâmedes. Valeu-lhe muito o fato do senhor Frazão ser muito influente quer em Moçâmedes, quer em Sá da Bandeira. Jamba acabou por concluir os estudos liceais no Liceu Almirante Américo Tomaz, entretanto aberto em Sessenta e Um.

Bartolomeu Jamba lidava mais com brancos; andar com negros quase ninguém lhe via. Assim começou a constar que ele era bufo da PIDE; era, por isso, temido por todos os patrícios.

Ninguém imaginava sequer que, afinal, Bartolomeu Jamba também estava do outro lado da margem. Ele guardava no fundo do seu íntimo o segredo: estava em contato permanente com os que em Luanda pontuavam na luta clandestina. Tinha alguém que vinha regularmente de Luanda ter com ele. E se encontravam em locais movimentados como bares, restaurantes e feiras. Jamba falava com o emissário, recebia panfletos e bilhetinhos metidos em pastas de documentos, como se de papéis administrativos se tratassem. O emissário era caminhoneiro que transportava mercadorias diversas para o Sul; há muitos anos que se dedicava a esse negócio e, por isso, era conhecido por comerciantes e fazendeiros. O emissário era insuspeitável porque era branco! Por isso se movimentava bem no meio deles, mesmo a PIDE não desconfiava nada. Em Luanda havia alguns brancos que participavam na luta clandestina; eram estudantes universitários, intelectuais e até mesmo militares do exército colonial. Alguns deles já tinham sido cadastrados pela PIDE. Mas fora da capital da Província, sobretudo no Sul, não havia registro de brancos que fossem considerados terroristas. Eram todos pela presença lusitana no Ultramar; para eles os pretos eram todos indígenas a serem subjugados, dominados e explorados. Assim, o emissário estava como peixe na água; para evitar quaisquer suspeitas nas suas longas viagens relacionava-se com todas as autoridades, incluindo agentes da PIDE.

No princípio, Bartolomeu Jamba desconfiou bastante; não acreditava que um branco pudesse estar do lado da revolução. Se lembrou do caso do Sidónio: um branco que na década de 60 esteve na origem de muitas prisões; trabalhador da Junta do Algodão, em Catete, recebia roupas, calçado, medicamentos, sabão e sal para os guerrilheiros da I Região; como, afinal, era agente da PIDE, foi ficando com tudo e depois denunciou todos quantos o tinham contatado com aquele fim. Jamba só depois de muito tempo é que ganhou confiança no emissário, sobretudo quando o mesmo lhe revelou uma senha que ele conhecia.

Dizem que, naquele dia, viram-te por aí num blindado... aquela trágica sexta-feira... o que fazias num blindado? Aquela sexta-feira... o fim do mundo...

Apanhei o Vinte e Dois a caminho do serviço; era cacimbo. Desci na Avenida Brasil e fui a pé até aos Combatentes com um amigo. E segredamos: a PIDE tinha prendido de madrugada dezenas de jovens estudantes.

Assim, então, Bartolomeu Jamba era como o Kuroka: umas vezes era, outras não. Parecer ser e não ser; o ai e o ui; o frio e o quente; o bom e o mau. Era assim o Jamba. Que ele sabia no seu íntimo que o que contava mais eram as aparências, o resto eram as dúvidas sobre se podia ou não ser. Desde jovem que aprendera que o mundo exterior era um mundo de aparências. Entre quatro paredes, quem que podia distinguir o lobo vestido de cordeiro do bom santo homem, o pulha do virtuoso? De modo que, quando descoberto e confirmado que Bartolomeu Jamba era afinal um terrorista, não houve nenhuma complacência: lhe mandaram desterrado para o campo de concentração de Missombo. Aqui chegado, foi, no princípio, rejeitado. Quem parecia conhecê-lo bem encarregara-se de informar a todos que o Jamba era, na verdade, um espião. Só com o tempo, muito tempo mesmo, foi aceite e considerado na comunidade dos presos que lutavam pela independência de Angola.

E lhes vi partir de barco; no meio de tantos lenços brancos, lhes acenei também. E tínhamos os olhos enxutos; já tínhamos chorado todas as noites desde aquela madrugada em que lhes prenderam. Não sabíamos mais como chorar...

(Após mais de quatro horas de cerrado interrogatório, a PIDE mandou-o para a cadeia, ali a dois passos. A família, sobretudo as mulheres, aguardavam-no cá fora. Catita nem tivera forças para vir. Vimo-lo sair da Administração, escoltado, e ainda o ouvi gritar dizendo que dissesse a mãe que estava preso. Os cipaios empurram-no à coronhada. "Cala-te seu terrorista!")

Soba Kitekulu e Manimaza refletiram sobre o caso e concluíram que, de fato, a natureza tem muita sabedoria entranhada nela. Manimaza falou que a vida lhe ensinara a não julgar ninguém pelas aparências, e, no seu saber filosofal, rematou que a galinha embora nunca se lave põe ovos brancos. Para o Soba o caso de Bartolomeu Jamba não era o único; que ele conhecera na época colonial uns poucos casos idênticos; que a Revolução tivera casos de agentes duplos, que lidavam com Deus e com o diabo. Sob a vigilância cerrada da PIDE, a vida era estar e não estar, ver e olhar parecendo não olhar. O kota falou mais que naquele tempo colonial, o viver de todos era assim: nós e eles se dando, se miscigenando, aparentemente se multirracializando, mas nós se mussecando, se outrando em pensamentos e ações, forjando a luta para sermos nós mesmos. Que, o mais importante era movimentar-se de uma margem para outra sem esquecer nunca que o Kuroka estava sempre correndo mesmo parecendo ter-se ausentado por algum tempo.

XIV

O Lukala prosseguia imperturbável na sua correnteza, indiferente ao que acontecia na sociedade dos homens; nada lhe afetava na sua grandiosidade e imponência. Mas no seu bojo os diários de bordo se abriam com páginas que descreviam fatos que faziam a história de Angola acontecer. O Lukala se engravidara de muitas mortes; de muitos corpos que lhe tinham sido atirados para dentro de si; de muitas almas que se tinham adubado nas suas sempre renovadas águas. Primeiro foi em Sessenta e Um: inocentes catequistas e pastores, enfermeiros e professores, serviçais, contratados que labutavam em fazendas de grandes senhores; os poucos fazendeiros negros que havia; todos tinham sido atirados, vivos ou mortos, para o seu leito. Depois, depois da independência, foram eles — o Inimigo, fantoches, bandidos, lacaios do Imperialismo — raivosos e sanguinários, que vitimaram no povo que não lhes queria seguir.

É preciso agarrar já estes assassinos... Quando é que deixam de publicar a foto do meu filho? É PRECISO JÁ JÁ JÁ... ESTES ASSASSINOS. Bater no ferro quente... Já disse... já pedi que não me trouxessem O Jornal.

Ao longo do seu extenso percurso, todos os anos e em épocas diferentes, vinham populares em grupos, cantando e dançando, com oferendas que atiravam ao rio na esperança de a Kianda proteger as almas dos que no Lukala se tinham perdido. Tinham a convicção de que se assim não procedessem as águas do rio um dia poderiam transbordar e instalar o caos e a desgraça no meio das populações ribeirinhas.

Mas o Lukala era também testemunha de muitas travessias;

passagens; idas e vindas; em passeio ou em vidas foragidas atribuladas. Se recordaram daqueles idos anos, vivenciados por eles e divulgados pelas gerações seguintes-vindouras.

Em todo o território da província ultramarina os nativos perdiam suas terras ancestrais. Eram esbulhados pelos colonos portugueses e pelo próprio regime colonialista então em vigor em Angola. Nativos que ousaram opor-se ao que era a norma foram objeto de pesadas sevícias; alguns foram presos e deportados para S. Tomé; outros perderam mesmo suas vidas na contenda desigual. A procura nos mercados internacionais de óleo de palma e de café incitava cada vez mais os colonos a buscarem terras aráveis, sobretudo em regiões produtoras daqueles cultivos. Eram fazendeiros, comerciantes, ladrões de terras e antigos degredados, todos brancos, que queriam explorar café e produzir óleo de palma a todo o custo. Mas houve, por parte dos nativos, forte resistência à prática de esbulho de suas propriedades. Por esse motivo, foram grandes as batalhas travadas no Seles e no Amboim, por exemplo, no início do século XX, e mais tarde no Libolo, na Kisama, no Bailundo e no Bié. Devido à intensidade da rebelião, foi decretado, em Junho de 1917, o estado de sítio no Amboim e no Seles. Essa situação que já perdurava desde há anos agravou-se depois de 1961 com o início da luta armada de libertação nacional.

— Embora a nossa história esteja rodeada de muitos fatos que provam a resistência que os Angolanos opuseram aos ocupantes colonialistas, acho que será bom destacarmos as grandes revoltas que ocorreram no Seles e no Amboim — disse Soba Kitekulu.

— Foram, de fato, grandes revoltas por causa das terras que os colonos roubavam aos indígenas para cultivo do café — falou Manimaza.

— Tais revoltas, como se sabe, ocorreram em 1902-1903, primeiro, e, depois, em 1917-1918 — precisou o Soba. — A primeira começou em Janeiro de 1902, com o saque a várias casas comerciais propriedades dos colonizadores. Foi apenas o rastilho...

Em pouco tempo, havia nas colinas do Seles e do Amboim focos de rebelião apesar da envergadura das colunas repressivas.

— Paiva Couceiro, Governador Geral de Angola entre 1907 e 1909, empenhou-se pessoalmente no combate aos revoltosos. Sob seu comando, os Portugueses chegavam a Gabela a 27 de Setembro de 1907.

— Continuando..., de Maio de 1917 a Junho de 1918, deu-se então a grande revolta. Já em Dezembro de 1915 o capitão-mor do Amboim escrevia que antevia "um incêndio contra o europeu cujo crepitar parecia já fazer-se ouvir", tal era o clima de tensão reinante entre colonos e colonizados. A 28 de Abril de 1917, um comerciante branco foi assassinado no Amboim. O exército português saiu em perseguição dos indígenas assassinos mas encontrou forte resistência. Foi o bastante para que o fogo se alastrasse a todo o Seles.

Estavam os dois sentados na margem do Lukala. Olhavam para aquelas águas em movimento; do outro lado da margem viam senhoras a lavarem roupa, rapazes a nadarem enquanto gritavam uns para os outros em desprendida extasiante alegria. De vez em quando viam deslizar barcaças. O sol era ardente como sempre e o calor apertava; Soba Kitekulu e Manimaza tinham as cabeças cobertas com chapéus de palha.

— Depois, os indígenas, organizados, atacaram em várias localidades o que pôs os comerciantes e fazendeiros brancos em debandada. Os indígenas incendiaram todas as plantações o que veio a aumentar a confusão e o medo no seio dos europeus. Estes apelavam a Luanda a enviar tropas e munições, pessoal para a apanha do café; depois, para uma maior mobilização de mão de obra barata, decretaram a instauração do trabalho forçado dos indígenas. Entretanto, a 18 de Junho de 1917, os indígenas atacaram no Seles em grande força, tendo os combates durado cerca de cinco horas. A 29 de Junho daquele mesmo ano foi decretado o estado de sítio no Amboim e no Seles. Só por isso se pode avaliar a gravidade das ocorrências e sobretudo a força e a determinação dos indígenas em resistir à ocupação de suas terras de origem. De qualquer modo, só em Junho de 1918 é que terminaram oficialmente as operações de guerra no Seles e no Amboim com a rendição de vários sobas.

Foi por via de esbulhos de terras que se deu a ocupação do território angolano pelos colonialistas. Estes precisavam de terras aráveis para nelas criarem colonatos com gente vinda expressamente da Metrópole, dos Açores e da Madeira. Assim se procedeu em toda a província ultramarina, particularmente no Sul de Angola. Assim aconteceu em 1883, nos Gambos; na Humpata, com os Bôers; com luso-brasileiros em Moçâmedes; na Chibia, em Kakonda e em Sá da Bandeira, com os primeiros madeirenses, em 1884; em 1885, no Humbe; em 1888, no Lubango; no Vau do Pembe, em 1891; em 1909, no Kwangar, no Dirico e no Mukuso, no Kubango.

Soba Kitekulu e Manimaza remexiam velhos papéis e memórias, quando foram surpreendidos por António de Assis Júnior, que andava por ali também em pesquisas e relembramentos. Como os dois já sabiam quem ele era, saudaram-no e pediram-lhe que falasse dos acontecimentos de Ndalatando e Lukala.

— Sim senhor, com todo o prazer... Em Novembro de 1916 corriam incessantes boatos segundo os quais os africanos ditos assimilados de Ndalatando estavam a preparar uma revolta contra os brancos. Dizia-se que era um movimento nativista que tinha por objetivo insurgir-se contra a prática de esbulho de que os nativos eram vítimas nas suas propriedades fundiárias; que os cozinheiros pretos estavam instruídos a, em determinado dia, envenenarem a comida dos seus patrões; que a ideia da conspiração dos nativos de Ndalatando era propagandeada por uma dita Liga Angolana; que a revolta do gentio, orientada por africanos chamados civilizados, se alastraria ao Golungo Alto, Lukala, Malanje, Samba-Cajú, etc.; que uma conspiração idêntica tinha já sido descoberta em Benguela o que, pela certa, era uma consequência do que já havia sucedido em Seles.

Era frequente Assis Júnior andar por ali e ser abordado por pessoas que tinham ouvido falar dele, e com quem aceitava trocar dois dedos de conversa; era também frequente ser interpelado em kimbundu, a que ele respondia na mesma língua mas com construções frásicas algo intelectualizadas; às vezes, respondendo, evidenciava domínio completo dos provérbios da região. Eram conversas banais sobre os costumes do seu tempo, a geografia da terra, a gastronomia e a pesca no Lukala. Mas sobre os célebres acontecimentos de Ndalatando e Lukala, era a primeira vez.

— E o que é que o senhor tinha a ver com o caso? Estava implicado? — Interrogou, muito curioso, Manimaza.

— No dia 18 de Junho de 1917, quando me aprestava a partir para o Golungo Alto, em serviço, fui preso, considerado o mentor do dito movimento nativista. A ordem partira do Governador-Geral. Na estação do Caminho de Ferro, de onde seguiria para Luanda, fui revistado. Tendo entregue voluntariamente uma pistola de que era portador licenciado, começou a constar que eu, de tão perigoso que era, na ocasião sacara de uma arma para matar o 2º sargento que me escoltava. Ainda muito confuso sobre os motivos por que o Governador-Geral me mandara buscar a Ndalatando, fiquei a saber no comboio o que já todo o mundo comentava: que eu era, de fato, o mentor da conspiração; que tinha reuniões secretas com os nativos de Lukala e Golungo Alto; que os indígenas do Lukala estavam mobilizados aguardando apenas o meu sinal para o início da conspiração; que os comerciantes do Lukala estavam em alvoroço; que eu tinha instigado os indígenas de Ndalatando a oferecerem resistência às ordens dos patrões europeus; que eu era tão perigoso que as autoridades tinham mobilizado 25 praças na estação a fim de prevenirem qualquer manifestação popular.

— E não era verdade? — perguntou muito curioso o Soba.

— Tudo mentira; foi uma intriga. E não é de admirar pois eu era na altura procurador judicial na comarca do Golungo Alto, residente em Ndalatando. Continuando... cheguei a Luanda no dia 19 e depois, escoltado por dois soldados, fui encaminhado para a prisão.

Soba Kitekulu e Manimaza se entreolharam só a manifestarem admiração por, já naquele tempo, um negro ser procurador judicial. Mais tarde, a sós, viriam a conversar sobre o assunto, particularmente sobre que funções o tal procurador exerceria.

— Esteve preso?! — perguntou novamente o Soba.

— Sim. Fui logo preso. É que se especulava que os nativos queriam fazer descarrilar o comboio; que a conspiração estava aprazada para o dia 15 de Agosto; que atacariam as fortalezas para libertarem os presos que lá se encontravam.

— O que é que, de fato, estava na origem da dita conspiração dos nativos de Lukala e Ndalatando contra os brancos? — perguntou Manimaza.

Apesar do calor que fazia, Assis Júnior vinha engravatado; trajava um fato de brim branco, sapatos preto e branco; tinha a cobrir a cabeça um chapéu de palha de aba curta, ligeiramente à banda; do lado esquerdo, exibia, no bolso do casaco, três canetas; abaixo do casaco, via-se-lhe pender um fio dourado sinal de que usava um relógio de bolso; quando falava, exibia um dente dourado; cheirava a água-de-colônia. Os dois perceberam que tinham diante de si um intelectual refinado-janota, de gestos elegantes e de boa prosa.

— Eu era tido como o instigador dos nativos porque, enquanto advogado, tomava a defesa deles contra a expropriação de suas propriedades pelos brancos. Recordo-me, para ilustrar, de um episódio: o nativo Francisco Cristóvão Rodrigues Pimenta, agricultor, recorreu ao tribunal da comarca lhe fosse restituída a posse de um terreno de que fora esbulhado pelo europeu Mário José Gonçalves, também conhecido por Kipexi. Este, em Agosto e Dezembro de 1916, acompanhado de cerca de 40 serviçais repatriados de S. Tomé, armados de catanas e cacetes, invadiram a propriedade de Pimenta e colheram abusivamente todos os frutos que encontraram. O legítimo proprietário da área protestou, mas sem sucesso pois Kipexi lhe ameaçara com a espingarda de que era portador. Cônscio do que lhe estava a ser tramado por Kipexi, decidiu ir ao tribunal por meu intermédio, seu procurador. Antes, o esbulhador tentou subornar-me com a importância de trezentos escudos, mas sem sucesso, claro.

Catita, há mudanças no mundo... e no país. A União Soviética está em mudança. Há antigos bandidos que estão a ser perdoados pelo Governo... Talvez um dia, quem sabe...

Não dormi... a pensar... a pensar... Um dia... Talvez... Há mudanças no mundo e no país... Mudanças... mudanças...

Entretanto, Kipexi fora novamente a Katome ameaçar Pimenta de morte, instando-o a proibir-me de transitar pela estrada que de Ndalatando conduz ao Jardim Colonial de Kasengo e que atravessa sua propriedade em Kango. Mário José Gonçalves, o dito Kipexi, era useiro e vezeiro em usurpar terrenos a indígenas; tinha, por isso, vários casos no tribunal. A recusa de Pimenta em deixar-se esbulhar por Kipexi, por um lado, e, por outro, o fato de eu me ter oposto à tentativa de suborno, foi o rastilho que acabou por deflagrar a onda de boatos segundo os quais havia uma sublevação dos nativos em Ndalatando.

Entretanto, as prisões foram-se enchendo de outros nativos ditos civilizados provenientes do Golungo Alto, Lukala, Ndalatando, Malanje, Novo-Redondo, Lubango, etc.

Com a ocupação do território pelos colonialistas, os nativos foram sendo deslocados para as margens — outros espaços no infinito horizonte. Era uma deslocação maciça de grandes agregados familiares para se assentarem em outras longínquas margens onde que eles formavam verdadeiros colonatos. Nessas migrações forçadas, os nativos iam com seus hábitos e costumes, suas culturas tradicionais; levavam também seus espíritos, seus modos de lidar com o mundo invisível. Eram movimentos que teriam impactos socioeconômicos. Houve quem tivesse ousado contrariar os intentos das autoridades; daí as resistências que se saldaram em perdas de vidas humanas.

— Essas migrações dos nativos eram, pois, frequentes? — questionou o Soba.

— Eram frequentes não só aqui, como em todo o território de Angola. — afirmou categórico Assis Júnior. — Eram verdadeiras travessias para as margens... — disse depois de uma prolongada pausa. — Travessias de pessoas viventes e espíritos de antepassados.

— Espíritos de antepassados? Como assim? — perguntou muito admirado o Soba.

Manimaza que entendia bem de andanças noturnas de almas e de espíritos por terras ermas e acessíveis apenas a kimbandas, feiticeiros e certos taumaturgos, tinha um ar circunspecto; achava despropositada a pergunta do Soba

— Pois... nas comunidades tradicionais isso é normal. Os mortos vivem em estreita comunhão com os vivos; os mortos vivem a sua vida num mundo próprio mas interagem frequentemente com os vivos. Só nós os africanos é que entendemos isso.

— É verdade. Esse é o nosso modo de viver que os outros não conseguem entender — falou Manimaza muito convicto, sem deixar margens para dúvidas.

Entretanto, nesse rebuscar de memórias e de velhos papéis, Assis Júnior referiu-se à carta do Governador-Geral de Angola, Francisco Joaquim Ferreira do Amaral, datada de 3 de Abril de 1885, em Moçâmedes, dirigida ao Ministro e Secretário de Estado dos Negócios da Marinha e Ultramar, em que falava da nomeação de Silva Porto a capitão-mor do Bié e Bailundo e dizia que não pouparia nem esforços nem diligências para ocupar o Kubango. Mais tarde, para tornar mais efetiva a ocupação de Portugal naqueles territórios — Bié e Bailundo — passou cada um deles a ter sua própria capitania.

A Lei de 21 de Agosto de 1856, que regulava a alheação dos terrenos baldios do Ultramar pertencentes ao Estado, estabelecia claramente que "O governo, ouvido o Conselho Ultramarino, poderá alhear a qualquer indivíduo, ou sociedade nacional ou estrangeira, áreas de terrenos maiores que as fixadas por esta lei para os governadores das Províncias, em Conselho, quando a alheação tenha por fim o augmento da colonização e agricultura".

Na política de ocupação de terras aráveis, há que registrar a presença dos Bôers. Estes ocuparam, sobretudo na Huíla, vastas terras. Tinham-lhes sido concedidos largos hectares de boas terras para agricultar, para além de outras terras de que eles se haviam apoderado ilegalmente. Entretanto, especulava-se que os Bôers, depois da última guerra do Transval, queriam mesmo era criar a sua república no distrito da Huíla, expulsando, assim, as autoridades portuguesas. Esta situação acabara por criar grandes receios no seio de colonos livres que gostariam de se instalar na Humpata. De qualquer modo, os Bôers pretendiam também explorar terrenos nos Gambos, no Humbe e no Bailundo com vista a criarem indústrias de gado. Era, de certo modo, uma forma de garantirem a acomodação de patrícios seus que viriam do Transval, descontentes com a política de concessão de terras. Os Portugueses consideravam que, de qualquer modo, a ocupação de terras pelos Bôers, se bem controlada, podia ser uma forma de colonização barata, sendo, assim, uma barreira aos excessos dos nativos.

Estavam os três a conversar quando ouviram, ao longe, gargalhadas; se entreolharam curiosos, mas continuaram a falar. Pouco depois se aperceberam que havia gente a aproximar-se de onde estavam pois as casquinadas se ouviam agora com maior nitidez. Constataram também que à mistura com sonoras risadas se ouviam agora o barulho do rodar de uma carroça.

Ao aproximar da carroça, um bando de pelicanos-brancos voou alto, em círculos, durante cerca de cinco minutos, para, lá mais para diante, baixar de altitude e mergulhar à procura de peixe.

Viram então passar diante deles uma caleça puxada por uma parelha de cavalos de grande porte: eram os governadores-gerais

Henrique de Paiva Couceiro e Norton de Matos. Estavam os dois fardados; calçavam polainas pretas-luzidias. Paiva Couceiro tinha grandes bigodes enrolados, enquanto que Norton de Matos trazia um monóculo; ostentavam ambos suas medalhas e colares honoríficos. Os dois tinham as mãos nas arreatas dos cavalos.

— *Não haverá Angola Portuguesa, hoje como Colónia, no futuro como organismo autónomo, sem população portuguesa estabilizada, quer dizer sem a fixação da raça, pelo menos em algumas zonas, donde se possa exercer a hegemonia sobre o todo assimilado e nacionalizado* — os três ouviram Paiva Couceiro dizer.

— *Colonizar os domínios ultramarinos com o povo português — é esse o problema primacial. Mas, meu caro amigo, não basta esta espécie de colonização para transformar Angola no brilhante prolongamento da nossa nacionalidade, que tão ardentemente todos nós desejamos realizar. Será ela a parte principal da obra de colonização; mas, em torno dela, para que produza todos os seus efeitos, ao mesmo tempo que ela se for estabelecendo, é necessário que para Angola se faça uma intensa emigração de elites* — rematou Norton de Matos em tom muito eufórico e determinado. Calou-se por momentos olhando o Lukala na sua correnteza; seu cavalo soltou um prolongado relincho. Depois concluiu: — *Mas antes de provocar a emigração desses grupos de famílias é necessário ter a certeza de que eles encontrarão no local onde se fixarem campo vasto para o seu trabalho e condições que lhes permitam viver com conforto vida farta e fácil e multiplicar-se em gerações futuras cada vez mais prósperas, um meio de grande moralidade, um afastamento da possibilidade de cruzamento com a raça preta, um ambiente material e moral superior ao que deixaram nas suas terras da Metrópole.*

Soba Kitekulu, Manimaza e Assis Júnior viram a caleça sulcar as acidentadas margens do Lukala e desaparecer no meio da bruma. Estavam espantados porque ouviam ainda o eco do que Norton de Matos e Paiva Couceiro tinham dito, ao mesmo tempo que as águas do Lukala se remexiam; se entreolharam só. Depois, totalmente extasiados, viram os dois cavalos voar (quando viram os cavalos passar diante deles não tinham reparado que eles tinham asas) e a desaparecerem nas nuvens! Eh! Eh! Eh! Ficaram algum tempo em silêncio como se estivessem a meditar no que tinham acabado de ver e ouvir. Assis Júnior quebrou aquela prolongada pausa e disse:

— O que disseram Paiva Couceiro e Norton de Matos é a prova do que eu vinha dizendo... Todos os dirigentes do Estado colonial defenderam a colonização branca da depois designada província ultramarina de Angola.

Apesar do adiantado da hora, os três ficaram ainda perto de uma hora a conversar sobretudo sobre o que acontecera em Sessenta e Um aos agricultores, catequistas e pastores e a enfermeiros do Lukala, de Ndalatando e do Golungo Alto. Foi uma verdadeira chacina o que se verificou nos povos humildes daquelas terras. Assis Júnior recordou que, no Golungo Alto onde já havia naquele tempo um número considerável de fazendeiros negros, tinha visto muitos deles serem enterrados vivos até ao pescoço para depois serem ceifados pela lâmina de um grande caterpílar; viu largas centenas de corpos serem atirados ao Lukala; tinha visto dezenas de contratados, amarrados, serem largados no Lukala — se recordava até da gritaria deles na hora do adeus. Disse que foi por ter sentido na pele tanta discriminação e injustiça, apesar de ser considerado pelo regime um preto assimilado e civilizado, que decidira escrever o seu livro "Relato dos Acontecimentos de Dala Tando e Lucala". *Não dormi... a pensar... a pensar... Há mudanças no mundo e no país também... Talvez um dia... um dia...*

António de Assis Júnior meteu a mão no bolso da calça de onde tirou o relógio do tempo, preso a um fio de estrelas douradas, que consultou, e foi indo por caminhos, esses, deixando impregnado no ar um cheiro a alfazema e sons que saíam de búzios, harpas e kisanjes.

XV

O Comissário Provincial, Comandante Sete Vigas, estando a conversar animadamente num dos corredores do Palácio "10 de Dezembro", enquanto se aguardava pelo início de uma sessão ordinária da Assembleia do Povo, de repente deixou de falar e ficou a olhar demoradamente para um ponto do extenso corredor. Os deputados com quem conversava notaram logo que algo de estranho se estava a passar com o Comissário Provincial. Este não estava a acreditar quem avistara num relance de olhos: o Soba Kitekulu em pessoa, trajando um fato escuro, gravata vermelha, sapatos em verniz e, na cabeça, a *kijinga* que o identificava como autoridade tradicional! Xê! O Comissário dirigiu-se ao Soba em passo acelerado, sob o olhar de muita gente que andava pelos corredores do Palácio.

— O que é que o camarada está aqui a fazer? — disse bem alto o Comissário Provincial, visivelmente irritado e chamando a atenção de todos os circundantes.

— O mesmo que o camarada Comissário — respondeu com altivez Soba Kitekulu mostrando que não tinha medo do seu chefe.

— Como é que o camarada te atreve a sair da tua Zona de Acção sem com a minha autorização? Isto é quê, então? É indisciplina, é kazukuta! Tu és um kazucuteiro! Agora vou te castigar! Vais levar no focinho com um processo disciplinar! Vou te escangalhar! Vou te vuzar! Vou ta arrebentar! — O Comissário Provincial estava descontrolado, por isso falava aos berros. Mais gente se aproximava para ver a razão de tanta gritaria. Ainda tentou ir contra o Soba, mas foi logo impedido por um deputado que estava próximo dele.

O Comissário Provincial, como os demais deputados, trajava uma guayabera azul, de mangas compridas. Apesar de suficientemente larga, a típica camisa cubana não lhe bastava para disfarçar a sua acentuada barrigana. Ao pescoço trazia três grossos fios de ouro de tamanhos diferentes; de igual modo exibia a torto e a direito as douradas pulseiras, para o que, com a manga esquerda recolhida, fazia, propositadamente, gestos largos. Via-se-lhe na testa uma grande cicatriz que ele dizia ser a melhor prova da sua participação num grande e inesquecível combate.

— Eu fui eleito pelo povo! Sou tão deputado como o Chefe. E pare de me intimidar porque senão eu vou falar tudo o que sei!

Os circundantes tinham crescido em número, curiosos em saber o motivo daquela toda algazarra nos corredores do Palácio "10 de Dezembro", o que não era nada normal. Foram-se aproximando também algumas senhoras da OMA que, trajadas com as cores da organização, tinham vindo para interpretar alguns cânticos na abertura da sessão plenária da Assembleia do Povo que deveria começar daí a meia hora. Alguns circundantes, de óculos escuros, estavam ali muito atentos, em serviço da Segurança; depois dariam conta da ocorrência aos seus superiores.

— Fala só se tens coragem! Fala só! E se falares eu vou te denunciar durante a sessão. Vou dizer claramente que andas a colaborar com o Inimigo! Vou te lixar! — disse em grita o Comissário Provincial.

— Eu a colaborar com o Inimigo?! Nunca traí os ideais do meu partido. Nunca! Estás a ouvir! — O Soba abriu bem os olhos para o Comissário. — Quem vai falar tudo agora sou eu! E há de ser mesmo lá dentro, na sessão. Eu é que te vou lixar! Vou te sujar! Vou dizer das tuas trafulhices, das tuas negociatas.

O Comandante Sete Vigas estava exaltado e muito furioso; nunca vira o Soba, seu subordinado, lhe tratar sem reverência, sem respeito, nunca. "O que é que se passará com ele? Fumou na diamba ou quê? Ou alguém que lhe orientou para me falar assim mámente, maleducamente? Ai ai ai, os *makulu* que me sobem. Eu, Comandante Sete Vigas, comandante "Kapitangu", Comissário Provincial, membro do Comitê Central, não posso demitir me faltarem assim no respeito num simples soba. Ai ai ai, estou a sentir os *makulu* estão me subir."

Num movimento brusco, entregou ao seu escolta uma pasta volumosa com os papéis que seriam analisados na sessão plenária, arregaçou as mangas da guayabera, cuspiu para as palmas das mãos para depois esfregar uma com a outra, significando que estava pronto a ir contra o Soba. Este, apercebendo-se que teria de se haver com o Comissário, mostrou que estava preparado para a refrega; se posicionou também para a luta, pondo antes no chão sua pasta de documentos; cuspiu também para as palmas das mãos e disse em tom suficientemente audível "Vem cá meu sevandija. Já vais ver o que é bom para a tosse!", e para si só "Vem cá meu cambuta, filho da p...".

— Seva quê? Selvagem eu?! Selvagem és tu e toda a tua família! Quem te vai dar agora na tosse sou eu! Seu selvagem! — gritou bem alto o Comissário movimentando-se imediatamente em direção ao Soba.

As senhoras da OMA, tendo-se afastado um pouco do local em que decorria a discussão, gritavam: "Não façam isso, camaradas!", "Parem com isso, camaradas!". Um dos presentes, vendo que os dois deputados iam se envolver em pancadaria, meteu-se entre ambos a apaziguar os ânimos e disse com voz firme:

— Não fica bem os camaradas estarem aqui a discutir sobre problemas que deveriam ser analisados e discutidos dentro das estruturas do Partido, em assembleias de crítica e autocrítica. É, pois, com base no centralismo democrático que estes assuntos devem ser tratados. Se vocês continuarem aqui a discutir o assunto pode rapidamente chegar à Comissão de Controle e Disciplina, e depois as coisas podem complicar-se.

O Comissário Provincial, com os olhos em chamas e a espumar, fez novamente menção de agredir o Soba, mas lhe travaram. O Soba manteve-se sempre com os punhos armados, o tronco ligeiramente inclinado e as duas pernas afastadas para se ter equilibrado, mostrando que estava pronto para a refrega. Algumas senhoras da OMA apelaram a que os dois contendores se acalmassem; que se comportassem como verdadeiros camaradas. A discussão acabou por terminar assim, indo cada um para o seu lado. De qualquer modo, o Comissário receava que o Soba fosse tomar a palavra para dizer algo contra si. Se assim sucedesse, pensava ele, iria lhe enxovalhar dizendo que o Soba colaborava, sim, com o Inimigo, que, por isso, era necessário que os órgãos competentes tomassem conta do assunto. Se tinha provas? Isso pouco lhe importava. Aliás, já havia rumores segundo os quais Soba Kitekulu fazia jogo duplo. Em política tanto vale ser oportuno como oportunista, conforme a situação em que se estiver envolvido.

A sessão plenária começou à hora prevista. Após o entoar do Hino Nacional e o discurso de abertura do Presidente da Assembleia do Povo, sob o olhar atento e silencioso de Lenin — nas pausas, o Presidente olhava sempre para o busto do líder da revolução operária no mundo como que a ver se ele concordava com o que dizia — começaram os trabalhos de acordo com uma extensa ordem do dia.

O Comissário Provincial, sentado nas primeiras filas reservadas aos membros do Comitê Central, olhava insistentemente para trás para onde pensava estar acomodado o Soba; para compensar a sua altura menos que meã soerguia-se levemente com as pontas dos pés apoiadas no chão. Não conseguia disfarçar o nervosismo que o seu semblante e gestos denunciavam. O Soba estava nas últimas filas da sala, muito atento aos papéis que tinha pela frente. Era uma pilha de papéis que não tivera tempo de ler. Pouco importava; ele preparara-se apenas para intervir no ponto reservado à análise da situação política e militar, a ser introduzido pelo Ministro da Defesa.

No intervalo para o almoço, o Soba conversou com alguns colegas deputados, viu à distância o Comissário Provincial e reparou que ele andava de um lado para o outro à procura dele. Certamente que o Comandante continuava perturbado com a sua inesperada presença na sessão da Assembleia do Povo.

À entrada do sacerdote, trajando uma casula cor de marfim com uma estola ornada com galões dourados, acompanhado de três acólitos um dos quais transportava a Cruz de Cristo, todos os fiéis se levantaram e entoaram com bastante fervor o Canto de Abertura.

O Soba escutava em profundo recolhimento a leitura da Sagrada Escritura, feita do ambão, alternadamente por um homem e por uma mulher, enquanto, de soslaio, olhava para a cruz que estava lá em cima, em destaque, e para o busto reluzente de Lenin em degraus que davam acesso ao altar.

Quando o Ministro da Defesa acabou de falar, o Presidente deu por aberto o período de perguntas e respostas, ao que Soba Kitekulu prontamente se inscreveu para tomar a palavra. Quando chegou o momento de intervir, levantou-se, juntou as palmas das mãos e vergou-se com toda a reverência para o Presidente da Assembleia do Povo e assim falou:

— Camarada Presidente, muito obrigado por me ter concedido a palavra. Sou o soba Kitekulu, camarada "Kutolola", filho de Nga Petelo dyá Banza e de Mariquita João Sabonete. Como esta é a primeira vez que venho a Luanda para participar na Assembleia do Povo e tenho muito para dizer, peço ao camarada Presidente, com todo o respeito e consideração, que me conceda vinte a trinta minutos em vez dos cinco fixados para cada deputado. A serpente diz que, um dia, quando for grande, arranjará patas para caminhar; quer dizer, deve-se aproveitar a oportunidade agora pois amanhã pode ser tarde demais.

— É necessário tanto tempo? — com ar interrogatório, o presidente da sessão parlamentar relançou o olhar por toda a sala. — Camaradas deputados, os camaradas não devem vir para aqui para tratar de todos os assuntos das vossas zonas de ação. Há as estruturas locais do Partido e do Estado, há as Assembleias

Populares Provinciais... Camarada deputado "Kapitangu", pode explicar por que é que o deputado Kitekulu pretende tanto tempo para intervir?

O Comissário Provincial levantou-se e, sem conseguir dominar o nervosismo e a tensão em que estava desde o início da sessão, disse: — É como o camarada Presidente disse. Há assuntos que devem ser tratados localmente. De outro modo, nunca mais que vamos só sair daqui. De qualquer modo, acho que no deputado Kitekulu o camarada Presidente podia lhe dar só dez quê, dez minutos. Lhe dá só dez minutos. Só-só, camarada Presidente.

— Camarada Presidente, acho que o meu caso é muito particular. Esta é a primeira vez que venho à Assembleia do Povo, e não sei se terei mais alguma oportunidade como esta, camarada Presidente. Peço a vossa compreensão, nosso Pai Grande. Como se diz na minha terra, deves matar a cobra com o pau com o qual ela te encontrou, camarada Presidente. O comboio só passa uma vez...

"E o gajo insiste... Não tem medo nem nada... Estou a ver que o tipo vai mesmo me falar. Não há problema, me fala então; eu também vou lhe falar; não vou permitir que ele me suja quê só aqui com tanta gente. Ah, Soba Kitekulu, vais ver só como te vai sair cara a brincadeira, seu boçal. Insultar num comandante como eu?, herói da Pátria?, membro do Comitê Central? Ai ai ai, os *makulu* que me sobem na cabeça. Vou acabar com a tua vida, meu sobeta, matumbo, boçal."

— Está bem. Vamos abrir aqui uma exceção. Tenha a palavra o deputado Kitekulu.

"Eué! Agora é que estou tramado, o gajo vai mesmo me falar! Camarada Presidente não devia lhe dar na palavra."

— Muito obrigado, camarada Presidente. Camarada Presidente, primeiro devo informar sobre as peripécias por que passei para chegar até aqui. Apanhei boleia numa coluna militar que foi três vezes atacada; tive de rastejar, de me esconder nas matas, passar dias e dias sem nada para comer; o de comer era colher nos frutos silvestres e apanhar ratos e toupeiras; e vi muita gente ficar pelo caminho, até militares; as doenças eram as febres altas e as diarreias; apanhei depois um caminhão que vinha carregado de mercadorias; na carga tinha muita comida, mas o motorista era um mão-de-vaca — não dava nada a ninguém; eu, com a minha idade e apesar de ser representante do Povo, vim atrás, por cima da carga toda. — Ouviu-se um rumor por toda a sala.

— O camarada deputado veio por cima da carga? — perguntou, admirado, o presidente da sessão.

— Sim senhor, camarada Presidente! Eu mesmo apesar de ser deputado!

"É assim mesmo! É o que mereces. Quem te disse que deputado não pode se sentar no quê, no chão? Se fosse eu, nem sequer te dava só na boleia; devias apear até Luanda! Ai ai ai Soba Kitekulu, continuas a brincar com o fogo, vais ver só quando os *makulu* me arrebentarem."

— Mas o camarada Kitekulu disse ao motorista do caminhão que era deputado da Assembleia do Povo? — interveio novamente a indagar o presidente da sessão parlamentar.

— Disse sim senhor, camarada Presidente. O motorista disse mesmo que era por ser representante do Povo que devia ir atrás com o Povo, de *monangambé*. O fogo, como o malvado, não tem amigos. — Novamente se ouviu um burburinho na sala. — Como estava a dizer — prosseguiu o Soba — os passageiros tiveram que descer para puxar o caminhão do buraco em que tinha caído, apesar de ser um *ural*; para além disso, tivemos de parar de dez em dez quilômetros nos postos de controle; os militares, auxiliados por polícias, pediam guias de marcha, queriam ver toda a mercadoria que vinha no caminhão para depois ficarem com alguma coisa; apalpavam os passageiros todos, sem respeito das senhoras — uma pouca vergonha, camarada Presidente. Depois, camarada Presidente, tive ainda de caminhar cerca de cinquenta quilômetros a pé, por entre carreiros e caminhos sinuosos e com o perigo de ser assaltado por animais selvagens e mesmo por bandidos! Assim, levei três semanas para chegar a Luanda, tal era a minha determinação em chegar aqui para ver o camarada Presidente e falar da minha muito martirizada Zona de Acção. — Aqui fez uma breve pausa para depois rematar em tom de exaltação: — O macaco nunca tem medo de trepar para cima de uma árvore, porque é ousado e audaz.

As primeiras palavras do Soba tinham prendido a atenção de todo o auditório. O Comandante Sete Vigas sorria e, com a cabeça ligeiramente inclinada, falava baixinho para quem estava ao lado dele; o presidente da sessão, que ia tomando notas, seguia atentamente o interveniente e deveria estar a pensar que o Soba teria mesmo muitas razões para pedir mais tempo para a sua intervenção. E o Soba Kitekulo prosseguiu, então, evidenciando seus dotes de bom orador:

— Há anos que a minha Zona de Acção está isolada do resto do País. Todos os caminhos para se lá chegar estão constantemente sob o impacto dos flagelamentos das tropas inimigas; os obuzes a chover de todos os lados; as pessoas a deslocarem-se sempre em busca de paz; as colunas militares a serem regularmente atacadas. A minha Zona de Acção já foi atacada várias vezes, sendo que da primeira foi uma razia que quase não sobraria ninguém para contar o que havia sucedido, se alguns não se tivessem refugiado nas matas. Houve um tempo em que as águas do rio Ngola que banha a Zona ficaram todas vermelhas de muito sangue pois o Inimigo tinha atirado centenas de corpos para a corrente. Com esse isolamento todo da Zona, éramos uma ilha; começamos a ter falta de tudo; sem colunas militares não havia como fazer chegar à Zona comida, roupa e medicamentos. Houve um tempo em que o povo nem sequer às lavras podia se deslocar; assim, alimentávamo-nos de frutos silvestres, de raízes, de ratos e toupeiras; vivíamos como primitivos, camarada Presidente. Com esse isolamento todo fica difícil, quase impossível, o contato com o Comissariado Provincial, com a agravante de até hoje o Comandante Sete Vigas nunca se ter deslocado à minha martirizada Zona de Acção. Até hoje somos uma ilha, um pedaço de terra rodeado de mata onde o Inimigo se acoita.

— Nunca o Comandante Sete Vigas se deslocou à sua Zona de Acção?! Nunca?! — perguntou, muito admirado, o presidente da sessão. Todos os deputados olhavam alternadamente para o Presidente, para o Comandante e para o Soba. Este, contrariamente ao Comissário, parecia estar muito seguro de si.

"Oh! O camarada Presidente se demirou! Já lhe conheço, assim deve estar chateado comigo. E o que é que o soba vai responder só? Peço no camarada Presidente para lhe retirar no quê, na palavra? Será que a TPA está dar em direto? Se o gajo falar só que nunca fui na Zona dele, estou lixado. Se eu pudesse lhe cortava só na língua. Ai ai ai, sinto os *makulu* estão me subir na cabeça. Vou explodir!"

— Nunca, camarada Presidente! Nunca, camarada Presidente. — repetiu o Soba intencionalmente. Ouviu-se um rumor em toda a sala — Nunca o povo da Zona de Acção viu a cara do seu Comissário Provincial. Nunca! — repetiu novamente o Soba. — Para além de ele nunca ter atendido a nenhuma das requisições que a Zona lhe envia sempre, conforme o camarada Presidente há já muito tempo orientou. Nunca!

"Filho da puta!"

— ... Como se governa assim à distância, camarada Presidente? Como se é autoridade assim sem o conhecimento dos subordinados, dos seus problemas, das suas dificuldades, camarada Presidente? Por isso é que eu vim mesmo sem a autorização do Comissário; aliás, por isso é que ele ficou furioso quando me viu lá fora; quase que andávamos à pancada. — O Presidente da Assembleia do Povo abanou a cabeça e falou baixinho para quem estava à sua direita. — Eu sei que o ferro não aconselha nunca o martelo; que o ombro não pode nunca ultrapassar a cabeça. Mas depois de muitos anos de cerco, a viver em condições sub-humanas, sem nenhum apoio do Comissariado Provincial, eu decidi arriscar a vida para poder hoje estar aqui a falar nesta sala magna — relançou os olhos por toda a sala — perante o nosso querido camarada Presidente. — O Soba, neste ponto, tinha aumentado propositadamente o tom de voz.

— Isso é grave, muito grave — disse o presidente da sessão plenária. — Pode prosseguir camarada deputado "Kutolola".

No seu lugar, o Comandante Sete Vigas estava irrequieto; abanava-se com uma folha de papel, apesar da temperatura na sala ser bastante amena. Os deputados que estavam ao lado dele pensaram logo que o Comissário estava, a partir daquele momento, em maus lençóis; que não queriam estar na pele do acusado.

— Pois... Lá vou escrevendo umas cartas que vão sendo recebidas umas, outras não sei onde vão parar... Vale aqui dizer que o Comandante Sete Vigas nunca respondeu a nenhuma das minhas cartas. Nem sei se as lê! De qualquer modo, o camarada Comissário Provincial lá vai dando alguma ajuda, mas a ajuda poderia ser maior se... — aqui toda a assistência se manifestou expectante quanto ao que o deputado Kitekulu diria logo a seguir; o deputado Sete Vigas, no seu assento, tossia, abanava a cabeça, cruzava e descruzava as pernas e fingia escrever algo; muita gente lhe olhava; viam-se-lhe os sovacos da guayabera completamente encharcados de suor; um segurança aproximou-se mais do local em que estava o Soba e olhou-o demoradamente; o presidente da sessão não tirava os olhos do Soba — ... quisesse, se fosse mais empenhado. Mas nada, o mais importante para ele são os seus negócios. Reconhece-se o homem pela voz, o pássaro pelas asas, a árvore pelos seus frutos...

"Sacana! Filho de um cão sarnento! Os meus *makulu* me subiram! Agora vais me sentir! Vais te arrepender só de te meteres com um comandante, antigo combatente e veterano da Pátria, meu sobeta dum raio mazé! A DISA já te devia ter despachado só para o inferno! Mas nunca é tarde! Hás de ver só, sobeta, lacaio do imperialismo. A TPA está a transmitir em direto? Todo mundo está nos ver?!"

— Um ponto de ordem, camarada Presidente! — O Comissário Provincial, cara trancada, olhos flamejantes, levantou-se de repente e quase berrou o que assustou a maioria dos presentes. — Um segurança fez-lhe sinal para que baixasse o tom de voz. — Todos os deputados estavam expectantes, curiosos em ouvir o deputado Sete Vigas intervir.

— Ponto de ordem concedido! — falou o presidente da sessão.

— Camarada Presidente, o Soba Kitekulu está aqui a me fazer só graves acusações e deve lhes provar só. Não posso ser acusado dessa quê, dessa maneira! Tenho muitos anos de militância e de provas dadas na Nação, camarada Presidente. Se for assim, eu também vou falar só o que sei do Soba, das suas ligações com o Inimigo! Vou lhe falar!... — gritou o Comissário Provincial, enquanto voltava o corpo para trás, a mão direita levantada com o dedo indicador em riste, evidenciando que estava a dirigir-se ao Soba. Uma onda de murmúrios tomou conta da sala. Os deputados que estavam nas últimas filas se soergueram para ver bem o Comandante Sete Vigas, para se sentarem depois aos cochichos; dois seguranças que estavam sentados perto do Comissário se remexeram; um outro que estava próximo do Soba lhe olhou furioso de alto a baixo e lhe fez sinal para falar baixo. Aliás, muitos homens da DISA estavam em todas as filas, sentados entre os deputados, com pilhas de papéis à sua frente que, de certeza, não tinham lido nem nunca os leriam, ou por não saberem ler ou por serem broncos. Facilmente identificáveis, eram altos, entroncados e carrancudos — constava que eram todos kwanhama — usavam óculos escuros, fatos azul-escuro-brilhante com gravatas vermelhas que, na véspera, tinham sido requisitados ao Comércio Interno por ordens superiores; os fatos eram propositadamente largos para encobrir as armas que traziam escondidas; para além disso, exibiam os seus novinhos *walkie-talkies*.

— Um ponto de ordem, camarada Presidente! — interveio um deputado a meio da sala.

— Ponto de ordem concedido.

— Muito obrigado, camarada Presidente. Camarada Presidente, eu proponho que, numa primeira fase, este assunto seja analisado pela Comissão de Controle e Disciplina, sem prejuízo para outras medidas que o Camarada Presidente entenda por bem tomar.

— Acho que sim, é uma proposta que considero razoável. Estão todos de acordo? Vejo que sim... — concluiu o presidente da sessão que depois devolveu a palavra ao deputado Kitekulu.

"Agora é que te vou ferrar, meu cabrão. Os membros da cê-cê-dê são todos meus kambas que nunca vão me deixar cair. Julgas quê? Para haver autoridade, deve-se respeitar na hierarquia. Agora vais sentir só no peso da minha autoridade, meu sobeta. Com os meus *makulu* na cabeça, vais aprender só que nunca se deve ameaçar num chefe como eu, um superior, muito menos um Comandante, membro do Comitê Central, herói da Pátria amada."

— Bom, o camarada Presidente já decidiu... está decidido. Só espero que o camarada Sete Vigas prove o que aqui disse! E o que disse é grave. Pode-se esconder a doença, mas não a morte; a verdade acaba sempre por se saber. Mas, vou continuar... Apesar da situação na Zona, da ilha em que vivemos, o Povo todo está com o MPLA e com o camarada Presidente. E é por isso que o Inimigo, sabendo disso, está com raiva de nós e nos ataca constantemente. Posso dizer com todo o orgulho que a minha Zona de Acção é um bastião do nosso Partido. Eu, enquanto responsável máximo da Zona, darei todo o meu esforço e saber em prol do meu Povo. Quem tiver dúvidas que vá lá averiguar. Camarada Presidente, só deve falar a verdade quem conhece a verdade. Agora digo em português o que gostaria de dizer na minha língua natal: "Tudo o que está podre acabará por cheirar mal". Quer dizer, tudo acabará sempre por se saber. — Aqui o Soba teve de fazer uma pausa, pois fora interrompido por uma estrondosa salva de palmas, sob o olhar furioso do Comissário Provincial. E, ainda sorridente-ovante, reiterou: — "Pode-se enterrar um cadáver, mas nunca uma mentira". E prosseguiu: —

Mudando de assunto e para terminar, é um caso muito sério. Veja só, camarada Presidente, como a minha Zona de Acção está tão isolada do país e do mundo. Quando soube que o camarada Presidente ia a Gbadolite, no Zaire, negociar a paz com os nossos inimigos, eu queria vir a correr para prevenir e aconselhar o camarada Presidente a não ir lá ter com o Mobutu. Eu estava ansioso para vir alertar o camarada Presidente. Falei mas ninguém me ouviu?

— Deputado Kitekulu, seja mais claro, por favor. A quem falou? — perguntou o presidente da sessão.

— Não falei, escrevi. Escrevi ao camarada Comissário Provincial. — Ih!, só as olhadas só... dessas...

"Pateta... patetices... Não passas de um pateta. Mas, tenho que me prevenir antes que a Comissão de Controle e Disciplina manda lá só uma delegação para averiguar. Vou ter de me aproximar dele, se não estou tramado. Antes que a delegação vai lá, tenho que visitar só na Zona. E tenho que falar já com o coordenador da cê-cê-dê que conheço desde o tempo da guerrilha. É urgente."

— Escreveu antes ou depois de me ter deslocado ao Zaire?

— Antes, camarada Presidente. Muito antes.

— Como assim? O deputado já sabia que me iria deslocar a Gbadolite? Antes de ser tornada pública essa minha deslocação? — insistiu o presidente da sessão parlamentar.

O segurança que estava na fila em que estava o Soba, teve um acesso de tosse seca.

— É assim camarada Presidente, camaradas deputados. Nós em África temos outras formas ocultas de saber antecipadamente o que vai acontecer e, por essa via, prevenir as pessoas de possíveis perigos. Foi o ancião Manimaza, da minha Zona de Acção, que me alertou. Ele é um grande vidente. Na sua visão, ele viu que esse encontro que estava a ser preparado ia dar em nada; que era um truque do Mobutu, uma oportunidade para ele, durante o banquete oficial, envenenar o nosso Presidente. Ele sabe de outras coisas más que vão acontecer no nosso país.

O mais-velho Manimaza sabe também que depois de Gbadolite haverá uma série de encontros com o Inimigo e que todos vão falhar; que a guerra vai continuar por muito tempo ainda. Eu sei que a maior parte dos camaradas aqui presentes não acredita nessas coisas do outro mundo; são marxistas-leninistas, como se diz... — Neste ponto, o presidente do ato olhou demoradamente para o Soba, no que foi seguido por alguns membros da mesa da presidência. Lenin, em busto, franziu a testa! — Mas, Camarada Presidente, é melhor nos ouvir, a mim e sobretudo ao mais-velho Manimaza. — Ouviram-se risadas; alguém estaria a pensar que o Soba não estaria bom da cabeça. — Estão-se a rir? — perguntou o Soba Kitekulu ao plenário. — Não se riam, meus camaradas. Depois não digam que não avisei... O pássaro nunca pousa numa árvore desconhecida; deve-se desconfiar de gente que não conhecemos. O assunto é muito sério. Acho mesmo que, pela sua incontestável sabedoria em ciências ocultas, o kota Manimaza devia ter um canal para falar diretamente com o camarada Presidente sempre que estivesse iminente um perigo ou uma ameaça à sua integridade física. — O Presidente da Assembleia do Povo abriu bem os olhos para o deputado Kitekulu. Alguém ao fundo da sala espirrara. Os agentes da Segurança, na sala magna do Palácio, estavam irrequietos; se pudessem, ali mesmo tinham impedido o Soba de continuar a dizer aquilo que, no seu entendimento, consideravam ser puros disparates; ouviu-se o som estridente de um *walkie-talkie*. — Quando a equipe da Comissão de Controle e Disciplina for à minha Zona, vou me explicar melhor. O assunto é mesmo muito sério!

"Vejam só! Este soba não passa de um pateta. Mas por que que a Segurança não lhe põe já fora da sala?! Me apetece me levantar e ir lhe tirar só no microfone. E a TPA está filmar tudo?! Está passar tudo? Espero que já tenham posto só nos bonecos animados... Eles já sabem como simular corte de energia... De qualquer modo, vou falar com a DISA para acompanhar bem os passos deste bandido, lacaio do Imperialismo e inimigo do

Povo. Vou mesmo lhes pedir para lhe armarem só uma emboscada e lhe matarem."

— Está bem, deputado Kitekulu. Vou criar um grupo de trabalho para analisar o assunto. Prossiga e seja breve — rematou o presidente da sessão, mostrando-se algo impaciente.

— Muito obrigado, camarada Presidente. Gostaria mesmo de saber, camarada Presidente, se o diálogo com os inimigos do Povo é mesmo a melhor solução? Dói-me muito imaginar que amanhã vamos continuar a conversar com o Inimigo! Será uma grande dor para todos quantos sofreram com as ações mortíferas desses bandidos. — O Soba tinha a voz embargada, quase chorava. Tirou o lenço do bolso das calças e limpou umas poucas lágrimas que lhe assomaram ao rosto, e prosseguiu. — Se levas à cabeça um cesto de ovos, não dances; o assunto requer prudência e muita precaução. Camarada Presidente, estou aqui a levantar esta questão por ser muito séria e eu precisar de informar e esclarecer também os nossos militantes da Zona. Eles estão todos à espera do meu regresso para lhes dizer do que aqui vi e ouvi. Eu sei que o nosso Partido e Governo, o camarada Presidente em particular, sempre estiveram do lado da razão. A razão está do nosso lado. Eu sei que o inimigo interno tem os seus aliados no exterior, mas nós também temos os nossos. "Quem com ferro mata, com ferro morre." "Dente por dente, olho por olho". "Somos milhões e contra milhões ninguém combate, quem tentar será vencido!" — Na parte final desta sabida e conhecida palavra de ordem, o Soba, que falava agora num tom propositadamente exaltado e enérgico, perorando, foi ovacionado por quase todo o plenário; o Comissário Provincial não bateu palmas, fingiu estar concentrado a ler uns papéis. — Às suas ordens, Camarada Presidente! Tenho dito!

Soba Kitekulu pôs-se de pé, descobriu a cabeça, inclinou-se para frente e juntou as palmas das mãos em sinal de agradecimento ao presidente da sessão. Entretanto, uma grande e longa ovação encheu a sala do Palácio dos Congressos. Os deputados olhavam com admiração para o Soba Kitekulu. Acharam corajosas as suas palavras; parecia-lhes que o Soba, na cabeça, para além da *kijinga*, tinha discernimento e boa prosa. O deputado Sete Vigas abanava-se agora freneticamente com um punhado de papéis; lhe olhavam para lhe adivinhar a reação. — "Sacana! Ainda estão lhe bater nas palmas! Não pode ser! O Soba, assim, vai-me ganhar! Tenho que falar urgentemente com os camaradas da cê-cê-dê, lhes dar alguma coisa. Estou sentir os *makulu* na cabeça. Vou rebentar!" — O segurança que estava mais próximo do Soba quase o comia com os olhos dele flamejantes-vermelhos; aliás, fez-lhe mesmo um gesto para significar que mais tarde a DISA lhe iria mandar chamar. O Presidente da Assembleia do Povo prometeu que daria todas as explicações necessárias sobre o processo de paz e chamou a atenção dos Primeiros Secretários do Partido para, por seu turno, esclarecerem toda a massa militante sobre o assunto.

Agora no púlpito, o sacerdote dirigia-se aos fiéis, assim: "Caríssimos irmãos, os dias de hoje são de muita tristeza para todos os servos de Deus. E tudo isso por causa deste regime de Poder Popular. O Estado confiscou, em todo o país, todas as propriedades da Igreja Católica. Vejam o que fizeram só aqui em Luanda. Receberam-nos o Instituto Pio XII, o colégio São José do Coluny; até o nosso Seminário Maior não foi poupado! É isso o poder do povo? É isso o que o povo quer? O povo está contra o ensino também? Todos falam em nome do povo; mas quem o consultou realmente? Ninguém, como sabemos. Mas é sempre em seu nome que se age. Isto, em termos políticos, chama-se demagogia. Não tem outro nome. Parece que os nossos políticos se esqueceram de quantas centenas de compatriotas se formaram nas nossas missões? Quantos? Quantos angolanos formados nos nossos estabelecimentos de ensino acabaram por aderir à luta de libertação nacional? Quantos? Quantos padres foram molestados pelas autoridades de então por serem verdadeiros nacionalistas e patriotas? Quantos? Quem se lembra hoje do papel que os Cônegos Manuel Joaquim das Neves e Franklin da Costa desenvolveram como grandes nacionalistas? E dos padres Alexandre do Nascimento, Joaquim Pinto de Andrade, Martinho Samba, Lino Guimarães e tantos outros? Quem? Quem se lembra hoje desses grandes heróis da Pátria?! Quem? Quem se lembra hoje de centenas e centenas de outros servos do Senhor, como os nossos catequistas, que pagaram com suas vidas a ousadia de enfrentar as autoridades coloniais? Quem?" — O sacerdote interrogava os fiéis em tom de exaltação e fazia uma breve pausa, o que dava mais peso ao que dizia. — "Os nossos fervorosos marxistas formados por aí dizem que a religião é o ópio do povo; que a religião é uma forma de alienar as massas populares; por isso querem promover a educação ateísta no seio do povo para, como dizem, neutralizar a ação propagandística das igrejas. Que demagogia! Essas teorias e práticas já foram ensaiadas nos regimes comunistas; a União Soviética influenciou todos os países do chamado bloco comunista. Na Albânia, na Hungria, na Checoslováquia e na Romênia — para citar apenas alguns — houve uma grande repressão antirreligiosa; como aqui em Angola, também nesses países as escolas confessionais foram encerradas, igualmente os conventos e as igrejas. Quer dizer, os nossos marxistas-leninistas estão a fazer aqui exatamente o que os seus ideólogos comunistas fizeram nesses regimes déspotas, extremistas e totalitários." — O sacerdote fez uma pausa; limpou a testa com um lenço. Os fiéis estavam muito atentos ao que o padre dizia. Uma criança berrava a plenos pulmões; a mãe saiu com ela para a acalmar. — "Fala-se até num programa de combate à religião e preconizam mesmo fazer muito barulho, com música e bebida, próximo dos locais de culto, já se sabe com que fins. Acham que com essas práticas vão acabar com a religião em Angola? Que ingenuidade? Que insensatez! Eu sei que há aqui dentro da Igreja espiões; aliás, eles estão em todo o lado; são da famigerada segurança que temos. Os todo-poderosos da situação. Os tenebrosos e sanguinários 'alicates'..." — o sacerdote olhava insistentemente para um ponto do auditório, parecendo que tinha identificado alguém da Segurança entres os fiéis. — "Pois, se eles me ouviram bem podem ir me queixar, na certeza de que, se me acontecer algo de mal, este povo de Deus não se vai nunca calar. Os servos de Deus sempre foram encorajados a falar publicamente contra atitudes e ações erradas. No livro de Deuteronômino, 31:6, Deus garante apoio aos que assim procederem, e cito *Sede fortes e valentes! Não vos deixeis intimidar nem aterrorizar por eles! Porque o Senhor, teu Deus, vai adiante de ti. Não te deixará sucumbir nem te abandonará.*"

Entretanto, os pioneiros, a JMPLA e a OMA assaltaram a sala do "Dez de Dezembro" com cânticos revolucionários, enquanto os fiéis entravam também numa longa fila com oferendas — produtos agrícolas, galinhas, patos, porcos e cabritos; garrafões de vinho, grades de cerveja, de água e refrigerantes; barras de sabão; óleo de cozinha; cadeiras de plástico; luandos e esteiras — que foram depositar junto ao altar. E cantavam.

Na longa fila de fiéis, em ofertório, Soba Kitekulu viu ou pareceu ter visto o Homem-Mandioca com uma quinda à cabeça! Eh! Viu bem outra vez e viu três homens-mandioca; eheheh! "O que é que se passa meu Deus? Estou a perder a vista ou quê? O Homem-Mandioca afinal são três?" Ao pretender sair do seu lugar para ir se certificar quem era aquele intruso ou intrusos, sentiu os pés grudarem-se-lhe ao chão, "ih?! o que é que é isto?!"; tentou se mover com toda a força que tinha mas não conseguiu dar um passo sequer. Eh! Eh! Eh! Gritou ou mexeu os lábios para gritar "Apanhem o Homem-Mandioca! Sô padre, não dê a hóstia consagrada a esse fantasma! Sô padre não cometa esse sacrilégio.", mas nem ele ouviu sua própria voz! Tentou outra vez e nada. Ih?! Admitiu que talvez fosse uma visão fantasmagórica. Mas, então, por que que as pernas e a boca não lhe obedeciam? Que ele se perguntou só.

O Comissário Provincial fazia contas à vida. Pensava, sobretudo, na deslocação à sua Província do grupo de trabalho que o

Presidente iria criar. Como, a partir daquele momento, iria lidar com o Soba? Devia se aproximar dele? Lhe mandar chamar? Visitar a Zona de Acção antes que o Grupo de Trabalho chegasse? Todas essas perguntas lhe atormentavam.

O sacerdote exibiu o ostensório que raiava de tanto dourado brilho. Soba Kitekulu viu raios luminosos saírem da custódia sagrada e iluminarem toda a sala. Sentiu um dos raios afagar-lhe a testa e se sentiu tocado por mão divina. Falou assim para só consigo: "Entrai, Senhor, em mim. Louvado seja o Seu nome. Amém". Tentou levantar-se e sentiu que a sua capacidade de locomoção estava intacta; "ah! Senhor, tu és maravilhoso!; só podia ser mesmo um milagre!", que ele pensou só.

Soba Kitekulu, com ar de recolhimento, fez-se à fila e recebeu no altar a hóstia consagrada numa concha que fez com as palmas das mãos. Antes, certificou-se outra vez que podia locomover-se sem qualquer problema, o que lhe pôs bastante satisfeito; mais contente ficou quando, sussurrando para si próprio, constatou que falava normalmente. Alguns deputados lhe acompanharam nesse ritual religioso, sob o olhar silencioso de Lenin. Xêié! Voltou ao lugar, ajoelhou-se e assim ficou alguns minutos em meditação. De repente sentiu a hóstia a saber-lhe a mandioca! "Oh meu Deus! Mas o que é que é isto?! Estarei a ficar doido ou quê? Meu Deus!" Mastigava e sentia que comia mesmo o tubérculo! "Será que o sô padre deu-me um pedaço de mandioca em vez da hóstia consagrada? E agora, o que é que eu faço? Continuo a mastigar a mandioca ou vou lá para fora cuspir tudo?" Persignou-se três vezes seguidas; transpirava muito. Continuou a mastigar o tubérculo sob o olhar incrédulo de alguns fiéis próximos. E pensava. Pensava naquela visão que tivera do Homem-Mandioca. "O Homem-Mandioca teria mesmo comungado? Sô padre não se teria apercebido da presença na fila do fantasma? O fantasma ter-se-ia triplicado?" Para tirar a dúvida era melhor, terminada a missa, falar com o padre.

Ouviam-se cânticos no momento da Eucaristia. Quando olhou para o teto do Palácio viu um grande turíbulo cinzelado que, em lento e cadenciado movimento pendular, incensava toda a sala para depois largar três pombas brancas que esvoaçaram acima da cabeça de todos os deputados, primeiro, para depois se acomodarem na cabeça aureolada-resplandecente (parecia a de um santo!) do busto de Lenin! O líder da grande revolução socialista de Outubro carrancou o semblante; não gostou da paródia. Xêie! Reparou que, no teto, em volta da base de sustentação do turíbulo, estava pintado Jesus Cristo; trazia uma longa túnica azul-celeste debruada a ouro; a mão direita levantada como se estivesse a abençoar; em volta raios de luz resplandecentes-luminosos. Acima pôde ver nuvens diáfanas e, como se estivessem nelas sentadas, três anjos trajados com túnicas de cor violeta empunhando trombetas. Abaixo dos pés da figura de Jesus, uma turba assustada e extasiante — as mãos erguidas, nos rostos expressões de muita alegria, as túnicas esvoaçantes-coloridas; no chão, muita fruta a cair de cestos.

Extasiado e enlevado, de pé, com as mãos erguidas para o teto, Soba Kitekulu gritou três vezes:

Louvai o Senhor, porque Ele é bom,
porque é eterno o Seu amor!
Louvai o Deus dos deuses,
porque é eterno o Seu amor!

Excitado e empolgado como estava, caiu sentado no seu lugar, a transpirar muito. Inclinado para frente, com a cabeça entre as mãos, ali ficou a orar, embora parecesse estar amodorrado. Os fiéis presentes ao ato olharam todos para o teto mas não viram nada de extraordinário que justificasse aquela tanta excitação. Algumas pessoas que estavam muito próximas dele, temerosas e desconfiadas, optaram por mudar de lugar. E admitiram mesmo a hipótese de o Soba não estar bom do juízo ou estar alucinado.

O sacerdote deu por terminada a longa missa em nome do Pai, do Filho e do Espírito Santo e falou do alto do altar: *ite, missa est*; e o povo fiel e crente respondeu *Deo grátias*.

E fui então à sacristia falar com o padre. Interrogado três vezes sobre se não tinha visto o Homem-Mandioca a comungar, se em vez da hóstia não lhe tinha dado, por engano, um bocado de mandioca, o sacerdote, um jovem recém-ordenado, de estatura média, barba bem escanhoada, olhou demoradamente para o Soba a ver se era uma pessoa de normal juízo. Quando acabou de dobrar os paramentos, o sacerdote disse-lhe, numa voz autoritária e com desdém, que não estava ali para aturar malucos. Encolhi os ombros sem nada entender do que se tinha realmente passado. "Meu Deus, o que é que se passa comigo? Estou a ficar mesmo chanfrado como disse o sô padre? Mas então, a hóstia era mesmo hóstia ou não? Não sabia a mandioca? Vi ou não o Homem-Mandioca? Um ou três homens-mandioca? Tenho a certeza que vi, vi com estes olhos que um dia a terra há de comer."

Terminada a sessão, alguns deputados vieram lhe saudar como gesto de solidariedade; outros preferiram lhe evitar simplesmente; alguns, em pequenos grupos, saíram do plenário aos cochichos — que o Comandante estava a partir daquele dia em maus lençóis; que já era sem tempo lhe tirarem de lá onde só comprometia o Partido e o Governo.

Depois, na escadaria central de acesso ao Palácio "10 de Dezembro", o Soba continuou a ser abordado por deputados que lhe queriam felicitar. Era gente que não conhecia mas que estava curiosa por conhecê-lo de perto; certificar-se que ele era mesmo um soba. Mas no meio do movimento de saída de pessoas do Palácio havia também agentes da Segurança a rodearem o Soba; queriam saber quem o felicitava; quem, afinal, estava contra o Comandante Sete Vigas. Enquanto conversava, o Soba sentiu alguém a encostar-se a ele e a apertar-lhe no braço; foi quando se apercebeu que estava a ser intimado por seguranças a sair dali imediatamente. Depois, ele e as pessoas com quem conversava foram mesmo empurradas; o Soba tropeçou e deixou cair a pasta com os documentos da sessão. Foi logo socorrido e reconfortado com palavras amigas.

À noite, no Hotel Panorama onde fora alojado, vira pela primeira vez um televisor em funcionamento! E ficou até tarde a ver o filme soviético, *Ivan, o terrível*. Embora não tivesse percebido quase nada do que tratava o filme, ficou embevecido com a cena do faustoso casamento de Ivan com a princesa Anastasia Romanovna; lembrar-se-ia anos mais tarde daquela cerimônia tão cheia de ostentação e luxo. Quando é que a televisão chegaria ao Povo da sua Zona de Acção? Que ele se perguntava só.

Regressado à tranquilidade da Zona de Acção, à boleia de uma coluna militar tendo em conta a reinante situação político-militar, Soba Kitekulu começou a passar em revista tudo o que ouvira durante a sessão da Assembleia do Povo em que tivera a ousadia de participar. Ficara a saber que o Governo atribuía *plafonds* para a comercialização no campo ao abrigo dos quais se importavam, às vezes, artigos para quem vivia nas cidades, como, por exemplo, chaves para abrir garrafas, máquinas de cortar cabelo, geleiras, arcas frigoríficas; implementava planos de abastecimento às províncias para minorar as dificuldades das populações, com prioridade absoluta para as das zonas mais afetadas pela guerra; que caminhões carregados de açúcar, arroz, óleo alimentar, feijão, leite em pó e outros artigos circulavam por onde era possível, pois o Inimigo atacava sobretudo os caminhões que transportavam comida para depois se banquetearem. E interrogava-se agora porque é que tais artigos não chegavam regularmente à sua Zona de Acção, mas chegavam a outras zonas também onde os bandidos não davam tréguas. Não seria isso uma clara evidência de que o Comissário Provincial recebia muitas ajudas de Luanda para todo o território sob sua jurisdição? Registrou que em algumas Assembleias Populares

Provinciais, quando reunidas, se perdiam muitas horas a discutir a questão do abastecimento de gêneros alimentares e de alguns bens industriais; que tais reuniões terminavam mesmo em cenas de pancadaria. Ficou a saber também que as unidades de produção como tinham dificuldades em pagar salários praticavam o autoconsumo — cada trabalhador ficava com uma parte da produção que depois revendia no mercado negro; que nos armazéns do Porto de Luanda e da EDIMBA havia uma situação de pré-congestionamento; que no recinto portuário havia três contentores cheios de mercadorias a pagarem sobre-estadia; que, devido a essa situação, havia no estrangeiro sessenta mil toneladas de alguns bens estratégicos a aguardar embarque para o país; que os deputados abasteciam-se, em Luanda, em lojas próprias. (Quem estaria a beneficiar do seu cartão de abastecimento que ele, afinal, nunca chegara a receber?) Os deputados tinham direito a grades de cerveja e de gasosa, a vinho e bebidas espirituosas, a frangos congelados, a embalagens de cigarros, o que lhes permitia permutar por outros bens e serviços, e, certamente, venderem na candonga a preços especulativos. Os quadros em geral tinham direito a um abastecimento complementar. Soba Kitekulu ganhava agora consciência de que, desde que fora eleito, nunca beneficiara das regalias devidas a um deputado, por estar a viver na sua Zona de Acção. De qualquer modo, o Soba ficou a saber que havia no país, devido à guerra, um grande êxodo rural; milhares de deslocados; muitas crianças órfãs de pai e mãe; largas centenas de viúvas; de mutilados de guerra. Do que falou o Ministro da Defesa, reteve que os racistas sul-africanos continuavam a bombardear o Kwitu-Kwanavale; que as unidades das FAPLA na região sul estavam na expectativa de um ataque da África do Sul, de grande envergadura, composto pelos batalhões 61, 101, 91, 450, 09 e 15, numa composição de cerca de nove mil efetivos.

Fora informado de tudo o que acontecera na Zona, na sua ausência. E o Homem-Mandioca? Que ele perguntou. E lhe disseram que o patife continuava a roubar nas lavras; que alguém lhe tinha visto passear à noite na Zona, mãos nos bolsos, em assobios, muito descontraído e animado; que, afinal, quando das sessões de cinema na Zona, o descarado também se deleitava nos filmes e aproveitava mesmo apalpar nas moças; que uma das moças estava mesmo grávida do Homem-Mandioca. Haka! Mais lhe disseram que o Homem-Mandioca às vezes se transformava em três homens-mandioca iguazinhos!!! Que já lhe tinham visto à noite, ele, com sete cabeças! Mam'ééé! Que ele era um *dikixi*, semelhável!!! Quando isso tudo ouviu, o Soba soltou um palavrão para espanto dos que estavam por perto, e disse para si: "Afinal, eu tinha visto muito bem. Era mesmo o calhorda a comungar. Como é que sô padre não o viu, ou lhes viu? Não sabia o sô padre das manigâncias do dito cujo?"

À noite, antes de adormecer, sentiu que viver na Zona de Acção era mesmo viver na margem, longe da vida social, do mundo — uma ilha anoitecida num escuro mar-negro.

XVI

No cacimbo, as águas do Kambo eram as mansas, corriam quase silenciosas. Mas na época das chuvas suas águas eram turbulentas e o capinzal crescia muito alto nas margens. E era quando os jacarés se passeavam tranquilamente e vinham se espreguiçar em suas margens; ali ficavam se refestelando, mirando o sol; ali permaneciam à espreita de qualquer de algo com que se pudessem alimentar. Mulheres que usavam lavar a roupa ali já sabiam do perigo e prestavam muito atenção ao movimento das crianças que lhes acompanhavam. Faziam-se sempre acompanhar de jovens que tinham artes de neutralizar os répteis; esses que tais usavam canhangulos para matar nos jacarés que se aproximassem das margens. Para além disso, eram destemidos; ousavam canoar ali sem medo dos jacarés.

Como o mundo está... os antigos contra-revolucionários e bandidos a serem perdoados... política de clemência... Catita, um dia... um dia... o teu filho... o teu filho, Catita.

Soba Kitekulu e Manimaza desciam o Kambo e discorriam sobre o rio. Tinham já passado pelas sanzalas de Dala Tumbo, Kimbale, Matamba Mbanza, na margem esquerda. Recordavam que foi por aquele rio que começaram a entrar ilegalmente em Angola os primeiros imigrantes zairenses, nos anos setenta. Naquele tempo o controle das fronteiras era muito frágil; a prioridade era lutar contra os exércitos invasores.

Os Zairenses foram chegando lentamente, em barcaças, vindo. Vieram primeiro uns poucos, em jeito de visitas exploratórias, ver os nossos ares, modos de ser e de estar e foram ficando; familiares e amigos foram chegando depois. Os habitantes locais e ribeirinhos primeiro lhes saudaram e lhes receberam com a hospitalidade que caracterizam os africanos. Embora vivendo para lá da fronteira eram povos da mesma família étnica, primeiro; dentro da mesma família, não havia nem margens nem travessias. Faziam as compras de um lado, mas iam dormir no outro; os partos aconteciam fora das fronteiras, pois alegravam membros da família de um e do outro lado; na hora de registrar os recém-nascidos os progenitores é que decidiam se ficavam com os nomes dos de cá ou dos de lá — sob o mesmo nome de família; quando trumunavam, o árbrito não sabia quem tinha marcado gol pois os jogadores eram todos parecidos, para além de estarem todos de calções iguais e descamisados — suados e transpirados. (Miá, mialálá, corta, Matateu remata agora, Manecas corre, Néné Gordo cai e se levanta rápido, miá, miá, Mukuna, miá, miá, mialálá, o estádio se levanta, Cachaça passa para Di Stéfano, vai agora, Coluna corta a rematar para a baliza, boa defesa de Valongo, Didi passa para Cubilhas, Travassos aparece a cortar, vai Garrincha, passa para Vavá, Quinzé faz uma revienga, dá para Rataças, corta Zagallo, vai agora Yaúca, Totoxe salta, Eusébio corta e remata para a baliza, Costa Pereira salta e defende a bola com garra, ah! grande Costa Pereira! Assim, no antigamente, nos tempos... Maxinde contra Quinze de Agosto.) Era assim que acontecia o quotidiano lá em Casa Branca, Casa Nova, Demina e Kinguenge, do lado de Massango, e em Mangando e Tembo Aluma, do lado de Marimba, sobre uma imaginária linha fronteiriça.

E foram chegando. E depois foram constatando que de entre os recém-chegados tinha também povos de outras partes do Zaire. E o choque que foi acontecendo, foi na cultura. Não na cultura dos povos vizinhos, ao longo da fronteira, com quem já lidavam faz tempo, mas dos povos que vinham mais distante, lá, no interior do Zaire. Os sobas se reuniram para analisar o assunto que consideravam grave. Nas sanzalas ao longo do Kambo, outras — Masamba, Dala Kalunga, Mulaza, Kimuzengo, Kusekala e Tembo Aluma — se instalaram cantinas em todo o lado; se improvisaram dancings onde se dançavam a toda a hora; música alta em tudo quanto era canto; a cerveja que se bebia mais era toda vinda do Zaire; vendedores ambulantes de quinquilharias; em todo o lado se falava mais lingala e francês que o kimbundo e o songo; apareceram igrejas tradicionais que os nativos da terra não conheciam; muitos feiticeiros e kimbandas; as mulheres vindas do outro lado não tinham o recato a que as nossas mulheres estavam habituadas desde tenra idade; as mulheres de cá passaram a usar todas panos e turbantes, os homens búbús — havia quem lhes chamasse *abakó*, por analogia a ABAKO, Associação dos Bakongo, fundada em 1950 ou *abacost* (*à bas le costume*), isto é, abaixo o fato. Não se viam, assim, raparigas ou mulheres de saias; os panos que elas tinham de usar traziam todos a cara do Marechal; elas só podiam usar tranças; as músicas que se ouviam tocar nas grandes aparelhagens eram todas deles, do Zaire — rumbas e *kwasa-kwasas*; em profusão, as das orquestras Empire Bakuba e Zaïko Langa Langa; em todas as aldeias havia pelo menos uma orquestra musical com instrumentos modernos que tocava sobretudo aos fins de semana; nos grandes momentos políticos e até mesmo nas igrejas tradicionais tocavam-se hinos ao Marechal, em meio a bandeiras do M.P.R. — Movimento Popular da Revolução. Era, como eles diziam, a *authenticité*. Quando houvesse uma partida de futebol nos campos improvisados, os kimbandas, fora do retângulo, competiam também entre eles, cada um puxando seus espíritos para a equipe favorita.

Mas na cultura e nas artes o choque às vezes era brando e bem chegado no Kambo. Eles vieram com suas boas-artes Yoombe, Luba, Bakuba, Hemba, Bapende, Baluba, Kuba, Bakete, Buyu e Babembe; máscaras grandes; cestaria; cerâmica; esculturas em pedra, em bronze, em marfim e em madeira; os dançarinos Mbudje e Kitebwe, do Shaba, Intore, do Kivu, Bapende, do Kwilu; instrumentos musicais tradicionais. Assim. *O mundo em mudança... o país também em mudança...um dia... Talvez um dia...*

E vieram também com seus modos de venerarem na Kianda, com oferendas, como se faziam do lado de cá da margem; mas com mais exuberância nos manjares, bebidas e festas licenciosas a que nunca faltavam os pastores e reverendos de igrejas que vieram com eles. E vieram também com seus modos muito estranhos de venerarem nos mortos, assim; nos velórios cantavam e dançavam toda a noite, assim; tinha quem injuriava os defuntos com palavrões e caretas, assim; interrogavam assim o defunto sobre quem que tinha lhe tirado a vida; nos funerais, a caminho do cemitério, o caixão era atirado assim para o ar por homens possantes, em alegres cantorias.

De qualquer modo, os sobas andavam perturbados e muito preocupados com aquilo a que chamavam de invasão cultural. Como agir? O problema era que nem todos os sobas pensavam do mesmo modo, sobretudo aqueles que tinham vivido no Zaire em tempos idos ou que tinham aderido a um certo movimento de libertação que era abertamente apoiado pelo Marechal. Pior ainda foi quando esse tal movimento passou a dominar quase toda a parte Norte do País. Não se sabia em quem confiar, pois os informadores do movimento estavam em todo o lado. Quem mandava eram eles; eram eles a autoridade ali onde que tinham assumido o controle militar. A quem se iam dirigir?

Com o tempo, os sobas passaram à clandestinidade. Faziam suas reuniões às escondidas; ninguém podia saber do que eles tratavam nessas reuniões. As mulheres, pela sua natureza e educação, tinham se conformado com a sua condição; não ousavam sequer contestar a situação. Tinha sobas que tinham oferecido suas filhas e netas aos senhores da situação, na expectativa de que por essa via estariam a proteger-se.

Entretanto, o choque na cultura e nas artes deixou de ser brando para ser perturbador. Nas praças, à mistura com comes-e-bebes, pilhas de panos do Congo multicolores, quinquilharias, havia muito artesanato, particularmente máscaras. Estas, de grandes dimensões, chamavam a atenção de toda a gente pelas cores vivas, pela morfologia de rostos humanos, cabeças de animais selvagens e pássaros agourentos; os olhos, quando atentamente apreciados, pareciam que se mexiam; os animais arreganhavam grandes dentuças de que as crianças fugiam cheias de medo. Haka! E então, não é que aquelas grandes máscaras, de noite, ganhavam pernas e andavam? He! He! He! Falavam em vozes de defuntos, particularmente de respeitáveis antepassados? Maaam'ééé! Assim, na sanzala de Dala Kalunga, o que aconteceu, conta Manimaza: "Certa noite, uma velhota que dormia seu sono profundo, ouviu no sono a voz do defunto marido. Assustada, despertou, despertou assim para se certificar se a voz que estava a ouvir era mesmo a do falecido esposo. Como a voz estranha não se calava foi à porta da sua cubata e, tremendo, entreabriu-a. Em frente dela, não é que estava então a mesma máscara que no dia anterior, na praça, ela lhe viu piscar, a piscar o olho assim — 'ih?! já viram no atrevimento dessa máscara a querer me conquistar?! Isso é azar...' — mas não dera importância? Haka! Se mexendo como se fosse uma pessoa, a máscara lhe perguntava, lhe perguntava assim na voz do defunto esposo, se estava tudo bem, se continuava a padecer do coração, por onde andavam os cinco filhos que com ela tivera. Eh! Eh! Eh! De tão assustada e trêmula que estava a velhota, que vivia sozinha, certa de que aquela voz era mesmo a do falecido marido, caiu, caiu assim de bruços para nunca mais se levantar."

Embora ninguém tivesse presenciado o fato, o caso começou a ser propalado. Habitantes de Dala Kalunga estavam, pela manhã, em polvorosa; juravam que, após o funeral da velhota, partiriam dali em busca de outros lugares onde a paz dos espíritos fosse total. Outro caso sucedido: fala Soba Kitekulu! Assim, então conto: "Na sanzala Kinuzengo um rapaz sonhava, sonhava assim que estava a fugir de um leão que o perseguia em muita alta velocidade; de repente suas pernas se alongaram, se alongaram assim, o que lhe permitia saltar muros altos, rios caudalosos, montanhas, arranha-céus e cidades; quando acordou estava,

estava assim na cama, abraçado a uma máscara com a cara medonha de um leão." Haka! Um caso mais. Fala ainda Manimaza! Assim, então, falo: "Lá em Tembo Aluma, os velhos estavam, estavam assim em volta de uma fogueira contando estórias várias. De repente a voz do mais-velho Kinguri se modificou, se modificou assim; voz dele logo parecia era a voz de um velho que tinha falecido há pelo menos quarenta anos. Eh! Eh! Eh! A assistência se assustou-se, se assustou-se assim; alguém, para se certificar, chamou, chamou assim pelo nome por que o antepassado era conhecido — Tembo dya Túbia — ao que a voz respondeu, respondeu assim que ele era mesmo que estava a falar. Quando a voz confirmou sua identidade, apareceu, apareceu assim no meio da roda a máscara que o significava, a dançar, a dançar assim, eheheh! Mais-velhos permaneceram nos seus lugares, temerosos e a se borrarem, até verem a máscara cair a cair assim de muito cansaço". Mam'ééé!

Um dia... sinto que um dia... Um dia verei o meu filho... Sinto. Agora tenho quase a certeza... um dia.

Tem mais! Conta, kota Manimaza. Assim, então, vou contar mesmo: "Aconteceu na sanzala Kusekala. Uma senhora foi ao mercado e viu, viu assim uma máscara gigante significando uma coruja-branca; olhou, olhou, assim, demoradamente para a máscara, olhou olhou e lhe viu então não estava lhe revirar nos olhos? Xê! A senhora, curiosa, lhe olhou mais, olhou, olhou, assim — 'ih? é quê mais?! Já viram no meu azar?!' — e ouviu a coruja estava piar três vezes, ainda sendo dia. Assustada, correu, correu, assim, rápido para sua cubata para se resguardar do que pressentia estar para lhe acontecer de mal. À noite, enquanto dormia, ouviu, ouviu, assim, outra vez a coruja em insistentes e irritantes pios; eheheh!. A coruja-branca tinha pousado no teto da cubata e lá ficara até de madrugada. Mam'é! De manhã, quando os vizinhos foram à cubata ver o que se passava com a senhora, que, contrariamente ao costume, ainda não tinha saído de casa, lhe encontraram assim morta". Mam'ééé!

Agora, para terminar o relato de casos muito estranhos, falo eu, Soba Kitekulu. Então vou falar de um caso muito misterioso até hoje. "No movimentado mercado de Mulaza, uma senhora viu, viu uma mandioca de tamanho descomunal, assim. Como gostava muito desse tubérculo, não hesitou em comprá-lo. Antes afagou demoradamente a mandioca, demoradamente, assim, para se certificar que era de boa qualidade — sob o olhar muito curioso e excitante do vendedor. Este, satisfeito com a compra, ordenou que o seu filho — um rapazito de treze anos —, levasse então a mandioca à cabeça, assim. Durante o percurso para a casa da senhora o rapazito foi dizendo, dizendo, assim, que sentia que a mandioca o impelia a andar rápido, que, por isso, estava exausto; que, de vez em quando, tinha a percepção de que o tubérculo aumentava de peso, assim! A senhora não lhe deu importância; achou que era ronha dele. Chegada a casa, a senhora acomodou assim o tubérculo no quarto onde dormia e não fora, na cozinha, com receio que alguém, pela calada da noite, o roubasse. Pensava fazer um bom negócio com a venda, em pedaços, da mandioca à vizinhança. Antes de adormecer, certificou-se assim que a mandioca estava onde a havia deixado; lhe afagou, afagou, assim — 'oh! minha mandioquinha querida!' —, só muito satisfeita. Pela madrugada, o tubérculo se desencostou da parede, xê!, se deitou se deitou na cama assim e se cobriu enquanto ela dormia sono profundo. He! He! He! A senhora gemeu, gemeu assim tanto de prazer que a vizinhança escutou tudo; lhe ouviram mesmo, eheheh! De manhã, a senhora, ainda exausta, dormiu, dormiu, dormiu, assim, até tarde o que inquietou a vizinhança. Interrogada sobre o motivo de tanto gemido, a senhora, envergonhada, disse que tinha sido possuída por uma mandioca que não era mandioca, era mesmo um homem! Eh! Eh! Eh! Que nunca na sua vida homem algum tinha sido capaz de lhe oferecer tanta mandioca. Que, por isso, procuraria por esse extraordinário homem até ao fim de seus dias. Haka! Que ela falou, falou só".

— Mas, bem vistas as coisas, não se tratava de nenhuma invasão cultural. — disse Manimaza depois de um longo silêncio.

Como era o costume, vinham os dois conversando amenamente, recordando um pouco o que sabiam da história de Angola — a antiga e a recente. Ambos tinham largos conhecimentos sobre o assunto, ou por terem lido e ouvido, ou por terem sido contemporâneos das ocorrências históricas que se tinham produzido durante os seus longos anos de vida. Mas, os dois tinham também a particularidade da imanência e da transcendência da memória de antepassados, outras vidas passadas.

— Era mesmo uma invasão cultural — disse Soba Kitekulu com muita convicção. — Hábitos e costumes muito estranhos... Esses episódios das máscaras mágicas... com a agravante de que eles não eram nada Angolanos. Eram mesmo Zairenses, embora gostassem de patentear as suas ligações ancestrais com os Angolanos.

— Eu também vivi alguns anos no Zaire, e conheço bem aquela sociedade. Lá, consoante as regiões, há máscaras que representam seres humanos, animais selvagens e espíritos. Conheci lá muitos Angolanos...

— Estou ainda um pouco confuso... representar como? Essas máscaras de dia eram uma coisa, de noite outra? Como entender? — perguntou, curioso, o Soba.

— Essas máscaras eram feitas por artistas, pessoas normais como nós. Só que depois de executadas e vendidas, os autores das máscaras não se responsabilizavam pelo comportamento dos seres ou animais representados. Eles não dominavam e não controlavam os gestos dos seres que tinham representado artisticamente — falou Manimaza.

— É complicado... Não entendi nada.

— É complicado sim senhor. Mais complicado ainda se tivermos em conta que, em certas regiões, o ofício do artista obedece à uma certa ritualização. Por exemplo, o artista, antes de golpear o tronco da árvore, tinha de evocar o espírito da mesma em cuja madeira iria assestar o seu machado. Para além disso, os feiticeiros e kimbandas que vieram de lá, trouxeram consigo almas de muitos antepassados que andam por aí a vaguear. É provável que algumas dessas almas se tenham incorporado nas máscaras!

— Haka! — exclamou Soba Kitekulu muito admirado.

Estava um sol abrasador. Enquanto desciam o Kambo, viam às vezes passar perto deles pescadores, de tronco nu, canoando; pescavam com suas redes tradicionais e saudavam-nos em kikongo. Soba Kitekulu e Manimaza perceberam que, apesar de estarem numa zona kimbundo, havia povos vindos de outras margens e travessias.

— Bom, continuando... Conheci lá muitos Angolanos... Sei que os nossos compatriotas que lá viviam na altura também passaram por esse choque cultural. Muitos deles foram discriminados e, para minimizarem os efeitos de uma eminente marginalização, tiveram que se integrar naquela situação. No tempo do Marechal, tiveram que mudar de nome; os josés passaram a ser josephs; Agostinho deu Augustin; Jerónimo dava Jérôme; Francisco virou François. E isto só para falar dos nomes cristãos. O próprio Marechal mudou o seu nome, como se sabe — antes Joseph Désiré, agora Sese Seko Kuku Ngbendu Wa Za Banga.

— Cada povo tem a sua cultura. Nós não temos nada contra o Zaire. O único problema era quererem nos impor a sua cultura.

— Pois claro. Isso era inadmissível. Cada povo tem a sua maneira de estar e ser no mundo — retorquiu Manimaza.

— De qualquer modo, é preciso não esquecer que alguns dos nossos dirigentes tinham ligações étnicas e mesmo familiares com eles... — falou Soba Kitekulu.

— Até aí tudo bem. Era natural que isso fosse assim. A emigração para o antigo Congo Léopoldville começou nos anos vinte-trinta do século passado...

— Sim senhor. Mas o problema é que houve grandes dirigentes nossos que facilitaram abertamente a entrada massiva dessa gente no nosso País. Com muita facilidade muitos conseguiram tratar documentos que os identificavam como nacionais. Não houve um controle rigoroso. Aliás, nos anos setenta o controle nas fronteiras era muito fraco.

— É verdade... E foi assim que muitos deles foram entrando. Hoje estão aí, misturados, já com famílias angolanas.

— E eles trouxeram muitos hábitos que já criaram raízes entre nós. Por exemplo, o jeito para o pequeno negócio; o comércio informal e a venda ambulante; os candongueiros, os funerais e óbitos com bandas musicais... enfim, todo o conjunto de práticas que nós não tínhamos no tempo colonial. Aliás, na era colonial, quando houvesse muita desorganização ou sujeira os brancos perguntavam-nos "Vocês pensam que isto aqui é um Congo ou quê?"

— É verdade... lembro-me desse dito. Mas depois, mesmo nós, angolanos, passamos a usá-lo.

— Hoje o que é que vemos? O tal Congo já se instalou entre nós; o Congo agora migrou para dentro das nossas fronteiras.

— Pois... Hoje quando falamos da identidade nacional, temos de ser inclusivos. Esta é que é a realidade. Não podemos excluir as minorias. O lingala, hoje, é uma língua muito falada nas Províncias do Zaire e do Uíge e em certos bairros de Luanda. Veja-se, por exemplo, o caso bastante conhecido do bairro Palanca, também conhecido por *le petit Congo*. Aquilo é demais. Acho que as autoridades deviam ver isso.

Os dois prosseguiram a conversa animada. Os seus pontos de vista acabaram por convergir em vários aspectos. Havia os Zairenses e os nossos compatriotas que tinham vivido e crescido no Zaire. Obviamente, as ligações e as afinidades entre uns e outros eram e são sempre muito fortes. Nem tudo no seu seio é negativo. Do Zaire vieram grandes quadros superiores, cientistas e investigadores; eles são excelentes matemáticos; são bons no desporto, particularmente no boxe e no ciclismo; são exímios escultores e pintores; na música são os melhores guitarristas e excelentes a tocarem instrumentos de sopro; têm os melhores grupos corais. É evidente que há neles um grande denominador comum: a cultura bakongo. Aliás, tanto há bakongos no Zaire como em Angola. São o mesmo grupo étnico.

A Daya e a Irina a pedirem-me para ver a televisão e ouvir a rádio... para me distrair... Catita tens que ver... Qualelá!... E vi caras estranhas que já há muito não via... política de clemência... E ouvi na rádio músicas de David Zé, de Artur Nunes, do Urbano, da Lourdes, do Bonga... músicas que tinham sido proibidas. De facto, algo está a mudar... Um dia se ele aparecer... talvez... um dia...

Manimaza, com apenas dois anos, nas costas do pai, atravessou a fronteira com o Congo Belga na década de vinte do século passado, após três dias de uma penosa e arriscada caminhada. Manuel Domingos Ndombaxi, pai dele, guarda-livros de profissão, passados seis meses, conseguiu colocação em Stanleyville, num grande estabelecimento comercial do sô Alcebíades, um português que tinha lojas espalhadas por quase todo o Congo Belga, bem como uma frota de caminhões que circulavam atestados pelos distritos do Zaire e de São Salvador, no norte de Angola. Valera-lhe a recomendação do dono de uma empresa em que antes prestara serviço, membro da Igreja Batista. De outro modo, não conseguiria emprego de acordo com a sua habilitação.

Como era influente naquela Igreja, em pouco tempo Manuel Domingos Ndombaxi familiarizou-se com os membros dessa congregação religiosa, bastante enraizada na sociedade congolesa. Com a mulher e o filho pequeno instalou-se à beira do rio Zaire, que banhava a cidade; era uma casa com três quartos e uma grande sala de jantar, com varanda em volta o que a tornava fresca; para além disso, no extenso quintal havia frondosas árvores de fruto. De modo que, apesar do intenso calor que fazia quase todo o ano, a casa dos Ndombaxi estava sempre fresca. Nas horas de lazer, ficavam na varanda a ver o caudaloso Zaire correr suas águas.

Com apenas cinco anos de idade, o pequeno Ndombaxi já se aventurava a nadar sozinho, sob o olhar temeroso da mãe. Depois passou a navegar de piroga em companhia de rapazes do bairro em que vivia. No princípio não se afastava muito da cidade; depois perdia-se pelas aldeias que bordejavam o rio, no meio de densa e cerrada vegetação onde abundavam pássaros exóticos de todos os tamanhos; a razão da demora na navegação marginal devia-se ao fato de o pequeno Ndombaxi e os companheiros pescarem à linha. Assim, terminada a jornada, regressavam a casa cheios de peixe o que os livrava de repreensões dos pais que tinham ficado apreensivos com a longa demora dos filhos. De qualquer modo, os companheiros passaram a lhe chamar de Manimaza pela agilidade e destreza com que ele nadava, mergulhava e sobretudo dominava a piroga mesmo com as águas em rodopio.

Certa vez afastaram-se tanto da Zona em que diariamente ficavam largas horas a nadar e a pescar que os pais de todos estavam receosos que algo de muito trágico pudesse ter acontecido. À meia-noite, não havia sinais dos rapazes. Pastores da Igreja Batista fizeram-se então ao rio Zaire, sendo já madrugada; cantaram e rezaram e deitaram ao rio vários mantimentos, convictos de que assim procedendo estariam a alimentar a Kianda em cuja existência também criam, para além de clamarem pela sua intercessão. A mãe do pequeno Ndombaxi desmaiava e meia hora depois recuperava os sentidos; nisso esteve toda a noite, rodeada de senhoras membros da Igreja que tentavam consolá-la. Inesperadamente, quando já o sol raiava, viram os rapazes emergir de um ponto do rio em que se dizia que já tinham desaparecido muitas pessoas, até pescadores; constava que nesse ponto vivia o espírito de um antepassado que morrera afogado. Foi um dia de muita festa; os ribeirinhos das aldeias de onde os rapazes eram originários exultaram de muita alegria; rufaram os tambores, cantaram hossanas e deitaram ao rio alimentos vários e bebidas espirituosas.

Embora distante da terra que o vira nascer, Manimaza foi crescendo e educado de acordo com os princípios da Igreja Batista. Em casa os pais habituaram-no a falar português e kikongo; assim, conhecia a geografia de Angola e sabia muito bem que em Angola havia uma luta armada contra o colonialismo português. Aliás, o pai, à mesa, não se cansava de lhe falar das razões por que abandonara o país; de lhe contar em que condições os Angolanos viviam; com que objetivos se fazia a luta de libertação.

Com a independência do Congo Léopoldville em Junho de mil novecentos e sessenta, consolidou a sua consciência política; constatou as mudanças que se foram operando no país: os brancos — Belgas, Franceses e Portugueses — fugiam para suas terras. As lojas do sô Alcebíades tinham sido todas saqueadas; o estabelecimento central em Stanleyville tinha sido já assaltado várias vezes. Como a situação tendia a piorar, sô Alcebíades largou tudo e fugiu para Angola. O pai de Manimaza, que às vezes era tratado com desprezo por ser estrangeiro apesar de viver no Congo há muitos anos, sentindo-se inseguro depois da instalação em Stanleyville de um governo nacionalista liderado por Antoine Gizenga, regressou a Angola em sessenta e três, com a esposa e os três filhos que tinha.

Outro aspecto muito importante a ter em conta sobre este assunto é o grande protagonismo que tiveram e têm os Zairenses e os Angolanos regressados do Zaire na proliferação de igrejas ditas tradicionais. É uma situação que não existia antes da proclamação da Independência de Angola, pelo menos com a dimensão que hoje tem o fenômeno religioso. Trata-se, de fato, de um fenômeno de grande impacto na sociedade angolana.

Não há como não considerar todos esses aspectos culturais como fazendo parte da identidade cultural angolana. Esta é feita de várias identidades. Não é só em Angola como em qualquer parte do mundo. O que é hoje a cultura americana senão uma mescla de várias identidades?

Os sobas que viviam ao longo do rio Kambo, embora preocupados com a situação pouco ou nada puderam fazer. A única esperança que lhes restava era que um dia o exército que tinha o domínio daquela parte do território nacional fosse rechaçado pelo exército nacional. Até lá, havia que ter paciência. Uma palavra inconveniente ou atitude hostil em relação às autoridades e forças ocupantes poderia ser fatal. Aliás, todos quantos se tinham manifestado contra os ocupantes já tinham sido molestados e alguns até fuzilados. Tinham de suportar toda aquela situação; farras pelas noites fora; barulheira em todos os cantos; as raparigas da terra a serem constantemente importunadas pelos soldados zairenses — algumas a serem levadas para o Zaire; as crianças tinham deixado de ir às aulas pois as escolas tinham sido encerradas — diziam que provisoriamente. Para além disso, os ocupantes pilhavam tudo. As poucas lojas que existiam antes da chegada deles estavam vazias; os camponeses tinham de lhes entregar o produto do seu trabalho; o gado tinha sido levado à força para lá da fronteira; os caçadores eram obrigados a lhes entregar todos os troféus de suas caçadas; diamantes que existiam no rio estavam na mira de muitas centenas de garimpeiros estrangeiros. De qualquer modo, eles tinham uma certeza: tarde ou cedo o exército invasor e seus lacaios angolanos sairiam dali a toque de caixa como já havia acontecido noutras partes do País.

XVII

Naquele ponto e naquela época do ano o Mukope era um fiozinho de água. Os miúdos chapinhavam nele à vontade ao mesmo tempo que fisgavam nos passarinhos que deambulavam por perto; durante o dia era frequente manadas de gado fazerem a travessia do rio sem qualquer problema, sob o olhar dos pastores. Como sempre acontecia, vinham a acompanhar os bois, às vezes até por cima deles, muitas garças-vaqueiras; era lindo lhes ver em voos e revoos, todas brancas-alvas; parecia que protegiam o gado de qualquer investida. Após a passagem dos bois o ar ficava impregnado do cheiro da bosta. Os miúdos a isso já estavam habituados e não se importavam com aquele cheiro.

Catita, minha querida mãe,

Após muitos anos de ausência, escrevo-te para vos dizer que estou vivo!

Meu Deus! O que é isto?! Quem foi que trouxe esta carta?! Quem foi? Meu Deus!

Os miúdos do Mukope dedicavam-se quase todos à pastorícia; deambulavam quilômetros pela planície, atravessando charcos e lagoas; saíam pela manhã e só regressavam ao cair da tarde. Em virtude disso, o seu aproveitamento escolar era deficiente, não obstante as recomendações dos pais para que não faltassem às aulas. Alguns conseguiam conciliar as suas atividades, mas a maioria não. De modo que, para reduzir o absentismo nas aulas dos rapazitos os professores decidiram ir atrás deles. E então era vê-los a andar pela planície à procura dos rapazes; quando os professores conseguiam reunir pelo menos quinze rapazes, ali mesmo, debaixo de uma árvore, davam aulas sob o olhar atento dos bois enquanto garças-vaqueiras ciscavam a terra. As raparigas eram poucas a ir à escola; maior parte ficava em casa e não eram, pelos pais, incentivadas a estudar; eram preparadas para, quando maduras, juntarem-se a homens para constituir família e gerirem os respectivos lares.

Soba Kitekulu e Manimaza conheciam bem aquela população. Era gente pobre mas muito trabalhadora e divertida. Mas o grande problema ali era, na época das chuvas, as inundações. Era uma grande calamidade pois tudo se perdia: casas, cultivos e gado. Às vezes havia a registrar algumas mortes por afogamento. Depois era preciso enxugar as lágrimas, reconstruir as casas e as lavras; empregar algum dinheiro na compra de cabeças de gado para recriar. Essas intempéries da natureza faziam daquela gente um povo temperado.

Outra prova dura para as populações de Mukope: as longas e cíclicas estiagens. Era então a angústia, o desespero e a desolação totais. O Mukope estava seco; a água escasseava; as populações tinham de percorrer cerca de vinte quilômetros para encontrarem o líquido precioso; escavavam buracos ali onde havia sinais evidentes de água; quando surgisse um ponto de água era uma grande confusão, todos queriam tomar conta da míngua-fonte; os celeiros estavam vazios; o gado mirrava e ia morrendo nas longas caminhadas pela planície. Tinha dias em que os populares, por falta de água, não podiam sequer cuidar da sua higiene pessoal nem cozinhar os seus alimentos. Estavam habituados às estiagens de quinze dias, um mês no máximo. Mas as coisas pioravam quando a seca ia de três a cinco meses. Era o fim. Alguns pensavam em mudar de residência mas a estiagem ocupava um raio de ação muito grande, toda aquela região em seco. Os mais-velhos, embora conhecedores do fenômeno, buscavam outras razões; consultavam oráculos; imprecavam a Deus e a deuses outros. Impotentes, se queixavam das autoridades que nada faziam para resolver o problema; e pediam que o Estado lhes apoiasse nas compras que tinham de fazer para festivarem na Kianda, na esperança de que assim o problema se resolvesse. E os festejos se faziam nos mínimos pontos de água; passados dias e semanas, olhavam para os céus e não viam nenhum sinal de chuva. Gretavam-se-lhes então os pés de muita caminhada e os corações rachavam de muito sofrimento.

Recordavam-se de no antigamente ter havido uma grande seca que vitimara muitas centenas de vidas humanas; os hospitais estavam abarrotados; os cemitérios já não tinham espaço para mais sepulturas; os cadáveres eram atirados para valas comuns; alguns corpos jaziam onde tinham sido encontrados; os abutres cirandavam à vontade; tinham comida para muitos dias. Os animais também não se escaparam; os rios estavam todos secos. Mas o que aconteceu muitos meses depois é que os kimbandas, depois de muitos encontros entre eles conseguiram, com as suas artes mágicas, fazer a chuva chover.

O que é que era mais penoso, as inundações ou a seca? Era difícil dizer, mas parecia que o que mais temiam as populações eram as inundações. Ninguém escapava; nem as casas, nem o gado, nem os celeiros; para além de que havia gente que morria nas águas. Foi o que sucedera naquele ano.

As águas foram galgando, ocupando largas superfícies e subindo de nível. Os pastores, apanhados de surpresa, foram correndo desesperados para todos os lados em busca de terra firme; chegavam a um ponto, se alegravam, se instalavam, mas pouco depois tinham de desandar daquele lugar. Era vê-los aflitos, a correrem e a puxarem pelo gado para que lhes acompanhasse na fuga; alguns bois — os mais bem nutridos — a ficarem para trás e a serem engolidos pelas águas.

Os miúdos pastores estavam também em alvoroço. Estavam a cinco dez quilômetros das suas aldeias. Não havia já tempo para regressarem sãos e salvos às suas casas. A solução era correrem para os pontos mais altos; mas ali, na planície, não havia nem colinas nem árvores frondosas nas cercanias. Então uns trepavam para cima dos bois que mugiam alto; mas era difícil mantê-los por muito tempo com as cabeças fora da água pois a isso não estavam habituados. Os bois que se virassem como pudessem; ali não havia como lhes cuidar; era mesmo lhes abandonar naquelas movimentadas águas. Outros se penduravam nos galhos de árvores de pequeno porte; muitos, nessa situação, escorregavam, caíam nas águas e se afogavam.

Eu estou bem, mãe, apesar de viver neste imenso matagal; a viver como um ser primitivo, mãe; com medo dos animais e dos bandidos que vão passando por estes matos. Quando às vezes passavam os militares nossos ou os do Inimigo não podia fazer o mínimo movimento, sustinha a respiração, o corpo cozido à terra, nossa terra

Soba Kitekulu e Manimaza tinham canoado até ao Mukope para melhor se inteirarem da ocorrência. Havia muito que tinham ouvido falar daquele episódio que fazia do Mukope uma localidade muito conhecida desde então. Fora, de fato, um acontecimento invulgar.

Os jovens pastores debatiam-se, então, entre a vida e a morte. Van estava, de repente, num remoinho de água. Estivera uns cinco minutos são e salvo, por cima do teto de uma casota para onde conseguira subir. Temeroso, olhava a força das águas. Viu então rodopiar tufos de plantas, arbustos, capim, pedaços de tecido, garrafas de plástico, farrapos, galinhas e patos, excremento de boi etc. Viu um conhecido pastor passar perto dele, arrastado pelas águas, bracejando, esperneando, a querer se agarrar à vida; ainda lhe gritou, mas com aquela marulhada toda voz dele se perdeu só no ar; o pastor, exausto de tanto esforço, seria engolido pouco depois pelo Mukope em rodopios! (... não me continha de tanta emoção as canoas andavam às voltas à mercê da força brutal das águas Lewis e os companheiros da aventura estavam desesperados parecia que o rio Chattooga se tinha enfurecido expressamente pela ousadia dos quatro aventureiros o barulho na sala era o do impacto das águas vi as canoas a rodopiarem nos ares gritei Lewis! Lewis! Oh! meu Deus! O som brutal a fazer estremecer tudo as águas em turbilhão a saírem do ecrã a tomarem de assalto o Estúdio...) Viu uma mandioca com formato humano a se bater entre a vida e a morte! Eh! Eh! Eh! Como que, naquelas circunstâncias, uma simples mandioca se esforçava por não ser arrastada pela correnteza das águas, que ele se perguntou só, admitindo que talvez fosse uma assombração. Viu almas envoltas em lençóis brancos; viu nuvens rasando o rio, figurando seres estranhos de um outro mundo. Subitamente, o nível das águas subira; já tinha os pés molhados; se encolheu todo a ver se se mantinha acima das águas; era o fim dele que estava iminente. Mas o que aconteceu depois é que Van saltou para cima de um unicórnio que surgiu assim de repente e começou assim a voar acima das águas, eheheh! Em vez de seguir de imediato para um ponto seco, foi parando ali onde divisava braços a agitarem-se, a pedir socorro; e, então, para tal, o unicórnio baixava de altura, se imobilizava quase por cima das águas, e esperava que as pessoas aflitas subissem para cima dele. Eh! Eh! Eh! À medida em que as pessoas foram subindo para cima do unicórnio o seu rijo dorso se amolecia e se abaulava para conforto dos ocasionais passageiros! Hehehe! E deste modo, temerosos, seguiram viagem sentados, abraçados uns aos outros, com toda a força que tinham — não fosse alguém deslizar e cair naquelas revoltas águas. E assim indo no dorso abaulado do estranho animal perto de três dezenas de pessoas se salvaram!

Mas antes, foi o alvoroço total naquele inusitado meio de transporte. Uma mandioca com formato humano teimava em agarrar-se desesperadamente ao unicórnio para nele seguir viagem, hehehe!; e ao fazê-lo investia contra o unicórnio repetidas vezes, parecia furiosa, ih?!; a cada pancada do estranho ser o unicórnio guinava para um dos lados! Eh! Eh! Eh! Os passageiros gritavam de muito medo; falavam para a mandioca não subir para o unicórnio pois receavam que, com o peso que tinha o estranho tubérculo, ficassem ali todos naufragados. Van, da parte dianteira do unicórnio, pediu a todos, em alta voz, que se acalmassem, pois o unicórnio podia sim levar também a mandioca. Ih! Podia ser?! Van saberia do perigo que todos corriam? Saberia que a mandioca era um ser-animado-ser? E ordenou que lhe ajudassem a fazer subir; três passageiros, embora temerosos e muitos assustados, lançaram mãos para fazerem subir a mandioca; dois deles se desequilibraram e caíram na correnteza. Desesperados e aos gritos pediram a Van que fizesse algo para lhes salvar; para surpresa de todos, o unicórnio afrouxou a marcha, baixou de altura no ponto em que estavam os dois passageiros que conseguiram assim se salvar. Entretanto, a mandioca aproveitou a ocasião e subiu também, eheheh!; estava ofegante e aparentemente exausta de tanto esforço dispendido para se salvar! Haka! De qualquer modo, lhe deixaram isolada; ficou na parte mais afunilada do dorso do animal; ninguém se atreveu a se sentar perto dela. Todos lhe olhavam só — olhadas, olharadas; desconfiados e receosos. Xêie! Constataram então que o ser estranho tinha a pele parecida com casca de mandioca; mas respirava e se mexia como um humano qualquer, xê!; o cabelo eram lisas-folhas de mandioqueira; tinha tinha olhos normais mas que olhavam só para baixo, como que envergonhados — olhadas — xêie!; o nariz era afilado; as unhas dos pés e das mãos muito compridas, mam'ééé!; trazia um fato de banho azul e o tronco nu. Uééé! Baixinho, em surdina, lhe nomearam então: a mandioca era o Homem-Mandioca. He! He! He! Podia ser?! Lhe olharam atentamente — dessas — e viram que, afinal, não era só uma mandioca mas três! Maméééé!!! Os passageiros puseram-se aos gritos; uns diziam que as três mandiocas só podiam ser uma alma de outro mundo a querer lhes puxar para o fundo das águas, ou almas de escravos, contratados e nacionalistas que os colonos tinham atirado ao rio; outros que aquilo não era senão a manifestação da Kianda. Entretanto, três passageiros, muito assustados, lançaram-se ao rio mesmo sem saberem nadar; gritaram e berraram; pediam socorro, não conseguiam se manter naquela tormenta, eheheh!; tinha passageiros que ainda lhes chalaçaram só "Quem foi que vos mandou se atirar na água? Agora se aguentem!". Os três homens-mandioca estavam indiferentes a tanto alvoroço; permaneciam serenos-taciturnos-sorumbáticos.

O unicórnio ia aos solavancos o que aumentava o pavor; depois afrouxou a velocidade, baixou de altura e se abeirou dos três passageiros que estavam na iminência de se afogar, eheheh! Van, saiu da dianteira do unicórnio, foi, aos tombos, para onde estavam os passageiros concentrados, acalmou-os, lhes pediu permanecessem tranquilos. Chegou-se junto aos três homens-mandioca, que ainda respiravam ofegantes, lhes olhou sem grande espanto e disse que podiam seguir viagem sem qualquer problema, desde que se portassem bem, ao que eles menearam nas cabeças; os três seres estranhos fizeram vênias a Van, em simultâneo, eheheh! Mas como que as mandiocas, serenas-taciturnas-sorumbáticas, afinal tinham entendido o que Van lhes falara? Se conheciam? O que admirou muito os passageiros era que os três eram iguaizinhos; trigêmeos! Eh! Eh! Eh! Quem olhasse para eles não via nenhuma diferença; faziam todos e em simultâneo os mesmos gestos; assim, os três, macambúzios, olhavam para a direita e para a esquerda, punham a mão direita na cabeça e alisavam as folhas lisas que eram os cabelos; cruzavam os braços a meio do peito para mostrarem os seus músculos; tossiam e espirravam em uníssono! Haka!

Já se passaram mais de doze anos, mãe; uma vida. *Vou-me habituando a esta vida na mata; mas estou bem. Mãe,* não te preocupes, *o mais importante é que estou vivo.*

Quando terminou a jornada, estava muito longe de Mukope, a pelo menos cerca de duzentos quilômetros, são e salvo, com muita gente consigo que lhe louvava por Van lhes ter salvo a vida. E, agora mais calmos, é que começaram a discorrer sobre o que tinham visto naquela fantástica viagem. Repararam que o unicórnio era todo branco; o seu dorso já não era abaulado mas duro como o dos rinocerontes; que Van, lá na frente, tinha se agarrado ao único chifre só que o animal tinha, como se estivesse a conduzi-lo; que o animal voara provavelmente com as patas esticadas, sem as mover.

Veio mais gente ver o estranho animal que estava sentado ao lado de Van. Este lhe mimava muito afetuosamente sob olhares intrigantes que se interrogavam sobre aquela muito esquisita empatia entre Van e o unicórnio. E o Homem-Mandioca e os seus sósias? Quem que sabia deles? Ninguém sabia responder.

José Salumbo Van-Der-Merwe era nome dele que a mãe lhe deu quando lhe nasceu. Tinha ascendência bôer e era albino. Entre os pastores da sua idade, lhe chamavam simplesmente de Van. Tinha crescido e nascido no Mukope e quase não falava português. Os companheiros lhe gozavam por ser o único pastor de pele clara naquelas cercanias. Van era alto e corpulento; andava quase sempre de tronco nu, como, aliás, os outros jovens pastores; falava pouco, mas era muito afetuoso-feminil-amaneirado; fazia amizades com facilidade. Como o sol dardejava sem clemência, Van cobria sempre a cabeça com um chapéu ou de palha ou de couro, de aba larga. No cacimbo, gretavam-se-lhe os pés e os lábios devido ao frio e ao vento que ventava. De qualquer modo, conhecia a planície toda como a palma da mão dele.

Terminada a segunda guerra dos bôeres em 1902, na África do Sul, Darius Hoffman van der Merwe decidiu vir para Angola onde se fixaria na Humpata, na Huíla. Com a ajuda das dezenas de serviçais que tinha à disposição, carregou um forte de carroças — um *laager* — com bois, cabras, ovelhas e alguns cavalos, alfaias agrícolas, mobília, armas e munições; em caso de ataques de britânicos ou negros, sobretudo de *khoi-khoi*, no longo percurso até a fronteira com Angola, contava com dez soldados em cada carroça; tinha o receio que tal pudesse acontecer pois a guerra tinha acabado de ocorrer e havia bandidos à solta.

Escolhera a Humpata por sugestão de tios e primos do Transval que lhe disseram que desde finais do século XIX e antes da anexação do Transval pelos ingleses, se instalara na região uma colônia de bôers, chamada "colónia S. Januário"; que a Humpata tinha bom clima, muita água, boas terras para a agricultura e bons pastos; que os Portugueses eram generosos na concessão de terrenos, podendo a cada família serem atribuídos cerca de 200 hectares. Aqueles familiares aconselharam Darius a não levar para Humpata grande quantidade de cavalos por lhes ter constado que a região não era muito propícia à propagação de gado cavalar.

Antigo integrante de um kommando bôer que se destacara na guerra, Darius Hoffman van der Merwe deixava a África do Sul com a esperança de um dia voltar e lutar contra os colonos britânicos. Era filho de pai e mãe bôer; sentia-se um sul-africano puro que mal conhecia as suas origens europeias; sabia muito vagamente que tinha ascendência alemã e dinamarquesa. Era alto, entroncado, de cabelos louros e olhos azuis; com a sua longa barba branca, bigode farto e enrolado nas pontas, tinha um ar rústico; agora, perto dos sessenta anos, tinha a cara sulcada por estrias e as mãos calejadas de tanto trabalhar a terra para sustento dos seus; mas, apesar disso, sempre pronto a arrostar com as dificuldades da vida. Habitualmente trajava calças de ganga e usava botas de cano alto; era resoluto, nunca se dando por vencido.

Com ele vieram a esposa, os filhos — três rapazes e duas raparigas — e meia dúzia de serviçais. Na hora da partida todos os criados queriam vir consigo; ao seu patrão já se tinham afeiçoado bastante apesar das suas atitudes ríspidas e quantas vezes racistas; a senhora Merwe estava banhada em lágrimas; não sabia como selecionar o pessoal que lhe devia acompanhar; depois de muito hesitar, optaria por levar apenas uma cozinheira e uma governanta.

A viagem do Cabo a Humpata durou doze dias. Percorreram os cerca de dois mil quilômetros, a sessenta à hora, por entre savanas, pradarias; regiões semiáridas; clima ora de estepe ora desértico, tendo a acompanhá-los durante muito tempo promontórios rochosos e escarpas íngremes. Pararam em Walvis Bay por dois dias onde estiveram a descansar e a reparar as carroças. Depois prosseguiram a longa viagem tendo passado por Omaruru, Otjiwarongo e Grootfontein. Entraram em Angola passando por Namacunde.

Chegados, foram calorosamente acolhidos pelas autoridades que, de imediato, lhes concederam dezenas de hectares para agricultar.

Os recém-chegados não se conformavam em ver negros a conviverem com brancos. A isso não estavam habituados; para eles, os negros deviam viver distantes dos brancos e ser tratados como meros serviçais. Os filhos estavam terminantemente proibidos de brincar com negros; não iriam à escola onde havia negros e brancos; estudariam em casa com um professor que com eles tinha vindo; não aprenderiam nunca o português como língua de estudo.

Em pouco tempo Darius Hoffman van der Merwe era dono de grandes propriedades. Possuía terras e gado não só na Huíla como no Cunene que visitava com regularidade. Numa dessas deslocações ao Mukope, contrariando os seus princípios, envolveu-se com uma kwanhama que era alta e muito esbelta; tinha um ar digno e sobranceiro o que inibia muitos dos rapazes da região. Dessa relação, Domingas Ndafoluma ficou grávida. Quando tomou conta da ocorrência, Darius Hoffman enfureceu-se e obrigou-a a abortar.

"Eu sei que é um crime, que a minha religião proíbe o aborto. Mas a mulher é uma negra. Não quero por nada deste mundo ter descendentes mulatos. Por isso, dê por onde der, custe o que custar, essa rapariga tem de abortar. De outro modo, eu mato-a. Deus que me perdoe."

Darius van der Merwe, na África do Sul, tivera um filho com uma negra zulu. Pressionado pela comunidade bôer que se sentia manchada na sua honra e pureza obrigou a negra a fugir para longe sob pena de um dia ser morta por ele próprio. Reconhecia, no seu íntimo, que tinha um fraco por mulheres fossem brancas ou negras. Nunca daria o seu nome a essa criança mulata. Nunca!

Domingas recusou-se, pois tratava-se do seu primeiro filho; não queria perdê-lo. Farta de ser espancada quase até à morte, Domingas Ndafoluma optou por fugir para Mupa, no Kunene, onde tinha familiares. Darius van der Merwe soltou os cães e lançou os capangas no encalço da negra; os homens tinham a promessa de serem bem recompensados se a trouxessem de volta. Ele era um branco, por isso de uma raça superior; seria uma vergonha para os da sua comunidade ter um filho mulato; ele, como patriarca da família, fiel aos dogmas do calvinismo, tinha que ser um exemplo para todos. Passaram-se os dias sem que os capangas tivessem conseguido cumprir com sucesso a missão que Darius Hoffman lhes confiara. Domingas Ndafoluma viria a dar à luz uma criança do sexo masculino e albina.

Lhe fustigaram sobre o unicórnio; o que era; como fora ali parar; o que é que o ligava ao estranho animal? Van dizia que pouco sabia adiantar; que também ele não sabia nada do animal; que só Deus sabia explicar; eheheh. Isso dito assim aumentou o interesse pelo animal. E o Homem-Mandioca, outra vez lhe perguntaram? Qual mandioca, qual homem? Que ele não sabia quem era, muito menos do paradeiro desse quem desconhecido quem. E os três homens-mandioca, os trigêmeos, quem eram? Onde estavam? Van voltou a dizer que não sabia nada-de-nada; que talvez tenha sido um sonho só que ele nanou um dia. Eh! Eh! Eh! Como foi possível ele ter ali consigo os seus bois se se sabia que todas as cabeças de gado tinham desaparecido nas águas, aquelas? Como que os bois dele tinham feito a travessia? Por que é que ele não fizera nada também para salvar os outros bois? Van, nem ele sabia explicar; nadizia nada que pudesse explicar o mistério. Van começou a ser evitado; receava-se que fosse feiticeiro; que pudesse fazer mal às pessoas. Van não tinha com quem conversar; até os amigos dele de pastorícia que tinham vindo de Mukope não queriam andar com ele. Farto de tanto isolamento, decidiu mudar de aldeia. Foi andando com o seu gado, sem rumo certo, até que, já noite adentrando, acabou por ficar numa aldeia onde passou a noite. Foi tão bem recebido que não o quiseram deixar partir; entretanto, alguém já tinha falado bem dele e espalhara a notícia. De manhã, rodeado por todos os habitantes da aldeia, Van despediu-se e quando se aprestava a iniciar mais uma longa marcha, ele e o gado desapareceram num ápice. Haka! Como que podia ser, que as pessoas se interrogavam atônitas. Em vez de Van e do gado estava ali só um unicórnio branco e esplendoroso. Como antes nunca tinha visto um tal animal, o povo fugiu aos gritos; eheheh!

Soba e Manimaza comentavam que aquele episódio tinha muito a ver com o fato de Van ser albino; que ele tinha alguns poderes especiais; só podia ser. Constava que Van tinha nascido menina; que menina-e-moça crescera; que só depois dos quinze anos se afirmara homem-homem, mas que ainda ficara com alguns traços de mulher-homem. Admitiram, por isso, que talvez a ligação dele com o unicórnio se devesse ao fato de Van ser um andrógino ser.

— Esta letra é mesmo dele, Filó?

— É sim, mãe; é mesmo do mano Luisinho.

— Qualelá! Será?

Nossa Senhora de Fátima, obrigada! O meu filho está vivo! O meu filho... o meu filho... está vivo!

Pela madrugada, nevoeiro cerrado, o unicórnio despertou do seu quase-sono, levantou-se e saltou para as nuvens! De manhã quem, curioso, veio lhe ver, não lhe viu nada nem nunca o veria; no chão não havia nenhum sinal de que tinha estado ali um ser misterioso. Mas lá no Mukope o que aconteceu foi um extraordinário caso: uma canoa se aproximou sozinha lentamente das margens, cheia de um bando de patos-de-bico-vermelho; os patos saltaram da canoa, mergulharam três vezes suas cabeças na água, enquanto deixavam as caudas de fora, para depois, em simultâneo, se levantarem. Era um movimento sincronizado ao ritmo de uma valsa que se ouvia no fundo. Estavam ali, expectantes e curiosos, alguns pescadores na recolha de suas redes artesanais. Com o pôr-do-sol os patos recolheram à canoa que ali os aguardava e partiram enquanto grasniam "cuok...cuok..." e a valsa ecoava. Soba Kitekulu e Manimaza presenciaram o caso e concluíram que aquela ocorrência tinha sido mais uma das manifestações da Kianda.

XVIII

Aqui também, nestas águas do Balombo, como nos demais rios de Angola, durante a época colonial, vários nacionalistas foram atirados pelo que morreram afogados. Soba Kitekulu e Manimaza vinham caminhando pelas margens do rio Balombo, bordadas de canaviais; traziam mapas e documentos antigos que falavam de Benguela de outros idos tempos.

Recordavam-se que, no século XIX, tinha havido muitas sublevações em Benguela, Katumbela e Dombe Grande; os indígenas tinham-se rebelado por causa do agravamento dos impostos a que estavam sujeitos pelas autoridades coloniais. Era a época gloriosa do comércio da borracha e das exportações desse produto a partir de Benguela e de Katumbela; era também a época de um intenso tráfico de escravos para S. Tomé.

— É preciso recordar que naquele tempo Benguela e Katumbela eram pontos muito ativos no comércio de escravos — disse o Soba.

— E não só... — falou Manimaza com ar pensativo. — Benguela e Katumbela recebiam milhares de escravos que vinham em caravanas do planalto central, sobretudo do Bié e do Bailundo.

— Entre 1864 e 1874, Katumbela atingia o auge econômico. Mas Katumbela não vivia só do comércio de escravos. Florescia o comércio de várias mercadorias como a urzela, o marfim, a cera e a goma.

— As caravanas vinham de longe, até da Lunda. E eram numerosas a tal ponto que nos dias de chegada, Katumbela regurgitava de forasteiros. Contavam-se nesses dias, pelo menos, uns 15000 carregadores e homens de escolta.

— Com o objetivo de assaltar as mercadorias que vinham nas caravanas, vinham também muitos ladrões. Vinham de muito longe, até do Huambo.

Reinava um grande descontentamento no seio dos povos de Dombe Grande devido à cobrança dos dízimos em atraso, ao sistema de arrematação dos mesmos, bem como aos vexames a que eram submetidos os nativos naquelas ocasiões. Em carta datada de 3 de Dezembro de 1857, dirigida ao Governador de Benguela, o Governador-Geral da Província de Angola prometia que o sistema do lançamento dos dízimos ia ser melhorado já no próximo ano, estabelecendo que a cobrança nunca poderia ser *effectuada senão em presença dos recibos de talão que mostram a importância verdadeira da colletcta, e dão ao collectado a segurança de não lhe poder ser de novo exigida a sua cota, já satisfeita. Para os vexames de outra ordem, não há senão a repressão severíssima, logo que sejam conhecidos.*

Reza a história que Malengue, soba do Balombo, fora preso em Junho de 1930; tinha sido preso com alguns sekulu por se ter recusado a pagar o imposto de capitação. Naquela altura o Huambo estava bem equipado com armamento militar o que permitia aos Portugueses neutralizar qualquer tentativa de sublevação na região ovimbundu. Aliás, em 1902, já se tinha dado a famosa guerra do Bailundo que envolvera outros reinos da região, nomeadamente, os do Huambo, do Kiaka, do Kibanda, do Sambo e do Bié.

Uma carta... a carta... Meu Deus! Senhora Nossa Cova da Iria bater bater bater no ferro quente perdão noites em branco o silêncio total a noite Fátima sexta-feira aquela 27 o tempo as rugas as horas horas perdão no teu mês mâe Maria enfim a carta uma carta

O Balombo, que nascia na localidade do mesmo nome, percorria centenas de quilômetros até ao Egito, antes de desaguar no Ngola. Nas suas margens havia densa vegetação, muitas fazendas onde os agricultores possuíam grandes bananais. Lá no Egito, onde que eles agora estavam, havia um forte construído durante a ocupação colonial.

Em carta dirigida ao Governador-Geral de Angola, em 30 de Maio de 1857, o Governador do Distrito de Benguela ponderava a *necessidade da construção de um forte naquella localidade, para efficaz protecção dos habitantes contra os ataques do gentio, que por vezes tem tido logar*. Em resposta, anuindo, aquela entidade prometia que seriam remetidas para o Egito *duas peças de calibre 9, as quaes, com duas caronadas do mesmo calibre que lá existem, constituirão o armamento sufficente para o reducto, sendo montadas a barbete nos ângulos salientes, como está indicado no plano*. Entretanto, o forte e o quartel foram construídos sobre um morro que dominava o vale onde se encontrava implantado um povoado. Todo o material necessário à construção do forte e do quartel chegou ao porto do Egito por via marítima, na escuna *Conselho*; igualmente alguns praças, munições de artilharia, carpinteiros e pedreiros.

Cerca de três dias e meio foi o tempo que durou a descarga do material devido a fortes calemas que ocorriam naquela época do ano. A escuna balançava muito o que criava grandes embaraços na movimentação dos serviçais recrutados para o efeito. O capitão-comandante pedia a toda a tripulação da escuna que implorasse socorro a Nossa Senhora dos Navegantes cuja imagem estava num nicho diante do qual toda a tripulação se ajoelhava e rezava *Que ventos, tempestades, borracas, raios e ressacas não perturbem a minha embarcação/ Com a Vossa protecção e a bênção do Vosso Filho a embarcação da minha vida há-de ancorar segura e tranquila no porto da eternidade*. O capitão, para se encorajar, murmurava fervorosamente "Com Deus adiante, todo o mar é chão", "Há mar e mar, há ir e voltar", apesar de não ser muito crente. Como a situação tendia a agravar-se, desesperados, imprecavam também a Nossa Senhora dos Aflitos, a Nossa Senhora das Tormentas e a Nossa Senhora da Agonia. E ouviam-se cantadas ladainhas entremeadas do refrão *Rogai por nós!*; no meio da cantilena destacava-se a voz esganiçada de um soldado que tremia de tanto medo. Vez e vez, quando o naufrágio da escuna parecia iminente, ouviam-se também palavrões que eram exaltações ao demo que contrariavam os louvores àquelas santas.

O capitão-comandante tinha reparado que no cimo de um dos mastros da escuna, à tardinha, havia sempre um corvo-marinho--do-Cabo a crocitar; observou-o atentamente; tinha cabeça e pescoço pretos, asas e cauda preto-pardacentas, íris verde, pés, dedos e palmoura pretos. No princípio ficou com pena do corvo porque pensou que estivesse ferido. Mas depois reparou que nos três dias que a escuna tentava se aproximar da costa o corvo vinha sempre ao fim da tarde, colava-se ao mastro de ré e só de lá saía ao amanhecer. Irritado, o capitão-comandante ordenou ao soldado-pedreiro Zé Manel que lhe matasse, ao que o soldado respondeu que talvez não fosse a melhor solução, pois lhe parecia que a presença diária do corvídeo na escuna fosse um mau sinal. "Tenho cá o pressentimento de que esse corvo é enviado por alguém que nos quer ver naufragar. Lá na minha freguesia o corvo é sempre um símbolo de morte. Meu capitão, a nossa situação aqui está difícil, é melhor não torná-la mais complicada", que o Zé Manel falou só.

Entretanto, o soldado Zé Manel disse ao capitão que antes de partirem de Luanda tinha ouvido estivadores indígenas recomendarem que tivessem muito cuidado com o mar; que quando o mar estivesse muito agitado eram as almas de naufragados de muitos mares que ali se encontravam em perlengas; que tais almas vagueavam sem tino à espreita, acicatando afundamentos de embarcações ou acuando pessoas para os abismos que o extenso mar escondia. Falou ainda o Zé Manel, em voz baixa e trêmula, os olhos esbugalhados, colado ao capitão, que por esses mares havia um adamastor que só atuava em tempestades noturnas criadas por ele próprio; que o tal, antes de aparecer fisicamente, se fazia anunciar por fortes ventos, borrascas, trovoadas e prolongados assobios, eheheh!; que o gigante já tinha engolido grandes navios e embarcações, hehehe!; navios-baleeiros e corsários flamengos; que o adamastor não deixava passar nenhum navio negreiro, investindo contra ele toda a força leviatânica que tinha, haka!; que, os poucos que o tinham visto descreviam-no cada um a seu modo; que, assim, alguns diziam que o gigante adamastor não era mais que um escravo que, encarnando as almas de milhares de escravos que haviam naufragado nesses mares, vingava-se assim atirando-se contra navios negreiros; outros falavam que o gigante adamastor não passava de uma mandioca enormíssima parecendo ser uma pessoa. Eh! Eh! Eh! O soldado Zé Manel, agarrado ao comandante, no tombadilho, arregalava os olhos e apontava vagamente para o mar, enquanto a escuna era sacudida por ondas violentas.

No momento o comandante pensava na ousadia e bravura de grandes piratas como Barba-Negra e Barba-Ruiva por esses sete mares; recordava-se das muitas leituras que fizera sobre pirataria sempre que a calmaria das águas o permitisse; pudesse, ele transformar-se-ia num destemido pirata de perna-de-pau, tapa-olho e papagaio ao ombro, pronto a enfrentar esse tal adamastor ou suposto Homem-Mandioca; e então levaria o focinho desse dito cujo a roçar os fundos dos mares.

Entretanto, uma forte e prolongada descarga elétrica fez-se ouvir; todos se sentaram no convés a tremer de muito medo. O capitão, com os olhos banhados em lágrimas, agarrou-se a um dos mastros com toda a força que tinha e gritou alto "Salve-nos Nossa Senhora da Agonia e das Tormentas! Salvem-nos desta puta de vida!". Zé Manel disse, então, que tinha que fazer umas rezas para a Kianda, dita sereia, se acalmar. O capitão disse ao soldado que se aviasse, que andasse então rápido nas rezas a essa tal Kianda, ou sei lá o quê, para lhe serenar; que lhe ofertasse tudo o que ela pedisse, menos a sua vida e a dos seus homens. Ao que o soldado iniciou logo-logo uma lengalenga com algumas palavras em kimbundo de que se lembrava vagamente pois tinha-as escrito num pedaço de papel que não sabia onde tinha guardado; só se recordava dos palavrões que, maldosamente, os estivadores indígenas lhe tinham ensinado para amansiar na Kianda, mas que, de fato, eram blasfêmias contra ela. Como que, com aqueles palavrões, a Kianda, ofendida, ia se aquietar? O capitão e os soldados que lhe rodeavam não entendiam nada do que dizia o soldado; de qualquer modo, admiravam o Zé Manel por, em tão pouco tempo de estadia em terras africanas, dominar a língua dos pretos. Naquela hora de angústia e de desespero, era preciso fazer alguma coisa. Assim então, deitaram no mar proceloso comida e bebida enquanto Zé Manuel pronunciava uma algaraviada toda criada na hora e que nem ele nem ninguém entendia. Mas nada; houve momentos em que a escuna quase desaparecia ante a força das ondas, gerando o pânico; estavam todos molhados pois, após o embate das ondas, a água saltava para dentro da embarcação; o corvo, obstinado, para melhor se ter, subira até à gávea!; as velas, fustigadas pelo vento, agitavam-se, eheheh!

"Por que que vim aqui parar? Longe da pátria e da família? Em defesa de quê, afinal? Foi a curiosidade de conhecer África... ver piratas em ação, leões, elefantes, búfalos, leopardos, gorilas, a selva... ver como os pretos se parecem com os macacos; certificar se era verdade que eles eram canibais — conhecer as seitas de "homens-leopardos" que praticavam antropofagia. Se eu soubesse o que era isto, ficava na minha santa terrinha. Por aqui há doenças estranhas para que não há medicamentos eficazes. Já me morreram três homens com escorbuto e malária. Tivemos que atirar os corpos ao mar. Espero que mais ninguém adoeça."

— Foi quando fui chamado a intervir. Entre os nativos havia quem me conhecesse... E me chamaram. Eu, Manimaza, o Senhor das Águas. Aceitei a tarefa sem saber ao que eles iam, movido por espírito humanitário. Era urgente amainar as águas para tornar possível a descarga do material que a escuna trazia. Mas antes tive de interceder para que as almas que acompanhavam a escuna se afastassem para muito longe. Para tal, tive de começar por cantarolar em crocitos para convidar o corvo-marinho-do-Cabo a se ir embora dali. Só mais tarde soube que a missão daquela tripulação era, afinal, para a construção do forte.

— Convidar o corvo? — perguntou, admirado, o Soba.

— Sim, convidar. Certos animais e aves, quando queremos que eles mudem de comportamento, só mesmo por convencimento. E esse corvo não era um corvo qualquer pois estava ali a representar as almas que acompanhavam a escuna. Esse corvo, por ser muito especial, tinha mesmo que ser convidado a deixar a embarcação. Não adiantava lhe forçar a agir a contragosto.

— Mas então... se és o Senhor das Águas, falas com a Kianda, podes também amansar o mar proceloso?

— Posso, mas nem sempre.

— Por quê?

— Depende muito das circunstâncias e do meu estado físico. Preciso de viver muito tempo isolado, distante das pessoas, para me sentir capaz de intervir, como, aliás, já te tinha dito. De outro modo, e sem conhecer bem a realidade, não consigo.

— Mas o tal adamastor era mesmo o Homem-Mandioca? — perguntou o Soba.

— Não sei, nem acredito muito na existência desse tal fantasma. Mas o que se diz por aí é que o adamastor atuava sempre que visse navios negreiros a atravessarem o Atlântico — respondeu Manimaza.

— De certo que isso terminava sempre em tragédia... morriam muitos escravos, afogados.

— Não. O adamastor só aparecia quando soubesse que os navios, que já tinham sulcado os mares e desembarcado as "peças", vinham carregados de mercadorias, portanto, sem escravos.

— Mas então o adamastor era defensor dos escravos?!

— Dizia-se mesmo que ele tinha sido um escravo que, quando vinha num navio, se atirara ao tormentoso mar e nadara até ao continente!

No local escolhido para a construção do forte havia montes de pedra que iria ser usada na obra e que muitos dias antes tinha sido transportada do vale para o morro.

Uma carta... a carta... esta carta... Meu Deus, como acreditar em tudo isto?... uma carta... uma carta do meu filho... a carta

Vinha na escuna, então, o soldado e pedreiro chamado Zé Manel, que já fora sapador. Alto e encorpado, de bigode farto, sempre irrequieto, galhofeiro de gema, transmontano de nascença, Zé Manel era muito estimado por todos. Estava em Angola há menos de três meses e já se apaixonara pela exuberante paisagem africana e pelas lindas mulheres que via passar diante de si. Já tinha andado pelos mais animados musseques de Luanda, participado em farras de quintal e provado todos os quitutes da terra. Tinha o desejo ardente de um dia se-dormir com uma negra para ver como é que era. Com essa intenção já tinha andado pelo Bairro Operário, mas não gostara do ambiente que era muito agitado; percebeu logo que ali não teria nunca uma longa noite tranquila e prazenteira, com os ademanes vagarosos e deleitosos de uma grande paixão que lhe mexesse todas as entranhas. Então, numa certa noite, o Zé desceu o morro e foi ao povoado, no vale. Sem saber falar umbundu, se entendeu e bem com uma rapariguinha dos seus dezesseis anos com quem passara a noite. Pela manhã, na formatura, mesmo com a embarcação aos solavancos, o capitão-comandante de sapadores, António Maria Ribeiro, dera logo pela falta do soldado. Ninguém sabia do seu paradeiro. Uns admitiam a hipótese do Zé ter sido levado por uma alma de outro mundo — histórias que tinham ouvido contar de seres estranhos que vagabundeavam nas noites africanas —, ou por canibais; outros, que conheciam bem o soldado foragido, viram logo que só mesmo por uma mulher é que ele era capaz de se apartar do grupo. O capitão, aos berros, deu logo ordens para que o procurassem nas cercanias, que descessem até ao vale.

Como tivesse chovido, o piso do morro estava escorregadio, o que tornava muito penosa a descida. Os soldados, em número de seis, foram deslizando e caindo na encosta do morro, ao mesmo tempo que maldiziam o Zé Manel — culpado daquela situação.

Muita gente pensa que nos entregámos aos bandidos que andam por aqui. Nunca! Preferíamos a morte a entregarmo-nos aos lacaios dos sul-africanos. Com os bandidos nunca haverá compromisso. Nunca!

Ao fim de hora e meia encontraram o Zé Manel numa cubata com a sua companheira da noite. Os soldados não estavam a acreditar como um branco pudesse conviver com tanta pobreza: no interior da humilde cubata não havia nem cadeiras nem mesas; era um espaço único, arredondado, em terra batida, com uma forquilha no meio a sustentar o teto de capim. O soldado não esperava aquelas visitas logo pela manhã e por isso estava assustado. Via-se-lhe na cara que não pregara olho toda a noite; bocejava incessantemente; o cabelo desgrenhado, a barba por fazer; a fralda da camisa da farda fora da calça; as botas da tropa com os atacadores desatados. Dois dos soldados cochicharam e se riram. A rapariguinha, sentada à beira da esteira no chão, estava embrulhada num pano estampado; nem a cara se lhe podia ver; Zé Manel, de pé, inclinava ligeiramente a cabeça para não tocar no teto. "Viemos buscar-te! Ordens do capitão!" — falou o chefe do grupo em tom muito autoritário. Zé Manel, os olhos avermelhados, bocejou e fez um movimento com os ombros a expressar que se conformava com a ordem do capitão. Ao saírem da cubata um bando de pássaros, assustados, desandou para um pouso mais seguro.

Obrigada, camarada Presidente!

"O comandante e os meus camaradas que me perdoem; eu vou arranjar maneiras de ficar por aqui, a vou-vou. Vou ficar aqui em Balombo, na minha paz e sossego, com a minha pretinha, com os filhos que tiver; a missão é muito arriscada; posso naufragar nesses mares; a missão que se dane; a vida é só uma!"

E partiram rumo ao cimo do morro. Antes, o soldado foragido se aprumou vagarosamente e olhou com comiseração para a rapariguinha, lhe esboçou um aceno e saiu com os seus camaradas.

Uma chuva miudinha veio agravar o estado lastimável da encosta. Iam em fila indiana, Zé Manel no meio, não fosse ele escapar-se. O soldado não respondia às perguntas que os colegas lhe iam fazendo; queriam saber como tinha sido a noite e o que é que lhe tinha dado na veneta para fazer aquilo; que ele era o único responsável pelo estado em que estavam — todos cheios de lama. Entretanto, quando estavam quase a chegar ao cimo, Zé Manel descera o morro às cambalhotas! Ainda tentaram ir atrás dele mas com aquela lama toda, seria uma tarefa difícil; desceriam todos, deslizando, batendo com o corpo em pedras e arbustos. Exaustos com aquela espinhosa e repentina descida do foragido colega, um dos soldados, com lama dos pés à cabeça, disse que era melhor deixar o filho da puta do Zé seguir seu rumo; diriam ao capitão que tudo tinham feito para encontrar o soldado perseguido, mas sem sucesso.

O Zé Manel ficou para sempre naquele povoado, cultivando terras, mestiçando sua descendência, aumentando sua prole.

E nas horas de ócio ensinava os seus rebentos (teve três rapazes e três raparigas que ali cresceram e, quando adultos, migraram para outras margens angolanas nunca tendo viajado ao encontro de suas origens paternas) nos hábitos e costumes e no preparo de petiscos transmontanos — costeletas de lombo, chouriço de pão azedo e cabrito de Montesinho — e lhes ensinava igualmente a manejar gaita-de-foles, pandeiretas, ferrinhos. E o Zé se afeiçoou tanto àquela terra que em pouco tempo já se expressava em umbundu. Para além da agricultura, dedicou-se ao fabrico artesanal de enchidos e de aguardente; em honra e memória de Nossa Senhora dos Montes Ermos, de que era fervoroso devoto lá em Freixo-de-Espada-à-Cinta, construiu uma capelinha a que deu o nome de Nossa Senhora do Balombo. Aconselhado por indígenas, falou com o pároco que autorizou que na capela se realizassem rituais à Kianda, propiciadores de águas calmas e de boa pescaria. E assim, o Zé Manel, em 1892, integrava a vintena de brancos que viviam no Egito com uma população que, no cômputo geral, não era superior a quinhentos habitantes.

XIX

Soba Kitekulu tinha começado o dia com a rotina habitual: passara pelas escolas a saber se os professores e os alunos estavam a cumprir com o horário estabelecido para as aulas; visitara os homens e as mulheres nas lavras; assistira à catequese e finalmente passara pelo pequeno quartel da Zona, onde encontrara os soldados em exercícios físicos. Depois, já perto das onze, fora ao seu gabinete de trabalho, instalado numa casa de adobe, coberta a capim; aliás, na Zona não havia nenhuma casa em alvenaria. Era mais ou menos assim a sua rotina. De qualquer modo, uma ou outra vez era chamado a intervir em contendas entre marido e mulher, ou mesmo de grupos de famílias.

Estava assim a ver uns papéis quando fui informado de que estava a chegar uma coluna militar. Fiquei surpreso porque na semana passada já tinha chegado uma coluna; o normal era que, pelo menos quinze dias mais tarde, chegasse uma outra. A isso, pelo menos, estava a Zona habituada durante vários anos de cerco. Bom, de qualquer modo, receber uma coluna era sempre um sinal mui animador pois os caminhões civis que vinham escoltados pelos militares traziam ou comida ou bens industriais.

Soba Kitekulu, pouco depois, veio então cá para fora para receber a coluna militar. Como era o costume, quase todos os populares suspenderam seus afazeres para verem chegar os caminhões carregados com mantimentos. O povo exultava de alegria e dava vivas ao MPLA e ao camarada Presidente. Sofrimento, o cão do Soba, dava cambalhotas de muita satisfação.

Eram quatro caminhões atestados com sacos de arroz, feijão, açúcar, sal; caixas de sabão e sabonete, óleo de cozinha, candeeiros, fósforos e velas; centenas de garrafões de vinho; caixas de leite em pó; grades de cerveja e de gasosa; malas de peixe-seco; jogos de panelas de todos os tamanhos e de pratos e canecas de alumínio; panos do Congo; fardos diversos; rádios a pilhas; enxadas e catanas. O Comissário Provincial não se esquecera de enviar também uma quantidade apreciável de material didático para as escolas, até carteiras, para grande contentamento dos professores e dos alunos que estavam desde há muito habituados a usar latas de leite como assentos. O Soba estava deslumbrado com o que via. Em tantos anos de cerco nunca a Zona tinha sido tão ajudada com tanta coisa. Era demais! Era uma bênção dos céus! O povo continuava a manifestar sua alegria; dançava e cantava; vivava no Comissário Provincial, camarada Comandante Sete Vigas, um verdadeiro filho do povo; os batuqueiros batucavam suas artes; duas velhas requebrando-se junto ao Soba lhe obrigaram ainda a ir para a roda sob uma chuva de aplausos e assobios.

Passada a emoção dos primeiros momentos, comecei a refletir sobre a razão de ser daquele carregamento. Por que é que o camarada Comissário Provincial, de repente, começara a dar tanta atenção à Zona, ele que durante muito tempo nunca se preocupara com aquele povo heroico e generoso? A razão só podia ser uma: o Comissário estava assim a preparar o Soba para não dizer toda a verdade quando viesse o Grupo de Trabalho da Comissão de Controle e Disciplina, conforme ficara decidido na sessão da Assembleia do Povo a que tivera a honra de assistir pela primeira vez por vontade própria.

Conferindo com mais vagar os artigos acabados de chegar, o Soba verificou, com muito espanto, que no meio dos panos do Congo vinham panos com a cara do Comissário Provincial. Xê! Mas o que era aquilo? Estava habituado a ver panos com fotos do camarada Presidente, mas nunca com a cara do Comissário estampada em panos para, sobretudo, as mulheres os usarem. Seria uma orientação superior? Não seria mais uma das extravagâncias do Comissário? O que fazer agora com tais panos?

Consultei rapidamente Manimaza que me aconselhou a ser prudente: guardar em local seguro os tais panos. E assim procedi.

"O tipo pensa que com isso tudo me vai corromper! Puro engano! Direi a verdade e só a verdade. Ele que me envie quantos caminhões quiser; ao menos assim o povo não passará por muitas dificuldades. Afinal, basta que haja vontade e interesse para que as coisas aconteçam. De um dia para o outro o Comissário Provincial mandou preparar quatro caminhões com aquilo tudo." — Pensou o Soba na noite daquele memorável dia para a história da Zona.

Entretanto, os dias foram passando e a vida na Zona seguiu o seu curso normal. Mas notava-se logo que as pessoas estavam agora mais satisfeitas com a ajuda que o Comissário Provincial lhes proporcionara. Contrariamente ao que sucedia antes, o nome do Comissário estava, assim, na boca do povo e por boas razões; que era dos melhores comissários a dirigir aquele território; que era um bom pai que cuidava de todos os seus filhos.

Os populares foram permutando entre si o que tinham; às vezes trocavam artigos vindos na coluna militar por produtos naturais. De qualquer modo, alguns habitantes da Zona queixavam-se do misterioso desaparecimento do que tinham conseguido guardar com todos os cuidados. Uns lamentavam que sacos de arroz, de feijão e de açúcar de cinquenta quilos cada tinham sido surripiados pela calada da noite; outros que até garrafões de vinho e grades de cerveja tinham sido roubados. Mas quem é que, sozinho, sem a ajuda de ninguém, conseguiria levar tanta coisa? E para onde? Alertado, Soba Kitekulu mandou apertar na vigilância; desconfiou que, pela envergadura dos roubos, só poderia ser mesmo uma ação concertada do Inimigo. Embora não tivesse confidenciado com a segurança e a tropa da Zona, admitiu também a hipótese da ação bandidesca poder ser da autoria do Homem-Mandioca. Mas como que esse fantasma podia sozinho roubar tanta coisa? Por que é que o dito-cujo-tal tinha roubado também nos garrafões de vinho e nas grades de cerveja? O quem-quem também gostava da boa-pinga? Constava também que o

Homem-Mandioca fora, nessa rapinagem, auxiliado por um comparsa seu, um tal Ali Babá e o Quarenta Ladrões! Eh! Eh! Eh!

Numa certa noite, quase madrugada, fui acordado pois constava que o Comandante Sete Vigas vinha a caminho da Zona, à frente de uma grande delegação! Oh! Saltei logo da cama, preparei-me num ápice e ordenei que todo o povo se preparasse para daí a pouco — menos de três horas —, receber o Camarada Comissário Provincial na sua primeira deslocação à Zona, após muitos anos de cerco!

Cerca das oito horas chegava o Comissário num caminhão militar, seguido de outros tantos — *ural* e *kamaz* —, militares e civis. O ilustre visitante vinha fardado, de óculos escuros, todo empoeirado como, aliás, os demais membros da sua comitiva. Abraçou efusivamente o Soba Kitekulu, como se fosse um velho e confidente amigo. O Soba chegou a pensar em lhe estender formalmente a mão, como mandam as regras protocolares, mas não teve tempo; o ilustre visitante, mal descera da viatura, abrira logo os braços e se desfizera em sorrisos. Soba Kitekulu pensou consigo "vamos ter muito que conversar, camarada Comissário Provincial". O Comandante, apesar de visivelmente cansado da viagem, ainda foi para a roda e dançou com o povo. Depois foi acolhido na humilde casa de quarto e sala do Soba; só os dois, pois não havia espaço para a segurança do Chefe que teimava em entrar para ver se não havia nada lá dentro que pudesse pôr em perigo a vida de tão distinto visitante. Estava preocupado em saber onde acomodaria o meu chefe. Ali não havia condições para albergar tão ilustre e destacada personalidade. Mais tarde constatei que afinal o Comissário tinha tomado todas as providências: trouxera tendas de campanha, colchões, mesas e cadeiras de plástico; mantimentos para uma estadia de pelo menos cinco dias; cozinheiros e empregados de mesa; caixas de gasosa, de vinho, de champanhe; grades de cerveja em lata; licores, uísques e aguardentes de primeira; uma arca frigorífica cheia de peixe e de carne de primeira; uma potente aparelhagem de som e um gerador colocado sobre atrelado. Para além de tudo isso, o Comandante tinha trazido uma caravana de luxo onde passaria as noites; tinha cama e mesa; água e luz; ar-condicionado; quarto de banho; escritório com escrivaninha e um pequeno guarda-roupa. No tejadilho da caravana estava instalada uma antena alta o que pressupunha que a partir dali o Comissário tinha as comunicações asseguradas para qualquer parte do mundo. O Soba, envergonhado, quase se desculpava por ter oferecido os seus pobres e humildes aposentos ao Comissário Provincial. Se interrogou quando é que ele, também antigo combatente, seria bafejado pela sorte e desfrutar dos progressos e avanços que o bom e tão amado socialismo científico tinha trazido ao nosso povo heroico e generoso. De qualquer modo, senti-me aliviado; não tinha que me preocupar com a acomodação do chefe da Província.

Escolhido o melhor local, a comitiva do Comandante ficou acampada no largo onde habitualmente se realizavam os comícios. A segurança do Comissário Provincial, em número de trinta efetivos sem contar com as dezenas de militares fardados, primeiro inspecionou com muito zelo e perícia tudo: os matos cercanos; as humildes cubatas da Zona; desfizeram brutalmente trouxas de roupa e retalharam colchões; os locais de culto; os celeiros; os cercados onde se mantinha a criação durante a noite. Os seguranças subiram ainda para cima de árvores a ver se havia algum bandido escondido; atiraram-se para dentro das ravinas mais próximas da Zona; cadastraram todos os professores e catequistas; ordenaram que enquanto durasse a visita do Comissário à Zona não houvesse quaisquer cultos; capturaram nos canhangulos que os camponeses usavam nas caçadas; confiscaram todos os rádios mesmo sabendo que quase ninguém os usava por falta de pilhas; confiscaram igualmente nas catanas e facalhões; vigiaram o fundo das águas do Ngola. Sob o olhar fulminante dos homens, mas sem poderem falar nada, apalparam nas mulheres e filhas deles! Xê! Depois delimitaram mentalmente um perímetro de segurança ao qual não teriam acesso forasteiros; só gente bem conhecida da Zona, recomendaram; pediram, assim, à população que, enquanto o chefe da Província estivesse de visita à Zona, evitassem estranhos movimentos, que não recebessem visitas de amigos ou familiares vindos de outras paragens; que era para o bem de todos que eles tomavam aquelas medidas. Que, disseram, quem não observasse rigorosamente as instruções que eles estavam a dar seria preso e despachado para Luanda — passavam o cano da pistola pelo pescoço para que ficasse claro que o destino dos incumpridores seria a morte por fuzilamento.

Entretanto, os cozinheiros se afadigavam nos seus preparos sob o olhar excitante e esfomeado das crianças da Zona que nunca ali tinham visto todo aquele aparato e nem tanta comida; movimentavam panelões de um lado para o outro; escalavam o peixe e grelhavam grandes pedaços de carne de vaca; assavam leitões e cabritos num forno grande que tinham trazido; igualmente os macacos que tinham apanhado durante a viagem e que era um dos pratos preferidos do Comissário Provincial (quando se aproximavam de uma baixa, plena de frondosas árvores, ordenou que se afrouxasse a marcha para que ele próprio e alguns serviçais fossem atrás de macacos que ali pululavam em folguedos e acrobacias). O cheiro a comida propagava-se a todo lado. O Comandante pedira ao Soba que convidasse os dirigentes do Partido, da OMA, da Jota e da OPA, das associações e das igrejas e que não se esquecesse de arranjar umas rapariguinhas para tornar as noites mais quentes e divertidas; esclareceu ainda que, quanto às moças, as queria altas, esbeltas, com bons traseiros e bem cheirosas. Aqui torci o nariz, pois não sabia onde encontrar tais raparigas, que eram todas ligadas às igrejas que existiam, moças, filhas de família e bem-comportadas. Como iria resolver esse problema delicado? Falaria mesmo com os pastores, com muito tato e sensibilidade, pois sabia que as moças da Zona eram todas donzelas ou pelo menos pareciam ser, pela educação que recebiam dos seus progenitores. Mas como convencer os pastores? Lhes sensibilizar a aceitar entregar nas raparigas para dormirem com o Comissário? Era quase uma ordem do chefe máximo. Um dos pastores opôs-se resolutamente; que não admitia tanto despudor da parte do Comandante e do próprio Soba; que se quisesse lhe queixasse no Comissário, que ele saberia como lhe responder. Dois dos pastores anuíram sem hesitação, tendo, contudo, exigido que o Chefe pagasse ali mesmo o alembamento.

"Mas, pareceu-me ter ouvido o Comissário Provincial falar em noites quentes e divertidas. Afinal o gajo veio aqui para ficar uns dias?! Se divertir? Ah! Ele esqueceu-se que assim só vai agravar a situação em que já se encontra. Com esta, o tipo só vai se tramar..."

O acampamento à noite parecia um verdadeiro arraial. Era uma ilha resplandecente no meio de tanta muita cerrada escuridão; próximo de cada lâmpada havia uma miríade de insetos esvoaçantes alguns dos quais embatiam no foco luminoso e se torravam. Todo o povo tinha vindo ver aquele local profusamente iluminado.Vieram todos; os doentes não quiseram ficar em suas casas; as crianças, irrequietas, corriam de um lado para o outro; estavam deslumbradas com os ornamentos que eram festões, grinaldas e balões de muitas cores e tamanhos. Embora ainda contrafeitos, tinham vindo também os pastores, as famílias e suas rapariguinhas que o Comandante tinha ordenado. A música já soava alta enquanto na parte reservada à cozinha se via o cheiroso fumo se espraiar pelos ares — eram as churrascadas.

Comandante começou por ordenar que se entoasse o hino nacional e se observasse depois um minuto de silêncio em memória de todos quantos tinham tombado pela Pátria (vejam só a desfaçatez deste tipo!). Ali o silêncio recheou-se de muitos ruídos; a petizada toda desaustinada, pios de pássaros noturnos e grunhidos de porcos, zurros de burros, latidos, cacarejos, arrulhos e grasnidos, enquanto o Comandante trancava a cara e o chefe da Segurança abanava a cabeça em jeito de desaprovação (que povo tão indisciplinado!). Ao pastor mais velho foi confiada então a missão de orar para que Deus abençoasse o faustoso banquete. Depois o Comissário Provincial saudou o povo heroico da Zona; disse que estava ali para conviver com o seu Povo, sob o olhar silencioso de Lenin (como sempre fazia nas suas deslocações pelo interior do território que chefiava, trouxera o busto do líder da Revolução de Outubro, que pousava na mesa de honra!); que ele, embora distante, sofria muito por a Zona se encontrar naquela situação; que os bandidos, tarde ou cedo, seriam aniquilados; que ele, como todos sabiam, era um antigo e destacado guerrilheiro da luta de libertação nacional; medalha Herói da Luta de Libertação Nacional; medalha de Veterano da Pátria; medalha 4 de Fevereiro; medalha 11 de Novembro; que a partir daquela visita ele garantia todo o apoio regular ao Povo da Zona. As crianças estavam agitadas; não queriam saber nada do discurso do Comissário Provincial; ansiavam que a festa começasse imediatadamente; por isso, as mães e os pais tiveram dificuldade em lhes manter quietas enquanto o Comandante parlava.

(Uma garoupa, numa grande travessa, guarnecida com batatas coradas, repousava numa colcha de alface. Olhei para o olho morto e vi os fundos-mares, os peixes grandes e pequenos no seu constante se-mexer-se; esponjas, búzios, corais rosas e vermelhos; ouriços-do-mar, estrelas-do-mar; medusas; tesouros escondidos sob recifes; pedaços de embarcações; âncoras; vestígios de naufrágios — almas perdidas. Com a morte do olho, o mundo aquático se afundara).

Quando o chefe da Província declarou aberto o jantar, o Povo assaltou as mesas e em pouco tempo já quase não havia nada; antes, um empregado de mesa foi colocar-lhe um babete ao peito com o desenho do rato mickey e uma almofada no assento para que o chefe pudesse ver bem o que se passava em seu redor; depois, o Comissário Provincial provou do vinho que acabara de lhe servido, fez um longo e ruidoso gargarejo, piscou o olho para o empregado de mesa que intuíra logo que o chefe tinha gostado do vinho, e serviu-o. A ornamentação tinha sido toda desfeita; as crianças apitavam apitos, brincavam com festões e grinaldas e tinham rebentado com todos os balões; por mero acaso um dos balões batera na testa luzidia do Comandante; foi o bastante para a segurança ralhar nas crianças; que se afastassem com as suas traquinices. Empregados de mesa, rigorosamente fardados, bem que se tinham esforçado por manter a ordem, mas desconseguiram. As senhoras tinham levado consigo sacos que foram enchendo com a variedade de pratos que havia; levaram também guardanapos, alguma louça e talher com a marca do Comissariado Provincial, xê!; os leitões e cabritos que pousavam em todas as mesas tinham desaparecido; o boi no espeto tinha as costelas à mostra, xê!. Mas sobravam as bebidas em grande quantidade — até finos bem gelados havia; as crianças e os velhos deliciavam-se com a variedade de sorvetes que havia em máquinas espalhadas no local da festa. De modo que todos beberam como quiseram; os empregados de mesa, vendo que ninguém lhes podia controlar, emborcaram quanto puderam enquanto chalaçavam dizendo que eles também eram filhos de Deus — ara chiça mé! — que podiam sim senhor se desforrar nas bebidas; os pastores, que habitualmente não tocavam em álcool, estavam todos bêbados, eheheh!; uns adormeciam sobre as mesas; antes tinham pedido a Deus que lhes perdoasse, era só mesmo naquele dia — juraram em prece fervorosa; tinham bebido um pouco de tudo: vinho, cerveja, champanhe, uísque e conhaque. Xê! Soba Kitekulu e Manimaza mostraram-se sempre comedidos; Sofrimento, o cão do Soba, estava agitado pois nunca tinha visto tanta gente; volta e meia o Soba lhe afagava o dorso para lhe acalmar. A sós, tinham podido conversar sobre a imperiosa necessidade de os dois permanecerem sóbrios para depois poderem relatar tudo quando o Grupo de Trabalho chegasse de Luanda. Quando a farra começou, três moças, orientadas pelo protocolo do Comissariado, aproximaram-se logo do lugar onde estava o Comandante. Elas só dançariam com o Comissário; as outras, despeitadas, espalharam-se pelo improvisado salão de terra batida — sabiam que, como pré-selecionadas pelo protocolo do Chefe, poderiam ser chamadas a qualquer momento.

O Soba e Manimaza estavam escandalizados pela maneira como o Comissário Provincial dançava apertado com as moças. Pelo modo como o par dançante se requebrava, a se esfregarem mesmo, aquilo só dava para pensar que se estavam a preparar para se-darem. De tão excitado que estava, o Comandante passara a apalpá-las nos traseiros e fechava os olhos de muita tanta vontade, enquanto elas cerravam os olhos e mordiam os lábios (olhem só para esta pouca vergonha!); o Comissário, muito excitado, tirava a língua de fora; como não tinha mais de um metro e sessenta de altura, cabeça dele dava na cintura das damas, eheheh (cambuta atrevido). As senhoras da Zona estavam envergonhadas; mandavam os filhos virarem nas caras para outros lados; os pastores abanavam a cabeça em jeito de censura, mas não ousaram dizer nada; o pai de uma das moças contorcia-se de muita fúria (calma, meu!); queria protestar mas lhe aconselharam a engolir no sapo. Vez e vez o Comandante saía do recinto dançante, a cambalear, braguilha já aberta, e ia tirar água-do-joelho por detrás de uma árvore, cantando alto, acompanhado sempre de um guarda-costas que, atrevido-malandro, se punha também a urinar e a cantar alegremente com o seu amado chefe. Xêie! Quando a dança terminava, lhe viam regressar ao seu lugar, passo vacilante, de bandeira içada e a transpirar (seu rosqueiro!).

De uma em uma hora era necessário parar a música para o chão ser borrifado — os bailarinos estavam todos empoeirados. Os empregados de mesa tinham perdido a postura a que estavam habituados lá no Palácio do Povo; estavam sujos, cheios de pó, mas mantinham as mãos calçadas em luvas que eram branquinhas antes da festa (sim senhor, enh!); um deles, quando chamado a servir o Comissário, descontrolou-se e caiu bêbado aos pés dele, eheheh (vejam só!), apesar de ter-se esforçado por se manter equilibrado; o Chefe, com a cabeça e o peito molhados, lhe exonerou ali mesmo, sem papel nem nada, numa voz que já não era a dele. Xêie! O garçom, embora sem o controle total dos seus movimentos, fez um manguito desajeitado ao seu respeitado Chefe, que, de modo muito vago, esboçou um esgar de aborrecimento, eheheh. O disc-jóquei, de tão bêbado que estava, deixara de atender escrupulosamente aos gostos musicais do Comissário Provincial — rumba-*soukouss* e *kwasa-kwasa*; punha de tudo e em grandes doses (é assim mesmo, meu, também és filho de boa gente!, ara chiça mé!) o que deixava o Chefe irritado, enquanto o povo exultava de alegria com as músicas tradicionais da região de que, afinal, o disco-jóquei era originário.

Soba Kitekulu estava perplexo ante o que os seus olhos viam: o Homem-Mandioca, muito animado, a dançar com uma velha! Eh! Eh! Eh! Perguntou a Manimaza se também estava a ver o que ele via. Manimaza olhou e não viu nada; desconfiou até que o Soba tivesse bebido às escondidas uns copitos.

No primeiro dia a festa acabou de madrugada. No segundo e terceiro dias, o cenário foi o mesmo. De modo que, durante o dia, o Comissário Provincial, toda a sua comitiva e o povo da Zona dormiam profundamente. Estavam todos exaustos e alquebrados; não havia condições para empreenderem qualquer tipo de tarefa. Não havia nem aulas nem catequese e ninguém ia nas lavras. O que era de espantar era que, os seguranças e os militares que faziam parte da caravana do Comissário, embora não tivessem dançado (tal não lhes fora permitido), tinham-se desforrado e bem nas bebidas: estavam todos fora de combate; por isso, dormiam também (ah, pois). Sofrimento estourava de tanto comer; nunca na sua vida de cão tinha comido tanto.

Nos três dias de estadia na Zona, Soba Kitekulu não tinha conseguido tratar de nenhum assunto importante com o seu Chefe. Ele bem tentara logo no primeiro dia, mas desistira pois o Comissário estava com uma grande ressaca; cheirava a álcool e bocejava a todo o momento, os olhos quase adormecidos (que granda kazukuta!). Dormia sempre com cada uma das três moças. Para além disso, o Comissário Provincial em nenhum momento lhe perguntara ao menos quais eram os principais problemas da Zona. Por certo que o Comandante não lhe prestaria a menor atenção se ele tomasse a iniciativa de lhe fazer parte das suas preocupações enquanto chefe da Zona de Acção.

No terceiro dia, como fosse um sábado, a comunidade protestante do sétimo dia — três pastores e respectivas famílias que incluía algumas belas donzelas — prevenira o Soba que não contasse com ela; que sendo o seu dia santo, não podia deixar de cumprir com as suas obrigações. Quando o Comissário Provincial soube do caso, mandou sua segurança convencer os crentes adventistas a que não fizessem tamanha desfeita à sua ilustre pessoa; que recompensaria a todos; que mandaria construir casas para os pastores; que Deus não lhes iria condenar por faltarem um sabadozinho só no culto sagrado; que aquele sábado tinha de ser muito bem aproveitado. Os seguranças, broncos nos seus modos, iam estragar tudo; foi necessário a intervenção diplomática do Soba e de Manimaza para convencer os adventistas a participarem da festa no terceiro dia de estada na Zona de Acção de Sua Excelência o Senhor Comissário Provincial.

Comandante Sete Vigas decidira passar mais uma noite na Zona — a quarta. Só mais uma! Mais uma só para fechar com chave de ouro! Que seria mesmo a última; que, assim sendo, tinha de ser mesmo uma noite de arromba para que o povo da Zona não se esquecesse nunca daqueles dias memoráveis (sim senhor!). Que no dia seguinte, uma segunda-feira, partiriam por volta das doze horas, que era tempo suficiente para que todos se preparassem para a longa viagem de regresso.

Quando a última farra estava animadíssima com o Comissário Provincial no meio de uma grande roda, com um pano amarrado na bunda como ele fazia sempre que estivesse a dançar (pois, é disto que tu gostas, né?), os empregados de mesa mais à vontade do que nas noites anteriores entraram também na dança, pois claro! E os militares? Epá, nem te conto! Largaram suas armas e puseram-se também a dançar! Xêié! O Comissário ainda tentou protestar, mas como já estava bêbado e a música muito alta, os militares lhe mandaram bugiar; um deles falou ainda bem alto que o Comissário fosse pentear macacos, que a farra era mesmo para todos os filhos de Deus (mas que grande kazukuta!); que eles se divertiriam mesmo sob o olhar silencioso-mumificado de Lenin — se rindo amarelo-riso dele. E os seguranças? Mandaram a segurança da Zona se borrifar, se esqueceram do perímetro de segurança que haviam estabelecido, e dançaram e beberam a rodos, eheheh; um deles, muitíssimo animado, passou a usar um apito para marcar bem o ritmo da música (isto está ficar muito bom!), eheheh. "Vai agora! A hora é esta! Cada qual com cada qual! Vai, dá-lhe o semba! Olha o toque!" Entretanto, Soba Kitekulu viu outra vez o Homem-Mandioca a dançar com uma velha! Como tinha agora a certeza do que via, pediu a um dos seguranças do Comissário que fosse prender o estranho intruso, ao que o escolta perguntou que, estando a ver sete intrusos, de qual deles se tratava? Irritado, decidi eu mesmo tratar do assunto; me levantei, e ao dirigir-me para o local onde vira o casal, reparei que a velha e o Homem-Mandioca já não estavam mais ali! Haka! Mas se interrogou sobre se, de fato, não tinham estado ali não sete mas três homens-mandioca com as suas três damas-velhotas? Haka! Para grande espanto do Soba, estava ali também, completamente bêbado, o pastor que se recusara a deixar sua filha ir se-dormir com o Comandante, xê!; ouvira falar das farras e não resistira à tentação de também vir se divertir um pouco (ara chiça mé!); deixara a filha e a mulher em casa, fechadas a sete chaves, que Deus lhe perdoasse (é assim, meu pastor, que tratas a tua família?); um dos três pastores adventistas dançava muito animado com uma das raparigas. De repente ouviu-se um tiro de metralhadora! Ih?! É o quê então?! Os militares, todos a dançarem, se assustaram primeiro, depois pegaram nas metralhadoras e ripostaram à toa, sem mira nenhuma, nas suas visões já desalinhadas. Os seguranças saíram do local a correr em direção aos limites de segurança do perímetro que haviam idealizado e de que nem todos se recordavam já. De tão desatinados que estavam, cada um fugiu como pôde; um foi se esconder no cercado onde estavam galinhas, patos e perus, cabritos, porcos e alguns burros e bois, causando grande espavento na animalada; um subira para cima de uma árvore de onde viria a cair pouco depois, pois, como estava bêbado, não conseguira se equilibrar; um outro foi se afogar no Ngola que naquela noite luarenta estava luzente. Eh! Eh! Eh! A roda desfez-se imediatamente, as pessoas foram correndo desordenadamente para pontos diversos; as mulheres e as crianças tinham desaparecido num ápice; os velhos, mesmo reumáticos, ganharam asas na fuga precipitada; eu e Manimaza fugimos também, pois; dois pastores, de tão bêbados que estavam, deixaram-se ficar deitados no chão; um empregado de mesa saltara para cima de um boi e andava aos rodopios até cair no chão sem sentidos (tomas!); os poucos doentes, já bêbados, permaneciam nos seus assentos, choravam e pediam que alguém os levasse às costas; os cabritos e os porcos romperam a cerca onde estavam confinados e desataram a correr desordenadamente atravessando alguns deles o sítio do acampamento aumentando a balbúrdia; os galos, de tão atarantados que estavam, cacarejavam a desoras; Sofrimento, até aqui sempre fiel ao seu dono, mandou-o bugiar — fugiu para longe; as mesas foram sendo derrubadas, bem como algumas tendas. O Comissário ordenava a um dos seus escoltas lhe desse na sua aká, que ele ali iria assumir o comando da defensiva, que o Inimigo sabia quanto ele valia, que depois iria mandar instaurar um inquérito para saber como é que o Inimigo soube que ele estava ali em serviço do Povo e da Pátria, por quem lutaria até à última gota de sangue (é preciso ter muita lata!). Entretanto, os guarda-costas do Comandante lhe rodearam fazendo um cordão de segurança; o Comissário estava sentado no chão; por três vezes tentara, sem sucesso, levantar-se (eheheh! Como podia ser? O chefe da Província?). Os escoltas perceberam logo que, pelo seu estado, o Comissário não estava em condições de assumir comando nenhum. Assim, fora levado às cavalitas por um dos seus seguranças, eheheh; mas como estivessem os dois bêbados foram aos bordos e aos tombos, ao mesmo tempo que se disparatavam nas mães de cada um (ahahah! deviam lhe filmar!), na língua que ambos dominavam bem. Antes, o Comissário Provincial, num lampejo de lucidez, perguntara pelo busto de Lenin, seu companheiro de todas as horas, que o guardassem em lugar seguro. Como o disc-jóquei tinha desaparecido sem antes ter tempo sequer de desligar a aparelhagem, a música continuou a tocar no meio de toda aquela grande confusão.

Fora uma emboscada que os militares ainda conseguiram controlar. De qualquer modo, houve feridos e alguns mortos de ambas as partes. O Comandante Sete Vigas tinha umas poucas escoriações na cara devido aos embates que sofrera naquela barafunda contra mesas e tendas.

Antes das doze horas, partia a comitiva do Comissário Provincial. O povo, cansado e assustado com os tiros da noite anterior, não viera se despedir do seu Chefe. Ainda consegui juntar uns cabritos, porcos, patos e galinhas, tudo apanhado às pressas e em correrias — eu mesmo e alguns auxiliares. Se a partida do Comandante e da sua comitiva tivesse sido em ordem e bem-organizada como esperava, ter-lhe-ia ofertado pelo menos cinco bois, muita fuba branquinha, mandioca, milho, ginguba, batata-doce, mangas e goiabas; ainda bem que não lhe dei mais do que pude apanhar; não merece. De qualquer modo, o Comissário lhe pediu que ajudasse as três famílias enlutadas e que em seu nome lhes apresentasse as suas mui sentidas condolências; que um dia ele viria expressamente cumprimentar e reconfortar os familiares dos falecidos quando o bom povo se divertia com o seu chefe máximo, eheheh!

Apesar das circunstâncias em que partia a delegação, o Comissário ainda chamou à parte o Soba e disse-lhe que não tinha visto as mulheres vestidas com os panos com a cara dele que tinha enviado. Fingindo admiração, respondeu que nunca tinha recebido tais panos, ao que o Comissário reiterou que os tinha enviado sim senhor, mas, de qualquer modo, iria mandar averiguar. Entretanto, aproximando-se mais do Soba e em voz baixa lhe disse ao ouvido que gostaria de levar consigo uma das três moças com quem passara as noites — fez-lhe um gesto a indicar qual delas queria, enquanto as três, já preparadas, aguardavam, sorridentes e expectantes, por qualquer orientação superior. Senti na cara o bafo a álcool do Comissário, suspirei como que a pensar rapidamente na melhor resposta que daria ao meu chefe, sem lhe molestar. Mas nem sequer teve tempo de responder ao Comandante, pois dois seguranças já estavam a levar uma das moças para o jipe todo-o-terreno em que, desta vez, seguiria o Chefe.

Abraçaram-se efusivamente enquanto o Soba lhe dizia, sem grande ânimo, um "Volte sempre, meu chefe". Entretanto, Soba Kitekulu sentiu a mão do Comissário no bolso do seu casaco e disse para si "Mas o que é que é isto?! O gajo quer me apalpar ou quê?!". Chegado a casa, confirmei o que já suspeitava: o Comissário tinha-me deixado um maço de dólares norte-americanos! Para ele ficou, então, mais claro com que intenção o Comandante Sete Vigas tinha feito aquela inesperada viagem à Zona de Acção.

No dia seguinte, canoando, foram comentando sobre aqueles cinco dias de muita agitação. Soba Kitekulu estava muito intrigado com a aparição naqueles dias do Homem-Mandioca. O que é que estaria a passar-se? Onde estava a moça que dizem alguns ele ter engravidado? Mas pode mesmo uma mandioca emprenhar uma alguém? Quem era o tal quem? Não seria ele, afinal, o autor dos tiros naquela noitada? E a velhota com quem ele dançava, era quem? A OMA tinha que lhe descobrir na velhota. E ele jurava apertar nas bilhas da OMA para falar, para dizer quem era afinal a dita cuja velhota. Manimaza achou, primeiro, graça nessa de apertar nos tarecos da OMA, e, depois, se estranhou na insistência do Soba em falar do tal quem que ele nunca tinha visto. Não estaria o Soba a ficar mal da cabeça, que ele se interrogou só. “Mas, Manimaza, podia ser o dito quem se multiplicar em três, sete vezes ou até mais? Haka!”

XX

Continuavam canoando pelo país, seguindo alguns afluentes do Ngola. Nesse caminhar sem pressa, as recordações de outros tempos sucediam-se-lhes sem cessar. Era um longo passeio não só a lugares onde se registraram fatos, históricos ou não, sobretudo a sítios que tinham a ver com ocorrências em tempos idos; mas eram também revisitações de memórias que eles tinham partilhado; de margem a margem. Somavam já mais de três meses nessas deambulações.

Peço-te, mãe, que mandes saber se a amnistia também nos abrange. Se sim, farei tudo para me apresentar o mais rápido possível. Não fiquem com esta carta em casa; entreguem-na à Segurança. É bom que eles saibam que estou vivo e que me quero apresentar.

Feito algures no Bengo.

Abril, 1989.

Luís dos Passos

Discorriam sobre o longo caminho do Zambeze até chegar ao outro lado do continente, no Oceano Índico; as pontes que um só curso de água podia estabelecer entre as margens, entre povos e nações; as estórias e histórias que abundavam para desenhar a geografia e a história do rio; e concluíam que, no seu abraço, o Zambeze percorria uma parte bastante expressiva da África Austral.

— Aqui o rio Zambeze faz-me recordar a guerrilha contra a ocupação colonial. A luta de guerrilha que deu muitas dores de cabeça às chefias militares do exército colonial — falou com nostalgia o Soba.

— Estamos na famosa III Região Político-Militar... — recordou Manimaza.

Vinham os dois caminhando pelas margens do caudaloso rio Zambeze. Naquela época do ano, o frio fazia-se sentir desde madrugada até perto do meio-dia; depois, ao cair da tarde, as pessoas tinham que se agasalhar novamente.

— Mas o Zambeze é apenas um dos grandes rios do Moxico. Há outros como o Lwena, o Musuma, o Luanginga, o Lungué-Bungo, o Lwachi e o Munhango, de entre muitos — disse o Soba.

— O Moxico é a província de Angola com mais rios, riachos e lagoas... — rematou Manimenha. — Não foi por acaso que o exército português, pressionado pela guerrilha nacionalista no Leste, criou, entre 1968 e 1969, o Comando das Forças de Marinha do Leste, com a instalação de uma Companhia de Fuzileiros no Luso, hoje Lwena. Para além disso, criaram destacamentos das Forças da Marinha no Zambeze e no Lungue-Bungo.

Sachindumba começara muito cedo a participar na guerrilha contra o colonialismo português; fizera-o na Frente Leste, no esquadrão Orion, desde 1967, o "Ano da Generalização da Luta Armada". Foi nessa altura que, já com nove anos de idade, foi pela primeira vez à escola. Era uma escola feita de adobe e coberta a capim. De qualquer modo, Sachindumba gostava muito da sua escola porque tinha ajudado na sua construção fazendo argamassa para a formatação dos adobes. Eram muitas as crianças que tinham participado alegremente naquela tarefa; trabalharam brincando. Para elas, aquela tarefa era para o bem de toda a comunidade. Embora ainda crianças já sabiam que estudar era um dever revolucionário.

De manhã, perfiladas diante da bandeira do MPLA enfiada numa estaca, cantavam o hino do Movimento. Durante as aulas as crianças aprendiam, de entre outras matérias, noções elementares sobre a história e a geografia de Angola; ficavam a saber que Angola era uma colônia de Portugal; que era preciso lutar para acabar com a opressão, exploração e dominação coloniais; que Angola tinha de se tornar independente de Portugal.

Sachindumba vivia com os pais numa das zonas libertadas

da Terceira Região. Tinham deixado as margens do Zambeze para o interior a fim de participarem da guerrilha; o pai desde há bastante tempo que acalentava esse desejo. Tinha a plena consciência de que era um simples pescador daquele grande rio, e que nessa condição nunca ganharia o suficiente para sustentar a família. Ouvira falar da abertura da Terceira Região em 1966 e notara, de fato, movimentos estranhos onde vivia. Eram pessoas que vinham em pequenos grupos — três elementos no máximo — dispersos; primeiro vinha alguém sozinho, depois é que vinham os restantes dois do grupo; falavam da necessidade de lutarem para a independência de Angola.

— Com o tempo — recordou o Soba —, Sachindumba foi crescendo e ganhando consciência política. Sem deixar de ser um aluno brilhante, como pioneiro era muito disciplinado e exemplar em todas as tarefas que os dirigentes da OPA lhe confiavam. Por isso, fora promovido, primeiro, a Pioneiro-Chefe e, depois, a Pioneiro-Comandante. Almejava um dia ser herói como o pioneiro Augusto Ngangula. Quando chegou a altura de ir para o Centro de Instrução Revolucionária, já sabia desencavilhar granadas, manejar metralhadoras e bazucas, para além de saber bem quem era o Inimigo e por que motivo se fazia a luta armada de libertação nacional.

Desde o primeiro dia de aulas, Sachindumba se enamorara da sua colega Kagila, dois anos mais nova. Era uma menina bonita, ligeiramente mais baixa do que ele, dócil e afável. Kagila tornara-se amiga de Sachindumba, mas sem qualquer maldade; aliás, com os seus sete anitos, era um anjo que vivia na sua pura inocência. Só dois anos mais tarde é que começou a despertar para o amor. Kagila olhava sempre para ele; só queria brincar com Sachindumba; estava sempre pronta a lhe ajudar a fazer os trabalhos de casa; faziam parte das mesmas brigadas de estudo e de trabalho produtivo.

Quando em casa, sem fazer nada, lhe acontecia desenhar a cara do colega em várias situações: na sala de aulas, na formatura e na lavra comunitária. Passou a ser uma obsessão que até os pais notaram que algo de muito especial se estava a passar com ela. Lhe interrogaram mas não conseguiram apurar nada, de fato. Kagila, para agravar a preocupação dos pais, quando estivesse a fazer as tarefas domésticas distraía-se o que se tornava evidente pelo seu olhar absorto.

Os pais de ambos, desconfiados que entre os dois houvesse namoro, conversaram amenamente sobre o assunto. Encontraram-se numa hora em que Sachindumba e Kagila estavam distantes de casa, ocupados com tarefas revolucionárias. Admitiram a hipótese de aquela relação poder vir a dar lugar a um relacionamento mais sério quando eles fossem mais crescidos. De qualquer modo, a partir daquele dia, a mãe de Kagila passou a preocupar-se com a educação sexual dela.

Tendo passado a ser um verdadeiro guerrilheiro, Sachindumba começou a ausentar-se frequentemente da sua aldeia para ir combater noutros lugares distantes. Assim, saía de Tchafuinda para Lukuse; de Kangamba para Chiume; de Lumbala para Lwati. Participava em diversas operações de guerrilha. Teve muitas vezes sua vida em risco, tal era a intensidade dos ataques da tropa tuga. Uma vez, na área de Chikului, viu passar um caça-bombardeiro e quase morrera de susto. Já tinha visto helicópteros militares sobrevoarem as zonas libertadas; mas era a primeira vez que vira um caça-bombardeiro naqueles ares de Moxico. O barulho que fazia o avião era estonteante, não só para Sachindumba como também para os restantes combatentes que com ele estavam. Aplacados e deitados no chão os guerrilheiros assim permaneceram até que lhes pareceu que o perigo tinha passado.

Era ainda pioneiro quando da morte em combate, em 14 de Abril de mil novecentos e sessenta e oito, de Hoji ya Henda, em Karipande. De qualquer modo, lembrava-se bem de ter visto na ocasião muitos guerrilheiros e povo das aldeias chorar de muita dor pela morte de tão valoroso combatente a quem passaram a chamar de “Filho Querido do Povo Angolano e Combatente

Heróico do MPLA". Dias depois daquela data fatídica, os alunos passaram a receber informações sobre a vida e as condições em que tombara o camarada Henda. No seu imaginário eles viam a cena do ataque dos guerrilheiros ao quartel da tropa tuga, em Karipande. Todos aspiravam a um dia ser um bravo combatente, destemido e intrépido como o Comandante Hoji ya Henda.

Quando nas zonas libertadas se soube, mais tarde, da localidade onde repousavam os restos mortais do Comandante Henda, despertou um movimento de peregrinação à tumba do também chamado "leão das chanas do leste", perto do rio Lundoji. Vinham então guerrilheiros de várias zonas libertadas; vinham povo e povos Cokwe, Luvale, Ovimbundu, Ngangela nos seus modos de chorar mbunda, lutchazi e lwimbi; cada povo com sua forma de sentir e venerar no grande combatente.

Obrigada, camarada Presidente! No meu quarto, debaixo da tua foto, a vela sempre acesa.

A campa do herói imortal estava sempre limpa mas repleta de muitos ex-votos e bentinhos; velas acesas, cruzes, ramos de flores, guirlandas, quadros de santos, peças de roupa, fotografias de militares, armas enferrujadas, largas centenas de pedaços de papel com várias mensagens e faixas presas a estacas onde se podia ler palavras-de-ordem e exortações à luta armada. Assim: "vitória ou morte"; "glória aos heróis da pátria"; "avante leão das chanas do leste"; "MPLA— rumo à vitória certa". A tumba de Hojy ya Henda era também constantemente venerada até por crentes de várias igrejas!

Com o tempo, os dois tornaram-se verdadeiros guerrilheiros. Era muito raro estarem juntos na mesma operação. Às vezes passavam semanas sem saber do paradeiro de um e de outro. Kagila sentia-se deprimida quando passasse muito tempo sem ver Sachindumba. A depressão era maior quando lhe chegavam notícias de baixas nas fileiras da guerrilha revolucionária, nesta ou naquela região. Imaginava sempre que Sachindumba tivesse morrido em combate.

E o tempo chegou finalmente. Casaram-se numa das bases, no meio da mata. Vieram depois os filhos e Kagila teve de deixar de participar em operações. Entretanto, foi-lhe confiada a direção de uma escola. Assim passou a dedicar-se com afinco às aulas. Sentia que iniciava um novo ciclo de vida. E gostava de ensinar aos seus alunos tudo quanto tinha aprendido, não só na escola como na vida. Na vida dura e plena de lutas pela independência de Angola.

Na sua longa e já extenuante caminhada nas chanas do Leste, impunha-se-lhes a travessia do Zambeze. Alguns, cerca de uma dúzia, tinham ficado pelo caminho — os corpos a desaparecerem naquele pantanal — as águas misturadas com capim. Às vezes, à distância, aquele chão parecia consistente, longe das chanas. Era um chão falso aquele: punha-se um pé e ia-se nos fundos. Assim foram andando, penosamente, por caminhos tortuosos e pontecos feitos de troncos, o cansaço a contrariar a sua vontade de chegarem até ao fim; alguns guerrilheiros a ficarem ali para sempre, a soçobrarem lentamente, a se despedirem daquela vida de combatente. Os outros foram prosseguindo, entre a vida e a morte, o dia e a noite. Quanto mais caminhavam mais a linha horizontal se afastava deles. Nas chanas do Leste o olhar se perdia no espaço infinito — o mundo todo cabia ali naquela vastidão de capim alto e arbustos. As chanas semelhavam o mar na sua longitude. Vez e vez viam cabanas de pescadores com quem discretamente dialogavam, sobretudo para colher informações sobre o Inimigo. Na caminhada viram com muita frequência patos bravos esvoaçando em várias direções, alguns mergulhando em busca de peixe. Era então quando o comandante da coluna designava um quem deles para disparar contra as aves e depois fazerem uma churrascada; não podiam ser todos os guerrilheiros a disparar para não dispersarem nas munições. Para além disso, tinha na coluna dois guerrilheiros que eram nativos daquela zona que, quando se apercebiam da vinda dos patos bravos, eles se escondiam e no momento em que as aves iam a passar por cima de suas cabeças eles irrompiam impetuosamente e, com as mãos, apanhavam cada um pelo menos dois patos! Os camaradas do esquadrão ficavam admirados com a perícia daqueles dois; até pescadores nativos que passavam o dia ali a pôr armadilhas para apanhar peixe ficavam encantados com tanta habilidade que nunca tinham visto.

A carta... a carta... Vou levar primeiro a Nossa Senhora de Fátima... a carta, mãe... ele escreveu...

No meu quarto, a imagem de Nossa Senhora de Fátima... resplandecente a lamparina sempre acesa... a carta

Iam indo quando, de repente, um deles viu o chão se abrir deixando sair um esqueleto que, depois de bocejar, se pôs a andar de seus próprios pés, embora ainda vacilantes! Uaué! Guerrilheiro que encabeçava a coluna se assustou, deixou cair a arma e ficou de boca aberta. Eh! Eh! Eh! A coluna suspendeu a marcha. Todos queriam saber o que é que de anormal tinha acontecido, pois não viam nenhum motivo para tanto espanto. Viram e reviram e não viram nada. Os guerrilheiros entenderam então que o companheiro que tinha visto o esqueleto a emergir de uma cratera estava a delirar, que estava alucinado, tal devido ao seu deprimente estado físico e espiritual. Tentaram lhe acalmar, mas em vão. O guerrilheiro-visionário contorcia-se todo de muitas dores e delirava. Entretanto, enquanto uns cuidavam do companheiro de caminhada, outros inspecionavam o local. Depois os guerrilheiros renderam-se à evidência: diante dos seus olhos tinham, de fato, ali, um esqueleto em movimento! Mam'ééé! Uns poucos fugiram do local, deixando cair por terra armas e bagagens! O comandante do esquadrão, um veterano da guerra de libertação que se tinha formado na China, deu instruções aos guerrilheiros que se tinham posto em fuga que regressassem imediatamente, enquanto o esqueleto ia e vinha naquele carreiro, fazendo ao andar um estranho ruído seco. Mam'ééé! Ninguém acreditava no que ali se estava a passar. Estavam assim os guerrilheiros atentos aos movimentos do esqueleto, em silêncio mas em grande espanto, quando em outros pontos do local em que estavam se abriram outras crateras e eles com os seus olhos viram vários esqueletos a emergirem do seu eterno repouso! HeHeHe! Não fosse outra vez o sangue-frio do comandante do esquadrão e todos teriam saído dali a correr. Aliás, o comandante era o único que aparentava estar sereno, o que suscitava dúvidas sobre se ele não soubesse antecipadamente daquela inusitada ocorrência. Os esqueletos eram todos de adultos e, mal saídos do fundo da terra, sacudiam os pedaços de terra que se lhes grudavam nos ossos, e punham-se logo a andar, primeiro de um modo trôpego, depois com firmeza. Xê! Comandante olhou e olhou para uma frondosa árvore e viu a árvore estava se deslocar em direção a ele! Eh! Eh! Eh! Quando se certificou que a árvore se movimentava em sua direção, fugiu a gritar "fujam! fujam!" no que foi seguido por quase todos os guerrilheiros, cada um para o seu lado, deixando cair por terras armas e bagagens. Passado pouco tempo a árvore se imobilizou e do seu tronco ouviu-se um estranho barulho, parecia que alguém estava lá dentro a rachar lenha! Tat'etuuééé! Depois o tronco se abriu e de lá saiu um esqueleto! Eh! Eh! Eh! O esqueleto acabado de aparecer se espreguiçou, bocejou e começou a andar! A mam'etu! Eram naquele momento mais de duas dezenas de esqueletos a andar nos seus passos articulados! Mam'ééé! Os poucos guerrilheiros — três — que ali permaneciam extáticos tiveram de deixar completamente livre todo o carreiro, afastando-se, temerosos, para as bermas. A um dado momento, e para grande espanto dos guerrilheiros cada vez mais assustados, um dos esqueletos identificou-se assim: "Eu sou Ekuikui II, rei do Bailundo!" Neste momento, o comandante da coluna que se tinha arrependido de ter fugido com os homens sob seu comando, regressava cabisbaixo de onde se abrigara; estava nervoso e excitado, quase não conseguia falar. Ao ouvir o esqueleto identificar-se, caiu desmaiado. Eh! Eh! Eh! Afinal, os esqueletos também falam?! Têm vida?! Haka! Todos puseram-se em fuga deixando o corajoso comandante desfalecido no chão. Era vê-los fugir em várias direções naquela agora imensa planície, esquecidos de que o chão ali próximo era mole e ardiloso — alguns ficariam atolados. Entretanto um bando de cucos-bronzeados-menores passou enchendo o ar de seus chamados "uu...i...ti, uu...i...ti". Passado muito tempo, cerca de três horas, os guerrilheiros foram regressando, aproximando-se tímida e sorrateiramente do local para saberem do seu comandante e reaverem o que lá haviam deixado: armas, mochilas e outros pertences. Entretanto, a árvore que parira um esqueleto estava outra vez em movimento!; parecia que andava como uma pessoa! Tat'etuuééé! Guerrilheiros não acreditavam no que estavam a ver; assustados, fugiram novamente do local e a gritarem "é o fim do mundo!", "é o fim do mundo!", deixando o comandante ainda meio atordoado, estatelado no chão. A árvore continuou no seu andamento; depois do tronco dela se ouviu um estranho barulho; parecia que havia alguém dentro dela! Quando se imobilizou, um pouco afastada do local em que estavam os esqueletos, se abriu e de dentro dela saiu uma mandioca que parecia ser um ser humano! Mam'ééé! Quem que podia ser? Claro, era o Homem-Mandioca em carne e osso! Eh! Eh! Eh! Quando o dito cujo olhou para os esqueletos, aqueles seres estranhos, se surpreendeu; esqueletos que estavam sentados em alegre cavaqueira, se calaram e ficaram a olhar só para o Homem-Mandioca. E lhe viram desaparecer num átimo; não só ele como a própria árvore. Eh! Antes o Homem-Mandioca lhes fez um gesto obsceno, gargalhou e depois se escafedeu. Haka! Podia ser?! Os esqueletos retomaram a animada conversa e disseram que o que tinham acabado de ver não era mais do que uma alma penada dos infernos. *A carta... uma carta. A lamparina acesa... Acesa... A lágrima... na carta*

Nem sempre era muito perceptível o que falavam, pois usavam termos que só eles conheciam de andanças no além. Ekuikui II disse em voz possante e audível em toda a chana: "Venham. Venham em paz!" E os guerrilheiros foram se abeirando do local. Foram vindo temerosos. Entretanto, o comandante da coluna dava sinais de voltar a si. Olhava absorto para todos os lados sem nada perceber do que ali estava a passar-se; distante como estava nem sequer se apercebera da inusitada aparição do Homem-Mandioca. Os guerrilheiros sentaram-se ao lado dos esqueletos e viram e ouviram o que eles falaram.

— Eu sou Ngola Kilwanji Kiasamba, rei do Ndongo! Prossegui a vossa caminhada bravos combatentes da liberdade de Angola. Não se assustem com a nossa presença. Estamos só aqui a descansar um pouco!

— Eu sou Hamavoko, rei dos Gambos! Caminhai, caminhai, gloriosos guerrilheiros. Para que o nosso repouso seja eterno, é preciso que vocês lutem até à vitória final!

— Eu sou Ndunduma I, rei do Bié! Ó, guerrilheiros nossos, vós sois os continuadores da nossa luta. A independência de Angola é um grande sonho que um dia ireis realizar!

"Oh! Mas onde estou eu?! Oiço vozes distantes... Lembro-me de estar a caminhar com Kagila; de repente ela desapareceu. Oiço vozes... mas quem é que está a falar? O Inimigo levou-me a minha querida Kagila. E agora? Levaram-na para onde? Kagila! Kagila! Kagilaaaaaaaaa! Oiço vozes... vozes. A minha arma... os meus guerrilheiros... Oiço vozes."

— Eu sou Mandume, rei do Kwanhama! Estou convosco combatentes! Lutai com firmeza até ao fim! Angola só será livre e independente se continuarmos a lutar contra os colonialistas portugueses!

E assim foram falando os esqueletos, encorajando os guerrilheiros a prosseguirem a luta contra a opressão e dominação coloniais. E falaram, de entre eles, Cihwako, rei do Kubango; Hoji Ya Henda, herói da juventude angolana; Njinga Mbandi, rainha da Matamba; Padre Lino Guimarães; Comandante Kasanji; Doutor Américo Boavida; Deolinda Rodrigues; Diogo de Jesus; Matias Miguéis; Cónego Manuel das Neves; Neves Bendinha, e outros. Enquanto ouviam as vozes dos esqueletos, os guerrilheiros, de mãos dadas, estavam siderados; de tão assombrados — olhos e bocas abertos —, não se mexiam. Não sabiam o que dizer daquela cena extraordinária. E as vozes, possantes, ecoavam longe; as folhas das árvores abanavam; bandos de pássaros se entrechocavam.

Vi-o entrar por aquela porta. Era noite; Dezembro; quase na quadra festiva. Vi-o entrar por aquela porta. Abraçou-me demoradamente. Meu filho! Doze anos e sete meses ausente em parte incerta. Muito tempo... Afaguei-lhe o cabelo, a cara, era ele mesmo...

E os guerrilheiros, agora refeitos do susto e reanimados, partiram em busca de novos e ardentes combates. Antes o comandante Sachindumba se levantou, se recompôs num ápice, se empertigou, sacudiu o pó do uniforme, e, altaneiro, assumiu o comando do que sobrava do esquadrão Orion. E foram em marcha militar cantando "Eu vou morrer em Angola com arma de guerra na mão/ Granada será meu caixão enterro será na patrulha".

— Aqui no Moxico, na Terceira Região Político-Militar, a guerrilha atingiu tal dimensão que os Tugas tiveram de criar, em 1971, a Zona Militar Leste — disse Manimaza.

— É verdade... — começou por dizer o Soba, como se estivesse a refletir sobre o que dizer depois. — Mas essa Zona tinha uma abrangência maior, pois incluía também, para além do Moxico, os distritos da Lunda, Kwando-Kubango, Bié e parte do distrito de Malanje. A guerrilha aqui não foi só intensa como também teve contornos particulares. Houve a guerrilha e a contraguerrilha... Houve a guerrilha revolucionária e a contrarrevolucionária.

— Os Tugas, nisso de dividir para melhor reinar, foram sempre excelentes... De fato, a guerrilha, a guerrilha revolucionária como tu dizes, para além dos confrontos com o exército tuga, teve também confrontos com os Flechas e Grupos Especiais, que eram tropas integradas por angolanos, criadas e orientadas pela PIDE/DGS.

— Para além disso, nesta Região houve também muitas traições aos ideais da luta de libertação nacional que culminaram na chamada "Operação Madeira". Os madeireiros do Moxico deixaram de ser incomodados por outros guerrilheiros que, supostamente, também lutavam pela independência de Angola. Lutavam contra o colonialismo português, mas colaboravam com ele e tinham a sua proteção. Como entender? — interrogou-se. — O paradoxo...

Um barulho estranho começou a ouvir-se; o chão estava a mover-se; os bandos de pássaros que por ali passavam embatiam uns contra os outros; parecia que um terremoto estava para ocorrer daí a instantes. Dezenas de elefantes vinham em direção ao local onde repousavam os esqueletos; já se viam suas grandes orelhas em movimento frenético como se estivessem a abanar; as trombas agitavam-se de um lado para o outro; bramiam forte todos ao mesmo tempo. À passagem dos elefantes a vegetação se agitava, enquanto pequenos insetos esvoaçavam. Chegados ao local, os elefantes se agacharam todos ao mesmo tempo! Traziam os dorsos cobertos com panos coloridos; dir-se-ia que os elefantes tinham vindo preparados para garbosamente levarem aquelas estranhas figuras para onde só eles sabiam. Os esqueletos se levantaram e cada um foi subindo para cima do seu elefante! *Obrigada, Camarada Presidente.*

Como o tempo arrefecera, o Soba e Manimaza cobriram-se com as mantas que tinham trazido. Passariam aquela noite ali, nas margens do Zambeze. Dormiriam na cabana de um pescador que vivia ali, isolado.

XXI

O Kwanza kwanzava. Vinha vindo de lá do Mumbwé onde que nascia. Como todos os rios, o Kwanza vinha com suas histórias. Eram histórias de amor e ódio; eram histórias de muitas traições, humilhações e tragédias. Em seu bojo carregava histórias que bordejavam parte da História de Angola. E essas histórias seguiam o corredor do Kwanza ou o percurso da escravatura ao longo dos séculos — desde XVI até perto dos anos quarenta do século XIX.

Soba Kitekulu e Manimaza estavam no Dondo, sentados à beira do Kwanza. Não estavam habituados àquela temperatura — vinte e oito graus à sombra. Interrogavam-se sobre como aquelas gentes, sobretudo crianças, se habituavam a viver naquele inferno. Não chovia há semanas, por isso o calor era insuportável. Tinham-se aliviado dos sobretudos que usavam na sua longa e interminável canoagem por esses rios e memórias de Angola.

Carregados de escravos, barcos médios e grandes sulcavam, no século dezenove, as águas parcialmente navegáveis do Kwanza, passando pelas fortalezas da Muxima, de Masanganu e perto da de Kambambe, até Tombo; depois caminhava-se por picadas, cerca de cinquenta quilômetros, sempre a pé, até chegar a Luanda. Antes, os escravos, atados com fibras e paus no dorso e nos braços, caminhavam ao longo das margens do Kwanza. Os caminhos, para além de ínvios, eram, por vezes, infestados de salteadores que roubavam os escravos aos seus proprietários. Os escravos eram adquiridos através do comércio e em feiras em toda a região do reino do Ndongo, banhada pelo Kwanza. As embarcações, no regresso, vinham abarrotadas de mercadorias.

Vi-o entrar por aquela porta, já era de noite. Abraçou-me, meu filho. Nossa Senhora de Fátima, obrigada. Agora já posso partir para uma outra dimensão da vida. Posso partir sim, Senhora Nossa. O que a fé pode fazer... o que é que a fé não consegue? Sou a mulher mais feliz do mundo. Agora posso partir para me juntar ao Ngabaxe, meu Tiãozinho. A esta hora ele, onde está, está muito contente.

O Kwanza era a estrada do comércio negreiro; sabe-se que todos os escravos que chegaram a Luanda no final do século XVI tinham vindo do interior através do rio Kwanza. Era um negócio tão rentável que nem os missionários resistiram à tentação do lucro fácil. Pelo menos naquele século havia padres que exportavam seus escravos para o Brasil, com isenção de direitos, tal era a cumplicidade entre o Estado colonial e a Igreja. Desde então vinham-se destacando nesse comércio os Jesuítas, através da Companhia de Jesus, para quem a conversão dos africanos à fé tinha de passar pela cruz e pela espada. Quando acusados, justificavam-se com argumentos de ordem moral. Defendiam alguns, apesar das proibições dos superiores da Ordem, que os escravos eram imprescindíveis para o trabalho doméstico; outros, que eram uma moeda de troca tão corrente em Angola, que o melhor era entrar diretamente quer no comércio interno quer no comércio transatlântico de escravos; outros ainda, justificavam que, no fundo, a escravatura era até uma ação benemérita pois tirava os escravos da extrema miséria e da morte por canibalismo.

— Até onde ia o cinismo e a hipocrisia dos missionários... — desabafou Soba Kitekulu.

— Eles, embora se esforçassem por ser discretos, estavam metidos no comércio de escravos — disse Manimaza. — Naquela época, os jesuítas em particular, os padres em geral, consideravam que não era escândalo nenhum pagarem as suas dívidas em escravos. Estes eram-lhes dados pelos sobas, ou que recebiam de esmola ou por testamento de quem não mais carecia deles para o seu serviço. Neste negócio, os escravos exportados para o Brasil, pelos missionários, estavam isentos de direitos alfandegários. Os escravos negros eram puras mercadorias como quaisquer outras.

— Os missionários sempre levaram numa mão a cruz e noutra a espada. Davam catecismo aos escravos, celebravam missas para eles, e abençoavam-nos antes de partirem para as américas!

— Mas é preciso não esquecer que o fato de serem catequizados e batizados os escravos não se livravam da sua condição de simples escravos.

— Essa situação encobria a discriminação racial que existiu no seio da Igreja católica até aos anos sessenta do século passado, sob outras formas, é claro.

— Lembro-me agora que antigamente havia missa para brancos e missa para pretos ou, havendo uma missa única, os pretos só podiam comungar depois da celebração da santa missa.

(Sentamo-nos à mesa da eucaristia para receber a hóstia consagrada; sô padre Guimarães nos olhou furioso e disse que os pretos não podiam comungar naquela missa domingueira, que para a negralhada havia a missa das seis da manhã em kimbundo do padre Félix; o Jorge, jovem seminarista, estourava de nervos. Dom Manuel Nunes Gabriel foi quem depois nos consolou. Amém.)

— No século XVII, em Luanda, os negros tinham sua própria confraria — a da Senhora do Rosário — com capela e feriado próprios.

Os escravos, provenientes de várias partes do interior de Angola, seguiam para o continente americano, particularmente para o Brasil onde passavam a trabalhar nos grandes engenhos de açúcar. Deste modo, a maior parte da mão de obra ao serviço no Brasil, provinha, desde o século XVII, de Angola. A produção de açúcar no Brasil dependia muito da reserva de escravos angolanos; é por via desse grande negócio que se explica a conquista de Angola, pelos Holandeses, em 1641, e a sua reconquista sete anos mais tarde pelos Portugueses.

Durante a dominação espanhola em Portugal, apesar de algumas medidas restritivas de exportação de escravos para os domínios espanhóis, intensificou-se o contrabando de escravos pelos portos de Cartagena, Vera Cruz e Buenos Aires. Este, sobretudo a partir de 1618, era um porto bastante procurado pelos navios negreiros. Deste modo se explica a presença de muitos escravos angolanos nas plantações e minas da América espanhola. Era então o chamado comércio transatlântico de escravos.

Os escravos, como se pode perceber, eram mercadorias usadas nas transações, quer internas, quer externas; eram moeda de trocas comerciais de grande valor. Eram "coisas" às vezes designadas por "peças", "cabeças", outras vezes por "peças de Índia" quando fossem de boa qualidade, ou seja, de robustez física. Tal era a procura que os escravos vendidos eram marcados com um ferro em brasa, no peito, como no tempo do governador Fernão de Sousa, a fim de inviabilizar a sua troca por escravos menos valiosos. Na generalidade, os escravos estavam sujeitos a vários tipos de sevícias, nomeadamente, chibatadas, pauladas, amputação de orelhas e nariz.

— Oficialmente a escravatura em Angola terminou no ano de 1878. Só mesmo oficialmente... — falou Manimaza — porque na prática não houve grandes mudanças. Houve resistência da parte a quem o negócio negreiro interessava.

— Mas é preciso dizer também, a bem da verdade histórica, que o comércio da escravatura envolvia tanto brancos, quanto mulatos e negros — disse o Soba.

— Lá isso é verdade. Quase todos os reinos se envolveram nesse negócio. A própria soberana Njinga-a-Mbande não escapou a isso... enviou muitos escravos ao Brasil como oferta aos Portugueses. E nem todos os escravos eram exportados; muitos ficavam mesmo em Angola ao serviço de grandes senhores. Havia, portanto, uma escravatura interna.

— Apesar de naquele ano ter sido abolido oficialmente a escravatura, como disseste, nesse mesmo ano foi publicado o código de trabalho que cria a cláusula da vagabundagem. Foi um mero artifício pois a posse de um escravo foi, de fato, substituído por um contrato de trabalho obrigatório.

— Foi precisamente ao abrigo desse contrato de trabalho que muitos escravos, considerados libertos em Angola, foram levados para S. Tomé e Príncipe para trabalharem obrigatoriamente em fazendas agrícolas.

— Havia até um regulamento assinado pela Rainha de Portugal, datado de 26 de Outubro de 1853, que estabelecia que "Os escravos escolhidos para serem transportados para ilha do Príncipe devem primeiramente ser baptizados se ainda o não estiverem, e receber as suas cartas de alforria passadas com todas as solenidades legais". Chegados ao destino os escravos ditos libertos, eram marcados com o "símbolo da liberdade".

De repente, os dois pararam de falar porque notaram que no meio do Kwanza havia um redemoinho de águas. Atentos e expectantes ficaram por alguns momentos a conversar e convenceram-se que aquele estranho movimento de águas só podia ser mesmo da Kianda, vindo; sabiam que naquela época do ano era frequente a Kianda aparecer nas margens e tomar banhos de sol ou, à noite, descansar, o que os povos ribeirinhos interpretavam como sendo prenúncio de boa pescaria. Mas o que viram: viram um homem a emergir do rio. Eh! O homem podia agora ser visto pois tinha o tronco à vista, mãos na cintura, olhar voltado para os dois! Eh! E começou a nadar até eles; a cada braçada dele o rio se ondulava em vagas. Quando o homem chegou até eles, na praia, notaram os dois que ele era alto e encorpado e tinha uns calções apertados que lhe realçavam os músculos das pernas. Eh! Eh! Eh! Para além de estar todo molhado, o homem emergido das águas, trazia às costas um saco de serapilheira cheio de conchas, moluscos e algas. Antes de pronunciar qualquer palavra, começou a deitar pela boca muitos peixes pequenos e de tamanho médio; o que muito lhes espantou foi que os peixes eram de várias coloridas cores. Eh! Eh! Eh! Tão logo os peixes caíam na praia saltavam imediatamente para o rio. Soba Kitekulu e Manimaza estavam boquiabertos de tanto espanto. Eh! Depois de se ter sentado e respirado fundo, disse:

— Eu sou Manikwanza! Imagino que devem estar admirados por me verem vomitar peixes vivos e coloridos... — disse num tom de voz musical.

— Sim, sim. Estamos muito espantados — falou timidamente o Soba.

— Pois, é de peixe que me alimento. Eles são a minha sobrevivência, e eu a deles — falou enigmático o homem acabado de emergir das águas. — Quem são vocês? O que andam aqui a fazer?

— Eu sou Manimaza, o Senhor das Águas. Aqui, o meu companheiro, é o Soba Kitekulu.

— Eu também sou senhor das águas, mas do Kwanza. De qualquer modo, temos algumas afinidades... sou esposo de Kianda. Pelo que vejo... são investigadores.

Pousado sobre um feixe de ramos, estava um frango d'água — bico vermelho, plumagem e cauda castanho-escura, asas muito escuras — que, assustado, se despassarou, patas pendentes, para um ponto mais tranquilo. Se ouviu depois o seu trinar "crec... crec... crec...".

— Realmente, eu e o Soba Kitekulu viajamos muito pelo país remexendo memórias, atravessando por elas. Não pretendemos escrever a História de Angola, apenas reviver alguns fatos contados pelos rios.

— Contados pelos rios?! E eu que sou o Kwanza fui esquecido, fui relegado para segundo plano?! Isso é uma grande desconsideração — notava-se na sua voz uma certa tristeza. — É por mim que deviam ter começado.

— De fato, era essa a nossa intenção. Mas optamos por começar pelos mais pequenos rios e depois reservarmos mais tempo ao grande Kwanza que é o senhor. Por isso, aliás, é que estamos aqui agora. Mas não se esqueça que eu sou o Senhor das Águas... sei tudo o que se passa nas águas, quer fluviais, quer marítimas.

— Então o senhor devia saber que eu existia... — disse Manikwanza num tom que expressava aborrecimento.

— Absolutamente. Eu tenho os rios nas minhas veias, incluindo o Kwanza — falou altaneiro Manimaza. — De qualquer modo, conte para a História o que sabe de si.

— Para quê? Se você é o Senhor das Águas como diz, não preciso de contar mais nada — falou, com despeito, Manikwanza.

— É bom que fale você mesmo... — disse Manimaza.

— Bom... O que tenho a dizer-vos? — Manikwanza respirou fundo e olhou vagamente para as águas correntes. — Se fosse a contar tudo que tenho para revelar, passaríamos aqui muitas luas. Direi apenas que carrego em mim muitos fatos ocorridos desde a minha infância. Passaram pelas minhas veias muitas embarcações, umas grandes outras pequenas; pataxos e lanchas; matalotagem; escravos acorrentados; soberanos dos reinos do Ngola e súditos do Ndongo; senhores latifundiários; militares; artelharia de campanha; comerciantes e feirantes; muitas mercadorias de baixo para cima como sal, óleo de palma, ferro, utensílios em cobre, marfim. Muitas almas penadas ainda estão por aqui, a vaguear de margem para margem, em travessias.

— Almas?! — perguntou o Soba.

— Foram tantas as mortes que nem no céu nem no inferno havia espaço para tanta gente. De modo que, essas almas penadas ficaram por aí a errar anos e anos até que Caronte um dia se lembre delas e as leve para o Inferno.

Soba Kitekulu e Manimaza não escondiam a sua curiosidade; olhavam com muita atenção tudo quanto dizia Manikwanza. Como não era hábito deles tomarem notas, confiavam tudo à memória de cada um. Chegados a casa, escreviam logo tudo quanto tinham visto e ouvido. Cumpriam rigorosamente com esse procedimento, pois sabiam que não sendo assim o vento levaria tudo. *A notícia a correr... o Luisinho veio...*

— Mas quem é Caronte? Onde é que ele vive? — perguntou muito excitado Manimaza.

— É um barqueiro que anda por aí... — disse, lacônico, Manikwanza.

— Eu vi-o no Xiloango! É um barqueiro que diz transportar almas para o Inferno — conseguiu dizer Manimaza, quase em tom de exaltação.

— É ele mesmo! Então já sabem de quem se trata. Bom, continuando... Vi muitos escravos serem transportados em Makunde, Kalumbu, Muxima, Masanganu, Dondo e Kambambe. Muita gente que se foi para as américas. Pelo precário estado físico de não poucos, houve, certamente, gente que não terá aguentado a viagem. Ainda hoje sinto as dores dessa tragédia — disse Manikwanza enquanto observava atentamente os dois interlocutores. Depois prosseguiu assim: — Vi, no tempo colonial, aviões a largarem das alturas muitos indígenas; eram terroristas que os colonialistas tinham ido buscar a vários pontos do país; vi e senti, igualmente, depois da nossa Independência, particularmente na onda do Vinte e Sete de Maio, a DISA atirar jovens para dentro de mim; alguns ainda vivos, que eu lhes ouvi em gritos antes de mergulharem em mim.

Entardecia. Soba Kitekulu depois de muito pensar, pigarreou e lançou a pergunta sobre o que o intrigava:

— Senhor Manikwanza, queria fazer-lhe uma pergunta indiscreta.

— Esteja à vontade, soba. Pergunte o que quiser — falou Manikwanza, esboçando um breve sorriso.

— Eu vi-o ao longe a caminho daqui onde estamos; mas pareceu-me ter visto também alguém que vinha consigo a nadar.

— Pois, sim. Eu vinha com o Homem-Mandioca!

— Com quem?! — perguntou o Soba muito espantado, enquanto Manimaza franziu o sobrolho e olhou seriamente para Manikwanza.

Soba Kitekulu sentiu-se vacilar; era uma breve vertigem. Passou a mão pela testa, respirou fundo e afastou as pernas para melhor se ter, não fosse a ligeira indisposição fazer-lhe cair.

Manimaza tirou o chapéu, coçou-se e voltou a pô-lo. *A notícia a espalhar-se por toda a Luanda... o Luís dos Passos do Vinte e Sete*

— O Homem-Mandioca! É um amigo que de vez em quando aparece quando estou a descansar nessas muitas praias que tenho. Por que tanto espanto?

— É mesmo seu amigo? Já o conhece de longa data?

— Sim senhor, desde há muitos anos; há séculos que o conheço.

— Séculos?! — perguntaram os dois a uma só voz.

— Sim, há séculos que o conheço. Por que tanto espanto? O Homem-Mandioca é, de fato, um grande amigo. Nos momentos mais difíceis esteve sempre comigo; nunca me abandonou.

Soba Kitekulu e Manimaza estavam desconcertados. Não sabiam o que dizer, por isso calaram-se na expectativa de que Manikwanza lhes dissesse algo mais sobre a estranha figura. Mas como o seu interlocutor tardava em responder, os dois, muito excitados, não se contiveram e voltaram a interpelar Manikwanza a uma voz única:

— Séculos?!!! — gritaram.

— Sim, conheço-o há séculos. Eu e ele vivemos juntos, para sempre. Vocês estão aqui de passagem, nós não; nós somos eternos!

Soba Kitekulu e Manimaza voltaram a calar-se. As palavras de Manikwanza ecoavam neles profundamente... Afinal o patife do Homem-Mandioca é eterno e nós estamos aqui de passagem?! Será possível?! Manikwanza lhes olhou demoradamente; interrogava-se sobre o motivo de tanta perplexidade dos dois homens, mas depois prosseguiu assim, calmamente:

— ... É graças ao Homem-Mandioca que eu vou recebendo informações de outras partes do país. Ele é muito viajado, anda pelo oceano Atlântico, para além de saber de muitos fatos ocorridos noutros tempos recuados; ele observa atentamente o movimento dos navios negreiros, por isso sabe quantos escravos partiram de Angola para as américas. O único defeito que ele tem é ser muito esquivo; quando vê pessoas estranhas ele foge; não gosta de conviver com ninguém; quase não fala, ou quando fala só diz o que lhe apetece. Eles vinham realmente comigo, mas quando vos viram, mergulharam e desapareceram!

— Eles quem? — perguntaram em uníssono Soba Kitekulu e Manimaza.

— O Homem-Mandioca às vezes são três!

— Haka! Três?! — quase gritou o soba.

— Sim. O Homem-Mandioca é, às vezes, três em um! Às vezes mesmo sete.

— Sete?!!! O senhor pode nos explicar como é que ele se transforma em três e em sete?!

— Não, não posso explicar nada. Estou apenas a contar aquilo que sei e que vejo. — Manikwanza calou-se por momentos e depois disse — O Homem-Mandioca às vezes também é *dikixi*!

— O que ééé! *Dikixi*?!!! — Gritaram os dois ante tamanha revelação.

— Sim. É isso mesmo. O Homem-Mandioca é, às vezes, um *dikixi* que anda por aí a deambular! — disse Manikwanza sorridente.

— O senhor disse há pouco que o Homem-Mandioca anda pelo oceano Atlântico? — perguntou muito curioso Manimaza.

— Sim, sim. O Homem-Mandioca às vezes fica longas temporadas no oceano a atacar navios negreiros!

— Haka!!! — disseram com espanto o Soba e Manimaza.

— O Homem-Mandioca é mesmo um adamastor que só ataca navios negreiros quando, depois de largarem os escravos no continente americano, regressam a África carregados de mercadorias. No fundo, ele é um *dikixi-adamastor*!

Soba Kitekulu e Manimaza estavam perplexos; não sabiam se Manikwanza estava a brincar ou se falava a sério. Entretanto, um arco-íris fez-se na palma da mão de Manikwanza, que, depois, o atirou para o rio. Terminada a conversa com os dois, Manikwanza voltou ao Kwanza de onde proviera. Acima da superfície do Kwanza podia se ver, a espaços, saltos de água. Eram as muitas águas do Kwanza em alegre festança. Desapareceu nas águas, completamente submerso, seguido na superfície por cardume em festança.

Soba Kitekulu e Manimaza ficaram calados a vê-lo desaparecer. Depois falaram do que tinham ouvido sobre a identidade do Homem-Mandioca. Afinal ele e o Kwanza se conhecem desde longa data, desde há séculos! Como que um rio e uma mandioca podiam ser amigos?! Afinal o Homem-Mandioca era três em um?! Às vezes sete em um? Às vezes um-um com as sete cabeças de um *dikixi*? Um *dikixi-adamastor* que andava pelo Atlântico a acuar navios negreiros para os fundos-mares?! Podia ser?! O mundo estava de fato, muito confuso, que eles concluíram. Soba Kitekulu, no seu íntimo falou só: "O sacripanta! Afinal era mesmo ele que ia na Zona roubar os mantimentos que o chefe da Província mandava. Foi ele mesmo que lhe vi comungar! Foi ele! O diabo em pessoa! Podia o patife ser um eterno ser?!"

XXII

Sem que alguém pudesse imaginar que, três meses após a primeira visita, o Comissário Provincial fosse deslocar-se novamente à Zona de Acção, o inesperado aconteceu; Comandante Sete Vigas tinha vindo com uma pequena delegação. Estava aparentemente muito preocupado com as condições de vida do povo da Zona e, por isso, depois dos cumprimentos da praxe, reuniu com a direção local do Partido, da Jota e da OMA, do destacamento militar e com pastores e reverendos. Queria saber quais eram as principais dificuldades; se havia comida e roupa para todos; o que é que a Zona cultivava nas lavras; quantos habitantes tinha; como funcionavam as escolas e o posto médico; como funcionavam as estruturas do Partido; o que é que o Povo esperava que ele fizesse mais para melhorar a situação da Zona. Todos foram unânimes em dizer que o que mais ansiavam era pelo fim do isolamento a que estavam sujeitos desde há vários anos. Na delegação havia pelo menos três pessoas que foram tomando notas, o que fez pensar que desta vez é que o Comissário iria tomar as medidas há muito esperadas por todos os habitantes da Zona.

A reunião decorria, debaixo de uma árvore frondosa, no habitual largo onde aconteciam os comícios, as grandes reuniões — sobretudo julgamentos e pedidos de noivado, os petizes jogavam à bola, as colunas militares estacionavam, se concentrava o Povo para receber os produtos que vinham de Luanda e aterravam os helicópteros que uma vez ou outra chegavam à Zona.

O Comissário Provincial chegara a meio da manhã e ao princípio da tarde, depois de um almoço frugal e sem uma pinga de álcool, estava de regresso. Antes fizera questão de ir pessoalmente apresentar condolências às três famílias enlutadas quando da sua última e primeira deslocação à Zona; com ar de muito condoído, deixou palavras de conforto e maços com notas em kwanzas. Fora uma visita relâmpago. De qualquer modo, como era da tradição, Soba Kitekulu ofertara à delegação galinhas e porcos, um saco de milho, de batata-doce e de mandioca. Não se esqueceu também o Comissário de deixar algum conforto material para os pais da moça que levara consigo quando da última visita à Zona, com a promessa reiterada de que um dia voltaria para tratar do alembamento. Aproveitando a visita inesperada do Comissário, os três pastores adventistas a quem o Chefe prometera recompensar por terem faltado a um culto, foram ter com ele; o alto visitante deu-lhes envelopes bem recheados e confirmaria que iria mandar construir suas casas na melhor oportunidade.

Antes do regresso, o Comissário garantira-lhe que brevemente a Zona voltaria a ver cinema; que uma nova equipe do DIP estaria a chegar com boas coboiadas do Jone Uaine e outros famosos, e trariam também filmes do Cantinflas e do Charló. O Soba lhe agradeceu só muito sorriso-luminoso-dente.

Nesse dia, ao anoitecer, o Soba e Manimaza conversaram longamente sobre os motivos daquela tão inesperada visita e concluíram que aquilo era sinal de que estava iminente a vinda à Zona do Grupo de Trabalho; o Comissário deveria estar a preparar todas as condições para receber a equipe de Luanda e, sobretudo, a arrumar os papéis e a destruir tudo o que lhe pudesse comprometer. Finalmente, o Soba contou ao seu interlocutor que, na hora da despedida, o Comandante Sete Vigas pusera-lhe no bolso um envelope volumoso, que ele ainda pensou que fossem documentos, mas depois verificou que era um maço de notas em dólares norte-americanos. “Dólares?!” — Perguntou saber Manimaza muito espantado. E discorrerem sobre como e onde o Chefe tinha conseguido tanto dinheiro; sobre o que fazer com o envelope caso o próprio Chefe lhe denunciasse. Não seria aquela uma armadilha dele, para depois difamar que o Soba era um traficante como ele? Eu estava muito preocupado pois sabia que qualquer cidadão que fosse apanhado com aquele dinheiro seria logo preso; estar em posse de dólares ou de diamante equivaleria a, se apanhado, cumprir uma pena pesada. E então, o que fazer com o envelope? Manimaza respondeu-me que o escondesse no mato, em local distante das lavras; que não fosse parvo ao ponto de o confiar a quem quer que fosse. O Soba acabaria por confessar que aquela não era a primeira vez que o Comissário lhe oferecera dinheiro; que da vez anterior o Chefe tinha-lhe metido no bolso do casaco um maço de notas verdes. Entretanto, os dois se interrogaram sobre o conteúdo dos envelopes que o Comissário tinha deixado aos três pastores adventistas do sétimo dia, mas acharam prudente não lhes perguntar nada para não levantar suspeitas.

"Ah! Vê-se logo que estás já a ver a saia curta em que te meteste, seu safado. Vou usar de todas as minhas forças para te tramar, patife! Podes me dar todo o dinheiro que tu quiseres, eu recebo e faço-te um manguito. Hás de pagar por todas as patifarias e trapaças. Desonraste uma minha sobrinha, menor de idade, nessas tuas visitas de ajuda e controle às aldeias; os pais da menina não puderam reclamar, ameaçavas logo com a DISA. Honrarei a memória dos que tu mandaste fuzilar em nome do Povo, da Pátria e da Nação; honrados cidadãos que ousaram apenas defender os seus direitos; outros apenas suspeitos de terem alguma ligação com o Vinte Sete de Maio; ou porque haviam resolutamente se oposto à ambição desmedida de o Comissário de arrebanhar seus terrenos, gado e o resultado do cultivo de muitos dias. Chegou a tua hora, Comandante."

Era uma manhã de cacimbo e o frio já se fazia sentir desde as primeiras horas do dia; um denso manto de nevoeiro cobria toda a Zona. As pessoas adultas saíam todas agasalhadas, enquanto que havia crianças que brincavam cá fora sem roupa de frio vestida; parecia que elas cedo se habituavam àquela época do ano em que as temperaturas baixavam e os passarinhos chilreavam com maior intensidade.

Soba Kitekulu saíra de manhã muito cedo em direção à sua lavra que distava cinco quilômetros da Zona. Trouxera ao ombro uma enxada, uma catana e, na cintura, um cantil de água. À frente, nos carreiros tortuosos, vinha Sofrimento, seu cão de estimação. Há já muitas semanas que não ia à lavra onde, quando fosse, lá se deixava ficar até ao fim do dia. A vida ativa que levava roubava-lhe muito tempo; administrar a Zona era uma tarefa a que se dedicava de corpo e alma.

Estava assim deitado debaixo de uma árvore, a descansar um pouco, quando ouviu um ruído estranho. Sofrimento também ouvira, pois agitava freneticamente a cauda. Não seria o Homem-Mandioca a se aproximar para se vingar nele? Que ele pensou só consigo. Passados uns minutos, deu conta que se tratava de um helicóptero. "Outra visita? Quem será desta vez?" — interrogou-se muito ansioso. Quando o helicóptero já descrevia voltas sobre a Zona e a baixar de altitude, pus-me a caminho de regresso a casa, com Sofrimento na dianteira. Antes de chegar ao centro da Zona vinham ao meu encontro, em alta correria, esbaforidos, três homens da minha segurança pessoal, para me darem a notícia.

Quando chegou à Zona, o helicóptero estava estacionado no campo descampado onde, habitualmente, a rapaziada jogava à bola. A população da Zona estava ali em peso a admirar aquele meio de transporte que há algum tempo já não aportava ali. Rapidamente constatei que a tripulação era constituída por dois soviéticos que, há meses atrás, já tinham estado na Zona. Ao lado deles estava, finalmente, o Grupo de Trabalho da Comissão de Controle e Disciplina que o camarada Presidente tinha prometido. Estava, por isso, satisfeito; particularmente satisfeito quando verificou que não estava ali ninguém do Comissariado Provincial. Assim falarei mais à vontade, ah, pois.

E o trabalho começou logo, debaixo de uma árvore, a poucos metros do helicóptero estacionado. Acomodaram-se todos em cadeiras e mesa cor de oliva, articuladas, que a tripulação trouxera a bordo do helicóptero. A delegação era composta por cinco membros; eram caras que não conhecia, mas isso pouco importava.

— Pois, caros camaradas, eu, Soba Kitekulu, de nome de guerra chamado "Kutolola", filho de Ngola Petelo dyá Banza e de Mariquita João Sabonete, declaro por minha honra dizer a verdade e só a verdade. — Fez uma pausa para se persignar e depois prosseguiu. — Para começar, o camarada Comissário Provincial é, apesar de ser um destacado antigo combatente, é quase um analfabeto, para além de não ter nenhuma formação literária, muito menos administrativa. Mal sabe assinar o nome dele... Já o vi uma vez a assinar uns documentos... o esforço e as caretas que ele faz para assinar papéis... parece um aluno da primária. A ler, so-le-tra-va como uma criança da primeira atrasada na cartilha maternal de João de Deus. Ele não está em condições de orientar, por exemplo, um círculo de estudos; não creio que ele seja capaz de entender corretamente as diretivas do Partido. Eu sei que se está a injetar sangue operário no aparelho central do Partido, mas assim, com camaradas sem formação, não vamos longe. É pelo ritmo do batuque que se reconhece o tocador... E o tocador, pelo modo como toca, é, vê-se logo, um grande boçal. Perdoem-me, camaradas, mas esta é que é a realidade. Para além disso, ele é corrupto, e está sempre com uns copos a mais; no seu gabinete tem sempre uma garrafa de vinho e outra de uísque que ele vai bebendo enquanto trabalha. Dedica-se muito à *kamanga*, até já tem uma frota de mais de cinquenta caminhões de marca volvo! Como provo isso? Os caminhões andam por aí, circulando debaixo para cima. Quando puderem, interroguem só o chefe dos transportes do Comissariado Provincial; ele sabe de tudo. Perguntem-lhe como é que conseguem arranjar combustível para os caminhões? Como compreender que os caminhões do Chefe passem tranquilamente nas zonas controladas pelo Inimigo? É normal uma coisa destas? Se estou a afirmar que o Chefe vende combustível ao Inimigo, que está a pactuar com a UNITA? Não estou a afirmar isso, estou é a dizer aquilo que sei!

— Isso é grave! — Disse o chefe da delegação, por sinal o mais velho dos cinco. — Mas como ele arranja combustível?

— Ele também tem caminhões-cisterna. Só ele sabe para onde os caminhões vão. Mas o que se diz é que os caminhões do Comandante também abastecem o Inimigo.

— O quê?!!! — perguntaram dois membros da delegação a uma só voz. — Isso é grave!

— Pois claro que é grave. É gravíssimo! Eu sei que a vossa missão é espinhosa, mas é preciso investigar os fatos e tomar medidas para sancionar devidamente o Comandante Sete Vigas pelas suas trafulhices. Continuando... o Chefe é batoteiro, mulherengo, diria mesmo, com a vossa licença e com o perdão antecipado de Deus, Nosso Senhor — persignou-se — , um grande putanheiro. Quando sai em caravana, passa dias e dias sem trabalhar; as visitas de ajuda e controle, como ele diz, não são visitas de trabalho, são passeios animados e divertidos que terminam em grandes bebedeiras, muita dança sensual com raparigas que ele vai recrutando. Por onde passa envolve-se com rapariguinhas, algumas das quais nem dezoito anos ainda têm; uma minha sobrinha, menor, foi obrigada a dormir com ele; tem muitos filhos espalhados por onde pernoita e duvido muito que os tenha perfilhado e que preste algum apoio às jovens mães; a OMA deveria se preocupar com esta situação por se tratar de um alto dirigente do nosso Partido. O Chefe esteve aqui há uns três meses e foi o que se viu; trouxe uma caravana bem apetrechada e mantimentos para pelo menos cinco dias; durante três dias só foi farrar, beber e fornicar; durante esses dias não foi capaz de me dar nenhuma orientação, aliás, não teve tempo sequer de reunir comigo! Depois, na última noite, houve tiroteio... fomos assaltados.

— Por quem foram assaltados? — perguntou um dos membros da delegação.

— Ora, pois, pelo Inimigo. Pensei que o Comandante já tivesse feito e enviado à consideração superior o relatório da sua primeira deslocação a esta martirizada Zona de Acção. O que ele veio cá fazer não sei.

— Houve feridos e mortos?!

— Houve sim senhor. Tudo por culpa dele. Se podem escrever tudo o que eu vos estou a dizer? Tudo. Ou pensam que eu tenho medo por o Chefe ser membro do Comitê Central?! Não tenho medo dele e nem de ninguém! Eu também sou antigo combatente, lutei pela independência deste país, porra! — Os membros da delegação perceberam que o Soba estava muito empolgado e agitado, por isso tentaram acalmá-lo. — Desculpem-me, caros camaradas — disse depois de um prolongado silêncio e de se ter persignado outra vez. — Fico furioso quando vejo que há camaradas que têm atitudes que não condizem nada com a linha política e ideológica do nosso Partido. Mas, continuando... as estruturas do Partido não funcionam, as células não reúnem, não há trabalho de agitação e propaganda. Gostaria muito de saber o que é que ele escreve nos relatórios que envia para Luanda; de certeza que fala de atividades que nunca aconteceram. Ele nem tempo tem de ler as orientações do Partido. É desorganizado. Visitem o gabinete dele; hão de ver a confusão em que os papéis se encontram: sacos de fuba, de mandioca e de farinha, malas de peixe-seco, tudo numa barafunda, sob o olhar silencioso, às vezes fulminante, de Lenin ali petrificado em grande busto que ele trouxe, como recordação, da União Soviética e que leva sempre nas suas deslocações às aldeias, como se fosse um santo protetor! E tem mais: o Comissário guarda os kwanzas em sacos!

— O que éééé?! Em sacos?!!! — perguntaram a uma só voz dois membros da delegação com os olhos bem abertos.

— Sim senhor, em sacos! As receitas do Comissariado com o dinheiro que ele ganha nas suas negociatas! Quer dizer, o dinheiro do Estado misturado com o dinheiro dele! Tudo no mesmo saco! — Afirmou sem hesitar o soba, para depois prosseguir. — E tomem cuidado quando lá forem. Os sacos são guardados por cobras!

— Cobras! Mas para quê? — interrogaram em uníssono os membros da delegação, os olhos arregalados.

— Quem lá for mexer nos sacos de dinheiro sai de lá a correr quando se deparar com as cobras! É urgente que o Partido tome medidas; que tire daqui este Comissário por não representar condignamente o nosso glorioso Partido, para além de ser incompetente, corrupto e muito dado a feitiços e bruxarias.

— Tem algo mais a acrescentar, camarada soba? —perguntou o chefe da delegação, homem de baixa estatura, muito calmo até no falar. Pelos cabelos brancos que ostentava, deveria andar pela casa dos cinquenta anos de idade.

O povo recebera ordens para se afastar do local mas permaneceu todo o tempo a uns metros de distância a apreciar o helicóptero. As crianças ansiavam vê-lo novamente em movimento e a ganhar os ares enquanto levantava uma espessa nuvem de poeira e elas ficavam todas transfiguradas. Sofrimento não se afastara do seu dono, estava deitado a seus pés, muito atento à conversa de que não entendia patavina; de vez em quando abocanhava moscas que lhe cirandavam e agitava a cauda.

— Acho que disse o essencial. Mas se quiserem perguntem o que achar necessário que eu respondo. Ah!... Mais dois assuntos: primeiro, devo dizer que o Comissário quando cá veio em visita de ajuda e controle os militares beberam até não mais, para além de terem dançado também.

— Os militares?! Fardados?! Dançaram?! — perguntou muito admirado o chefe da delegação.

— E os seguranças? Também dançaram? — perguntou um outro membro da delegação.

— Sim senhor, bem fardados. Com a agravante de terem abandonado as suas armas num canto! Quanto aos seguranças, em número de trinta, estavam também todos bêbados e a dançarem como todo o mundo; não se importaram nada com a segurança nem do Comandante Sete Vigas, nem de ninguém. E disseram mais: que eles, sendo também filhos de Deus, não se podiam divertir por quê? Que o Comandante fosse à fava mazé! Que cada um se aviasse como pudesse.

— E o que é que o Comissário disse? — perguntou novamente o chefe da delegação.

— O Comissário estava altamente xuxado, a babar-se todo, ia fazer o quê? Mal se aguentava nas canetas... Bom... continuando. Quando forem ao Comissariado, interroguem todo o pessoal que trabalha com ele. Talvez poucos se atrevam a dizer a verdade por receio de não perderem os seus lugares. Para além disso, o Comissário, enquanto aguarda pela vossa visita, já deve ter untado as mãos de todos os seus colaboradores com envelopes bem recheados. Eu já o conheço. Aliás, como os camaradas devem saber, ele, quando ainda jovem, viveu no Zaire e sabe como se desenrascar em casos como este. Mais um dado: o Comissário sabe como despachar os seus opositores.

— Despachar como? Explique-se melhor. — pediu o chefe da delegação.

— Não posso provar porque nunca vi, mas é voz corrente que o Comissário Provincial faz desaparecer os seus opositores ou quem tente ameaçá-lo ou denunciá-lo. Conta-se o caso de um senhor que se atreveu a dar uns socos ao Comissário porque soube que ele lhe andava a comer a mulher.

— E provou-se isso? — Interrogou um membro da delegação.

— Os seguranças dele sabem disso. Acompanhavam-no a casa da senhora onde às vezes dormia quando o marido se ausentava por dias e semanas. O caso era tão falado que ninguém duvidava que fosse verdade. Tarde ou cedo o marido da senhora tinha que saber. Pois quando soube, o senhor foi ao Comissariado, em pleno dia, entrou pelo gabinete do Chefe com os nervos à flor da pele, ninguém conseguiu detê-lo. Ouviu-se depois o Comissário a gritar por socorro. A segurança entrou no gabinete e prendeu o agressor. Até hoje ninguém sabe nada do seu paradeiro. De qualquer modo, o Comissário esteve uns dias sem poder trabalhar por ter a cara esmurrada e um dos olhos inchado.

— Bom, queríamos agora conhecer o seu amigo que tem poderes ocultos e que tinha previsto que seria muito arriscado o camarada Presidente deslocar-se a Gbadolite.

— Pois... é o mais-velho Manimaza. Vou mandá-lo chamar imediatamente. Mas antes gostaria de sugerir o que não pude dizer quando fui à Assembleia do Povo, diante de tanta gente. Eu gostaria imenso que o camarada Presidente nomeasse Manimaza seu conselheiro!

O chefe da delegação franziu o sobrolho com todo o espanto espelhado no rosto, pigarreou e disse:

— O Soba Kitekulu está a falar a sério? Nomear conselheiro do Presidente da República um vidente, kimbanda ou sei lá o quê?

— É isso mesmo. Conselheiro! Os camaradas são todos marxistas-leninistas, como se diz, não é verdade? Mas não se esqueçam nunca que estamos em África onde há muitas forças ocultas em movimento.

— Que forças ocultas?! — perguntou o chefe da delegação com um ar intimidador. — Ó soba, deixe-se lá de brincadeiras.

— Não estou nada a brincar. Como iria brincar convosco com a idade que tenho? Eu falei em conselheiro do Presidente para não dizer Ministro-Marabu como têm vários chefes de estado africanos. Se não sabiam fiquem a saber! Perdemos muito, às vezes, com esta mania de sermos todos assimilados. Queremos ser europeus ou quê? Bom, quer acreditem ou não, peço-vos que levem essa minha sugestão ao nosso Pai Grande. Por favor, é muito importante!

Passados minutos chegou Manimaza em passo apressado, pelo que o Soba Kitekulu suspendeu o que ia dizer. Vinha apoiado num bastão torto, mas a passo firme; atrás dele vinham dois jovens cada um com um embrulho à cabeça.

— O que eu tenho para dizer é grave, mas muito importante. Mas não posso falar assim em frente de muita gente. Para além disso, vocês estão muito apressados. É bom que os camaradas voltem com mais tempo. O melhor ainda seria que vocês um dia me viessem buscar; lá em Luanda eu faria um trabalho mais completo. Agora, aqui, nestas circunstâncias, não tenho condições de falar com os meus ancestrais... — falou Manimaza depois de tomar assento numa das cadeiras.

— Mas o assunto é assim tão grave? — perguntou saber o chefe da delegação.

— É sim senhor — respondeu categórico Manimaza. — É mesmo muito grave.

— Bom... está bem. Vamos levar o assunto à consideração superior e depois diremos algo — falou o chefe da delegação.

— Mas posso dizer-vos já uma coisa... — disse de forma abrupta Manimaza, para espanto de todos incluindo o soba.

— O que é então?! — perguntou saber o chefe da delegação.

— O lugar do camarada Comissário Provincial está amarrado! — falou Manimaza com bastante convicção.

— Como amarrado? Explique-se melhor — pediu o chefe da delegação, algo impaciente.

— Quer dizer, o Comissário Provincial está nesse lugar há muitos anos porque tem um kimbanda que lhe tratou. Ele gaba-se de ninguém ser capaz de lhe tirar onde está. E que é como o cágado que está empoleirado na árvore; só quem lá lhe colocou é que pode lhe tirar. Agora mesmo que está a decorrer este processo o tal kimbanda já atuou, já lhe garantiu que reforçou tudo, voltou a amarrar o que já estava amarrado. — Manimaza tinha uma expressão grave que dizia bem que o assunto era muito sério. Reposicionou o bastão que tinha encostado à cadeira em que estava sentado. — Vejo que será difícil lhe exonerarem.

— Agora, caros camaradas, queria que vissem e levassem estes panos com a cara do Comissário Provincial! — disse o soba.

A delegação olhava curiosa para os dois volumes que estavam ali no chão por abrir. O soba, com a ajuda dos dois jovens que permaneciam de pé à espera de qualquer orientação, abriu um dos embrulhos, desfraldou um pano de um metro e meio de comprido, e mostrou-o à delegação, para que visse bem. Sob um fundo azul, estavam estampadas no pano quatro fotos do Comandante, em formato oval; na parte inferior de cada foto estava escrito, no alinhamento da curva oval, "Comandante Sete Vigas", e, mais abaixo, "herói da luta de libertação nacional"! A delegação não escondia o espanto ao ver tais panos. Um dos membros da delegação abanava a cabeça em jeito de total reprovação.

— Com que intenção o Comissário mandou fazer esses panos com a cara dele? Ele quer se igualar ao camarada Presidente?! — perguntou em voz alta o Soba. – Claro que quando recebi os panos escondi-os logo. Não pensem que eu os iria distribuir à população da Zona, conforme ele queria. Era só o que faltava! Isto só prova que o Comandante Sete Vigas é um bandido. Levem, por favor, esses panos e mostrem lá na Sede do nosso Partido. — Manimaza meneava afirmativamente a cabeça para secundar o Soba, enquanto a voz baixa dizia "um bandido, um bandido".

Terminada a entrevista, a delegação almoçou rapidamente e depois regressou a Luanda. Antes, o chefe da delegação, após ter conversado à parte com um dos seus colaboradores, disse a Manimaza que gostaria que ele os acompanhasse na visita ao Comissariado Provincial que iriam realizar um dia, ao que o também chamado Mestre, respondeu com um sorriso muito luminoso. Entretanto, o Soba desculpou-se por não ter tido tempo sequer de arranjar algo para ofertar à delegação; observou que, ainda que pudesse, de helicóptero quase nada se poderia levar; por isso expressou o desejo de ver um dia a delegação voltar à Zona, mas de carro.

XXIII

Soba Kitekulu e Manimaza prosseguiam nesse caminhar de naveganças por rios e memórias. Estavam agora à beira das águas irrequietas do rio Kwilu. O que lhes cabia contar eram histórias contadas de geração em geração ou que eles tinham vivenciado. Para tanto, tinham que recorrer sobretudo às memórias que eles traziam sempre atualizadas. No seu tempo histórico era-lhes frequente passar do passado para o presente e vice-versa.

A notícia corria... os pés... as mãos...os amigos, muitos amigos, família, a solidariedade, tudo trouxeram. Mães, muitas, todas as mães alegres e tristes, as mães a querem saber dos seus

Havia um povo que tinha tradição de luta. Era um povo que se fixara nas margens do Kwilu depois de ter lutado muito contra o invasor colonial. Não só lutara contra a ocupação colonial como também lutara contra outros povos indígenas; lutara contra os Jagas, os Cokwe e os Yaka que queriam subjugá-lo. Eram disputas que tinham na origem a possessão de terras. E então, depois de muitos anos, esse povo se fixou ali nas margens do Kwilu. Cultivou terras férteis e explorou o que a natureza lhe oferecia: fauna e flora riquíssimas.

O povo se congregou à volta do seu chefe que se chamava Xietu. Este era muito famoso pela sua bravura e determinação. Era um homem que se orgulhava do seu povo e lutava pela sua soberania. De estatura média, franzino, era um homem idoso que já tinha muitos anos de vida. Ninguém se atrevia a lhe perguntar na idade. O que se sabia era que Xietu conservava a mesma postura e lucidez apesar da idade. Ele recordava-se de episódios passados há séculos e contava-os como se estivessem ocorridos havia pouco tempo. Falava de reinos e de povos que já não existiam ou que tinham deixado de existir há muito tempo; falava de gente que só ele tinha conhecido; se entusiasmava todo quando falava de outros tempos; quem lhe ouvia percebia que ele contava o que tinha realmente vivenciado. *Trouxeram nas quindas abraços afectos lágrimas sorrisos e raiva também*

Xietu dizia que o seu povo tinha sido criado por ele; que ele tinha sido o primeiro membro da sua comunidade. E falava que há muitos, muitos anos, estava uma vaca prenha a cirandar de um lado para o outro, no mato. E assim, quando as dores apertaram, a vaca pariu um menino que era ele. Nos seus primeiros anos de vida, o menino comportava-se como um bezerro: mamava das tetas da mãe; cabriolava como os meninos da sua idade. Eh! Um dia o menino se deu conta que era um ser humano, que não era nada um bezerro. E o menino assim cresceu até que, certo dia, brincando, se afastou de sua mãe biológica e foi dar a um povoado onde ficou a viver. Começou a notar que ele se parecia, de fato, com as crianças da aldeia; que fazia tudo o que as outras crianças faziam. Depois de muito tempo se juntou a uma rapariga com quem teve filhos. Xietu falou à mulher de suas origens e do lugar onde nascera. Depois convenceu a mulher e os filhos a partirem para aquele local à beira do rio Kwilu que passou a chamar-se Mwixi. Levou consigo alguns agricultores e caçadores a quem prometera trabalho e rendimento.

Mães alegres e tristes, todas as mães a me abraçarem aos soluços as mães os desmaios... todas as mães

Com o passar dos anos, Xietu começou a ver o resultado daquela ousada empreitada: os campos floriam, o café despontava em todo o lado, o gado se multiplicava enquanto que o Kwilu transbordava de peixes. A população de Mwixi foi crescendo também. Xietu sentia que ali se sentia inteiramente realizado; era um homem feliz no meio do seu povo.

Até um dia... Um dia notou a presença de forasteiros. Era gente que chegava a cada dia proveniente de outros povoados. Falavam de instabilidade nas suas terras, de homens armados que invadiam suas propriedades, incendiavam cubatas, violavam mulheres e rusgavam os rapazes das sanzalas. O medo de serem assaltados e assassinados estava em todo lado; os homens regressavam muito cedo das lavras; as mães recolhiam os seus rebentos ao cair da tarde; os animais, sentindo o medo pairar no ar, por empatia, pouco se afastavam dos cercados em que passavam as noites. Xietu foi assim aconselhado a levar o seu povo para a outra margem do Kwilu.

O esquadrão Hércules marchava há muitas semanas. Os guerrilheiros que o integravam eram mais de cem e não pareciam estar exaustos da longa marcha. Pareciam comandos especialmente treinados para enfrentar quaisquer intempéries e adversidades; estavam temperados pelo aço. Quando a comida lhes faltasse, comiam de tudo o que encontrassem: peixe de rios e riachos, frutos silvestres, bichos e insetos, até cobras, serpentes e jiboias. Todos eles eram corpulentos e musculosos, treinados para a luta corpo a corpo e enfrentar os animais mais ferozes que encontrassem. E um dia aconteceu que uma dúzia deles se afastou do lugar de acampamento para irem procurar algo para comer quando lhes surgiu um leão enfurecido. Um dos guerrilheiros subiu rapidamente a uma árvore, e, agarrando-se a uma liana, lançou-se para cima do leão que estava a escassos metros. Ué! Caiu por cima do dorso do animal e, com uma navalha grande, golpeou-o fatalmente na região do lombo. Eh! Eh! Eh! Os companheiros que lhe viram naquele ato ousado e heroico viram ele semelhando Tarzan e suas aventuras fantásticas que leram em historietas quando eram adolescentes.

As mães alegres e tristes. Notícias queriam. Viste o Gilo, o Féfé, o Candinho, o Rafa, o Sassa, a Tucha, a Nanda? Não viste eles? As lágrimas, grossas lágrimas

Entretanto, começaram a surgir profetas que diziam que lá, do outro lado do Kwilu, é que se podia viver em paz. Lá é que estava o sonho que muitos acalentavam durante anos: uma vida sem opressão nem dominação, uma vida livre e independente. Que há muitos anos atrás lá tinham vivido seus ancestrais; eram gigantes que viviam na selva, felizes porque tinham tudo o que precisavam para sobreviver. Não havia guerras entre eles; a paz e a concórdia reinavam em todo o lado. Viviam em paz com a natureza e com todos os animais. Lá é que era, afinal, o verdadeiro paraíso. Lá, também, vivia a Kianda no seu repouso aquático.

A roda... alegria... os amigos, familiares, as mães... na roda

— Catita entra na roda! Na roda Catita!

Rebola, Saturnino, Juca, Eugénio, Novato, Sansão, Filó, Fá, Teresinha, Paulo, Santa e Fred, Nina e Zeca Canhoto, Faty Anapaz, as Martins — Ana, Bernarda, Palmira, Tutu, Mingaxe e Buchinha —, as Gonçalves Benedito — Hilária, Minguita, Santinha, Merciana, Zita e Antónia —, Carmo, Bina, Lourdes e Rosa Assis, os Izatas — Ndina, Morena, Nanda, Dico, Guida e Tó *—, Lito e* São Faria, *Ramos, Bebé, Mandinho, Mena e Guita, Avelina e Rosinha, Vato,* Júlio *Neto, Malheiros, no comando do ritmo, apitava, Adriano, Zita e Armanda, os Kitumbas — Lóló, Lindo, Totoxe e Mena — os únicos sobreviventes —, os Kanguias — Nário e Vina São, Jujú, Yana, Mité, Mimi, Filó, Armindo e Fatinha —, Ângela Fragoso, os Bravos, um mundo, — Nininha, Paixão, Minda, Tita, Tininha, Dada, Carmita, Fatita, Natalino, Laura, Gaby, Celestino, Leitão, Antoninho — os... , não, chega, muita gente, todos muitos, os amigos tantos... os amigos, o mundo todo, a roda rodada larga todos na roda Catita*

De tanto ouvir dizer e falar, já ninguém tinha dúvidas que do outro lado da margem do Kwilu é que estava a salvação. E assim aumentava a ansiedade em se fazer a travessia para a outra margem. Aos pescadores que de vez em quando se aventuravam a ir para além do horizonte se perguntava o que é que tinham visto do outro lado da margem. E cada um contava o que tinha visto. Uns diziam que nada tinham visto porque havia sempre uma espessa bruma a lhes toldar a visão; outros que tinham visto uma luz muito intensa que não deixava ver mais nada, que essa luz fosse, talvez, a Kianda no seu esplendor; outros ainda que tinham ouvido uivos e gritos estranhos.

Contava-se também que os pescadores que se tinham atrevido a passar a linha do horizonte nunca mais tinham regressado; nem eles nem suas embarcações. Ninguém sabia explicar devidamente o que é que se tinha passado. E assim, temerosas, tinha pessoas que rejeitavam a ideia de que lá, do outro lado da margem, é que era a terra da felicidade; que seria muito arriscado fazer-se a travessia com todo o povoado; que talvez fosse conveniente enviar-se um grupo de pessoas para uma missão exploratória.

Entretanto, continuava a chegar mais gente de outras terras. Vinham famintos, esfarrapados e feridos; os assaltos às populações indefesas tinham se multiplicado; ouviam-se tiros cada vez mais próximo. Os animais de caça escasseavam; andavam em debandada por esses matos.

Um mais-velho, conhecido de todos pela sua capacidade de ver além das estrelas, chamou a atenção de todos: passava dias e dias sem dizer palavra. Manimaza, não falava com ninguém; ninguém conseguia lhe fazer falar. Manimaza estava com um ar estranho, parecia não estar a viver neste mundo. Sua barba tinha crescido; seus olhos estavam encovados. Andava sozinho e às vezes afastava-me para muito longe e só regressava ao entardecer. Um certo dia acantoei-me demoradamente em parte incerta. Xietu mandou lhe procurar por todo o lado; e nada. Não havia sinais do Mestre. No sétimo dia desde que me ausentara para parte incerta, vim e disse a Xietu:

— Podemos preparar-nos para fazer a travessia do Kwilu. Lá na outra margem do rio é que está o paraíso, a terra da liberdade! Mas antes temos de alimentar a Kianda, lhe ofertar bebidas tradicionais e bons manjares.

A informação rapidamente circulou no seio do povoado. Houve a muita animação, pois todos consideravam que Manimaza era um sábio que conversava com as estrelas e via coisas que ninguém mais podia ver. Nessa noite o povo dançou alegremente na esperança da salvação e lançou nas águas do Kwilu o que tinham de excedente nos celeiros.

— Acreditas nessa história? — perguntou Soba Kitekulu.

— Como não acreditar se eu dela participei? Não posso duvidar de mim próprio. — disse Manimaza.

Soba Kitekulu lhe olhou com ar de descrédito; virou os olhos a interrogar-se.

— Duvidas de mim?... Tenho poderes... já te disse várias vezes. Aprendi no Zaire com um grande marabu, quando lá vivia. Um dos maiores videntes de que já ouvi falar. Ele viveu muitos anos; quando morreu tinha mais de cem anos! Disse-me mesmo que, pelo menos três vezes, ele tinha conseguido escapar-se da morte.

— Como assim? Esquivava-se da morte?!

— Sim, é esse o termo. É uma técnica que eu gostaria de ter aprendido mas ele não a quis me revelar. Levou com ele o segredo.

— Conheço um provérbio que diz que a morte é como uma peça de roupa que todo o mundo deve vestir; ou seja, todos os mortais têm de morrer.

— Lá isso é verdade... Não menos verdadeiro é também o dito popular segundo o qual apesar das suas grandes dimensões uma piroga pode naufragar; ou seja, a morte nunca poupa o homem, mesmo que em terra seja reconhecida a sua superioridade. Lá isso é verdade... Mas a verdade é que o tal marabu se esquivou da morte várias vezes. E mais não posso adiantar.

Como naquele tempo as águas do Kwilu fossem abundantes,

Xietu ordenou que se construísse uma grande arca. E começaram então a construir uma arca onde pudessem caber as quase três centenas de pessoas que viviam naquele povoado. Os homens trabalhavam de dia e de noite; iam às matas cortar árvores cujos troncos eram depois transportados para o local onde a arca estava a ser construída. O transporte dos troncos era feito em cantorias que espantavam todos os pássaros; eram cânticos que exortavam a energia, a bravura, a continuarem até ao limite de suas forças. Era um trabalho duro que só os homens robustos eram capazes de realizar. Ao fim de cada jornada, os homens estavam completamente exaustos. Só passados trinta dias é que o formato da arca passou a estar visível para toda a gente. A quilha tinha sido construída sobre uma fileira de enormes troncos.

Parecia uma rapariga leve como uma pena. Eu e ele no meio da roda a dançar; o meu filho, alto e elegante. Me sentia rejuvenescida a roda dançante rodada. Alçava levemente a perna direita e batia no chão, fogope!, como nos meus tempos da rebita! Fogope!

A construção da arca mobilizou o povoado durante sete meses. Todos ajudavam como podiam; os homens, de tronco nu, embrenhavam-se pela manhã pela mata cerrada e derrubavam frondosas árvores a golpes de machado; os jovens capinavam; as mulheres transportavam terra à cabeça, enquanto as crianças cantavam para aliviar o esforço que os adultos tinham de empregar na empreitada.

Quando a arca ficou pronta, todos queriam embarcar ao mesmo tempo e com todos os seus pertences. As mulheres queriam levar todas as plantas e frutos que tinham cultivado. Diziam que certas plantas podiam ser necessárias para curar doenças; que os frutos tinham de ser levados pois não sabiam o que iriam encontrar na outra margem. Queriam levar também tudo quanto existisse nos celeiros; que ninguém sabia se lá, para onde iam, havia comida suficiente para todos. As mulheres estavam igualmente dispostas a levar consigo toda a criação: patos, galinhas, porcos e cabritos. Os pastores ameaçavam ficar em terra se não lhes fosse permitido levar pelo menos algumas cabeças de gado. Xietu estimava que a arca não fosse suficiente para levar tanta gente e tanta tralha. Pediu, por isso, aos homens que estavam empenhados na construção da arca que a alargassem mais; que não queria que ninguém ficasse em terra; que ninguém ali podia permanecer sob pena de ser apanhado pela guerra; que ele não tinha coragem de deixar em terra quem quer que fosse; que todo o povoado tinha de ser evacuado.

Numa roda mais pequena Cirinho, Délio, Danilo, Irina e Daya, como que previamente ensaiados, batiam com seus pezinhos no chão e gritavam alegres fogope fogope fagope Catita!

Porém, algumas pessoas alertaram Xietu a ter muito cuidado com os forasteiros; que no meio deles podia haver muitos malfeitores; gente muito mal-comportada, capaz de levar a confusão para o outro lado da margem. Manimaza, chamado a opinar, disse que ele se encarregaria de, antes da partida, inspecionar os suspeitos; que só com o seu olhar penetrante podia identificar os que tinham muito mau espírito. *E saímos todos cá para fora, alegres, cantando cidrália,* assim:

Cidrália tem um romance
Que conta toda a vida triste
Vida triste daquele que chora
Vida triste daquele que gosta
Cidrália vai terminar
Cidrália vai acabar
Santa Maria nos acomponha!

E eu, a rainha do Carnaval, trajada a preceito — coroa luminosa, véu comprido, saia multicolor e rodada, debruada com cetim, de óculos escuros —, evoluía com ginga e cantava:

Ku museke kwenioko
Ku museke kwenioko ni mabata

Sonhi mwalenu mwamu kwenda ni mabunda
Mwamu kwenda ni mabunda pala kuloa Santana...

Íamos todos cantando, os vizinhos da Vila Alice se incorporando na dança, quando, de repente, numa esquina, surgiram os saudosos Zé Gomes, Cú de Palha, Dente D'Ouro, Chiquito Diangoyo, Mamã Lala, Mamã Titã e Chiquito Makolokoto, que, foliões de gema, com seu geito levaram o Carnaval ao rubro.

E dançámos nossas alegrias até de madrugada, naquele Dezembro, o carnaval da esperança renovada.

Assim aconteceu: depois de um trabalho de três dias proibi o embarque de uma vintena de pessoas; recomendei que ninguém levasse máscaras que podiam transportar maus espíritos; tubérculos com formas estranhas; gatos pretos e pássaros de maus agouros. Viu e viu; observou atentamente a raiz de uma estranha mandioca. Não será o quem-quem? Não, acho que não; pela aparência, não. Pensou e decidiu que o tubérculo era mesmo um simples tubérculo; que podia embarcar.

Na roda dançava... parecia menina e moça Deixei de sentir a mão tremular Oh! Senhora Nossa! Sentia as minhas pernas ágeis Oh! Senhora de Fátima! Obrigado Senhora Nossa por este milagre Sinto-me diferente, nem parece que ainda há pouco tempo estava quase moribunda Nossa Senhora de Fátima tu és a minha Rainha!

Entretanto, Manimaza se afastou para longe do povoado o que inquietou vivamente Xietu. Este, mais tarde foi informado de tão surpreendente isolamento: o Mestre lhe confidenciou que tinha ido cuidar das almas que erravam por lá, nesses ares; que era imprescindível que tais almas não fossem abandonadas pelo povoado; que elas também tinham que atravessar o Kwilu! Eh! Como que?! Xietu ficou só com as palavras de Manimaza sem que perceber no seu sentido.

Era Novembro quando, sete meses volvidos, chegara o dia da partida. Na véspera os homens e as mulheres tiveram de, com muito esforço e durante três horas, empurrar a arca para o leito do rio; tinham preparado uma rampa com dezenas de troncos roliços. Um barulho enorme se ouviu quando a arca bateu nas águas do Kwilu; a água levantada aspergiu todos quantos se encontravam por perto; os peixes, atarantados, saltitavam de um lado para o outro. Na arca tinha cabido toda a população de Mwixi! Era uma embarcação enorme com cerca de quinhentos metros de comprido e de duzentos de largura. Ninguém acreditava que, com esse tamanho, a arca se pudesse movimentar de uma margem para a outra do rio Kwilu. Só mesmo um milagre podia tornar possível a travessia. Porém, Manimaza estava confiante e não tinha a menor dúvida de que a travessia se faria com sucesso.

Uma chuva miudinha, primeiro, depois em bátegas fortes, com fortes rajadas de vento, instalou o pânico no meio dos ocupantes da arca; a embarcação balançava muito. Os dois grandes mastros da arca vergavam-se às investidas dos ventos, o que aumentava o sobressalto entre a tripulação que tinha por missão levar a embarcação até à outra margem. As mulheres e as crianças, amontoadas no convés, gritavam aflitas. Kimbandas estavam à volta de um retábulo que haviam construído; lá tinham depositado máscaras, caveiras, ossos, missangas, crucifixos, velas pretas e outros amuletos; imprecavam aos deuses que aplacassem o temporal. Os homens, com os remos prontos, puseram a arca em movimento. De repente o nível das águas do Kwilu aumentou; o rio tinha transbordado de tal modo que não se via já nenhum pedaço de terra; o Kwilu riomava — era um mar fluvial. Os cem remadores não tinham forças para enfrentar o ímpeto das águas; era humanamente impossível; por isso a embarcação pouco se deslocou, ficou no meio das vagas balançando muito. O céu estava carregado de nuvens negras; relâmpagos e trovões criavam um cenário apocalíptico; o vento soprava forte e arrasava tudo; a chuva tinha aumentado de intensidade. Eu, Manimaza, na proa, com os braços abertos e um bastão na mão esquerda, com uma voz potente, tonitruante, que não era habitualmente a minha, comecei a imprecar aos céus que parassem imediatamente com aquela grande chuvada. E falei numa língua estranha que ninguém entendia. E o que se viu: a chuva começou a parar; as águas do rio amansaram; as nuvens carregadas desapareceram e o sol começou a brilhar. Eh! Eh! Eh! E os cem remadores foram apreciando a paisagem, com os remos em repouso, pois a arca se movimentava sozinha, sem ajuda de ninguém. Eh! Assim a arca prosseguiu sua viagem e chegou ao outro lado da margem — a terra da liberdade.

Em pagelas de Nossa Senhora de Fátima que tenho espalhadas por todo a casa e no desvão da memória fui escrevendo e guardando poemetos e micronarrativas para um dia publicar...

Chegados à margem esperada, o povo festejou o acontecimento. A alegria transbordava de todos os corações; ouviam-se apitos silvar, vozes cantar; rufavam os tambores. Os animais trazidos na arca corriam livres por todos os campos ao seu alcance; os pássaros voavam para o infinito do céu. Os homens começaram a construir suas cubatas; as mulheres fecundavam a terra que iam lavrando; as crianças corriam despreocupadas, descobrindo novos recantos; pastores inspecionavam os espaços onde o gado pudesse pastar bem; missionários procuravam lugares para os seus cultos.

Dias depois é que lhe vieram contar que alguém tinha trazido a raiz de uma grande mandioca; que, logo enterrada para se reproduzir, a mandioca ganhou forma humana, se desenterrou, se espreguiçou e desapareceu do lugar que lhe tinha sido destinado. Haka! Manimaza se enfureceu; disse que quando inspecionara a raiz logo desconfiou que a mesma pudesse encarnar um espírito maligno, mas que não lhe dera muita importância. E agora? Onde está essa estranha mandioca, que eu berrei? Que ma apresentassem imediatamente. Todos foram lhe procurar e nada, não lhe encontraram. O Homem-Mandioca tinha de fato feito a travessia do Kwilu na figura de um simples tubérculo.

Tinha mudado de ares; viera também conhecer a terra da liberdade. Nunca ninguém lhe apanharia. Desfrutava, como qualquer humano, da exuberância da natureza naquela margem; era saltar para as árvores e comer de tudo o que havia em abundância; são e salvo no paraíso, nunca mais passaria fome.

Tinham a certeza de que ali, naquela nova terra, estariam completamente livres; que não haveria ninguém a lhes dominar, muito menos a lhes explorar. Tudo era deles: a terra, os rios, as riquezas naturais, até o céu e as estrelas eram deles. Assim, regozijados, içaram sua bandeira e cantaram hinos de louvor a Deus.

Garbosamente fardados, guerrilheiros do esquadrão Hércules, agora do outro lado da margem também, com os canhões já preparados, fizeram troar nos ares as vinte e uma salvas de honras. Os pássaros sarapintaram os céus com as cores da bandeira nacional.

Visto à distância, o Kwilu, à noite, deslizava suave e silenciosamente suas prateadas águas. Consigo levava a Kianda na leveza de rosas que mãos invisíveis tinham lançado nas correntes-suaves-tranquilas-águas.

E pensei, e admiti que Soba Kitekulu, afinal, tinha razão quando via visionado o Homem-Mandioca nas suas andanças. Qual patife, safardana, como que ele conseguia sempre ludibriar nas vistas? O que é que ele estava a tramar? Podia ser que o quem-quem que lhe criou queria anunciar alguma coisa?

Noite adentrando, sozinho, ao abrigo de olhares indiscretos, Manimaza fez um passe mágico e libertou as almas com quem tinha feito a travessia.

Nas bordas deste romance inscrevi parte do que fui escrevendo em pagelas. A história da minha amargura é longa; não posso contá-la toda, nem convém, para além de que não tenho já vida para guardar tantas memórias. Pronto, fica assim. Que um dia se escreva a história das mães sofredoras como eu fui. De qualquer modo, meu filho, a ti que és escritor, confio estes papéis. Publica-os no momento oportuno; talvez seja melhor esperares que um dia acabe este caduco regime de ditadura democrática revolucionária...; faz

tento nisso, Boaventura. De qualquer modo, levo comigo a dor das mães sofredoras, embora a dor delas seja maior; Fátima trouxe-me de volta o meu filho. Elas não tiveram essa sorte; elas choram até hoje a morte prematura de seus filhos. Levo comigo a dor delas — escreve isso, meu filho, na minha lápide onde repousar para sempre. Agora, para não atrapalhar a vossa leitura, caro leitor, migro e transvoo para outras margens.
Rita da Silva Cardoso

XXIV

O Soba dormia agitado, virava-se constantemente de um lado para o outro; tinha o corpo transpirado de tanto suar; sentia sua cama deslocar-se pelos ares, ele sendo seguido por muitos anjos.

Os camponeses da Zona eram proprietários de grandes fazendas de onde saíam todos os dias toneladas de produtos que eram transportados em caminhões; os mercados estavam cheios de fruta variada, legumes e hortaliças. Os estudantes frequentavam escolas, institutos e universidades com todas as condições para o seu pleno funcionamento; havia uma universidade especial que só admitia estudantes superdotados. Uma nova classe de operários tinha surgido; trabalhavam em fábricas que produziam calçado de todo o tipo, louça, cozinhas industriais, artigos diversos para uso doméstico, medicamentos, mobiliário, produtos de beleza, computadores, tratores, etc.

Os hospitais da Zona foram-se tornando conhecidos e famosos em todo o mundo; os médicos esmeravam-se no atendimento aos pacientes; os cirurgiões eram frequentemente convidados a participar em congressos nos Estados Unidos da América e na Europa. Os dirigentes do país ganharam confiança nos médicos da Zona e com isso deixaram de viajar para o estrangeiro sempre que tivessem sérios problemas de saúde. Aliás, os hospitais da Zona passaram a ser procurados por pacientes de várias partes do mundo.

Largas centenas de angolanos tinham deixado de viajar para o estrangeiro por motivo de saúde, para comprar mobília, roupa e calçado ou para simples descanso. Os hospitais e as clínicas eram procuradas por serem muito famosas; faziam com sucesso as mais complexas operações cirúrgicas: transplantes do cérebro, do coração, do fígado e até dos pulmões; os cegos saíam de lá a ver; os velhos renasciam com seus órgãos novinhos em folha!

No desporto a Zona batia recordes; colecionava medalhas de ouro no atletismo, no ciclismo e na natação; ficava com as taças de grandes campeonatos de futebol, basquetebol e handebol; na patinagem sobre gelo a Zona deslizava à frente de países europeus; dava tareia em matches de boxe. Muitos turistas demandavam a Zona para assistirem a campeonatos de tênis e para a prática de golfo em campos-verdes-resplandecentes. A Zona também era conhecida pelo seu circuito de fórmula 1 que organizava sazonalmente. Na cultura e nas artes era considerada a nível mundial uma grande potência; tinha nobéis na literatura e nas ciências; nas artes, grandes nomes; na música, eh!, na música era o máximo. Tinha cassinos que não ficavam nada a dever aos de Las Vegas. Em matéria de moda, a Zona ombreava com Paris, Milão, Londres, Tóquio e Nova York; acolhia renomados modelos em passarelas profusamente iluminadas; tinha lojas de todas famosas marcas de roupa, calçado, sacos e carteiras de senhora.

A Zona tinha migrado das margens para o centro; estava em tudo no centro como os países mais desenvolvidos; tinha todas as condições criadas e a bons preços. Nas grandes boutiques e restaurantes de luxo os empregados falavam inglês, francês, espanhol, árabe e mandarim com o mesmo à vontade com que falavam português.

Soba Kitekulu se agitou, fletiu as pernas juntas, bocejou e continuou a dormir. Caminhava por sobre a correnteza de um rio, saltou para cima de um cavalo branco com que atravessava mares subindo alturas com as ondas.

A Zona era também conhecida pela qualidade dos seus arquitetos e urbanistas. A Zona de Acção tinha muitos arranha--céus, largas avenidas, viadutos, muitas zonas verdes; jardins cheios de crianças brincando; repuxos em vastos e luminosos espelhos de água; os autocarros passavam e repassavam cheios de gente. A Zona tinha um grande aeroporto com ligações para todas as grandes capitais do mundo e que movimentava diariamente uma centena de grandes aviões. O aeroporto era tão grande que internamente se viam passageiros a deslocarem-se em dezenas de carros elétricos, enquanto que o pessoal de bordo usava bicicletas e patins.

As ruas e os passeios da Zona eram limpos. Não se via um único pedacinho de papel, latas de bebidas ou garrafas de plástico no chão. Por todo o lado havia recipientes para depositar o lixo que era recolhido duas a três vezes ao dia.

Centenas de turistas na Praça Vermelha a tirarem fotografias junto a uma grande estátua de Lenin, em bronze. O Teatro Nacional tinha um grande anúncio sobre a exibição nos próximos dias do Ballet Bolshoi. Por isso, cá fora havia uma grande fila de pessoas interessadas em adquirir ingressos para o tão aguardado espetáculo. O Teatro Nacional anunciava também a exibição para dentro de uma semana da famosa Alvin Ailey American Dance Theater o que agitava um público numeroso e diversificado que incluía turistas de várias partes do mundo.

Os turistas visitavam a Biblioteca Nacional, o Museu das Grandes Batalhas, o Grande Palácio das Belas Artes e a Praça dos Imortais onde se deixavam fotografar junto a estátuas e bustos de Pushkin, de Abraham Lincoln, de Louis Armstrong e de John Coltrane; de Miguel de Cervantes, de Che Guevara, de Simon Bolívar, de Machado de Assis, de Agostinho Neto e tantos outros grandes homens.

Uma grande sala de espetáculos recebia todas as semanas concertos de jazz, de música clássica e de música moderna. Os bilhetes de ingresso tinham de ser reservados com muita antecedência e quem não os conseguisse a tempo tinha de recorrer ao mercado negro a preços elevadíssimos.

Com capacidade para oitenta mil espectadores sentados, havia um estádio de futebol moderno que recebia as seleções mais prestigiadas do mundo. As grandes glórias do futebol a nível internacional ambicionavam um dia jogar no grande estádio da Zona para enriquecerem a sua folha de serviço.

Uma enorme bota esmagava-lhe a cabeça. Kitekulu gritava, pedia perdão; via as metralhadoras a agitarem-se, a girarem em volta dele; não conseguia ver quem as manejava; tinha os pés atolados num charco de sangue de onde se esforçava por sair, sem sucesso.

O Carnaval da Zona atraía igualmente muitos turistas de várias nacionalidades, devido às suas atrações; as escolas de semba exibiam-se em lindas coreografias; integravam grandes cantores de renome internacional; as bailarinas, quase todas esbeltas, dançavam mostrando quase tudo o que tinham de bom. O Carnaval durava três dias de muita folia; todo o mundo se divertia em segurança; não havia registros de crimes ou de simples assaltos. Dizia-se que o Carnaval da Zona estava a ser mais famoso que o do Rio de Janeiro. Na época carnavalesca a Zona ficava a ganhar em tudo: bares e restaurantes cheios; cassinos a rebentar pelas costuras; as lojas de adereços a faturarem muito.

Para competir com o Carnaval do Rio, o Soba mandara construir um grande sembódromo. Vieram engenheiros, arquitetos e urbanistas brasileiros darem uma ajuda. No dia da inauguração, após um discurso triunfalista, começou o imponente desfile de escolas de semba. Do seu camarote luxuoso, o Soba punha e tirava os binóculos constantemente para se certificar do que estava a ver. Exibia-se então a União Turma da Mandioca com muitas alas. Logo na ala da frente estavam cerca de três centenas de bailarinos a exibirem-se com muito esmero e habilidade; dançavam todos ao ritmo de um semba bem batido; os espectadores levantavam-se e aplaudiam de pé a extraordinária exibição da Turma da Mandioca; muitos já diziam que a turma carnavalesca seria a vencedora daquele desfile inaugural do sembódromo. E a Turma cantava assim:

Somos a mandioca um tubérculo gostoso
Todos nos querem comer
Todos nos querem degustar
Mas poucos nos conseguem apanhar

Mandioca mandioquinha a turma da alegria
Kabobo buim

Há por aí quem nos queira mal
Gente malvada e desmiolada
Que nem dentes têm para nos tragar
Velhos sem juízo que quando abrem a boca
Vomitam lagartos e dentes podres

Mandioca mandioquinha a turma da alegria
Kabobo buim

Olha o Soba Grande kamabuinhi
Kabobo buim kabobo buim
Kabobo buim kabobo buim
Kabobo buim kabobo buim

O Soba reassestou os binóculos, apurou os ouvidos, atentou na letra do semba que ecoava e concluiu que a Turma lhe estava lhe gozar. E mais se certificou que a Turma da Mandioca que estava ali a exibir-se mais não era que o Homem-Mandioca multiplicado em quase trezentos figurantes! Haka! "Filho da puta!" — gritou o Soba bem alto, o que chamou a atenção das pessoas que lhe rodeavam. O que é que estava a acontecer para o Soba, sua excelência o chefe da Zona, dizer aquele palavrão? Que as pessoas perguntavam e lhe olhavam atentamente; o Soba transpirava abundantemente e tinha desapertado o nó da gravata. Naquelas circunstâncias pouco ou nada já podia fazer. Deixaria terminar o desfile dos grupos carnavalescos; depois mandaria prender todos quantos tinham lhe preparado aquela armadilha, logo naquele momento tão solene para a Zona. Um pouco recuperado do susto, olhou mais atentamente para a Turma da Mandioca e constatou que de entre os figurantes havia rapazes e raparigas-mandiocas. Haka!

Nas margens do Ngola havia espaços verdes ajardinados onde se podia ver gente a fazer exercícios físicos, a pedalar nas ciclovias; quadras desportivas com jovens treinando; crianças correndo e pulando livremente. Nas águas do Ngola, agora largamente navegáveis, circulavam a toda hora barcos de recreio com muitos turistas; nos barcos maiores e mais luxuosos ouvia-se muita música tocada por orquestras de grande gabarito.

A Praça Vermelha estava profusamente engalanada com bandeiras do Partido, da UNTA e da República; operários, camponeses e intelectuais de vários ramos preparavam-se para o desfile para a celebração do Dia Internacional dos Trabalhadores; estavam lá também militares de todos os ramos das forças armadas nacionais; através de potentes altifalantes ouvia-se entoar a Internacional.

Como todos os anos, a celebração do Primeiro de Maio decorria sob o olhar silencioso de Lenin do alto do seu imponente pedestal. À Zona de Acção, agora no centro, acorriam largas centenas de caravanas provenientes de todas as províncias. Depois do grande desfile realizava-se ali mesmo uma farra para todo o mundo.

O Soba despertou; transpirava; consultou o relógio de banca, escutou o latido e prolongado de um cão e voltou a dormir.

Soba Kitekulu o que era? Formado em Direito, apesar da sua provecta idade, era senador; fluente em línguas, dissertava não só no Senado como também em congressos sobre a sua longa experiência de vida política; sobre como um povo lutador pode sair das margens, atravessar o deserto e caminhar na estrada do progresso. Condecorado com várias ordens e medalhas, Soba Kitekulu era convidado para todos os grandes eventos do país;

era respeitado e muito considerado por toda a sociedade, por ser um exemplo vivo de como deveria ser todo o cidadão honrado e virtuoso. Não pactuava com os corruptos e bajuladores; era franco e direto no seu falar; exprimia livremente suas opiniões em entrevistas na rádio, na televisão e nos jornais.

Cônscio do pleno desenvolvimento e progresso a que chegara a sua Zona de Acção; da distância abismal que a separava do resto do país, em termos de crescimento e desenvolvimento, começou a fomentar a ideia de que a Zona fosse elevada à categoria de Província autônoma. Mobilizou largas centenas de cidadãos de vários estratos sociais para a sua causa; participou em debates, palestras e assembleias para defender o seu bem fundado projeto. Decidiu-se, então, propor que fosse realizado um referendo para auscultar todo o povo de Kabinda ao Kunene; para tal, desdobrou-se em contatos para sensibilizar congressistas e senadores. Com larga maioria, os defensores do sim ganharam. Assim, a nova Província, que se chamaria precisamente Ngola, passaria a ser governada por Soba Kitekulu, filho de Nga Petelo dyá Banza e de Mariquita João Sabonete.

Como de um dia para o outro, Soba Kitekulu mudou de aspecto e de modos; deixou de usar a *kijinga* de soba; cortou o cabelo e a longa barba e pintou-os de preto; passou a exibir uma nova e luzidia dentadura; renovou o seu velhíssimo e esfarrapado guarda-fatos; comprou gravatas e sapatos às dezenas; adquiriu mobília de luxo para o seu suntuoso gabinete de trabalho; mandou comprar dois jipes todo-o-terreno, duas viaturas de luxo e uma limusine; tinha à disposição um jato para as suas deslocações pelo extenso território da Província e para ir a capital do país. Sofrimento, seu fiel amigo de sempre, de laço ao pescoço, acompanhava-o para onde quer que fosse o seu dono; deixara de ser um vira-latas pois fazia as principais refeições em restaurantes especiais para cães; ia regularmente ao barbeiro; tinha roupa própria para cães e de marca; às vezes, sozinho, passeava seu charme na zona ribeirinha, de óculos escuros e fones nas orelhas, saracoteando-se ao ritmo das músicas que ouvia; não dava confiança aos restantes cães da Zona, talvez por os considerar de baixo nível social; tinha à sua inteira disposição um renomado médico para lhe tratar, o qual era especialista em estomatologia e oftalmologia caninas. Sofrimento tinha também às suas ordens artistas circenses que lhe ensinavam umas habilidades como tocar piano, dançar rock, semba e kuduro, nadar em piscinas olímpicas, sentar-se em sanitas, fumar charuto, como se trajar e se comportar em ambientes da alta sociedade. O Soba achou que o nome do seu fiel companheiro já não se adaptava à sua nova condição social; de fato, Sofrimento já não sofria; assim decidiu lhe levar a uma Conservatória própria para animais e lhe registrou com o nome de Mister Bobby Jackson. Na intimidade lhe tratava carinhosamente só de meu Bobi. Xêié!

Os jovens caminhavam há já vários dias. Tinham fugido de suas aldeias, apesar da cerrada vigilância das autoridades coloniais e do perigo que representavam alguns sobas e cipaios que colaboravam com a PIDE. Chegamos ao Congo-Léopoldville duas semanas depois de termos deixado Angola.

Soba Kitekulu não se esquecera do seu velho companheiro de caminhada: Mestre Manimaza. Lhe instalou numa grande avenida, onde passou a morar com todas as mordomias; colocou-o num grande centro de investigação científica onde estava em contato permanente com renomados astrólogos, astrônomos, cosmógrafos, cosmólogos e oceanógrafos.

Quando se deslocasse, era seguido por um séquito de seguranças bem armados e todos de óculos escuros, montados em jipes de marca gmc, pretos. As ruas por onde a caravana passasse eram fechadas à circulação de quaisquer viaturas; aliás, uma hora antes da saída da comitiva já os habitantes da Zona sabiam por onde o Comandante passaria, pois os seguranças já tinham tomado posições; já se tinham instalado nas varandas e nos terraços dos grandes edifícios; já se tinham pendurado nas árvores que emolduravam as avenidas. Os seguranças não falavam nada;

não respondiam a quem quer que fosse; quando ordenassem que uma viatura qualquer parasse, era para cumprir; tinham ordens para disparar ao menor estranho movimento.

O Soba tinha dado o seu nome a uma universidade, a dois institutos superiores, a todas as escolas primárias da província do Ngola; igualmente, dezenas de ruas, praças e pracetas tinham sido batizadas com o nome do Governador. Uma equipe de futebol levava o seu nome; de igual modo uma banda musical que animava os comícios celebrativos de datas históricas; havia nos grandes centros comerciais lojas que vendiam camisolas, lenços, sapatilhas, gravatas, bonés e chapéus com a cara dele. A Biblioteca, o Museu da Província, o Hospital Central, o Centro de Conferências, a Creche, tudo tinha o nome do novo Governador Provincial. Esses empreendimentos que imortalizavam o seu nome eram inaugurados por ele próprio; até mesmo simples fontenários não escapavam à sua vontade de aparecer sempre e em todas as ocasiões. Nesses momentos de júbilo tudo parava para saudar as iniciativas do dinâmico chefe da nova província. Por ocasião do seu aniversário natalício era dia feriado; não havia aulas, nem os centros comerciais nem as lojas abriam as portas; as organizações juvenis e femininas cantavam canções apropriadas para louvar e desejar longa vida ao Soba Kitekulu; organizavam-se torneios de futebol, de basquetebol, de handebol, voleibol, de boxe; as companhias cervejeiras lançavam produtos especiais com a cara do Soba; as loterias assinalavam o aniversário do Governador com extrações especiais; de igual modo os Correios com selos comemorativos. As crianças do sexo masculino que nascessem no dia do seu aniversário tinham que levar o nome do Soba; era uma ordem que tinha de ser escrupulosamente cumprida, mesmo contra a vontade dos pais. As igrejas neopentecostais realizavam grandiosos cultos ecumênicos com louvores e muita música; algumas cantavam que o Soba era mesmo o Filho de Deus tão ansiosamente esperado!

Por ocasião do aniversário da criação da província do Ngola, era uma festa de arromba. Dançava-se em todo o lado; em todas as ruas havia postos de distribuição gratuita de bebidas; os restaurantes enchiam-se de muita gente. Ao cair da noite organizava-se no Palácio do Governador um grande e animado baile. Os convites, que eram distribuídos com pelo menos quinze dias de antecedência, indicavam o traje obrigatório: vestido longo para as senhoras e *smoking* para os senhores. Todos os anos as pessoas ansiavam que aquela solene ocasião chegasse para serem convidadas e poderem conviver com gente fina para além de apertarem a mão do Soba-Governador. O baile começava com a abertura do salão pelo Governador que dançava invariavelmente com a mesma velhota. As más-línguas diziam que era amante dele. De qualquer modo, uma vez aberta a pista de dança, os pares movimentavam-se ao som de música variada tocada por uma orquestra de renome internacional.

Estava a festa muito animada quando um oficial do protocolo chegou-se ao Soba e disse-lhe que, mesmo com tanta segurança montada e o controle rigoroso dos convites, o Homem-Mandioca tinha conseguido penetrar no Palácio, vestido de *smoking* como os demais convidados! Haka! E mais: o estranho ser estava naquele momento a cantar, a dançar, a tocar piano, bateria e instrumentos de sopro na orquestra! Haka! O Soba caiu da cadeira quando isso ouviu. Foi logo socorrido por médicos da sua comitiva. Fora um mal-estar passageiro, disseram. De qualquer modo, pouco depois, recobrado, intimou que trouxessem à sua presença o safado intruso. Mas como? O canalha, sacripanta, filho de uma cadela vadia, trígama, tríplice, tripla, estava naquele momento a exibir-se em vários pontos do salão! De fato, o Homem-Mandioca estava em plena execução na orquestra pelo que tinha muita gente a admirá-lo. A tocar trompete imitava tal qual Satchmo e recebia uma chuva de aplausos naquele momento quando interpretava *Hello, Dolly*; a extasiar toda a plateia que vibrava ao som de um sincopado bebop; a tocar piano parecia o virutoso Duke Ellington; a tocar guitarra interpretava *Every Day I Have the Blues* tal qual B. B. King; a dançar encantava com o seu sapateado que nem Fred Astaire e deslizava seu charme por todo o salão! De modo que, os homens do Soba desistiram de cumprir escrupulosamente com a tarefa que lhes fora incumbida, para além de que os convidados não queriam nada perder aquela oportunidade única de ver e aplaudir as muitas habilidades dos múltiplos homens-mandioca!

O Governador tinha participações nas principais sociedades que se instalavam na sua Província; não autorizava nenhum projeto sem que lhe fosse garantida uma comissão de pelo menos 20%; quando achava não prudente assinar seu nome em negócio de qualquer natureza, fazia-o por interpostas pessoas — alguns familiares seus, amigos e amigas velhotas como ele com quem passava noitadas. Em projetos de âmbito central na sua Província incompatibilizava-se sempre com Ministros pois estes não estavam dispostos a partilhar lucros com ele; Soba Kitekulu barafustava como podia, mas era raro conseguir algum dividendo.

O Governador da nova Província fora informado por várias pessoas que um estranho homem tinha sido visto a andar, a fazer ginástica no calçadão ajardinado do Ngola; diziam que o homem caminhava e corria, desafiando todos quantos quisessem lhe competir; que o tal quem parecia ser mais um tubérculo que um humano. Ah! Quando o Governador ouviu isso disse consigo só que o tal estranho só podia ser mesmo o Homem-Mandioca; que desta vez o foragido fantasma não se escaparia. Ah! Filho de uma cadela sarnenta!

Mirei a arma; estava muito atento a qualquer movimento do soldado tuga. Se ele tentasse disparar, eu lhe estraçalhava os miolos; ele que ousasse, ali seria o fim dele. Entretanto, um pássaro voou de uma árvore para outra; foi o suficiente para me descontrolar; disparei à toa e o soldado tuga fez um sinal e veio vindo seguido de uma dúzia de seus camaradas. Só fugi.

O Soba vivia então numa grande e moderna mansão construída numa das zonas mais luxuosas da Zona. No quintal da mansão tinha um pomar de um hectare que ele cuidava diariamente com todo o carinho. Na área cultivada, vira crescer uma mandioca gigante o que lhe pôs, primeiro, muito encantado e maravilhado. Levara a casa pessoas amigas para admirarem aquele prodígio da natureza. Depois, informado sobre a provável presença do fantasma nas margens do Ngola, certeza que tinha de o ter visto no Carnaval, começou a cogitar sobre se aquela mandioca no seu pomar não seria o tal Homem-Mandioca a dormir em casa dele para um dia lhe atacar? Então decidiu tirar de lá a mandioca gigante e lhe confiar a cientistas renomados para lhe analisarem bem. Antes, examinou o tubérculo minuciosamente mas não descobriu nada de anormal. Pressurosos, os cientistas anuíram, então, aos prementes apelos do Soba, não fossem eles famosos e altamente competentes investigadores. Estavam assim debruçados sobre o estranho tubérculo, quando, passadas mais de três horas, um dos cientistas reparou que a mandioca respirava, tinha vida, era uma pessoa! Eh! Eh! Eh! Perplexos, mandaram chamar o Soba para que visse com os seus próprios olhos o que eles nunca tinham visto em muitos anos de profundas investigações. Alertado para a situação, o Soba mandou primeiro cercar o laboratório convicto de que a tal mandioca não era senão o Homem-Mandioca que desde há muito lhe deixava intrigado. Quando chegou ao laboratório os botânicos não sabiam como explicar ao Soba que a mandioca tivesse desaparecido! E mais: que o estranho ser antes dera uma bofetada a este reputado cientista, como vossa excelência poderá verificar! O Governador, só ele sabia que, afinal, a mandioca que crescera no seu pomar era mesmo o Homem-Mandioca que tinha mais uma vez se escapado! Biltre!

Entretanto, começava a constar que o Soba afinal não era nada humilde, muito menos proletário; era um refinado pequeno-burguês que, sem disfarces, falava mal da ideologia proletária e, por isso, do regime. Dizia-se que o Soba em conversas com amigos defendia abertamente o capitalismo; que era muito mais vantajoso do que o socialismo que só trazia fome e miséria. Para além disso, o conceito em que o poder central o tinha degradou-se mais ainda quando constou que o Soba-Governador tinha mandado cunhar moedas com a cara dele; que estava a tomar medidas para que a Zona tivesse uma moeda própria e convertível em qualquer parte do mundo; que, depois, a Zona teria o seu próprio hino e símbolos especiais.

Mandara apagar e rasgar todo o material de propaganda do regime; tudo o que fizesse alusão ao socialismo científico, a Marx, Engels e Lenin, era pisoteado à noite pelas chamadas brigadas de limpeza; a estátua de Lenin que custara uma fortuna e viera expressamente de Moscou, tinha sido derrubada ao som de fanfarra. Tinha autorizado o surgimento de várias estações de rádio e de televisão e de vários jornais que só falavam mal do governo central. O novo Governador estava convicto de que assim ficaria de bem com a sua consciência e os seus ideais. Não acreditava na ideologia oficial; o que ele tanto desejava era só o bem-estar do seu povo.

Antes idolatrado, o novo Governador passou a ser odiado. Os bajuladores que tinha à sua disposição, fartos de aguardarem inutilmente por recompensas, foram urdindo contra si. Ao fim de seis meses de governação, veria o seu consulado abortado devido a uma onda de intrigas, precedidas de muitas ameaças à sua integridade física.

Certa noite, mal tinha começado a dormir, bateram à porta. Eram militares e seguranças que tinham vindo lhe buscar por ordens superiores. O Governador exigiu que lhe apresentassem um mandado de captura assinado pela entidade competente. Nem que lhe responderam; lhe bordoaram só, primeiro, depois lhe vendaram nos olhos. Anoitecido na visão dele, foi, assim, na escuridão e nunca mais voltaria a ver o sol nascer.

Deitado na sua cama, nos ares, despertou ao raiar do sol. Espreguiçou-se, depois olhou lá para fora através da janela e constatou que estava na sua Zona de Acção. Um passarinho veio em chilreios dizer-lhe que era hora de saltar da cama. Estava outra vez na margem de onde nunca, afinal, saíra.

XXV

Os dois conheciam bem a região de outras andanças. Não era a primeira vez que se encontravam nas margens do Kunhinga. Aliás, conheciam todos os principais rios que nasciam ou passavam pelo Bié. Vieram canoando, em passeio, para o reencontro com aquelas terreolas o que não faziam desde há muito tempo. E, atentos, anotavam as mudanças que encontravam no seio das populações.

— O país está a transformar-se. No meu tempo de jovem os Bienos eram muito conservadores e orgulhosos de sua cultura. Hoje parece-me que as coisas mudaram um pouco — falou Manimaza.

— Com a situação de guerra que o país viveu está tudo em mudança. Nada é como antes. Vê-se por aqui muita gente estranha; gente do Norte e do Sul — disse o Soba.

— De fato, a guerra veio baralhar tudo. A nossa cultura, hoje, é tudo isso; os povos misturados. Não se sabe já se há margens bem definidas entre as culturas.

— Não creio que se possa hoje falar em culturas puras, raças ou etnias puras. Mesmo se recuarmos no tempo vamos ter de ter em conta que houve muitas migrações de povos não só no continente como em Angola. Quer dizer que essas mudanças já começaram há muitos anos. Entre as margens, há travessias constantes.

Corria o Kunhinga suas correntes águas. Nas margens, os povos desfrutavam da tranquilidade daqueles ares. Deduzia-se, assim, que a Kianda e os povos estavam em completa harmonia. Mas notava-se que a guerra trouxera muita gente de outras paragens; eram outros modos de se preparar os alimentos; outras línguas que se misturavam com os falares locais; outros hábitos e costumes. As mulheres que normalmente andavam de panos, agora usavam saias, as raparigas minissaias; as tranças naturais foram substituídas por longos cabelos postiços; o tradicional recato feminino dera lugar a atitudes e comportamentos ousados e depravados; os jovens já não falavam umbundu; tinham deixado de cantar as canções tradicionais, só cantavam as músicas que mais ouviam na rádio e na tv, muitas delas em inglês; fumavam e bebiam desalmadamente. Para além de todos esses males, começava a registrar-se o aumento de número de crimes e de violência doméstica.

Mais-velhos e pastores de diversas igrejas e seitas das duas margens tinham decidido reunir-se. Era urgente acabar com aquela situação. Uns culpavam a rádio e a televisão por não promover os bons hábitos e costumes da terra; outros criticavam a invasão silenciosa nos lares de canais de televisão estrangeiros que passavam novelas e programas cujos conteúdos feriam a sensibilidade dos mais-velhos e das senhoras em particular. Outro problema que preocupava os responsáveis das comunidades ribeirinhas era a perda progressiva da identidade cultural que a todos unia desde há muitos anos; as tradições iam perdendo terreno em proveito da modernidade; os jovens só queriam imitar o que viam nos canais de televisão.

— Esse é um problema com que se confrontam todas as comunidades, quer as urbanas, quer as do campo. Estamos na era da chamada globalização onde já não há nem fronteiras nem margens e as distâncias são cada vez mais curtas. Ou melhor, e aqui também, há travessias cada vez mais frequentes e intensas entre as margens — falou o Soba.

— Mas alguma coisa tem de ser feita. Tem de haver políticas públicas no sentido de se inverter a situação — disse Manimaza. — Por exemplo, essas farras que a juventude organiza; o modo como as raparigas vão vestidas para essas festas e como dançam! Um velho como eu já não suporta ver aquelas cenas... a esfregarem-se todos... é uma indecência!

— Isso é verdade. É a chamada tarrachinha. Uma pouca vergonha! O pior é que a moda já chegou a todo o lado! Mas, lutar contra a generalização dessa tendência é quase impossível.

— Não digo lutar, mas contornar, reduzir o impacto desses modismos na sociedade. Lutar contra a globalização eu sei que é uma utopia. Mas podemos melhorar os conteúdos dos programas da rádio e da televisão; envolver também a Educação. É nas escolas que a juventude passa a maior parte do seu tempo. Na escola e na família.

Caminhando numa das margens do Kunhinga, Soba Kitekulu e Manimaza desfrutavam da frescura daquela aragem, enquanto observavam que no capim havia tufos em que desabrochavam margaridas, viam joaninhas esvoaçando e coloridas borboletas em rodopios.

— Pois é, tudo isso é necessário... Mas o problema é que as comunidades ribeirinhas acusavam o Governo de ser o culpado de toda a situação. Por isso estavam a encarar a possibilidade de enviar uma delegação a Luanda para se resolver o problema.

— É evidente que este problema não é só do Governo mas de toda a sociedade.

Após acalorada discussão, os responsáveis das comunidades decidiram criar uma Comissão de Ética e Bons Costumes. O objetivo era combater a adulteração dos hábitos e costumes dos povos ribeirinhos; promover a tradição; vigiar e controlar a modernidade; acabar com a instalação de antenas parabólicas; que só se podia ver os canais da televisão nacional; que os pastores difundissem nos cultos só a Palavra do Senhor.

Entretanto, passado algum tempo, começaram a surgir outros problemas. Estes, novos e não causados por ninguém das comunidades ribeirinhas. Eram problemas que estavam a ser criados por pessoas vindas de outras longínquas terras, outras margens, e com hábitos estranhos às comunidades. Assim: os peixes do rio foram aparecendo sem vida, a boiarem na superfície das correntes águas; com os peixes mortos vinham também muitos pássaros; as mulheres reclamavam por não conseguirem apanhar água para uso caseiro nem branquear as roupas que, como era hábito, lavavam nas margens; as águas vinham oleosas; o verde das margens desaparecera. E não era tudo. Máquinas grandes tinham invadido as terras aráveis dos camponeses e começaram a construir fábricas. Dizia-se que era o agronegócio que traria desenvolvimento àquelas terras.

— E era de fato uma invasão sem consulta prévia aos agricultores tradicionais da região. Falava-se que era o Governo que, querendo ajudar o desenvolvimento socioeconômico das comunidades ribeirinhas, ia implementar grandes projetos agropecuários.

— Seja como for, deviam consultar os povos das comunidades. Essa atitude, quanto a mim, só expressa arrogância. Quem foi que lhes disse que as comunidades que até ali viviam pacificamente, queriam aquelas fábricas e grandes fazendas agropecuárias? Quem foi?! — interrogava-se Soba Kitekulu.

— Deviam era preocupar-se mais com a agricultura familiar. De fato, o que os camponeses desde há muito reclamam é de tratores e alfaias para cultivarem suas pequenas propriedades agrícolas e de algum financiamento para iniciarem o negócio — falou Manimaza.

— Diziam que esses projetos iam criar novos postos de trabalho, que isso era muito bom para o progresso da região. Vamos ver... É preciso ver para crer. De qualquer modo, como já disse, isso só prova que os novos-ricos não querem saber dos pobres para nada. Com a agravante de que os donos das terras nem sequer foram consultados. Isso, para além de expressar arrogância, é também um grande abuso.

— O problema é mais complexo ainda porque no seio desses novos-ricos vamos encontrar muitos filhos do Bié. É gente influente que vive em Luanda, próximo do poder — disse Manimaza.

— Já ouvi dizer que no seio deles há gente a forjar notícias más sobre a governação local... — considerou o Soba.

— E por quê? Tudo porque o Governador não é filho da terra. Dizem que é do Norte. Mas o mais grave é que se no seio desses novos-ricos há os radicais, os defensores das tradições do Bié, há também os que advogam a modernização total da sociedade biena, apesar de serem apenas descendentes de Bienos, nascidos fora da Província.

— Com certeza que o que a todos mobiliza são os seus interesses econômicos.

— Pois claro, é isso mesmo que movimenta toda essa gente.

Com estes novos problemas, a Comissão de Ética e de Bons Costumes alargou seu âmbito de atuação e passou a designar-se, então, Comissão para o Desenvolvimento das Comunidades Ribeirinhas do Kunhinga. Era preciso defender os direitos dos autóctones do Kunhinga. E para isso, se fosse necessário, lutariam até ao fim. Não queriam nem precisavam do apadrinhamento de nenhum partido político; que isso ficasse bem claro. Que aqueles povos tinham uma tradição de luta de antanho; que sabiam bem o que era bom para eles; que o que mais lhes interessava era a paz e o desenvolvimento de todo o país de Kabinda ao Kunene.

Assim, preocupados, foram ter com o Governador da Província do Bié a quem expuseram suas inquietações. O dirigente máximo da Província depois de lhes ouvir, garantiu-lhes que iria saber de que projetos se tratava; que, sendo projetos de âmbito central, ele deveria ter sido consultado; que, tratando-se de iniciativas privadas, era necessário que os órgãos competentes do seu Governo estivessem informados e que ele deveria ter sido previamente contatado. Quanto à poluição das águas do Kunhinga, que já tinha ouvido falar do caso, não sabia qual a origem do problema; como o rio passa por muitas terras, ia mandar averiguar imediatamente. A Comissão voltou satisfeita com a recepção e esperançada que em breve se encontrasse uma solução a contento das populações ribeirinhas. Todavia, quanto às questões da ética e da preservação da identidade cultural das comunidades, o Governador pouco adiantou. Em poucas palavras disse que era um problema com que se confrontava toda a sociedade angolana.

— Não acredito que o Governador não estivesse informado. Nunca se sabe quando é que ele próprio era o promotor daquelas iniciativas — falou Manimaza.

— Sinceramente, eu também não acredito. O mais certo é que o Governador tinha as suas impressões digitais no assunto. Que ou ele próprio ou terceiras pessoas a ele associadas estivessem implicadas — disse o Soba.

— Infelizmente, é sempre assim que, no país, se fazem os grandes negócios... Acho mesmo que o fato tão propalado de o Governador não ser filho da terra era apenas um subterfúgio para que as pessoas deduzissem que os tais novos-ricos, nativos da terra, nunca se aliariam nunca a quem não fosse da terra para fazer negócios.

— É isso mesmo. É gente habituada a fazer pactos com deus e com o diabo, dependendo dos interesses em jogo.

Para além de tudo, o que irritou muito as comunidades ribeirinhas foi o fato de na ação de desmatação, destronca e terraplanagem as máquinas terem devastado o cemitério onde repousavam os restos mortais dos seus ancestrais. He! He! He! O Governador ficou pasmado com a informação e mostrou-se perplexo pois a delegação exigiu grandes somas para reparar o mal. De outro modo... alguma coisa lhe poderia acontecer. Aliás, a delegação deixou claro que, se a indenização não fosse assumida, o autor ou autores de tal sacrilégio pagariam caro; seriam perseguidos por um *dikixi* que eles tratariam de pôr sempre atrás deles; morreriam em poucos dias e as suas almas iriam para o inferno imediatamente. Para além disso, o senhor Governador seria exonerado em pouco tempo.

O assunto, já de si sério, tornou-se mais complexo ainda por no tal cemitério existirem santuários onde os kimbandas e feiticeiros guardavam caveiras, ossos, dentes de marfim, chifres e peles ressequidas de vários animais, velas, panelas de barro com mixórdias. Tinha também no cemitério um santuário especial que era um lugar de adoração: era lá que ficavam os tótemes representados por várias figuras de animais e de plantas. Aqui os populares vinham regularmente pedir a intercessão de Deus por intermédio de seus deuses e deixavam cruzes de vários tamanhos, santos, terços e acesas lamparinas. Esses santuários eram, à noite, lugares de repouso de mochos, corujas e de morcegos. Eh! Eh! Eh!

Certa noite, o Governador, completamente nu, andava a toda a brida, primeiro, para depois correr, saltar montanhas, voar acima de frondosas árvores; fugia de muitos animais selvagens; transpunha abismos enormes; refugiava-se em carregadas nuvens mas era logo descoberto por aves negras de grande porte que lhe traziam cá para baixo. Atrás dele ouvia uma grande algazarra; era gente desconhecida que vinha para lhe surrar; traziam paus, troncos de árvores, facalhões, serras e espingardas; vinham máscaras feias e descomunais; gargalhavam e cantavam cantos guerreiros em línguas várias. Quando acordou, o Governador ardia em altas febres.

Numa certa manhã de um dia nevoento, o Governador deslocou-se à sua fazenda na companhia de alguns seguranças, e cães, como fazia regularmente. Um dos trabalhadores da fazenda saudou-o e disse que tinha algo de estranho que ele tinha encontrado há alguns dias. O Governador mandou-o buscar o que tinha achado de extraordinário. Era uma mandioca enorme com cabeça, tronco e membros; parecia mesmo uma pessoa. Ordenou que a pusessem na carrinha em que seguia; levaria a estranha mandioca para o pomar que tinha no Palácio. Enquanto iam de regresso ao Palácio, um dos seguranças que segurava a mandioca, reparou que ela respirava como um ser humano! He! He! He! Gritou a plenos pulmões na sua língua nacional, enquanto batia freneticamente na cabine para que o Governador, que ia ao volante, parasse. Xêié! Um outro segurança, saltou da carrinha ainda em andamento, cabriolou e desapareceu na mata cerrada, abandonando a arma! Os restantes estavam assustados com o que tinham acabado de ver e nem conseguiam falar. O Governador desceu da carrinha e, aos gritos, perguntou aos seguranças o que é que se estava a passar para tanto alarido. Entretanto, a mandioca levantou-se, saltou da carrinha e deu um soco no peito do Governador e pôs-se em fuga! Eh! Eh! Eh! Ato contínuo, os seguranças saltaram e abriram fogo na direção em que lhes parecia a mandioca se ter escapado, enquanto o Governador tinha desmaiado e permanecia, por isso, deitado no chão. Por mais de uma hora esteve ali a carrinha com o motor a trabalhar, as portas abertas e o rádio ligado; os cães ladravam à toa; os seguranças continuavam a perseguir a mandioca que tinha agredido Sua Excelência o Senhor Governador que jazia no chão, completamente fora de si.

Três horas passadas, regressavam os seguranças completamente extenuados e sem o estranho tubérculo; o Governador continuava deitado no chão; embalado pela música que transmitia o rádio, dormia e ressonava como se estivesse na sua confortável cama do Palácio.

"Oh! O que é que se passou comigo? O que é que estou a fazer aqui deitado? Fui assaltado por bandidos? Fui enfeitiçado? Vou ter que mandar chamar o meu kimbanda; ele que venha discreto, se for necessário mesmo às escondidas e disfarçado de militar ou de mulher; oxalá ninguém o veja entrar no Palácio; as pessoas daqui falam muito. Não, o melhor mesmo é eu ir ao encontro dele; vou eu mesmo a conduzir a viatura, sem escolta nem nada; não se pode confiar muito nesse pessoal; desta vez ninguém saberá que fui no kimbanda me tratar. Seja como for, desconfio que alguém me esteja a perseguir; talvez seja aquele soba com quem há tempos discuti por causa de um terreno; só pode ser mesmo esse soba malvado que me lixou; ou, quem sabe?, o tal *dikixi* a me perseguir por eu não ser natural do Bié. Ai ai ai, tenho mesmo que ir ao kimbanda. O assunto é mesmo muito sério. Qualquer dia acabam comigo."

Preocupadíssimo com o assunto, o Governador teve de chamar as autoridades tradicionais para lhe ajudarem a resolver o grave problema e com a máxima urgência, recomendou. E disse que ele já estava a sentir as ameaças pois mal conseguia dormir sono profundo como antes; via almas de outro mundo a lhe importunarem; e até tinha sido agredido por uma mandioca que parecia uma pessoa. Os sobas manifestaram-se todos muito admirados com o que tinham acabado de ouvir. E cochicharam entre eles. Durante o encontro o Governador reparou que o soba com quem tinha tido uma desavença lhe olhava e olhava mamente; um olhar penetrante aquele; quando calhava se olharem olho-nos-olhos, o Governador se sentia vacilar nas pernas bambas! Interrogado sobre se conseguira identificar alguém no sono, algum rosto que lhe fosse familiar, o Governador disse, primeiro, que não conseguira reconhecer ninguém; mas depois disse que se recordava do espírito de alguém que se chamava Manimaza ou Manimenha. As autoridades tradicionais se entreolharam só, intrigadas; nunca tinham ouvido falar de um alguém com um tal nome.

— Manimaza?! — perguntou pasmado o Soba Kitekulu. — Então eras tu que estavas a correr atrás do Governador?

— Nem eu nem o meu espírito. Mal conheço o tal Governador.

— Mas então?! Como é possível? Por que é que o Governador falou em ti?

— Juro que não sei de nada. Repito: nem eu nem o meu espírito, que o tenho bem controlado; não o deixo à deriva — falou misterioso Manimaza.

— Oxalá que assim seja... — disse o Soba não convencido.

Entretanto, o Governador passava as noites em claro. Ultimamente, quando conseguia adormecer, despertava pouco depois; dizia ter sido estrangulado por um chacal; todas as noites o canídeo lhe aparecia lhe arreganhar caretices. Às vezes até de dia se assustava assim só porque pressentia estar a ser perseguido por uma matilha de chacais. Olhava atentamente para trás e não via nada. Decidira então passar a dormir com uma metralhadora, para além de ter orientado sua segurança que tomasse medidas para evitar a entrada de qualquer animal no seu quarto, muito menos de um homem transformado em mandioca. Tudo ficou na mesma.

Aconselhado por um familiar, acabou por contar tudo a um outro kimbanda que mandara chamar, já que o seu, de absoluta confiança, não conseguia dar conta do recado por ultimamente estar sempre bêbado. Peremptório, o kimbanda, afamado por ter resolvido casos muito complicados, disse que, enquanto não resolvesse o problema do cemitério, Anúbis lhe apareceria sempre sob a forma de um chacal; que quanto mais rápido o Governador resolvesse o assunto, mais rapidamente a situação seria resolvida; que ele, enquanto simples kimbanda, não podia fazer nada contra a vontade suprema do deus dos mortos.

Foram muitas as diligências feitas com idas constantes às zonas ribeirinhas do Kunhinga; reuniões restritas com quem se julgava com poderes especiais. Após muitas discussões, os responsáveis das comunidades aceitaram colaborar com o Governo, mas exigiram grandes somas em dinheiro, bebidas espirituosas, garrafões de vinho, tecidos e panos do Congo, fardos de roupa diversa. Para além disso, o Governo da Província teve de distribuir terras aráveis e instrumentos agrícolas às comunidades reclamantes. O Governador Provincial fora obrigado a usar um amuleto com um chacal preto ao pescoço, sob pena de continuar a passar noites a ver chacais a lhe arreganharem. Haka!

XXVI

Uma viagem que deveria durar no máximo duas horas e meia já levava mais de três horas; e não se sabia quantas horas mais a delegação da Comissão de Controle e Disciplina tinha que aguentar até chegar à sede da Província. Partiram de Luanda por volta das oito horas, com tempo suficiente para iniciarem o trabalho às onze.

Meia hora depois de terem saído de Luanda, um dos dois jipes tinha um pneu furado. Pacientemente, o motorista e o segurança procederam à troca do pneu. Cinquenta quilômetros percorridos, o outro jipe teve uma avaria: a temperatura do motor tinha subido subitamente. Como e por que, perguntavam-se os membros da delegação, se os jipes eram novinhos em folha. Não haveria algo de anormal naquela viagem? Os olhares dos membros da delegação dirigiam-se todos para Manimaza como que a lhe perguntarem o que é que se estava a passar. Manimaza vinha no segundo jipe; estava calmo e sereno a apreciar aquela exuberante paisagem. Nadizia nada.

Retomada a viagem, lá foram andando. Um dos membros da delegação que vinha no primeiro jipe contava muitas estórias e anedotas o que punha todos os companheiros de viagem muito bem-dispostos e descontraídos. O chefe da delegação não era de muitas falas; dizia só o necessário de forma pausada e caía num longo silêncio filosofal. Mas ouvia atentamente as anedotas e se ria com naturalidade.

Uma paragem agora por um motivo inusitado: uma manada de elefantes atravessava vagarosamente a estrada! Um dos membros da delegação que conhecia bem a região, ficou de boca aberta; nos seus mais de quarenta anos de idade nunca tinha visto elefantes ali; saiu da viatura para esvaziar a bexiga, enquanto pensava na razão de ser daquele extraordinário acontecimento. Se admirou mais quando constatou que estava há já cinco minutos, pelo menos, a urinar e que sentia a bexiga sempre cheia; assim, ficou ali dez minutos a se verter! Entretanto, estupefato, reparou que quando a urina caía no chão transformava-se em plantas, verdinhas plantas! Haka! Falaria dessa estranha ocorrência a Manimaza, quando estivesse sozinho, não fosse toda a delegação saber do caso e cada um dar a sua livre interpretação.

O motorista do jipe da frente buzinava convencido de que, desse modo, os elefantes se apressariam no seu caminhar. Em vão, não tinham pressa e nem sequer se assustaram com a buzina do jipe.

Estiveram ali parados cerca de quinze minutos à espera que a manada passasse. Era uma fila enorme e serpenteada; de certeza que estava ali a desfilar uma família completa de elefantes; bisavós, avós, tios, sobrinhos, primos, filhos, netos e bisnetos; os mais idosos eram mais lentos no caminhar para além de terem a pele enrugada; os mais novos eram mais destros e brincavam. Os mais velhos trombeteavam, enquanto os mais novos urravam. Para além de pisarem todo aquele tapete verde, tinha pássaros de vários tamanhos e bichinhos voadores a lhes acompanhar na travessia.

Quando os elefantes tinham acabado de passar todos, retomaram a viagem. Pelo caminho só falavam do acontecido; interrogado Manimaza sobre o que dizer do que tinham acabado de ver, o Mestre disse só que não sabia que naquela região nunca ninguém tinha visto elefantes.

E foram. Uns quilômetros mais lá para frente uma nova paragem: um bando de avestruzes atravessava a estrada na velocidade que a natureza lhes concedera; mas eram tantas dezenas, o suficiente para reter ali a delegação por cerca de trinta minutos! Os granidos eram tão intensos que ninguém conseguia falar um ao outro. O membro da delegação que conhecia bem a região, de tão espantado que estava, não conseguia falar de tanta emoção; os nervos lhe obrigaram, outra vez, a sair do carro a toda a pressa para urinar; ih?!, é o quê então?! E demorou-se a verter águas mais de dez minutos; eheheh!; e viu que sua urina no chão formigava — se transformava em centenas de formiguinhas em movimento, eh!eh!eh!; se espantou e se perguntou o que é que se passava com a sua bexiga. O chefe da delegação, estranhando a demora, perguntou a Manimaza o que é que o colega tinha? O Mestre encolheu só nos ombros para expressar que ele também não sabia de nada. O chefe da delegação agora dava a perceber que estava nervoso; agitava-se onde estava sentado e falava rápido; instruía o motorista para que não parasse mais; que ainda que fosse uma manada de touros ele devia carregar no acelerador e andar, andar sem parar. Olhou outra vez para Manimaza e lhe viu só sereno-calmo-quieto.

E foram. Cerca de meia hora de viagem, numa planície, estava a estrada impedida (outra vez?!) É o quê mais então, *Tata-Nzambi*?!: uma manada de zebras fazia a travessia, a galope, para a outra margem da via! Todos desceram dos jipes e ficaram ali a ver o inusitado espetáculo. E repararam, estupefatos, que a natureza circundante — árvores, arbustos e montanhas — estava toda listrada! Eh! Eh! Eh! E eles próprios, repararam depois, que também estavam zebrados: as roupas, os sapatos, as mochilas, os jipes! Manimaza estava com ar cético ante os olhares de todos convergidos nele; esperavam que ele desse alguma explicação. Só uma hora depois, com a passagem da última zebra, tudo voltou à normalidade.

E foram. Mais vinte quilômetros andados, e mais uma paragem forçada. Eheheh! É o quê mais então?! Era uma manada de dezenas de girafas! Mam'ééé! Ninguém tinha visto ou ouvido falar de girafas assim tão grandes: com pescoços muito compridos, de dez a quinze metros! Eh! Eh! Eh! Um espetáculo deslumbrante aquele. Os membros da delegação de tão estupefatos que estavam não diziam nada, só olhavam para aqueles animais de grande porte — dessas. Aquele que conhecia bem a região, desta vez nem sequer teve tempo de se levantar: se mijou-se! Manimaza cofiava só sua longa barba.

E foram. Meio quilômetro percorrido e mais uma paragem! Haka! É o quê mais então, meu Deus?!, que todos se perguntaram. Vinha um bando de macacos grandes e pequenos; pulavam e saltavam, uns por cima dos outros; faziam acrobacias; gesticulavam e acenavam para a delegação! E no meio da macacada vinha um suposto chimpanzé a quem os macacos faziam vênias e que, na verdade, mais não era do que uma mandioca enorme que dançava, pulava, contorcia-se e depois guinchava como os macacos, eheheh!; quando terminava a sua exibição, os macacos batiam palmas de satisfação e o chimpanzé sentava-se no chão e, de pernas cruzadas, punha-se a fumar charuto! He! He! He! Os membros da delegação estavam assombrados com quanto já tinham visto até ali, enquanto Manimaza olhava atentamente para os movimentos do suposto chimpanzé e dizia para si "pelos vistos, vou ter muito que trabalhar. Seja como for, eu já pressentia que muitas coisas estranhas haveriam de acontecer nesta visita. Um chimpanzé a fumar charuto! Sim senhor... Não há problema, homem prevenido vale por dois! Trouxe comigo tudo o que necessito para intervir: a pasta com os pós-de-perlimpimpim, as ervas, os ossinhos, as peles de leão e de pantera negra, um pedaço de caveira, uma vela, o espelho, as miçangas... acho que basta. O Comandante, comigo, está amarrado."

Ia a tarde já a meio quando a delegação chegou à sede da Província. No átrio principal do Palácio do Povo, cujo ladrilhado se apresentava escaqueirado no meio de tufos de capim, a delegação foi saudada por um grupo de dança guerreira. Os bailarinos estavam mascarados, traziam escudos em latão e lanças; miçangas ao pescoço e colares coloridos nos tornozelos; dançavam ao ritmo sincopado de grandes batuques. E cantavam e batiam freneticamente com os pés no chão. Eram ao todo treze bailarinos que evoluíam no enorme átrio; um bailarino pulava, rodopiava no ar, e caía com os pés bem assentes na terra com a lança em riste; um faquir apareceu a engolir fogos, lâminas e pregos; um contorcionista exibiu suas artes e depois saiu de cena transformado em cobra, eh! eh! eh!; um outro bailarino lhe viram sair feito gato preto! He! He! He! Os membros da delegação, embora animados com a calorosa recepção perguntavam-se onde andava o Comissário Provincial que não aparecia. Entretanto, quando a dança terminou — um rufo forte e seco assinalou o fim da exibição —, os bailarinos foram aplaudidos pela delegação. Um dos bailarinos, que na peça acabada de exibir era o chefe dos guerreiros, deu três passos em frente, fez uma vênia à delegação e se desmascarou. Quem era ele? O Comissário Provincial em carne e osso! Eh! Eh! Eh! A delegação lhe ovacionou mais ainda. O chefe da Província estava suado, ofegante e transpirava como os demais bailarinos.

A delegação foi logo acomodada em vários quartos, com a recomendação do Comissário Provincial para que se refrescassem, primeiro, e depois passassem ao salão de visitas, enquanto ele se ia aprumar. Os membros da delegação observaram que as paredes que davam acesso aos quartos estavam sujas, rabiscadas e com pedaços de propaganda do Partido. Depois de terem sacudido o pó da viagem, foram, então, ao salão de visitas. Enquanto esperavam pelo Comissário, todos, a um canto do salão, se aproximaram de Manimaza que, em baixa voz e grave — olhos dele muito fixos-reluzentes-chamejantes — , reiterou as recomendações que já havia transmitido em Luanda: que ninguém bebesse álcool; que antes de comerem qualquer prato que ele faria um sinal com a cabeça ou com os olhos, se a refeição era comestível ou não; que ninguém aceitasse comer cogumelos, podiam ser venenosos e não só; que não aceitassem sair à noite para a discoteca, muito menos dormir com raparigas; que ninguém saísse do seu quarto para ver quem é que estava a fazer barulho; que antes de se deitarem fizessem sempre uma oração para que tivessem uma noite tranquila. Com tantas recomendações, os membros da delegação ficaram apreensivos mas sentiam-se seguros e protegidos por Manimaza estar ali pronto a intervir sempre que necessário.

Uma hora depois, apareceu, então, o Comissário Provincial de bermudas cor de tijolo, uma guayabera de manga curta e os pés enfiados num par de chinelos azul e branco. Mas antes ouviu-se ecoar uma marcha militar; o tom baixou de volume para dar espaço a uma voz que disse: "Vai a entrar sua excelência o senhor Comissário Provincial, Comandante Sete Vigas, comandante 'Kapitangu', herói da Luta de Libertação Nacional, medalha de Veterano da Pátria, medalha Quatro de Fevereiro e medalha Onze de Novembro"; o volume aumentou, enquanto dois empregados abriam a porta espelhada que dava para o salão. Os membros da comitiva, tomados de surpresa, puseram-se logo em pé; o chefe da delegação não escondia o seu espanto ante aquela cena; hesitou levantar-se, mas como já estavam todos de pé, para não destoar, levantou-se também. Comandante Sete Vigas saudou novamente a delegação e ofereceu bebidas aos visitantes; todos pediram sumos diversos, enquanto Manimaza tinha optado por um copo de água; o anfitrião foi o único a beber um uísque velho de marca. Por três vezes, tirou o pé esquerdo dos chinelos, dobrou a perna esquerda sobre a direita e ficou assim a coçar no entre-os-dedos do pé; ato contínuo, com o indicador da mão direita, remexia vagarosamente as pedras de gelo no copo de uísque! O membro mais novo da delegação fez uma careta ao ver o Comandante a remexer no chulé e disse para si que enquanto durasse a visita se recusaria a lhe apertar a mão.

O salão era enorme; tinha maples cor de vinho que condiziam com a cor dos cortinados que estavam repuxados e deixavam entrar um pouco da luz natural; o chefe da delegação notara que o maple em que estava sentado, para além de ter a napa remendada com panos floridos, sempre que inclinasse o corpo para um dos lados o sofá desequilibrava-se pois, afinal, não tinha um dos pés de apoio; um grande tapete sujo, cor de tijolo com arabescos, pontilhado de buracos e com as pontas esgarçadas, cobria o chão do salão; um relógio de cuco tinha o ponteiro dos minutos parado e marcava duas e vinte; na parede, por detrás do Comissário Provincial, havia um quadro com a foto do Presidente do Partido e da República; numa outra parede estavam fotos de Marx, Engels e de Lenin; um televisor a preto e branco estava sintonizado na TPA que transmitia um programa de variedade circense; perceberam todos que era um espetáculo do Circo de Moscou. À sua direita, o Comandante tinha uma aká assente sobre um tripé. Enquanto conversavam sobre o programa da visita, o Comissário já tinha emborcado três copos de uísque; via-se-lhe que estava mais relaxado e falador; desejou ardentemente que a delegação, para além do aturado trabalho que teria pela frente, que se divertisse e descansasse; que ele gostaria muito de os levar à sua fazenda que distava cerca de dez quilômetros da sede da Província. Ouvia-se trabalhar de modo irregular um gerador, pelo que a luz aumentava e baixava de intensidade.

Estavam assim todos na sala quando, arrepiados e assustados, os membros da delegação viram uma cobra a entrar pela porta; todos gritaram "cobra! cobra! cobra!", levantaram-se num ápice e puseram os pés sobre os sofás; Manimaza também se assustou quando viu a cobra a colear. O Comissário disse para a cobra "vem cá minha fofinha", estendendo-lhe as mãos afetuosamente, eheheh! Permanecendo sentado e com muita naturalidade, disse aos visitantes que tivessem calma, que a cobra era amiga e inofensiva! Incrédulos, os membros da delegação não se convenceram; mas quando viram o réptil se aproximar do Comissário Provincial, subir para o seu colo e o seu dono lhe acariciar, voltaram a sentar-se; o mais novo da delegação levantou-se de repente e pediu licença para ir à casa de banho. O anfitrião voltou a pedir-lhes que permanecessem calmos e serenos; que ele compreendia a reação deles, mas que era tudo uma questão de hábito; que ele estava já acostumado a lidar com cobras e serpentes e que até tinha uma jiboia que lhes podia mostrar mais tarde. Os membros da delegação não quiseram beber mais nada, estavam descontrolados e nervosos. Manimaza estava aparentemente calmo; fixou demorada e intensamente o olhar na cobra; os restantes membros da delegação viram-no quieto mas com um olhar muito concentrado no réptil. De repente a cobra subiu para o pescoço do Comandante e enrolou-se nele. Ih?! O anfitrião entrou em pânico e chamou em alta voz pelo nome de um serviçal que entrou a correr. Mam'ééé! Manimaza, sempre atento a todos os pormenores, foi o único que reparou que o homem que acudia ao chamamento do Comissário, não era outro senão o bailarino-contorcionista que vira no grupo de dança que saudara a delegação à chegada ao Palácio e saíra de cena feito cobra! Diante do Comissário Provincial, o serviçal ajoelhou-se, fez uma vênia e tocou três vezes uma sineta; a cobra deslizou para o chão; o homem, que já tinha trocado de veste, contorcionou-se — os pés entre a cabeça — e de repente desapareceu. He! He! He! Todos estavam atônitos com o que tinham acabado de ver; em vez do serviçal, viram a cobra sair pela porta por onde havia entrado! Eh! Eh! Eh! O Comissário, sentindo-se aliviado e com uma das mãos no pescoço, disse que nunca a cobra se lhe tinha subido ao pescoço; que brincava com ela frequentemente ao colo e nos braços; no pescoço nunca. Mas, pronto, o perigo já tinha passado. Entretanto, regressava da casa de banho o membro mais novo da delegação, cara trancada. Olhou furioso para o Comissário e sentou-se.

"Vou ter aqui muito trabalho... mais logo, no meu quarto, tenho de chamar os espíritos. Primeiro um chimpanzé a fumar charuto, depois um bailarino-contorcionista e uma cobra... Ah! Pois. Estou a perceber... O Comandante amarrou muita coisa... vou ter de desamarrar tudo. Pois, pois. Hás de sentir o meu poder, camarada Comissário Provincial. Não sabes com quem te meteste, bandido."

Passaram depois à sala de jantar. Havia uma mesa larga e extensa que dava para trinta convivas; a toalha que cobria a mesa era floreada e tinha algumas manchas; a delegação estava toda de um lado; do lado oposto, ao centro, sentou-se o Comissário sozinho, sem ninguém a acompanhá-lo; num canto da sala estava um empregado de mesa, vestido a rigor. Sem que ninguém aparecesse a servi-los, os copos encheram-se de água! Eh! Eh! Eh! Depois o anfitrião perguntou às visitas se aceitavam uma sopa quente ao que elas anuíram. Após ter tocado a campainha que tinha à sua direita, os hóspedes, sem terem visto nenhum empregado a lhes servir, tinham ali os pratos de sopa servidos! Mam'ééé! Dois membros da delegação lançavam olhares interrogadores para Manimaza; este fez com a cabeça um movimento a significar que podiam tomar a sopa sem qualquer problema.

Entretanto, os membros da delegação ouviram um estranho barulho no teto falso; era um chio de bicharocos em alta correria! O Comissário Provincial, tendo-se apercebido da expressão de espanto e de repulsa no rosto dos membros da comitiva vinda de Luanda, adiantou-se em desculpas; que não se afligissem, pois o teto não desabaria; que, naquela época do ano, era normal o teto falso do Palácio regurgitar de ratos e morcegos; que se sentissem à vontade, pois. Entretanto, o chefe da Província tirou de um dos bolsos das bermudas cor de tijolo um apito e soprou-o; e os bicharocos no teto falso se aquietaram. Haka!

Todos os membros da delegação tinham optado pela água como bebida enquanto o Comissário bebia vinho. Tinha na mesa, do seu lado direito, um garrafão de vinho tinto que, a espaços, se alçava da mesa e se inclinava para encher o copo! Mam'é! Antes, logo após o primeiro sorvo, o anfitrião demorou-se em gargarejos meneando a cabeça, significando que estava a gostar da pinga. O chefe da delegação abriu bem os olhos para ver quem movimentava o garrafão, enquanto observava igualmente os gestos do Comandante. Terminada a sopa e sem que o Comandante tivesse dito algo, os pratos levantaram-se e, a tremelicar, foram todos, uns atrás dos outros, em direção à copa; eh eh eh!; como a entrada fosse pequena, cada prato esperava sua vez de entrar na cozinha através do postigo; os pratos, suspensos no ar, movimentam-se para baixo e para cima, estrelouçando-se levemente, sob os olhares curiosos e expectantes dos membros da delegação. He! He! He!

Entrementes, o gerador deixara de trabalhar e o Palácio caíra numa grande escuridão. Ouviram-se imediatamente passos em correria e alguém a mandar aos berros que se superasse a avaria. Ato contínuo e de modo inexplicável estavam pousados na mesa onde decorria o jantar quatro candeeiros a petróleo! Mam'é!

O Comissário, depois de se ter desculpado pelo apagão, arrotou e anunciou a entrada de travessas com funji, carne-seca, peixe-fumado e ervas variadas. Ouviram, então, o barulho de entrada dos pratos típicos; as travessas, como que já devidamente instruídas, deram uma volta inteira à mesa em alta velocidade — todos menos o Comissário, baixaram as cabeças com receio que as comidas típicas a fumegar caíssem para cima deles — e depois, no centro da mesa, foram pousando uma a uma! No momento de cada um se servir, Manimaza fazia sinais; todos perceberam, de modo sutil, que deviam comer o funji com o peixe-fumado, dispensando a carne-seca e as ervas. No final, o cenário foi o mesmo: os pratos e as travessas levantaram-se e voaram para o postigo que dava para a cozinha de onde se ouviam as vozes dos cozinheiros em animada cavaqueira. Mam'ééé! Entretanto, o garrafão de vinho estava a meio. O Comissário tinha aproveitado o jantar para fazer uma panorâmica da Província: falou da grave situação militar que assolava todo o território sob sua jurisdição; que na sede da Província havia ocasiões em que nem aos bairros mais próximos se podia chegar devido aos tiroteios; da produção agrícola e da dificuldade de escoamento dos produtos devido à guerra e ao mau estado das estradas e pontes; das minas impactadas em grandes extensões agrícolas o que criava sérios embaraços aos camponeses para além de pôr em perigo as suas vidas; da falta de medicamentos nos hospitais; da falta de professores e de enfermeiros para trabalharem no interior da Província; do abastecimento irregular das Lojas do Povo; da escassez de combustível para as poucas viaturas do Estado. Gesticulava com o talher nas mãos; com o garfo na mão direita tentava desembaraçar-se de um pedaço de carne no entre-os-dentes; tinha os olhos vermelhos por conta de um pigarro que o obrigava a tossir insistentemente. Notava-se-lhe a língua já pesada, a fala entaramelada.

Entretanto, voltou a ouvir-se no teto muito barulho à mistura com pancadas secas e chios. O Comandante estendeu a mão para o apito que estava sobre a mesa, junto aos copos, mas não conseguiu alcançá-lo; foi necessário o empregado de mesa sair do canto em que estava e ir, solícito, auxiliar o seu chefe. O anfitrião ordenou que o empregado se encarregasse de apitar três vezes para que o barulho no teto falso cessasse!

Para rematar o jantar, uns tomaram chá e outros café. E viram as chávenas com os pires a voarem acima das suas cabeças, eheheh!; receavam todos que o conteúdo das chávenas se lhes derramasse. Foram três voltas bem contadas antes de se pousarem; tinha cada hóspede à sua frente o que havia encomendado! Eh! Eh! Eh! Depois, as colherzinhas cumpriram com o que lhes cabia fazer, sem que os convivas tivessem que lhes tocar! Veio então pelos ares uma garrafa de conhaque que, depois de umas piruetas, se inclinou com três vênias, se destapou num tiro da rolha para o teto e se verteu na chávena de café do Comandante! Caramba! Isto está demais! Como a chávena do Chefe se esvaziava logo após cada prolongado e ruidoso sorvo, a garrafa de conhaque, zelosa, foi-se aliviando do seu conteúdo em reiteradas inclinações para que ficasse totalmente vazia. Ih! Todos os membros da delegação abriram os olhos de muito espanto; até Manimaza estava bastante admirado com tanto mistério.

Uma hora mais tarde, o Comandante tinha deixado de falar; dormia sobre a mesa, a cabeça sobre os braços cruzados, com uma das faces por cima de uma grande mancha de café; ressonava e de vez em quando parecia dizer algo que ninguém entendia e trauteava trechos de um canto tradicional na língua materna dele; o empregado de mesa, vestido a rigor, ausentou-se por momentos. O Comissário, completamente emborrachado, foi depois levado às costas de um dos guardas do Palácio, a cabeça a pender para um dos lados, os braços flácidos a abanarem, os pés sem já os chinelos, enquanto arrotava e se aliviava de seus fedorentos gases; à frente, ia o empregado de mesa, todo empertigado e vestido a rigor; ouviu-se entoar uma marcha militar em fundo e uma voz que anunciava “vai a retirar-se para os seus aposentos sua excelência o camarada Comissário Provincial, Comandante Sete Vigas, depois de uma intensa jornada laboral em prol da Pátria tão amada” e depois as referências às distinções todas de que o Comissário era detentor. Os membros da delegação se riram de tão patética cena; o chefe da comitiva, embora rindo também, abanava a cabeça em jeito de reprovação; o mais novo quase urinou de tanto se conter para não gargalhar.

Entretanto a delegação regressou aos quartos para uma noite que esperava tranquila. Como a avaria do gerador não tivesse sido superada, os membros da comitiva perceberam logo que passariam aquela primeira noite às escuras. Com o corredor de acesso aos quartos na penumbra, havia ratazanas em altas correrias e três gatos a lhes perseguirem; os membros da comitiva estavam todos arrepiados com o que viam; o mais novo da delegação gritou de medo e abraçou Manimaza! Haka!

Por volta da meia-noite um membro da delegação ouviu vozes no corredor; ficara com a clara impressão de que se tratava de uma discussão; lembrando-se da recomendação de Manimaza, não ousou abrir a porta para ver o que estava a passar-se. Ouviu-se depois o barulho de louça a quebrar-se, de um gato a miar e de um prolongado cacarejo. Eh! Eh! Eh! Um outro membro da delegação gritava desalmadamente; apelava por socorro. Lá fora o vento ventava forte e abanava as árvores, parecendo lhes arrancar da superfície; algumas delas vergavam até cair; os cães uivavam como lobos; os gatos miavam sem cessar; no teto falso, a zoeira zoava.

De manhã os membros da delegação estavam ainda ensonados; sem luz, não tinham conseguido repousar tranquilamente; tinham sido todos ferrados por mosquitos; dois deles bocejavam incessantemente. Antes de passarem à sala de jantar para tomar o pequeno-almoço, juntaram-se todos no quarto do chefe da delegação. Este confessou que nunca na sua vida tinha visto tanto mistério; que não sabia como interpretar em termos científicos o que vira e ouvira na noite passada; que, afinal, nem tudo a ciência era capaz de explicar. O membro mais novo lagrimava; pedia ao chefe da delegação que regressassem imediatamente a Luanda; que ele era filho único de sua mãe viúva; que era melhor deixarem a auditoria à gestão do Comissário Provincial e Primeiro Secretário do Partido para uma outra ocasião. Manimaza garantiu a todos que o que sucedera na noite anterior não voltaria a acontecer; que ele, a partir daquele momento, tomaria todas as medidas que, no uso pleno das suas faculdades e conhecimento de ciências ocultas, achava que devia tomar.

"Ainda bem que o chefe concordou com a minha sugestão de trazer Manimaza. Tinha o pressentimento de que algo de estranho poderia acontecer durante a visita e que nós sozinhos não poderíamos resolver. Mal o vi, percebi logo que ele era capaz de nos ajudar a encontrar solução para tudo; receava que o chefe, marxista-leninista convicto como é ou parce ser, não fosse aceitar a minha sugestão, Afinal, no fundo no fundo, todos nós acabamos por reconhecer que há kimbandas poderosos capazes de enfrentar forças ocultas."

Durante o pequeno-almoço, à pergunta do Comissário sobre se tinham tido uma boa noite, disseram que sim, que tinham conseguido repousar, apesar da falta de luz; ninguém fez, assim, alusão ao que se tinha passado realmente durante a noite. Comandante aparentava ter dormido como um anjo; estava, por isso, com muito bom aspecto. Contrariamente ao que tinham visto suceder no jantar, o pequeno-almoço fora servido por dois empregados rigorosamente uniformizados.

Na visita aos departamentos do Palácio foram saudados por muitos trabalhadores, a maioria deles ansiosa que fossem contatados pela delegação para dizerem tudo o que sabiam do Comissário Provincial. Na sala de reuniões, onde ficaram a trabalhar, havia já preparadas pilhas de papéis amarradas com fio barbante, no lugar em que o chefe da Província tomaria assento pouco depois. Um dos membros da delegação anotou que as bandeiras do Partido e da República tinham as pontas esgarçadas e que os quadros com as fotos do saudoso Presidente e do atual estavam desalinhados; outro observou que a mesa de reuniões não estava limpa; o chefe da delegação, ao passar pelo secretariado do Comissário, notou que havia duas moças com os peitos quase à mostra, para além de usarem vestidos muito curtos como se tivessem preparadas para ir à discoteca.

A delegação foi analisando os papéis de que precisava, tomando apontamentos, sob o olhar inquieto do Comissário Provincial que, de qualquer modo, ia respondendo às perguntas que lhe foram sendo dirigidas, demorando-se em explicações que não vinham a propósito. Vezes sem conta reiterou, a despropósito, que era um antigo combatente, veterano da Pátria e membro do Comitê Central, a querer impressionar toda a delegação. O chefe da delegação permanecia sereno e imperturbável, o que, de certo modo, desestabilizava o Comissário Provincial.

Trabalharam até perto das treze horas e retomaram às catorze e trinta. Entretanto, a delegação notou que o Comandante Sete Vigas estava menos loquaz do que no período da manhã e que de vez em quando o sono lhe atraiçoava; fora visto mesmo a ressonar várias vezes, enquanto a delegação trabalhava silenciosamente. Ao almoço, foi-lhe servido vinho tinto em duas garrafas; antes, como aperitivo, emborcara dois copos de uísque. E foi o suficiente para lhe pôr zonzo no período da tarde.

À noite, contrariamente aos pedidos do Comissário Provincial para que fossem todos à discoteca onde eram esperados por moças que ele havia preparado, a delegação optou por ir dormir, seguindo à risca a recomendação de Manimaza. Fora uma noite tranquila o que demonstrava que Manimaza tinha, de fato, feito algo para que assim fosse. O único incidente foi que, perto da meia-noite, um grupo de moças, tendo entrado livremente no Palácio, pois a tal deviam estar acostumadas, bateram à porta dos quatros; queriam dormir com os membros da delegação; para Manimaza estava reservada não uma moça mas uma senhora bem constituída, gorduchona e completamente desdentada, que devia andar pela casa dos sessenta anos. Todos recusaram os insistentes convites das mulheres, exceto o mais novo da delegação.

Por volta das dez horas da manhã, preocupado com a ausência do jovem membro da delegação, Manimaza fora ao seu quarto para ver o que se estava a passar. Encontrou o jovem sozinho a dormir sono profundo; ressonava. Notara que havia roupa espalhada no chão do quarto; uma das almofadas atirada a um canto; o lençol repuxado com uma das pontas fora da borda da cama; que tinha um arranhão no pescoço; percebera logo que a noite tinha sido violenta. Tentou lhe acordar mas preferiu deixá-lo dormir seu sono.

À hora do almoço, o mais novo da delegação continuava a dormir. O chefe da comitiva, como, aliás, todos os demais membros, estavam preocupados. O Comissário quando foi informado do que se estava a passar, disse, sorrindo, que talvez se tratasse de uma passageira indisposição.

No período da tarde, Manimaza ficou no quarto do rapaz a observá-lo. Uma hora mais tarde, decidiu lhe acordar. Antes lhe friccionou no peito, incensou o quarto enquanto orava fervorosamente olhando para o crucifixo pregado na parede, acima da cama. Minutos depois o jovem despertou e começou a falar: perguntou onde estava, que horas eram, o que é que Manimaza estava ali a fazer. Depois, disse que tinha dormido com uma moça, que tinha lutado com ela por insistir que bebesse de uma bebida tradicional que tinha trazido consigo; que estava muito arrependido por não ter cumprido com a recomendação do Mestre; que, contra sua vontade, acabara por beber da tal bebida que lhe fizera muito mal; que a rapariga tinha mais força do que ele; que era musculosa. Manimaza disse que ele já tinha pressentido que tal poderia acontecer com um dos membros da delegação; que o Comissário tinha previsto que toda a delegação aceitasse dormir com as moças, para depois serem envenenados; que as moças que frequentavam o Palácio do Povo estavam todas ao serviço do Comissário Provincial e da Segurança; que, por isso mesmo, ele tinha feito aquela recomendação.

A segunda noite foi calma sem nada de anormal para registro. O mais novo da delegação estava a recuperar bem. De qualquer modo, pediu ao chefe da comitiva que não fizesse menção da ocorrência no seu relatório; que jurava por Deus cumpriria à risca com a orientação do mais-velho Manimaza, que, afinal, o kota não era nada um charlatão como lhe parecera ser.

No dia seguinte a delegação passou a auscultar todos os trabalhadores do Palácio, sem, claro, a presença do Comissário Provincial. Antes do início das audiências, Manimaza, sem a ajuda de ninguém, removeu da mesa da sala de reuniões os cinco arranjos florais que tinham sido postos naquele mesmo dia; examinou todos os vasos com plantas artificiais que existiam na sala; meteu-se por debaixo da extensa mesa para ver se havia algo de estranho. Depois, então, os trabalhadores começaram a entrar na sala de reuniões um a um. Soube-se durante as audiências que uma boa parte deles tinha sido intimidada pelo Comissário Provincial; que, se dissessem a verdade, seriam postos no olho da rua tão logo a delegação deixasse a sede da Província; alguns receberam dinheiro para defenderem o Comandante com todas as suas forças; algumas senhoras confessaram livremente já terem sido obrigadas a dormir com o Chefe; pediram, contudo, que a delegação não escrevesse seus nomes no relatório — queriam manter a sua reputação de honestas, angélicas, honradíssimas, castíssimas, fidelíssimas, puríssimas, santíssimas, imaculadíssimas virgens-marias e boas donas de casa e conservarem seus companheiros ou maridos. Por que que não, minhas queridas?

Depois da pausa para o almoço, a delegação retomou o trabalho. Era uma tarefa fastidiosa; uns escreviam, apesar de terem trazido um gravador de fitas para registro de tudo quanto fosse dito; as perguntas eram feitas pelo chefe da delegação e um seu adjunto; Manimaza olhava atentamente para os trabalhadores que iam entrando; a um dado momento pediu a um dos trabalhadores que abrisse o saco que trazia a tiracolo; o trabalhador saiu dali a correr e a gritar por socorro sem ninguém perceber o que é que lhe tinha acontecido!

Enquanto prosseguiam as audiências, afinal o Comissário Provincial e o chefe da Segurança — um homem alto, de costas largas e grandes braços — estavam numa sala ao lado da sala de reuniões. Estavam há horas em frente a aparelhos de escuta; tentavam desesperadamente seguir as audiências, mas sem resultado nenhum. O Comissário Provincial acusava o chefe da secreta de ser um incompetente, burro, filho sem pai nem mãe; que não era para fazer mal o seu trabalho que o Estado lhe pagava; que iria pedir a sua transferência imediatamente para uma das frentes de combate. O segurança garantiu ao Comandante Sete Vigas que, de madrugada, fora sozinho à sala para montar o equipamento; que em cada arranjo floral sobre a mesa tinha instalado microfones sem fio muito discretos; que o mesmo fizera nos vasos com flores artificias; que, depois da instalação feita ele próprio tinha feito o teste; que estava tudo ok-ok; que nesse tipo de espionagem ele era um perito; que se tinha formado na União Soviética ao lado de grandes agentes do KGB.

Como os trabalhos prosseguiriam no dia seguinte, o chefe da Segurança garantiu ao Comissário que, pela madrugada, voltaria a instalar novamente o equipamento de escuta.

No dia seguinte, por volta das oito horas e trinta minutos, a delegação retomou as audiências. Seria uma jornada laboriosa pois ainda faltavam uns vinte trabalhadores, para além da

Comissão Sindical. Como procedera no primeiro dia das audiências, antes Manimaza fizera o seu trabalho de casa na sala de reuniões, enquanto dizia para si próprio "Com esta é que não contavas, camarada Comissário; agora estás lixado e em maus lençóis, seu malvado".

Na sala de escuta, lá estavam os dois. O chefe da Segurança não entendia por que o equipamento não funcionava; transpirava de nervos, espumava de raiva. O Comissário Provincial, que ali tinha uma garrafa de uísque à disposição, agora tinha soltado a língua; xingava feio no bófia. O chefe da secreta, que também andara a chupar com o Comandante, com os nervos à flor da pele, lançou-se contra o seu chefe. Os dois andaram aos socos e pontapés; o Comissário, meio xuxado já, mal conseguia coordenar os seus movimentos, chamava seus guarda-costas para que interviessem; quando entraram na sala de escuta estava o chefe da Segurança empunhando uma cadeira para arriar para cima do Comandante Sete Vigas naquele momento caído no chão. O Comissário Provincial tinha a guayabera azul rasgada; no chão havia papéis espalhados; as cadeiras estavam todas fora do lugar. Os guarda-costas do Comandante conseguiram neutralizar o agressor depois de terem levado uns pontapés; um dos guardas ficou no chão a queixar-se de dores na cabeça e no peito. O chefe da secreta fora, a muito custo, conduzido para a prisão sob a alegação de ter agredido o chefe máximo da Província, enquanto xingava o Comissário Provincial e toda a sua família.

A delegação estava agora à cata de trabalhadores fantasmas que, desde há muito, vinham recebendo salários; ou melhor, que alguém do Comissariado ganhava em nome de pessoas que os verdadeiros trabalhadores não conheciam. Mas o truque era tão mal feito que chamou a atenção da delegação: ao lado de uma Maria de Fátima, aparecia uma Fátima Maria; António Manuel, Manuel António; João João; Pedro Pedrito; Xiquito Francisco; José Zé; Zézito José. Um dos membros da delegação chamou, com os olhos, a atenção de Manimaza para que ele visse com os seus próprios olhos o nome que estava escrito na folha de salários: "Homem-Mandioca"!!! O que é que aquilo queria dizer? — se interrogou o funcionário vindo de Luanda. Manimaza não quis acreditar no que ali estava escrito. Vendo bem, descobriram ambos que noutras folhas o funcionário fantasma tinha assinado apenas com as inciais do seu nome, assim: "H. M." Eh! Eh! Eh! Afinal o tão procurado H. M. era mesmo o Homem-Mandioca? O Homem-Mandioca era funcionário do Comissariado Provincial? Era conhecido do Comissário? O Comissário Provincial sabia, então, quem era o tal H. M. responsável pela desgraça de muita gente lá da Zona de Acção? De que lado está o Chefe? Joga com pau de dois bicos? Mas o que é que o gajo quer? Quer me desafiar? — Manimaza não escondia a sua surpresa e irritação. O que fazer então? Procurou se controlar e chamou à parte o chefe da delegação. Não deu muitos pormenores sobre a estranha criatura, mas instruiu que a partir daquele momento interrogassem os trabalhadores sobre quem seria, então, o tal Homem-Mandioca. O tal ou os tais, pois, o quem que tinha assinado H. M. I, II e III. Ah! Safado-tríplice-trintena! O sacripanta a se triplicar na gozação! A se esconder na trindade! Queres trisca né?

Depois de muitas interrogações, ninguém adiantou nada sobre o assunto. O Mestre pediu, então, ao chefe da delegação que pedisse explicações ao Comissário Provincial. Este disse que não sabia de quem se tratava; que, de qualquer modo, a primeira vez que tinha ouvido falar do tal homem fora numa conversa com o Soba Kitekulu; que foi então que ele soubera que o tal Homem-Mandioca andava lá pela Zona de Acção do Soba; que talvez o quem fosse o Inimigo a querer se infiltrar no nosso seio; que, estava certo, só mesmo por artes mágicas é que o Homem-Mandioca tinha conseguido se enfiar três vezes na folha de salários como trabalhador do Comissariado Provincial! Interrogado sobre se o H. M. era mesmo o Homem-Mandioca ou porventura se tratava de uma outra pessoa, o Comandante disse que não sabia esclarecer. E mais não disse. Mas, então, onde param os salários desse trabalhador fantasma, ou trabalhadores, perguntou saber o chefe da delegação. O Comandante disse que não sabia; que ele não admitia que pusessem em dúvida a sua honestidade. E falou do seu percurso como combatente da liberdade da Pátria que tanto amava. O chefe da delegação e Manimaza só lhe ouviram só.

— Eu acho que agora posso falar do que vi no dia em que chegamos — falou Manimaza.

— É o quê, então? Viste o quê? — perguntou o Comissário Provincial com os olhos arregalados.

— Posso falar, chefe?

— Pode sim senhor. Deve falar! — O chefe da delegação não imaginava o que é que Manimaza queria dizer, por isso estava curioso.

"Oh! Mas quê que esse mais-velho vai me falar então?! Ih! Olha a cara dele, os olhos dele, parece um feiticeiro ou kimbanda. Onde é que eu já vi este kota? Já lhe vi sim senhor. Mas adonde que lhe vi? Não estou me lembrar. Espero só que o gajo não me fala mais nada. Assim o gajo já descobriu então que o Homem-Mandioca é funcionário do Comissariado. Que mal é que isso tem? É uma forma de eu ganhar alguma massa para além do meu salário. Tenho uma grande família para lhe sustentar. Tenho que fazer qualquer coisa."

— O Homem-Mandioca estava a dançar no grupo de recepção à delegação!!!

— O que ééé?! — perguntou o Comissário Provincial, parecendo muito espantado com o que tinha acabado de ouvir.

"Pronto. O sacana afinal descobriu! Agora é que me lixaram!"

— Sim senhor! O Homem-Mandioca a dançar! Ele era o bailarino-contorcionista!

— O que ééé?! Um bailarino-contorcionista? — perguntou novamente o Comandante, muito desconcertado.

— É isso mesmo! O Homem-Mandioca, um bailarino-contorcionista!

— Mas quem é então esse Homem-Mandioca, ó kota Manimaza?! — perguntou muito admirado o chefe da delegação.

— É um dos trabalhadores fantasmas do Comissariado Provincial, como já lhe disse! Depois lhe darei mais pormenores, chefe — falou Manimaza olhando insistentemente para o chefe da Província.

Comandante Sete Vigas não escondia o seu embaraço; estava cabisbaixo, o que só por si expressava que entre ele e o tão procurado fantasma deveria haver muita cumplicidade. O que fazer perante tanta evidência? Não adiantava estarem ali a tentar que o Comandante revelasse a identidade do seu estranho trabalhador. Manimaza aconselharia mais tarde o chefe da delegação a entregar o assunto à Segurança.

Como fosse a última noite, o Comissário Provincial fez questão de convidar alguns dos seus funcionários e entidades para o jantar. De entre os convidados estava o senhor Bispo que iria fazer uma breve oração antes do início do jantar. Quando escutaram a marcha militar, as entidades convidadas como já conheciam o ritual, foram as primeiras a levantarem-se à entrada do Comissário Provincial. O chefe da delegação comentou algo, baixinho, com um dos membros ao lado que agora tinha a certeza que a voz gravada a anunciar a entrada do chefe máximo da Província era mesmo do Comandante! Que atrevimento, que desfaçatez! — pensou só o chefe da comitiva. O anfitrião trajava fato escuro e gravata às listas vermelhas; as mangas do casaco chegavam-lhe até às palmas das mãos; as calças muito largas e compridas a dobraram-se embaixo; apesar de ter posto óculos escuros, via-se-lhe que tinha uma das vistas inchada, bem como o lábio superior inflamado. Os presentes cochichavam sobre a aparência física do Comandante; sô Bispo fingiu que não tinha visto nada. Nenhum dos membros da delegação se apercebera da algazarra que se tinha passado na sala ao lado da sala de reuniões; os guardas do Palácio tinham sido o mais discreto possível, para não manchar a imagem do seu chefe, sobretudo para evitar que da ocorrência a delegação que viera de Luanda tomasse conhecimento.

O jantar decorrera bem; o anfitrião estava circunspecto; bebera com moderação. Dir-se-ia que estaria preocupadíssimo em saber com que impressão a delegação regressaria a Luanda. De qualquer modo, olhava insistentemente para Manimaza; perguntava-se a si próprio qual seria o papel daquele mais-velho na delegação; mas quem era esse tal Manimaza? Não encontrava nenhuma resposta para suas interrogações. Depois é que se lembrou de ter ouvido o Soba Kitekulu falar dele quando, sem a sua prévia autorização, fora a uma das sessões da Assembleia do Povo. "Agora é que estou a perceber por que é que esse kimbanda ou feiticeiro veio só na delegação. Foram lhe buscar lá na Zona de Acção do Soba. Mas como, se o Partido é marxista e combate nas feitiçarias e nas kimbandices? É como? Alguém quer mesmo me lixar! Agora é que estou a perceber! Já me tramaram!" — disse o Comissário Provincial para si só-consigo.

Os membros da delegação percebiam agora que o Mestre tinha, de fato, poderes especiais. Percebiam que foi graças à sua intervenção que, nas noites seguintes, os ratos e morcegos tinham deixado de andar pelo teto falso do Palácio e dos corredores que davam acesso aos quartos; que fora Manimaza que fizera a cobra morder o seu dono no pescoço!

No dia seguinte, após o pequeno-almoço, a delegação partiria para Luanda. Carregaram os jipes com fuba, farinha de mandioca, milho, ginguba e batata-doce. Sob instruções do chefe da delegação, recusaram receber envelopes com dinheiro; Manimaza tinha recomendado que os animais vivos que tivessem recebido, sobretudo porcos, fossem todos deitados fora, quando tivessem deixado o território da Província.

Todos tinham notado os tagatés do Comandante a Manimaza. Durante o pequeno-almoço tentou causar-lhe uma boa impressão; lhe tratou por "meu mais-velho"; disse que se recordara de lhe ter visto na Zona de Acção; que tinha muito respeito e consideração pelos mais-velhos, a quem, aliás, desde pequeno aprendera a venerar; que os dirigentes deveriam sempre ter em conta a opinião dos mais-velhos; que lhe desculpasse por não se ter lembrado dele antes; que, se quisesse, "o meu mais-velho" podia ficar por aqui uns dias a descansar; que, se quisesse, até podia lhe mandar apanhar na Zona; que, se quisesse, podia mesmo trabalhar no Comissariado como seu conselheiro. Manimaza agradeceu a disponibilidade do Comissário, mas disse que tinha de regressar rapidamente à sua Zona onde tinha família e muitos amigos.

Pelo regresso, o chefe da delegação vinha pensando em como é que o Partido devia agradecer ao Mestre pela sua prestimosa colaboração. O que é que ele deveria propor sem pôr em dúvida a direção do Partido sobre a sua sólida formação marxista-leninista? Um louvor? Ah! Boa ideia! Mas um louvor só, sem mais nada? Iria propor que construíssem uma boa casa lá na Zona. Pois, então, e o Soba? Melhor mesmo era o Partido melhorar a vida de ambos. Como? Lhes mantendo na Zona de Acção a viverem ilhados do país e do mundo? Muitas ideias lhe assomavam à mente. Era melhor deixar passar uns dias para depois encontrar a melhor forma de levar o assunto às instâncias superiores do Partido.

XXVII

Mais-velho Mwata Cinyama tinha sua arte de caminhar sobre andas, apesar da idade. Quando jovem, era-lhe frequente participar em festas tradicionais como a da *mukanda*, na companhia de outros rapazes, andando sobre andas. Aliás, ele, em jovem, tinha passado não só pelo ritual da *mukanda* como também do *mungonge*. E então a miudagem andava atrás dele lhe achando muita graça. Foi assim que começou nesse modo de caminhar. Cinyama era o mais hábil e rápido; corria a valer, jogava à bola sobre andas; ninguém lhe superava. Devido à essa prática, foi ganhando corpo atlético e pernas ágeis. Depois, com os anos, passou a ser chamado a participar de outras festas tradicionais como mascarado; nessa condição, lhe passaram a chamar também de "Muynda", por causa da máscara que ostentava.

Quando já adulto, Cinyama deixara de participar em festas e jogos tradicionais, embora não tivesse perdido a técnica de andar sobre andas. Deixara de ser apreciado para ser temido; na origem dessa mudança no modo de ser visto estava a crença de que ele passara a ser um gênio da floresta. De fato, Cinyama se ausentava sempre por longos períodos no tempo chuvoso, quando as lavras produziam de tudo o que a natureza oferecia: milho, batata, banana, feijão e ginguba. Começou então a constar que ele era o gênio da floresta que vinha roubar nas lavras. Pessoas, que supostamente o tinham visto, contavam, assustadas, que, sob um denso nevoeiro, tinham visto um gigante com um grande barrete vermelho na cabeça, quase a tocar as nuvens do céu, a roubar e a pôr num grande saco que transportava às costas, todo o cultivo. Eh!

E os agricultores, armados de paus, e secundados por alguns caçadores, foram lá para capturar o dito gênio; montaram armadilhas em vários pontos das extensas lavras com o objetivo de que, apanhado de surpresa e pondo-se em fuga, o gênio fosse apanhado em flagrante. Eram horas madrugais quando chegaram; fazia um denso nevoeiro como era habitual naquela época do ano; o que viam só era tudo nebuloso; o que respiravam pelo nariz e pela boca parecia era o nevoeiro a lhes sair de dentro. Se colaram às lavras, se verdeando, confundindo-se com a abundante vegetação. O silêncio era quase total só quebrado por um regato que serpenteava por perto. De longe ouviam-se pássaros anunciando a aurora. Os homens, muito atentos, perscrutavam o horizonte nebuloso e nada divisavam. Mais tarde, nevoeiro ainda dominando os ares, ouviram um barulho que lhes pareceu ser então o dito gênio entre o milharal. E os caçadores num só gesto descarregaram suas caçadeiras sobre o vulto. E ouviram um quem-quem em gargalhadas que ecoavam por todo aquele lugar. Eh! Pensaram logo que era o malvado gênio que estava se rir deles, vitorioso, a lhes dizer que era invulnerável às balas; que, no corpo dele, as balas eram só as leves-suaves-doces formiguinhas. Esperaram até aos primeiros raios de sol raiar e foram ao local onde supostamente o gênio teria tombado e não viram nada. Eh! Ou melhor, constataram apenas que alguém, uma vez mais, tinha assaltado as lavras; investigaram os sinais deixados em terra e concluíram que quem quer que fosse o ladrão não tinha lá ido de seus pés, mas sobre andas. E voltaram às lavras mais vezes — sete ao todo — com o objetivo de apanharem no ladrão, mas sem sucesso. E das sete vezes que eles lá foram, dispararam suas caçadeiras e, invariavelmente, após as descargas ouviram grandes gargalhadas — o gênio na sua gozação. Eh! Eh! Eh! E desistiram. No ar ficou só a suspeita de que Cinyama era o gênio da floresta que vinha roubar no cultivo.

Mwata Cinyama tinha outras artes; era o único quem que conseguia atravessar o Lwacimo, sobre andas, quando quisesse visitar parentes que viviam do outro lado da margem. Não temia os jacarés que abundavam nas águas do rio, o que suscitava muita faladura; que só podia ser, ele era um quem misterioso. Os que se atreveram a fazer a travessia do rio, tinham perecido naquelas revoltas águas e levados pela correnteza. Cinyama, nas suas andanças aquáticas, conversava várias vezes com a Kianda com quem se encontrava amiúde. Por isso, se entendiam bem e se amistavam.

Certo dia, Cinyama estava na travessia do Lwacimo, sobre andas, quando divisou ao longe, na praia que era muito concorrida sobretudo aos domingos, do outro lado da margem, dois homens. À medida que se foi aproximando foi percebendo que eram dois velhos que estavam debruçados sobre a areia em busca de qualquer coisa. Interrogou-se sobre quem eram aqueles homens e o que estavam a fazer. Quando chegou na praia, desceu das andas com muita agilidade o que pôs os dois homens admirados. Saudaram-se e pouco depois Cinyama se inteirou do que estavam ali a fazer: estavam à cata de desenhos na areia através dos quais os Cokwe expressavam o seu modo de pensar. Cinyama riu-se da ingenuidade dos dois homens e disse:

— A vossa missão é interessante mas impossível de ser realizada aqui na areia. O tempo apagou todos os desenhos que foram sendo feitos e as vagas e o transbordo periódico das águas do rio fizeram o resto. Eu vou levar-vos a uma floresta que fica daqui a uma hora. De lá vocês sairão bem-informados sobre os significados dos hieróglifos, bem como ouvirão anciãos contar a história, a origem e as batalhas que os Cokwe travaram com outros povos.

Mas, para ser mais rápida a deslocação, era necessário que fossem sobre andas. Ele as faria ali mesmo, era só terem paciência de esperar cerca de uma hora. Soba Kitekulu e Manimaza concordaram mas estavam apreensivos quanto a andarem de andas. Era coisa estranha para eles; com a idade, tinham perdido o equilíbrio.

Concluído o trabalho sob o olhar atento dos dois, Cinyama começou a explicar-lhes como subir e descer das andas; como andar equilibrado naquelas andaduras. Foram quedas atrás de quedas que suscitavam risos ao Mwata. Duas horas depois chegaram à conclusão que era melhor irem os três a pé; os dois forasteiros estavam velhos demais para se manterem equilibrados sobre andas.

E foram por um atalho que Cinyama conhecia bem; em fila indiana, ele na frente a abrir caminho. Entretanto, alertado discretamente pelo Soba, Manimaza olhou bem para os troncos das árvores e reparou que havia algo de muito estranho; em cada tronco se podia ver um rosto de um quem que lhes olhava atentamente, eheheh; talvez fossem soberanos da região pois inspiravam alguma autoridade. Mais adiante repararam que os supostos rostos de soberanos nos troncos das árvores mexiam os olhos e as bocas, eheheh!; ao Soba um dos rostos chamou-lhe a atenção por ter esboçado um sorriso à passagem deles. Haka! Do que viam não disseram nada a Cinyama. Entretanto, em jeito de introdução, o Mwata foi falando:

— No século XVIII os Cokwe abandonaram o Katanga e atravessaram o rio Kasai. Vinham sob a direção de Ndumbo-wa-Tembwe, um grande chefe, e de Cinyama, por sinal meu bisavô, em direção ao Lwakano, onde, em Muheuhe, se separaram. Cinyama foi para o Zambeze, enquanto Ndumbo-wa-Tembwe optou pelo Sudoeste da Lunda, no Ciboko, onde nasciam os grandes rios do Leste, tendo-se fixado com o seu povo ao longo do rio Kwangu. Daqui, mais tarde, os Cokwe partiriam para toda a Lunda à conquista do império dos Mwatiânwua. Hoje, os Cokwe, a oeste do rio Kwilu, são vizinhos dos Songo, dos Xinji e dos Minungu.

Cinyama explicou que os Lunda e os Cokwe são povos irmãos originários do Katanga; que, mais tarde, devido às divergências, deixaram a soberania Lunda. Os Cokwe estão hoje em várias regiões de Angola estando entre os Ngangela, os Ovimbundu e os Kwanhama; são vizinhos dos Mbundu, dos Ngangela, dos Lucaze e dos Lwena.

Noite adentrando, chegaram a um lugar na floresta onde, rodeada de árvores seculares e frondosas, havia uma clareira coberta de areia fina. Os dois, curiosos, olharam bem para os troncos das árvores e viram rostos de antigos soberanos Cokwe — disso agora tinham certeza.

Era ali que estavam muitas dezenas de hieróglifos que falavam dos provérbios, dos contos e das fábulas dos Cokwe. Acolhidos por um ancião de barba longa e de lazarina às costas, e depois de um abundante jantar à base de carne de caça, no jango, foram acomodados em cubatas que constituíam o lugarejo, dispostas em círculo, e dormiram. Antes, o ancião derramou de uma cabaça de vinho de palma no chão em quatro pontos que abrangiam as cubatas em que os visitantes iriam passar a noite, dizendo, na sua voz rouca, algo imperceptível em Cokwe. Era uma forma de lhes desejar uma boa estada naquele lugar em plena harmonia com os antepassados e com os espíritos que habitavam em cada uma daquelas árvores seculares. Depois, cachimbando uma *mutopa* — o fumo se espraiando — contou que "era uma vez um caçador que, depois de percorrer muitos quilômetros sem ver qualquer animal, já cansado e distante dos caçadores com quem saíra da aldeia, sentou-se assim debaixo de uma árvore. Assim estando, olhou olhou então para a clareira e viu vindo um fantasma se aproximando se aproximando, assim. O caçador disse para si que, naquela situação, estava perdido e por isso se escondeu assim mais ainda por debaixo da árvore, para não ser visto. Mas conseguiu assim observar bem a estranha figura observou observou e reparou que estava toda coberta de folhas largas; nem o rosto dela se via; talvez fosse um chimpanzé que se tinha assim travestido em caçador." — Soba Kitekulu bocejou de cansaço enquanto Manimaza, num relance, olhou para o tronco de uma das árvores e viu não o rosto de um soberano da região mas um noitibó-de-pescoço-dourado, o que o deixou intrigado.— "O suspeito fantasma veio veio e trepou trepou para cima da árvore onde se sentou sobre um tronco.

Tirou assim da pasta a *mutopa*, arrancou assim da cabeça um pedaço de cabelo que colocou no cachimbo e com uma faca lhe acendeu acendeu assim. Deu uma longa fumadela e expeliu assim o fumo para o ar. Curiosamente, o fumo retrocedeu e entrou assim pelas peles da sua vestimenta. Olhando para o sucedido, intuiu assim que haveria algo de estranho debaixo da árvore. Uma nova fumadela e o resultado foi o mesmo: o fumo retrocedeu e lhe entrou entrou assim pelas peles. O fantasma, então, olhou olhou bem para debaixo da árvore e viu viu assim o homem agachado. Desceu desceu assim da árvore, deu uma mocada mocadada na cabeça do homem, tomas!, que ali mesmo ficou assim sem vida. Lhe pendurou assim à cinta e foi-se embora alegre alegremente. Entretanto, os caçadores que deambulavam pelas matas fartaram-se de esperar, esperar pelo colega. Mas nunca mais lhe viram. Foi assim que aconteceu era uma vez, um dia".

O ancião reiterou as suas boas-noites aos visitantes. Estes não entenderam por que motivo o ancião, com um ar misterioso, lhes havia contado aquela estória naquela hora tão tardia. E desapareceu no meio da escuridão, apoiado num bastão com a extremidade da haste em forma de cabeça-de-mulher, fumando sua *mutopa*. Se ouviu depois, na densa folhagem das árvores, três vezes "uei... uei... uirrr" — a voz trinada de um noitibó-de-pescoço-dourado, muito conhecido como olumbambamba ou otchimbamba. Antes de se deitar, Manimaza disse algo imperceptível ao Soba; explicou depois que tinha intercedido para que o noitibó se calasse e que voasse para muito longe dali, que eles queriam ter uma noite tranquila.

Pela manhã desfrutaram do ar fresco daquela paragem enquanto a natureza circundante mostrava-se no seu esplendor; os pássaros chilreavam em todos os cantos como que a saudar os visitantes; o riacho corria suas águas em saltos e sobressaltos; os galináceos ciscavam o chão; os cabritos e as ovelhas pastavam por perto; os bois circulavam a pouca distância.

E viram, intrigados, a clareira de areia fina e intacta que cobria uma área de um hectare. Ali estavam os desenhos na areia que explicavam o modo de pensar do povo Cokwe! Emudecidos e maravilhados com o que viam, cada um perguntava-se a si mesmo como tinha sido possível conservar aqueles desenhos na areia durante anos a fio. Ansiosos, esperavam que os anciãos, guardiões daquele lugar sagrado — eram ao todo sete anciãos, os *akwua kuta sona*, verdadeiros sábios decifradores não só dos desenhos como também conhecedores da história e da origem dos Cokwe — dissessem algo sobre o mistério. Mas os anciãos, que não eram de muitas falas, embora solícitos, permaneceram expectantes quanto ao que os visitantes pretendiam; falariam apaixonadamente dos diagramas na areia, que era essa sua missão sagrada para que estavam talhados com o passar dos anos. Mwata Cinyama também não adiantou nada sobre o que era suposto saber.

Os anciões, apontando para os desenhos, à borda do retângulo arenoso (era interdito a quem-quer-que-fosse pisar naquela areia considerada sagrada) foram falando do Império Lunda, cerca de 1700, na região do Shaba, Congo-Kinshasa. O Império expandiu-se depois para Norte e para Sul; os Lunda chegaram ao Kwangu por volta de 1750 e foram até ao Zambeze, região dos Lwena. O que motivou a expansão do Império foi a procura de escravos para o negócio negreiro, bem como a busca de sal e de minérios. A expansão do Império Lunda explica-se também por que tinha ao seu serviço um exército de guerreiros que era o suporte das grandes expedições que realizavam. Por onde passavam, os Lunda construíam campos fortificados.

Na origem, os Cokwe, assim como os Minungu e os Songo, faziam parte do Império Lunda. Eles, os Cokwe, eram bastante conhecidos e procurados por serem notáveis metalúrgicos, grandes escultores e caçadores.

O ancião mais velho — este, como os demais, deveria ter mais de cem anos de idade — disse, a voz baixa e quase imperceptível que, em data que não soube contudo precisar, houve uma cisão no Império Lunda devida ao casamento da rainha Lweji, cujo reino começa cerca de 1600, com o caçador denominado Cibinda Ilunga, de origem Luba; Lweji tinha sido designada para suceder a seu pai, na chefia dos Lunda, em detrimento de seus irmãos Cinguli e Cinyama; estes, revoltados e recusando-se submeter à autoridade de um estrangeiro, exilaram-se. Cinguli fundou a tribo dos Mbangala, nas margens do Kwangu; Cinyama funda a tribo dos Lwena, no Alto Zambeze. E contou que "era uma vez estava Lweji a passear nas margens do rio Kalanyi, a passear assim, quando reparou reparou num grupo de caçadores que ali estavam acampados, assim; como os caçadores estavam carentes de sal para cozinhar as peças de caça que tinham abatido, Lweji ofereceu-se assim a providenciar o sal de que necessitavam; depois a rainha convidou Cibinda Ilunga a ficar a ficar no seu reino. Entretanto se apaixonaram e se casaram, assim. Alguns chefes descontentes deixaram deixaram o Império e partiram partiram assim para o oeste, com os seus povos partiram. De entre estes estavam os Cokwe. Começa, então, uma guerra entre os dois povos — os Lunda e os Cokwe — que só viria a terminar a terminar no fim do século XIX. Mais tarde, em 1887, os Cokwe atacam e ocupam ocupam assim Musumba, capital do Império Lunda".

— A rainha Lweji não era irmã de Cinguli? — perguntou Manimaza que há muito permanecia calado.

— Sim, eram irmãos. Aliás, Cinguli, Cinyama e Lweji eram irmãos, filhos de Yala Mwaku e Konde — falou o ancião que parecia ser o mais novo dos anciãos e que, por isso, andava com maior desenvoltura, enquanto os demais faziam-no apousados em bastões.

— Então, para vocês, Konde é mulher e não homem? Faço esta pergunta porque já tinha ouvido uma ou mais versões em que Konde é homem e não mulher... — precisou Manimaza.

— Sim, é possível. Depende das regiões... Os Cokwe estão muito espalhados. Aqui no Lwacimo, onde estamos, Konde é mulher — respondeu o ancião mais novo que evidenciava estar bem por dentro da história dos Cokwe. Mais tarde ele próprio revelaria aos visitantes que o conhecimento que tinha se devia ao fato de ser um nativo da região, como os restantes, com a particularidade de ter auxiliado e acompanhado etnólogos, antropólogos, historiadores e missionários portugueses, franceses e belgas que palmilharam a região em aturadas investigações.

— A propósito de Cinguli, irmão de Lweji... — retomou o ancião mais novo — em virtude de Cibinda Ilunga ser um Luba, um estrangeiro, portanto, Cinguli opôs-se assim violentamente ao seu cunhado. Atacou o caçador com uma faca mágica, assim; a cabeça de Cibinda deitou fogo, o que determinou assim a fuga de Cinguli. Este, entretanto, regressou mais tarde para um novo ataque; desta feita a boca do caçador metamorfoseou-se assim e passou a ser a cabeça de um felino feroz e selvagem. Foi então que Cinguli compreendeu assim que Cibinda Ilunga, para além de ser detentora de um *lukano* — uma pulseira sagrada —, era possuidor de poderes sobrenaturais. Assim, antes de abandonar a Lunda, Cinguli rogou ao caçador que lhe ensinasse assim todas artes mágicas. Cinguli iniciou assim sua longa viagem para o oeste munido de amuletos e de um arco mágico com que podia enfrentar qualquer animal feroz. Cinguli estava também habilitado a fazer secar rios, atravessando-os sem qualquer dificuldade. Protegido como estava, Cinguli podia assim perseguir em alta velocidade as feras mais ferozes, por um lado, e, por outro, enfrentar animais selvagens que fossem assim portadores de espíritos malignos. Cinguli era, igualmente, portador de uma adaga mágica com que podia neutralizar assim quem quer que ousasse lhe enfrentar.

Certo dia, ao acordar, reparou que se tinha transformado assim em veado! No sonho que tivera ele era Acteon, um grande caçador que conhecia assim Angola de lés a lés; que passara por todas as florestas; que caçara muitos animais, sempre acompanhado de uma matilha. Nas deambulações pelo país, chegara assim um dia a um pequeno lago onde encontrara uma mulher nua a banhar-se, assim. Excitado com o que vira, deixou-se lá ficar a espreitar aquele fruto belo da natureza. De repente, quando foi assim identificado pela mulher, que era linda e esbelta, descobriu que ela era uma deusa que lhe disse assim em alta voz o seu nome: Diana! Muito irritada e indignada com aquela atitude de Cinguli, lhe transformou assim em veado. Despertou a gritar assim desalmadamente pois os cães estavam a devorá-lo.

Nessa longa viagem para oeste, Cinguli arrastou assim todo o seu sistema de organização política, que levava o seu nome, tendo influenciado os povos que foi encontrando, incluindo assim os Cokwe.

Conta-se que Cinguli atravessou assim os rios Kasai, Lonyi, Luhembe, Kacimo, Lwana, Cihumbo, Sombo e Lwacimo, tendo feito uma demorada em Itengo. Quando já bem longe de Kalanyi de onde partira, perto do rio Nangwiji, Cinguli recebera assim uma mensagem de sua irmã Lweji onde lhe pedia que voltasse. Mas Cinguli recusou os apelos da irmã e, para celebrar assim a separação definitiva dos seus parentes, batizou aquele rio com o nome de Cikapa.

Sendo noite cerrada, o ancião mais velho lhes aconselhou a que dormissem; que era muito perigoso andar de noite na floresta; que manhã cedo partissem em paz. Cinyama concordou com o ancião pois sabia que a noite enchia a floresta de muitos estranhos seres, almas de outro mundo, para além de animais ferozes.

Mas eu disse, peremptório, que sabia lidar com almas deambulantes-vadias; que era perito não só em lidar com tais almas, como também hipnotizar ferozes animais e enfrentar seres estranhos; que, sem qualquer problema, podíamos partir mesmo de noite. O *mwata*-ancião cofiou sua longa barba branca, continuou a fumar na *mutopa*, olhava demorado para o fumo que saía do cachimbo-de-água composto por uma cabaça, um tubo em cana e de um fornilho, em barro, encavilhado no tubo e preso por uma tira, e suspirou. E viu o fumo a desenhar estranhas figuras que pressagiavam que o caminho de regresso dos visitantes seria muito atribulado. Mas manteve-se calado a alisar sua extensa barba branca. Os anciões menearam suas cabeças a concordarem com o chefe do conselho de *mwatas* do lugar.

E fomos. Soba Kitekulu e Cinyama estavam muito apreensivos. Eles não imaginam os poderes que tenho, que sou capaz de enfrentar tudo, mesmo em situações muito difíceis e complicadas; eu sou capaz de, à distância, apagar fogos, secar rios, conduzir relâmpagos, induzir descargas elétricas a percorrerem um determinado trajeto e a caírem ali onde for necessário. Eu sou Manimaza, o Senhor das Águas! Não brinquem comigo, almas danadas, seres estranhos, ferozes animais!

Foram andando pelo carreiro por que tinham vindo. A noite era mesmo muito cerrada; não se via nada; apenas ouviam pios agourentos — "kru... kru...", "uu... u", "kuc... ku...", "kiu-kiu-kiu", "tok... tok... tok...", "huu... huu... hu..." — e o vento a afagar o alto capim; muitas dezenas de vaga-lumes pirlimpimpavam na escuridão. Soba Kitekulu já se tinha mijado duas vezes, enquanto Cinyama vinha calado; Manimaza na frente era quem comandava, a passo firme e seguro; não parecia receoso de nada. Entretanto, se ouviu a voz do noitibó-de-pescoço-dourado, "uei... uei... uirrr..." e de repente surgiu-lhes pela frente um grupo de sete *mukixi* mascarados com *cikungu*. Enquanto dançavam ao som de batuques que eles não viam, as máscaras gigantes reviravam os olhos arregalados e soltavam sonoras gargalhadas. Os *mukixi* traziam vestidos fatos em malha de rede e cada um empunhava sua cartucheira. Os três, abraçados, tremiam de muito medo; o Soba quase não se sustinha em pé. Manimaza se separou dos seus companheiros de percurso, fez um passe mágico e rapidamente os três saíram do local a correr sobre andas. Haka!

XXVIII

Estava a caminho da lavra quando ouviu o barulho de um helicóptero, nos ares. Sofrimento, cão dele, na frente, já se tinha mostrado algo irrequieto; rosnava, escarafunchava a terra e agitava a cauda. Sem que fosse necessário alguém ir lhe chamar, Soba Kitekulu retrocedeu no caminho da lavra; presumiu que alguém estivesse a vir de Luanda e que quisesse falar com ele.

E tinha razão: era uma delegação que o viera buscar. A Comissão de Controle e Disciplina lhe convocara; tinha de participar de uma reunião alargada da tal comissão; sua presença era indispensável. Voltariam mais logo ao cair da tarde. Soba Kitekulu mal teve tempo de se preparar; apanhou uns papéis importantes para o caso e rumou com a delegação que o viera buscar.

Durante a viagem fui pensando no que diria sobre o Comissário Provincial, caso fosse necessário; reiteraria tudo quanto dissera antes; que o Comandante Sete Vigas era incompetente, para além de ter um comportamento que em nada dignificava o Partido; que eu, Soba Kitekulu, filho de Nga Petelo dyá Banza e de Mariquita João Sabonete, jurava por minha honra e em nome de Deus Pai Todo-Poderoso dizer a verdade e só a verdade.

E foi apreciando a paisagem vista dos ares. Via a mata cerrada, clareiras no espaço verdejante, sanzalas isoladas, gente a se banhar em riachos, mulheres pilando, animais selvagens em debandada devido ao rumor do helicóptero. Numa estrada asfaltada viu uma extensa coluna militar em movimento; pensou que talvez a sua Zona de Acção não fosse a única parcela do território nacional isolada do resto do país. De vez em quando temia que, ao sobrevoar frondosas árvores, o helicóptero fosse embater nelas e se despenhar; por isso, fechava os olhos e cerrava os dentes.

De qualquer modo, fingia estar descontraído e à vontade, não fosse a tripulação aperceber-se que ele estava com medo que o helicóptero se precipitasse.

"Como é que o Partido aposta em gente assim tão atrasada e incompetente? Sei que são todos militantes, sim senhor, mas só a militância não é suficiente para se ser dirigente; e, claro, andam todos para aí com ares de gente importante, com bons carros, com motoristas e guarda-costas; com cartões de abastecimento em lojas especiais, com direito a férias pagas, viagens em primeira classe e apoio protocolar quando viajam para o estrangeiro; muitos deles nem a quarta classe têm; assim, com essa gentalha o país não vai para a frente."

Vinha assim encantado com a paisagem vista do alto, quando identifiquei um ponto coberto de densa vegetação e por onde serpenteava um riacho. Vieram-me as lágrimas aos olhos e me lembrei da batalha que ali se travara há uns bons anos, entre a tropa tuga e os combatentes do esquadrão Orion. Lembrava-me que tinha sido um combate renhido em que, apesar de terem morrido sete guerrilheiros, os tugas saíram em debandada, deixando no terreno todo o armamento que levavam. Fora a primeira operação em que participara, apesar de ainda muito jovem. Agora, já velho, sinto que valeu a pena ter lutado pela libertação do país.

Iam indo os guerrilheiros, entre o Bié e o Huambo, em marcha a pé que durava pelo menos dez dias. Iam em fila indiana pelos carreiros que serpenteavam as matas. Guerrilheiros evitavam passar pelas picadas e estradas de terra batida por serem algo movimentadas — eram esses os caminhos habituais dos caçadores, comerciantes, tropa tuga e das populações que habitavam próximo. As deslocações dos guerrilheiros tinham de ser muito discretas e secretas. À frente da coluna ia sempre alguém que já tivesse feito o reconhecimento da área a percorrer. Certo dia, para surpresa de todos, foram surpreendidos por uma extensa caravana que tinha optado daquela vez por tomar um carreiro em plena mata, distante, portanto, da estrada que deveria ser tomada. Talvez se devesse ao fato de quem a dirigia quisesse encurtar caminho ou esconder a mercadoria que os carregadores transportavam às costas. Acontecia isso nos anos quarenta do século XIX. Cerca de uma centena de escravos-carregadores, transportavam marfim, mel, cera, borracha, tecidos, miçangas, tabaco e pólvora. E vinham também dez a quinze pombeiros que, apesar de negros, trajavam à europeia. Nessa altura, Silva Porto, notável explorador português, era o mais influente comerciante estabelecido no Bié. Aquela caravana estava, certamente, às suas ordens. De qualquer modo, os guerrilheiros deixaram livre o carreiro, afastando-se para as bermas. Curioso foi que ninguém da caravana viu os guerrilheiros, mas estes viram-nos muito bem, pois a distância a que estavam dava para observar todos os pormenores daquela presença. Note-se que à passagem da caravana os guerrilheiros, no seu tempo histórico, permaneceram quietos e calados, não fossem ser descobertos e identificados como combatentes da independência de Angola. E fui marchando, pensando na razão bem fundada da luta armada que fazíamos.

Veio-lhe à ideia pedir ao piloto que descesse naquele ponto, apesar de do alto não se vislumbrar uma área onde o helicóptero pudesse aterrar. E então, sendo possível, caminharia até ao local onde supunha repousarem os restos mortais daqueles sete combatentes; então se recolheria ante as campas dos bravos guerrilheiros tombados pela Pátria; faria uma prece para que Deus velasse pelas suas almas. Eram jovens como ele, originários de várias partes do país; tinham vindo determinados para a luta de libertação nacional; tinham feito a recruta juntos, no mesmo CIR; tinham jurado combater até ao fim. Se lembrava que no momento do ataque os guerrilheiros gritavam a plenos pulmões, para se encorajarem: "Vitória ou Morte!" Tinham caminhado mais de trinta quilômetros da sua base até aquele lugar onde se travou o combate contra os tugas.

Quantos lugares de memória da guerra colonial haveria por aí, espalhados por toda Angola? Pensou. Muitos certamente...

cemitérios, carreiros, bases militares ou quartéis da tropa tuga em ruínas; cápsulas de balas, minas e peças de artilharia abandonadas nas matas; inscrições em pedras e troncos de árvores seculares; destroços de helicópteros despenhados e muitos marcos e padrões que os tugas tinham o hábito de deixar por onde passassem em batalhões de Caçadores e companhias de Artilharia (... o grito "sentinela alertaaaa..." ecoava pela noite, lá na Katepa, distante, e, com o vento que fazia, ampliava-se e chegava-nos em fiapos; "sentinela alertaaa..."; os jipes da P.M. circulavam — os latidos de cães enchendo a noite de punhais e lágrimas; e só passado muito tempo é que ouvíamos a resposta "alerta estááááaa..."; e dormíamos na expectativa de amanhã acordarmos vivos; despertos, saberíamos logo se os vizinhos tinham passado bem a noite...). Lembrou-se das canções que os combatentes do esquadrão Orion entoavam à noite em volta de fogueiras ou nos momentos que precediam os assaltos, para se encorajarem. E trauteou baixinho uma das canções de que se lembrava com frequência:

Guerrilheiro é do Povo
Guerrilheiro é do chão
O chão pode ser cama
O chão é rio de passagem

Guerrilheiro está no rio e na montanha
Guerrilheiro é do chão
O tuga que aparecer
Vamos lhe comer com arroz e feijão

Vem cão sarnento vem com o teu canhão
Vamos te torrar bem
Neste chão que será o teu caixão

Rememorou o estribilho: "*Eu vou morrer em Angola com arma de guerra na mão/ Granada será meu caixão enterro será na patrulha*". Fungou para travar uma lágrima que começava a deslizar-lhe na face. Olhou com particular atenção para o painel de vários botões que os dois pilotos iam mexendo. De certeza que eles saberiam a que velocidade e altitude voavam, qual a pressão atmosférica, a temperatura exterior e a do motor, o nível e a pressão do óleo e do combustível, a temperatura do carburador, a rotação de aquecimento e outros dados técnicos que os pilotos podiam ler através do altímetro, velocímetro, gps, luzes de mapa, medidor de amperagem do alternador e instrumentos de navegação via rádio.

Estava eu assim a contemplar a paisagem lá de cima quando vi alguém a fazer adeus à passagem do helicóptero. Era uma área de cultivo de mandioca; havia por ali gente a trabalhar a terra pois via fumo a evolar-se pelos ares. Olhei bem e o que vi: o Homem-Mandioca a acenar. Eh! Eh! Eh! Descontrolado, acabei por gritar sem querer "É ele! É ele!". Os dois pilotos se assustaram e perguntaram-me logo o que era, o que é que se estava a passar; apesar dos fones protetores de ouvidos, eles tinham escutado o meu grito. Eu, envergonhado, disse, com a mão direita, vacilante, que não era nada. Os pilotos me olharam só desconfiados e não convencidos. Voltei a olhar novamente e vi sete homens-mandioca a acenar! Haka! Não me contive e gritei com mais força ainda: "É ele! É ele! São eles! São eles!". Bruscamente o helicóptero baixou um pouco de altitude, guinou à direita e à esquerda ("o que é isto meu Deus?! O helicóptero vai fazer *loopings*?! Girar às cambalhotas?! Eh! Eh! Eh!") para depois retomar o seu curso normal. Interrogado sobre o que se estava a passar realmente, o Soba apontou vagamente para o ponto em que supunha ter visto o Homem-Mandioca e seus sósias. Um dos pilotos fez uma manobra que me pareceu de descida do helicóptero, mas logo depois subiu de altura e continuou a voar; enquanto o copiloto, tendo alçado os fones e se virado para trás, dizia qualquer coisa que eu, com o barulho do motor do helicóptero, não conseguia perceber. Até ao fim da viagem não parei de pensar no Homem-Mandioca. Comecei a admitir que o tal estranho homem só podia ser mesmo o Inimigo disfarçado; agora o dito cujo dava-se ao luxo de se setuplicar para confundir as autoridades; seja como for, esse quem deveria de estar a cumprir uma missão especial e muito secreta. Quem sabe se não seria um lacaio do Imperialismo; um mercenário sul-africano; um enviado especial ao serviço dos bandidos, que vinha, colhia informações e depois desaparecia? Não podia ser? Podia ser, sim. O melhor era alertar as autoridades, o que farei imediatamente lá em Luanda.

Chegado a Luanda, foi imediatamente levado à sede do Partido, onde iria decorrer a reunião. Estavam lá os membros da Comissão de Controle e Disciplina, altos funcionários do Partido, algumas pessoas que ele não sabia quem eram e, como calculara, o Comissário Provincial. Este, sentado à frente da presidência do ato, rigorosamente fardado, estava com um ar abatido; tinha envelhecido. Após a entoação do hino do Partido, da introdução feita por quem presidia ao evento, um membro da Comissão levantou-se e diante de um microfone começou a ler um extenso relatório. Era um rol de acusações contra o Comissário Provincial. O acusado estava com um olhar absorto; de vez em quando se mexia para se sentir melhor acomodado no banco que lhe fora destinado. Soba Kitekulu ficou assim a saber que havia outras pessoas que tinham sido ouvidas e que haviam feito graves acusações contra o Comandante Sete Vigas. Afinal, o Comissário Provincial colaborava sim com o Inimigo; traficava combustível e drogas; vendia mercúrio; falsificava dólares norte-americanos; garimpava diamantes; facilitava a entrada de centenas de imigrantes ilegais a troco de avultadas somas; colaborava ativamente na emissão de falsos passaportes; alimentava uma rede de prostituição. Soba Kitekulu sentia-se, por isso, um pouco aliviado na medida em que não era o único acusador;

assim, o Comissário Provincial não teria como lhe chamar de mentiroso; deste modo, não teria que enfrentar represálias ou vinganças da parte do seu chefe. Mas, reconheceu, não tinha ideia da dimensão dos crimes cometidos pelo Comissário; o tipo era, de fato, um grande bandido, concluiu.

Estava intrigado com o membro da Comissão que lia a acusação ao microfone. Acho que o conheço de algum lado. Mas quem será? Olhei para sua altura; era alto e magro; tinha uma boa dicção; um bom porte; trajava uma guayabera azul-marinho e calças pretas; tinha os sapatos luzidios. Não será ele? Quando fez uma pausa para beber um pouco de água, piscou-me o olho. Ah! Pois, só podia ser o Minguito, o jovem que na Zona cuidava do Jornal de Parede! Minguito! Há quanto tempo não te vejo, meu filho.

A leitura do relatório da Comissão levou mais de uma hora. O Comandante Sete Vigas estava visivelmente derreado; mal olhava para as pessoas que estavam à sua volta; várias vezes lhe viram a meter a mão direita no bolso e a levá-la à boca; mascava algo. Algumas pessoas que estavam próximas dele cochichavam sobre o cheiro a ervas que exalava o seu corpo, à mistura com o de um perfume muito forte; e intuíram logo que o Comissário tinha feito banhos com ervas; que mascava algo que um kimbanda lhe tinha dado para se safar da apertada saia justa em que se achava. Por decisão do Partido, o Comissário Provincial fora demitido das suas funções e afastado das fileiras do Partido. Dada à gravidade dos atos cometidos, o seu processo seria encaminhado para o Tribunal Popular Revolucionário, para o devido tratamento.

"Oh meu Deus! Para o TPR?! Vão me fuzilar?! Oh! Mas o kimbanda me garantiu que me safava desta; que viesse descansado; que ele já tinha despachado casos mais complicados que o meu; me fez ingerir só nos líquidos estranhos, nas ervas, nas mixórdias. E agora? O TPR vai me mandar fuzilar?! Se eu apanhasse agora esse kimbanda, eu é que lhe fuzilava nas balas. O TPR... adeus Comandante Sete Vigas... Oh meu Deus!, não me podes ajudar só nesta hora da agonia? Sei que não te tenho ligado muito, mas sou teu filho Senhor, Deus Pai Todo-Poderoso! Me ajuda só. A minha vida... as minhas mulheres... os meus filhos espalhados por aí ... o dinheiro que deixei em sacos e garrafões... Meu Deus me ajuda só."

Quando o presidente do ato declarou encerrada a reunião proferiu as habituais palavras de ordem ao que algumas senhoras presentes responderam "Assim Seja", e, de joelhos, receberam a bênção do sacerdote e cantaram fervorosas hosanas.

Sairia dali sob termo de residência onde aguardaria pela instrução do processo pelo procurador popular e remessa posterior ao Tribunal Popular Revolucionário. Perante tal veredito, o Comissário Provincial desatou a chorar aos berros; pedia perdão ao camarada Presidente, de braços levantados, a olhar para a foto dele na parede, por detrás da presidência do ato; evocava o seu passado glorioso de antigo combatente e veterano da pátria; recordava as distinções honoríficas de que era portador; implorava à OMA que intercedesse por ele, pai de uma numerosa família. Quando quem presidia ao ato a ele se dirigiu para lhe retirar as condecorações e patentes, acompanhado dos restantes membros do presidência, lhe mirou com muita fúria; o Comandante atirou-se aos seus pés; implorava misericórdia a ele que fora seu companheiro de armas no tempo da guerrilha; a entidade ripostou com veemência, o dedo indicador em riste, que não admitia que o acusado lhe tratasse por camarada, pois a partir daquele momento ele não passava de um bandido, um contrarrevolucionário, um inimigo da Pátria. Metia pena o Comissário Provincial; algumas camaradas da OMA choramingavam, provavelmente não por solidariedade para com ele, mas por mera compaixão. De qualquer modo, ficou claro para os presentes que a decisão era inapelável; o Comandante Sete Vigas viria a ser exonerado do cargo de Comissário Provincial e expulso do Comitê Central.

Depois fui chamado pela Segurança para prestar declarações. Eu estava muito nervoso e excitado pois era a primeira vez que ia encontrar-me com os tenebrosos agentes da secreta. O que é que eu tinha feito de mal? O que é que os tipos queriam saber? Bom, lá fui então todo fora de mim. Afinal queriam saber mais do Comandante Sete Vigas, em particular das condições em que a Zona de Acção tinha sido atacada pelo Inimigo quando da sua primeira deslocação à Zona. Se eu desconfiava de alguém da Zona que tivesse ligações com o Inimigo? Disse-lhes primeiro que não desconfiava de ninguém, mas depois tive de corrigir; falei-lhes, então, do Homem-Mandioca que tinha desaparecido momentos antes do ataque; que lhe vira mesmo nesses matos a acenar para o helicóptero. Mas quem é esse Homem-Mandioca, onde é que ele vive e como podiam lhe apanhar? Disse de meu saber que o Homem-Mandioca era um sujeito muito ladino e esquivo, um mau-de-mau, um grande sacrista-sacripanta que nunca ninguém lhe tinha conseguido lhe apanhar. O Homem-Mandioca parecia que era um trabalhador fantasma do Comissariado Provincial! Pediram-me, em grita, que repetisse o que tinha dito e eu repeti. Um dos secretas agarrou-me nos colarinhos e disse: "Você está a acusar o Comandante Sete Vigas, um heroico combatente da luta de libertação nacional?! Apesar de ele estar sob investigação, falsamente acusado de ter cometido muitos crimes, ele continua a ser a nossa estrela. Estás a ouvir? Já te esqueceste da surra que te demos lá na tua Zona?" O secreta estava tão perto de mim que senti, pelo seu hálito, que cheirava a álcool. Calei-me; não valia a pena responder. Não sabia já de que lado estava a Segurança. Pelos vistos, nem todos estavam satisfeitos com a situação em que estava o Comandante. Que grande alhada! Depois de refletir, continuei. O Homem-Mandioca às vezes aparecia transformado em sete pessoas ao mesmo tempo! Nunca lhe tinham conseguido lhe apanhar, nem a ele e seus sétuplos, nem a velhota com quem ele às vezes aparecia em público; tinha submetido a OMA a um severo interrogatório, mas nada tinha conseguido apurar; a velhota também era uma incógnita que só talvez a Segurança era capaz de descobrir. Disseram que eu deveria estar enfeitiçado ou a enlouquecer; que só um louco é que acreditava nessa história do Homem-Mandioca; que eles não estavam ali para ouvir patetices. Um dos secretas falava alto para me intimidar e só não me agrediu porque fora impedido pelo seu superior hierárquico por causa da minha avançada idade, penso. Depois perguntaram-me que ligações tinha com um tal Ali Babá e os Quarenta Ladrões; que de vez em quando andava por aí a roubar nas Lojas do Povo e até mesmo pelas lundas a garimpar diamantes; que eles já estavam no encalço deles há bastante tempo graças às informações que recebiam da Interpol. Disse que não sabia nada desse tal quem. A terminar a entrevista quiseram saber — agora com as doces-falas-mansas — por que motivo me tinha deslocado ao Kwangu; se não tinha encontrado diamantes; em que sítio tinha se enforcado Dom Alvarinho de Santa Vila e se não lhe tinham encontrado com algo de muito valor. Afinal o sacana do Comissário tinha informado tudo à Segurança ou não era ele próprio um agente duplo com ligações secretas ao Inimigo? Que eu me perguntei só. De qualquer modo, lhes relatei tudo o que sabia sobre o caso.

Como já fosse tarde, só no dia seguinte é que regressaria à sua Zona de Acção. Entretanto, foi alojado no Hotel Panorama, à ilha de Luanda. Pouco antes do jantar foi saudado por gente que ele mal conhecia; eram deputados, disfarçados agentes da Segurança, funcionários da sede do Partido e, para seu espanto, três Comissários Provinciais. Enalteceram a coragem e a determinação do Soba; disseram que o Comandante Sete Vigas mesmo no tempo do *maquis* era um grande patife; que se dizia à boca pequena que tinha sido responsabilizado pela morte, aparentemente em combate, de alguns guerrilheiros, por motivo de ciúmes. E contaram de um comandante de esquadrão que, num ataque a uma coluna militar tuga, fora morto com uma bala na nuca; que a bala, apesar de ter partido da falange tuga, portanto do lado contrário ao dos guerrilheiros, a bala, que era inteligente, fizera uma revienga e fora se alojar na nuca do comandante do esquadrão; que, terminada a operação, muito assustado e nervoso, o Comandante Sete Vigas, que ainda não era comandante, se desdobrara em explicações fantasiosas e contraditórias; que vira a bala inimiga a vir, em espiral primeiro, depois em curvas e contracurvas, para depois ir bater na nuca do malogrado; que ele, em tantos anos de guerrilha, nunca antes tinha visto uma bala assim tão traiçoeira e manhosa! Nunca! Disseram que naquele dia, lá no *maquis*, o Comandante chorara muito até altas horas da madrugada; que ele e o malogrado tinham crescido juntos, que eram muito amigos, quase parentes; que a vida dele, sem o seu companheiro de infância, seria um calvário; que ele um dia se suicidaria para não sofrer tanto (aliás, já tinha tentado três vezes se matar, mas que no último minuto aparecia sempre uma voz a lhe desaconselhar, que a vida era só uma, que quem foi, foi na conta dele); que até hoje, muitos anos depois do acontecimento, ninguém sabe do resultado do inquérito que foi mandado instaurar. Acrescentaram que, naquela noite, no meio de tanta choradeira, o Comandante foi emborcando uns copos de uma bebida tradicional, supostamente para se aliviar da dor, tão sofrida dor.

O que intrigava muito o Soba era constatar que de entre todas aquelas pessoas havia algumas que ele sabia, mais ou menos, que eram amigas do Comissário Provincial. E concluía que na capital do país havia gente muito cínica e intriguista; que lá na Zona a vida era diferente, tudo era gente pobre e humilde e de muita paz.

Como já previra, Minguito veio me saudar. Abraçamo-nos e ambos choramos de muita emoção. Não nos víamos há muitos anos. Numa certa manhã, quando se afastara da Zona sem o meu conhecimento, fora levado por militares. Achavam que ele espiava a favor do Inimigo; jurou que não, mas não acreditaram. Minguito contou-me que, mais tarde, já numa frente de combate, o comandante militar descobrira que ele era inteligente, que se expressava bem, que dominava bem os estatutos e programa do Partido e com isso promoveu-o a comissário político; mais tarde fora destacado para trabalhar na sede do Partido.

Minguito se formara em Cuba, estava casado com uma moça da Huíla e tinha já três filhos. Dissera que um dia, quando a guerra terminasse, gostaria de ir a Zona para ver a campa de sua extremosa mãe.

Para meu espanto, quando, no regresso à Zona de Acção, o helicóptero se fazia à terra, divisei uma multidão no largo onde às vezes o povo se reunia em comício. Quando desci do helicóptero fui logo ovacionado por todos os presentes; me atiraram nos ares. Afinal, o povo da Zona de Acção já tinha conhecimento da exoneração do Comissário Provincial e por isso viera manifestar sua alegria. O povo dançava com exuberância, ouviam-se apitos e batuques rufar; Manimaza dançava suas antigas sabidas artes e sem o bastão; davam-me vivas a mim, Soba Kitekulu, que era levado aos braços. Sofrimento, meu amigo fiel, cabriolava ainda traquinices dele em derredor de mim.

Mas o que vi. Não é que vi, então, no meio da folgança o Homem-Mandioca, outra vez, o patifório?! Dançava suas artes com uma sempre mesma velha velhota, muito animado, o canalha, ladravaz. Haka! Lhe apanho já ou lhe deixo assim se alegrando também da exoneração do Comissário Provincial? Lhe apanho já, que eu decidi. Quando lhe estiquei, então, a mão para lhe torcer o pescoço, não é que o Homem-Mandioca se desviou e apareceu, então, em sete pontos a dançar muito animado?! Xê! Safado, sacripanta, filho de um pai sem mãe! Ladravão! E mais reparei que de entre os sete seres estranhos tinha pelo menos três que eram ou pareciam ser do sexo feminino! Haka! Estarei a ver bem? Qual deles é o verdadeiro sete, que eu me interroguei muito confuso. Como é que vou lhes apanhar a todos? E a velhota-velha? Se fugiram todos num repente!

XXIX

Soba Kitekulu e Manimaza confirmavam o que já tinham ouvido dizer: uma longa estiagem abatia-se não só ao longo de todo o rio Kubangu como em todo o Huambo e Bié. A terra estalava de tanta secura; nada podia ser cultivado; as matas eram extensas áreas de capim seco; os animais selvagens tinham fugido para outras paragens, enquanto que os domésticos iam sendo comidos vorazmente para mitigar a fome dos populares; os pássaros tinham deixado de riscar os céus em os seus rasteiros voos.

As populações que viviam nas margens do Kubangu estavam alarmadas porque o nível das águas do rio tinha baixado consideravelmente; os grandes peixes que garantiam parte da alimentação das populações tinham desaparecido; contentavam-se agora com os peixinhos que apareciam fugazmente o que tornava difícil lhes apanhar.

Havia muita gente a morrer de fome. Os celeiros estavam vazios. Os velhos não se aguentavam; os recém-nascidos dificilmente conseguiam sobreviver; os seios das mães estavam secos; as crianças estavam todas desnutridas.

Chamadas a intervir, as igrejas já tinham realizado muitos cultos ecumênicos e procissões. Unidas no mesmo objetivo de salvação das almas, oravam e rezavam juntas esquecendo-se das quezílias em que estavam sempre envolvidas nos tempos de paz e de bonança. Deus, afinal, era só um; só Ele mesmo é que podia resolver aquela dramática situação. Embora isso fosse indiscutível, os kimbandas apelavam a outros deuses para que interviessem rapidamente. E argumentavam, para se justificar, que Deus era onipotente sim senhor, mas demorava muito. Pois, então, imprecavam na Kianda viesse com todas as águas para mitigar tanta secura, lhe oferecendo em contrapartida, muitos bons manjares e bebidas tradicionais.

Os anciãos dos povos ribeirinhos decidiram, em reunião alargada, que a única solução era recorrerem aos antepassados. E assim foi feito. Foram em pequenos grupos aos túmulos de grandes homens que tinham lutado pela soberania de suas terras em épocas recuadas, nomeadamente nos antigos reinos do Mbalundu, do Ndulu, do Viye, do Ngalangi, do Wambu-Kalunga e de Tchiyaka. Cada grupo integrava, pelo menos, três sobas, um reverendo ou pastor e um kimbanda. Assim, visitaram os túmulos de Ekwikwi II, Ndunduma, Numa II, Kangombe I, Kakulukusu, Hundungulu, Ndumba Visoso, Mutu ya Kevela e tantos outros. Lá imprecaram ajuda, fizeram fumaças, executaram passos de danças rituais com batuques e chocalhos, e deixaram bebidas espirituosas e iguarias para alimentar os espíritos. O tempo foi passando enquanto a seca continuava a fazer razias com a agravante de terem surgido depois espíritos de antepassados encarnados em jiboias. Estas, silenciosas e matreiras, ravinavam as terras — grandes e profundas crateras — onde jiboiavam. Com essa manifestação evidente dos antepassados, os anciãos declararam com veemência: que era necessário e urgente redobrar as preces a Deus e deuses; que se aumentassem as romarias aos túmulos daqueles antepassados históricos.

Pastores, reverendos e kimbandas foram unânimes em afirmar que a seca e as ravinas tinham que ver com o fato de errarem por esses ares muitas almas de Umbundos; contratados que tinham sido levados para as fazendas do Norte, no Uíge e no Zaire, e lá morreram; muitas centenas de conterrâneos que tinham sido barbaramente assassinados nas fazendas nortenhas a partir do Quinze de Março de Sessenta e Um; gente mal morta como caçadores que tinham sido atacados por animais ferozes e selvagens ou que se tinham finado em revoltas águas para onde haviam sido lançados.

Acreditava-se que erravam por aí muitas almas; que a peregrinação delas era tão intensa que eles viam sinais dessa errância quase sempre noturna: árvores seculares a tombarem sem uma razão aceitável eheheh!; vozes estranhas a engravidarem as noites; ih?!; ravinas a galgarem quilômetros durante as noites aproximando-se das aldeias; he!he!he!; gatos pretos a vaguearem a desoras; eh!eh!eh! é quê então?!; bois e galináceos a morrerem em grandes quantidades; haka!; porcos malhados a imitarem vozes de humanos, eh!eh!eh!; pessoas que foram às lavras e desapareceram, hehehe!; remoinhos que passavam e repassavam; é quê mais?!; sepulturas de antepassados a se deslocarem dentro dos cemitérios, eh! eh! eh! atata!; mulheres a parirem crianças defeituosas, a mama'etu ééé!. Mas o que mais intrigava os anciãos era o fato de uma estranha criatura andar a rapinar nos cultivos e nos celeiros; que alguém o vira em andanças em manhãs brumosas; que talvez fosse o temível gênio Ngongola — de voz tonitruante e um olho só; que não se sabia se era uma pessoa mesmo; que talvez fosse uma mandioca com formato humano! Espalhou-se, então, a notícia e todo o mundo disse que a tal criatura só podia ser uma das almas que andava por aí a peregrinar, disfarçada. Ora, pois, o tal quem só podia ser mesmo o quem-quem do Homem-Mandioca de quem já tinham ouvido dizer que andava por outras essas terreolas; que o dito cujo nunca andava sozinho; o Homem-Mandioca já tinha sido visto a se setuplicar; a atuar em vários pontos ao mesmo tempo. Para as crianças, ele era o homem-do-saco que levava para longe as crianças que se portassem mal ou não quisessem tomar a sopa; que cortava a pilinha aos meninos que fizessem xixi na cama; que o Homem-Mandioca e os seus sósias não eram mais do que ladrões dos Quarenta ladrões de Ali Babá que deambulavam por Angola.

Uma minoria, embora concordando com a tese de que era preciso interceder junto das almas errantes, queria recuar séculos de história; considerar as almas de milhares de Umbundos que, nos séculos XXVII e XVIII, percorriam o país em caravanas, ou como simples escravos de africanos ou de europeus, ou como carregadores que levavam mercadorias de um lado para o outro, ou até mesmo dos que, comerciantes (de borracha, mel e cera, sobretudo), chegaram a atravessar, a pé, a distância até Moçambique.

— Isso seria impraticável pois sabe-se que os Ovimbundu percorriam longas distâncias... — falou Manimaza.

— Houve épocas em que chegavam com regularidade às costas ocidentais e às vezes até perto das costas banhadas pelo Oceano Índico, como o histórico Domingos Tchakahanga que, de Benguela, caminhou durante um ano até chegar a Rovuma — precisou Soba Kitekulu.

— ... de entre os Ovimbundu, os que mais se destacavam eram os Bienos. Eram muito procurados pelos comerciantes europeus, sobretudo porque nunca fugiam nem roubavam as mercadorias. Mas as caravanas africanas englobavam outros povos como os Imbangala e os Cokwe.

— Reza a história que os Bienos, e também os Bailundos, quando as exportações da borracha estavam no auge, a partir de 1870, andavam em caravanas que permaneciam em movimento durante cerca de oito meses.

Desesperados, os *olosekulu* reuniram-se novamente. Era preciso agir com mais eficácia e rapidez. As romarias aos túmulos dos antepassados levavam muito tempo para além de serem penosas — iriam a pé. Kimbandas defendiam que esse era um modo eficaz de veneração a forças invisíveis de que dependia a solução do problema da seca. Maioria dos anciãos era de opinião que se alugassem caminhonetes para encurtar as distâncias. E foi o que se fez.

Iriam à Baixa de Kasanji, no lugar onde outrora se realizavam as feiras do mesmo nome e que foram muito frequentadas pelos Ovimbundu nos séculos XVII e XVIII. Lá, como constava entre as comunidades umbundos, é que residiam os seus antepassados. Iriam também ao Uíge e ao Zaire onde largas centenas de contratados Umbundos tinham ficado para sempre. Discutia-se sobre como encontrar e visitar campas em zonas tão extensas e sem qualquer identificação, pois já muitos anos se tinham passado desde os enterramentos, com a agravante de que se sabia que muitos corpos tinham sido atirados para valas comuns e rios. Os católicos e os metodistas, que achavam que bastava realizar cultos nas capitais daquelas duas províncias para que as almas dos falecidos fossem abençoadas por Deus, conseguiram convencer disso os batistas que defendiam a necessidade de se percorrer todos os sítios onde se soubesse que jaziam corpos de Ovimbundu.

Depois alguém sugeriu que, para a eficácia da diligência que se iria empreender era necessário pedir a intercessão de Kapalandanda.

— Esse Kapalandanda... o tal que vimos no Kwango... É aquele cujo nome vem num cântico tradicional ovimbundu? Onde está enterrado? — perguntou Soba Kitekulu.

— É exatamente ele. Onde está enterrado?... Quem sabe? Como se diz, esse canto lembra o episódio da prisão no Bié, por volta de 1900, do rei Ndunduma. Os portugueses quiseram com isso obrigá-lo a deixar de opor resistência à sua penetração no Bié. Kapalandanda, seu irmão, procurou por todos os meios convencer os portugueses a libertarem o rei. Não o tendo conseguido, chorou amargamente. O soberano Ndunduma fora deportado para São Tomé onde viria a falecer. Depois apelou ao povo a pegar em armas e a lutar contra a presença dos portugueses. Desde então, o cântico Kapalandanda passou a ser um hino e um grito de guerra — explicou Manimaza.

— Ah! Agora compreendo por que é que no tempo colonial os contratados cantavam sempre esse cântico. Era uma forma de expressarem a sua tristeza pela condição em que se encontravam. Hoje Kapalandanda é um herói mítico.

— É exatamente isso. Kapalandanda é um mito.

E o problema era saber onde estava a sepultura de Kapalandanda. As informações eram díspares; ninguém ao certo sabia sequer se existia algum túmulo do herói. Como houvesse um ancião com esse nome, isso suscitou um grande interesse pelo indivíduo. Pretendia-se saber se o ancião tinha algum laço de sangue com o herói; de quem lhe vinha o nome; se, por acaso, ele não carregava consigo um espírito oculto. O ancião que até aqui levava uma vida pacata, fartou-se tanto de ser interpelado por gente que desconhecia, com perguntas que diariamente lhe faziam, e do modo estranho como lhe olhavam, que acabou por se mudar para longe.

Entretanto, os kimbandas confirmavam que o herói tinha realmente existido, mas que agora ele estava em todo o lado; Kapalandanda era símbolo de esperança renovada, de luta e de energia. Alguns diziam mesmo que Kapalandanda tinha sido visto a combater na guerra do Bailundo de 1902 que, por isso, talvez fosse conveniente irem lá lhe procurar. De qualquer modo, recomendavam que o cântico passasse a ser religioso, introduzido em todos os cultos.

— Eu agora posso revelar-te uma coisa — disse Manimaza.

— É o quê, então?! — perguntou, intrigado, o Soba.

— Kapalandanda não morreu!

— Não morreu?! Como assim?!

— Kapalandanda combateu em Kahama, no Ebo, no Zenza do Itombe, em Kifwangondo, em Malanje, no Kwitu, no Huambo, no Lwena. Até no Kwandu Kubangu ele combateu.

— Compreendo...

— O espírito dele se encarnou em todos os soldados do Exército Nacional.

Organizaram-se, então, romarias a Kasanji, Uíge e Zaire, conforme fora decidido. Um mês depois as chuvas começaram a cair, mas com muita intensidade. O povo então percebeu que Kapalandanda tinha chegado para descansar e ficar naquelas muitas e espalhadas sepulturas.

E com a abundância de cultivos o Homem-Mandioca estava mais ativo. Decidiram lhe capturar; então, lhe seguiram nas peugadas dele; jovens e adultos atrás da demoníaca criatura de manhã que era quando ele aparecia a surripiar; mas como havia sempre muito nevoeiro, o Homem-Mandioca se misturava com a bruma e ninguém conseguia lhe apanhar. Estiveram nisso dias e dias sem conseguirem agarrar naquela intrigante figura que diziam representar uma alma penada. Essa tarefa ficou mais difícil quando constataram que o Homem-Mandioca atuava em sete pontos ao mesmo tempo que ele era mesmo um sétuplo. Quem sabe um *dikixi-ser*?

XXX

Kileba voltara outra vez a se escafeder. Os capangas lhe perseguiram pelos matos com a certeza de que dessa vez, se lhe apanhassem, davam-lhe uma surra a valer. O patrão lhes instruíra a tudo fazerem para lhe capturar. Kileba era uma "peça" valiosa; tinha tudo para lhe vender por um bom preço.

Quando tinha apenas dez anos, já se via nele que seria um homem alto e corpulento. Os pais dele receavam que, uma vez crescido, Kileba seria levado como escravo. Como eram escravos numa fazenda de jesuítas, perto de Masanganu, os pais, logo à nascença do rebento, pediram a um padre da congregação que batizasse Kileba; era uma forma de, pensavam, salvar a alma do pequeno das agruras da escravatura. Pior que poderia acontecer a seu filho era ser exportado como escravo para o Brasil; constava que alguns dos escravos chegados ao Brasil eram mortos, depois dos seus corpos se extraía pólvora e óleo ou as suas cabeças iam para os fornos que alimentavam os grandes engenhos de açúcar.

Quando atingiu a idade de quinze anos, Kileba foi feito escravo e levado para longe. Os pais rebelaram-se, mas nada puderam fazer para que o seu único filho fosse levado; imploraram depois ao comprador que os levasse também, o que foi recusado pois já não tinham a robustez física necessária para uma boa venda. Os senhores de escravos visitavam as fazendas com regularidade a ver se encontravam uma boa "peça". Com apenas quinze anos Kileba tinha um metro e noventa de altura e pesava, então, oitenta quilos; era um escravo que já podia começar por ser carregador; depois, com dezoito anos, poderia ser exportado para as américas.

A Companhia de Jesus lhe vendera por 3$000 réis, não obstante os veementes apelos de seus pais, de joelhos e banhados em lágrimas, ao padre que lhe batizara e lhe vira crescer para que intercedesse por Kileba. O sacerdote disse que não podia fazer nada, pois eram ordens superiores, e, misericordioso, fez uma oração, mão dele sobre a cabeça de Kileba, e disse, com voz que expressava muita compaixão "Vai em paz e o Senhor te acompanhe", ao que os pais responderam santamente "Amém". Porém, não conformados com a perda de seu filho, devotaram-se de corpo e alma a Nossa Senhora do Rosário, considerada protetora dos escravos, a quem imploravam que protegesse Kileba.

(auxiliado por cipaios e cães, corria atrás dos pretos
o angariador de cabeças
sob contrato forçado
cartão de indígena, um cobertor, um pente de pau, um
[espelho e uma garrafa de aguardente velha
bagaceira
partiriam do Mucári para o Kunda-dya-Base
em camiões atestados
para a colheita do algodão
como recompensa, depois do contrato, cada preto
[receberia uma bicicleta, um rádio transistor, um
garrafão de vinho, uma concertina, uma gaita-de-
-boca, um par de óculos, uma embalagem de cari-
cocos e um terço
em camiões atestados de contratados e bois)

Fora levado para uma feira de escravos. Viu escravos acorrentados a serem vergastados e a sangrar; ouvia-se, por isso, uma gritaria que só lembrava as almas a arderem no Inferno. Estava assustado com o ambiente de terror que predominava na feira. Pensou em fugir, voltar para junto dos pais, mas reconheceu que seria muito arriscado. Kileba temia pelo seu futuro, chorava de muito medo. Olhava para as caras dos senhores de escravos e não lhes via qualquer expressão de bondade e de humanidade. Antes pelo contrário, eram homens brutos, barbudos e carrancudos, capazes de tirar a vida a qualquer escravo que ousasse lhes afrontar. Não adiantava sequer lhes pedir clemência.

Dois senhores brancos chegaram-se a ele, lhe observaram e discutiram sobre o preço por que ele seria vendido. O vendedor pedia 10$000 réis por Kibela, argumentando que o rapazito quando fosse adulto valeria o dobro do que estava a propor; que seria uma boa "peça" para ser exportada para o Brasil. Quando isso ouviu, Kileba mijou-se; o vendedor lhe deu uma bofetada; o rapazito se desequilibrou mas se recompôs logo. O comprador apalpou-lhe as nádegas, nos tarecos, lhe mandou abrir a boca, inspirar e expirar o ar, lhe bateu levemente no peito e disse que por ele dava 5$000 réis. O vendedor regateou e pediu 8$000 réis, dizendo que o comprador não se arrependeria de fazer aquele negócio; que, na região, não era comum ver-se pretos com aquela estatura; que, para além disso, o escravo já tinha sido batizado, prova antecipada de que teria um bom comportamento durante a viagem até Luanda. Convencido daquela argumentação, fechou-se, então, o negócio; Kileba fora vendido por 8$000 réis.

Levado da feira de Masanganu para um aldeamento de escravos, propriedade do seu senhor, ali permaneceu cerca de três dias antes de iniciar a longa marcha até Luanda. Fora uma caminhada em grupo de dezenas de escravos de uma hora e meia, sob um sol abrasador. Jaime Fonseca, dono e senhor de seus pretos, vinha refestelado numa liteira transportada por quatro escravos, muito satisfeito com o negócio que acabara de fechar. No aldeamento havia muitos escravos, cerca de trezentos, entre jovens e adultos. Kileba era o mais alto do aldeamento; mas havia muitos escravos bem constituídos. Entre os escravos havia também algumas raparigas e mulheres com seus filhos ainda pequenos. Havia um caramanchão onde os escravos se abrigavam; como não fosse suficiente para todos, à noite alguns escravos dormiam no chão, ao relento, cobrindo-se com cobertores que tinham sido distribuídos.

A administração do aldeamento era confiada a um preto que, embora também escravo como os demais, tinha a confiança do proprietário dos escravos; o tal chefe trajava como o patrão e usava sapatos, o que era um sinal de diferenciação em relação aos escravos que usavam tangas feitas à base de casca de imbondeiro e andavam descalços. O chefe do aldeamento era bruto e violento; falava aos gritos e passava o dia todo a xingar nos escravos, a lhes chibatar e a pontapear.

Embora fosse um lugar de passagem para muitos escravos, havia um número fixo de mão de obra que ali labutava no amanho da terra e cuidava de centenas de cabeças de gado. De modo que os escravos que ali estavam a viver ou de passagem comiam das lavras em que tinham de trabalhar.

A Kileba foi-lhe atribuído o número mil cento e quinze. A partir de então ele seria chamado por esse número e não pelo seu nome de batismo. Nome dele pouco importava aos senhores de escravos; toda sua identidade ficava resumida a esse número. Kileba era o mil cento e quinze e nada mais. Aliás, nenhum escravo era conhecido pelo seu nome de nascença; para todos o que contava eram os seus números de registro de que não podiam nunca se esquecer sob pena de serem castigados; aliás, não havia como esquecer pois traziam todos na tanga o número de identificação.

A ideia de fugir não lhe saía do pensamento. Kileba recordava-se de ouvir aos pais falarem de fuga de escravos para a Kisama; que Kisama era conhecida como o refúgio dos escravos fugitivos; que, de qualquer modo, nem todos os escravos tinham tido a mesma sorte, por isso, quando apanhados a fugir, tinham sido torturados até à morte. Recordava-se ainda de um relato da fuga de centenas de escravos de Kazengo para Lwando, Lukala e Demba, e da fuga para a Kisama de militares que desertavam para não serem alistados e irem combater em Kasanji nos anos sessenta do século dezenove.

Todos os escravos traziam no peito as letras JF marcadas a ferro quente; só homens; as mulheres não por serem mulheres, mas por serem "peças" de pouco valor e de baixíssimo rendimento e por serem incapazes de se aventurarem a fugir dos acampamentos não tinham sido marcadas. As escravas eram concubinas dos chefes e lhes davam só trabalhos domésticos como cozinhar, lavar, ir à cata de lenha, cuidar do pomar e limpar o aldeamento. Kileba estava, de qualquer modo, terrificado com aquela prática; um dia seria a sua vez.

E chegou o dia mais temido por Kileba. Amarrado de pernas e mãos, foi levado, sob choros, para o centro do aldeamento onde diariamente se fazia a contagem dos escravos e eram aplicadas penas severas aos prevaricadores; era também o dia em que os escravos recém-chegados e que deveriam partir para Luanda seriam marcados, no peito, com um ferrete em brasa. Kileba chorava só de ver a aflição em que estavam os escravos que já tinham gravadas no peito JF, as iniciais do nome do proprietário dos escravos. Estes gritavam desalmadamente; contorciam-se e imploravam a Deus que lhes poupasse daquele suplício, enquanto o chefe do aldeamento gritava, xingava nas mães deles, ao mesmo tempo que quatro auxiliares seus chicoteavam os que se portavam mal. Sentia-se no ar o cheiro a carne humana queimada.

Kileba encheu-se de coragem e quando chegou a sua vez, olhou com altivez o chefe e, furiosamente, lhe cuspiu na cara! Imediatamente os auxiliares do chefe lhe azorragaram até lhe porem a sangrar; quase o matavam ali mesmo. O chefe espumava de tanta raiva; nunca nenhum escravo se tinha atrevido a tanto; gritava aos auxiliares que não parassem de lhe surrar; disparatava na família toda do escravo atrevido Mil Cento e Quinze. Kileba gritava e gemia de dor. Os escravos em volta dele ardiam de muito ódio; queriam intervir mas não ousaram; temiam pelas suas vidas.

Quando o senhor JF soube do caso, quis saber quem era o escravo atrevido. Lhe informaram que era o Mil Cento e Quinze. Kileba ardia em febres para além de continuar a sangrar; tinha os olhos entumecidos e o peito com marcas profundas das chibatadas com azorrague; estava deitado numa choupana improvisada pelos escravos que se tinham mostrado solidários e condoídos.

JF, apesar do estado em que se encontrava o seu escravo, lhe pontapeou e lhe xingou na mãe dele; os escravos que o cuidavam fugiram dali imediatamente, pois sabiam quão tresloucado ficava o senhor JF quando estivesse irado. Pensou como que um preto que tinha sido batizado e crescido num meio cristão podia ser assim tão rebelde, demoníaco e malvado.

Passadas semanas e já recuperado, Kileba foi selecionado, juntamente com meia centena de escravos, para partir, a pé, para Luanda, conforme se ouvia falar. Pensou logo na possibilidade de ser vendido a um grande senhor que exportava escravos para o Brasil.

A caminhada até Muxima durou uma semana. Atados com fibras e paus no dorso e nos braços, com gargalheiras, os escravos seguiram alinhados em fila indiana, sob o olhar atento de capangas. Cada escravo tinha recebido vitualhas para apenas três dias, para além de carga diversa (munições, libras de pólvora e mosquetes) que levavam à cabeça; de modo que nos restantes dias até Luanda (a viagem durava quinze dias) estavam exaustos e cheios de fome. Descalços, os pés estavam em bolhas de água; dormiam ao relento debaixo de árvores, com mosquitos a lhes ferrarem constantemente. Quase ninguém conseguia de fato dormir por causa de animais selvagens que circulavam por perto; ouviam lobos a uivar e hienas a ulular, parecendo gargalhar. Para afugentar os animais, os escravos-carregadores faziam fogueiras.

No lugar em que pernoitavam havia sempre alguns escravos a quem, como recompensa pelo seu aparente bom comportamento ou como simples provação, os seus proprietários confiavam a missão de vigiar. É que para além dos animais que deambulavam, havia também à espreita os assaltos que eram feitos por bandidos à solta. Quem desses os mais que falados eram então Lourenço Anzo-Anzi e Kola-a-Pupa; pilhavam e assaltavam tanto por aquelas bandas que os portugueses tiveram que mobilizar a infantaria auxiliada por escravos vassalos, para lhes neutralizar. Os escravos temiam por maus espíritos que pululavam pela noite fora, capazes — acreditavam profundamente — de matar quem encontrassem.

Numa certa noite, Kileba foi um dos escolhidos para servir de vigia, pois vinha dando sinais de bom comportamento e de nunca mais sequer tentar fugir; o chefe decidiu, então, libertá-lo das amarras e pô-lo à prova. A escuridão era cerrada e medonha; o vento perpassava pela folhagem aumentando os ruídos o que punha todos em estado de alerta. Kileba pensou que, naquela noite escura, talvez fosse uma oportunidade para se escapulir, mesmo sem saber que caminho seguir; olhou em redor e como não tivesse visto ninguém, enfiou-se na mata cerrada. Para a hipótese de ter que enfrentar alguém ou um feroz animal, muniu-se de uma pequena navalha. De manhã, quando deram pela falta dele, o chefe da caravana ordenou a um grupo de dez escravos que lhe procurassem vivo ou morto; que, se não lhe apanhassem, ele, como chefe, seria chibatado pelo senhor JF.

Ao fim da tarde, quase anoitecendo, trouxeram Mil Cento e Quinze de volta; vinha esfarrapado, os olhos encovados, a barba crescida. O chefe da caravana quando o viu, descarregou toda a raiva que tinha por cima do escravo, lhe chicoteando e pontapeando. Depois, ante os olhares temerosos de todos os escravos, lhe cortou numa orelha. Kileba implorou perdão com todas as forças que tinha. Mas o chefe foi implacável; ordenou que o prendessem a uma forquilha que seria depois amarrada a uma árvore. Nessa noite e nas seguintes, enforquilhado como estava, Kileba não conseguiu pregar olho nem por um minuto só. Pela manhã, aliviavam-no dessa tortura e caía por terra, sem forças; contorcia-se de muita dor, para além de sentir a cabeça estourar de tanta zoeira; tinha os olhos entumecidos. À noite voltava a ser amarrado na árvore. Os escravos estavam assustadíssimos com tanta violência; pela certa, nenhum deles ousaria um dia tentar fugir.

Chegaram a Muxima uma semana depois de terem deixado Masanganu. Os escravos estavam esfarrapados e magros; alguns estavam doentes e pediam que fossem assistidos (Kileba perdera a corpulência de antes; tinha metade do peso que tinha quando fora vendido); o chefe da caravana a tal recusava-se; os escravos não tinham direito a tratamento médico; que se curassem com plantas e ervas! Assim, três escravos faleceram, sendo os seus corpos lançados à terra, envolvidos em cobertores. Ninguém podia lhes chorar, que ele recomendava.

E partiriam para Tombo em canoas e depois, cerca de cinquenta quilômetros, a pé até Luanda, em fila indiana, por carreiros não muito distantes das margens do Kwanza. A eles se juntariam escravos vindos de outras paragens. Os escravos vindos de Masanganu seriam, assim, separados e misturados com outros vindos de outras localidades. Kileba fora alinhado com escravos que não conhecia.

Essa estratégia de separação dos escravos para evitar laços de solidariedade entre eles não resultou. Os escravos sentiam-se logo irmanados no sofrimento; mesmo sem falarem todos a mesma língua, se entendiam e se solidarizavam nos gestos e nos afetos; e, de modo espontâneo, todos cantavam cânticos que exortavam à coragem e à crença numa intervenção divina para acabar com tanto sofrimento. Assim que Kileba foi amarrado a um escravo que lhe curou na ferida que ainda doía. Nos três dias em que permaneceram em Muxima os escravos foram desamarrados, mas permaneceram sob forte vigilância de seus proprietários. À noite juntavam-se em volta de fogueiras onde desfiavam as contas de um longo rosário. Tinha um escravo que contava estórias divertidas o que aliviava o peso da dor que todos sentiam.

Um pouco mais velho dele, Kituxi parecia ter vinte anos; como Kileba, era alto — ligeiramente mais baixo — e bem constituído; a amizade que se travou entre os dois se foi consolidando ao ponto de terem conversado a voz baixa sobre como se escaparem da escravatura para sempre. Kituxi disse-lhe que uma vez já tinha tentado escapulir-se mas fora atraiçoado por um escravo como ele; quando lhe apanharam lhe surraram quase até à morte; e mostrou-lhe, como prova, as costas com cicatrizes de grandes chibatadas e uma orelha amputada. Apesar das sevícias a que fora submetido, Kituxi estava muito determinado a fazer mais uma tentativa para não ser exportado para o Brasil. Kileba reparou, muito impressionado, que, de entre os escravos que iam chegando a Muxima havia umas dezenas deles sem orelhas e sem nariz. Estes, como ele, emitiam sons estranhos ao falar; não se percebia bem o que diziam. Com certeza tinham sido todos supliciados por terem tentado um dia fugir.

Os três dias de espera em Muxima eram bastante agitados, não só devido à chegada constante de escravos que ali aportavam mas também ao intenso comércio que se praticava. A feira regurgitava de forasteiros provenientes do Dondo, de Masanganu, de Kambambe e até de Luanda. Comerciava-se, de entre vários produtos e artigos, óleo de palma, sal, mel, cera, marfim, goma, borracha, argolas de cobre, panos de ráfia e cestaria; vendia-se também cabritos, porcos, galinhas, perus, pássaros engaiolados e muitos coloridos-papagaios-tagarelas. Viam-se em grande número militares portugueses e, para espanto de Kileba, alguns africanos também comerciantes que, para além de comprarem e venderem vários produtos e artigos, comerciavam igualmente escravos. Circulavam escravos domésticos ou alforriados, que se destacavam dos escravos-carregadores concentrados em Muxima pela indumentária: usavam roupa em algodão e sandálias.

Apesar da cerrada vigilância sobre eles, do temor que lhes incutia a artilharia arvorada no forte construído sobre uma colina, os escravos sentiam-se um pouco mais à vontade; pelo menos durante a estada de espera na Muxima podiam, de dia, circular pela feira e no meio de centenas de escravos e de dezenas de comerciantes brancos e pretos.

Kituxi falou-lhe da intenção de fugir, aproveitando a relativa liberdade que se sentia naquela estância. Kileba manifestou o desejo de se escapulir com ele. Aliás, nunca deixara de pensar nessa possibilidade.

Tinha ouvido falar de um chefe religioso chamado Kilamba, que vivia em Ndemba, que era muito temido porque tinha artes mágicas de transformar pessoas em animais, pássaros, plantas, pedras monumentais ou em qualquer objeto. Falava-se muito do caso de um escravo que conseguira escapar-se voando nos ares transformado em pássaro; os militares e seus auxiliares cipaios esquadrinharam todas as matas atrás do homem, mas nunca lhe encontraram. Mais tarde ficaram a saber que, afinal, o tal pássaro que, todas as manhãs andava pelos aldeamentos de escravos, não era mais que o foragido servo que, assim, estava lhes gozar.

Kileba estava muito cético, não acreditava que isso pudesse ter acontecido. Mas Kituxi lhe garantiu que tinha ouvido contar essa estória a várias respeitáveis pessoas; que talvez fosse bom os dois tentarem a sorte; que na Kisama havia muitos escravos fugitivos mas sem terem nunca conseguido deixar de o serem na medida em que acabavam por se tornar reféns de senhores negros; assim, a única possibilidade mesmo de se livrarem definitivamente da escravidão era os dois, aproveitando o ambiente menos apertado em Muxima, fugirem antes do embarque dos escravos para Luanda.

Na terceira noite de permanência em Muxima, Kituxi e Kileba fugiram sem qualquer problema, enquanto as sentinelas dormiam sono profundo, provavelmente devido à ingestão de uma bebida tradicional muito alcoólica. Como o seguro morreu de velho, aproveitaram ainda para amarrar duas sentinelas que estavam igualmente embriagadas. Antes aprovisionaram-se de banana, mandioca e ginguba, o suficiente para, estimaram, pelo menos cinco dias de caminhada. E foram.

No dia seguinte, pela manhã, é que se deu conta da fuga dos dois escravos. JF, enraivecido, bradava aos céus, xingava as mães de todos os escravos; não queria ouvir explicações do responsável pelo acampamento a quem chamou de incompetente, boçal, cão, filho disto e daquilo e muitos outros feios nomes, para além de o ter chibatado em frente de largas dezenas de escravos;

bradava que o Mil e Cento e Quinze lhe tinha custado uma fortuna; que esse escravo valia o preço normal de meia dúzia de "peças" que havia em grande número em qualquer aldeamento. Garantia que Mil Cento e Quinze seria capturado nas próximas horas; que mobilizaria todas as suas forças para capturar o escravo fugitivo, não fosse ele filho de Deus.

Caminharam durante quatro dias, quase sem parar. Andarilharam pelos matos, expostos ao perigo de serem apanhados por homens armados que àquela hora JF já teria mandado capturar os dois fugitivos ou por fiscais dos aldeamentos vizinhos ou atacados por animais ferozes. Depois de um dia inteiro de muita caminhada, Kileba e Kituxi chegaram exaustos a uma choupana escondida no meio de frondosas árvores. Repousaram um pouco, colheram mangas e bananas que havia ali de uma fazenda abandonada e retomaram a caminhada. Pouco depois, viram passar um enxame de abelhas; nunca tinham visto tantas abelhas a esvoaçar. Os dois se deitaram no chão, cobriram-se com o capim alto que havia e assim ficaram cerca de meia hora; como o calor apertava, os dois fugitivos transpiravam. Kituxi disse a Kileba que, caso as abelhas se aproximassem deles, a solução para se salvarem seria deitar fogo ao capim. Só depois, seguros de que as abelhas tinham sido empurradas pelo vento, para longe, se puseram a andar.

Tiveram de atravessar a nado e a vau os rios Mwengeji, Kivumo e Kaximbula. No primeiro curso de água, os dois não foram, por sorte, engolidos por um jacaré; tinham sido ágeis a nadar. Kileba e Kituxi, de tão assustados que estavam, arrependeram-se de se terem envolvido naquela arriscada empreitada. Mas se encorajaram e prosseguiram até chegarem às salinas de Ndemba.

O chefe Kilamba já andava pela casa dos oitenta anos. Viera pequeno do Bié, com os pais, em caravanas de comerciantes de sulanos em busca de sal. Esquecera suas origens; no nome dele de Epalanga, que lhe deram à nascença, ninguém não lhe conhecia já. Era alto e, apesar da idade, ainda se lhe notava uma certa robustez física; tinha as orelhas cortadas. Quando mais novo, Kilamba dera muito trabalho aos senhores de escravos; queriam lhe capturar para lhe exportarem, mas nunca conseguiram. Ou melhor, Kilamba já tinha sido apanhado sete vezes; mas no momento de embarcar para uma longa viagem pelo Atlântico, Kilamba desaparecia misteriosamente. Da sétima vez, num armazém de escravos em Luanda, lhe tinham amarrado com muitas cordas, mal se podia mexer; tinham a certeza de que dali Kilamba não poderia nunca safar-se; que dessa vez o escravo mais rebelde e misterioso não poderia fugir. Pela manhã, na hora do embarque, Kilamba tinha desaparecido misteriosamente! Haka! Os vigias foram chicoteados e, contra o que não era a prática, levados também como escravos para o Brasil.

Considerado um mágico, Kilamba visitava com regularidade os aldeamentos de escravos sem que ninguém se atrevesse a importuná-lo. Constava que Kilamba às vezes transformava-se em feroz leão que, pela calada da noite, punha todo o mundo a fugir, inclusive gente armada. Os cipaios não ousavam sequer lhe olhar de frente pois temiam por suas vidas. Kilamba sentia-se, por isso, invulnerável a quaisquer ataques ou ciladas.

Kilamba quando os viu logo percebeu ao que vinham. Antes de tudo, ordenou que um dos seus auxiliares lhes desse algo a comer. Vale dizer que o mágico também explorava uma pequena mina de sal-gema onde trabalhavam uma dúzia de escravos domésticos. Estes, sentiam-se como filhos de Kilamba, tais as relações de afeto e de solidariedade que existiam entre eles. Como já fosse noite, dormiram num abrigo improvisado. De manhã despertaram com o chilreio de pássaros e o cacarejo de muitas galinhas. Entraram para dentro de uma choupana; apesar da escuridão, viram Kilamba sentado sobre uma pele de animal selvagem, as pernas cruzadas; tinha colares ao pescoço; havia uma vela acesa cuja luz incidia de viés sobre uma imagem de Nossa Senhora do Rosário.

Fartos da escravidão a que estavam submetidos, queriam se libertar definitivamente. O chefe Kilamba perguntou-lhes o que esperavam que ele fizesse, se não queriam ficar em Ndemba na extração de sal. Kituxi disse que não queria; que ele queria se transformar em pássaro; voar em total liberdade para onde fosse necessário; que uma vez longe do perigo desejaria voltar a ser um humano ser. Kilamba, olhou bem para ele e depois, voltando-se para Kileba, fez-lhe a mesma pergunta. Kileba, com ar incrédulo e ainda muito apreensivo, disse também que não queria ficar em Ndemba, que gostaria de se transformar em mandioca; um tubérculo com a forma humana, que pudesse andar pelas lavras comendo o que encontrasse; pudesse andar e correr normalmente; esconder-se das pessoas quando não fosse aconselhável que lhe vissem andar como um homem; que, distante dos senhores de escravos, voltasse, então, a ser uma simples mandioca. Kileba e Kituxi estavam muito próximo do chefe Kilamba que, com as duas orelhas cortadas, ouvia mal; esboçou um suave sorriso, ao mesmo tempo que não parava de remexer contas que estavam num balaio; sussurrava algo ou rezava e olhava para a imagem da Santa. De qualquer modo, depois de um longo e prolongado silêncio, tossiu e garantiu-lhes que tinha acabado de intervir para que Nossa Senhora do Rosário e outros entes superiores intercedessem por eles. Recomendou, entretanto, o que deveriam fazer para que tudo desse certo: comer diariamente umas ervas e beber da seiva de uma determinada árvore que havia em abundância na região; nunca, em nenhuma circunstância, deveriam manter relações sexuais — abriu bem os olhos e trancou a cara. Kilamba, com ar determinado, ordenou categórico que os dois cumprissem rigorosamente com a sua prescrição, sob pena de o tratamento não fazer efeito nenhum e, nesse caso, ele não poder fazer mais nada. — Movimentou os ombros e os braços para expressar que, se não observassem estritamente o que estava a recomendar, a responsabilidade não seria dele. — À Kileba disse, sem hesitar, que ele teria uma vantagem sobre Kituxi: seria eterno; viveria por muitos séculos e séculos; teria sete vidas distintas, podendo estar ao mesmo tempo em sete pontos diferentes; teria a faculdade de viver em qualquer época, podendo estar ora no passado ora no presente, como quisesse; de falar com o espírito de pessoas já falecidas; poderia percorrer muitos quilômetros, atravessar rios e riachos e transpor montanhas sem qualquer problema; passar longo tempo no Atlântico, completamente submerso; e teria ainda a vantagem de, quando fosse necessário, sobretudo quando estivesse em perigo, poder transformar-se em *dikixi*.

E assim foram cada um para o seu lado: Kituxi, feito pássaro, rasgou os ares. Kilamba transformou-se em mandioca e se enterrou depois de, como pessoa, percorrer cerca de um quilômetro sozinho. Passado muito tempo, Kituxi, tendo cumprido rigorosamente com o que Kilamba tinha recomendado, voltou a ser uma pessoa normal. Quanto a Kileba, não tendo cumprido escrupulosamente com a prescrição de Kilamba, ficou por esses matos a errar como mandioca, com uma particularidade de ter desenvolvido umas artes e habilidades, para além de uma inteligência particular.

******

Quem sou eu afinal? Não sou o que sou? Tenho plena consciência de que sou eu, sim! Tenho consciência, penso por mim próprio; tenho inteligência; tenho raciocínio, penso; ando normalmente; posso saltar e correr; tenho dentes, posso comer e mastigar sem nenhuma dificuldade; vejo, sinto e sinto-me como sempre fui desde que nasci. Mexo-me e rio-me, logo existo.

O que é que, fisicamente, mudou em mim? Ah! Que diferença! A minha pele não era assim; mudou, parece casca de mandioca; o meu cabelo... oh!, o meu cabelo são folhas verdes; o meu nariz está mais afilado; as minhas mãos transformaram-se, são raízes de tubérculos; as pernas e os pés já não são como antes eram, oh!

Mas continuo a ser eu; a minha identidade não se alterou; mas estou diferente, é verdade; não consigo falar como antes; o que falo às vezes são uns sons esquisitos; pareço ser mais uma mandioca que um ser humano.

Mas penso. Penso em que tempo? Estou no aqui e no agora, mas às vezes vivo em tempos idos; o aqui e o agora podem ser um tempo muito recuado; séculos e séculos passados; outras vidas de outras gentes, que eu vivo. Estou no século XVI, passo rapidamente para o século XX; estou no tempo das guerras de ocupação colonial e viajo para a luta de libertação nacional. Eu tenho a percepção de tudo isso. Confesso que, muitas vezes, sinto-me, por isso, baralhado na minha identidade. Sou eu mesmo como ser racional apesar de parecer ser um estranho ser?

Mas estou vivo; bem vivo; viverei assim mesmo; andarei por esses matos; alimentar-me-ei dos cultivos que encontrar; dos frutos silvestres; viverei de caça miúda; evitarei aventurar-me a caçar animais ferozes.

Mas estou vivo; bem vivo. Falarei com pessoas que nunca conheci e com quem nunca convivi. Farei amizade com pessoas que vivam no estrangeiro, desde que haja alguma empatia entre nós. Conversarei com antepassados que vão aconselhar-me sobre que atitude tomar, que caminhos seguir quando o perigo estiver à espreita.

Quando for necessário, cuidarei da minha higiene pessoal nessas correntes águas. Andarei por esses rios; farei um pacto de amizade com eles; não me esquecerei do Kwanza esse rei-leão das águas correntes, irrequietas e caudalosas. Quando tiver fome, terei os peixes que circulam nesses rios e os frutos silvestres que abundam nessas matas.

E o tempo foi passando. Fui andando por aí, essas terras. E fui me associando a tubérculos como eu; convivendo, me entendendo, me intimiamigando. Mas nesse relacionamento com meus iguais, eu permaneci sempre o único racional e inteligente.

Certo dia, estando assim em repouso numa lavra, a pensar na minha vida de mandioca, senti o meu corpo e a minha identidade a se fragmentar; o meu pensamento a se encarnar em duas outras mandiocas. Oh! Oh! Oh! Podia ser?! Podia ser o meu eu a se fragmentar? A sair de mim? Que eu senti a me triplicar. Oh! Oh! Oh!

A princípio foi muito difícil me sentir assim; habituado a viver sozinho com a minha identidade, agora tinha que conviver com mais dois eus. Oh! Que estranho! Mas depois me habituei. Éramos então trigêmeos — a trimandade perfeita. Fazíamos todos os mesmos movimentos e em simultâneo: apanhar frutos, comer, caminhar, correr, saltar e até dançar. Nas horas vagas conversávamos na nossa linguagem; idealizávamos e concebíamos nossos planos. Andávamos sempre juntos; nunca nos separávamos. Quando fosse necessário, os meus manos se encarnavam no meu corpo e eu era então um só-só; isso acontecia quando estivéssemos em perigo; fazíamos isso para ludibriar quem nos quisesse fazer mal.

Estávamos assim a caminhar num vale, a apreciar a paisagem e a desfrutar do que a natureza nos dava para comer. De repente, das quatro das sementes de um fruto que havíamos lançado à terra brotaram quatro mandiocas! Oh! Oh! Oh! Se nos admiramos. As mandioquinhas rapidamente se transformaram em mandioconas adultas como nós! Oh! Oh! Oh! Mas logo passado o espanto nos saudamos e nos abraçamos. Éramos então septogêmeos — a septuandade total. Todos iguaizinhos; todos másculos. Logo nos sentimos unidos e irmanados. Nós éramos a unidade e o equilíbrio. Andávamos sempre juntos. Quando fosse necessário, sobretudo quando o perigo estivesse à espreita, os meus manos se entranhavam em mim; e então eu era outra vez um só-só. Oh!

Mas, oh!, afinal não somos todos másculos? Oh! Somos ao todo quatro machos e três fêmeas! Oh! Oh! Oh! Não há problema. Assim será, até melhor, pois fica assegurada a nossa descendência. Seremos uma família unida.

E assim, sendo sete, realizávamos as nossas atividades com maior destreza. Quando tivéssemos que surrupiar nos armazéns dos grandes senhores, fazíamos tudo com muita grande agilidade o que punha todos intrigados sobre a origem e a natureza dos assaltantes. E gozávamos a valer; gargalhávamos na plenitude dos ares. Ninguém conseguia nos apanhar; um dia tentaram nos matar; mas desconseguiram; nos multiplicamos em sete vezes sete vezes. E assim vivemos para toda a eternidade nesse ser sétuplo que somos, sete vezes sete.

O DIA ÚLTIMO DO FIM

De todas as montanhas soaram trombetas. O som foi tão profundo que soou em todos os recantos da terra. Ouviram os camponeses que estavam na sua faina; os homens interromperam o que estavam a fazer; as mulheres suspenderam as mamadas de seus rebentos e a venda nos mercados; as crianças, assustadas, fugiram, desordenadas, para todos os cantos; os fiéis que oravam nos templos ergueram as mãos aos céus em jeito de súplica, enquanto os pastores fugiam abandonando os seus rebanhos — era chegada a hora do Juízo Final; os que andavam pelos caminhos se desencaminharam; os poetas deixaram de se ocupar de suas musas; os animais domésticos zanzavam; os da selva urravam; as embarcações balançavam incessantemente; as nuvens enegreciam e caíam dos céus transformando-se em água. Era ou parecia ser o Juízo Final tão anunciado nas sagradas escrituras.

Era imperativo fugir, largar tudo e esconder-se do suposto Juízo Final. Uns poucos que ainda filosofavam, se interrogavam sobre se valia mesmo a pena fugir e para onde; a morte, em chegando na hora predestinada, quem que podia lhe fintar, se desviar dela? Único que parecia saber responder era só um: Manimaza! Era urgente atravessar todos os rios e riachos para se alcançar o Ngola nas suas abundantes águas. Que cada um trouxesse o que pudesse; os doentes que se arrastassem; os aleijados que se virassem como pudessem devendo, se ainda tempo houvesse, recorrer a kimbandas para lhes ajudarem no bem-andar; que os presos rebentassem as grilhetas e fugissem; quem que pudesse viesse montado em qualquer animal ou ave; que os profetas não tentassem extorquir dinheiro na hora última da vida, sob pena de serem atirados a um covil onde seriam saudados por feras furiosas; todas as dívidas ficariam saldadas; os projetos cancelados; que todos se sentissem irmanados; que a hora era a hora do caminhar para a eterna harmonia.

Manimaza, com a colaboração de Caronte, recolheu todas as almas perdidas por aí. Lhes apanhou num passe mágico só. Que era bom lhes ter por perto senão seria o pior.

E os rios arrepiaram seus leitos de andanças. Primeiro foi o Chiloango, depois o Kwilu; Kambo, Lukala, Kwangu, Lwacimo, Dange, Keve e Kunhinga; mais o Zambeze, o Lwiana, o Kunene, o Kubangu, o Balombo, o Kuroka, o Mukope e o M'bridge; e finalmente o Kwanza. Todos kwanzando em seus kwanzas. Todos foram vindo em direção ao Ngola. E à medida que iam juntando suas águas, vinham mais caudalosos e impetuosos, cada vez com mais força. E a turbulência era tanta que a terra começou a se mexer-se e os rios vinham aos saltos, deskwazando-se, deixando seus caminhos para correrem outros leitos improvisados. Assim, nas suas correntezas loucas, derrubavam árvores, cultivos, pessoas, povoações; atarantadas, espécies animais em reservas e parques, transpuseram cercas e fronteiras naturais; destruíam cemitérios o que espaventou esqueletos que saíram de suas tumbas e puseram-se também em fuga; desfizeram sítios arqueológicos onde repousavam achados e dinossauros jurássicos recompostos que, apesar de sua existência fóssil, ressuscitaram suas antigas vidas; saltavam vales e montanhas!

E os peixes vinham zonzos de tantos abalos; misturavam-se com espécies que não conheciam e nem sequer sabiam que, afinal, faziam todos parte da mesma família. Peixes pequenos vinham ao lado dos grandes sem temerem ser engolidos — naquele momento trágico não havia tempo sequer para comezainas, era só andar e andar nas águas.

E os pássaros de todos os tamanhos desandavam para outras paragens; vinham em bandos acima dos rios que conheciam, que se foram misturando com as águas de outros rios; já não sabiam que rios estavam sobrevoando, de onde tinham partido, qual a origem de cada espécie, era só voar e voar.

O céu descera cá para baixo; as nuvens vogavam rentes às cabeças dos animais; os pássaros voavam por entre as nuvens e as estrelas e espécies voadoras que eles nunca tinham visto. Sentia-se que era o fim do mundo chegando; que aquele dia era o dia último; que a qualquer momento Deus desceria para a todos abençoar antes de o mundo desaparecer por completo.

No terreno só ficaram eles: os militares. Eles que eram os donos da situação; o anunciado Juízo Final não era para eles; sentiam-se todo-poderosos. Sem povos, eles se preparavam então para o combate final; limpavam e testavam as armas; rangiam os dentes; ardiam em fogos para concretizarem seus sonhos. Eles, os militares. Estavam preparados para medirem forças. Agora sem povos nas proximidades do terreno deles, é que era bom; assim não haveria mortos civis a lamentar; ali era só o estrugir das armas ligeiras, o estrondear dos canhões. Era o que as partes haviam solenemente acordado sob observação internacional. E os militares estavam satisfeitos; mostrariam seu poder de fogo; suas artes. Sem povos, lutariam em defesa das terras; dos ideais; da bandeira nacional; da pátria e da nação; proclamavam. Terminada a guerra os povos regressariam às suas terras para darem sentido à Pátria e à Nação — o que eles pensavam. Mas quando? Quando seria o dia seguinte?

Terminada a guerra, também eles, vencedores e vencidos, desapareceram. Nos campos das batalhas, sobre seus corpos, nasceram bichos estranhos e muito alto capim cobria as peças de artilharia; os blindados, ardidos todos no fogo, eram ferro velho sem nenhuma prestância.

O Ngola estourara de tanta água acolher no seu bojo. Tinha engolido um a um os rios todos que tinham partido de suas nascentes. Assim, a espaços, soltava soluços e se abria em fendas no seu comprido e infinitamente extenso leito.

Pelos campos agora desertos, Soba Kitekulu e Manimaza estavam sentados na canoa, terra firme. Não se lembravam do que tinha acontecido na face da terra pois tinham suas memórias baralhadas de tanto viajar; carregavam sobre seus ombros muitos tempos e vidas passadas. Tinham viajado por todos aqueles rios, águas e memórias; agora não sabiam em que tempo estavam, por isso se olhavam só e olhavam os campos vazios de tudo e de todos. Mais confusos ficaram quando repararam que vinham ao ponto em que estavam, Caronte, Alfeu, Anúbio, Acteon e Diana de mãos dadas, sentados numa nuvem, falando numa linguagem de que eles não entendiam nada. Ao fundo, máscaras gigantes andando e soltando sons e gritos de animais selvagens; rufavam tambores tocados por mãos invisíveis. Soba Kitekulu, muito espantado, viu também o Homem-Mandioca a caminhar, acompanhado da velhota. Manimaza se certificou mais: o safado homem, em vindo também com a sua velha-velhota-dama.

Manimaza, com a mão esquerda no chão, desenhou um círculo e soprou para o centro para libertar as almas que ele tinha recolhido. Os dois se assustaram com o que, então, tinham à frente de seus olhos: milhares de esqueletos em movimento! Uma turbamulta! Era uma vozearia tal que não se percebia nada de inteligível que porventura estivessem a dizer ou a gritar.

Marchavam garbosos os combatentes de várias guerras contra a ocupação colonial. Vinham resistentes das batalhas do Bailundo, dos Dembos, do Kasanji, do Ambriz, do Seles, do Bembe, São Salvador, de Ambaca, do Libolo, do Kilengues, dos Gambos, do Kunene, do Alto Kubango, do Kwamato, do Amboim, do Golungo Alto, de Kakonda, da Kisama, de Benguela Velha, do Bié, do Huambo, do Menongue, do Humbe, do Kwanhama.

E vinham. E vinham esqueletos de antigos combatentes das guerras de libertação nacional, de Nambwangongo, de Karipande, de Kangamba, de Mavinga, de Kamabatela, de Lumbala, do Huambo, do Kwitu, do Lwena, todos agrupados nos esquadrões Orion e Hércules.

E vinha na frente da turba um esqueleto empunhando uma bandeira nacional descolorida. Um pouco atrás, vinham milhares de nacionalistas e patriotas. Traziam faixas que anunciavam nomes de movimentos de libertação e de associações políticas e culturais: Anangola, Liga Nacional Africana, o Facho, Bota-Fogo, Grupo Santa Cecília, Grupo "Espalha Brasa", PLUAA, MIA, MINA, Club Marítimo Africano, MPLA, UPNA-UPA, FNLA, UNITA, PCA.

E vinham. E vinham também os fuzilados e desaparecidos no Vinte e Sete de Maio. Vinham a passo lento pois estavam todos ligados a grilhetas que se grudavam à terra. Para levantar os pés daquele chão inóspito, os esqueletos tinham de se esforçar o que faziam grunhindo.

E vinham. E vinham centenas dos que tinham perdido a vida em fogueiras. Com eles muitas bruxas e bruxos; vinham mascarados e, por isso, irreconhecíveis; conversavam e chalaçavam com feiticeiros. Gargalhar e rir deles era uma mistura de estranhos sons e ruídos; pareciam sibilos de serpentes, ululos de hienas, guinchos de macacos; os chacais regougavam; os javalis arruavam; as corujas corujavam; trissavam os morcegos. Vinham abutres em bandos; esvoaçavam e revoavam; grasnavam alto.

E vinham. E vinham máscaras gigantes simbolizando deuses e antepassados. E vinham alegres, umas, — gargalhavam e escancaravam suas desdentadas bocas —, outras, carrancudas, arrufando, revirando os olhos — grandes e luminosos olhos. E vinham máscaras que soltavam gritos guerreiros. E pulavam e dançavam.

E vinha. E vinha o Bispo à frente, apoiado num báculo de ébano; vinha de óculos escuros e tinha uma longa barba; trazia uma mitra a cobrir-lhe a cabeça que, contudo, deixava-lhe à mostra sua enorme cabeleira; como era anão, a barba tocava no chão profusamente entapetado de rosas negras. Trazia uma extensa sobrepeliz negra debruada a ouro e, por baixo, uma mozeta preta com forro e botões de cor púrpura. Vinham a acompanhar Sua Reverendíssima seis acólitos que lhe seguravam as pontas da extensa sobrepeliz. Um esqueleto de adulto transportava uma pesada cruz de Cristo e soltava, a espaços, profundos gemidos. Logo depois seguiam-se-lhe umas três dezenas de reverendos vestidos com casulas pretas, ornadas com galões e bordados dourados que, com ar muito concentrado e condoído, entoavam:

Requiem aeternam dona eis, Domine,
Et lux perpetua luceat eis,
Te decet hymnus, Deus in Sion,
Et tibi reddetur votum in Jerusalem;
Exaudi orationem meam,
Ad te omnis caro veniet.
Requiem aeternam dona eis, Domine,
Et lux perpetua luceat eis.
Kyrie eleison,
Christe eleison,
Kyrie eleison.

Estava assim a procissão em andamento quando, de repente, se ouviu o estourar de um foguete que, lá dos ares, se transformou em lágrimas que começaram a cair sobre os religiosos. As lágrimas foram se adensando e agora era uma chuva miudinha mas constante e prolongada que foi molhando todos e desfazendo o lindo tapete florido.

O Bispo, irritado com o que estava a passar-se, soltou um palavrão, bateu com energia o báculo no chão que se transformou numa serpente que de imediato deslizou por entre os missionários da fé. Estes, assustados, desataram a correr para todos os lados; muitos, juntaram-se aos esqueletos que ali estavam em marcha para a eternidade; alguns abandonaram suas vestes litúrgicas, queriam se transformar em simples vertebrados. De qualquer modo, para onde eles fugiam tinha agora muitas serpentes no seu encalço.

Enquanto isso, o Bispo, sem os acólitos que também tinham fugido, enfiou a mão na sotaina, à procura do bolso, de onde, a muito custo, acabou por tirar um pedaço de charuto que conseguiu acender; e ficou assim a ver o fumo evolar-se e a olhar toda aquela barafunda. Pensou no que estaria ali a fazer, sozinho, ele, feito agora uma ovelha desgarrada do seu rebanho; todos fugiram por causa das serpentes, ora essa! Num movimento brusco, desembaraçou-se da extensa sobrepeliz que voou pelos ares; apanhou uma das serpentes que deslizava perto dele, apertou-a bem na mão esquerda e lhe transformou no báculo em que logo, ao sentar-se no chão, se apoiou. Vendo o esqueleto na sua marcha, transportando sempre a cruz de Cristo, levantou-se a muito custo, foi até ele e, com a palma da mão aberta voltada para o céu, apanhou a sobrepeliz que acabava de cair dos ares e com ela cobriu o esqueleto. Este logo correu para se fundir na longa marcha do que restava da passagem por esta vida terrena. Antes, o Bispo retirou-lhe das costas a pesada cruz e pô-la ereta; a cruz ficou naquela reta posição. Depois, da cruz partiram fortes raios de luz que tudo iluminou. Agora, iluminados, os esqueletos caminharam para a certeza da eternidade.

O Homem-Mandioca se aproximou do Bispo, inclinou-se em sucessivas vênias; transformou-se num átimo em sete serpentes que, a um sinal do Bispo, deslizaram pelo chão e desapareceram. O prelado respirou fundo; tirou do bolso da sotaina uma garrafinha de uísque que virou pela goela abaixo e deu um estalido de satisfação. Depois, embora contra a sua vontade, seguiu o cortejo rumo à eternidade, já feito em esqueleto.

Completamente sós, se entreolharam espantados. Mas, afinal, o que era tudo aquilo? O que tinha acontecido ou estava para acontecer? Quando seria o dia último? O tempo e a memória tinham assim se rarefeito nos ares, esses. Soba Kitekulu e Manimaza, agora esqueletos também, foram atrás do esqueleto do Bispo a caminho da eternidade.

De repente, à face da terra árida e sem vida alguma, a terra começou a tremer; abriram-se enormes crateras; um vento ventava forte enquanto ribombavam trovões. A terra se esverdeou; em segundos cresceram árvores gigantes e muito alto capim; as montanhas pariram serpentes, lagartos, sardões, de grande tamanho; elefantes, leões, panteras, tigres, gigantes; medonhos dinossauros. Da terra nasceram sete mandiocas enormes que se puseram a caminhar de um lado para o outro. Depois se ouviu o Homem-Mandioca vozear de uma voz que emergia do fundo de uma cratera: "eu sou alfa e ômega"! E a voz ecoou em todo o espaço! E, rodeado agora de centenas de homens-mandioca, disse, sobranceiro, depois de gargalhar: "Eu sou alfa e ômega! Fui considerado um fantasma, um *dikixi*; ninguém acreditou que eu era eterno; os que partiram para a suposta eternidade, enganaram-se no caminho; foram para a terra de ninguém; que se danem!". E a multidão de homens-mandioca pulava e dançava de muita tanta alegria e gritava: "Nós somos alfa e ômega".

De um momento para outro, ouviu-se um vozeirão troar "abre-te sésamo!". E as nuvens começaram a baixar de altura; estavam agora rentes à terra ofuscando a paisagem em volta. Para espanto de todos, exceto para o Homem-Mandioca, das nuvens em terra ouvia-se uma fanfarra à mistura com muita vozearia. E das nuvens roçando o chão emergiu Ali Babá seguido dos Quarenta Ladrões que tocavam, uns, bandolins, oboés, clarinetes, cornos, trombones, sanfonas, cornetas, charangas e tambores, enquanto outros saltavam pulavam nas alturas e caíam em acrobacias.

Preparados para a festança, tinham vindo cozinheiros com gorros brancos; instalaram os tonéis que trouxeram montados em carroças; trouxeram igualmente bois em espetos e comidas várias já confeccionadas. Tinham trazido em carroças grandes bolos, doces variados, queijos e cachos de fruta.

Os Quarenta Ladrões eram todos gorduchões e anões, o que contrastava com os homens-mandioca que eram altos e franzinos; traziam turbantes coloridos a cobrir a cabeça; com suas túnicas de seda, gingavam como pavões. Vinham alegres e gargalhavam alto o que dava ao ambiente um ar de festa rija. Os homens-mandioca trajavam fatos-macaco de ganga. O Homem-Mandioca e Ali Babá saudaram-se efusivamente como pessoas que se conhecem desde longa data. Estavam numa pradaria rodeada de montanhas que fora propositadamente enfeitada com árvores cheias de frutos e muitas palmeiras; a dois passos estava um lago de águas prateadas aparentemente calmas. O Homem-Mandioca e Ali Babá digiram-se depois para uma caverna, passando por uma ala em que foram saudados por todos os presentes. Meia hora depois os dois saíram da caverna e acomodaram-se na cabeça de uma extensa mesa. Todos se sentaram. A mesa estava repleta de pratos, terrinas, salvas de prata e muita fruta variada. Em redor da extensa mesa circulavam livremente galinhas, patos, perus, gansos, cegonhas, ovelhas, cabritos, porcos, ovelhas e bois. O Homem-Mandioca e Ali Babá, como anfitriões do banquete na pradaria, foram para a roda e começaram a dançar ao som da charanga, a que se seguiram centenas de homens-mandiocas e os Quarenta Ladrões.

Das montanhas desceram Sísifo e Oréades; do lago emergiram náiades, nereides e danaides; das árvores desceram ágeis hamadríades; do matagal em redor da pradaria vieram dríades; das cavernas vieram ogros e súcubos; e desceram alegres de carroças puxadas por cavalos brancos gnomos, faunos e fadas.

Vieram todos em algazarra e soprando flautas, oboés, fagotes, trompas e trompetes o que aumentou o ambiente festivo. E todos comeram e beberam o que havia nos tonéis e dançaram celebrando assim o fim do mundo dos homens.

SIGLAS

BPV: Brigada Popular de Vigilância

CAC: Comité Amílcar Cabral

CIR: Centro de Instrução Revolucionária

CCPPA: Corpo de Polícia Popular de Angola

DIP: Departamento de Informação e Propaganda

DISA: Direcção de Informação e Segurança de Angola

EDIMBA: Empresa estatal de comércio interno

EME: equivalente a Movimento Popular de Libertação de Angola (MPLA)

FAPLA: Forças Armadas Populares de Libertação de Angola

FNLA: Frente Nacional de Libertação de Angola

FUA: Frente Unida de Angola

JMPLA: Juventude do Movimento Popular de Libertação de Angola

MIA: Movimento para a Independência de Angola

MINA: Movimento para a Independência Nacional de Angola

MPLA: Movimento Popular de Libertação de Angola

ODP: Organização da Defesa Popular

OPVDCA: Organização Provincial de Voluntários da Defesa Civil de Angola

PAM: Programa Alimentar Mundial

PCA: Partido Comunista de Angola

PLUAA: Partido de Luta Unida dos Africanos de Angola

UNITA: União Nacional para a Independência Total de Angola

UNTA: União Nacional dos Trabalhadores de Angola

UPNA-UPA: União das Populações do Norte de Angola- União das Populações de Angola

TE: Tropas Especiais

TPA: Televisão Popular de Angola

O autor

BOAVENTURA CARDOSO, angolano, licenciado em Ciências Sociais pela Pontifícia Universidade de São Tomaz de Aquino - "Angelicum", de Roma, é escritor e diplomata de carreira. Exerceu cargos como Diretor do INALD (Instituto Nacional do Livro e do Disco), Secretário de Estado da Cultura, Ministro da Cultura, Ministro da Informação. Como diplomata, de 1992 a 2002, foi Embaixador na França, na Itália, em Malta e junto aos organismos das Nações Unidas sediados em Roma (FAO, PAM e FIDA). Foi Governador da Província de Malanje, Angola, de 2008 a 2012.

Foi, desde a sua proclamação em 2016 até 2020, Presidente da Academia Angolana de Letras. Foi Deputado da Assembleia Nacional onde exerceu o cargo de Presidente da Comissão para a Cultura, Assuntos Religiosos, Comunicação Social, Juventude e Desportos. É membro fundador da União dos Escritores Angolanos.

É membro honorário da Academia Palmense de Letras (Tocantins — Brasil) e ostenta a Ordem do Mérito Cultural na classe COMENDADOR, concedida pelo Presidente da República Federativa do Brasil, em 2006. Está dicionarizado no "Novo Aurélio", de Aurélio Buarque de Holanda.

Boaventura Cardoso tem obra publicada e referenciada em antologias, estudada em universidades portuguesas, brasileiras, americanas, francesas e italianas. É autor de livros de contos e romances. *Margens e travessias* é seu terceiro romance publicado no Brasil.

CONTOS

1977: *Dizanga dya Muenhu*
1980: *O fogo da fala*
1987: *A morte do Velho Kipacaça*

ROMANCES

1992: *O signo do fogo*
1997: *Maio, mês de Maria*
2001: *Mãe, Materno Mar*
2012: *Noites de vigília*

PRÊMIOS E DESTAQUES

- Prémio Nacional de Cultura e Artes – Categoria Literatura, 2001. Obra: *Mãe, Materno Mar* (romance).
- Prémio de Literatura dstAngola/Camões 2022. Obra: *Margens e travessias* (romance).
- Ordem do Mérito Cultural na classe COMENDADOR, concedida pelo Presidente da República Federativa do Brasil, 2006.
- Membro honorário da Academia Palmense de Letras (Tocantins – Brasil).
- Dicionarizado no "Novo Aurélio", de Aurélio Buarque de Holanda.

Sobre a obra

Margens e Travessias é uma grafia hídrica e cronotópica que entrelaça rios, tempos, espaços, tradições, memórias. É um romance histórico polifônico, não factual, em que a geografia também protagoniza a construção romanesca, cujas inúmeras travessias penetram margens submersas da história de Angola, ao mesmo tempo que, pela linguagem subjetiva da poesia, tecem uma "terceira margem" da estória. A escritura, dissonante, permeada de traços da oratura, acompanha o narrar dos mais-velhos Soba Kitekulu e Manimaza, que, como griots, auxiliam o narrador-escritor a reescrever a história de Angola, desde a época colonial até a pós-independência.

Carmen Tindó Secco (Universidade Federal do Rio de Janeiro - UFRJ)

-.-.-.-.-

As "correntes águas", presentes desde a dedicatória, atravessam a caudalosa narrativa de Boaventura Cardoso, definindo-se como uma metonímia que não se esgota na escrita desse singular romance. Para além da evocação dos fluxos da memória aqui incorporados como conteúdo e forma, no curso dos rios convocados o leitor pode perceber o roteiro de um projeto literário que, desde *O signo do Fogo* (1992), tem no movimento o eixo essencial. Um forte exemplo o escritor nos ofereceu com a figuração do trem na viagem convulsionada de *Mãe Materno Mar* (2001), reforçando a ideia de deslocamento que é, ao mesmo tempo, um modo de apreensão do espaço a ser ocupado pelos seus habitantes mais legítimos.

Nesse mais recente romance, entre a margem e a travessia, os rios redesenham o mapa de Angola, isto é, sob o signo da geografia, a ficção estabelece um produtivo diálogo com a história, um diálogo marcado por uma escrita ágil, sedutora, que, ao remeter às matrizes da oralidade, não ignora a importância do ritmo visto pelo autor, como um dado constitutivo da vida angolana. No território da escrita, ao navegar por "rios em pérola", a narrativa propõe uma rica interlocução com os rios de outros livros, lembrando-nos dos laços com o Kuanza de José Luandino Vieira e o Urucúia de Guimarães Rosa, duas entre tantas referências no repertório de leitura de Boaventura Cardoso. Nas redes intertextuais que ele procura tecer com autonomia está também ancorado o arrojo do escritor que incorpora e reinventa a tradição literária, e não só de sua terra.

Rita Chaves (Universidade de São Paulo - FFLCH/DLCV)

-.-.-.-.-

Boaventura Cardoso produziu um alto romance. Indelével o sentido poético difuso que o atravessa. Ouve-se a música do pensamento, a expressão de uma língua serena e vibrátil. A espessura da história se entrelaça ou dialoga com a polifonia da memória. *Res ficta. Res facta*. O desenho de um país em trânsito: as potências utópicas de hoje e de ontem sentem-se convocadas. Angola, terra de paz e justiça. Futuro do presente. Ou presente do futuro. Temos aqui uma página de pura transfiguração. Bela. Contundente. Como esquecê-la?

Marco Lucchesi (Escritor, ex-Presidente da Academia Brasileira de Letras, Presidente da Biblioteca Nacional)

-.-.-.-.-

A literatura angolana finalmente tem um épico que a representa magnificamente. A partir dos cursos dos rios, portanto da Geografia do território, em *Margens e Travessias*, a Ficção se constitui em margem fertilizada pela História. A escrita cativante do livro, o fluxo das águas, dos acontecimentos e das estórias constituem uma aventura literária das mais interessantes e estimulantes, pois a partir do murmúrio dos rios, ouvem-se as falas dos mais velhos que nos revelam o passado, mas também os discursos dilemáticos do presente, atravessados pela Política.

Com uma linguagem peculiar, em que a oralidade deixa suas marcas muito mais como criação linguística do que como mimese do falar cotidiano dos angolanos, o mais recente livro de Boaventura Cardoso nos conduz a uma Angola ao mesmo tempo mítica e histórica, a partir de personagens que se envolvem em acontecimentos alguns deles historicamente verificáveis, mas que se sucedem no tempo, de forma a que um dos protagonistas, por exemplo, percorre um arco temporal que excede a duração da vida dos comuns dos mortais.

Livro instigante, graças a sua atualidade mas, sobretudo, em razão da inquestionável qualidade artística, *Margens e Travessias* marca definitivamente a literatura angolana."

Tania Macêdo (Universidade de São Paulo - FFLCH/DLCV)

-.-.-.-.-

Romance muito bem construído. História e estórias deslizam pela trama, acompanhando cursos de rios e fluxos de memória que emergem de tempos e espaços diversos. Nas entrelinhas da trama, de forma bastante singular, o leitor se depara com fragmentos de uma outra narrativa que se passa nos bastidores da história recente de Angola"

Maria Nazareth Soares Fonseca (PUC Minas)

-.-.-.-.-

O discurso de Boaventura Cardoso tem como referente a História e as experiências locais reatualizadas na ficção, espaço fecundo para abarcar os rios caudalosos que despontam em *Margens e Travessias*, imprimindo marcas fecundas de feições testemunhal desconcertante.

Jurema Oliveira (AFROLIC/ NAFRICAB/UFES) — falecida em 02/10/2022.

fontes Gandhi Serif (Librerias Gandhi)
Montserrat (Julieta Ulanovsky)
papel Capa: Duo Design 250 gr/ m²
Miolo: Pólen bold 70 gr /m²
impressão BMF Gráfica